MARIE BUCHINGER

Ein Tal in Licht und Schatten

ROMAN

KNAUR

Besuchen Sie uns im Internet:
www.knaur.de

FSC
www.fsc.org
MIX
Papier aus verantwortungsvollen Quellen
FSC® C083411

Originalausgabe August 2016
Knaur Taschenbuch

Ein Imprint der Verlagsgruppe
Droemer Knaur GmbH & Co. KG, München

Redaktion: Ingrid Pointecker
Covergestaltung: ZERO Werbeagentur GmbH, München
Coverabbildung: arcangel images / Malgorzata Maj; Gettyimages / Wilfried Krecichwost
Satz: Adobe InDesign im Verlag
Druck und Bindung: CPI books GmbH, Leck
ISBN 978-3-426-51755-0

2 4 5 3 1

Für meinen Mann,
ohne den es dieses Buch nicht gäbe.

PERSONEN

Die Bewohner der vila

Die Familie Kastlunger

Josef, *1855 und
⚭ Anna, *1861 geborene Pertinger aus Graz
    Franz *1888 und
    ⚭ Helene (Lene), *1886 geborene Pescoll
        Andreas *1913
        Franzl *1914
    Anton *1889
    Michael (Mischi) *1895
    Rudolf (Rudl) *1898
    Elisabetha (Elisa) *1899

Die Familie Costa

Rudolf (»der alte Costa«) – Jakobs Vater
    Jakob, *1861 und
    ⚭ Lucia, *1863 geborene Cancelletti aus Caccialupi
        Vito *1896
        Chiara *1897
        Giovanni (Nino) *1900

Die Familie Gutholzer

Trude Gutholzer – Ferdinands Mutter
Ferdinand Gutholzer und
ⓞⓞ Maria, geborene Pescoll – Lenes Tante
Bernhard *1897
drei jüngere Schwestern
Josef Gutholzer, Knecht auf dem Hof seines älteren Bruders

Die Familie Menardi

Josepha,
ihre Töchter Maria und Benedetta mit ihren Kindern, Flüchtlinge aus Buchenstein

Dorfbewohner und Bedienstete

Die Familie Pescoll

Walter *1868 und
ⓞⓞ Helene *1870 geborene Ploner – Kurat Ploners Schwester
Helene (Lene) *1886 – Elisas Schwägerin
(4 weitere Mädchen)
Matthias *1896
Friedrich *1897
Niko(laus) *1902

Werner Ploner: Kurat des Dorfes
Kurt Willeit: Dorfvorsteher und Lehrer
Albert Pacher: Kaiserjäger-Veteran, später Knecht bei Elisa
Martha Vinatzer: Magd bei den Costas
Leonhard Pichler: Knecht bei Jakob Costa

Bruneck:

Die Familie Lanz

Teresa, geborene Kastlunger *1858, Elisas Tante, und
⚭ Wenzel *1870 aus Bruneck
sieben Kinder aus Lanz' erster Ehe

Caccialupi:

Die Familie Cancelletti

Roberto, Weinbauer – Vitos Großvater (Nonno) und
⚭ Maria, geborene Salvatore – Vitos Großmutter (Nonna)
Roberto und Lucio: Vitos Onkel

Benito Scarpi: Sohn des Lehrers, Vitos bester Freund

Österreichische und Bayrische Soldaten

Marco Declara: Kaiserjäger-Veteran, Hüttenwirt und lizenzierter Bergführer aus La Pli
Toni Gruber: Standschütze, Marco Declaras Neffe
Franz Kostner: Major der Standschützen, Tourismus-Pionier, Inhaber des Hotels Posta Zirm, Corvara (historisch reale Person)
Ludwig Obermayr: Zugführer, Leutnant des Deutschen Alpenkorps
Joachim Wenninger: Oberjäger des Deutschen Alpenkorps
Ullrich Ganter: Kaiserjäger aus Bozen, Student der Tiermedizin
Rudolf Kofler: Oberjäger der Kaiserjäger
Gerhard Berger: Hauptmann der Landesschützen

Italienische Soldaten

Leonardo Cutrì: Tenente der italienischen Infanterie
Der Trucidatore (Spitzname; italienisch für Schlächter, Totschläger): Infanterist, Cutrìs Erfüllungsgehilfe
Ezio di Bellucci: Infanterist aus Siena
Flavio Costa: Infanterist aus Salerno

Weitere Personen:

François und Nicolas: Kriegsgefangene, französische Gebirgsjäger
Rebecca Steiner: sozial engagierte jüdische Witwe aus Graz

PROLOG

Spätherbst 1904 – Vila Kastlunger, Val Badia

Ein qualvoller Schmerzensschrei brüllte durch die Finsternis der Nacht.

Elisa riss die Augen auf. Ohne sich zu rühren, lag sie im Bett und lauschte. Um sie herum blieb alles still, doch sie war ganz sicher, dass sie diesen Schrei nicht geträumt hatte.

Nach einer Weile ertönte in der Ferne ein Poltern. Jemand rief etwas, und im Erdgeschoss krachte eine Tür so laut ins Schloss, dass die Fensterscheibe des Schlafzimmers erzitterte.

Allmählich gewöhnten sich Elisas Augen an die Dunkelheit. Das breite Doppelbett ihrer Eltern war unberührt, demnach war es noch nicht so spät in der Nacht. Was ging da vor sich? Sollte sie aufstehen und nachsehen?

Sie traute sich nicht so recht. Die Nachtstunden gehörten den *salvans,* dem Zwergenvolk der Berge, und man konnte nie wissen, ob man nicht unversehens einem begegnete, der ein fünfjähriges Mädchen in sein Reich entführen wollte. Oder ob eine *gana* aus dem nahen Gaderbach heraufkam. Tante Teresa hatte Elisa zwar versichert, dass man diese mystischen Wasserfrauen nicht fürchten müsste, solange man ihre Weisheit respektierte, aber wie man das genau anstellte, hatte sie nicht verraten.

Und ganz gewiss hatten doch ihr Vater oder ihre Brüder demjenigen, der sich in solch großer Not befand, längst geholfen? Warum sollte sie also ihr warmes Bett verlassen?

Ein erneuter Schrei setzte an, zunächst leise, dann immer lauter. Ein langgezogenes unmenschliches Brüllen, das durch Mark und Bein ging, gefolgt von einer gespenstischen Stille.

Irgendetwas Schreckliches ging da vor sich.

Elisa nahm allen Mut zusammen und schlug die Bettdecke zurück. Sie angelte ihr kleines Holzpferd Peter vom Nachttisch und drückte es gegen die Brust. Sofort fühlte sie sich nicht mehr ganz so allein.

Auf Zehenspitzen huschte sie zur Tür und horchte. Als sie sicher war, dass ihr keine *salvans* auflauerten, tastete sie sich durch den dunklen Flur zur Treppe und hinunter. Aus der Küche drang ein schmaler Streifen Licht. Elisa drückte sich lautlos gegen die Wand und lugte hinein.

Ihre Mutter Anna, Tante Teresa und ihr Bruder Mischi befanden sich im Raum, alle drei hatten ihr den Rücken zugekehrt. Auf den ersten Blick schien alles normal, ihre Tante werkelte an einer Anrichte, Mutter kniete vor dem Herd und feuerte an. Mischi stand daneben und schaute in einen großen Topf. Dabei ließ er immer wieder mehrere dünne Stricke von einer Hand in die andere wandern.

»Mischi, setz dich da drüben hin«, fuhr die Mutter ihn plötzlich an. »Du bringst das Wasser nicht schneller zum Kochen, indem du unaufhörlich in den Topf starrst.«

Er nickte und ließ sich widerwillig auf einem Stapel Holz nieder, ohne den Herd aus den Augen zu lassen.

Elisa fuhr erschrocken zusammen, als die nächsten Schreie anhoben. Dieses Mal waren es kurze, schrille Schmerzlaute, die ihr einen Schauder über die Haut jagten. Hektisch sah sie sich nach allen Seiten um, doch da war niemand. Immerhin war sie jetzt sicher, dass es von draußen kam, nicht aus dem Haus.

Sie wollte gerade die Tür aufstoßen, um zu ihrer Mutter und in Sicherheit zu fliehen, als ihr bewusst wurde, dass die beiden

Frauen überhaupt nicht reagierten, obwohl sie die Schreie trotz der Geräusche in der Küche gehört haben mussten.

Lediglich Mischi hatte kurz innegehalten, als das Brüllen einsetzte. Doch dann zuckte er mit den Schultern, wie um eine lästige Fliege zu vertreiben, und begann, die Stricke in seinen Händen ineinanderzuflechten.

Da stimmte etwas nicht. Warum blieb Mutter so ruhig? Lag ein böser Fluch über der Küche, der sie dieser Welt entrückt hatte? Passierte vielleicht etwas, sobald das Wasser kochte?

Elisa machte einen Schritt von der Tür weg und bekreuzigte sich sicherheitshalber. Wenn es so war, war sie die Einzige, die Hilfe holen konnte.

Sie ahnte, dass sie sich beeilen sollte, trotzdem nahm sie sich die Zeit, tapste zum großen Schrank im Flur, zog ihren Mantel hervor und schlüpfte in ihre knöchelhohen Winterstiefel. Das war nicht nur wärmer, sie kam sich auch ein wenig geschützter vor. Noch besser wäre natürlich eine Tarnkappe wie die von König Laurín, mit der sie sich unsichtbar machen könnte, aber so etwas besaß sie leider nicht. Ihren Peter presste sie unter dem Mantel weiterhin an die Brust. Das Holz gab ihr ein beruhigend vertrautes Gefühl.

So gewappnet schlüpfte Elisa durch die Hintertür. Aufmerksam schaute sie sich um, stets bereit, notfalls bis hinauf ins Zimmer und unter die Bettdecke zu fliehen.

Draußen lag alles still unter einem frostklaren Nachthimmel, in den die Atemluft wie weißer Rauch emporstieg. Bald würde der erste Schnee fallen. Die Baustelle der neuen *ciasa,* des großen und modernen Wohnhauses, das ihr Vater baute, lag verwaist. Auch sonst regte sich nichts zwischen den Gebäuden der *vila,* die die Kastlungers in enger Gemeinschaft mit der Familie Gutholzer und dem alten Nachbarn Rudolf Costa bewohnten.

Ein Poltern und Scheppern riss Elisa aus ihrer Versunkenheit. Es kam aus der *majun.* Das Untergeschoss des Wirtschaftsgebäudes beherbergte das Vieh. Rasch lief Elisa zum Tor. Jetzt erkannte sie auch, dass hinter den mit Leder und Brettern vernagelten Fenstern ein Lichtschein hervorschimmerte.

Sie sammelte sich und öffnete das schwere Tor. Bestialischer Gestank schlug ihr entgegen. Sie hörte mehrere Stimmen, die alle durcheinanderredeten, und das unruhige Stampfen der Kühe. Eine Ziege meckerte im hinteren Teil des Gebäudes.

Elisa schlich sich vorsichtig näher. Und endlich entdeckte sie die Urheberin der infernalischen Schreie: keine *salvans*, sondern eine Kuh, die in einem abgetrennten, dick mit Stroh ausgelegten Pferch stand und mit einer Schlinge um den Hals an eisernen Ringen in den Wänden festgebunden war. Franz, Elisas ältester Bruder, stand am Kopf des Tieres. Er hielt eine Nasenbremse, einen Strick an einem hölzernen Stab, den er in einer engen Schlinge um die weiche Nase der Kuh geschlungen hatte. Sie wehrte sich aus Leibeskräften gegen diesen schmerzhaften Griff, und wenn sie mit dem Kopf schlug, kamen ihre Hörner Franz gefährlich nahe.

Elisas Vater Josef Kastlunger stand mit sorgenvoll gefurchter Stirn am Hinterlauf der Kuh und betastete ihren geschwollenen Leib.

Als Elisa Anton erblickte, stockte ihr der Atem. Ihr zweitältester Bruder stand mit nacktem Oberkörper hinter der Kuh und war über und über mit Blut besudelt. Um ihn herum waren mehrere Eimer, ein paar umgekippt, aus anderen dampfte es. Anton kniete an einem der Eimer und wusch sich Blut von den Armen, wobei er es eher verteilte, anstatt es zu entfernen.

»Bist du sicher, dass es zwei sind?«, fragte Elisas Vater gerade.

Anton grinste, was mit all dem Blut gespenstisch wirkte. »Oder ein Kalb mit zwei Köpfen.«

Kastlunger knurrte eine wütende Antwort, doch die ging im Brüllen der Kuh unter, die mit aller Kraft den Kopf hochriss. Franz schrie auf, ließ die Nasenbremse los und wurde gegen die Wand geschleudert. Die anderen sprangen gerade noch rechtzeitig in Sicherheit, bevor das gewaltige Tier nach hinten auskeilte. Ein Eimer flog durch die Luft und sprühte eine Fontäne Wasser durch den Stall.

Kaum stand die Kuh mit zitternden Flanken einigermaßen ruhig, nahm jeder seinen Platz wieder ein. Franz legte die Nasenbremse an und verdrehte die Schnüre, bis das Tier jämmerlich schnaufte, jedoch endlich stillstand. Anton angelte den Eimer zwischen den Hinterbeinen hervor und warf ihn achtlos in eine Ecke.

»Verdammt, jetzt pass doch auf!«, fuhr Kastlunger ihn an. »Das Vieh dreht auch so schon durch.«

Anton hob den Schwanz der Kuh und betastete kritisch ihren Hintern. Bräunliche Flüssigkeit rann an seinem Arm hinab. »Vielleicht sollte sie sich doch hinlegen.«

»Wenn sie einmal liegt, bekommen wir sie nie wieder hoch. Versuch es noch mal.«

Kastlunger griff nach dem Kuhschwanz und zog ihn zur Seite. Franz stellte sich breitbeinig hin, packte die Nasenbremse fester und machte sich darauf gefasst, dass die Kuh sich wehren würde, als erst der eine, dann der zweite Arm seines Bruders bis zum Ellbogen in der Kuh verschwand.

Elisa verfolgte das gesamte Geschehen mit vor Entsetzen weit aufgerissenen Augen. Alles Schreien und Poltern hatte eine ganz natürliche Erklärung, aber dennoch schien es nicht normal zu sein.

Anton kaute konzentriert auf der Unterlippe, während er mit halb geschlossenen Augen herumtastete.

»Es sind so viele Beine, ich weiß nicht, an welchen ich ziehen soll«, erklärte er.

»Du ziehst nicht, bevor du nicht ganz sicher bist.«

»Es ist ohnehin zu schlutzig.«

»Mischi kommt sicher gleich mit den abgekochten Stricken«, rief Franz.

Kastlunger strich kopfschüttelnd von vorne nach hinten über den Leib der Kuh, als könnte er die Kälber auf diese Weise hinausschieben. Mit müdem Blick hob er den Kopf. »Und es bewegt sich nur eins, oder?«, fragte er leise.

Anton nickte.

Franz verdrehte die Augen und fluchte.

Elisa machte sich unwillkürlich ein wenig kleiner, aber die eigentlich fällige Zurechtweisung ihres Vaters blieb aus. Das war völlig unmöglich. Nicht einmal Franz durfte ungestraft so lästerlich sprechen. Ihr graute, als sie sich fragte, was das alles bedeuten mochte. Sie wollte zurück ins Bett, die Augen schließen, sich notfalls die Ohren zuhalten, und morgen sollte hier das neugeborene Kälbchen im Stall stehen, so wie es immer schon gewesen war.

Sie machte auf dem Absatz kehrt und wollte hinausstürmen, prallte jedoch gegen ein Hindernis. Nur mit einiger Mühe hielt sie sich auf den Beinen und taumelte blindlings umher. Ein Aufschrei gellte in ihren Ohren, dann traf glühend heißes Wasser ihren Kopf und rann ihr wie eine Flammenzunge in den Mantelkragen. Sie schrie ebenfalls auf und riss instinktiv die Hände schützend vors Gesicht.

Um Elisa herum brach Tumult aus. Alle brüllten, plötzlich war da Antons blutverschmierte Brust, und sie fielen gemeinsam ins Stroh. Ein Huf schrammte haarscharf über ihren Köpfen hinweg.

Elisa riss die Augen auf und sah die Kuh über sich aufragen. Sie hatte immer schon Respekt vor den monströsen Tieren gehabt, jetzt überrollte sie Panik. Sie schrie aus Leibeskräften.

Anton schlang die Arme um sie, zog sie auf die Beine und hinter sich her, bis sie weit weg von der kalbenden Kuh und in Sicherheit waren.

»Alles gut, Kleine, nichts passiert. Nun beruhig dich.« Er strich ihr zärtlich über den Kopf und betrachtete sie aufmerksam. Elisa hörte auf zu schreien und bekam stattdessen Schluckauf. Wie sollte sie sich beruhigen, wenn ihr Bruder über und über mit Blut besudelt und nach Kuhdung stinkend vor ihr stand?

Und dann erst erblickte sie Mischi, der inmitten zweier Eimer und einer dampfenden Wasserlache stand. Seine linke Wange war feuerrot angelaufen. Er wischte sich mit dem Ärmel den Rotz von der Nase und bemühte sich krampfhaft darum, nicht zu heulen.

Josef Kastlunger war längst wieder seinem ältesten Sohn zur Seite gesprungen, der sich als Einziger darum bemühte, die tobende Kuh zur Ruhe zu bringen.

»Herrgott, Anton, jetzt lass Elisa und hilf uns!«, brüllte er. »Und du bring deine Schwester zurück ins Bett, du Holzkopf! Weiß der Teufel, warum du sie herbringst.«

Anton lächelte Elisa entschuldigend zu, bückte sich nach den beiden Eimern und stellte sie ordentlich an die Wand. Im Vorbeigehen gab er Mischi einen Klaps auf die Schulter und schob ihn dann in Elisas Richtung.

»Aber ich habe doch gar nicht …«, begann Mischi.

Der Vater stieß einen drohenden Laut aus. »Und Elisa zieht sich selbst ihren Wintermantel an, bevor sie hier schauen kommt? Verkauf mich nicht für dumm, Michael Kastlunger. Jetzt beweg dich, wir brauchen mehr heißes Wasser.«

Mischi setzte an, um zu widersprechen, doch Anton legte warnend den Finger an die Lippen und nickte mit dem Kinn in Richtung Tor.

Grollend packte Mischi Elisas Hand. Sie ließ sich gehorsam zurück in die *ciasa* ziehen, wo ihr Bruder eine Petroleumlampe aus der Küche holte, bevor er ihr im Flur die Stiefel auszog.

»Warum rennst du hier mitten in der Nacht herum?«, knurrte er wütend. »Und ich bekomme dafür den Ärger. Dein Mantel ist auch ganz nass.«

»Ich habe gedacht, dass etwas Schreckliches passiert ist. Ich habe diese Schreie gehört und dachte, dass vielleicht *salvans* auf dem Hof sind, und …«

»Elisa, es gibt keine *salvans*. Das sind nur Tante Teresas Märchen.«

Sie war plötzlich zu erschöpft, um zu widersprechen.

Mischi nahm ihr den Mantel ab, und Holzteile klapperten auf den Boden.

Elisa starrte entsetzt darauf. Das konnte nicht wahr sein!

Ihr Bruder hielt inne und folgte ihrem Blick. »Was ist los?«

»Mein Peter«, stammelte sie. Dem Holzpferd fehlten zwei Beine, die anderen beiden hingen abgeknickt am Körper des Spielzeugs. Elisa fiel auf die Knie und tastete hektisch mit der Hand über den Boden. Ihr stiegen Tränen in die Augen. Nahm diese entsetzliche Nacht denn gar kein Ende?

»Das ist doch nicht schlimm, Schwesterherz.« Mischi sprach auf einmal ganz ruhig und strich ihr liebevoll die Tränen von den Wangen. »Ich schnitze dir ein neues Pferdchen. Ich bin vielleicht nicht so geschickt wie die Grödner Schnitzer, aber ich gebe mir Mühe.«

Entsetzt blickte Elisa zu ihm auf. »Du willst die Messer benutzen? Das kannst du nicht, Tata hat es verboten.« Und Mischi hatte schon genug Ärger mit ihrem Vater, ihretwegen, so viel hatte sie begriffen.

Er lachte nur und machte eine wegwerfende Handbewegung. »Ich darf sie nicht einfach nehmen. Aber er wird mir kaum verbieten, dir ein neues Pferd zu machen, wenn ich ihn um Erlaubnis bitte.«

»Ich will aber meinen Peter.« Trotzig schob Elisa die Unterlippe vor.

Mischi nickte geduldig. »Dann werde ich ihn leimen. Ehrenwort. Und jetzt ab ins Bett.«

Mit der Lampe in der Hand ging er Elisa voraus die Treppe hinauf. Im Schlafzimmer legte er die Teile des kaputten Holzpferds sorgfältig nebeneinander auf den Nachttisch.

Elisa war froh, endlich wieder unter die Federdecke zu kriechen. »Das war gemein, dass Tata dir die Schuld gegeben hat. Ich sage ihm morgen, dass du nichts dafürkannst.«

Mischi seufzte. »Noch besser wäre es, wenn du beim nächsten Mal einfach liegen bleibst.«

»Es hat sich ganz schrecklich angehört.« Wie zur Bestätigung drang das Brüllen der kalbenden Kuh aus der *majun* zu ihnen herauf.

Elisa griff instinktiv nach ihrem Bruder.

Mischi umfing ihre kleine Hand mit den seinen und drückte sie ganz fest. »Es wird alles gut, Schwesterherz.« Er musterte sie kritisch und berührte ihren Nacken, dort, wo das heiße Wasser hinuntergelaufen war. Elisa zuckte zusammen.

»Tut das weh?«

»Nein«, log sie tapfer.

»Ich hole dir ein trockenes Nachthemd. Und einen Lappen, du hast nämlich noch Blut im Gesicht.«

Sie zuckten beide zusammen, als weitere Schmerzensschreie erklangen, unheimlich, als wären sie nicht von dieser Welt.

»Mischi.« Elisa zögerte. »Wenn da draußen doch *salvans* sind? Wenn ihr König die Gelegenheit nutzt, dass Tata, Franz und Anton abgelenkt sind, um uns zu holen?«

»Es gibt keine *salvans*.« Mischis Stimme klang nicht mehr ganz so überzeugt.

»Du bist noch nicht erwachsen. Sie würden dich auch mitnehmen.«

»Ich werde bald zehn.« Unbehaglich ließ er seinen Blick durch den Raum wandern.

Elisa umklammerte seine Hände. »Bitte bleib bei mir.«

»Na gut.« Mischi lächelte aufmunternd und setzte sich auf die Bettkante, ohne sie dabei auch nur für einen Augenblick loszulassen.

Beruhigt schloss Elisa die Augen. Mit dem nächsten Atemzug war sie eingeschlafen.

ERSTER TEIL

1909 – 1910

1. KAPITEL

Ende September 1909 – Vila Kastlunger, Val Badia

»Hast du dir die Hände gewaschen?« Mischi musterte Elisa kritisch, während sie sich die weiße Schürze über dem dunklen Kleid zurechtzupfte.

»Natürlich. Was denkst du von mir?«

Statt einer Antwort scheuchte er sie die Treppe hinunter und folgte ihr, während er mit dem Daumen die Manschetten seines guten Hemdes glattstrich und den Kragen richtete. Er war jetzt schon froh, wenn dieser besondere Sonntag wieder vorbei war. Nichts gegen Besuch, nichts gegen gute Kleidung und bei dem Gedanken an Mutters Apfelstrudel lief ihm das Wasser im Mund zusammen. Aber der steife Kragen scheuerte am Hals, und die Aussicht auf stundenlanges Stillsitzen an der Kaffeetafel war wenig verlockend.

Zusammen mit den Gutholzers betraten Mischi und Elisa die Stube, um den seltenen Besuch ihres Nachbarn Rudolf Costa zu treffen.

Erst fragte Mischi sich, warum der alte Costa seinen Sohn Jakob nicht in seiner *ciasa* bewirtete, aber dann wurde ihm klar, dass nur die große Stube seiner Eltern so viele Menschen beherbergen konnte. Die Ciasa Kastlunger war vor fünf Jahren neu gebaut worden und bot mit großzügig angelegten Räumen, einem Waschraum mit einer festen Zinkwanne und einem Badeofen für heißes Wasser, einer Toilette und in allen Stockwerken verglasten Fenstern einigen modernen Komfort – bis auf elektrischen Strom. Dieser Fortschritt hatte noch nicht einmal den Kern des nahe gelegenen Dorfes an der Gadertaler Straße erreicht.

Oder Costa traut seiner Magd einfach nicht zu, guten Strudel zu backen, dachte Mischi bei sich, während er sich brav ans Ende der Tafel setzte.

Doch vor dem Essen verlangte der liebe Herrgott geduldiges Ausharren, und sein Abgesandter auf Erden, der ebenfalls anwesende Dorfkurat Werner Ploner, kontrollierte alles mit seinen stechenden Äuglein. Die Erwachsenen standen herum und unterhielten sich, der Geruch von frisch gebrühtem Bohnenkaffee lag in der Luft.

Mischi gab sich alle Mühe stillzuhalten, Elisa zu seiner Linken, und sein jüngerer Bruder Rudl zu seiner Rechten.

Ihm gegenüber saßen die drei Kinder von Jakob Costa, starrten eingeschüchtert auf ihre Hände und schwiegen. Mischi musterte sie verstohlen. Der Älteste mochte ein oder zwei Jahre jünger sein als er selbst, vielleicht dreizehn Jahre. Seine Schwester war in Rudls Alter, höchstens zwölf, und der kleinste Junge etwas jünger als Elisa. Sie hatten alle drei tiefdunkle, fast schwarze Haare und braune Augen. Der ältere Junge und seine Schwester sahen einander sehr ähnlich, nur dass seine Augen unter dichten Augenbrauen lagen, was ihm einen finsteren Ausdruck verlieh.

Sie sahen fremd aus, genau wie ihre Mutter, die lächelnd neben ihrem Gatten stand und ab und zu nickte. Sie schien kaum Ladinisch zu sprechen und Deutsch schon gar nicht. Immer wieder schwirrten italienische Wortfetzen durch den Raum, dann nickte sie umso eifriger. Mischi verstand natürlich Italienisch, aber er hatte keine Lust, den Gesprächen der Erwachsenen zu folgen – sich gar an ihnen zu beteiligen, gehörte sich nicht. Er und die anderen durften hier sitzen, brav warten und sich keinesfalls anmerken lassen, wie schrecklich anstrengend das alles war.

Obwohl die Stube groß war, wurde es eng und die Luft schnell muffig und heiß. Mischis Hemdkragen juckte. Er senkte ergeben den Kopf und schob seine Hände unter die Oberschenkel, um nicht ständig daran herumzuzerren.

Was fanden Erwachsene nur an solchen Zusammenkünften? Mischi schielte über den Tisch hinweg zu den anderen Kindern. Genau wie seine Geschwister bemühten sie sich, so wenig wie möglich herumzurutschen und so die Aufmerksamkeit ihrer Eltern auf sich zu ziehen. Dem älteren Jungen rann eine Schweißperle über die Augenbraue. Er wischte sie mit einer verstohlenen Handbewegung weg und lächelte entschuldigend zu Mischi herüber.

Unter dem Tisch trat Elisa nach ihm. »Wie lange dauert das noch? Mischi, ich will raus hier«, flüsterte sie empört.

Er nickte mit einem unterdrückten Seufzer und tätschelte ihr das Bein.

Elisa schob seine Hand weg und schüttelte missbilligend den Kopf. »Lass das!«

Mit vierzehn Jahren zählte Mischi beinahe schon zu den Erwachsenen. Warum auch nicht, schließlich musste er auf dem Hof so hart anpacken wie einer. Aber dieses stille Herumsitzen weckte seinen kindlichen Übermut. Er zwickte Elisa in den Oberschenkel. Sie dachte nicht nach und schlug nach ihm. Er zuckte kaum wahrnehmbar zusammen und pikste ihr mit dem Zeigefinger in die Hüfte, wo sie kitzelig war. Sie zischte mit unterdrücktem Zorn und schlug wieder nach ihm. Mischi kicherte leise und freute sich über ihr empörtes Gesicht. Die anderen Kinder schielten neugierig in ihre Richtung.

»Was ist hier los?«, donnerte plötzlich die Stimme des Vaters hinter ihnen.

Mischi erstarrte, und sein Bruder Rudl kauerte sich instinktiv zusammen, während Elisa gepackt und vom Stuhl gerissen wurde.

»Nein, nichts«, heulte sie entsetzt auf.

Kastlunger stellte das Mädchen vor sich ab und verpasste ihr eine Ohrfeige. Nicht hart – und Mischi konnte den Schlag viel besser einschätzen, als ihm lieb war –, aber es reichte, dass Elisa unversehens die Tränen in die Augen schossen. Sie verknotete die Hände vor ihrem Schoß und senkte trotzig den Kopf, um dem finsteren Blick des Vaters auszuweichen.

Mischi krampfte die Finger um seinen Stuhl, wie um sich zurückzuhalten. Aber das konnte er nicht guten Gewissens mit ansehen. Seine kleine Schwester würde ihn niemals verraten, ganz gleich, welche Strafe ihr drohte.

Er sprang auf und stellte sich schützend vor sie. Er war inzwischen fast so groß wie sein Vater und schaute ihm tapfer in die Augen. »Ich war das. Ich habe sie gekitzelt. Elisa kann nichts dafür. Bitte verzeihen Sie mir … es … war nur ein dummer Scherz.« Er ballte die Hände zu Fäusten, zwang sich, auch nach seiner kurzen Rede Blickkontakt zu halten, obwohl ihn das einige Überwindung kostete. Kastlunger erzog mit strenger Hand, und wenn er einen aus den dunklen Augen über dem dichten bereits ergrauten Bart anfunkelte, wurde einem angst und bange. Wer wusste das besser als einer seiner Söhne?

Jetzt schüttelte der Vater nur schweigend den Kopf. Mischi wagte noch nicht aufzuatmen. Vielleicht wäre es Elisa sogar gelungen, den Kopf selbst aus der Schlinge zu ziehen, schließlich war sie die kleine Prinzessin, aber ganz sicher konnte man nie sein. Gerade zu dieser Jahreszeit, wenn sich der Kreislauf der Arbeit auf dem Hof seinem Ende näherte, neigte der Vater neuerdings zu düsteren Stimmungen.

Mischi hielt aus, wusste seine kleine Schwester hinter sich, nicht nur im wörtlichen Sinne. Beinahe spürte er diesen tapferen Trotz der Neunjährigen körperlich zu sich herüberziehen.

Kastlunger warf einen prüfenden Blick durch den Raum und wies zur Tür. »Raus, alle miteinander! Kein Strudel für euch.«

Erleichtert stieß Mischi die Luft aus, packte Elisa eilig am Handgelenk und zog sie hinter sich her bis nach draußen in den Hof. Erst dort ließ er sie los und grinste. »Noch mal gut ausgegangen. Tut mir leid, Elisa.«

Sie bedachte ihn mit einem mörderischen Blick aus ihren grünblauen Augen und warf die geflochtenen Zöpfe resolut nach hinten. Dann lachte sie unvermittelt auf. »Lieber verzichte ich auf Strudel, als noch länger in der Stube zu hocken. Wir könnten uns später Reste aus der Küche holen.«

Bevor Mischi antworten konnte, trat Rudl aus der Tür heraus, gefolgt von den drei italienischen Kindern. Das Mädchen schimpfte leise mit ihrem kleineren Bruder und zupfte ihm das weiße Hemd unter einer dunkelbraunen Lodenweste zurecht.

Der Ältere trat an Mischi heran. Er schien nicht recht zu wissen, was er mit der Situation anfangen sollte, waren doch er und seine Geschwister nur unbeteiligte Beobachter.

Mischi streckte breit grinsend die Hand aus. »Mischi Kastlunger. Das sind meine Schwester Elisa und mein Bruder Rudl.«

»Mein Name ist Elisabetha. Die Kaiserin hieß genau wie ich. Aber du darfst Elisa sagen«, fügte Elisa großmütig hinzu und reckte den Kopf, um etwas größer zu erscheinen.

Der Italiener erwiderte den Händedruck und zeigte ein zurückhaltendes Lächeln »Vito Costa.« Er zeigte auf seine Geschwister. »Meine Schwester Chiara und mein Bruder Giovanni.«

Sein Ladinisch klang etwas schwerfällig, aber gut verständlich. Nachdem sich alle höflich und schüchtern begrüßt hatten, standen sie eine Weile ratlos im Hof herum. Mischi hatte eigentlich eine Menge Fragen – wo sie herkamen, wie sie hergereist waren, was sie hier machten –, aber er wollte die drei nicht so direkt überfallen. In der Stube hätten sie auch nicht miteinander reden können.

Schließlich hüpfte Elisa ungeduldig von einem Bein aufs andere. »Lasst uns zur Straße laufen. Bernhard Gutholzer hat erzählt, dass vor der Kirche ein Automobil steht.«

»Wirklich?«, fragte Rudl ungläubig. Wenn Mischi es sich recht überlegte, hatte sein kleiner Bruder vermutlich noch nie eines gesehen. Er erinnerte sich vage an das letzte, es musste beinahe ein halbes Jahr her sein, dass eines durchs Tal gefahren war.

»Natürlich steht da ein Auto. Unseres«, erklärte Chiara schnippisch in seine Gedanken hinein. Ihr Ladinisch war schlecht zu verstehen, und sie setzte direkt einen Schwall Italienisch hinterher, der an ihren Bruder gerichtet war und dem Mischi kaum folgen konnte. Doch er begriff immerhin so viel, dass das Mädchen ihn und seine Geschwister für ein paar dämliche Bauerntrampel hielt.

Vito schien unsicher zu sein, ob ihre Gastgeber seine Schwester verstanden hatten, warf ihnen sicherheitshalber einen entschuldigenden Blick zu und schwieg verlegen.

»Dann kommt«, rief Mischi und lief los, während er einen Finger in den verhassten Kragen steckte, um besser Luft zu bekommen. Er wollte so tun, als hätte er von Chiaras Ausbruch nichts mitbekommen, denn wenn sie sich für etwas Besseres hielt, konnte er das kaum ändern. Und wenn sie ein Automobil besaßen, war das vermutlich sogar berechtigt. Sein Vater besaß zwei Haflinger, eine Kutsche und fast zwanzig Milchkühe. Damit zählten sie zu den wohlhabenderen Familien in der Gegend. Aber ein Auto würden sie sich in hundert Jahren nicht leisten können.

Elisa folgte ihm auf dem Fuße, dann die anderen. Sie folgten einem kleinen Trampelpfad zwischen zwei Gebäuden hindurch auf den festen Zufahrtsweg.

Die *vila* lag auf einer Anhöhe, von der aus man auf den Gaderbach und ein Stück weiter auf die parallel dazu verlaufende Gadertaler Straße hinunterblickte, die am tiefsten Punkt des Tales in gerader Linie durch das Dorf führte.

Kurz vor der Brücke blickte Mischi über die Schulter zurück und fragte sich, was die Italiener wohl gedacht hatten, als sie die *vila*, in der ihr Großvater Costa lebte, zum ersten Mal gesehen hatten.

Vier *ciases*, drei *majuns* und ein nagelneu erbauter Stall bildeten eine einzige unregelmäßige Reihe, aus der die neue Ciasa Kastlunger wie ein Zahn herausragte und auch optisch, komplett weiß verputzt und ganz im gotischen Stil erbaut, hervorstach. Sie wirkte wie ein Fremdkörper zwischen den charakteristischen Bauernhäusern mit ihrer Pilzform, den zwei gemauerten Geschossen und einer ausladenden dunkelbraunen Holzkonstruktion darüber.

Weit hinter den welligen Wiesen türmten sich die Berge der Fanesgruppe wie eine solide Mauer auf. Mischi wusste, dass seine Mutter den Anblick manchmal beklemmend fand, mit der Enge des Tals und seiner Abgeschiedenheit haderte, den Trubel ihrer Heimatstadt Graz vermisste. Er hatte Graz zwar noch nie besucht, konnte das dennoch keinesfalls nachvollziehen; er liebte die Berge wie kaum etwas anderes auf der Welt. Sie gaben ihm das Gefühl von Beständigkeit und Schutz. Hier war sein Zuhause, und das würde sich niemals ändern.

Mühsam riss er sich vom Anblick der graubraunen Felsriesen los, auf deren Gipfeln schon vereinzelte Schneefelder gegen den blauen Himmel leuchteten. Wenn er sich nicht beeilte, waren die anderen bereits an der Kirche, während er noch hier herumstand.

Er überquerte die Brücke über den Gaderbach. Jenseits der Gadertaler Straße stieg das Gelände in sanften Wellen wieder an, und auf einem der Hügelkämme stand die kleine, jahrhundertealte Kirche.

Mischi stockte der Atem, als er das rot und schwarz glänzende Fahrzeug erblickte, das direkt vor dem Kirchenportal parkte. Ein paar andere Kinder drückten sich in der Nähe herum, wagten sich jedoch im Schatten des Kirchturms, der stets daran gemahnte, dass der Herrgott alles sah, nicht an das ungewöhnliche Gefährt heran.

Ehrfürchtig trat Mischi näher und streckte zaghaft die Hand aus, um die Messingscheinwerfer zu berühren, nachdem er sich mit einem Blick zu Vito rückversichert hatte, dass er nichts Verbotenes tat. Das Metall fühlte sich kühl und aufregend … technisch an. Die gespeichten Räder rochen nach Gummi und die Sitzbänke nach Leder.

Mischi spähte ins Innere. Der Fahrer säße hinter dem hohen Lenkrad im halboffenen Teil des Wagens, während die Passagiere durch Fensterscheiben und ein Dach vor Wind oder Regen geschützt saßen. Im Grunde sah es aus wie eine luxuriöse Kutsche ohne Pferde.

»Das ist eine Limousine Renault Type V von 1905. Der Motor hat zwanzig Pferdestärken«, erklärte Vito und öffnete einladend die Tür. »Du kannst dich gern hineinsetzen.«

Mischi nickte, zu fasziniert, um ein Wort hervorzubringen. Vorsichtig, damit er nichts beschädigte, kletterte er ins Innere und ließ sich auf dem federnden Sitz nieder, der mit schwarzem Hartleder bespannt war. Erst als er saß, wagte er es, wieder zu atmen.

So musste sich der Kaiser fühlen.

Elisa erschien an der Autotür und lugte skeptisch hinein. »Wie schnell fährt das?«

»Bis zu siebzig Stundenkilometer«, sagte Vito.

Sie wandte sich ihm zu. »Ist das schneller als ein Pferd?«

Mischi grinste bei ihrem verständnislosen Gesichtsausdruck. Wenigstens musste er sich keine Blöße geben, weil er mit der Antwort nichts anfangen konnte.

»So schnell wie ein Pferd im vollen Galopp«, erkläre Vito bereitwillig. »Aber das Pferd wird müde. Das Auto kann die Geschwindigkeit viele Kilometer lang halten. Wenn das Benzin alle ist, betankt man das Auto, und es geht sofort weiter.« Er lehnte sich bequem über den schwarz glänzenden Kotflügel des hinteren Rades und zupfte an seiner Jacke über dem weißen Hemd. Mischi fragte sich, ob er sich auch so unwohl fühlte oder ob das Tragen solch feiner Kleidung in seinen Kreisen üblich war. Er konnte sich nicht vorstellen, dass man sich jemals daran gewöhnte.

Elisa musterte Vito abschätzend und nickte dann. »Du bist schlau.«

Chiara kam näher, die Arme verschränkt und das Kinn herausfordernd gereckt. »Das Auto gehört meinem Großvater. Nonno hat noch zwei, eines, das viel neuer und größer ist als das hier. Er ist ein reicher Mann.«

»Es ist neuer, richtig, Chiara. Aber nicht größer und auch nicht schneller«, widersprach Vito nachsichtig, hob den Kopf zum Fenster und fügte zu Mischi gewandt hinzu: »Ein Landaulet, ein Fiat 18-24 HP.«

»Hm«, brummte Mischi zustimmend. Er hatte keine Ahnung, was er sich darunter vorzustellen hatte – außer, dass es sich um ein anderes Auto handelte.

»Was ist das?« Elisa hatte keine Hemmungen, ihre Unwissenheit zu zeigen.

Vito trat an den vorderen Teil des Autos. »Es gleicht etwas mehr einer offenen Kutsche. Es wird von einem Chauffeur gefahren, und zwischen ihm und den Passagieren ist keine Trennung, so wie bei diesem hier.«

Elisa bedankte sich mit einem artigen Lächeln. Mischi sah ihr an, dass sie nichts verstanden hatte. Er selbst hätte gern mehr über die Automobile erfahren, doch seine Schwester ließ ihm keine Gelegenheit. Sie wandte sich ab und setzte sich an den Straßenrand ins Gras. »Wieso lebt denn dein Großvater hier ganz allein und lässt den Hof verkommen, wenn er so viel Geld hat?«, fragte sie und begann dabei, ein paar Grashalme zu pflücken und miteinander zu verflechten.

»Doch nicht Großvater Costa.« Chiara spuckte die Worte beinahe aus. »Mein richtiger Nonno daheim in Caccialupi.«

Mischi kletterte aus dem Auto und schaute sich suchend um. Rudl und Giovanni hatten ein wenig abseits der Kirche die Köpfe zusammengesteckt. Nachdem sein kleiner Bruder das Auto angemessen bestaunt hatte, war sein Interesse schnell verflogen.

Vito flüsterte seiner Schwester etwas zu, das Mischi nicht verstand. Offenbar war es ihm peinlich, dass sie so über Rudolf Costa sprach.

Chiara wandte sich schmollend ab und spazierte gemächlich in Richtung der Gräber nahe der Kirche und tat, als betrachtete sie angelegen die Kreuze und Grabsteine.

Mischi umrundete das Auto, ließ dabei zaghaft seine Hände über die Messing- und Holzteile gleiten und sog ein letztes Mal den fremdartigen Geruch nach Metall und Öl ein, bevor er sich zu Elisa und Vito begab. Der italienische Junge hatte sich neben seiner Schwester ins Gras gesetzt, mit den Armen die Knie umschlungen und erzählte von seiner Familie in der Toskana, einem Landstrich, den Mischi nur dem Namen nach kannte und der weit im Süden hinter den Bergen im benachbarten Königreich Italien lag. Elisa hörte aufmerksam zu, wie Vito von dem weitläufigen Landgut seines Nonno – des Vaters seiner Mutter – sprach und dem guten Wein, den er anbaute.

Eine Weile beobachtete Mischi, wie Chiara gelangweilt auf dem Kirchacker herumstolzierte. Sie sah hübsch aus, wenn sie sich bückte, um eine Grabinschrift zu lesen oder eine Blume zu betrachten. Manchmal fiel ihr das offene Haar ins Gesicht, und sie strich es mit einer unbewussten Geste zurück, nur damit es sofort wieder nach vorne fiel.

Chiara war schön wie eine Prinzessin aus den Bergsagen.

Mühsam riss sich Mischi von ihrem Anblick los, um wieder nach seinem kleinen Bruder zu sehen. Rudl und Giovanni wühlten fröhlich kichernd auf dem Boden herum und verstanden sich blendend. Die Magd vom Plonerhof kam den Hang vor der Kirche herauf, warf einen scheuen Blick auf das Automobil, grüßte und hastete weiter. In einiger Entfernung lungerte Bernhard Gutholzer herum, ohne sich näher zu wagen.

Mischi hockte sich vor Vito und Elisa auf die Fersen, um ihnen zuzuhören. Elisa hatte die Hand mit den Grashalmen in den Schoß sinken lassen und lauschte Vito interessiert. Ab und zu lächelte sie und nickte begeistert.

Verblüfft runzelte Mischi die Stirn und beobachtete seine Schwester genauer. So kannte er sie Fremden gegenüber gar nicht. Vito war zweifellos ein netter Bursche, der interessant erzählte, aber sie war ungewöhnlich aufmerksam.

Mit einem Mal überlief es Mischi zugleich heiß und kalt. Er fühlte sich plötzlich unwohl, hatte ein seltsames Gefühl, für das er keinen Namen kannte. Aber ihm wurde allzu deutlich bewusst, dass es ihm *nicht* passte, wie Elisa Vito anhimmelte. So sah sie sonst nur zu ihm oder ihrem Bruder Anton auf. Sie tat gerade so, als wäre Vito ein Familienmitglied.

»Meine Großeltern sind im neu eröffneten Posta Zirm Hotel in Corvara geblieben«, erzählte Vito gerade. »Nonno will morgen mit einem Alpenführer die Berge besteigen. Dieser Mann war schon überall, sogar im Himalaya, auf den höchsten Bergen der Welt.«

»Höher als hier?« Elisa blinzelte skeptisch gegen die allmählich tiefer stehende Sonne in Richtung Sassongher. Dieser Berg war in der Regel das Ziel der Touristen von Corvara, das wusste jeder. In den letzten Jahren waren Menschen aus aller

Herren Länder angereist, um die Dolomiten zu besteigen. Es gab Leute, die darin eine große Zukunft sahen. Andere – die meisten, schien es Mischi manchmal – standen dieser Entwicklung misstrauisch gegenüber und meinten, die vielen Fremden störten den Frieden der Täler.

»Ja, viel höher.« Vito lächelte und warf Mischi einen verschwörerischen Blick zu, dem damit erst bewusst wurde, dass er zustimmend nickte. Er kannte sich vielleicht nicht mit Automobilen aus, aber was Berge anbelangte, konnte er mithalten. »Ist es Major Kostner, der deinen Großvater führt?«, fragte er.

Vito nickte mit glänzenden Augen. »Ja. Ich wäre so gern mitgegangen, aber Papà hat darauf bestanden, dass wir alle gemeinsam herkommen.«

Mischi erhob sich. »Es wird Zeit heimzukehren. Wie lange bleibt ihr? Vielleicht könnte ich Pere überreden, dass er uns morgen nach San Ciascian bringt, dann wandern wir gemeinsam über das Hochplateau Pralongiá. Es ist nicht halb so spektakulär, aber der Weg ist sicher, und ich kenne mich dort aus.«

»Das würdest du machen? Wirklich?« Vito war mit einem Satz aufgesprungen, und der ehrfürchtige Ausdruck seiner dunklen Augen ließ Mischi alles vergessen, was er eben noch Schlechtes über den fremden Jungen gedacht hatte.

»Selbstverständlich.« Feierlich streckte er die Hand aus, und Vito schlug begeistert ein. »Und im Winter kommt ihr wieder, dann bringe ich dir das Schifahren bei«, fügte Mischi hinzu.

Elisa lief zu Rudl, zog ihn vom Boden auf und klopfte ihm den Staub von der Hose. »Macht nur«, rief sie kopfschüttelnd. »Aber jammert nachher nicht über Schwielen, die ihr euch geholt habt, weil ihr sinnlos in den Bergen herumkraxelt. Mischi, drück dich nicht vor der Arbeit, du weißt ja, was Tata davon hält.«

Mischi verdrehte theatralisch die Augen und zwinkerte Vito zu, der verständig nickte. So ein altkluger Spruch war typisch Elisa, sie plapperte einfach nach, was Mutter sagte. Sie wusste ebenso gut wie er, dass auf dem Hof bis zum Winter nicht mehr viel zu tun war, und das sogar, obwohl ihre beiden älteren Brüder das Tal zum Militärdienst verlassen hatten und damit zwei Arbeitskräfte fehlten. Nein, morgen war ein perfekter Tag, um in den Bergen zu wandern und seinem Gast das Tal von oben zu zeigen. Und Vitos sehnsüchtiger Miene nach dachte er nicht anders. In stiller Eintracht standen sie beieinander, bis ihre Geschwister sich eingefunden hatten. Fehlte nur Chiara.

»Wo ist meine Schwester? Gerade war sie noch da.« Vito drehte sich suchend einmal im Kreis, als sich im gleichen Augenblick hinter der Kirche Geschrei erhob. Wie auf ein Kommando hin rannten sie alle entlang des niedrigen Zaunes um den Kirchacker hinter das Gebäude. Dort stand Chiara mit verschränkten Armen und wütender Miene. Vor ihr hatten sich zwei Burschen aufgebaut und versperrten ihr den Rückweg. Ein dritter stand etwas abseits, hielt sich die Wange und fluchte leise.

»Zwei von der Pescollsippe und ein Pacher. Na großartig«, murmelte Mischi bei sich, und seine Anspannung wuchs. Das konnte schnell Ärger geben. Vor allem mit Matthias Pescoll, dem Ältesten, war nicht gut Kirschen essen. Immerhin waren sie in der Überzahl, die Mädchen nicht mitgerechnet. Und Bernhard Gutholzer war vielleicht noch in der Nähe und würde sich auf ihre Seite schlagen. Mit ihm rangelte Mischi zwar regelmäßig, aber sie waren Nachbarn, und gegen Burschen aus dem Dorf hielt man zusammen, das war Ehrensache.

»Wird Zeit, dass ihr kommt«, fauchte Chiara auf Italienisch, als sie ihren Bruder sah. »Die haben mich belästigt, wollten mich sogar begrapschen.«

»Sieh an, der Kastlunger gibt sich mit Welschen ab«, dröhnte Matthias' Stimme zu ihnen. »Seht zu, dass ihr fortkommt! Wir mögen hier keine Fremden.«

Allein für den höhnischen Tonfall hätte Mischi ihn am liebsten sofort angesprungen, doch dann bemerkte er, dass sein italienischer Gast ihm unauffällig eine Hand auf den Arm legte.

»Chiara, wir wollen zurückgehen«, rief Vito laut in seinem besten Ladinisch.

Seine Schwester funkelte ihn wütend an. »Hast du nicht gehört, was ich gesagt habe?«

Matthias grinste, während sein Blick vielsagend auf Chiaras Brustansatz ruhte.

»Das reicht«, zischte Chiara. Sie wollte auf ihn losspringen, aber Vito war mit einem Satz dazwischen. Unerschrocken nahm er vor Matthias Haltung ein, obwohl er fast einen Kopf kleiner als sein Widersacher war.

»Wage es nicht noch einmal, meine Schwester zu beleidigen«, drohte er leise. Er taxierte sein Gegenüber wie ein Raubtier, sofort bereit, bei einer falschen Bewegung anzugreifen.

Instinktiv wich Matthias einen Schritt zurück.

Vito reckte das Kinn. »Falls du dich entschuldigen möchtest, wende dich an meinen Großvater Rudolf Costa. Jetzt verzieh dich. Komm Chiara.« Ohne seinen Gegner eines weiteren Blickes zu würdigen, packte er seine Schwester am Arm und zerrte sie hinter sich her.

Matthias stand einige Sekunden wie angewurzelt. Seine beiden Begleiter duckten sich hinter ihm und versuchten, sich unbeteiligt zu geben. Die Wange von Matthias' jüngerem Bruder Friedrich war dunkelrot angeschwollen.

»Was soll das? Lass mich sofort los!« Vergeblich versuchte Chiara, sich aus Vitos Griff zu entwinden. »Solltest du nicht um meine Ehre kämpfen?«

»Sei nicht so kindisch«, knurrte Vito wütend zurück. »Du kannst dich offensichtlich gut selbst behaupten.«

Er rauschte an Mischi und den anderen vorbei. Erst als er fast am Ende des Zauns angelangt war, ließ er Chiara los.

Vitos jüngerer Bruder Giovanni, Elisa und Rudl folgten ihnen zunächst zögernd, dann rascher. Einzig Mischi blieb stehen und begegnete Matthias' Blick. In ihm erkannte er die gleiche Verwirrung, die er selbst verspürte: Wenn Matthias sich Elisa gegenüber so verhalten hätte, wäre jeder ihrer Brüder ihm vermutlich sofort an die Kehle gesprungen. Vito dagegen war gegangen. Er hatte seinen Gegner einfach stehenlassen. Wo gab es denn so etwas?

Nicht nur das – in seinen kurzen Worten und vor allem seiner Haltung hatte er eine Überlegenheit gezeigt, von der Mischi nicht verstand, wo sie herrührte. An der Überzahl im Falle einer Prügelei jedenfalls nicht. Vito hätte sich, davon war Mischi zutiefst überzeugt, nicht anders verhalten, wenn er mit Chiara allein gewesen wäre.

Er zog eine Grimasse und wandte sich ab. Als er an Bern hard Gutholzer vorbeikam, der den Vorfall tatsächlich mitbekommen hatte, winkte Mischi seinem Nachbarn wortlos einen Gruß zu und schloss zu den anderen auf.

Schweigend liefen sie den Weg zurück zur *vila.*

Mischi war aufgewühlt. Je länger er darüber nachdachte, umso mehr fragte er sich, ob Vitos Taktik ein zweites Mal funktionieren würde oder ob ihn letzten Endes nur der Überraschungseffekt vor Prügel bewahrt hatte. Vito hatte sie alle beeindruckt, und die verstohlenen Blicke, die Elisa dem Italiener hin und wieder zuwarf, bestätigten das. Aber steckte wirklich so viel mehr in ihm?

So oder so – Mischi war im Nachhinein erleichtert, denn allmählich wurden ihm die Folgen bewusst, die eine Prügelei mit sich brachte: zerrissene Sonntagskleidung, ein schlechter

Eindruck vor den Gästen, Ärger mit dem Vater, nicht zu vergessen Prellungen und blaue Flecke. Matthias war ein zäher Gegner, der gut austeilte. Nein, erst einmal war es besser so, wie es gelaufen war. Dank Vito.

2. KAPITEL

Anfang Dezember 1909 – Vila Kastlunger, Val Badia

Sehr zu Mischis Bedauern reisten Vito und seine Familie zwei Tage später ab, und es bestand keine Aussicht darauf, sie bald wiederzusehen. Die Arbeit auf dem Hof kam endgültig zur Ruhe.

Mischi verbrachte viel Zeit mit seinem Vater, der wie jedes Jahr Aufträge annahm und Möbelstücke anfertigte oder instandsetzte.

Seitdem das Vieh in den neuen Stall umgezogen war, hatten sie im hinteren Teil der alten *majun* eine Werkstatt eingerichtet und einen Ofen aufgestellt, der zumindest in der Ecke, in der sie arbeiteten, behagliche Wärme verbreitete. Der Heuboden über ihnen hielt die Kälte zusätzlich ab und verströmte seinen intensiven Duft.

Eigentlich schnitzte Mischi am liebsten kleine Figuren und Spielzeug und hatte nicht nur bei Elisa und Rudl, sondern bei allen jüngeren Kindern im Dorf dankbare Abnehmer. Seit er Vitos Renault gesehen hatte, versuchte er sich an Automobilen, und als er nach einigen Fehlschlägen einwandfreie Räder auf Vaters Drehbank drechselte, wurden sie zu heißbegehrten Objekten.

Doch Mischi kam kaum dazu. Seine Aufgaben wurden umfangreicher und verantwortungsvoller. Zum ersten Mal durfte

Elisa schnaubte entrüstet. »Chiara ist hochmütig. Sie findet uns dumm. Aber Rudolf Costa ist krank. Martha, seine Magd, war gestern bei Mutter. Falls er stirbt, erbt sein Sohn den Hof. Vielleicht kehren sie zurück und leben hier.«

Mischi konzentrierte sich auf seine Arbeit, statt zu antworten. Er ließ von der verflixten Leiste ab, die immer noch nicht gerade werden wollte, und wechselte zu einem kleinen Beitel. Damit begann er, die Blüte einer Rose auf der Vorderseite neben dem Schloss auszuarbeiten. Solche filigrane Arbeit lag ihm mehr.

Chiara war ihm nach ihrer Begegnung nicht so recht aus dem Kopf gegangen. Einerseits war sie arrogant und schaute auf sie alle herab, da hatte Elisa ganz recht. Mischi fand sie trotzdem faszinierend. Immer wieder dachte er an ihr seidiges Haar, ihr hübsches Gesicht mit der geraden Nase, den großen Augen hinter dichten Wimpern. Außerdem hatte sie bereits kleine Brüste, darauf hätte Matthias Pescoll ihn gar nicht aufmerksam machen müssen. Überhaupt wirkte ihr Körper zierlicher, weniger plump als bei den Mädchen im Dorf.

Mischi seufzte leise. Nicht einmal Elisa, seiner engsten Vertrauten, könnte er eingestehen, dass er schon zweimal von Chiara geträumt hatte. Seine Schwester würde es ohnehin nicht verstehen. Und wenn er es realistisch betrachtete, sah die italienische Besucherin nicht nur wie eine sagenhafte Prinzessin aus, sondern war ebenso unerreichbar. Er musste sich solche Gedanken aus dem Kopf schlagen.

»Vito würde vielleicht gerne hier leben«, überlegte Elisa laut.

»Wieso?« Mischi wandte sich zu ihr und erwischte sie dabei, wie sie verträumt in die Gegend starrte. Er runzelte die Stirn und sah sie strafend an, wobei er auch jetzt nicht hätte sagen können, was genau ihn störte.

Dann lachte seine Schwester laut auf, und der Bann war gebrochen. »Schau doch nicht so. Du machst mir Angst!«

»Du mochtest ihn.«

»Du doch auch.«

Das stimmte. Mischi wandte sich wieder der Truhe zu. »Was immer mit dem Hof vom alten Costa geschieht, Vito wird nicht kommen. Er geht noch zur Schule und will studieren. Das kann er hier kaum tun.«

»Woher weißt du das?«

»Er hat es mir erzählt, als wir zusammen auf der Pralongiá gewandert sind.«

»Elisa, Mischi, kommt ins Haus! Franz und Anton sind angekommen!«, schallte Rudls Stimme von draußen.

Elisa jauchzte erfreut, ließ das Nähzeug auf die Bank fallen, raffte ihre Röcke und lief hinaus. Mischi räumte zunächst das Werkzeug ordentlich weg und löschte das Feuer im Ofen sowie die Petroleumlampen bis auf eine, die er mitnahm. Er wollte sich keinen weiteren Ärger mit Vater einhandeln, obwohl auch er darauf brannte zu hören, was seine älteren Brüder zu erzählen hatten.

Am Tor löschte er die verbliebene Lampe und stellte sie auf einem Brett neben dem Eingang ab. Draußen erschauderte Mischi vor Kälte. Er trug nur ein dickes Hemd, und ein eisiger Wind trieb Wolken aus glitzernden Kristallen von der offenen Seite des Hofes aus über den schneeverkrusteten Boden. Die Berge mit ihren schneebedeckten Gipfeln lagen in blaugrauem Zwielicht.

Rasch überquerte er den Platz und huschte durch die Hintertür hinein zu dem verheißungsvollen Schein, der ihm aus den beiden Fenstern der Stube Wärme versprach.

Schon im Flur empfingen ihn aufgeregte Rufe, doch noch bevor er die einzelnen Stimmen zuordnen konnte, kam Elisa ihm aus der großen Stube entgegen. Kaum dass sie ihn sah, ballte sie wütend die Fäuste. »Jetzt streiten sie schon wieder. Mischi, sie sollen aufhören! Anton ist gerade erst angekommen, und schon schimpft Tata.«

»Er ist sehr schlecht gelaunt«, murmelte Mischi und tätschelte seiner Schwester beruhigend die Schulter. Vielleicht hatte sie wirklich recht, und Kastlunger litt darunter, dass ihm das Rheuma jeden Winter ein Stück mehr die Kontrolle über den eigenen Körper stahl.

Gemeinsam warfen Mischi und Elisa einen vorsichtigen Blick in die Stube. Ihre Mutter saß mit über der gestärkten Schürze gefalteten Händen auf dem Sofa und folgte der Auseinandersetzung als stumme Beobachterin, wie meistens. Anton hatte sich drohend vor seinem Vater aufgebaut. Kastlunger wich keine Handbreit zurück, stand seinem Sohn mit vor der breiten Brust verschränkten Armen entgegen. Franz versuchte vergeblich, seinen Bruder zu bremsen, indem er ihn am Arm zurückzerrte, doch Anton schüttelte ihn ab.

»Pere, Sie können es mir nicht verbieten. Es ist unsere Pflicht, Tirol und dem Kaiser zu dienen«, knurrte er mit zornig funkelnden Augen.

»Du bist noch nicht großjährig. Bis dahin ist es nur meine Pflicht, dir die Flausen aus dem Kopf zu treiben.«

»Warum? Wenn ich nicht gehe, muss Franz gehen.« Anton zeigte mit einer wilden Geste auf seinen Bruder, der unwillkürlich einen Schritt zurückwich.

»Niemand muss gehen, hast du mich verstanden?«, donnerte sein Vater mit zornesrotem Gesicht. Er schnaubte wütend, bevor er etwas ruhiger fortfuhr: »Franz hat sich dem Gesetz nach verhalten, und jetzt ist die Sache für ihn erledigt. Wenn im nächsten Jahr das Los auf dich fällt, dann musst du zum Militär, vorher nicht und nicht freiwillig. Ich erlaube das nicht!«

Anton reckte herausfordernd den Kopf. »Warum nicht?«

»Weil ich dich auf dem Hof brauche. Rudl ist noch zu klein, um zu helfen. Ich kann es mir nicht leisten, einen Knecht anzustellen, nur weil mein Sohn unbedingt dienen will. Und das«, er bohrte Anton den Zeigefinger in die Brust, »sieht selbst der Kaiser ein, er ist ein kluger Mann.«

»Ja, und er braucht kluge Männer für sein Heer«, gab Anton plötzlich ganz ruhig zurück.

Kastlunger starrte ihn an, schwieg atemlos und verbissen. Mischi sah, wie seine Kiefermuskeln sich anspannten, und wäre Anton nur wenige Jahre jünger, hätte er spätestens jetzt eine schallende Ohrfeige bekommen, weil er es gewagt hatte zu widersprechen.

Franz warf einen hilflosen Blick in die Runde, erst zu seiner Mutter, dann in Richtung Tür, wo er erst jetzt Mischi mit Elisa zu bemerken schien. Lautlos stahl er sich durch den Raum. Zu dritt betraten sie die dunkle hohe Küche, wo Franz erst seine kleine Schwester begrüßte, die ihm freudestrahlend um den Hals fiel.

Gemeinsam setzten sie sich auf die beiden Bänke um den blankgescheuerten Holztisch in der Mitte des Raumes. Es war warm, da im Herd noch die Reste des Feuers glommen, auf denen Mutter Suppe für die kommende Woche gekocht hatte. Mischi schnüffelte genüsslich. Es roch außerdem nach frisch gebackenem Brot, doch er entdeckte es nirgendwo – was vermutlich besser war, denn er hätte nur schwer widerstehen können, sich einen Kanten abzubrechen.

»Was ist los?«, fragte Elisa zaghaft.

Franz lachte traurig und strich ihr liebevoll über die Wange. »Du kennst doch Anton. Er will sich freiwillig für das Regiment der Kaiserjäger melden. Das bedeutet, dass er einige Jahre fort ist statt nur für ein paar Wochen.«

»Und warum will Pere das nicht? Findet er es wirklich nicht richtig?«, fragte Mischi.

»Doch, schon.« Franz zuckte mit den Schultern. »Aber ihr habt es gehört: Pere müsste einen Knecht anstellen, wenn er die Arbeit schaffen will, bis Rudl mehr anpacken kann. Und es scheint, dass er wieder einen Schub hat?« Er hob die Hand und wackelte mit den Fingern.

Mischi nickte bedrückt. »Dieses Jahr ist es viel schlimmer. Seine Finger sind oft ganz dick geschwollen.«

»Wie auch immer.« Franz seufzte laut. »Anton bekommt natürlich Sold, wenn er ins Heer eintritt. Keine Ahnung, ob das reicht, sein Leben zu bestreiten und zugleich einen Knecht zu bezahlen. Ihm ist das gleichgültig. Es hat ihm gefallen, sich von den Offizieren herumscheuchen zu lassen und um sich zu schießen.« Er zog eine Grimasse und brachte Elisa zum Lachen.

»Du magst es nicht, das Schießen«, stellte Mischi fest.

Sein Bruder bedachte ihn mit einem nachdenklichen Blick. »Das ist doch egal. Es muss einfach sein. Der Kaiser braucht Männer, die unser Land verteidigen. Ich sehe nur nicht, was sich Anton davon verspricht. Sicher, die Kaiserjäger sind die Eliteeinheit Tirols. Ich glaube, er erwartet Glorie und Ruhm, hofft auf eine gute Laufbahn.«

»Und wenn es Krieg gibt? Muss er dann kämpfen?«, wollte Elisa wissen.

»Dann muss Anton für Tirol kämpfen«, gab Franz zu. »Aber das müssten wir alle, je nachdem, wie der Kaiser entscheidet.«

»Jetzt erzähl: Was habt ihr in Bruneck gemacht?«, fragte Mischi. Er wollte nichts mehr über Streit und Krieg hören, das war eine Sache zwischen Anton und Vater.

Franz schüttelte ruhig lächelnd den Kopf. »Bruneck ist voller Leben. Tante Teresas Hof liegt recht nah an der Stadt. Sie ist bei weitem nicht so streng wie Pere, wenn wir abends ausgeblieben sind.« Dann schien ihm bewusst zu werden, dass er zu seinen jüngeren Geschwistern sprach, und schwieg abrupt.

Mischi fiel auf, wie sehr sein großer Bruder sich während der letzten Wochen verändert hatte. In seinen blauen Augen lag ein wissender Ausdruck, und er hatte seinen blonden Bart länger wachsen lassen. Mischi nahm sich vor, ihn später noch einmal nach dem Leben in der Stadt zu befragen. Vielleicht würde er mehr erzählen, wenn Elisa nicht dabei war.

»Und Anton?«, fragte seine Schwester gerade.

»Anton ist freiwillig mitgekommen«, fuhr Franz fort. »Wenn Pere geahnt hätte, dass er Gefallen am Militärdienst findet, hätte er das sicherlich verboten. Es ist so: Sobald wir stellungspflichtig sind, werden wir einer Einheit zugelost. Wer wie ich einen Hof erbt, muss meistens nur Reservedienst ableisten. Falls die Offiziellen das anders entschieden hätten, wäre Anton mein Los angetreten. So war es mit Pere vereinbart, und er hätte nichts gesagt, wenn es so gekommen wäre.« Franz rieb sich müde über die Augen. »Dabei könnte sich nächstes Jahr, wenn Anton stellungspflichtig wird, alles von selbst finden. Deshalb verstehe ich es nicht. Pere zögert die ganze Sache nur hinaus beziehungsweise hofft, dass Anton nicht gelost wird. Und Anton muss nur ein Jahr warten. Dann ist er außerdem großjährig, und Pere kann ihm nichts mehr verbieten.«

Mischi nickte zustimmend. Er verstand es auch nicht. Er selbst vermied es so gut wie möglich, mit Kastlunger aneinanderzugeraten. Anton war immer schon anders gewesen, hatte widersprochen und aufbegehrt.

»Er will etwas für sich haben«, sagte Elisa plötzlich in die Stille hinein, die sich in der Küche ausgebreitet hatte.

Mischi runzelte verständnislos die Stirn.

»Wie meinst du das?«, fragte Franz.

»Du bekommst den Hof«, erklärte Elisa und zeigte auf ihren ältesten Bruder. »Mischi hat sein Holz. Er ist glücklich, wenn er daran herumschnitzen kann. Anton hat nichts. Er will etwas für sich machen, etwas, bei dem Tata ihm nicht reinreden kann.« Ihre Augen glänzten triumphierend.

Franz schaute sie überrascht an, dann nickte er. »Das könnte es wirklich sein.«

»Die Garnisonen der Kaiserjäger sind fürchterlich weit weg«, widersprach Mischi. »Er muss dort wohnen und wird gar nicht mehr nach Hause kommen.«

Franz lachte laut auf, dass seine Augen blitzten. »Da hast du es. Vielleicht ist das ein weiterer guter Grund.«

»Ich würde niemals freiwillig länger als nötig fort von hier«, sagte Mischi kopfschüttelnd.

»Ich auch nicht«, pflichtete Franz ihm bei. »Aber Anton war in dieser Hinsicht immer schon anders. Nein, ich glaube, Elisa hat es verstanden. Pere wäre gut beraten, ihn ziehen zu lassen.«

Mischi atmete erleichtert auf. Es fühlte sich gut an, wenn man eine Erklärung für manche Dinge hatte. Jetzt hoffte er nur noch, dass Franz auf den Vater einwirken würde, sobald der sich einigermaßen beruhigt hatte. Er hasste Streit und würde viel lieber mit der Familie in der Stube sitzen und hören, was Franz und Anton von Bruneck und Tante Teresa und ihrem Mann zu erzählen hatten.

Tante Teresa war erst vor einigen Jahren ausgezogen, kurz nach dem Bau der neuen *ciasa*. Sie war zu alt, um selbst Kinder zu bekommen, aber sie hatte Wenzel Lanz geheiratet, einen Witwer aus Bruneck mit sieben Kindern. Das wäre nur eine Versorgungsehe, Lanz suche eine Dumme für seinen Haushalt, weil er zu geizig war, eine Magd anzustellen, hatte Kastlunger seiner Schwester verächtlich vorgeworfen, doch Teresa hatte sich nicht beirren lassen und den Heiratsantrag nach kurzer Überlegung angenommen.

Jetzt, vor dem Hintergrund von Elisas Vermutung, dass Anton sein Leben ohne den Einfluss des Vaters gestalten wollte, fragte Mischi sich, ob es Tante Teresa ebenso ergangen war. Vielleicht würde er sie eines Tages danach fragen.

3. KAPITEL

26. Dezember 1909 – Vila Kastlunger, Val Badia

Bis Weihnachten wurde es wieder ruhig. Dank Franz' gutem Zureden lenkten sowohl Josef Kastlunger als auch Anton ein. Vielleicht hatte sogar Mutter Anna ein gutes Wort für ihren Sohn und seinen Herzenswunsch eingelegt, Mischi wusste es nicht. Manchmal vermutete er schon, dass seine Mutter größeren Einfluss auf den Vater hatte, als alle ahnten. Sie wies einige Male nachdrücklich darauf hin, dass Anton mit seinen fließenden Deutsch- und passablen Italienischkenntnissen durchaus gute Aussichten auf eine militärische Karriere hatte. Das kaiserliche Heer war ein buntes Gemisch aus allen Teilen des habsburgischen Vielvölkerstaates, die Beherrschung dreier Sprachen, sofern man das Ladinische noch hinzuzählte, sicherlich kein Nachteil. Anton würde im nächsten Jahr, sobald er stellungspflichtig wurde, freiwillig ins Regiment der Kaiserjäger eintreten.

Mischi begriff immer noch nicht, warum sein Bruder von diesem unbändigen Wunsch beseelt war wegzukommen. Er hoffte, dass der Kelch der Einberufung an ihm vorüberging, und vielleicht stiegen seine Aussichten darauf, nicht genommen zu werden, wenn Anton freiwillig eintrat. Zum Glück vergingen noch einige Jahre, bis er sich melden musste.

Erst einmal stand der Winter an. Der Schnee fiel reichlich und gab allen genug Gelegenheit, Schi zu fahren oder auf dem Dorfweiher Schlittschuh zu laufen.

So ging das Weihnachtsfest beschaulich vorüber. Am zweiten Weihnachtstag spannte Kastlunger an einem strahlenden Feiertagsmorgen die beiden Haflinger vor den festlich mit Tannenzweigen geschmückten Holzschlitten, um mit seiner Frau zur Kirche zu fahren. Der Schlitten war nicht viel mehr als ein Sitzbrett auf breiten, hochgeschwungenen Kufen und schon seit ewigen Zeiten im Besitz der Familie. Er bot maximal drei Personen Platz, daher folgten die fünf Geschwister zu Fuß in Richtung des vielstimmigen Läutens der Kirchenglocken, das ihnen der Wind zutrug.

»Ich wünschte, wir könnten mit Schiern zur Kirche fahren«, seufzte Elisa laut auf, während sie neben Mischi den Hang hinunter zur Straße rutschte. Der Schnee auf dem Weg war zwar festgetreten und mit Sand bestreut, trotzdem trügerisch glatt und schlüpfrig.

Mischi bemühte sich, in Antons Spuren zu treten, um glatte Stellen zu vermeiden. »Das nützt nichts«, sagte er. »Unten an der Straße musst du sie wieder abschnallen, oder wie willst du den Hang zur Kirche hinaufkommen?«

Elisa brummte und zog den Schal um ihren Kopf enger. »Ihr könntet mich ziehen. Oder wir nehmen ein Pferd und lassen uns hinaufziehen.«

»Niemals, Kleines«, rief Franz von weiter vorne, ohne sich umzudrehen. »Du läufst brav hinauf wie wir alle.«

Anton wandte sich dagegen um und sah sie grübelnd an. »Die Idee ist gut«, meinte er. »Ein paar Seile, einer aufs Pferd und die anderen auf Schiern hintendrein. Warum sollte das nicht klappen?«

Franz macht eine wegwerfende Handbewegung. »Du bist ja verrückt. Dabei brichst du dir nur den Hals.« Er stapfte schneller voran, wobei Mischi sich fragte, warum. Je eher sie an der Kirche waren, umso länger mussten sie dort bis zum Beginn des Gottesdienstes in der Kälte ausharren.

Anton zwinkerte Elisa und Mischi verschwörerisch zu und senkte seine Stimme. »Wir probieren das aus, einverstanden? Gleich heute Nachmittag.«

Elisa nickte begeistert. Mischi wusste nicht so recht, was er davon halten sollte. Antons Ideen taugten immer gut dazu, Ärger heraufzubeschwören. Allerdings klang es wirklich nicht so dumm, auf den Schlitten zu verzichten und sich direkt von den Pferden ziehen zu lassen. Die Haflinger waren das Einspannen und Ziehen von Lasten gewohnt, es sollte sie nicht weiter stören, was sie zogen.

Sie erreichten die Kirche, die sich im morgendlichen Sonnenschein in den wolkenlosen Himmel emporreckte, und nahmen im Inneren des eisigen Gebäudes ihre Plätze ein. Während des Gottesdienstes gab Mischi sich größte Mühe, nicht mit den Zähnen zu klappern, während er sich zurück in die Werkstatt träumte, wo eine weitere Truhe auf ihre Vollendung wartete. Ob es Gott wirklich gefiel, dass sie hier alle saßen und froren? Wenn Mischi ehrlich war, fühlte er sich dem Schöpfer viel näher, wenn er schnitzte oder eine fertige Holzfigur der kleinen Aurelia Gutholzer schenkte und sah, wie sie sich freute. Dann verstand er, wie Gott empfunden haben mochte, als er die Welt erdacht hatte.

Mischi pustete sich verstohlen in die kalten Hände. So ein Gedanke war gewiss lästerlich. Für Kurat Ploner zählte nur die Anwesenheit beim Gottesdienst, das regelmäßige Ableisten der Beichte und sonst nicht viel.

Nach der Messe strömten die Dorfbewohner auf den kleinen Platz vor dem Kirchenportal und fanden sich wie immer zu kleinen Grüppchen zusammen, um sich über den neuesten Dorftratsch auszutauschen oder das Weltgeschehen zu diskutieren.

Franz und Anton gesellten sich zu den Eltern, die mit Kurat Ploner und der Familie Pescoll zusammenstanden. Mischi, Elisa und Rudl wurden sich selbst überlassen.

Gelangweilt schob Mischi mit den Füßen kleine Schneehaufen zusammen, die klammen Hände tief in den Taschen vergraben, während er sich umschaute, ohne etwas Interessantes zu entdecken. Wehmütig dachte er an den Spätsommertag, als hier ein Auto gestanden und Vito ihnen von der Toskana erzählt hatte. Es schien Ewigkeiten her zu sein, dabei waren es gerade mal ein paar Monate.

»Pst, Mischi.« Elisa stupste ihn mit dem Ellbogen in die Seite, deutete in Richtung der Eltern und kicherte. Sie beobachteten, wie Anton sich hinter dem Rücken des Vaters Helene Pescoll näherte und ihr einen blitzschnellen Kuss auf die Wange hauchte.

»Komm.« Elisa versuchte, Mischi näher an die Gruppe heranzuziehen, doch er sträubte sich.

»Nicht, bevor Pere etwas bemerkt.« Außerdem stand Helenes kleiner Bruder Matthias in der Nähe. Seit dem Vorfall mit Chiara bemühte sich Mischi, ihm aus dem Weg zu gehen, da er ihnen Vitos Auftritt immer noch nachtrug.

»Was soll er denn bemerken?« Elisa ließ ihn los und lief ein paar Schritte auf die Erwachsenen zu, bevor sie der Mut verließ.

Mischi wartete geduldig, bis sie schmollend zurückkehrte. Sie wusste genau, dass jetzt einer dieser Momente war, sich von den Eltern fernzuhalten. Der Vater schätzte es nicht, bei seinen Sonntagsgesprächen gestört zu werden.

Mischi fand ohnehin, dass sie Anton und Helene von ihrem Standpunkt aus prima beobachten konnten. Die beiden standen einander in sittsamem Abstand gegenüber, und nur ganz selten berührten sich ihre Hände. Einem flüchtigen Beobachter musste es zufällig erscheinen, doch Helenes Wangen waren sicher nicht nur von Kälte gerötet. Antons Lachen schien lauter, seine Gesten noch wilder als üblich.

»Hm.« Elisa nickte entschieden und verschränkte die Arme.

»Was ist?«, wollte Mischi wissen.

Sie sah zu ihm auf. »Wenn die Helene ihm schöne Augen macht, geht er vielleicht nicht zu den Kaiserjägern.«

»Aber …« Mischi verstummte. Er hatte keine Ahnung, ob es klug war, seiner Schwester diese Erwachsenendinge zu erzählen. Nur weil Anton Helene mochte, bedeutete das noch gar nichts.

»Was aber? Was meinst du?« Elisa zupfte ihn am Ärmel.

»Lass uns nach Hause gehen. Mir ist kalt.« Mischi stampfte mit den Füßen.

»Na gut.« Mit einem letzten Blick auf das Paar folgte seine Schwester ihm widerwillig. Rudl schloss sich ihnen schweigend an.

»Mischi, glaubst du, Anton wird die Helene Pescoll heiraten?«, fragte Elisa nach einer Weile.

»Du lässt nicht locker, oder?« Mischi grinste gutmütig, froh, durch die Bewegung endlich wieder warm zu werden.

»Sie mögen sich sehr.«

»Bloß weil sie sich miteinander unterhalten? Sei nicht albern.«

»Nicht nur heute.« Elisa ließ ihre Worte vielsagend in der Winterluft vergehen und pustete kleine Atemwölkchen hinterher.

»Was meinst du?«

»Sie treffen sich schon eine ganze Weile.«

Mischi warf seiner Schwester einen scharfen Seitenblick zu, doch sie stapfte mit argloser Miene voran.

»Ist das wahr?«, hakte er nach, als sie nichts weiter sagte.

»Ja.«

Ein Ruf unterbrach sie. »Wartet auf mich!«

Sie drehten sich um und sahen Anton auf sich zuschlittern. »Pere und Mama wollen noch zu den Pescolls und danach zum alten Costa. Seine Magd sagt, er wäre wieder krank«, erklärte er atemlos. »Franz fährt den Schlitten nach Hause. Wir könnten die Schier holen und ausprobieren, ob die Pferde uns ziehen.« Er lachte übermütig.

Elisa betrachtete ihn neugierig. »Was ist mit Helene?«

»Helene? Was soll mit ihr sein?« Anton richtete mit einer übertrieben unschuldigen Miene die Augen gen Himmel.

»Magst du sie?«

»Das geht dich gar nichts an, und wehe dir, du erzählst Pere ein Sterbenswörtchen!« Bevor Elisa etwas sagen konnte, nahm Anton mit einer lässigen Bewegung eine Handvoll Schnee und klatschte ihn seiner Schwester ins Gesicht. Sie kreischte und stürzte sich halbblind auf ihn. Als er versuchte, sie abzuwehren, kam er auf dem rutschigen Untergrund ins Straucheln. Gemeinsam fielen sie in den Schnee und übereinander her. Lachend und schreiend versuchte Elisa, Anton davon abzuhalten, ihr das Gesicht einzureiben.

Es war sonnenklar, dass Elisa keine Chance hatte und dringend Hilfe brauchte. Mischi warf einen fragenden Blick zu seinem jüngsten Bruder. Rudl grinste und rollte bereits zwei Schneebälle in den Händen. »Bereit.«

Zu zweit bombardierten sie Anton, bis der von Elisa abließ und die Arme schützend vors Gesicht hielt. »Genug, ich ergebe mich!«

»Alle für Elisa«, erklärte Rudl feierlich, während Mischi seiner Schwester aufhalf.

Anton schüttelte sich den Schnee aus den Haaren. »Sie hätte es auch ohne euch geschafft. Nicht wahr, Schwester? Kommt, lasst uns laufen. Jetzt sind wir ohnehin nass.« Er packte sie schwungvoll um die Hüften und schob sie vor sich her. Lachend fiel Elisa in einen flotten Laufschritt, und sie schlitterten gemeinsam bergab über die Gadertaler Straße und die Brücke über den Gaderbach weiter den Hang hinauf zur *vila*. Zwischendurch überholte Franz sie mit dem Schlitten und winkte.

Anton ging gar nicht erst ins Haus, sondern lief zum Stall und öffnete die breite Tür. Warme Luft und der Geruch von Kuh- und Ziegendung schlugen ihnen entgegen. Die beiden Haflinger standen bereits in den Verschlägen, von Franz war nichts zu sehen oder zu hören.

»Mischi, fang!« Anton angelte zwei aufgewickelte Longen von einem Haken und warf sie in Mischis Richtung. Er fing die beiden Bündel, die trotzdem auseinanderfielen und sich zu einem wilden Knäuel verhedderten.

Während Rudl und Elisa Dolasíla, die Haflingerstute, sattelten, wickelte Mischi die Longen mit einem Seufzer wieder ordentlich auf. Das war so bezeichnend für Anton: Er stürzte sich kopfüber ins nächstbeste Abenteuer, ohne nach den Folgen zu fragen. Vater würde ihre Experimente auf keinen Fall gutheißen, das war jetzt schon klar.

Andererseits war es ein schöner Tag, und was konnte groß schiefgehen? Dolasíla war ein überaus stoisches Exemplar und Elisa eine gute Reiterin.

»Komm schon, Mischi, steh hier nicht herum.« Anton tauchte in dem sonnigen Rechteck der Stalltür auf und hielt zwei Paar Schier in den Händen. Mischi hatte gar nicht mitbekommen, dass sein Bruder den Stall verlassen hatte.

»Wir kommen.« Elisa hatte ihren Mantel auf einen freien Haken gehängt und zog das Pferd resolut hinter sich her.

Zögernd folgte Mischi. Als er wieder ins Freie trat, spürte er den herausfordernden Blick seines Bruders auf sich ruhen.

»Ich glaube, dass wir Ärger mit Pere bekommen.« Mischi sprach leise und mit gesenktem Kopf. Er wollte kein Feigling sein.

»Bis er zurück ist, sitzen wir längst wieder im Warmen. Jetzt komm.« Anton drückte ihm ein Paar Schier in die Arme und stapfte hinter Elisa und Rudl her zwischen den Obstbäumen hindurch, bis sich die Hausweide vor ihnen ausbreitete. Gleißend hell warf die unberührte Schneedecke das Sonnenlicht zurück, so dass Mischi blinzelte. Bei diesem Anblick fand er Antons Idee plötzlich sehr verlockend.

Anton befestigte die Longen rechts und links am Sattel, bevor er seiner Schwester aufs Pferd half.

Elisa wickelte ihren langen Rock ordentlich um ihre Beine und richtete sich kerzengerade auf. Ihre Augen strahlten vor

Vorfreude, kleine Atemwolken stiegen aus ihrem Mund empor. Mit dieser selbstverständlichen Anmut wirkte sie wie eine Kriegsgöttin, die mit wehendem Umhang ihrem Volk voraus in die Schlacht ritt.

»Schnall die Schier an, Mischi. Oder willst du wirklich nicht?« Anton hatte die Bretter an seinen Füßen befestigt und griff nach den Longen. Seine Finger und sein Gesicht waren ganz rot vor Kälte, doch er schien nichts davon zu spüren.

Gespannt beobachtete Mischi, wie Anton sich hinter Dolasíla aufstellte und die beiden Longen straffte.

Es war geradezu lächerlich einfach. Anton musste lediglich seine Schier gerade nebeneinanderhalten und sich ziehen lassen. Für ihn, der bei den halsbrecherischsten Abfahrten mitmischte, seit die ersten Schifahrer im Tal aufgetaucht waren, eine eher langweilige Übung.

Elisa trabte an und kehrte in einem weiten Bogen zu Mischi zurück, wo sie die Stute durchparierte. Anton glitt über die Schneedecke heran, bis er vor den anderen zum Stehen kam und fröhlich lachte. »Rudl, hol Laurín. Du ziehst Mischi, und wir machen ein Rennen!«

Rudl nickte begeistert und rannte los.

Mischi hatte die Schier inzwischen angeschnallt. »Das sah gar nicht so schwer aus.«

»Es ist kinderleicht, du wirst sehen.« Anton grinste breit und warf Mischi die Longen zu.

Elisa brachte die Stute in Position. »Ich will gleich auch mal!«

»Schifahren ist nichts für Mädchen.«

»Unsinn. Ich kann genauso gut fahren wie Mischi.« Elisa zischte wütend, doch niemand beachtete sie.

Mischi zupfte nervös die Longen zurecht. Er fürchtete schon, Elisa würde ihrer Empörung Luft machen, indem sie Dolasíla zu einem wilden Galopp trieb, doch sie ritt ganz langsam und warf immer wieder aufmerksame Blicke über die Schulter.

»Und?«, fragte Anton, sobald sie bei ihm angelangt waren.

Mischi betrachtete die Spuren, die sie auf der unberührten Schneedecke hinterlassen hatten. Dann malte sich wie von selbst ein breites, zufriedenes Grinsen auf sein Gesicht. »Großartig.«

Inzwischen war Rudl mit dem Haflingerwallach am Zügel eingetroffen und machte sich mit Anton bereit.

Elisa beugte sich verschwörerisch zu Mischi hinab. »Denen zeigen wir's.« Aufgeregt rutschte sie im Sattel hin und her.

Mischi wartete ebenso ungeduldig, die Longen um die bloßen Hände gewickelt. Trotz aller Bewegung wurde ihm kalt, der feuchte Schnee drang allmählich durch die Kleidung. Außerdem müssten doch die Eltern langsam zurückkehren? Es musste inzwischen später Mittag sein.

Er verdrängte den Gedanken energisch. Die Aussicht aufs Rennen wärmte ihn, und alle Bedenken vergingen. Er und Elisa würden die anderen mühelos abhängen.

Endlich straffte Anton die Longen und schnalzte mit der Zunge. »Langsam. Erst eine Runde im Schritt, damit Laurín sich dran gewöhnt.«

Mischi spürte seine Erwartung weiter ansteigen, während die beiden Gespanne nebeneinander eine Runde drehten. Das gemächliche Tempo genügte ihm nicht mehr, er wollte sich messen.

Kaum dass Anton sich wieder den Obstbäumen näherte, rief er Rudl zu, er solle angaloppieren. Das Gespann drehte einen Halbkreis und raste los.

Elisa dachte nicht daran, sich abhängen zu lassen. Mit einem letzten Blick über die Schulter rammte sie ihrer Stute die Hacken in die Flanken.

Mischi hatte zwar mit einem Ruck gerechnet, doch der Schwung riss ihn so unsanft nach vorne, dass er beinahe hingeschlagen wäre, bevor er das Gleichgewicht wiederfand. Seine Wahrnehmung reduzierte sich auf den kraftvollen Zug an den Armen, das nasse Leder, das er mit aller Macht umklammerte, und auf den Schnee, der um ihn herum glitzernd aufwirbelte und ihm die Sicht nahm. Mit einem Anflug von Panik spürte er die Unebenheiten unter den Schiern, die gefrorenen Grasbüschel und den von Pferdehufen aufgewühlten Boden.

Unvermittelt knickte Mischi ein Bein weg. Er überschlug sich, rollte nach vorne und knallte auf den Boden, der nicht annähernd so weich war, wie er aussah. Hilflos schrie er auf. Eine dicke Ladung Schnee drang ihm in den offenen Mund. Er bekam keine Luft mehr, verschluckte sich an den eiskalten Klumpen und würgte. Er versuchte die Longen loszulassen, aber seine Hände waren zu verkrampft. Wie eine Stoffpuppe wurde er durch den Schnee geschleift, bis er schließlich stilllag. Er spuckte aus, konnte endlich wieder durchatmen. Langsam löste er seine klammen Finger von den Longen und wischte sich nasse Flocken aus den Augen. Schnee sickerte ihm in den Mantelkragen, die Schuhe und die hochgerutschten Hosenbeine.

Jemand brüllte über die Wiese. Vergeblich versuchte Mischi den Kopf zu heben. Höllischer Schmerz breitete sich vom Nacken über den gesamten Körper aus und benebelte seinen Verstand, die Beine gehorchten ihm nicht. Zitternd vor Angst und Kälte atmete er ein und wartete darauf, was als Nächstes geschah.

»Mischi, steh auf. Was ist los mit dir?«, drang Elisas Stimme gedämpft zu ihm vor. Ein Gesicht tanzte schemenhaft vor seinen Augen, eine warme, trockene Hand streifte seine Wange.

Mischi schluchzte auf. Er hatte nur unwillkürlich gezuckt und schon brandete eine neue Welle Schmerz durch seinen Körper und ließ ihn schwindeln. Ihm wurde übel, saure Galle stieg ihm in den Mund. Er kniff die Augen zusammen, ertrug die nächste Welle, die durch seinen Schädel donnerte, und hoffte, dass die Welt möglichst bald aufhören würde, sich um ihn zu drehen.

»Mischi.« Wieder eine warme Hand an seiner Stirn.

Auf einmal waren da ganz viele verschiedene Stimmen, die aufgeregt durcheinandersprachen. Das dumpfe Poltern des Vaters erhob sich über die anderen, gefolgt von einem Schrei. Die Hand auf seiner Stirn zuckte weg. Ein empörtes Kreischen folgte.

Und dann waren da nur noch Stille und Dunkelheit.

Als Mischi wieder zu sich kam, schwankte alles um ihn herum. Er öffnete die Augen, doch gleißendes Licht blendete ihn, und er presste die Lider wieder aufeinander. Schmerz explodierte in seinem Kopf. Um ihn herum brandeten Stimmen auf und ab. Ihm wurde klar, dass ihn starke Arme irgendwohin trugen. Warum? Wo war er? Er erinnerte sich nicht, was vorgefallen war. Er hörte seinen Vater, der Elisa und Rudl befahl, die Pferde in den Stall zu bringen.

Ein Klatschen war zu hören, dann ein weiteres. Elisa schrie erbost auf. Mischi erkannte Antons Stimme, die zornig gegen die des Vaters anschrie.

»Vorsichtig! Mach erst die Tür auf«, brummte jemand an Mischis Ohr. Eine Alkoholfahne begleitete die Worte und ließ ihn würgen. Niemand beachtete ihn.

»Wohin?«

»Nach oben, in den ersten Stock. Das erste Zimmer auf der linken Seite.«

Franz? Offenbar hatte er den Namen nicht laut ausgesprochen, denn sein Bruder reagierte nicht.

Warum hörte ihn niemand? War er tot und nur sein Geist noch nicht in den Himmel aufgefahren? Eine gewaltige Welle der

Mühsam krabbelte er aus dem Bett. Sobald er aufrecht stand, musste er gegen Schwindel ankämpfen, und über seinen Nacken tanzten tausend kleine Nadelstiche. Dafür kehrte seine Erinnerung zurück: Eine Unebenheit im Boden, vielleicht ein Kaninchenloch, hatte ihn aus dem Gleichgewicht gebracht und über die Schier stolpern lassen. An den Sturz selbst erinnerte er sich nach wie vor nicht, aber ohne jeden Zweifel hatte er sich den Kopf verrissen.

Was war hier vor sich gegangen, während er geschlafen hatte?

Mit kleinen Schritten wankte er zur Tür und massierte sich dabei mit einer Hand den Nacken. Es kostete ihn gewaltige Anstrengung, die Tür zu öffnen. Schwer atmend hielt er gegen den Türrahmen gelehnt inne.

»Jemand hier oben?«, krächzte er mühsam. Aus Elisas Zimmer neben seinem schimmerte ein fahlgelber Lichtstreifen auf die Holzdielen. Gerade als Mischi überlegte, ob er die Mühe auf sich nehmen und hingehen sollte, wurde die Tür aufgerissen.

»Mischi!« Elisa rannte auf ihn zu und warf sich ihm leise schluchzend in die Arme.

Er biss die Zähne zusammen, weil dieser Ansturm ihm die nächste Schmerzwelle durch Kopf und Nacken jagte.

Erst nach einer gefühlten Ewigkeit schaute Elisa auf. »Du sollst liegen bleiben. Geht es dir besser? Mama wird es freuen, wenn es dir besser geht. Sie wollten sogar den Doktor kommen lassen. Vielleicht kommt er bei dem Wetter nicht durch. Dann hätte dir keiner helfen können. Der Pacher wollte dir Schnaps einflößen, Mama hat ihn ausgeschimpft, und …«

»Was ist los?«, unterbrach Mischi ihr unzusammenhängendes Gerede.

Elisa senkte stumm den Kopf und nestelte an ihrem Kragen.

»Hilf mir zurück ins Bett«, bat er schließlich, als sie ihn endlich schweigend ansah. Auf ihren Arm gestützt, taumelte er zurück ins Bett und verwünschte sich für seine Schwäche.

Erst als er wieder lag und das Zimmer aufgehört hatte, sich um ihn zu drehen, wandte er sich seiner kleinen Schwester zu. »Und?«

»Tata hat Anton vom Hof gejagt.« Sie schniefte leise. »Anton kommt niemals mehr wieder.«

Mischi dachte angestrengt nach. Ihre Worte ergaben überhaupt keinen Sinn. »Vor ein paar Wochen durfte er noch nicht gehen, weil seine Arbeitskraft fehlen würde. Wo ist er hin?«

»Nach Bruneck, zu Tante Teresa. Wenn sie ihn aufnimmt. Tata hat ihn sofort davongejagt, nachdem du gestürzt bist. Er sagt, dass Anton daran schuld ist.« Die letzten Worte flüsterte sie fast.

»Nach Bruneck? Allein? Das sind über zwanzig Kilometer. Wie will er das zu Fuß vor Anbruch der Dunkelheit schaffen?«

»Er hat seine Schier mitgenommen. Damit ist der schneller.«

Mischi schwieg. Er begriff dennoch nicht, warum der Vater das getan hatte. War der Graben zwischen den beiden wirklich so tief?

»Wir haben alle mitgemacht. Warum sollte Anton allein Schuld haben? Warum werden wir nicht bestraft?«

Da fiel ihm auf, dass Elisa noch immer vor dem Bett stand. »Setz dich.« Er deutete auf den Tisch mit den beiden Stühlen zwischen seinem und Rudls Bett.

Sie wich seinem Blick aus. »Mama sagte, dass du deine Strafe direkt vom Herrgott bekommen hast«, murmelte sie nur. »Ich sollte sie rufen.« Mit diesen Worten verließ sie das Zimmer.

Mischi nahm das feuchte Tuch vom Nachttisch, legte es über die Schläfen und schloss die Augen. Er hatte ein schlechtes Gewissen. Also hatte Vater Elisa und vermutlich auch Rudl eine ordentliche Tracht Prügel mit dem Rohrstock auf den Hintern verpasst. Er war davongekommen, weil er hier gelegen hatte. Das war nicht gerecht.

Was war mit Anton? Natürlich war Mischi klar, dass Kastlunger seinen zwanzigjährigen Sohn kaum züchtigen konnte. Ihn gleich davonzujagen kam ihm allerdings mächtig übertrieben vor.

Er döste wieder ein, das Denken strengte ihn zu sehr an. Das würde sich alles hoffentlich wieder einrenken.

4. KAPITEL

Mitte Juni 1910 – Bruneck, Val de Puster

Mischi führte die beiden Haflinger hinter den Stall und band sie im Schatten an einen eisernen Ring in der Mauer. Dieser Sommer begann ungewöhnlich warm. Er wischte sich den Schweiß von der Stirn und bemerkte, dass er sich dabei Dreck im Gesicht verteilte, der ihm noch an den Fingern klebte.

Er schnappte sich zwei Eimer und lief zu dem kleinen Bach, den die Bewohner der *vila* zwischen zwei Gebäuden zu einem Becken gestaut hatten, in dem Wasser geschöpft und Wäsche gewaschen wurde. Hastig wusch er sich das Gesicht und trank ein paar Schlucke, bevor er die vollen Eimer zu den Pferden schleppte. Er durfte nicht trödeln, wenn sie rechtzeitig nach Bruneck aufbrechen wollten.

Vater hatte ihnen die Fahrt nur erlaubt, weil Franz ihm gut zugeredet hatte. Normalerweise wäre sein ältester Bruder allein gefahren. Die Heuernte stand bevor, und das hieß, von morgens bis abends zu schuften. Doch das Wetter versprach ruhig und warm zu bleiben, und außerdem war das Heu ungewöhnlich früh bereit zur Ernte, so hatte Kastlunger sich schließlich erweichen lassen.

Mischi tränkte die Pferde und striegelte ihnen den Staub aus dem Fell, bis es golden glänzte. Dabei schaute er sich immer wieder um. Wo blieb Elisa?

Sie hatten sich nach dem Gottesdienst beeilt, danach sollte Elisa die Ziegen auf der Weide tränken. Das konnte doch nicht so lange dauern?

Die Kutsche, eigentlich mehr ein offener Leiterwagen, hatten er und Franz morgens schon aus der *majun* gezogen. Mischi schirrte die Pferde an und verknotete die Zügel am Joch, damit sie sich nicht verhedderten. Danach gab es nichts mehr zu tun.

»Mischi, komm her.« Seine Mutter erschien an der Hintertür und stemmte einen Korb in die Höhe. Er nahm ihn entgegen.

»Vorsicht, der ist schwer.«

»In der Tat«, keuchte Mischi. Er verstaute den Korb auf die Ladefläche des Wagens, wo sich bereits zwei engmaschige Käfige befanden. Damit wollten sie Hühner transportieren, die Teresa ihrem Bruder versprochen hatte, da die gesamte Hühnerschar der *vila* im letzten Winter eingegangen war.

»Was ist da drin?«, fragte er neugierig.

»Hauptsächlich Geschenke für Teresa und die Kinder. Mehrere Flaschen Selbstgebrannter, Schinken und eine Kaffeemühle, die ich nicht mehr brauche. Franz ist gleich so weit. Wo ist Elisa?«

»Wenn ich das wüsste.«

»Dann such sie. Was sie bis jetzt nicht erledigt hat, soll Rudl machen. Ich muss in die Küche zurück, das Brot für die Erntehelfer backt sich nicht von allein. Mach's gut, mein Junge.« Sie malte ihm zum Abschied mit dem Daumen ein Kreuz auf die Stirn.

Mischi warf einen prüfenden Blick auf die Pferde, die dösend dastanden, bevor er den Pfad unter den Obstbäumen zur Weide lief, die sich die Ziegen aller Familien der *vila* seit jeher teilten. Die Wassereimer waren voll und sauber. Elisa hatte ihre Arbeit bereits getan.

Mischi betrachtete die nachbarliche *ciasa*. Rudolf Costa war am vergangenen Neujahrsmorgen die Treppe hinuntergestürzt und hatte sich das Genick gebrochen. Seitdem hinterließ der Verfall überall seine Spuren. Martha Vinatzer wohnte zwar noch immer im ersten Stock, doch die Magd war alt, älter als Mischis Mutter, und versorgte nur noch das Vieh. Die Sonntage verbrachte sie im Dorf bei ihrer Schwester, so auch heute.

Dann entdeckte Mischi Bernhard Gutholzer, der sich wie zufällig nahe der Hintertür der *ciasa* herumdrückte.

»He, Bernhard. Du bist heute gar nicht dran mit Melken.«

Ertappt fuhr der Nachbarjunge herum und grinste erleichtert, weil es nur Mischi war. »Unten an der Straße steht wieder das Automobil. Der Sohn vom Costa muss hier sein.«

Im gleichen Augenblick traten Jakob Costa und ein viel älterer Mann aus der *majun*. Elisa folgte ihnen mit durchgestreckten Schultern und auf dem Rücken verschränkten Händen. Mischi blinzelte verwundert. Wer war der Fremde? Er und Costa waren mit weißen Hemden und schwarzen Hosen viel zu gut gekleidet. Bernhards kurze Lederhose, die nackten Füße und das dreckige, grobe Hemd standen im krassen Gegensatz dazu. Mischi selbst trug für den Ausflug bereits seine beste braune Hose und ein kariertes Hemd, kam sich beim Anblick der Besucher dennoch schäbig angezogen vor. Nur Elisa konnte mit ihrem dunkelgrauen Kleid und dem Mieder mit kurzen gepufften Ärmeln einigermaßen mithalten.

Als sie Mischi und Bernhard erblickte, gab sie den beiden Männern artig die Hand und lief auf sie zu.

»Komm! Sonst fährt Franz ohne uns«, rief Mischi.

»Wer sind die? Wohin fahrt ihr?«, wollte Bernhard wissen.

»In die Stadt. Nach Bruneck«, erklärte Elisa stolz.

Bernhard bekam glänzende Augen.

»Wer ist der Mann, der bei Costa war?«, fragte Mischi, den die Antwort auf die erste Frage viel mehr interessierte.

»Das ist Vitos Großvater. Signor Roberto Cancelletti di Caccialupi.«

Mischi kicherte, als Elisa Chiaras rollendes Italienisch nachahmte. Das also war ihr hochverehrter *richtiger* Großvater. »Sind sie hier? Chiara? Und Vito?« Er hätte sich am liebsten auf die Zunge gebissen, weil er sich beinahe verraten hätte, wer von beiden ihn mehr interessierte.

Zum Glück bemerkte Elisa nichts. »Nein, sie sind nicht mitgekommen«, sagte sie bedauernd.

»Und was machen die beiden hier?«

»Das habe ich nicht herausgefunden. Sie haben mich gefragt, wer sich um die Tiere kümmert, was Martha tut und all diese Dinge. Dann wart ihr schon da.«

Mischi brummte unzufrieden.

Auf dem Hof kam ihnen Franz entgegen. »Da seid ihr endlich. Es wird Zeit, dass wir fahren!«

»Jakob Costa ist zurück«, rief Elisa, bevor jemand anders etwas sagen konnte.

Franz hob die Augenbrauen. »Ach? Wurde auch Zeit. Aber das kann uns jetzt gleichgültig sein. Geschwind, Elisa, verabschiede dich. Sonst bleibt nichts mehr vom Tag in der Stadt.« Er ignorierte Elisas missmutigen Blick und führte die Pferde den schmalen Weg zwischen den Gebäuden entlang vors Haus.

Bernhard winkte. »Wir sehen uns morgen.« Er rannte davon, begierig, seiner Familie die Neuigkeiten zu bringen.

Mischi wollte gerade seinem Bruder und dem Wagen folgen, als er bemerkte, dass Elisa immer noch regungslos dastand.

»Was ist?«, fuhr er sie an. Sosehr er sie liebte, wenn sie den Aufbruch noch weiter verzögerte, konnte sie sich auf etwas gefasst machen.

Sie zog einen Schmollmund. »Alle hundert Jahre passiert hier mal etwas, und ausgerechnet dann müssen wir wegfahren.«

»Na, wenn es das ist.« Mischi lachte und schubste sie gutmütig. »Du hast es selbst gesagt: Vito und Chiara sind nicht mitgekommen. Alles andere werden wir nach unserer Rückkehr erfahren. Jetzt komm!«

Endlich ging es in munterem Trab auf die Gadertaler Straße, durchs Dorf und weiter darüber hinaus. Die Straße wand sich in engen Bögen und Windungen längs des Gaderbachs, der um diese Jahreszeit ruhig dahinfloss. Mehrmals überquerten sie das Gewässer, wobei die Straße dann häufig eine steile, fast rechtwinkelige Kurve machte, da die Brücken auf diese Weise so kurz wie möglich gebaut waren.

Die Geschwister saßen nebeneinander auf dem Kutschbock, Elisa in der Mitte.

Mischi genoss die Fahrt, war er doch bisher nur selten in den Genuss solcher Ausflüge gekommen. Für Elisa war es sogar das erste Mal seit vielen Jahren. Und Mutter hatte es ihr nur erlaubt, damit sie Anton noch einmal wiedersah, bevor er im Herbst nach Hall aufbrach, wo die Kaiserjäger in Garnison lagen. Anton machte Ernst. Er hatte sich freiwillig gemeldet, und es bestand kein Zweifel, dass er tauglich gemustert wurde.

»Kannst du dich überhaupt noch an Tante Teresa erinnern, Elisa?«, fragte Franz irgendwann.

Seine Schwester schüttelte den Kopf. »Kaum. Sie hat mir früher abends Geschichten erzählt. Ich kann mich besser an ihre liebe Stimme erinnern als an ihr Gesicht. Das letzte Mal habe ich sie auf ihrer Hochzeit gesehen. Ich weiß noch, dass es viele bunte Blumen gab und unendlich viel zu essen. Der Hof war riesengroß, viel größer als unserer. Und dass eines der Kinder auch Elisabetha heißt, aber sie nennen sie Liesl.«

»Stimmt.« Franz lachte. »Du hast dich mit ihr gezankt.«

»Das stimmt gar nicht!«

Franz warf Mischi über Elisas Kopf hinweg einen wissenden Blick zu. Der grinste und konnte sich das Gezeter der kleinen Mädchen nur zu gut vorstellen. Elisa war nicht gerade für ihre Zurückhaltung bekannt, und das war auf der Hochzeit nicht anders gewesen.

»Bestimmt war dir abends von dem ganzen Essen schlecht«, fügte Mischi neckend hinzu und erntete prompt einen Stoß mit dem Ellbogen in die Seite.

»Mich hat Pere vor drei Jahren das letzte Mal mitgenommen«, wechselte er rasch das Thema, bevor seine Schwester noch auf die Idee kam, ihn vom Kutschbock zu schubsen. »Ich bin gespannt darauf, Martin wiederzusehen.«

Franz schnalzte mit der Zunge und trieb die Pferde zu einem flotteren Tempo an, da die Straße nun gerade verlief. »Martin ist ungefähr so alt wie du, oder? Fünfzehn, sechzehn?«

»Denke schon, ja.«

»Es ist gut, dass Lanz eingewilligt hat, Martin während der Erntezeit im Austausch für Anton zu schicken. Antons kräftiges Kreuz wird uns fehlen.« Franz' Miene wurde streng. »Mach dir keine falschen Hoffnungen, Mischi, die diesjährige Heumahd wird hart.«

Mischi zuckte mit den Schultern. »Bernhard und ich werden Martin schon rannehmen, wenn er nicht spurt.«

»Bernhard und du? Ist das Kriegsbeil begraben?«, fragte Franz überrascht.

»Ich bin zu alt, um mich zu prügeln«, erklärte Mischi selbstbewusst. Das hatte er sich zumindest vorgenommen. Franz musste nicht wissen, dass er erst vor ein paar Tagen beinahe wieder mit Matthias und Friedrich Pescoll aneinandergeraten war. Aber mit Bernhard verstand er sich inzwischen gut.

Sein Bruder lachte. »Wie sagt Pere immer: *Ohne Verwandte kann man leben, aber nicht ohne Nachbarn.* Zeit wird's, dass du erwachsen wirst. Wobei das keine Frage des Alters ist. Möchte nicht wissen, wie oft Anton im letzten Jahr Schläge eingesteckt hätte, wäre ich nicht dabei gewesen.«

Franz brach ab, als Mischi sich warnend räusperte, da er bemerkte, dass Elisa große Ohren bekam.

»Kein Wort davon, Schwester!«, sagte Franz zu ihr. Es klang freundlich, aber in seiner Stimme lag ein warnender Unterton.

Sie verschränkte die Arme. »Was denkt ihr von mir? Ich kann Geheimnisse genauso gut behalten wie ihr!«

Ihr großer Bruder nickte zufrieden, und Mischi war stolz auf Elisa. Sie war durchaus verschwiegen, aber sie war noch zu arglos und maß dem, was sie hörte, nicht immer die richtige Bedeutung zu oder begriff, wann man mit Konsequenzen rechnen musste. Daher konnte man nie wissen, wie viel von dem, was zwischen den Brüdern gesagt wurde, am Ende bei den Eltern ankam.

Am späten Mittag bogen sie in den Zufahrtsweg zum Hof von Wenzel Lanz ein. Das große Anwesen befand sich im Südwesten des kleinen Städtchens Bruneck inmitten von weiten Äckern und Wiesen.

Elisa konnte sich gar nicht sattsehen, rutschte aufgeregt auf der Sitzbank herum. »Wie weit die Berge hier weg sind! Ich hätte nie gedacht, dass es so große Wiesen gibt. Es ist … flach.«

»Wenn man von diesen bewaldeten Hügeln absieht, ja«, spottete Mischi und zeigte auf die Erhebungen um sie herum. Es stimmte schon, das Val de Puster war viel weitläufiger und durch breite Straßen und eine Eisenbahnlinie mit dem Rest der Welt verbunden. Mischi konnte nicht leugnen, dass die Umgebung ihn ebenfalls beeindruckte.

»Da ist Anton!« Elisa wollte aufspringen und hätte auf dem schwankenden Wagen beinahe das Gleichgewicht verloren, wenn Mischi sie nicht festgehalten hätte. Doch als Franz die

Pferde durchparierte, gab es für sie kein Halten mehr. Noch während sie ausrollten, kletterte sie über Mischi hinweg und lief, so schnell es ihre weiten Röcke erlaubten, auf die *ciasa* zu. Anton lehnte gemütlich auf einer Bank im Schatten, umgeben von vier Kindern, die mit ein paar Holzfiguren spielten. Mischi erkannte unter ihnen die Zwillingsmädchen, die beiden jüngsten Kinder von Wenzel Lanz, deren Geburt seine erste Frau nicht überlebt hatte. Sie glichen sich wie ein Ei dem anderen, genau wie er es in Erinnerung hatte.

Anton sprang auf, und Elisa fiel ihm in die Arme. Lachend erwiderte er ihre stürmische Begrüßung.

»Hast du nichts Besseres zu tun, als faul in der Sonne zu sitzen?«, rief Franz ihm zu und hielt die Kutsche an.

»Es ist Sonntag, falls dir das entgangen sein sollte«, entgegnete Anton munter und kam, Elisa am Arm untergehakt, zu ihnen. »Warst du etwa heute Morgen nicht in der Messe und hast andächtig Ploners Schilderungen vom Sündenfall und Fegefeuer gelauscht?«

Mischi sprang ab und lächelte seinen Cousins und Cousinen zu, die schüchtern gefolgt waren. »Wo ist Tante Teresa?«

»Mit den beiden ältesten Mädchen in der Küche. Wage es bloß nicht, sie zu stören. Wir brechen morgen früh auf die Alm auf, sobald ihr abgefahren seid. Das Heu ruft. Hört ihr das nicht?« Anton legte eine Hand ans Ohr und tat, als lauschte er. Die Zwillinge sahen zu ihm auf und kicherten.

Er ließ Elisa los und nahm eines der kleinen Mädchen auf den Arm. »Wer lacht mich aus? Habt ihr schon guten Tag gesagt? Das sind Augusta und Malia. Sie sehen aus wie kleine Engel, aber lasst euch nicht täuschen, die haben es faustdick hinter den Ohren. Die Buben sind Dominik und Johannes.« Die Angesprochenen traten näher und gaben erst Franz, dann Mischi und schließlich Elisa artig die Hand und murmelten eine Begrüßung.

Franz betrachtete die Zwillinge, die ihn aus großen Augen anstaunten. »Da haben sie ja einen guten Lehrmeister gefunden. Steht dir.« Er wies auf das Mädchen in den Armen seines Bruders.

Antons Miene verfinsterte sich. Er setzte das Kind umgehend ab.

Elisa lachte sie freundlich an. »Ich bin Elisa. Wie lerne ich, wer von euch beiden wer ist?« Sie schien zu spüren, dass zwischen Franz und Anton etwas vor sich ging, scheuchte die vier jüngeren Kinder zurück vor die *ciasa* und ließ sich von ihnen erklären, was sie gerade spielten.

Anton winkte Franz und Mischi, ihm zu folgen, und öffnete das Stalltor. »Ich zeige euch, wo ihr die Pferde unterstellen könnt. Die Hühnerkäfige laden wir dort drüben ab. Lanz hat zwei Dutzend Legehennen und einen Hahn für Pere ausgesucht. Außerdem soll ich euch Honig und zwei Sack Buchweizenmehl mitgeben. Ihr werdet auf der Rückfahrt gut beladen sein.«

Franz betrat den dämmrigen Stall und schaute sich neugierig um. »Wo ist Lanz?«

»Er müsste gleich aus der Stadt kommen. Irgendeine Gemeindesache. Er hat Martin mitgenommen, damit er sich von seinen Freunden verabschieden kann, bevor er morgen mit euch aufbricht.«

»Es ist also entschieden.« Franz sah seinen jüngeren Bruder traurig an.

Mischi hielt den Atem an. Sie alle hofften immer noch, dass er ins Tal zurückkehren, Helene Pescoll heiraten und zur Ruhe kommen würde. Manchmal glaubte Mischi sogar, dass Kastlunger seinen Sohn vermisste, obwohl er ihn mit keiner Silbe erwähnte.

»Natürlich ist es entschieden«, erklärte Anton mit versteinerter Miene. »Ich werde keinen Fuß in mein Elternhaus setzen, bevor Pere mich nicht ausdrücklich willkommen heißt. Tut er das?«

Franz wich seinem Blick aus. »Mutter hofft, dass du zur Einsicht kommst. Sie vermisst dich. Elisa auch. Wir alle vermissen dich. Du fehlst uns.«

»Ich fehle allen bis auf einen, und auf den kommt es an. Der vermisst höchstens meine Arbeitskraft.« Anton schnaubte erbost und wandte sich ab, um einen Verschlag zu öffnen, der mit frischem Stroh ausgelegt war. Schweigend versorgten sie die Pferde, luden die Käfige ab und Teresas Geschenke sowie einen kleinen Koffer mit Martins Habseligkeiten auf.

Die ganze Zeit über beobachtete Mischi Anton verstohlen. Ihm war nie aufgefallen, wie ähnlich er ihm sah. Franz und Elisa hatten beide das hellblonde Haar der Mutter geerbt, doch die anderen Brüder hatten alle das dunkle Haar und die tiefliegenden braunen Augen des Vaters. Dessen Gesicht war inzwischen von Runzeln durchzogen, Antons dagegen glatt über den unrasierten Wangen. Lediglich um die Augen zeichneten sich erste Lachfalten ab.

Mischi hatte nie einen Gedanken daran verschwendet, dass sein Vater einmal jung gewesen sein musste. Damals, als mit der großen Viehseuche in Val Badia nahezu der gesamte Bestand der Kastlungers vernichtet worden war und er auf der Suche nach Arbeit in den Norden zog, bis er in Graz schließlich Mutter kennenlernte und heiratete. Franz war in Graz geboren worden, doch schon bald danach kehrte die Familie zurück in die Heimat und baute den Hof wieder auf.

Vielleicht war Anton dem Vater am ähnlichsten. Vielleicht waren es nicht nur die Viehseuche und der drohende Hunger gewesen, die Josef Kastlunger damals hinaus in die Welt getrieben hatten. Und vielleicht wusste er deshalb um die Verlockungen dort draußen und hatte Bedenken, dass sein Sohn nicht zurückkehren würde. Anton ein für alle Mal hinauszuwerfen war ein harter, aber endgültiger Abschied. Mischi hing diesem Gedanken nach und gab dann auf. Elisa wüsste es besser in Worte zu fassen.

Sobald die beiden Haflinger versorgt waren, gingen sie zurück zur *ciasa*. In der Zwischenzeit war Tante Teresa herausgekommen, ihre Arme bis zu den Ellbogen mit Mehl bestäubt und das ergrauende Haar mehr schlecht als recht mit einem Kopftuch gebändigt. Hektisch wischte sie die Hände an der Schürze ab und begrüßte Elisa überschwenglich, was diese etwas überrumpelt über sich ergehen ließ. »Nein, wie groß du geworden bist! Da ist auch Mischi! Du bist ja schon beinahe ein Mann!« Mischi lächelte verlegen und ertrug die folgende Umarmung seiner rundlichen Tante mit Gleichmut, obwohl sie damit ihre Worte Lügen strafte. Immerhin verzichtete sie auf die Küsse, die sie Elisa auf die Wangen gedrückt hatte.

»Anton, kümmerst du dich um deine Geschwister? Ich muss zurück in die Küche. Wo bleibt denn nur Wenzel?« Mit erschöpftem Blick musterte sie ihre Neffen und Nichte.

Anton schob sie mit liebevollem Nachdruck zurück in Richtung Haustür. »Schon gut. Ich zeige Mischi und Elisa die Stadt, während Franz hier wartet. Er soll mit Wenzel in Peres Namen einige Dinge besprechen. Du musst dich um nichts kümmern.« Dankbar lächelte Teresa ihn an, bevor sie verschwand.

Anton zog eine leichte Jacke hinter der Bank hervor, warf sie sich über die Schultern und angelte einen Hut von der Fensterbank.

»Fesch!«, lobte Elisa, als er ihn mit weitem Schwung aufsetzte.

Er lachte fröhlich, bot ihr seinen Arm an und winkte Mischi, ihnen zu folgen.

Elisa plapperte beinahe ununterbrochen vor sich hin, erzählte von zu Hause, den vier jungen Ziegen, die in diesem Frühjahr geboren worden waren und was sich in der Nachbarschaft getan hatte, vor allem natürlich bei den Costas. Anton hörte ihr zu, jedoch sichtlich ohne Interesse. Mischi sah ihm deutlich an, dass er mit diesem Leben abgeschlossen hatte, und wenn er sich umschaute, konnte er das ein Stück weit verstehen. Sie waren einen Weg entlang des Flüsschens Rienz gegangen, das weißgrau schäumend nahe der Altstadt entlangfloss. Bruneck war groß, viel größer, als er es von seinem letzten Besuch in Erinnerung hatte. Die vielen Geschäfte waren am Sonntag natürlich geschlossen, dennoch liefen überall Menschen in kleinen Gruppen oder zu Paaren durch das mittelalterliche Ursulinentor in die schmalen Gassen der Innenstadt. Mehrstöckige Wohnhäuser, zum Teil mit reichverzierten Erkern und farbenfrohen Fresken, reihten sich dicht aneinander, bunte Schaufenster lockten mit Dingen, die sich Mischi bisher nicht einmal in seinen Träumen hätte ausdenken können. Gemusterte Stoffe und fein geschnittene Kleidung, Glas und Porzellan mit goldenen Schnörkeln oder Blumenmustern, Lebensmittelgeschäfte mit kandierten Früchten, Kakao und allerlei exotischen Gewürzen, deren Namen er nicht entziffern konnte, zumal alles auf Deutsch geschrieben war. Er hätte zu gern gewusst, was auf den bunten Etiketten zu lesen war, und zum ersten Mal bedauerte er, nicht häufiger am Unterricht der Dorfschule teilgenommen zu haben. Aber Elisa oder Anton zu fragen, traute er sich nicht, da er sich keine Blöße geben wollte.

Zwischen den Läden auf der Hauptstraße verstummte sogar Elisa, und ihr Kopf flog hin und her, während sie begierig all die unbekannten Eindrücke aufzunahm.

»Was machen all diese Menschen hier?«, fragte sie Anton.

»Was ihr hier seht, ist noch gar nichts. Es sind Urlauber, die zur Sommerfrische anreisen. Im Juli und August kommen noch viel mehr. Sie wandern an der Rienz oder klettern bis weit hinauf in die Berge.« Er lachte verständnislos.

Mischi grinste. Anton hatte es nie weiter als nötig hinaufgetrieben, er war immer froh gewesen, wenn er nach der Almzeit wieder zurück ins Tal konnte.

»Wo kommen sie her?«, fragte er. Ihm war aufgefallen, dass um ihn herum noch Worte in ganz anderen Sprachen außer Deutsch oder Italienisch durch die Luft wirbelten.

»Aus Frankreich, Deutschland oder England, der ganzen Welt.« Anton unterstrich seine Worte mit einer weit ausladenden Geste. »Ein paar sogar aus Amerika.«

Elisa staunte ihn mit offenem Mund an. »Nur, um auf unsere Berge zu klettern?«

»So sieht es aus.« Inzwischen hatten sie den Marktplatz erreicht. Anton schaute sich um. »Dort drüben ist ein Tisch frei. Setzen wir uns, ich lade euch auf etwas Besonderes ein.«

»Was denn?«, wollte Elisa sofort wissen, er lächelte nur.

Sie nahmen Platz, und Anton bestellte Kaffee für sich und Mischi, eine Trinkschokolade für Elisa sowie für jeden eine Portion Apfelstrudel. Mischi war verwirrt. Was sollte daran aufregend sein? Sicher, er hatte noch nicht oft Kaffee getrunken, aber er wusste, wie gut er schmeckte.

»Das ist eine neue Mode, sagen sie«, fuhr Anton mit seiner Erklärung fort, nachdem er sich eine Zigarette angesteckt hatte. »Die Männer steigen mit Seilschaften auf die Gipfel. Im Winter kommen sie zum Schifahren. In Buchenstein und Sexten, auch in Cortina gibt es schon extra erbaute Hotels für solche Abenteuerurlauber mit allem Luxus. Jedes Zimmer hat ein eigenes Badezimmer mit fließendem Wasser und elektrischem Licht. Dagegen soll der Gasthof in Corvara karg ausgestattet sein. Manche sagen, das ist die Zukunft.«

Mischi schnaubte belustigt. »Pere hätte kein Verständnis für Menschen, die nur zum Spaß auf die Berge klettern.«

Antons Miene verfinsterte sich. »Pere hat für vieles kein Verständnis. Aber vielleicht ist es für dich eine Zukunft? Es gibt Schulen, die Bergführer ausbilden. Du erwirbst eine Lizenz und verdienst Geld damit, Touristen anzuführen.«

Mischis Augen glänzten. Den ganzen Tag in den Bergen unterwegs sein *und* dafür Geld bekommen? Könnte es etwas Schöneres geben?

Elisa stupste ihn an. »Der Erste, den du führst, könnte Vitos Großvater sein.«

Mischi sah es genau vor sich, wie er eine Seilschaft über schmale Bergpfade führte, die die Bauern und ihr Vieh über Jahrhunderte hinterlassen hatten. Dorthin und noch weiter, bis auf die kahlen Gipfel seiner geliebten Berge. Doch dann schüttelte er traurig den Kopf. »Pere würde es nie erlauben. Er würde darauf bestehen, dass ich bei ihm und Franz auf dem Hof bleibe, bis ich eine eigene Familie gründe.«

Anton verzog spöttisch den Mund, als hätte er so eine Antwort erwartet. »Natürlich. Hast du dir schon ein Mädchen ausgesucht?«

Mischi entging der verächtliche Unterton nicht. Wieder wurde ihm deutlich bewusst, dass sein Bruder wenig von dieser Art der Lebensplanung hielt.

Der Kellner in schwarzem Anzug, der gekonnt ein Tablett mit dem Strudel und Tassen balancierte, bewahrte ihn vor einer Antwort. Neben dem Apfelstrudel lag eine weißliche Kugel, die sich am Rand wässrig auflöste.

Elisa kratzte neugierig mit der Gabel daran herum. »Was ist das?«

»Eis.«

»Eis? Es sieht mehr aus wie Schnee.« Skeptisch probierte Elisa und verdrehte dann überrascht die Augen.

»Ich wusste, dass es dir schmeckt. Ich weiß nicht genau, wie sie es machen, aber es kommen Rahm und Milch hinein, und dann wird es gefroren.« Anton freute sich sichtlich über Elisas entzückte Miene.

Rasch probierte Mischi von seinem Eis. »Das sollte Mutter einmal probieren.«

Anton lachte. »Wohl kaum. Wie sollte sie es kühlen?«

»Wir könnten es im Winter machen?«, schlug Elisa vor und kratzte die letzten Reste der Eiskugel vom Teller. Den Apfelstrudel hatte sie nicht angerührt. »Weißt du, Anton, wenn ich dich häufiger besuchen darf, ist es gar nicht so schlimm, wenn du bei Tante Teresa auf dem Hof lebst.«

»Vielleicht.« Anton strich ihr liebevoll übers Haar und erntete dafür einen kurzen Klaps. Dabei tauschte er über Elisas Kopf hinweg einen beinahe schon entschuldigenden Blick mit Mischi, der ihn missmutig ansah. Elisa hatte es gerade einmal vergessen: Ihr Bruder würde in die Welt hinausziehen. Selbst Bruneck war ihm zu klein.

Am späten Nachmittag kehrten sie zum Hof zurück, wo Wenzel Lanz sie herzlich begrüßte. Er war viel jünger, als Mischi ihn in Erinnerung gehabt hatte. Sein ältester Sohn Martin sah der Fahrt zu den Kastlungers mit gemischten Gefühlen entgegen, doch Elisa ließ ihm keine Gelegenheit, ins Grübeln zu kommen. Teresa, Wenzels älteste Töchter und zwei Mägde hatten das Essen für die Helfer der Heuernte vorbereitet und ein deftiges Abendessen zubereitet. Wieder staunte Mischi über die Dimensionen: Seine Tante hatte mit drei anderen Frauen in der Küche gestanden. Zu Hause machten seine Mutter und Maria Gutholzer alles allein. Wie viele Menschen würden hier ab morgen arbeiten?

Nach dem Essen nahm Anton Mischi vertraulich zur Seite. »Ich habe noch ein Geschenk für dich. Wenn du möchtest.« Dabei grinste er listig. Mischi wurde misstrauisch. Wenn Antons Augen auf diese Weise funkelten, heckte er etwas aus.

»Was denn?«

»Hast du Lust auf einen zweiten Ausflug in die Stadt? Nur wir beide?«

Mischi brummte unschlüssig. Der Tag war lang und aufregend gewesen. Einerseits war er müde, andererseits würde viel Zeit vergehen, bis er seinen Bruder wiedersah. Ein paar Stunden nur mit ihm allein wären zu kostbar, um sie auszuschlagen. Außerdem war er neugierig. »Also gut.«

»Dann komm.«

Die Luft war feuchter geworden, doch die Frühsommernacht war warm und kam Mischi viel milder vor als im Tal. Anton führte ihn auf direktem Weg in die Altstadt. Dieses Mal nahmen sie jedoch nicht die Hauptstraße, sondern huschten durch ein paar dunkle Hintergassen entlang der Rienz. Mischi staunte, wie anders das kleine Städtchen im Dunkeln aussah, wobei an vielen Häusern elektrisches Licht brannte, so dass es gar nicht richtig finster war.

An einem Torbogen mit einer trübgelben Laterne machte Anton halt und pfiff leise, während er sich durch den halboffen stehenden Torflügel beugte. Mischi reckte den Hals und spähte auf einen Hinterhof, der von allen Seiten von mehrstöckigen Gebäuden umrahmt wurde. Er entdeckte nichts Besonderes, ein kleines Gemüsebeet, einen Apfelbaum und eine Ecke mit Müll. In der Wand gegenüber dem Torbogen führte eine Außentreppe in den ersten Stock. Alles wirkte ordentlich, jedoch verlassen. Dann vernahm er Schritte hinter sich auf der Straße und fuhr herum, weil er sich ertappt fühlte.

Zwei Frauen, eine braunhaarig, die andere blond, beide an die dreißig Jahre, kamen die Straße entlang. Sie trugen weite, graue Mäntel. Kaum hatten sie Anton erspäht, rannten sie auf ihn zu. Die Blonde fiel ihm um den Hals wie einem alten Bekannten. »Du bist aber pünktlich!«

Lachend umarmte er sie und gab ihr einen Kuss auf die Stirn. »Wir müssen morgen früh raus.« Er deutete auf Mischi, der eingeschüchtert neben ihnen stand. »Das ist mein kleiner Bruder Mischi. Ich wollte ihm ein Geschenk machen.«

Die Braunhaarige trat auf ihn zu und musterte ihn kritisch. Mischi kam sich plötzlich vor wie eine Kuh, wenn sein Vater sie beäugte, ob sie geschlachtet werden sollte. Nur mühsam widerstand er dem Impuls, den Kopf zwischen die Schultern zu ziehen.

Der Mantel der Frau öffnete sich durch eine Bewegung und gab den Ausblick auf ein straff geschnürtes Mieder frei. Die Brüste der Frau waren nur sehr knapp bedeckt, die rosige Haut schimmerte verheißungsvoll.

In diesem Augenblick begriff Mischi. Er starrte Anton an, der seinen Blick erwartungsvoll erwiderte. Dabei legte er den Arm um die Blonde, die sich sofort an ihn schmiegte.

Mischi schielte auf das viel zu weit ausgeschnittene Mieder und schluckte unbehaglich. »Ist das … nicht verboten?« Ihm war die ganze Situation nicht geheuer, aber er wollte kein Feigling sein. Wenn sein Bruder der Meinung war, dass er alt genug für so ein Abenteuer war, reichte ihm das.

»Ach Mischi.« Anton grinste. »Nichts kann so verboten sein, dass es für Geld nicht trotzdem zu haben wäre. Was ist nun? Möchtest du lieber noch ein Eis, wie Elisa?«

Die beiden Frauen kicherten gutmütig, und Mischi wurde rot. »Also gut«, murmelte er heiser.

Anton gab ihnen einen Wink, und die Braunhaarige zog Mischi durch den Hof, die Treppe hoch und eine weitere schmale Stiege hinter einer Tür hinauf bis unters Dach des Hauses. Dort gingen vier Türen von einem engen Flur ab. Die Frau öffnete die erste und schob Mischi hindurch in ein Mansardenzimmer, das gerade groß genug für ein Bett, einen Beistelltisch und ein Waschbecken war. Mit einem sanften Schubs landete Mischi rücklings auf dem Bett.

Von irgendwoher konnte er plötzlich den Fluss plätschern hören.

Die Frau beugte sich über ihn, das Mieder bereits gelöst. Ein schwerer, süßlicher Parfümduft erfüllte den Raum. Große weiche Brüste hoben sich vor Mischis Augen und erfüllten sein Sichtfeld. Sein Kopf war plötzlich vollkommen leer.

Und dann zeigte sie ihm den Himmel.

Schweigend lief Mischi neben Anton durch die Nacht. Er hatte so viele Fragen, und zugleich brannte ihm der Nacken vor Scham über das, was er getan hatte – wobei das nicht hieß, dass er es bereute.

Sein Bruder war dagegen die Ruhe selbst, pfiff ab und zu eine leise Melodie und grinste vor sich hin.

Endlich wagte Mischi einen Vorstoß. »Anton. Warum hast du das getan? Woher hast du das Geld?«

Anton sah ihn nicht an. Er ließ sich Zeit mit der Antwort und wirkte ungewöhnlich ernst. »Ich wollte dir etwas Besonderes bieten. Ich weiß doch, wie es zu Hause ist. Die Nachbarn haben ihre Augen und Ohren überall. Glaub nicht, dass du einem Mädchen dort so schnell unter den Rock sehen wirst.«

Mischi brummte. Das war ihm selbst allzu bewusst. Abgesehen davon, gab es kein Mädchen, bei dem er das wollte. Die eine, die ihn interessiert hätte, lebte weit weg jenseits der Berge in einem anderen Land.

Chiara.

Ob sich ihre Brüste genauso weich anfühlten?

Er seufzte. Selbst wenn sie nebenan einziehen würde, änderte sich vermutlich kaum etwas daran, dass sie unerreichbar für ihn war.

Er bekam kaum mit, dass Anton weitersprach: »Die Zeiten ändern sich. Lanz hat das erkannt. Er wirtschaftet klug und vorausschauend, ist neuen Ideen gegenüber aufgeschlossen. Unser Hof reicht gerade aus, um alle gut zu ernähren und uns ein wenig Luxus zu leisten – ganze zwei Pferde.« Er schnaubte abfällig. »Lanz hat mehr als das Doppelte an Kühen, er verkauft nicht nur Unmengen Milch, sondern dazu Honig, Mais und Braugerste. Pere hat Teresa dafür mit Verachtung gestraft, als sie gegangen ist. Ich versichere dir, dass es ihr nie besser ging. Mich haben sie wie jeden ihrer Knechte bezahlt. Eigentlich müsste Pere es bei Martin ebenso halten. Mischi, bald wird sich eine Menge ändern. Und am Ende wird der Fortschritt auch Val Badia erreichen. Vielleicht dauert es ein wenig länger, aber er wird kommen. Dann erinnere dich an meine Worte.«

Sie bogen auf den Hof ein, der inzwischen in stiller Dunkelheit lag. Lediglich vor der Haustür blinkte ihnen ein funzeliges Licht entgegen. Ein Mann stand dort, und ein glühender roter Punkt hob sich vor seiner Silhouette ab.

»Da seid ihr ja.«

»Franz«, rief Mischi verdutzt. »Hast du auf uns gewartet?«

Anton drückte warnend seinen Arm. »Leise. Die Mädchen schlafen in dem Zimmer direkt über uns.«

Franz griff neben die Lampe. Wie aus dem Nichts hatte er ein kleines, metallenes Zigarettenetui und Zündhölzer in der Hand und bot sie Anton an, der dankend annahm. Franz rauchte? Das hatte er zu Hause noch nie gemacht, schon gar keine Zigaretten. Im Tal rauchten eher die älteren Männer, und zwar Pfeife.

Und zu Mischis grenzenloser Verblüffung bot Franz ihm die Zigaretten ebenfalls an. »Wie war's?«

Mischi lehnte ab. Wenn Vater rauchte, kratzte ihm der Rauch meistens unangenehm im Hals. Die Zigaretten rochen lange nicht so streng, aber auch nicht verlockend. Außerdem reichte ihm ein Abenteuer für heute.

Dann erst ging ihm auf, dass Franz ihn erwartungsvoll anschaute und auf eine Antwort wartete. Wusste er etwa von ihrem Ausflug? Mischi spürte, dass er wieder bis über beide Ohren rot wurde, und war froh, dass er in der Dunkelheit stand.

Natürlich wusste er es. Anton war den beiden Frauen kein Unbekannter gewesen, und Franz hatte mit ihm im Herbst während der Militärübung auf dem Hof gelebt.

Als Mischi nichts sagte, lachte Franz leise auf und klopfte ihm gutmütig auf die Schulter. »Vergiss nicht zu beichten. Auf die Verschwiegenheit vom Ploner kannst du dich verlassen. Gott wird dir vergeben, Pere eher nicht, falls er davon erfährt.«

Mischi nickte gehorsam.

In schweigender Eintracht standen seine beiden älteren Brüder in der lauen Nacht und rauchten. Sie waren sowohl äußerlich als auch vom Charakter her grundverschieden, Franz ruhig, ernst und folgsam, Anton heiter und rastlos, häufig darauf angewiesen, dass der Ältere ihn vor Vaters oftmals berechtigtem Zorn schützte. Und doch standen sie sich so nahe. Mischi konnte sich nicht daran erinnern, dass es jemals anders gewesen war. Manchmal wünschte er sich so einen Kameraden. Er und Elisa bildeten trotz des Altersunterschiedes ein enges Gespann, doch es war nicht dasselbe. Sie war ein Mädchen, ein überaus kluges und liebenswürdiges, aber eben eine Schwester. Und Rudl blieb für sich, lebte in einer eigenen Welt, in die er niemanden hineinließ.

Franz warf den Zigarettenstummel auf den Boden und zertrat ihn gründlich mit dem Absatz.

Anton tat es ihm nach. »Passt mir auf Elisa auf, ja? Sie ist zu gut für einen der Holzköpfe aus dem Dorf. Sie soll ihren Weg gehen.«

»Verlass dich auf uns.« Franz öffnete die Haustür und winkte ihnen hineinzugehen.

ZWEITER TEIL

1912–1913

5. KAPITEL

Mitte Mai 1912 – Vila Kastlunger, Val Badia

»Bun dé, Elisa Kastlunger. Ein wunderschöner Morgen, nicht wahr?« Leonhard Pichler lupfte seinen verbeulten Hut und machte einen tiefen Diener, während er sich auf die Mistgabel stützte.

Lachend zog Elisa ihren Rock in die Breite und knickste, wie sie es auf einem Bild in einer Zeitschrift gesehen hatte. »Ich bringe euch Eier.«

Elisa hob ihm den Korb entgegen, und der Knecht der Costas pfiff anerkennend durch die Zähne. »Was für eine Menge, das reicht für die ganze Woche. Die Hühner sind wirklich fleißig. Bring sie in die Küche zu Martha, bitte.«

»Sehr gern.« Elisa lief zur Hintertür, während Pichler sich fröhlich pfeifend seiner Arbeit zuwandte. Wie immer schaute sie sich aufmerksam um, achtete darauf, wo es etwas zu tun gab. Pichler und Martha verrichteten ihre Arbeit beide zuverlässig, aber es war schließlich nicht ihr Eigentum, um das sie sich kümmerten, und das merkte man.

»Martha? Ich bin es!«, rief Elisa laut, als sie im Flur stand. Wie immer wanderte ihr Blick zu der Stelle am Ende der Treppe, wo Rudolf Costa tot gelegen hatte. Zweieinhalb Jahre war das inzwischen her, und noch immer kam es ihr vor, als wäre es gestern gewesen. Natürlich war schon längst keine Spur mehr davon zu sehen, und der alte Costa ruhte friedlich auf dem Kirchacker, doch der Anblick des Toten mit all dem Rotz und Blut im Gesicht blieb ihr im Gedächtnis. Elisa zog schaudernd die Schultern zusammen und ging rasch weiter in die Küche.

Hinter ihr klapperte es, und Martha tauchte in der Tür auf. Ein Lächeln erhellte ihre sorgenvolle Miene, kaum dass sie Elisa erblickte. »Bun dé, kleiner Spatz. Was bringst du Gutes?«

»Zwei Dutzend Eier. Was ist los, Martha?«

»Ach, nichts. Mir wächst nur die Arbeit über den Kopf. Warum ein leeres Haus bewirtschaften?«

»Was sollen wir anderes machen?« Elisa stellte den Korb ab und legte die Eier vorsichtig in eine Vorratsnische neben dem gusseisernen Herd, auf dem bereits ein Topf vor sich hin köchelte.

»Ja, stimmt schon. Muss sich ja wer kümmern, bis die Herrschaften sich entscheiden.« Schnaufend trat Martha an den Herd und rührte kräftig in der Gemüsesuppe herum. Eine Dampfwolke stieg empor, und Elisa lief das Wasser im Mund zusammen, obwohl sie gerade erst gefrühstückt hatte.

Sie trödelte noch ein wenig herum, während sie Martha verstohlen aus den Augenwinkeln beobachtete. Irgendetwas war anders als sonst.

»Vorsicht!« Elisa schrie auf, als die dickliche Magd an den Topf stieß und ihn beinahe vom Herd gefegt hätte. Mit einer fahrigen Bewegung rettete Martha das Mittagessen und sah Elisa strafend an, als wäre das ihre Schuld.

Stillschweigend verließ Elisa die Küche. Es hatte keinen Sinn, noch einmal zu fragen, Martha würde nicht preisgeben, was sie bedrückte. Viel Zeit, sich hier herumzutreiben, hatte sie ohnehin nicht, sie musste die Ziegen melken und anschließend zu Kurat Ploner. Pfingsten stand bevor, und die Kirche musste dem hohen Festtag entsprechend geschmückt werden.

»Herr Pichler!«, rief sie, als sie wieder im Freien stand. Der Knecht wandte sich ihr zu, ohne die Arbeit zu unterbrechen.

Der Misthaufen dampfte in der Morgenluft und strahlte Wärme ab.

»Was kann ich für dich tun?«

»Was ist mit Martha? Sie hätte vorhin beinahe die Suppe verschüttet.«

Pichler lachte gutmütig. »Sie hat dir nichts verraten?«

»Nein.«

»Dann sind meine Lippen versiegelt.«

Elisa wartete geduldig und sah ihm zu, wie er feuchtes Stroh aus der Schubkarre ablud und sich anschickte, zurück in den Stall zu gehen.

Sofort hüpfte sie ihm in den Weg. »Wieso ist es ein Geheimnis?«

Pichler schaute wie zufällig zu den Fenstern im ersten Stock der *ciasa*. »Was geht es dich an?«

»Darf ich das nicht selbst entscheiden?« Elisa folgte seinem Blick. Hatte sich da gerade etwas hinter dem Vorhang bewegt?

»Hm.« Geschickt schlug der Knecht einen Haken und schob blitzschnell die Schubkarre an ihr vorbei in Richtung *majun*.

Elisa folgte ihm beharrlich.

»Du wirst es heute oder morgen sehen, versprochen. Jetzt ab mit dir.« Pichler hatte sichtlichen Spaß daran, sie zappeln zu lassen.

Schmollend zog Elisa ab, holte Eimer und Melkschemel und lief auf die Weide, auf der ihre und Costas Ziegen standen. Viel hatte sie nicht zu tun, denn vier der Geißen hatten Junge und brauchten ihre Milch für den Nachwuchs.

Elisa band die Ziegen einzeln an einen Zaunpfosten und begann mit ihrer Arbeit. Während der Ziegenbock sie hochmütig aus der Distanz beobachtete, hoppelten die Kleinen neugierig um sie herum und versuchten, ihre Nasen in den Melkeimer zu stecken. Lachend verscheuchte Elisa sie, während sie aus den Augenwinkeln immer wieder zur Ciasa Costa hinüberspähte.

Martha hatte die kleinen Fenster im ersten Stock aufgerissen und lüftete die Bettwäsche. Seltsam.

Plötzlich zog jemand Elisa am Zopf. Sie schrak zusammen und fuhr herum. »Was soll das?«

Beinahe wäre sie mit dem Schemel umgekippt, konnte sich jedoch im letzten Moment am Zaun festhalten. Ein kleines, schwarzes Zicklein sprang meckernd davon.

»Chiara, Na warte! Kein Salz für dich heute Abend«, rief Elisa ihr erbost hinterher. Sie zupfte das Band aus dem Haar und flocht ihren Zopf in Windeseile neu.

Das freche Biest hüpfte in einiger Entfernung vor ihrer Nase herum und versteckte sich hinter seiner Mutter, als Elisa auf es zuging und tat, als wollte sie das Tierchen jagen. Kopfschüttelnd setzte sie sich wieder und fuhr mit ihrer Arbeit fort.

Mischi hatte breit grinsend zugestimmt, als sie das Zicklein nach Vitos Schwester benannt hatte. Ihre Haare – genau wie Vitos – hatten denselben schwarz glänzenden Farbton wie das Fell des Tieres, mit einem dunkelbraun leuchtenden Schimmer, wenn sich das Sonnenlicht darin fing. Elisa hatte die Italienerin darum beneidet. Es war so viel schöner als dieses hässliche Matschgelb, mit dem sie gestraft war.

Und natürlich war Chiara, das kleine Ziegenmädchen, genauso unverschämt wie ihre Namensvetterin. Gerade schlich sie sich von der Zaunseite an und wollte eine neue Attacke wagen. Dieses Mal war Elisa vorbereitet. Als das Tierchen nahe genug war, warf sie die Arme in die Höhe. Das reichte. Chiara meckerte entsetzt und hüpfte mit zuckendem Schwanz davon.

Rasch beendete Elisa ihre Arbeit und ließ die letzte Geiß wieder frei, damit sie zurück zur Herde konnte.

Sie war gerade wieder am Stall angelangt, als sie Hufgeklapper hörte, das von einem merkwürdig brummenden Geräusch fast verschluckt wurde. Neugierig rannte sie nach vorne zum Weg.

Das Brummen wurde lauter und ging in ein infernalisches Heulen über. Elisa entdeckte ein Automobil, das sich den Hang vom Dorf zur *vila* heraufquälte. Es hatte Schwierigkeiten, die Steigung zu bewältigen. Eine vollbeladene Kutsche steuerte bereits auf den Hof der Costas zu.

Waren das Vito und seine Familie? War Martha deshalb so nervös?

Während die Kutsche vor der *ciasa* hielt, hatte sich das Auto endlich die letzte Kehre hindurchgequält und kam dahinter zum Stehen. Mehrere Personen stiegen aus.

Elisas Herz machte einen freudigen Hüpfer. Das war Vito! Er war mächtig in die Höhe geschossen, seine Schultern breiter geworden, und er trug das leicht wellige Haar etwas länger, doch sie hätte ihn jederzeit wiedererkannt. Vor allem sein freundliches Lächeln, als Martha hinausstürzte, um ihn und seine Familie zu begrüßen.

Elisa zog sich ein wenig hinter die Hausecke zurück. Sie wollte nicht so offensichtlich herumgaffen, obwohl sie vor Neugier starb. Wie lange sie wohl blieben?

Sie seufzte schwer. Sie musste Geduld haben und abwarten. Es gab kaum etwas Schlimmeres.

Der Tag schien endlos. Erst am Abend, als Elisa von den Vorbereitungen für das Pfingstfest aus der Kirche zurückgekehrt war und mit ihrer Familie bei Kohlsuppe und Schinken in der kleinen Stube saß, ergab sich endlich die Gelegenheit, mehr zu erfahren.

»Sind Costa und seine Familie endlich heimgekehrt?«, fragte Franz, kaum dass sie das Tischgebet gesprochen hatten.

Elisas Vater nickte. »Ja. Zeit wird's. Vorbei ist es mit dem Müßiggang, Mischi, wir werden einiges zu tun bekommen. Jakob möchte die *majun* ausbauen, und ich will damit bis zur Heumahd fertig sein.«

Mischi nickte eifrig. »Jawohl, Pere.«

Elisa fing seinen freudigen Blick auf und lächelte. Als würde ihn das schrecken, solange es um solche Arbeiten ging. Leider hieß es allerdings auch, dass mehr Stallarbeit an ihr und Rudl hängenblieb.

»Was hat Costa vor?«, wollte Franz wissen.

»Keine Ahnung.« Kastlunger schnaubte abfällig. »Ich will nur für ihn hoffen, dass er diese fixe Idee mit dem Weinanbau nicht ausprobiert.«

Mischi sah ihn verwirrt an. »Weinanbau?«

»Ja doch. Jakob war vor zwei Jahren mit seinem Schwiegervater hier. Ich weiß nicht, was der ihm geraten hat. Der Mann mag etwas vom Weinanbau verstehen, aber von dem Klima hier im Tal hat er keine Ahnung.«

»Lass ihn doch, wenn er es versuchen will«, schaltete sich Elisas Mutter ein.

»Zeitverschwendung, Anna«, widersprach ihr Vater unwirsch. »Gerade hier taugt der Boden kaum für etwas anderes als Gras. Mein Großvater hat noch versucht, Erdäpfel und Gerste anzubauen. Außer dass wir im Winter beinahe verhungert wären, hat es uns nichts gebracht.«

Franz nickte zustimmend. »Er kann ein paar zusätzliche Obstbäume pflanzen und es mit Obstbrand versuchen. Selbst wenn der Wein wächst, wird er sauer wie Essig. Hier ist es zu kalt.«

»Mal sehen, ob er vernünftig ist.« Ihr Vater stand auf und nahm seine Pfeife von der Anrichte. Ein strafender Blick seiner Frau hielt ihn davon ab, sie anzuzünden, wofür Elisa ihr dankbar war. Der Rauch stank.

»Geh hinüber in die große Stube, da verfliegt der Rauch«, sagte ihre Mutter barsch.

Kastlunger brummte unzufrieden. »Dort ist nicht geheizt.«

»Es ist Mai! Geh, zieh dir was an und verpeste draußen die Luft. Elisa, hilf mir beim Abtragen!« Sie klatschte in die Hände.

Ihr Vater verließ bereits den Raum. »Ich warte draußen auf dich, Anna.«

Während Elisa ihrer Mutter half, die Reste des Abendessens zu verstauen, verabschiedeten sich Franz und Mischi, um ein paar Freunde im Dorf zu treffen. Rudl blieb in der kleinen Stube auf der Ofenbank hocken, zog die Knie an die Brust und döste vor sich hin.

»Warum hat Tata gesagt, dass er auf Sie wartet, Mutter?«, fragte Elisa, sobald sie allein waren.

Ihre Mutter verschmolz mit ihrem schwarzen Kleid in der spärlich beleuchteten Küche mit dem Hintergrund und huschte umher wie ein guter Geist. »Wir gehen gleich hinüber zu den Costas auf einen Antrittsbesuch.«

Elisa, die gerade dabei war, den Schinken in ein Tuch einzuschlagen, erstarrte mitten in der Bewegung.

Ihre Mutter schmunzelte. »Möchtest du mitkommen?«

Was für eine Frage! »Wenn Sie und Tata es erlauben?«

»Warum nicht? Alt genug bist du. Aber du wirst still sein und nur sprechen, wenn du gefragt wirst. Keine vorlauten Bemerkungen. Du kennst Pere!«

»Natürlich. Danke, Mutter!« Elisa stellte die Reste der Kohlsuppe in eine kühle Nische. Ihr war nicht entgangen, dass ihre Mutter die förmlichere Anrede für den Vater benutzt hatte, um dem Gesagten Nachdruck zu verleihen.

Prüfend strich Elisa über ihr Kleid mit der hellen Schürze, auf der sie ausnahmsweise keine Flecken entdeckte. Sie würde ihren Eltern keine Schande machen.

Sie folgte ihrer Mutter, die sich für den kurzen Weg zu den Nachbarn nur ein Tuch über die Schultern warf.

Draußen erwartete ihr Vater sie, klopfte die Pfeife aus und übernahm die Führung. Sie umrundeten die Gebäude und klopften an die Vordertür der Ciasa Costa. Elisa kam das seltsam unvertraut vor, jahrelang war sie durch die Hintertür in dieses Haus gegangen, aber für einen Antrittsbesuch war das kaum passend.

Lucia Costa öffnete ihnen. Elisa stockte der Atem. Sie war genauso wunderhübsch, wie sie Vitos Mutter in Erinnerung behalten hatte. Sie trug ein dunkelblaues Kleid, dessen Schnitt mit dem hohen Kragen unendlich elegant wirkte. Umso deutlicher zeichnete sich die weiße Haut ihres Gesichtes und ihrer Hände ab. Sie erschien Elisa wie ein Wesen aus einer fremden Welt, wäre da nicht der verkniffene Zug um den Mund, der sich zu einem gequälten Lächeln verzog. »Buna sëra, einen guten Abend. Kommt herein!«

Die Mutter raffte ihren Rock ein Stück, um nicht auf den Saum zu treten. »Kommen wir ungelegen?«

»Aber nein.« Lucia winkte sie hinein. Sie folgten ihr in die Stube, die sich nicht im Geringsten mit den beiden Wohnräumen der Kastlungers vergleichen ließ. Die Einrichtung war karg, nur ein paar Stühle, ein blanker Tisch und zwei Sessel in einer Ecke. Alles zeugte von der jahrelangen Männerwirtschaft Rudolf Costas. Martha hatte es natürlich nicht gewagt, etwas zu verändern.

Wie zu Hause gab es einen großen Ofen mit einer umlaufenden Bank, auf der Chiara und Giovanni gemeinsam über etwas gebeugt miteinander flüsterten. Vito saß daneben und las in einem Buch. Elisa stutzte bei diesem Anblick. Sie hatte noch nie außerhalb der Schule jemanden lesen gesehen. Nur zu gern hätte sie herausgefunden, was das für ein Buch war, aber sie hatte versprochen, sich zurückzuhalten. So blieb sie im Schatten ihrer Mutter stehen und wartete artig, dass die Erwachsenen die Begrüßung beendeten und sich setzten.

Die Costa-Geschwister schauten alle auf, als sie eintraten, hielten sich jedoch ebenfalls zurück. Elisa fiel auf, dass Chiara völlig verheult aussah, während um Vitos Mund ein verkniffener Ausdruck spielte. Einzig Giovanni wirkte normal, doch als sein Vater kurz darauf die Stube betrat, kauerte er sich zusammen, als wollte er sich ins nächste Mauseloch verkriechen. Was war hier los?

»Möchtet ihr euch setzen? Wie geht es euch?« Lucia rang unruhig die Hände und zeigte auf den Tisch. »Es ist noch nichts eingerichtet, entschuldigt bitte. Martha hat es sauber gehalten, aber nichts weiter, natürlich.« Sie lachte unsicher.

»Danke, nur ein paar Minuten.« Kastlunger setzte sich und winkte seiner Frau. Elisa huschte auf die andere Seite neben ihn, so dass sie Vito im Blick behielt. Sie freute sich, dass er hier war, obwohl sie selbst nicht ganz verstand, warum.

»Ich hole uns einen Grappa, den ich aus Italien mitgebracht habe«, erklärte Costa und verließ den Raum, um mit einer Flasche und vier Gläsern zurückzukehren. Seine Frau setzte sich und legte die Hände ordentlich nebeneinander auf den Tisch. Elisa staunte, wie fein und zart ihre Haut war. Die Hände ihrer Mutter waren nach jedem Winter rissig und schrundig und der Staub der täglichen Arbeit so tief eingegraben, dass sie sie kaum sauber bekam. Was machte Vitos Mutter den ganzen Tag? Hatte sie überhaupt schon einmal eine Kuh gemolken oder den Gemüsegarten umgegraben?

Elisa betrachtete ihre eigenen Hände unter dem Tisch. Mutter schimpfte, wenn sie nicht sauber waren, so dass sie gewissenhaft jeden Abend den Dreck unter den Fingernägeln hervorpulte.

»Es ist schön, dass du wieder da bist, Jakob. Das Haus hat lange genug leer gestanden«, sagte ihr Vater gerade mit einem breiten Lächeln unter seinem dichten Bart. »Was habt ihr vor?«

Auf der Ofenbank schauten alle drei Geschwister auf, aber Elisa konnte aus ihren Mienen nicht herauslesen, was sie gerade dachten. Das Ehepaar Costa tauschte stumme Blicke, dann senkte Vitos Mutter den Kopf.

»Erst einmal bleiben wir«, erklärte Costa mit fester Stimme, während er vier Gläser einschenkte. »Ihr habt das Vieh und die Weiden hervorragend instand gehalten, Pichler und Martha haben ordentlich gearbeitet. Jetzt wird es Zeit, dass Vito und ich den Hof übernehmen.« Er warf einen strengen Seitenblick auf seine Frau. »Lucia kennt sich nicht aus, und Chiara natürlich erst recht nicht. Daher wird uns Martha weiterhin zur Hand gehen.«

»Dann zieht ihr also in ein paar Wochen mit auf die Alm zur Heumahd, wie früher.« Elisas Vater hob sein Glas. »Auf die alten Zeiten.«

Sie tranken. Aus den Augenwinkeln beobachtete Elisa, wie Chiara wütend auf der Unterlippe herumkaute, während sie am Saum ihres Kleides herumzupfte, als wollte sie es in Stücke reißen.

Costa räusperte sich. »Ich werde im Übrigen versuchen, ein paar Reben anzubauen. Vielleicht klappt es mit dem Wein aus Val Badia.«

»Du bist verrückt«, rief Kastlunger aus. »Du weißt genau, wie kurz der Sommer ist und wie hart der Winter! Die Trauben werden lange vor der Ernte in den ersten Nachtfrösten erfrieren.«

Costa schüttelte den Kopf »Ich nehme natürlich nicht unsere Sorten aus der Toskana. Mein Schwiegervater und ich haben eine sehr widerstandsfähige Traube ausgemacht, die bei Bruneck angebaut wird. Warum sollte die hier nicht wachsen?«

»Weil das Tal ein gutes Stück höher liegt als Bruneck? Das Pustertal ist nicht weit weg, aber es hat schon ein viel milderes Klima. Hast du das alles vergessen? Dein Ertrag wird mickrig sein, gerade für ein paar Flaschen reichen.«

»Das macht nichts.« Costa lächelte. »Je geringer die Ernte, desto wertvoller der Wein. Die Kenner in Amerika werden sich darum reißen.«

»Wertvoll? Sollte er nicht auch schmecken?«, fragte Kastlunger.

»Warte ab, bis du die erste Lese probierst!« Dieses Mal hob Costa sein Glas und prostete den anderen zu.

Elisa entging der missmutige Gesichtsausdruck Lucias nicht, während ihr Mann von seinen Plänen erzählte. Auch Vito hatte sein Buch zur Seite gelegt und hörte unauffällig zu. Bei den selbstsicheren Worten seines Vaters schüttelte er sachte den Kopf.

Überhaupt wirkte vor allem Lucia, als würde sie gleich in Tränen ausbrechen. Elisa hätte ihr zu gern etwas Tröstendes gesagt, aber sie wusste nicht einmal, warum Vitos Mutter so traurig dreinblickte.

Doch sie schien nicht die Einzige zu sein, die es bemerkt hatte. Als die Männer eine kurze Gesprächspause machten, beugte sich Anna zu ihrem Mann, um ihm etwas zuzuflüstern.

Kastlunger brummte. »Was ist, Jakob? Weinstöcke anzupflanzen ist die eine Sache. Lass uns einen Blick auf deinen Heuboden werfen und schauen, was wir reparieren müssen, bevor du das Heu einholst.«

»Eine gute Idee.« Costa erhob sich und winkte. »Vito, Nino, ihr kommt mit.«

Lucia blieb stumm sitzen und blickte ihnen unbehaglich nach.

Kaum dass die Männer mit den Jungen verschwunden waren, beugte Elisas Mutter sich vor und ergriff die Hand ihrer Nachbarin. »Es wird schon alles gut werden. Ich weiß genau, wie es dir ergeht. Ich bin Josef vor über zwanzig Jahren aus Graz hierher gefolgt. Es ist ein harter Menschenschlag. Es braucht viel Zeit, sie für sich zu gewinnen. Aber die meisten sind gutherzig und geradeheraus. Du wirst dich einleben. Es ist mein Zuhause geworden, und mein Ladinisch war viel schlechter als deines.«

Lucia senkte verlegen den Kopf und rang mit den Tränen. Chiara sprang auf, setzte sich neben ihre Mutter und ließ sich von ihr in die Arme ziehen. Elisa versuchte es mit einem aufmunternden Lächeln, das jedoch niemand bemerkte.

»Mein Papà möchte Jakob scheitern sehen«, erklärte Lucia mit zitternder Stimme. »Anfangs war er von ihm beeindruckt, ein Exot und Abenteurer, der in die Welt hinausgezogen ist. Darum durfte er mich heiraten. Aber Jakob ist viel bodenständiger, als Vater geahnt hat. Zudem wirtschaftet er nicht sehr geschickt, und irgendwann war nichts mehr, was er tat, gut genug. Er hat seinen eigenen Kopf. Du hast es gehört. Dein Josef hat recht, nicht wahr? Er wird nicht auf ihn hören und scheitern. Dann hat Papà recht gehabt. Wieder einmal.«

»Wer geebnete Wege betritt, hinterlässt keine Spuren«, zitierte Anna ein altes Sprichwort und lächelte tröstend. »Manchmal lohnt es sich, ein Abenteuer zu wagen und neue Wege zu gehen. Jetzt seid ihr erst einmal hier. Wir und die Gutholzers werden alles dafür tun, dass du und deine Kinder sich einleben.«

Lucia lächelte und nickte schon entschlossener. »Danke! Ich lasse mich nicht so leicht unterkriegen. Wir werden es zumindest versuchen, das habe ich Jakob versprochen, und dazu stehe ich.«

Die beiden Frauen sahen sich lange an, und Elisa spürte, wie die gemeinsame Geschichte ein unsichtbares Band zwischen ihnen knüpfte. Und vermutlich bemerkte nur sie den mörderischen Blick, mit dem Chiara ihre Mutter bedachte.

Wie man es Elisa prophezeit hatte, änderte sich erst einmal nicht viel. Da ihre Mutter in der Woche darauf bestand, dass sie die Dorfschule besuchte, bekam sie trotz aller Neugier von den neuen Nachbarn kaum etwas mit.

Giovanni begleitete sie morgens zur Schule, doch er hatte zu Beginn größere Sprachschwierigkeiten, so dass Elisa erst einmal mit einer echten Verständigung scheiterte. Immerhin freute er sich über ihre Gesellschaft und schwatzte sie manchmal in rasend schnellem Italienisch zu, scheinbar in der Hoffnung, sie würde ihn irgendwann verstehen, wenn er nur genug redete. Meistens begriff Elisa den groben Zusammenhang, doch es handelte sich auch noch um einen Dialekt, der war anders als das Italienisch, das die Menschen in Welschtirol sprachen.

Von Chiara sah und hörte Elisa nichts, was sie nicht weiter bedauerte. Mit Vito hätte sie sich dagegen nur zu gern unterhalten. Er und Mischi rutschten tagelang auf dem Dach der *majun* herum und besserten schadhafte Holzbretter der Firstkonstruktion aus. Zweimal trafen vollbepackte Lastwagen ein, der weitere Habseligkeiten der Familie brachte.

Endlich, am zweiten Sonntag nach Pfingsten, ergab sich eine Gelegenheit. Der Tag war ungewöhnlich warm, und die Familien der *vila* und des Dorfes fanden sich wie gewohnt vor dem Platz auf der Kirche ein, um Neuigkeiten auszutauschen.

Eine Weile beobachtete Elisa heimlich, wie Franz und Helene miteinander tuschelten. Sie wusste, dass Franz Helene schon häufiger besucht hatte, wenn er angeblich mit Mischi im Dorf bei Freunden gewesen war. Elisa behielt all das für sich. Sie verstand nur nicht, warum Helene sich neuerdings von Franz den Hof machen ließ, wo sie doch so sehr in Anton verliebt gewesen war. Aber vielleicht hatte auch sie einsehen müssen, dass man auf ihn vergeblich wartete. Ihr ältester Bruder war schließlich auch keine schlechte Wahl.

Mit einem kurzen Blick vergewisserte Elisa sich bei ihrer Mutter, dass sie sich entfernen durfte, und schlenderte durch die Menge. Da war Chiara, hielt sich eng an der Seite ihrer Mutter, beachtete niemanden und trug die inzwischen vertraute abweisende Miene zur Schau. Ihr Vater gestikulierte wild herum, während er irgendetwas erklärte.

Und dann entdeckte sie Vito. Er saß mit einem schlichten schwarzen Anzug bekleidet auf einer kniehohen Mauer und starrte in die Ferne auf die Berge.

Elisa zögerte, dachte krampfhaft darüber nach, was sie ihm sagen wollte. Das war doch verrückt, da ergab sich endlich die Gelegenheit, und jetzt fand sie keinen Mut? Sie gab sich einen entschlossenen Ruck und näherte sich. »Bun dé, Vito.«

Er schreckte aus seiner Versunkenheit auf. »Bun dé, Elisabetha. Wie geht es dir?«

»Du sagst Elisa. Wir sind Nachbarn!« Sie blitzte ihn empört an und stemmte die Hände in die Hüften.

»Oh, ich wollte nur höflich sein«, entschuldigte er sich. »Ich nenne dich, wie immer du möchtest, versprochen.«

Elisa brummte zufrieden und setzte sich in sittsamem Abstand neben ihn auf die Mauer. »Was machst du?«

Er zuckte mit den Schultern, und sein Blick schweifte wieder in die Ferne. »Nichts. Ich warte darauf, dass meine Eltern nach Hause gehen. Dann gehe ich mit. Das ist alles.«

»Das klingt, als ob du dich hier langweilst. Hast du nicht genug zu tun?«

Er bedachte sie mit einem nachdenklichen Blick, den Elisa nicht deuten konnte. »Doch, natürlich.«

»Aber du hast auch Heimweh.«

»Ja, vielleicht.« Er zog ein Bein auf die Mauer und verschränkte die Hände um sein Knie.

»Erzähl es mir«, bat Elisa leise und nickte auffordernd.

Vito sah zu seinen Eltern und Chiara. Sein Vater unterhielt sich weiterhin wortgewaltig mit ein paar anderen Männern, während Ehefrau und Tochter stumm danebenstanden.

»Deine Mutter hat erzählt, dass dein Pere es deinem Großvater nicht recht gemacht hat«, half Elisa nach.

Vito zog ungehalten die Augenbrauen zusammen. »So, hat sie das? Direkt in den ersten Tagen? Ich dachte, das wäre eine Familienangelegenheit.«

Sofort fühlte Elisa sich schuldig. »Sie hat fast geweint. Mutter wollte sie nur trösten, da hat sie ihr Herz geöffnet. Sie hat über niemanden schlecht gesprochen.« Sie kreuzte unauffällig zwei Finger und hoffe, dass Vito sie nicht bei dieser kleinen Notlüge ertappte. Er sollte es seiner Mutter nicht übelnehmen.

Einen schrecklichen Moment lang funkelten Vitos Augen wütend, dann atmete er tief durch und entspannte sich. »Was soll es? Es ändert sich nicht, indem man nicht darüber spricht. Also ja, Elisa, es tut mir leid: Ich möchte nicht hier sein. Ich bin kein Bauer.«

Elisa wusste nicht so recht, ob sie gekränkt sein sollte. Vito betonte es nicht abfällig, aber es klang auch nicht gerade freundlich. Bevor sie fragen konnte, brachen die Worte plötzlich aus ihm heraus: »Papà tut so, wäre es seine freie Entscheidung, hierher zurückzukehren. In Wahrheit hat Nonno ihn hinausgeworfen, weil er dem alten Patriarchen nicht nach der Pfeife tanzen wollte. Er hätte den Hof hier verkaufen sollen. Für Nonno ist er nichts wert, für Papà bedeutet er Heimat, Wurzeln, einfach alles. Jetzt will er dem Alten beweisen, dass er etwas daraus machen kann.« Vito hielt inne und zupfte am Ärmel seines feinen Anzugs herum. »Mutter und wir müssen das aushalten. Keiner von uns wollte hierher. Unsere Heimat liegt *hinter* den Bergen.«

Elisas Augen weiteten sich. »Ist es hier wirklich so schlimm?«

»Wie würdest du dich fühlen, wenn du von heute auf morgen woanders leben, den größten Teil deiner Familie und alle deine Freunde aufgeben müsstest?« Es machte eine weit ausholende Armbewegung, die die Menschen auf dem Kirchplatz, das Vieh auf den Weiden und die Berge am Horizont mit einschloss.

»Ich weiß nicht«, gab Elisa schließlich nach langem Zögern zu. »Dein Papà ist in den Süden gezogen, mein Bruder Anton hat das Tal auch verlassen. Er schickt mir Ansichtskarten. Ich glaube, ihm gefällt es. Aber er hat es freiwillig getan, nicht, weil jemand anders das so wollte.« Wenn sie den Anteil bedachte, den ihr Vater an Antons Entscheidung hatte, entsprach das nicht ganz den Tatsachen. Allerdings hatte ihr Bruder immer fortgewollt.

Vito nickte nachdenklich. »Ich weiß, was du meinst. Da hast du es: Es war nicht unsere Entscheidung. Mutter hätte bleiben dürfen. Sie hat anders entschieden.«

»Das ist auch richtig so!«, entfuhr es Elisa. »Eine Frau gehört an die Seite ihres Ehemannes.«

»So hat sie es euch gesagt, nicht wahr? Ihre Worte.« Zum ersten Mal lächelte er.

»Nein, das ist einfach die Wahrheit«, widersprach Elisa heftig. Hatten die in Italien denn keine Ahnung von Eheversprechen und Verpflichtungen? Was Gott verband, durfte der Mensch nicht trennen. Wie konnte man auf so eine Idee kommen, dass Lucia allein zurückblieb? Für eine Zeitlang mochte das funktionieren, aber doch nicht für immer und grundsätzlich.

»Elisa, versteh mich nicht falsch.« Vito hob beschwichtigend die Hand. »Es ist schön hier. Aber es ist Papàs Zuhause, nicht unseres. Es ist … begrenzt. Die Möglichkeiten sind begrenzt.«

»Was meinst du damit?«

Er schwieg, legte das Kinn aufs Knie und starrte wieder in die Ferne. »Hast du schon einmal das Meer gesehen?«

Elisa schüttelte den Kopf. Man hatte ihnen Karten in der Schule gezeigt, ihnen erklärt, was alles zum Habsburgerreich gehörte und wer ihre Nachbarn waren. Im Südosten der Donaumonarchie gab es Seehäfen am Mittelmeer, in Frankreich und in Italien natürlich. Aber der Anblick solcher Wassermengen überstieg ihre Vorstellungskraft.

»Von dort, wo wir gelebt haben, war es nicht weit bis zum Meer«, erzählte Vito mit leiser Stimme. »Nonno ist mit mir, sooft es seine Zeit erlaubte, zum Hafen von Livorno gefahren. Schon als kleiner Junge hat er mir die Schiffe dort gezeigt. Riesige Dampfschiffe aus Stahl. Sie transportieren Güter und Menschen in die ganze Welt. Nachmittags haben wir im Meer gebadet und in Trattorien Fisch gegessen. Großvater kennt eine Menge Gastwirte dort, weil er sie mit Wein beliefert. Und Flugzeuge haben wir dort gesehen.« Er machte mit der Handfläche eine gleitende Aufwärtsbewegung. »Sie heben ab und fliegen durch die Luft, kannst du dir das vorstellen? Es ist so faszinierend, obwohl ich weiß, dass es keine Zauberei ist, sondern einfach die Anwendung von physikalischen Gesetzmäßigkeiten.«

Elisa verstand kein Wort, und offenbar konnte Vito ihr das vom Gesicht ablesen.

Er lachte. »Entschuldige. Ich habe schon viel darüber gelernt. Ich wollte studieren, wie man Schiffe baut. Oder Flugzeuge. Große Maschinen, gewaltige Eisenbrücken oder Hochhäuser.« Er strich sich verlegen eine Locke aus der Stirn.

»Na und?«

»Was, na und?«

»Warum tust du das nicht?«

Ungeduldig schüttelte Vito den Kopf. »Dazu müsste ich weiter zur Schule gehen.«

»Dann solltest du das tun, statt mit Mischi Dächer zu reparieren.«

»Nein.« Er zögerte, rang um die richtigen Worte. »Es ist nicht dasselbe. Mutter schickt Nino in die Dorfschule, damit er eure Sprache schneller lernt. Im Unterricht lernt er kaum etwas, das er nicht schon weiß.«

Eure Sprache. Er distanzierte sich, dabei war sein Ladinisch beinahe fehlerfrei. Es versetzte Elisa einen kleinen Stich, auch wenn sie durch seine Erzählung langsam ahnte, dass ihn Sehnsüchte trieben, die er hier niemals befriedigen konnte.

»Eine gute Schule kostet Geld, Elisa. Danach müsste ich auf die Universität. Ich wollte nach Pisa, wo schon Signor Galileo Galilei seine mathematischen Studien durchgeführt hat.«

Elisa kannte diesen Signor Galilei zwar nicht, aber Vito imponierte er offensichtlich. Gut, hier im Dorf war niemand Berühmtes auf die Schule gegangen. Selbst Kurat Ploner hatte das Priesterseminar nie abgeschlossen, weil sein Vater frühzeitig gestorben war und er den Hof übernehmen musste, den er mit seiner Schwester und deren Familie bestellte, wenn er sich nicht der Gemeindearbeit widmete.

Und da begriff sie. »Beides geht nicht. Du kannst nicht mit deinem Pere hier den Hof bewirtschaften und zugleich in Pisa studieren. Natürlich nicht.«

»Papà hätte sich eher ein Bein abgehackt, als seinen Erstgeborenen in den Händen seines Schwiegervaters zu belassen.« Er ballte unbewusst die Hände zu Fäusten. »Dabei hätte Nonno mir und Nino die Ausbildung sogar bezahlt.«

»Vito, kommst du? Wir gehen nach Hause!«

Sie schreckten auf, als Chiaras Stimme zu ihnen herüberschallte. Vito lächelte flüchtig und sprang von der Mauer.

Seine Schwester empfing ihn mit einem gezischten Wortschwall. Sie sprach zu leise und zudem Italienisch, aber dem abfälligen Blick nach konnte Elisa sich den Inhalt denken. Sie schüttelte verständnislos den Kopf. Wenn Chiara so weitermachte, würde sie niemals Freunde finden.

Nachdenklich lief Elisa hinter ihren Eltern her nach Hause. Vitos Worte und vor allem sein sehnsüchtiger Blick gingen ihr nicht aus dem Kopf. Es brach ihr das Herz, ihn so traurig zu sehen. Beim ersten Besuch vor ein paar Jahren war alles anders gewesen. Er war begierig gewesen, mehr über Val Badia und die Berge zu erfahren, Mischi musste ihm jeden einzelnen Gipfel benennen. Jetzt sollte das alles nicht mehr gut genug sein? Natürlich war es ein Unterschied, ob man für ein paar Tage oder den Rest seines Lebens irgendwohin kam, trotzdem sollte er sich nicht *so* unwohl fühlen.

Also mussten es diese anderen Sachen sein, das Meer und die Schiffe. Warum wollte man große Schiffe bauen? In diesem Punkt schien Vito wie Mischi zu sein. Wenn der schnitzte oder auch nur das Dach der Nachbarn reparierte, war er immer stolz darauf, das Ergebnis anderen zeigen zu können, und freute sich, wenn man seine Arbeit lobte. Kurat Ploner hatte einmal zu ihm gesagt, dass er im Kleinen ein Schöpfer war, der dem Holz Seele und Bestimmung gab.

War es das, was Vito gemeint hatte? War am Ende der Unterschied zwischen einem großen Schiff und einer kleinen Holzfigur gar nicht so gewaltig? Ging es darum, etwas zu erschaffen?

Elisa lächelte zuversichtlich. Das würde sie schon herausfinden. Viel wichtiger: Ihr kam eine Idee. Sie würde Vito zwar keinen Ausflug zum Meer bieten können, aber vielleicht einen kleinen Ersatz.

Rasch machte sie sich auf die Suche nach Mischi. Er stand in der Werkstatt an der Werkbank, jedoch nicht wie erwartet beim Schnitzen.

Neugierig trat sie näher. »Was machst du?«

»Ich prüfe die Sensenblätter. Pere hat sie vor ein paar Tagen vom Pacher dengeln lassen, damit sie für die Heumahd wieder scharf sind.« Mischi nahm einen Wetzstein aus einer kleinen wassergefüllten Schale und führte ihn an der Schneide entlang.

Bei dem Geräusch überlief Elisa eine Gänsehaut. »Warum wetzt du sie jetzt? Wenn sie scharf sind, können wir sie doch benutzen. Ihr müsst sowieso andauernd nachschleifen.«

»Besser ist besser«, murmelte Mischi und kniff ein Auge zusammen, um die Schneide zu begutachten.

Elisa überließ ihn seiner Arbeit und strolchte in der Werkstatt herum. Als sie fand, dass sie geduldig genug gewesen war, stellte sie sich neben Mischi und legte die Hand auf das Blatt, das er gerade bearbeiten wollte.

Er runzelte die Stirn. »Was gibt es, Schwesterherz?«

»Hast du schon mal das Meer gesehen?«

»Ob ich was? Nein, wie sollte ich?«

»Ich dachte auf Photographien oder in der Zeitung.«

»Ach so, ja, schon.«

Elisa sah ihn ernst an. »Gibt es in den Bergen etwas Vergleichbares?«

»Natürlich. Außerdem Wüsten mit Fata Morganas und Südseeinseln mit Menschenfressern.« Mischi schüttelte energisch den Kopf. »Wie kommst du denn darauf?«

»Natürlich kein richtiges Meer«, lenkte Elisa sofort ein. Wie sie das hasste, wenn Mischi sie auf diese Weise verspottete, es ging um eine ernste Sache! »Bestimmt nicht so groß, aber so … schön.«

Mischi legte Wetzstein und Sensenblatt beiseite, lehnte sich gegen die Werkbank und lächelte reumütig. »Schon gut. So etwas kannst nur du fragen. Natürlich ist es wunderschön dort oben. Noch ein oder zwei Jahre, dann nehme ich dich mit, ob du willst oder nicht.«

»Und was heißt das?« Elisa ließ nicht locker.

Mischi betrachtete sie nachdenklich. »Jetzt verrate mir erst einmal, worum es geht. Wie soll ich denn wissen, wonach ich suchen soll?«

»Es geht um Vito. Ihr habt doch bei seinem ersten Besuch eine Wanderung gemacht. Da dachte ich, du könntest ihm zeigen, dass es hier genauso schön ist wie bei ihm zu Hause. Er hat vom Meer erzählt. Ich glaube, er sehnt sich danach.«

»Und du meinst, dass ich ihm einen Ersatz bieten soll.«

»Ja. Könntest du das?«

»Hm. Wir könnten vor der Heumahd nach Fanes zu den Seen wandern. Dann kommen wir von dort aus direkt auf die Alm.«

»Seen sind kein Meer.«

»Sicher nicht.« Mischi grinste. »Aber so fasziniert, wie Vito bei unserer Wanderung über die Pralongiá war, sollte es mich schwer wundern, wenn ihn das Reich von Dolasíla und ihren Murmeltieren nicht in seinen Bann schlägt. Warte ab. Ich werde ihm unterwegs ein paar Sagen erzählen. Die Prinzessin der Fanes wird ihren Zauber schon wirken.«

»Ich wusste, dass du eine Idee hast. Danke, Mischi!« Elisa umarmte ihn und lachte, als sie merkte, wie unangenehm ihm das war. Er rächte sich, indem er ihr über den Kopf strubbelte, was sie ausnahmsweise hinnahm. Auf ihren Mischi konnte sie sich verlassen. Und es wäre doch gelacht, wenn er Vito nicht davon überzeugen konnte, dass es sich hier gut leben ließ, auch ohne Meer und die Aussicht darauf, einmal Schiffe zu bauen. Wenn ihr Bruder und seine Begeisterung für die Berge es nicht schafften, dann niemand.

6. KAPITEL

Mitte Juni 1912 – Vila Kastlunger, Val Badia

Veit, warte! Nimm das hier noch mit.« Wie immer zuckte Vito zusammen, wenn er diesen Namen hörte.

Er verstand nicht, warum sie ihn so nennen mussten. Er war weiß Gott nicht der Einzige in der Gegend mit einem italienischen Vornamen, doch den seinen hatte irgendwer in den ersten Tagen seit ihrer Ankunft eingedeutscht. Vielleicht war es anfangs nicht einmal böse gemeint gewesen – obwohl er da seine

Zweifel hatte, wenn er manche Vorbehalte gegen *die Welschen* bedachte – aber er hatte offenbar zu deutlich gezeigt, dass er sich darüber ärgerte. Seitdem klebte *Veit* an ihm wie ein ungeliebter Spitzname. Nur seine Familie nannte ihn noch Vito.

Es presste die Zähne aufeinander, rang sich ein dünnes Lächeln ab und drehte sich zu Kurt Willeit um. Der Dorfvorsteher war ihm aus dem kleinen Büro hinaus gefolgt und wedelte mit amtlich aussehenden Papieren. »Es sind Auszüge aus dem kaiserlichen Kataster. Jakob soll sie durchsehen und mir sagen, ob die Angaben über sein Grundstück aktuell sind. Sie sind leider auf Deutsch. Wenn ihr nicht zurechtkommt, fragt Kurat Ploner, ob er euch bei der Übersetzung hilft, oder wendet euch an Anna Kastlunger.«

»Ich werde es ihm ausrichten.« Vito faltete die Papiere ordentlich und steckte sie zu den anderen in seine Umhängetasche. Das würde an ihm hängenbleiben. Sein Vater konnte kaum lesen, und mit deutschen Texten gab er sich schon gar nicht ab.

Aber wenn er ehrlich war, waren ihm solche Aufgaben gar nicht so unlieb. Er hatte zwei Jahre lang Deutsch in der Schule gelernt und war gespannt, ob sein Wissen für die Dokumente reichte. Immerhin war es anspruchsvoller, als Mist zu schaufeln oder einen weiteren Acker für den geplanten Weinanbau umzugraben.

Und es war um Längen besser, als darüber nachzudenken, wie sein Vater dabei war, sich lächerlich zu machen, und das auf Kosten seiner Familie.

Vito seufzte und lief die Gadertaler Straße entlang durch das Dorf. Dorf – Straße – beides verdiente kaum diesen Namen. Es gab ganze zwölf Familien im Dorfkern, vier *viles* mit siebzehn weiteren Familien drum herum verstreut, eine Kirche sowie ein Gebäude, das Kurt Willeit großspurig Rathaus nannte. In Wahrheit war es kaum mehr als ein lange leerstehendes

Wohnhaus, das die Willeits vor kurzem zu einer Mischung aus Klassenzimmer für die Dorfschule, Amtsstube und Gasthof umgebaut hatten. Morgens unterrichtete Willeit, mittags tätigte er die Amtsgeschäfte und abends konnten er und seine Frau Gäste bedienen. Nicht, dass dort häufig jemand übernachtete. Die Straße war Ende des vorigen Jahrhunderts gebaut worden und stellenweise kaum mehr als ein befestigter Feldweg. Elisa hatte erzählt, dass man im Winter mit Schlitten oder Schiern sogar besser vorankam.

Elisa. Bei dem Gedanken an sie lächelte Vito versonnen. Ihre unermüdlichen Erklärungen waren der einzige Lichtblick in diesen Tagen, auch wenn ihn ihre beharrliche Betonung der schönen Seiten des Lebens im Tal manchmal anstrengte. Sie meinte es gut, und sie hatte in vielem recht. Die Menschen hier mochten ungebildet sein, aber sie waren nicht grundsätzlich dumm oder boshaft.

Wenn man von einzelnen Exemplaren absah wie die, die ihm gerade entgegenkamen.

Vito blinzelte wütend. Sein erster Impuls war, umzudrehen, nur um Matthias und Friedrich Pescoll nicht über den Weg zu laufen. Aber dieses Verhalten wäre noch kindischer als die ständige Herausforderung der beiden.

Es war ja nicht so, dass Vito über Gebühr friedfertig wäre. Wenn es die Umstände erforderten, hob er durchaus die Fäuste. Aber das letzte Mal war er zwölf oder dreizehn Jahre alt gewesen, und sich mit zwei Dorfdeppen wegen nichts und wieder nichts zu prügeln fand er deutlich unter seiner Würde.

Die beiden sahen das natürlich anders und trugen ihm Chiaras Ohrfeige und seinen Abgang nach ihrem ersten Aufeinandertreffen immer noch nach. Vielleicht wäre es sogar besser gewesen, wenn er sich damals auf die Auseinandersetzung eingelassen hätte, dann wäre er jetzt damit durch. Aber sich von Chiara in so etwas verwickeln zu lassen, weil sie aus lauter Langeweile Ärger provozierte, war noch weniger nach Vitos Geschmack.

So presste er die Tasche enger an den Körper und näherte sich stur geradeaus blickend Matthias und Friedrich, die vor einem Gartenzaun stehengeblieben waren.

»He, Welsche, kennst du nicht die Tageszeit?«, schallte es zu ihm herüber. Friedrich lachte. Vito reagierte nicht, ging auch nicht schneller, obwohl sich ihm die Nackenhaare aufstellten. Einfach nicht beachten. Das waren unerzogene Kleinkinder, mehr nicht.

Als er auf gleicher Höhe mit den Pescoll-Brüdern war, tat er so, als würde er sie gar nicht wahrnehmen. Tatsächlich beobachtete er sie aus den Augenwinkeln und rechnete jede Sekunde mit einer Attacke. Und da schnellte auch schon Friedrichs Bein nach vorne. Statt darüber zu stolpern, machte Vito einen eleganten Ausfallschritt und ging ungerührt weiter.

Hinter ihm grunzte jemand wütend.

»Genau das meinte ich, ihr Holzköpfe«, murmelte Vito bei sich. »Einfallslos und vorhersehbar. Mehr als ein paar dumpfe Schläge oder Tritte austeilen könnt ihr nicht.« Er lauschte angespannt, rechnete damit, dass jemand ihn von hinten packte und herumriss.

Und genau das passierte. Er nutzte den Schwung, drehte sich unter dem Griff weg, holte von unten mit der Faust aus und traf seinen Gegner mitten in den Bauch. Es war Matthias, der zusammenklappte wie ein Sandsack. Die Hand an seiner Schulter verschwand, und Vito war frei. Er ließ es nicht auf einen zweiten Angriff ankommen, sondern boxte Friedrich kräftig vor die Brust, bis der zwei Schritte zurücktaumelte.

Dann erst rückte Vito die Tasche zurecht und setzte seinen Weg fort, zwang sich dazu, nicht schneller zu laufen, und war jederzeit auf die nächste Attacke gefasst. Doch nichts weiter geschah.

Erst als er die Brücke über den Gaderbach überquert hatte und den Feldweg hangaufwärts zur *vila* abbog, wagte er einen Blick zurück und entspannte sich. Die beiden hatten es sich anders überlegt – für heute. Vito machte sich keine Illusionen, dass sie ihn früher oder später in die fällige Prügelei verwickeln würden, sofern nicht ein Wunder geschah und sie zuvor erwachsen wurden. Er grollte verächtlich.

Er war unbesorgt, gegen die beiden zu bestehen, aber wie konnte er wissen, ob sie sich nicht mit weiteren Burschen aus dem Dorf zusammenrotteten? Auf Fairness würden sie kaum Rücksicht nehmen, wenn es galt, ihn in die Schranken zu weisen. Wehmütig dachte er an seine Freunde auf dem Weingut und auf dem Liceo zurück. Natürlich hatte es auch zwischen ihnen Reibereien gegeben, doch mit den meisten hatte er sich gut verstanden. Hier war er einsam, ein Außenseiter.

Am Hof angelangt, wollte er direkt nach seinem Vater sehen, den er bei seinen kostbaren Weinstöcken vermutete. Vier Reihen mit zwei verschiedenen Sorten hatten sie bisher gesetzt. Es sah gar nicht einmal so falsch aus, wenn Vito es mit den Erfahrungen auf Nonnos Hof verglich. Ob das Experiment gelang, würde sich frühestens im Herbst zeigen.

Statt seines Vaters empfing ihn jedoch zeterndes Geschrei aus der *majun*. Kopfschüttelnd folgte er dem Lärm.

»… nicht noch mal! Ich muss mich von einem Bauerntrampel wie dir nicht beleidigen lassen!«

Vito betrat die *majun,* als Chiara gerade einen Besen auf den Boden donnerte und anschließend an ihm vorbeirauschte.

»Du suchst nur wieder eine Ausrede, dich vor der Arbeit zu drücken!«, rief Elisa ihr nach und zeigte anklagend auf den Besen. »Glaub ja nicht, dass ich wieder alles allein mache!«

»Hinterhältiges Biest«, zischte Chiara noch, dann war sie hinaus.

Vito lächelte versöhnlich und hob den Besen auf. Als er sich wieder aufrichtete, sah er, Elisa mit den Tränen kämpfen. Aber statt zu heulen, biss sie sich auf die Unterlippe und beherrschte sich.

»Was ist los?«, fragte Vito behutsam und begann, den Gang zu fegen. Er würde mit Chiara noch ein Hühnchen rupfen müssen. Ihre Unzufriedenheit in Ehren – alles hatte seine Grenzen, und es an Elisa auszulassen war nicht richtig.

Sie wandte sich wortlos ab und nahm ein Büschel Stroh, um es auf dem sauberen Boden zu verteilen.

»Elisa?«

»Chiara hat mitbekommen, dass eines der Zicklein ihren Namen trägt.«

»Oha.« Vito grinste wider Willen und senkte hastig den Kopf, damit Elisa es nicht bemerkte. War Chiaras Empörung doch nicht so unberechtigt?

»Jetzt ist sie beleidigt.« Elisa räusperte sich ungehalten. »Eigentlich ist sie ja immer beleidigt. Erst trägt sie ein viel zu gutes Kleid bei der Stallarbeit und gibt mir die Schuld, weil ich ihr nicht gesagt habe, dass man beim Misten schmutzig wird. Dann behauptet sie, Mischi hätte sie mit Absicht mit Blut besudelt, als wir Hühner geschlachtet haben. Jetzt eben die Ziege. Dabei ist es eine hübsche Ziege.«

»Hast du ihr das gesagt: dass es doch eine hübsche Ziege ist?« Vito konnte sich die Reaktion seiner Schwester lebhaft ausmalen.

Elisa blickte ihn trotzig an. »Der Ziegenbock heißt Werner. Nach dem Kurat. Der hat darüber gelacht und gesagt, bei dem prächtigen Tier wäre es ihm eine Ehre. Aber Chiara versteht überhaupt keinen Spaß.«

»Na ja.« Vito hängte seine Tasche an einen Wandhaken und nahm den Besen, um Elisa zu helfen. »Es ist nicht gerade nett. Ich würde es auch nicht mögen, wenn du eines der Tiere Vito nennst.«

»Dann hat sie noch gesagt, ich wäre strohdumm, sogar zu dumm, die richtige Ziege nach ihr zu benennen. Ihr Name würde *die Helle* bedeuten, und die Ziege ist schwarz.«

Vito zog die Augenbrauen zusammen. Elisa verrichtete ihre Arbeit routiniert, aber ihre Bewegungen waren so fahrig, dass das Stroh in dicken Wolken staubte. Er begriff, dass sie nicht darüber wütend war, dass sie zum wiederholten Mal Streit mit Chiara hatte, sondern darüber, dass seine Schwester ihr unter die Nase gerieben hatte, wie dumm und hinterwäldlerisch Elisa in ihren Augen war.

So wie er beinahe zu viel gesagt hatte, als er versucht hatte, ihr den Unterschied zwischen der Schule im Dorf und dem Liceo Moderno in Lucca zu erklären. Elisa und ihre Geschwister konnten nichts dafür, dass sie hier kaum etwas lernten. Chiara hatte längst begriffen, dass sie zumindest Elisa damit sehr verletzten konnte, weshalb sie es bei jeder Gelegenheit versuchte. Damit war sie nicht besser als sie Pescoll-Brüder.

Das Kehren hatte wenig Zweck. Vito stellte den Besen ab und setzte sich auf einen Querbalken, der den Kuhpferch begrenzte.

»Elisa, hör auf! Du verteilst mehr Stroh in der Luft statt auf dem Boden.« Er hustete. »Wieso bist du überhaupt hier? Das ist unser Stall.«

Elisa ließ das restliche Stroh fallen und blieb mit hängenden Armen mitten im Raum stehen. Die Sonne fiel schräg durchs Fenster und verlieh ihrem blonden Haar einen goldenen Schein. Strohspäne umtanzten sie wie tausend kleine Funken. Sie sah aus wie eine Prinzessin in einem Märchenbuch aus Kindertagen.

Unwillkürlich lächelte Vito. »Versuche, es dir nicht anmerken zu lassen. Je mehr du dich ärgerst, desto mehr wird Chiara sticheln.«

»Das weiß ich selbst.« Elisa nickte traurig. »Sie ist einfach immer gemein zu mir. Dabei bin ich hergekommen, um ihr zu helfen. So wie Mama deiner Mutter hilft. Sie ist dankbar dafür.«

»Da erwartest du von Chiara zu viel.« Er brummte. »Es ist sehr schwer, sich an dieses Leben zu gewöhnen.« Was das anbelangte, stimmte Vito mit seiner Schwester überein: Sie waren vom zwanzigsten Jahrhundert ins Mittelalter katapultiert worden.

Elisa nickte nachdenklich »Euer Haus war noch moderner als unseres, nicht wahr? Chiara erzählt ständig davon. Unseres ist das modernste im ganzen Dorf.«

»Ja. Großvater Costa hat dagegen sehr einfach gelebt. Ihr habt einen Waschraum mit heißem Wasser. Ihr habt im ganzen Haus Glasscheiben, nicht nur in den Schlafräumen. Und ihr müsst nicht nachts über den Hof, um aufs Klo zu gehen.« Vater hatte der Familie versprochen, wenigstens bis zum Herbst alle Fenster mit Glas auszurüsten und einen Waschraum anzubauen. Aber er hatte tausend andere Dinge im Kopf, so war es bisher nur bei dem Versprechen geblieben.

»Und elektrische Lampen«, fuhr Elisa fort. »Chiara sagt, dass man nur auf einen Schalter drücken musste, damit es hell wird. Ich habe solche Lampen in Bruneck gesehen, als ich meinen Bruder besucht habe. Es ist wie Zauberei.« Ihre Augen glänzten aufgeregt. Die aufgewirbelten Strohspäne um sie herum senkten sich allmählich zu Boden.

»Es ist keine Zauberei.« Vito lächelte. Das wäre für seine Schwester wieder so ein Moment gewesen, auf Elisas Naivität herumzureiten. »Unter uns: Chiara hat davon genauso wenig Ahnung wie du. Sie weiß nur, dass es Elektrizität gibt und dass sie funktioniert, aber nicht, wie.«

Elisa warf ihm einen skeptischen Blick zu. »Du weißt es?«

»Das sollte ich wohl. Genau dafür bin ich noch zur Schule gegangen.« Die Erinnerung versetzte ihm ungewollt einen bitteren Stich. Er hatte dafür jeden Tag mitten in der Nacht aufstehen müssen, damit Nonnos Chauffeur ihn, seinen Freund Benito und Nino zum Liceo brachte. Aber es war jede Sekunde wert gewesen.

Das war für alle Zeiten vorbei. Einzig seine Schulbücher waren ihm geblieben.

Elisa trat an ihn heran und sah verlegen zu ihm auf. »Es muss schön sein, wenn man neugierig sein darf. Aber ich kann nichts dafür, dass ihr hier seid. Und ich kann es erst recht nicht ändern.«

Vito wusste nicht, was er sagen sollte. *Neugierig sein zu dürfen,* das war erstaunlich gut auf den Punkt gebracht. Neugier, die Frage nach dem *Warum?* hatte ihn immer zum Lernen angetrieben.

Da konnte seine Schwester über Elisa sagen, was sie wollte: Sie mochte ungebildet sein, aber dumm war sie wirklich nicht. Im Gegenteil, sie hatte eine große Gabe, Zusammenhänge zu erkennen.

»Hier versteckt ihr euch.«

Vito und Elisa fuhren herum, als Mischi an der Tür erschien.

Er machte eine geheimnisvolle Miene. »Veit, nächste Woche beginnt die Heumahd. Hast du vorher zwei oder drei Tage Zeit?

Vito zuckte zusammen, versuchte, sich nichts anmerken zu lassen. Mischi meinte es ganz sicher nicht böse. »Ja, warum nicht? Wenn Papà mich nicht braucht«, murmelte er.

»Was ist denn?« Elisa starrte ihn unverhohlen an.

Vito wich ihrem Blick aus.

»Fein«, rief Mischi, dann stutzte auch er. »Habe ich etwas Falsches gesagt?«

Vito schüttelte abwehrend den Kopf. Plötzlich fiel ihm auf, wie ähnlich liebenswürdig und aufmerksam die beiden Geschwister ihn ansahen.

Sein Großvater Roberto Cancelletti hatte ihm von Kindesbeinen an Zurückhaltung gepredigt. Seit Wochen biss er die

Zähne zusammen und ließ alles an sich abprallen, schluckte jegliche Emotionen hinunter. Aber wem gegenüber sollte er sich jemals öffnen, wenn nicht seinen Nachbarn, die ihm bisher nur gleichbleibende Freundlichkeit entgegengebracht hatten?

»Ich mag es nicht, wenn man mich Veit nennt«, gab er leise zu.

Mischi sah ihn verwirrt an. »Wieso nicht?«

»Weil er nicht so heißt. Er heißt Vito«, erklärte Elisa. »Dich nennt auch niemand Michael.«

»Nur Pere oder Mutter, wenn ich was angestellt habe, stimmt schon.«

Vito grinste. »Oder Michele«, sprach er den Namen italienisch aus.

»Hm.« Mischi blinzelte listig. »San Michele dürft ihr mich gern nennen. Das klingt schon eher nach mächtigem schwertschwingenden Erzengel.«

Elisa schnaubte empört. »Nichts da! Das könnte dir so passen.«

»Vito also.« Mischi winkte ab. »Ich wollte mit dir nach Fanes aufsteigen und dir das Tal von oben zeigen. Wenn das Wetter mitspielt, übernachten wir dort oben, und ich führe dich zu den Seen. Was sagst du?«

Wieder begegnete Vito ein und derselbe erwartungsvolle Blick aus zwei so unterschiedlichen Gesichtern.

Zum ersten Mal seit seiner Ankunft im Tal hatte Vito das Gefühl, willkommen zu sein. Die Kastlungers hatten ihre Familie zweifellos freundlich empfangen, sehr bald gefolgt von den Gutholzers. Elisa hatte ihm mit Erklärungen unermüdlich zur Seite gestanden und ihm vieles erleichtert. Aber niemand hatte sich bisher persönlich an ihn gewandt und ihm etwas angeboten.

»Ich bin dabei«, sagte er gerührt. »Sehr gern sogar. Danke, Mischi!«

7. KAPITEL

Ende Juni 1912 – Fanes

Hoffnungsvoll schaute Vito aus dem Fenster seiner winzigen Kammer in den Himmel hinauf. Die Sonne war noch nicht aufgegangen und die Welt grau und konturenlos, dicke Wolken hingen dicht über den Gipfeln der Fanesgruppe. Wenigstens war es trocken.

Er wandte sich dem Haufen Koffer und lose herumliegender Kleidung zu, einen Kleiderschrank besaß er noch nicht. Im gesamten Haus gab es zwei Schränke, einen im Schlafzimmer der Eltern hinter der Stube im Erdgeschoss und einen im Flur. Chiara hatte eine große Truhe in Beschlag genommen, in der sie einen Bruchteil ihrer Kleidung unterbringen konnte. Weiteren Bedarf an Stauraum hatten die früheren Bewohner nicht gehabt.

Vito seufzte still und hielt den neuen Lodenmantel in die Höhe, den Nonno ihm im letzten Winter gekauft hatte. Sie hatten Winterferien in Cortina d'Ampezzo geplant, einem aufstrebenden Luxusferienort gleich im Nachbartal jenseits des Ju de Valparola. Dazu war es nie gekommen. Stattdessen war der Streit zwischen Jakob Costa und Nonno eskaliert, und die gesamte Familie saß mehr oder weniger auf gepackten Koffern, um das Haus sofort zu verlassen, sobald das Wetter die Reise erlaubte. Geblieben waren der Mantel und eine von vielen weiteren müßigen Erinnerungen.

Ob er ihn anziehen sollte? Er trug bereits einen dicken Pullover über dem Hemd. Der Mantel war bestimmt viel zu warm, aber sie wollten dort oben übernachten, und Nächte wurden in mehr als zweitausend Metern Höhe sicherlich kalt.

Er würde Mischi fragen, wie er sich ausrüsten sollte. Vito legte den Mantel über den Arm, schulterte den Rucksack und verließ das Haus.

Er musste gar nicht bei den Kastlungers klopfen, sondern traf Mischi schon im Hof zwischen den Gebäuden an. Mehrere Sensen lehnten an der Mauer der *majun,* daneben standen zwei seltsame Holzgerüste.

»Bun dé, Mischi«, rief Vito.

»So früh schon munter? Damit unterscheidest du dich deutlich von meiner ganzen Familie!« Mischi lachte.

»Wieso? Ist sonst noch keiner wach?«

»Doch, natürlich. Aber bei uns wird vor Sonnenaufgang nur das Nötigste gesprochen.«

Vito trat näher an die Holzgestelle. »Was ist das?«

»Das sind Kraxen für den Transport des Heus. Die werden wir mitnehmen, genau wie die Sensen. Wir gehen eine gute Stunde bis zu unserer *tablé,* das ist das Heulager auf der Alm. Von dort aus wandern wir weiter nach Fanes.«

»Sollte ich den Mantel mitnehmen?« Vito hielt ihn hoch.

Mischi griff danach und befühlte kritisch den Stoff. »Wenn du dich totschwitzen möchtest, klar, warum nicht?« Er grinste, und jetzt erst fiel Vito auf, dass sein Gegenüber nur ein dickes Hemd trug, dessen Ärmel er bis zu den Ellbogen aufgerollt hatte.

Mischi pfiff leise durch die Zähne. »Das ist ein toller Stoff. Wer hat den gemacht?«

»Gemacht?«

»Wer hat ihn hergestellt? Da hat jemand eine Menge Ahnung vom richtigen Walken. Die Knöpfe, ist das Horn? Hier im Dorf macht Maria Gutholzer die besten Mäntel, aber an solche Qualität reicht sie nicht heran.«

»Er ist gekauft. Ich glaube, er wurde in einer Manufaktur gefertigt.«

War das zu glauben? Vito wusste zwar, dass Elisa und ihre Mutter den größten Teil ihrer Kleidung selbst nähten, aber dass sie Mäntel herstellten, hätte er nicht erwartet.

Mischi wirkte etwas betroffen. »Ja natürlich. Na, jedenfalls solltest du ihn hierlassen. Wir haben aber Decken. Wenn sich die Feuchtigkeit verzogen hat, wird es warm.«

Vito nickte. Er zweifelte nicht an Mischis Vorhersage. Also brachte er rasch den Mantel zurück nach Hause, ließ sich eine der Kraxen aufschnallen, schulterte eine Sense und folgte Mischi in Richtung der grauen Gipfel der Fanesgruppe.

Eine Weile liefen sie in einträchtigem Schweigen nebeneinander her. Mischi hatte recht gehabt: Obwohl das Holzgestell kaum etwas wog und auch der Rucksack, den Vito zwischen die Streben geklemmt hatte, nicht sehr voll war, wurde ihm bei der Bewegung schnell warm.

»In den nächsten Tagen werden die Kühe auf die oberen Almen getrieben, und tiefer im Tal wird das Heu geschnitten«, erklärte Mischi und deutete in kurzer Entfernung auf die große Herde, in der auch das Milchvieh der Kastlungers und der Costas stand.

»Und die Alm gehört niemandem?«, fragte Vito.

»Nein, falsch. Sie gehört dem ganzen Dorf und wird gemeinschaftlich bewirtschaftet. Nur die Hütten da oben gehören einzelnen Familien.« Mischi wies auf ein paar Holzgebäude oberhalb des Hanges, auf die der Weg in mehreren Serpentinen zuführte. »Die *tablá* sind Privatbesitz. Wobei ihr unsere bisher mitbenutzt habt.«

»Wirklich? Wie kommt das?«

»Wusstest du nicht, dass dein Großvater den Hof meiner Familie abgekauft hat?«

Vito stutzte. »Nein, wusste ich nicht. Warum?«

»Mein Großvater hat damals als einer der Ersten auf Milchwirtschaft gesetzt und wollte einen modernen Stall bauen. Um das Geld dafür zu haben, hat er einen Teil seiner Grundstücke verkauft. Er besaß Land für drei, da es einige Generationen zuvor an Erben gemangelt hat. Nach den Viehseuchen in den 1880ern hat Pere allerdings wieder ganz von vorne anfangen müssen. Soweit ich weiß, hat meine Mutter eine beträchtliche Mitgift in die Ehe gebracht, von der sie Land und Vieh gekauft haben. Franz wird unseren Hof übernehmen, wobei für Anton ebenfalls ein Auskommen da wäre. Jetzt, da er fort ist, könnte auch für mich ein Stück vom Kuchen abfallen.«

»Wird Anton nichts bekommen?« Vito hatte bisher nur wenig über ihn erfahren. Anscheinend sprach niemand gerne darüber.

Mischi grunzte unbestimmt. »Pere hat geplant, dass Franz einmal die große *ciasa* bezieht und Anton das kleine alte Gebäude. Die *majun* wäre groß genug, um ein paar weitere Kühe unterzubringen, dazu ein bis zwei Mastschweine im Jahr. Was hätte es mehr gebraucht?«

Perspektive, dachte Vito, *die Möglichkeit, eines Tages einmal mehr zu erreichen, als sein ganzes Leben lang Kühe zu melken und Heu zu schneiden.* Franz, das wusste er, war damit zufrieden. Anton schien es nicht genug gewesen zu sein, sonst hätte er das Tal kaum verlassen, und offenbar trug die Familie ihm das nach. Mischi konnte er in dieser Hinsicht noch schlecht einschätzen. Auch wie es um Elisa stand, wusste er nicht. Aber sie hatte ohnehin wenig Alternativen, als zu heiraten und eine eigene Familie zu versorgen. Eine Aussicht, bei der Chiara schon Gift und Galle gespuckt hatte – nicht, dass sie etwas gegen das Heiraten hatte, aber sie *ließ* sich lieber versorgen, statt selbst anzupacken.

Das letzte Stück des Pfades durch die Wiesen führte steil bergan und verhinderte jede weitere Unterhaltung.

»Da sind wir«, Mischi hielt vor einer einfachen Holzhütte an und schnaufte dramatisch, schien in Wahrheit jedoch kaum aus der Puste zu sein.

Ganz im Gegensatz zu Vito, der sich von dem Holzgestell befreite, die Sense ablegte und sich auf eine Bank neben der Tür fallen ließ. »Ich dachte, meine Ausdauer wäre besser.« Sein Herzschlag wollte sich gar nicht beruhigen.

»Keine Sorge, mit der stimmt alles. Du bist die Höhenluft nicht gewohnt.« Lachend öffnete Mischi die Tür zur *tablé* und ging hinein. Vito atmete noch ein paarmal tief durch und wollte ihm folgen, als sein Begleiter schon wieder herauskam. Er trug ein Seil um die Schultern geschlungen, einen kleinen Rucksack sowie zwei Bergstöcke. »Alles verstaut. Lass uns direkt weitergehen. Oder brauchst du eine Pause?«

»Nein, es geht schon.« Vito zog sich den Pullover über den Kopf und band ihn um die Hüften. Keinesfalls wollte er zugeben, wie sehr ihn der Anstieg erschöpft hatte, doch ihm grauste ein wenig vor dem weiteren Weg. Mit dem eher gemütlichen Ausflug auf die Pralongiá vor zwei Jahren hatte das jedenfalls nichts zu tun.

Immerhin riss der Himmel endlich auf. Die Sonne lugte zwischen rasch dahinziehenden Wolken hindurch und tauchte die noch regennasse Landschaft in ein faszinierendes Spiel aus Licht und Schatten. Einen langen Moment betrachtete Vito das Panorama der nahen Felsriesen, die wechselnden Farben von Grau nach Braun und Rot mit vereinzelten weißen Sprenkeln, wo der Schnee in den schattigen Ritzen der Gipfel noch nicht geschmolzen war.

Mischi wartete geduldig, bis er bereit war aufzubrechen, drückte ihm einen Wanderstock in die Hand und schritt voran.

Nach einer Weile stellte Vito fest, dass Mischi ein gutes Gespür für seine Verfassung hatte. Er passte sein Tempo der Steigung an, lief gleichmäßig, aber nicht zu schnell, so dass Vito sich an den Rhythmus gewöhnte. Meistens war der Pfad so schmal, dass sie hintereinander gehen mussten.

»Du wanderst hier nicht zum ersten Mal, oder?«, fragte er nach einer Weile.

»Natürlich nicht. Ich bin einer von denen, die im Sommer hier oben nach dem Rechten sehen. Kühe können eine Menge Blödsinn anstellen. Außerdem müssen immer ein paar von ihnen gemolken und die Milch zur Sennerei gebracht werden. Trotzdem kann ich ein paar Touren gehen. Den Rest der Zeit schnitze ich.«

»Hast du nicht Lust, mir einen Kleiderschrank zu bauen?«, rutschte es Vito heraus.

Mischi warf ihm einen verblüfften Blick über die Schulter zu. »Ich soll dir einen ganzen Schrank schnitzen? Klar, wenn du ihn selbst von der Alm trägst, soll es mir recht sein.«

»Was? Nein, ich meinte …«

»Schon klar, was du meintest«, unterbrach Mischi ihn lachend. »Grundsätzlich ja. Aber es kann sein, dass Pere mir diesen Winter erlaubt, ein paar Wochen im Grödnertal zu verbringen und dort bei einem Meisterschnitzer zu lernen. Tut mir leid, Vito, Schränke und Truhen zu schreinern macht Spaß und bringt gutes Geld, aber das Schnitzen ist fast alles für mich.«

Vito wischte sich mit dem Arm den Schweiß von der Stirn. Zum Glück kamen sie endlich raus aus der Sonne in einen lichten Wald. »Fast alles?«

»Der Rest sind die Berge, was sonst?« Mischi machte eine weit ausholende Armbewegung.

»Verstehe. Hast du einmal darüber nachgedacht, Bergführer zu werden?«

»Schon. Ich kenne mehrere Bergführer aus Corvara und La Pli. Aber ich glaube nicht, dass Pere es erlaubt.«

»Du glaubst nicht? Hast du ihn denn einmal gefragt?«

»Nein. Du kennst meinen Vater nicht. Lass gut sein.«

Vito zog verwirrt die Augenbrauen zusammen, schwieg jedoch. Kastlunger mochte streng sein, aber den Eindruck, dass er ein unnachgiebiger Despot wäre, hatte er bisher nicht gewonnen. Gut, die Sache mit Anton war einigermaßen geheimnisvoll. Aber da er Mischis Bruder nicht kannte, konnte er sich dazu kein Urteil bilden.

Allmählich wurde der Wald spärlicher und von gedrungenen Nadelbäumen abgelöst, die nur noch mannshoch wuchsen und zum Teil mehr wie kleine Büsche aussahen. Dazwischen gab es immer größere Flächen von kargem Dolomitgestein.

»Was ist das für ein Baum?«, fragte Vito interessiert.

Mischi hielt an. »*Barantli* oder Latschenkiefer. Manche Bauern gewinnen ein Öl daraus, mit dem man sich einreiben kann.«

»Öl? Wie soll das gehen?«

»Keine Ahnung.« Mischi wies mit dem Finger in die Ferne »Schau dich lieber ab und zu um. Das ist der Lohn für deinen Aufstieg.«

Vito staunte. Vor lauter Anstrengung war ihm gar nicht bewusst gewesen, wie weit sie schon hinaufgestiegen waren. Val Badia breitete sich unter ihm aus, grüne Wiesen, in die *viles* und Dörfer eingesprenkelt waren. Der Fluss und die häufig parallel verlaufende Gadertaler Straße durchschnitten das Tal deutlich sichtbar der Länge nach am tiefsten Punkt.

»Keine schlechte Aussicht, was?«

Vito schüttelte den Kopf, plötzlich zu ergriffen, um etwas zu sagen. Diese Landschaft und diese Berge waren alt, standen schon seit Jahrtausenden hier und würden noch überdauern, wenn sein Körper längst du Staub zerfallen war. Er kam sich klein und unbedeutend vor, eine Randnotiz im Buch der Erdgeschichte. Sein Blick schweifte zum nächsten Gipfel und ein ehrfürchtiger Schauder rann ihm über den Rücken. Was hatte Gott sich dabei gedacht, als er diese Berge geschaffen hatte?

Irgendwann wurde ihm bewusst, dass er auf dem Weg herumstand, als wäre er selbst Teil der Felsen geworden. Mischi beobachtete ihn mit einem wissenden Lächeln. Vito wollte sich verlegen abwenden, als sein Bergführer auf einen Gipfel zeigte: »Der Sas dla Crusc. Hier soll es in grauer Vorzeit heilige Stätten gegeben haben. Unterhalb des Berges ist eine uralte Wallfahrtskirche. Ich ahne, wie es dir gerade ergeht, Vito. Du kannst sicher sein, dass du nicht der Einzige bist.« Mit diesen Worten schritt er weiter bergan.

Vito nahm sich Zeit, bevor er ihm folgte. Zum ersten Mal fühlte er sich ein wenig mit der Aussicht, sein Leben hier zu verbringen, versöhnt.

Die Landschaft wurde immer karger. Irgendwann waren gelbliche Flechten und kurzes Gras der einzige Bewuchs der bleichen Felsen. Etwa drei Stunden nach ihrem Aufbruch erreichten sie einen Einschnitt zwischen zwei Gipfeln.

Mischi blieb stehen. »Die Forcela Medesc. Wir betreten nun das Reich der Fanes.«

Vito hob amüsiert die Augenbrauen. »Du sagst das, als ob es ein Königreich wäre.«

»Das war es einmal, das Reich der Prinzessin Dolasíla.«

»Dolasíla? Heißt eines eurer Pferde nicht so?«

Mischi lächelte nachsichtig. »Das war Elisas Wunsch. Die Stute nach der Prinzessin der Berge und der Wallach nach Laurín, dem König des Rosengartens bei Bozen.«

Nebeneinander liefen sie über ein Geröllfeld und betraten den dahinterliegenden Einschnitt zwischen den Bergen.

Leise begann Mischi zu erzählen: »Vor langer Zeit regierte Dolasílas Vater die Fanes. Sie waren ein friedliebendes Volk, doch ihr König wurde raffgierig und zog in den Krieg gegen seine Nachbarn. Seine Tochter besaß einen weißen undurchdringlichen Panzer aus Hermelin und Pfeile, die niemals fehlten. Außerdem begleitete sie Edl-d'Noet, ihr treuer Schwertträger und Geliebter. Die beiden hatten sich geschworen, niemals ohneeinander in den Krieg zu ziehen.

Dolasíla war damit unbesiegbar und eroberte für ihren Vater große Gebiete. Doch mit der Zeit wurde sie kampfesmüde und weigerte sich, weiter zu kämpfen.

Da griff der König zu einer List. Er verwies Edl-d'Noet des Landes und verriet den Feinden, dass Dolasíla ohne ihn nicht kämpfen würde. Damit lieferte er sein Volk in einer letzten Schlacht aus und sollte als Gegenleistung unermessliche Reichtümer erhalten.

Zugleich bettelte Dolasílas Mutter ihre Tochter an, ihr Volk zu verteidigen, und sie gab nach. Mit einer weiteren List gelangten ihre Feinde an ihre niemals fehlenden Pfeile. Von diesen getroffen und ohne den Schutz ihres Geliebten, starb sie auf dem Schlachtfeld.

Ihre Mutter und ihre Schwester retteten die Überlebenden, indem sie das Volk tief in die Eingeweide der Berge führten. Dort leben sie, bis sie am Tag der Verheißung an die Oberfläche zurückkehren.«

Vito schaute sich unbehaglich um. Zu jedem anderen Zeitpunkt hätte er das als Geschwätz abgetan. Jetzt ertappte er sich dabei, dass er die kahle Steinwüste nach Löchern oder Unterschlupfmöglichkeiten absuchte, durch die jenes sagenhafte Volk in die Erde gelangen konnte. Mehrmals glaubte er sogar, eine Bewegung zu erkennen.

»Dolasílas Vater wurde zur Strafe für den Verrat an seiner Tochter und seinem Volk in den Stein gebannt. Du kannst sein Antlitz noch heute am Ju de Falzares erkennen, angeblich hat sogar der Pass selbst seinen Namen daher, er bedeutet *falscher König*.«

Plötzlich gellte ein schriller Pfiff durch die Landschaft. Vito erschrak zu Tode. »Was war das?« Er duckte sich unwillkürlich.

Sogar Mischi war zusammengezuckt und suchte den Himmel ab. »Wirst du gleich sehen.«

Jetzt war Vito sich sicher, dass zwischen den Felsen mehrere Schatten huschten. Und es dauerte nicht lange, bis sich die Silhouette eines großen Vogels hinter dem nächstgelegenen Gipfel erhob. »Da ist er. Ein Steinadler«, meinte Mischi zufrieden.

»Der soll so gepfiffen haben?« Prompt stieß der Adler einen Schrei aus, der ganz anders klang.

Mischi lachte. »Nein. Das waren die Späher der Murmeltiere. Ein kurzer Pfiff bedeutet *Jäger aus der Luft*. Wenn die Warnung uns gegolten hätte, hätten sie mehrere aufeinanderfolgende Pfiffe losgelassen. Das heißt *schleichender Jäger am Boden*. Wenn wir Glück haben, werden wir ein paar beobachten. Sie sind hier nicht sehr scheu.«

Sie gingen weiter. Der Adler zirkelte ein paarmal über ihnen, kreischte schließlich frustriert und verschwand. Er schien verstanden zu haben, dass die Murmeltiere sich keinesfalls blicken ließen, solange dort unten zwei Menschen herumstapften.

Mischi führte ihn immer tiefer in die Zauberwelt der Fanes. Nachdem der Steinadler verschwunden war, tauchten hin und wieder Murmeltiere zwischen den Felsen auf, nur um sofort wieder mit schrillem Pfeifen in Deckung zu gehen, sobald sie sich näherten. Eine Gämse beäugte sie aufmerksam von einem nahen Steilhang und hopste dann mit ein paar meterweiten Sprüngen über scheinbar senkrechte Felsen davon.

»Das sieht so mühelos aus«, murmelte Mischi mehr zu sich selbst. »Manche aus dem Volk der Fanes konnten sich angeblich in Murmeltiere verwandeln. Wenn ich die Wahl hätte, wäre ich ein Gamsbock.«

»Ich würde den Adler wählen.« Vergeblich hielt Vito Ausschau nach dem majestätischen Tier. »Es muss phantastisch sein, diese Bergwelt von oben zu sehen.«

Der Weg führte sanft abwärts an einem klaren See vorbei, in dem sich der Himmel mit den dahinziehenden Wolken und die umliegenden Gipfel spiegelten.

Vito blieb stehen. »Sollten wir nicht langsam eine kleine Rast machen? Hier ist es schön, und die Sonne scheint warm genug, dass man sich ans Ufer setzen kann, ohne zu frieren.«

»Halt noch ein paar Meter durch. Wir sind bald da. Der Lé Parom ist der erste der Seen. Bald sind wir am Lé Vërt. Dann hast du es geschafft.«

»Geschafft? Was ist da?« Widerstrebend folgte er. Sämtliche Muskeln in seinen Beinen protestierten allmählich gegen die ungewohnte Belastung.

Mischi wollte ihn anscheinend auf die Folter spannen und gab keine Antwort.

Vito rätselte im Stillen, was ihn erwarten könnte. Mit dem Echo von Hammerklopfen und gebrüllten Befehlen, das plötzlich zu ihnen schallte, hätte er allerdings nicht gerechnet. Es kam ihm vor wie ein Sakrileg.

Mischi beschleunigte seine Schritte.

Das Gelände weitete sich zu einem kleinen Hochtal, dessen Wände in sanften Treppen anstiegen wie bei einem natürlichen Amphitheater. Vor ihnen erstreckte sich ein grün schimmernder See. Lé Vërt – Grünsee war wirklich ein treffender Name. In der Nähe des Ufers waren mehrere Männer dabei, eine Hütte zu errichten. Sie ähnelte der *tablé* auf der Alm unten, nur größer.

Als sie näher kamen, winkte einer Arbeiter auf dem Dach zu ihnen herüber. »Bun dé, Mischi Kastlunger!« Damit machte er seine Kameraden auf die Neuankömmlinge aufmerksam, und sie grüßten ebenfalls. Ein älterer Mann von kräftiger Statur, der vor der Hütte Latten zersägte, ließ das Werkzeug sinken und wischte sich die Hand an der Hose ab. Mit einem breiten Lächeln kam er auf sie zu, schüttelte Mischi die Hand und klopfte ihm zugleich auf die Schulter. »Salve, Mischi! Wird Zeit, dass du wiederkommst, du Räuber. Wen hast du mitgebracht?«

Mischi deutete auf Vito, der unsicher ein Stück hinter ihm stehengeblieben war. »Marco Declara, das ist Vito Costa. Er ist nicht zum Helfen hier, sondern ein Gast, damit das klar ist.«

»Costa?« Marco kniff die Augen zusammen. »Ein Verwandter von Giuseppe?«

»Wer?«, fragte Vito.

»Glaube ich nicht«, widersprach Mischi. »Nein, der Enkel vom alten Rudolf Costa, unserem Nachbarn.«

»Der hatte Kinder?«

»Zumindest einen Sohn, der nach Italien ausgewandert ist«, erklärte Mischi ungeduldig. »Vito wurde ihm kaum von einem Murmeltier auf die Türschwelle gelegt.«

»Das sagst du!«, Marco lachte. »Herzlich willkommen, Vito! Ihr kommt rechtzeitig. Wir wollten gerade eine Pause machen. Danach könnt ihr sehen, wo ihr mit anpacken wollt.«

»Marco ...«, knurrte Mischi drohend, aber Vito winkte grinsend ab. »Schon gut. Ich brauche wirklich eine Pause, danach kann ich mich sicherlich nützlich machen. Aber was baut ihr hier?«

»Das hier?« Marco warf sich in die Brust und klemmte die Daumen unter seine Hosenträger. »Das wird die erste Schutzhütte in Fanes. Zum Übernachten für Bergsteiger und Touristen, damit sie von hier aus die Gipfel besteigen können und dennoch auf so wenige Annehmlichkeiten wie möglich verzichten müssen. Das hier ist die Zukunft!«

Mischi brummte zustimmend und führte Vito, der immer noch versuchte, das Gesagte einzuordnen, an einen einfachen Holztisch, um den mehrere abgesägte Baumstümpfe verteilt waren, die als Hocker dienten. Dort ließ er das zusammengerollte Seil und seinen Rucksack fallen. »Was sagst du dazu?«, fragte er neugierig.

Vito nahm ebenfalls den Rucksack ab und zuckte zögerlich mit den Schultern. »Hier oben ist es so friedlich. Ich kann nicht glauben, dass du es gut findest, wenn hier bald Heerscharen von Amerikanern und Franzosen herumtrampeln.«

»Ich verstehe, was du meinst«, erwiderte Mischi. »Aber die Berge gehören nicht uns allein. Ich habe dich hierhergeführt, und du warst berührt. Wer hat das Recht, die Fanes zu besuchen, und wer nicht? Wer soll darüber richten? Nein, ich denke, dass wir, wenn wir behutsam vorgehen, hier oben Gäste willkommen heißen sollten. Du selbst und Chiara, ihr beschwert euch darüber, dass wir am Ende der Welt und fernab von allem Fortschritt leben. Wie soll der Fortschritt kommen, wenn wir uns ihm verschließen?«

Vito ließ sich auf einen der Baumstümpfe plumpsen. »Gut, ich widerspreche mir selbst. Es stimmt, ich freue mich, dass du mich hergebracht hast. Aber dieser von Menschenhand geschaffene Bau inmitten der Natur, das fühlt sich nicht richtig an.«

Ausnahmsweise wirkte Mischi ungnädig. »Du kannst gern heute Nacht auf dem Boden im Freien schlafen. Oder zurückgehen. Ich ziehe eine Decke im fertigen Teil der Hütte vor.«

»Gut, jetzt hast du meinen wunden Punkt getroffen.« Vito lachte.

Nach und nach fanden sich die Arbeiter um sie herum ein, begrüßten sie, fragten Vito neugierig nach seinem Leben in Italien oder Mischi, wie es diesem oder jenem Nachbarn im Tal erging. Jeder schien jeden zu kennen, und dabei, stellte Vito verblüfft fest, war die ganze Truppe eine bunt zusammengewürfelte Mischung aus den verschiedenen Tälern. Ladinisch, Deutsch und Italienisch schallten wild durcheinander.

»Wie können sie zusammenarbeiten, wenn sie sich nicht einmal richtig verstehen?«, fragte Vito Mischi leise. »Das muss unendlich schwierig sein.«

»Ja und nein.« Mischi lächelte hintergründig. »Sie haben alle eines gemeinsam: Sie sprechen die Sprache der Berge. Sie verbindet dieselbe Leidenschaft, und deshalb bringen sie Geduld miteinander auf. Das ist das ganze Geheimnis.«

Vito schwieg beeindruckt.

Drei Tage und Nächte blieben sie, brachen morgens jeweils zu einer Gipfeltour auf, bei der Marco, ein lizenzierter Führer des Alpenvereins, sie begleitete, obwohl er meinte, dass Mischi gut genug wäre, seinen Freund zu führen. Nachmittags halfen sie beim Bau der Hütte, die ihrer Fertigstellung entgegenstrebte. Am vierten Morgen nach ihrer Ankunft bestand Mischi darauf, zur Alm zurückzukehren, wobei ihm der Abschied sichtlich schwerfiel.

Vito hatte sich seit Wochen nicht mehr so unbeschwert gefühlt.

Nach der Heumahd zurück im Dorf und immer noch unter dem Eindruck der Fanes und Mischis Erzählungen, kam ihm eine Idee, mit der er sich an Kurat Ploner wenden wollte. Der Mann war ihm zwar nicht sonderlich sympathisch, aber er würde ihm am ehesten weiterhelfen können.

Vito betrat die Kirche und nahm sich trotz aller Ungeduld Zeit für ein kurzes Gebet. Er verstand inzwischen, warum die Menschen sich hier Gott noch näher fühlten als in der Toskana. Die Berge verlangten ihnen einiges ab und ohne Seine Führung und Gnade war man schnell verloren. Sein Heimweh war nicht geringer geworden, doch sein Respekt vor den Talbewohnern gewachsen.

Er erhob sich und stellte fest, dass Kurat Ploner am Altar die Kerzen auswechselte und ihn beobachtet hatte. Das konnte Vito nur recht sein, denn ein guter Eindruck schadete bei Priestern nie, darin waren sie sicher alle gleich.

Sobald er sich dem Altar näherte, machte ihm der Kurat ein Zeichen, nach draußen zu gehen. Vito wartete auf dem Kirchplatz und setzte sein freundlichstes Lächeln auf, als der Gottesmann ihm endlich folgte. »Bun dé, Kurat. Ich habe eine Frage an Sie.«

»Nur heraus damit, Veit. Hast du dich inzwischen gut bei uns eingelebt?«

»Danke, Kurat.« Vito entschloss sich nach kurzem Zögern, die Frage einfach zu überhören. »Mischi Kastlunger hat mir ein paar Sagen aus dem Reich der Fanes erzählt. Ich wollte Sie fragen, ob es ein Buch darüber gibt?«

»Über die Sagen? Ein Buch?« Der Kurat sah ihn an, als hätte er nach einer Rakete gefragt, um auf den Mond zu fliegen.

»Ja. Ich wollte mehr davon lesen.«

»So etwas gibt es nicht. So etwas wird doch nicht aufgeschrieben!«

»Wieso nicht? Bei uns in Italien gibt seit der Renaissance Sammlungen von Geschichten und Märchen.« Noch bevor er den Satz zu Ende gesprochen hatte, erkannte Vito, dass er einen Fehler begangen hatte. Sofern der Kurat mit dieser Aussage überhaupt etwas anzufangen wusste, schmeckte es ihm gar nicht, dass er, ein Fremder, sich mit seiner Bildung großtat. Vito biss sich auf die Zähne und verfluchte sich stumm für seine vorlaute Äußerung.

»Mag ja sein«, brummte Kurat Ploner ungehalten. »Doch diese Sagen sind nichts als abergläubisches Bauerngeschwätz. Ein paar nette Geschichten, um Kinder ins Bett zu bringen. Und überdies nicht mehr zeitgemäß.«

»Gut. Vielen Dank, Kurat. A s'odëi!« Vito machte, dass er davonkam. Seine Freude und sein Entdeckungsdrang waren ihm gründlich vergangen.

8. KAPITEL

Am gleichen Tag – Vila Kastlunger, Val Badia

Elisa sah Vito schon von weitem auf die *vila* zukommen. Sie wunderte sich über seinen lustlosen Gang, der so gar nichts mit dem beschwingten Schritt zu tun hatte, mit dem er zuvor aufgebrochen war. Schnell schnappte sie sich eine kleine Schüssel Salz aus der Küche, schlüpfte durch die Hintertür und lief den Pfad unter den Obstbäumen entlang.

Gerade auf Höhe der *majun* der Costas fing sie ihn ab.

»Vito! Wie geht es dir?«

Er schreckte aus seinen Gedanken auf und lächelte, als er sie erkannte. »Elisa, was machst du schon wieder hier?«

Sie schwenkte die Schüssel. »Ich muss den Ziegen Salz bringen, das habe ich gestern Abend vergessen.« Sie zauderte, weil sie nicht zu aufdringlich sein wollte, doch dann gab sie sich einen Ruck und ging neben ihm her. »Wie haben dir die Fanesseen gefallen?«

»Es war schön dort.« Ein feines Lächeln umspielte seine Mundwinkel. Elisa spürte, dass er seine Gefühle herunterspielte. Sie hatte es doch gewusst!

»Warst du schon einmal dort?«

»Nein. Mischi sagt, ich bin noch zu jung, ihm ist das zu gefährlich. In ein oder zwei Jahren nimmt er mich mit. Ich möchte die Murmeltiere sehen.«

Vito blieb verblüfft stehen. »Du hast noch nie Murmeltiere gesehen? Obwohl du dein ganzes Leben hier verbracht hast?«

»Nein?«, erwiderte Elisa verunsichert und hielt ebenfalls an. »Ich war noch nicht auf den Pässen.«

Vito schüttelte verwundert den Kopf und murmelte: »Hinterm Mond. Die leben alle hinterm Mond.«

Er sprach ganz leise, doch sie verstand es und senkte gekränkt den Kopf. Sie hatte immer geahnt, dass Vito genau wie seine Schwester dachte, aber es zu hören war etwas anderes.

»Komm her.« Vito nahm ihr behutsam die Schüssel aus der Hand. »Zeig mir, wie viel Salz ich verteilen soll. Tut mir leid, Elisa. Ich wollte dich nicht verletzen. Ich bin nur enttäuscht, weil ich gehofft hatte, mehr über eure Sagen und Geschichten lesen zu können. Aber es gibt kein Buch darüber.«

Eure Sagen. Er hatte es schon wieder getan, sich wieder distanziert. Elisa biss sich frustriert auf die Unterlippe und folgte ihm zum Futtertrog des Ziegengatters. Dort nahm sie ihm wortlos die Schüssel ab und streute das Salz über das Heu für die Tiere, die den Sommer nicht auf der Alm verbrachten, zwei schwächliche Zicklein mit ihrer Mutter und fünf Geißen für die Versorgung der *vila* mit Milch. Wie immer stürzten sie sich auf das Salz, als hätten sie seit Tagen keines bekommen.

Vito sah Elisa aufmerksam zu, und sie wusste, dass er sich alles im Handumdrehen einprägte. Also sparte sie sich Erklärungen. Wenn er so klug war, sollte er alles selbst lernen.

Sie wollte sich abwenden und zurück nach Hause laufen, als Vito sie am Arm festhielt. »Warte.«

Elisa ruckte gegen den Griff. »Was soll das? Lass mich sofort los!«, fauchte sie ihn an.

Er folgte ihrer Aufforderung umgehend und riss erschrocken die Hände in die Höhe. »Ist ja gut! Ich mache heute anscheinend alles falsch.«

»Kann sehr gut sein, ja!«

Vito blieb mit hängenden Armen neben dem Pferch stehen und sah sie hilflos an. »Was ist denn?«

»Es sind nicht *unsere* Sagen, es ist nicht *unsere* Sprache. Es ist jetzt auch *deine* Sprache! Gewöhn dich dran, auch wenn es dir nicht passt«, zischte Elisa und strich sich den Ärmel ihrer Bluse glatt.

»Nein, das ist … Ach Elisa, du verstehst das nicht!«

»Weil ich zu dumm bin? Hinter dem Mond lebe? In einem Haus ohne elektrisches Licht? Ich kann lesen und schreiben, aber was können Bücher mir denn beibringen, wenn ich einfach meine Mutter oder Franz oder Mischi fragen kann?«

»Elisa, es tut mir leid. Du bist nicht dumm, überhaupt nicht! Das habe ich nie gesagt.«

Sie starrte ihn trotzig an. »Aber gemeint hast du es.«

»Nein, wirklich nicht.« Vito ließ sich neben dem Zaun ins Gras fallen und beachtete Elisa nicht weiter, sondern starrte auf die graue Bergkulisse, als dachte er daran, wie es dort oben gewesen war.

Zaghaft näherte sich Elisa und setzte sich neben ihn. »Was hast du nur?«

»Ich weiß es nicht«, murmelte Vito. »Es ist, als würde ich gegen eine Wand rennen.« Er stockte. »Erzähl mir von Anton.«

»Anton? Mein Bruder? Was hat der damit zu tun?«

»Warum ist er fortgegangen? Was hat er so Schreckliches getan, dass niemand darüber sprechen will?«

»Gar nichts. Na ja, finde ich jedenfalls.« Elisa zuckte mit den Schultern. »Es ist nicht so, dass niemand darüber spricht. Es gibt einfach wenig dazu zu sagen. Tata hat ihn im Winter vor zwei Jahren vom Hof gejagt. Aber Anton wollte ohnehin fort. Er dient bei den Kaiserjägern, ist schon Unterjäger. Er wird nicht mehr zurückkommen, selbst wenn Tata es ihm erlaubt.«

»Und warum?« Vito musterte sie scharf.

»Ich weiß nicht«, stotterte Elisa verunsichert. »Anton hatte immer Schwierigkeiten und von uns allen sicher die meisten Schläge eingesteckt. Tata hat immer behauptet, er wäre unzuverlässig und undiszipliniert. Es stimmt schon, dass Anton häufiger abgehauen ist, um sich mit Freunden im Dorf zu treffen. In einem Sommer sind sie sogar bis nach Bruneck gerannt und am nächsten Tag erst wieder zurückgekommen. Aber was

Tata über ihn denkt, kann nicht stimmen, sonst hätten sie ihn beim Militär gar nicht genommen. Er hat seine Arbeiten meistens schneller erledigt als Franz oder Mischi, und er hat nie das Vieh vernachlässigt.« Sie dachte kurz nach. »Es war eher so, dass er ständig Neues ausprobieren oder etwas erleben wollte.«

Vito nickte endlich, als hätte er diese Antwort erwartet. »Ihm war das Tal zu klein, Elisa. Ich kann deinen Bruder verstehen. Mir geht es genauso. Nur dass ich nicht weglaufe, sondern versuche, meinen Wissensdurst auf andere Weise zu stillen. Seit wir hier sind, laufe ich jeden Morgen nach Corvara und kaufe dort im Gasthof *La Stampa,* eine italienische Zeitung. Ich will wissen, was in der Welt vor sich geht.« Er streckte die Hand aus und legte sie auf ihren Unterarm, vorsichtiger dieses Mal, und Elisa erlaubte es ihm, obwohl diese zaghafte Berührung ihr einen leichten Schauder über den Rücken jagte.

»Es ist wunderschön hier. Das Tal könnte meine Heimat werden, wie es deine ist. Wirklich. Aber im Moment fühle ich mich vom Rest der Welt abgeschnitten. Ich bin hier nicht aufgewachsen und nicht so verwurzelt wie du. Wie ein Murmeltier in seinem Bau sehe ich nur die Wände, die mich umgeben. Die Zeitungen, die Bucher geben mir wenigstens einen kleinen Ausblick. Verstehst du?«

Elisa nickte, obwohl sie es immer noch nicht ganz verstand. Aber sie spürte die Traurigkeit in seinen Worten, die Sehnsucht nach seinem früheren Leben.

»Sogar Mischi versucht, ein Stück über den Horizont hinauszukommen«, sagte sie nachdenklich.

»Siehst du? Er ist noch einer, dem dein Vater im Weg steht. Anton war der Erste, der offen rebelliert hat. Eines Tages muss er einsehen, dass wir in einem neuen Zeitalter angekommen sind und jeder Mensch das Recht hat, für sich selbst zu entscheiden.«

»Sprichst du jetzt nicht mehr von dir und deinem Vater?«, widersprach Elisa. »Weil er dich gegen deinen Willen hergebracht hat?«

Vito zog seine Hand zurück und verschränkte abwehrend die Arme, während sein Blick wieder in die Ferne schweifte. »Kann sein.«

»Es war richtig so, Vito. Die Familie ist das Wichtigste, das man auf der Welt hat. Es hat keinen Sinn, darüber zu hadern, was gewesen wäre, wenn du dich mit deinem Vater überworfen und bei deinem Nonno geblieben wärst.« Sie nickte nachdrücklich. »Nein! Ich finde, du hast das Richtige getan.«

Vito sah sie weiterhin nicht an, aber um seine Mundwinkel spielte ein kleines Lächeln. Elisa genügte das fürs Erste.

Sie schwiegen, während sie in Gedanken seinen Worten nachhing, bis ihr etwas auffiel: »Warum behauptest du, Tata würde Mischi bei seinen Plänen im Weg stehen?«

»Ich dachte, Mischi wollte eine Lizenz zum Bergführer machen.«

»Behauptet er, er dürfte nicht?«

Vito runzelte nachdenklich die Stirn. »Nein, nicht direkt.«

Elisa schnalzte missbilligend mit der Zunge. »Tata erlaubt vieles nicht. Und mag sein, dass er sich vielen Veränderungen verschließt. Er findet es schrecklich, sogar gotteslästerlich, wie sie auf den Bergen herumlaufen. Aber falls Mischi sagt, er dürfte die Ausbildung nicht machen, lügt er. Mischi steht sich selbst im Weg.«

Vito richtete sich auf. »Wie das? Ich dachte, das wäre sein größter Traum?«

Elisa verwünschte sich im Stillen für ihre Aufrichtigkeit. Wenn Mischi nichts von seinem Problem erzählt hatte, sollte sie das vielleicht auch nicht tun. Andererseits konnte sie Vito die Neugier vom Gesicht ablesen, und es wäre ziemlich ungerecht, ihn jetzt zappeln zu lassen. »Bitte verrat mich nicht, wenn ich dir das erzähle.«

Vito schüttelte heftig den Kopf. »Ehrenwort!«

»Mischi kennt in den Bergen jeden Stein. Er kann klettern und bergsteigen. Seine Freunde aus dem Alpenverein haben ihm Erste Hilfe beigebracht, und er ist so gut, dass sie ihn inzwischen im Dorf rufen, wenn ein Unfall passiert. Aber er kann nicht lesen. Es gibt ein Buch, das er kennen muss, und er müsste außerdem Bergkarten lesen. Daran scheitert er.«

»Er kann nicht lesen?« Vito war fassungslos.

Erst da ging Elisa auf, wie schrecklich diese Vorstellung für ihn sein musste. Eben noch hatte er erklärt, dass die Zeitungen und Bücher seine einzige Verbindung zum Rest der Welt darstellten. Sofort fühlte sie sich verpflichtet, Mischi zu verteidigen.

»Er kann nichts dafür. Er ist der Einzige in der Familie. Kurz nachdem er mit der Schule begonnen hat, ist der alte Lehrer verstorben. Sie haben ganz lange keinen Ersatz gefunden, bis Kurt Willeit extra aus dem Grödnertal hergezogen ist, um wieder zu unterrichten. Da hat Mischi aber schon auf dem Hof mit angepackt. Irgendwie hat ihn niemand davon überzeugen können, wieder von vorne anzufangen. Dabei ist es geblieben.«

Vito wurde richtig ungehalten. »Das ist doch verrückt! Jetzt siehst du, welche Möglichkeiten er sich verbaut. Es herrscht Schulpflicht.«

»Schon. Aber damit nimmt es keiner so genau. Wer will, schickt seine Kinder zum Willeit, wer nicht will, den kontrolliert keiner.« In dem Moment ging Elisa auf, dass Vito mit seiner kritischen Betrachtung der Lebensweise im Dorf nicht ganz falschlag.

»Und du?«, fragte er, bevor sie weiter darüber nachdenken konnte.

»Ich? Ich gehe gern zur Schule. Ich kann gut lesen und schreiben und rechnen.« Sie lächelte schüchtern. »Es macht Spaß.«

»Da hast du es.« Vito lächelte grimmig. »Verstehst du jetzt? Mir macht es auch Spaß. Ich habe immer schon gerne Neues gelernt.«

»Aber irgendwann weiß man alles und hat fertig gelernt. Was bringen sie dir denn noch bei?«

Vito betrachtete eine Weile seine Umgebung, als sähe er sie zum ersten Mal. »Das ist schwierig zu erklären«, gab er zu.

»Weil man es für das Leben hier im Tal nicht braucht«, stellte Elisa fest. »Du findest die meisten Menschen hier dumm, weil sie nur lernen, was sie zum Leben brauchen …«

»Nein, nicht dumm, Elisa, das stimmt nicht …«

»… und du bist anders. Du lernst viel mehr, als du zum Leben brauchst. Weil du so neugierig bist.« Sie sah ihn triumphierend an.

Vito öffnete den Mund, um etwas zu sagen, zögerte und fing dann laut an zu lachen. Bei dem Klang ging Elisa das Herz auf, und sie fiel kichernd ein. Sie hatte es geschafft und ihn von seinen schwermütigen Betrachtungen abgebracht!

»Warum sollte es ein Buch über Sagen geben?«, fragte sie endlich, als sie sich wieder beruhigt hatten.

»Wie du es gerade selbst gesagt hast: Ich bin neugierig. Ich wollte einfach mehr darüber erfahren. Mischi hat einige Sagen erzählt, aber er sagt, dass es noch andere gibt, an die er sich nicht genau erinnert.«

Elisa nickte eifrig. »Ihm und meinen älteren Brüdern hat Tante Teresa die meisten erzählt. Daran erinnere ich mich kaum, ich war zu klein. Aber ich habe ganz viel von Trude Gutholzer gehört, Bernhards Großmutter nebenan. Sie erzählt sie wundervoll, leider manches auch falsch.«

»Ich glaube nicht, dass es ein *richtig* oder *falsch* bei solchen Erzählungen gibt, Elisa.«

»Nicht? Dann … erzählt sie sie eben anders. Egal. Ich kann sie dir erzählen, wenn du möchtest.«

»Wirklich? Unheimlich gern!« Vito strahlte, bis Elisa den Zeigefinger hob und eine strenge Miene aufsetzte. »Nur unter einer Bedingung: Du erzählst mir Märchen und Sagen aus der Toskana.«

Vitos Lächeln erstarb. »Das kann ich nicht.«

»Wieso nicht?«

»Ich kenne keine beziehungsweise kann mich nicht daran erinnern. Das hat mich als kleiner Junge nicht interessiert, tut mir leid.«

»Oh.« Elisa wusste darauf nichts zu sagen.

Doch Vito sprang schon auf und lief in Richtung *ciasa*. »Warte! Ich bin sofort wieder da.«

Elisa blickte ihm nachdenklich hinterher. Sie hatte immer gedacht, dass jedes Kind gerne Geschichten hörte. Wie sehr mussten Dolasíla und das Volk der Fanes ihn berührt haben, wenn er den Zauber ihrer Sage erst entdeckte, wo er beinahe erwachsen war?

Vito kehrte rasch mit einer großen Schachtel zurück. Er ließ sich Zeit, setzte sich erst umständlich hin, breitete ein kleines Tuch aus und plazierte die Schachtel darauf, bevor er endlich den Deckel abnahm. Ein Haufen Papierschnipsel und Photographien kamen zum Vorschein.

Er zupfte eine davon hervor und zeigte sie Elisa. »Ich kann dir vom Meer erzählen. Schau, das ist ein Strand südlich von Livorno.«

Sie nahm ihm das Bild aus der Hand und betrachtete es. »Es sieht aus, als ob der Himmel niemals endet.«

»Ja.« Vitos Augen funkelten. »So fühlt es sich auch an, wenn du dort stehst und aufs Wasser schaust.« Er nahm ein weiteres Bild. »Hier, das ist Nonnos Anwesen von einem Hügel oberhalb des Hauses photographiert. Das da drum herum sind alles Weinberge. Man sagt Berge, aber es sind nicht mehr als ein paar Hügel, um ehrlich zu sein. Das hier«, er zeigte ihr eine blassbunte Ansichtskarte, »ist der Dom von Florenz. Er ist über fünfhundert Jahre alt und eine der größten Kirchen der Welt.«

Elisa strich ehrfürchtig mit den Fingerspitzen über die abgebildete Kuppel. Sie erinnerte sich daran, was Vito ihr auf dem Kirchplatz gesagt hatte, wie sehr ihn solche großen Gebäude faszinierten. Dann fiel ihr Blick auf einen ausgeschnittenen Zeitungsartikel in der Schachtel. Sie nahm ihn heraus und betrachtete das Schiff darauf. »Was ist das?«

»Das ist ein Artikel über den Untergang der Titanic.« Vito rieb sich über den Oberarm, als schauderte ihn.

»Dieses Schiff hier? Das ist gesunken?«, fragte Elisa verständnislos.

Vitos Augen wurden groß. »Hast du davon nichts gehört? Dieses Jahr erst, am 14. April, zwölf Tage nach seinem Stapellauf ist es mit einem Eisberg zusammengestoßen und gesunken. Tausendfünfhundert Menschen sind ertrunken. Es war das größte Schiff der Welt.«

Langsam schüttelte Elisa den Kopf, verspürte zugleich wieder einen Stich. Vito sagte nichts und versuchte, seine Gesichtszüge unter Kontrolle zu halten, doch sie erkannte seine Bestürzung, weil sie davon nichts erfahren hatte. Dieses Mal gab sie ihm recht, selbst wenn sie berücksichtigte, dass sich niemand hier für Boote oder Schiffe interessierte.

»Das muss ein großes Unglück gewesen sein«, sagte sie laut. Das waren mehr tote Menschen als die Einwohner aller umliegenden Dörfer und *viles* zusammengenommen, einfach unvorstellbar.

»Und solche Schiffe möchtest du eines Tages bauen?«, fragte sie.

Vito lächelte versöhnlich. »Ich will ehrlich sein, Elisa. Dieses Schiff übersteigt selbst meine Vorstellungskraft. Ich habe im Hafen von Livorno schon riesige Schiffe gesehen, aber die waren nicht halb so groß wie die Titanic. Sie war das modernste Schiff der Welt und galt als unsinkbar. Mir würde es schon genügen, Schiffe zu konstruieren, die ein paar Nummern kleiner sind.« Er seufzte. »Aber das wird nichts.«

»Dann erzähle ich dir die Sagen und du mir davon.« Elisa tippte eilig gegen die Schachtel, bevor Vito wieder in Trübsal versank. »Vom Meer und der Welt.«

»Abgemacht.«

Als Elisa vor sich hin summend durch die Hintertür trat, tauchte Mischi auf und stellte sich ihr in den Weg. »Wo warst du?«

»Ich? Ich habe den Ziegen Salz gebracht und dabei Vito getroffen. Wir haben uns unterhalten.«

»Ganz schön lange, soweit ich das sehen konnte«, bemerkte Mischi ungehalten.

Elisa stemmte die Fäuste in die Seiten. »Na und? Soweit ich weiß, warst *du* mit ihm drei Tage unterwegs und danach noch Heu schneiden. Außerdem musst du ganz schön wenig zu tun haben, wenn du mich dabei beobachtest, wie ich mich mit unserem Nachbarn unterhalte.«

»Das ist etwas ganz anderes.«

»Wieso?«

Mischi zog eine finstere Grimasse. »Weil du ein Mädchen bist. Als ob du das nicht wüsstest.«

»Ich sehe da keinen Unterschied.« Sie wedelte mit der Hand und machte einen Schritt auf ihn zu. »Jetzt geh mir aus dem Weg, ich muss Gemüse schneiden.«

Er rührte sich nicht von der Stelle und maß sie mit strengem Blick.

Elisa presste verärgert die Lippen aufeinander. Was war denn in Mischi gefahren?

»Wird das heute noch was!« Sie versuchte sich am Tonfall ihrer Mutter, und das half. Widerwillig trat ihr Bruder beiseite und folgte ihr in die Küche, wo sie eiligst begann, Mairüben und Zucchini zu putzen, die sie morgens geerntet hatte. Sie war wirklich spät dran, hatte mit Vito ordentlich Zeit vertrödelt. Sie lächelte, denn sie bereute es nicht. Allein wenn er sie aus seinen tiefdunklen Augen ansah, bekam sie fast immer ein wohliges Gefühl in der Magengegend.

Mischi lehnte sich mit verschränkten Armen gegen eine Wand. »Du verstehst es wirklich nicht.«

»Was soll ich verstehen?«

»Du kannst Vito nicht die ganze Zeit auf die Nerven fallen. Es ist schwierig genug für ihn, wo sein Vater auf dem besten Weg ist, sich vor dem ganzen Dorf lächerlich zu machen.«

»Ich falle ihm nicht auf die Nerven, ganz im Gegenteil. Es macht ihm Spaß, sich mit mir zu unterhalten.«

»Mit einem kleinen Mädchen? Sei nicht albern!«

»Ich bin kein kleines Mädchen!« Elisa spürte Wut hochkochen. Ihr Messer bewegte sich immer schneller durch das unschuldige Grünzeug. »Du gibst dich doch auch mit mir ab«, fauchte sie. »Oder ist das nur Gewohnheit, weil du früher auf die kleine Schwester aufpassen musstest? Dann kannst du das ab heute seinlassen. Ich bin alt genug, um auf mich selbst zu achten, auf Rudl gleich mit.«

Sie erhielt keine Antwort. Als sie aufschaute, saß Mischi am Küchentisch und betrachtete sie mit unergründlicher Miene.

»Was hast du nur? Au, verdammt!« Elisa ließ das Messer fallen. Blut schoss aus dem linken Zeigefinger hervor.

Hastig sprang Mischi auf, riss ihre Hand an sich und presste den Schnitt zusammen. »Nicht schlimm«, murmelte er, sobald er einen Blick darauf geworfen hatte. »Drück das fest zu. Ich hole dir gleich ein Pflaster. *Bis du heiratest, ist das wieder gut,* Schwesterherz.«

»Ich muss gleich noch Brotteig kneten.«

»Guten Abend Papà, guten Abend Mama.«

Chiara saß mit angezogenen Beinen auf der Ofenbank, einen Arm um Nino gelegt, der sich an sie gekuschelt hatte. Vito setzte sich an die freie Seite seines Bruders und nickte ihm aufmunternd zu. Da konnte Chiara sagen, was sie wollte, ihr kleinster Bruder litt am meisten unter der Situation. Aber im Gegensatz zu ihr schwieg er, zog sich zurück und weinte manchmal nachts, wenn er glaubte, dass Vito nichts davon mitbekam.

Vito angelte ein Buch vom Ofensims und suchte nach der Stelle, an der er aufgehört hatte zu lesen. Nino wärmte ihn von der Seite, der Ofen von hinten. Er atmete einmal durch. Langsam kehrte das Gefühl in seinen Armen und Beinen zurück.

Costa nahm seinen Gang wieder auf. »Hast du denn eine bessere Idee, Lucia?«

Vitos Mutter holte Luft, doch ihr Mann reckte sofort eine Hand in die Höhe. »Außer der, dass ich vor deinem Vater zu Kreuze krieche und wieder wie ein Leibeigener schufte?«

Lucia legte die Hände sorgfältig nebeneinander auf den Tisch und starrte darauf, anstatt etwas zu sagen.

Vito schlug das Buch auf und warf Chiara einen verstohlenen Blick zu. Sie blinzelte müde, deutete mit dem Kinn auf ihren Vater und verdrehte die Augen. Nino hielte die Augen geschlossen, doch Vito spürte, wie angespannt er war. Er zitterte beinahe schon in den Armen seiner Schwester, und das sicher nicht vor Kälte. In der Stube war es stickig und heiß. Vito wurde es nach ein paar Minuten mit dem dicken Pullover bereits zu warm.

»Da hast du es«, sagte Costa grimmig. »Deshalb fahre ich. Montag schon.«

»Du denkst immer nur an dich«, zischte Lucia, ohne aufzublicken. »Was aus uns wird, ist dir einerlei.«

Costa richtete sich bedrohlich auf »Nein, ist es nicht!«, donnerte er. »Für wen schufte ich mir den Rücken krumm? Doch für euch! Aber ich möchte mein eigener Herr sein, auf meinem eigenen Hof. Nicht an der Zitze einer welschen Amme hängen!«

Lucia zuckte bei seinen Worten zusammen und biss sich auf die Lippe. Chiara verkrampfte sich, doch Vito legte ihr warnend eine Hand auf den Oberschenkel. In solchen Augenblicken war es unklug, sich auf Mutters Seite zu stellen. Das fachte nur Vaters Sturheit an, niemals seine Einsicht.

»Du kannst es weiter mit dem Schnapsbrennen versuchen. Der Marillenbrand ist gut geworden«, versuchte Lucia es noch einmal.

»Was soll aus Vito werden?«, fuhr der Vater etwas ruhiger fort, ohne auf sie einzugehen. »Soll er den Hof hier als totes Loch erben, nur weil ich auf keinen grünen Zweig komme? Was für Aussichten habe ich auf dem Hof deines Vaters, Lucia? Der eingeheiratete Ehemann der drittgeborenen Tochter! Ewige Knechtschaft unter deinem feinen Bruder, mehr kann das nicht werden.«

Jetzt blickte Lucia auf, und ihre Miene wurde hart. »Du weißt, was Papà für Vito vorgesehen hat!«

»Pah!«, machte sein Vater nur.

Nur zu, ich sitze hier, diskutiert nur weiter über mich und mein Leben, dachte Vito wütend. Der entscheidende Unterschied war doch, dass Nonno ihm als Einziger zugehört hatte und auf *seine* Wünsche eingegangen war. Was immer Mutter glaubte, das Ingenieurstudium war nicht Großvaters Idee.

Sein Vater hatte sich wieder gefangen und trat an den Tisch. »Das spielt alles keine Rolle mehr, Lucia. Ich habe eine Idee: Lass uns gemeinsam fahren. Dann kannst du dich mit eigenen Augen davon überzeugen. Deine Bedenken werden sich in Luft auflösen, das verspreche ich. Wir machen einen Familienausflug. Die Kastlungers werden sich sicher ein paar Tage um das Vieh kümmern.«

Lucia schüttelte traurig den Kopf. »Wovon willst du das bezahlen? Du hast all dein Geld in die Weinstöcke gesetzt, die da draußen auf dem Feld verkümmern.«

»Du wirst schon sehen. Jetzt mach, dass das Abendessen auf den Tisch kommt. Ich versorge das Vieh. Soll Chiara dir helfen?«

Wieder bekam er nur ein Kopfschütteln zur Antwort. Lucia schien nicht zufrieden mit dem Ergebnis des Gespräches, hatte aber keine Kraft mehr. Seit einem halben Jahr widersprach sie, mahnte, appellierte an Vaters Vernunft, nichts half.

Kaum hatten ihre Eltern die Stube verlassen, sprang Vito auf und zog sich den Pullover über den Kopf. »Worum geht es?«

Chiara schob Nino sanft von sich, der sich gegen den Ofen kauerte, und strich ihr Kleid glatt. »Er will nach Cortina d'Ampezzo und sich die Hotels ansehen.«

»Um dann was zu tun?«

»Er denkt darüber nach, hier einen Gasthof zu eröffnen. Für Touristen, die er auf diese Weise ins Tal locken will.«

Vito schnaubte ungläubig. »Was? Nachdem er so grandios als erster Weinbauer des Tales gescheitert ist? Nicht, dass es ihm wirklich *jeder* im Dorf gesagt hat, dass es so kommen würde. Nun will er als Gastwirt auf die Nase fliegen?«

»Immerhin will er uns alle mitnehmen. So kommen wir mal wieder unter zivilisierte Menschen.« Chiara sprang auf und machte eine Pirouette. So gut gelaunt hatte Vito sie seit Ewigkeiten nicht erlebt. Ihm selbst war gar nicht wohl in seiner Haut. Er rechnete seinem Vater diese Innovationsfreude durchaus an. Aber warum zur Hölle hatte er die nicht auf Nonnos Weingut ausleben können?

»Wieder auf dem Weg zu deinem Liebchen, Vito?«, ertönte Chiaras Stimme, als er gerade zur Hintertür hinausschlüpfen wollte.

»Nein, ich wollte zu Mischi. Möchtest du mit?«

»Gott bewahre mich vor diesem Bauerntrampel. Wenn du lieber mit so einem redest statt mit deiner Schwester, nur zu.«

Verärgert wandte Vito sich ihr zu. »Gespräche mit dir würde ich in letzter Zeit auch nicht gerade als geistreich bezeichnen. Ich habe ganz sicher keine Lust, dir beim Jammern zuzuhören. Außerdem: Als Mischi deinen Kleiderschrank gebaut hat, konnte ich nicht oft genug bei ihm sein, um ihm zur Hand zu gehen.« Er pikste ihr anklagend den Finger gegen die Brust, worauf sie empört nach ihm schlug.

»Das ändert nichts daran, dass er ein Depp ist!«, fauchte sie.

Vito presste verärgert die Lippen aufeinander und stürmte hinaus, bevor er noch Dinge sagte, die er später bereute. Mischi war ganz sicher kein Dummkopf, und Chiara musste sich nicht aufs hohe Ross setzen. Sie mochte sich für gebildeter halten, aber Vito wusste, wie faul sie in der Schule gewesen war. Es würde ihn kaum wundern, wenn Elisa seine Schwester inzwischen überholt hatte. Sie besaß eine rasche Auffassungsgabe. Dorfschule hin oder her, es war nicht so, dass sie dort gar nichts lernten, und hinzu kam all das, was er ihr in den vergangenen Monaten beigebracht hatte. Er war stolz darauf, vor allem, weil es ihnen beiden Spaß machte.

»Immer wenn du hier reinkommst, grinst du, als ob du gerade den Topf voller Gold am Ende des Regenbogens entdeckt hast«, empfing ihn Mischis Stimme, als er die *majun* betrat und sich an der Kutsche vorbeischob, die im vorderen Teil des Gebäudes stand und schon für den Winter mit Tüchern abgedeckt worden war.

Vito lachte. »Ich muss dich enttäuschen. Ich bin nur froh, meiner Schwester zu entkommen. Buna sëra. Was machst du?«

»Ich wachse unsere Schier. Was ist mit dir? Wäre es nicht Zeit, dir das Schifahren beizubringen?«

Vito betrachtete die langen Bretter, die vor Mischi auf der Werkbank lagen. »Warum nicht? Aber wann? Brichst du nicht in ein paar Tagen nach Sankt Ullrich auf?«

»Ach ja. Eigentlich möchte ich gar nicht. Das erste Mal für mehr als nur ein paar Nächte von hier weg. Ich kann mir das gar nicht vorstellen.«

»Wie bitte? Es sind nur sechs Wochen, und du bist im Nachbartal. Ist das zu fassen?«

»Ist eben ungewohnt für mich.« Mischi konzentrierte sich auf seine Arbeit, was für Vito ein klares Signal war, dass ihm dieses Geständnis im Nachhinein peinlich war. Er erwiderte nichts, sondern setzte sich auf Elisas Platz neben dem Ofen. Selbst hier in der Werkstatt war es wärmer als in seiner Schlafkammer. Vater sollte besser etwas gegen die Zugluft tun, statt Ausflüge nach Cortina zu planen.

Vito verdrängte diesen müßigen Gedanken. »Wo ist Elisa?«

Unwillig runzelte Mischi die Stirn. »Warum willst du das wissen?«

»Ich frage nur. Normalerweise sitzt sie um diese Zeit hier und schaut dir zu.«

Mischi stellte den kleinen Topf und den Pinsel ab und lehnte sich gegen die Werkbank. »Vito, ich sag es nur ungern, aber meinst du nicht, dass du besser die Finger von meiner Schwester lässt?«

»Was meinst du?« Vito sprang auf, selbst überrascht, dass er sich bei etwas Verbotenem ertappt fühlte. Er zwang sich zur Ruhe.

»Du weißt ganz genau, was ich meine.« Mischi verschränkte die Arme. Vielleicht war es Zufall, aber Vito fielen seine kräftigen Oberarmmuskeln auf, die sich unter dem Hemd wölbten. Er schluckte unsicher und hatte plötzlich das Gefühl, dass jedes weitere Wort auf jeden Fall falsch wäre. Dabei wollte er eines um keinen Preis: Elisas Gesellschaft aufgeben.

Abwehrend wedelte er mit den offenen Handflächen. »Da ist nichts. Wir unterhalten uns. Sie erzählt mir Sagen, und ich bringe ihr ein wenig Mathematik und Geometrie bei. Elisa ist kein kleines Mädchen mehr.«

Mischi senkte drohend die Augenbrauen »Sondern?«

Vito presste die Lippen aufeinander. Er hatte geahnt, dass es eines Tages dazu kommen würde. Dabei hatte er Mischis Beschützerinstinkt noch gehörig unterschätzt.

Mischi richtete sich noch ein Stück auf und straffte die Schultern. »Sie wird gerade einmal dreizehn Jahre alt, Vito Costa. Ich schwöre dir, wenn du sie anrührst, dann breche ich dir jeden einzelnen Knochen im Leib!«

Vito machte einen Schritt zurück. »Was denkst du eigentlich von mir? Ich sage dir, ich mag sie, aber doch nicht so.« Er hörte die Lüge in seiner Stimme, wobei ihm erst in diesem Moment deutlich bewusst wurde, dass es eine Lüge war. Er hatte schon in Elisas Mädchengesicht geschaut und die Frau gesehen, die sie einmal sein würde. Doch davon durfte ihr Bruder auf keinen Fall etwas erfahren, sonst war er geliefert.

»Ich habe Augen im Kopf«, grollte Mischi.

Vito schnappte nach Luft, wusste nicht, wie er aus der Situation herauskommen sollte. Doch in seine Angst mischte sich Wut. Angriff war die beste Verteidigung. Er reckte sich ebenfalls und drückte das Kreuz durch. Er war nur eine Handbreit kleiner als Elisas Bruder. »Was hast du mir eigentlich zu verbieten?«, schoss er hart zurück. »Du bist nicht mein Vater und auch nicht Elisas. Ich könnte dir dasselbe sagen. Glaubst du, ich habe nicht mitbekommen, wie du um Chiara herumschleichst?«

Mischi stieß sich von der Werkbank ab und war mit zwei Schritten in einer dunklen Ecke, in der er herumpolterte und leise fluchte. Vito zuckte unsicher zusammen.

»Das ist etwas völlig anderes«, knurrte Elisas Bruder unvermittelt. »Chiara ist viel älter und kann selbst entscheiden. Außerdem will ich nichts von ihr.«

»Das ist doch totaler Unfug, was du da sagst!«

»Ach ja?« Mischi kam mit einer bedrohlich langen Feile wieder ins Licht. Vito ballte unwillkürlich die Fäuste. Mit einer weiten Geste pfefferte sein Gegenüber das Werkzeug auf den Tisch und blieb von ihm abgewandt stehen.

Diesen Punkt ihres Duells schien Vito gewonnen zu haben. »Mischi, vertrau mir«, schob er rasch nach. »Ich schätze Elisa. Aber lass sie ebenso selbst entscheiden. Die Zeiten, dass die Familie über den Umgang ihrer Töchter entscheidet, sind vorbei!« Er verkniff sich ein »sogar hier«. Das wäre Chiaras Stil, nicht seiner, aber denken durfte er es. »Ich würde ihr nie etwas antun.«

Mischi schüttelte den Kopf, seine gesamte Energie war verflogen. »Das weiß ich doch. Aber ich kenne sie. Sie weiß nicht, worauf sie sich einlässt. Sie mag dich. Sie ist einfach noch zu jung für so etwas. Chiara dagegen dürfte theoretisch schon heiraten.«

Das stimmte, aber Mischi würde niemals derjenige sein, das wussten sie beide. Vielleicht war das sein eigentliches Problem. Er war neidisch, weil Elisa Vito mochte, Chiara ihn dagegen missachtete.

Vorsichtig legte Vito Mischi eine Hand auf die Schulter und zog ihn herum. »Hör mir zu. Du bist mein Freund, einer der wenigen hier. Elisa und du, ihr seid euch sehr ähnlich. Ich will auf keinen von euch beiden verzichten, im Gegenteil, ich bin froh, dass Elisa jemanden hat, der so gut auf sie aufpasst. Wir wissen beide nicht, was die Zukunft bringt. Lass uns bis dahin gemeinsam das Beste draus machen.«

Mischi nickte und klopfte Vito auf die Schulter. »Es tut mir leid. Vielleicht ist das, weil ich fortgehe. Ich wollte die Dinge geregelt haben, gesagt haben, was gesagt werden muss.«

»Du kommst doch wieder.«

»Natürlich. Deine Rede klingt dagegen, als ob dein Vater irgendeine neue verrückte Idee ausheckt.«

»Ja, genau.« Vito nickte erleichtert. »Deshalb bin ich gekommen, um mit dir darüber zu sprechen …«

10. KAPITEL

22. Dezember 1912 – Vila Kastlunger, Val Badia

Ich soll dafür einhundert Kronen bekommen. Mein erstes selbstverdientes Geld. Was sagen Sie dazu, Pere?«, fragte Mischi gerade.

Elisa blieb in der Tür zur großen Stube stehen, wo ihr Bruder und ihr Vater sich über einen Papierbogen beugten, der ausgerollt auf dem Tisch lag.

»Das ist viel Arbeit«, meinte Kastlunger bedächtig. »Und dabei kann ich dir nicht helfen.« Er streckte unwillkürlich seine Finger. Elisa wusste, dass sein Rheuma in diesem Winter wieder schlimmer geworden war. Wie jedes Jahr. Es war wie ein Fluch, den ihr Vater nicht mehr loswurde. Nichts half, weder Gebete noch die Salben, die der Doktor ihm verordnete.

»Haben wir denn alle Werkzeuge? Ich habe mich nie so ausgiebig mit der Schnitzerei beschäftigt«, fügte er hinzu.

Mischi nickte eifrig. »Ich habe von Meister Moroder ein paar neue Balleisen und Bohrer bekommen.«

»Und wie bezahlt?«

»Abgearbeitet. Pere, er war sehr zufrieden mit meinen Leistungen. Sonst hätte Kurat Ploner sicherlich nicht zugestimmt, mich die Figur anfertigen zu lassen.«

Kastlunger brummte unwillig. »Mach mir keine Schande. Gib dir Mühe!« Mit diesen Worten verließ er an Elisa vorbei den Raum.

Mischi ließ die Schultern hängen. »Natürlich nicht«, murmelte er.

Elisa brach es fast das Herz, als sie seine Enttäuschung sah. Hätte er seinem Vater nur rechtzeitig in die Augen geblickt, bevor der sich abgewandt hatte, so hätte er den heimlichen Stolz gesehen, der darin geschrieben stand. Wie immer trieb Vater Mischi mit harschen Worten an, um seine Gefühle nicht zeigen zu müssen. Elisa hatte es ihrem Bruder schon so oft gesagt, aber es war nicht dasselbe. Er wollte Vaters Anerkennung aus dessen Mund hören. Seit sie denken konnte, kämpfte er darum. Würde er jemals Erfolg haben?

»Was ist das?«, fragte sie und trat heran.

»Das ist die Skizze einer Madonnenfigur«, erklärte Mischi und fuhr zärtlich mit den Fingerspitzen die Linien entlang. »Sie soll ungefähr einen Meter hoch werden und die alte Figur in der Seitenkapelle ersetzen. Kurat Ploner hat Geld vom Bischof bekommen.«

»Du sollst sie anfertigen? Ganz allein?«

»Meister Moroder meint, dass ich gut genug bin.« Mischi lächelte bescheiden.

»Dann bist du gut genug«, erklärte Elisa nachdrücklich und setzte sich mit ihrem Strickzeug aufs Sofa vor dem offenen Kamin, in dem ein kleines Feuer brannte. Sie wollte keinen einzigen Einwand hören. Zu ihrem Erstaunen rollte Mischi die Skizze zusammen und widersprach nicht. Die Zeit bei den Meisterschnitzern im Grödnertal schien seinem Selbstbewusstsein gutgetan zu haben.

»Ich fange nach der Hochzeit an. Dann werde ich noch einmal einige Wochen fort sein, vielleicht bis April«, sagte er beiläufig.

»Ist es schlimm?«

»Nicht so sehr, wie ich dachte. Es ist schon anders dort drüben. Sie sprechen häufiger deutsch, auch untereinander.«

»Wenigstens kommst du wieder.«

Mischi nickte und setzte sich neben sie. »Ich hatte auch gedacht, dass Anton uns wenigstens dieses Jahr zu Weihnachten besucht. Du hast ihm doch geschrieben, dass Franz heiratet?«

»Ja. Der Brief sollte längst angekommen sein.«

Eine Weile hörte man nur die Stricknadeln klappern. Sie wusste, was Mischi dachte, und sie empfand ebenso. Am zweiten Weihnachtstag wurden es auf den Tag genau drei Jahre, dass ihr Vater ihren Bruder davongejagt hatte. Immer noch war er unerbittlich. Es war nicht einmal klug, Anton in seiner Gegenwart zu erwähnen.

»Franz wird traurig sein, wenn er bis zum Dreikönigstag nicht kommt«, murmelte Elisa mehr zu sich selbst.

Mischi brummte zustimmend und starrte auf den Stubenaltar, wo zwei Kerzen brannten. Zu Weihnachten wurden alle Heiligenbilder im ganzen Haus eingesammelt und in eine Ecke zu einem Altar aufgehängt. Davor lag ein hölzernes Jesuskind, einer von Mischis ersten Schnitzversuchen und kaum als Figur erkennbar. Er hasste das plumpe Ding, bettelte jedes Jahr darum, eine neue Figur machen zu dürfen, doch die Familie bestand auf dieser Tradition.

»Wir werden trotzdem ordentlich feiern, Elisa«, meinte Mischi irgendwann wieder fröhlicher. »Wie es sich gehört.«

Am Vorabend des Dreikönigstages 1913 war Elisa allein in der Küche, als sie ein merkwürdiges Schaben an der Haustür hörte, gefolgt von einem leisen, aber deutlichen Klopfen. Sie schaute sich nervös um und ignorierte das flaue Gefühl im Magen.

Die Poscignara ging um …

Als Elisa jünger gewesen war, hatte sie um diese Jahreszeit immer ihren Peter zum Schutz gegen die *hässliche Alte* herumgeschleppt, doch an die Macht des Holzspielzeuges glaubte sie inzwischen nicht mehr. Und eher wollte sie sterben, als zuzugeben, dass ihr die Poscignara immer noch Angst einjagte, und wenn sie sich hundertmal vorsagte, dass es nur ein verkleideter Dorfbursche war.

Sie musste sie einlassen. Niemand sonst hatte auf das Klopfen reagiert, die ganze Familie saß zusammen in der großen Stube. Wie würde das aussehen, wenn sie jetzt zu ihnen ging und darum bat, dass jemand die Tür öffnete?

Resolut zog sie ihre Strickjacke enger um den Oberkörper und tappte durch den kalten Flur. Vorsichtig öffnete sie und lugte hinaus.

Draußen war niemand. Verwirrt machte Elisa einen Schritt nach draußen. Der Schnee war dick mit Sand abgestreut, so dass sie keine Fußspuren erkennen konnte.

»Hab ich dich!«, knarrte eine heisere Stimme hinter ihr.

Ein Reisigbesen schlug gegen ihre Beine. Elisa schrie erschrocken auf, als jemand sie von hinten umschlang und an sich zog. Panisch begann sie, um sich zu schlagen. Sofort ließ der Angreifer sie los. Sie fuhr herum und schrie noch einmal lauter, als sie in die scheußliche Fratze blickte. Das Ungeheuer lachte bösartig.

Eine Maske, das ist nur eine Maske!

Elisas Knie drohten nachzugeben. Sie unterdrückte ein Schluchzen und verwünschte sich im selben Moment dafür. Sie benahm sich wie ein kleines Kind!

»Elisa, was ist denn? Mensch, beruhig dich! Ich bin es.« Die Poscignara riss sich die Maske ab und offenbarte das bestürzte Gesicht eines jungen Mannes.

»Anton!«

»Elisa! Wo bist du? Geht es dir gut?«, schrie ihr Vater aus dem Flur.

Jetzt schossen Elisa wirklich Freudentränen in die Augen, Glücklich warf sie sich ihrem Bruder in die Arme und riss ihn dabei fast um. Anton ließ den Besen fallen und fing sie lachend auf.

Plötzlich waren sie von der ganzen Familie umgeben.

»Das ist Anton!« – »Elisa, was ist passiert?« – »Anton, wo kommst du denn her?«

Elisa spürte die Hand ihres Vaters auf der Schulter. »Anton! Was hast du deiner Schwester angetan? Was fällt dir ein, dich hier einzuschleichen!«, donnerte Josef Kastlunger und übertönte mühelos alle anderen.

Elisa spürte, wie ihr Bruder erstarrte und sie losließ. Ihr Vater riss sie zurück. Sie taumelte und sah in sein Gesicht, das vor Zorn rot angelaufen war. Die anderen schwiegen betreten, und alle starrten auf Anton, der mit Kopftuch, ausgestopftem Mieder, Kleid und Schürze bekleidet wie ein lächerliches Häufchen Elend dastand. Er setzte an, etwas zu sagen, doch Kastlunger holte drohend aus, als wollte er ihm eine Ohrfeige verpassen. »Ein passender Auftritt für dich!«

Hektisch schwenkte Anton die Maske. »Aber ich …«

»Du hast hier nichts zu suchen! Elisa, komm her zu mir. Ist alles in Ordnung mit dir? Anton, entschuldige dich gefälligst bei ihr!«

»Das ist …«, begann Elisa, während sie den verzweifelten Blick ihres Bruders auffing. Freute sich ihr Vater denn gar nicht? »Das ist alles nur ein Missverständnis, mehr nicht!«

»Elisa, es tut mir leid! Ich wollte das nicht.« Anton schüttelte verzweifelt den Kopf. Er sah in seiner Verkleidung so albern aus, dass sein Anblick nicht dazu beitrug, Kastlunger für sich einzunehmen.

»Verschwinde von meinem Grund und Boden! Du bist eine Schande!«

Antons Augen weiteten sich vor Schreck. Bevor er etwas sagen konnte, trat Franz vor, der bisher stumm mit Mischi,

Rudl und der Mutter hinter ihnen gestanden hatte. »Nein. Anton, du bleibst bei mir. Ich wohne seit Weihnachten in unserem alten Elternhaus. Die Tür ist offen. Du bist herzlich willkommen.«

Elisas Vater packte seinen Ältesten am Arm, als der einen Schritt auf seinen jüngeren Bruder zumachen wollte. »Das erlaube ich nicht!«

Mit einem entschiedenen Ruck machte Franz sich frei. »Es ist jetzt meine *ciasa*. Sie werden mir nicht vorschreiben, wen ich dort beherberge.«

Elisa sah entsetzt von einem zum anderen. Die ganze Situation schien in der kalten Luft des Abends zu erstarren. Ihre Mutter rang verzweifelt die Hände, wollte etwas sagen und schüttelte nur den Kopf, als Mischi ihre Hand ergriff und sie fest drückte. Rudl hatte einen Schritt zurück in den Flur gemacht, als wollte er am liebsten gleich ganz flüchten.

Anton stand mit verkniffener Miene und hängenden Armen da. Nur Franz maß seinen Vater mit ruhigem und dennoch herausforderndem Blick.

Endlich wandte Kastlunger sich ab. Er ging einfach zur Tür, schob seine Frau mit einem rüden Stoß zur Seite und verschwand.

Erst da wagte Elisas Mutter sich hinaus und umarmte Anton herzlich. »Mein Junge, was machst du nur für Sachen?«

»Nichts, ich habe mich nur verkleidet. Ich habe bei meiner Ankunft Bernhard Gutholzer getroffen, als er gerade dabei war, die Kleidung der Poscignara anzulegen. Ich wollte euch überraschen.«

»Das ist dir gelungen«, brummte Franz trocken. »Jetzt glaubt Pere, du wolltest dich gegen sein Verbot einschleichen. Für heute brauchst du dich nicht mehr blicken zu lassen.«

Anton befreite sich sanft aus der Umarmung seiner Mutter. »Danke für die Klarstellung, das habe ich verdammt gut verstanden.«

Franz deutete mit dem Kinn auf die alte *ciasa.* »Wie gesagt: zieh dich um und mach es dir gemütlich. Ich komme gleich rüber, dann reden wir. Rein mit euch allen, es ist kalt. Pere beruhigt sich schon wieder.«

»Du hast geheizt, das ist gut.« Franz rieb sich die Hände, als er in die Stube trat. Elisa folgte ihm und sah sich neugierig um. Seitdem ihre Brüder mit dem Umbau der alten *ciasa* fertig geworden waren, hatte sie die Räume nicht mehr betreten, da die Weihnachtsvorbereitungen und seltenen Treffen mit Vito sie ganz in Anspruch genommen hatten. Sie erkannte keine großen Unterschiede, der Holzfußboden war frisch geschliffen, die Holzvertäfelung heller gestrichen. Der Ofen blitzte sauber, dazu ein Tisch mit Bank und Stühlen, alles praktisch und schmucklos.

Anton sprang von der Ofenbank. Er hatte sich umgezogen und sah wieder aus wie jener weltgewandte Mann, den Elisa von ihrer letzten Begegnung in Bruneck in Erinnerung behalten hatte. Seine Augen lagen ein wenig tiefer, und seine Wangen waren bis auf einen schmalen Schnauzer glattrasiert, sonst schien er ganz der Alte zu sein. Auch seine Augen blitzten bereits wieder vergnügt.

»Du bist also noch rechtzeitig angekommen.« Franz umarmte ihn herzlich. Nacheinander begrüßten Mischi und Rudl ihn, als Letzte Elisa, die ihn noch einmal glücklich an sich drückte.

»Ihr durftet Elisa mitbringen? Hat Pere keine Angst, dass ich ihr etwas antue?« Anton fletschte theatralisch die Zähne.

»Das ist nicht lustig«, brummte Mischi. »Er ist immer noch außer sich. Deshalb ist Mutter bei ihm geblieben.«

»Wir haben gedacht, Elisa passiert was ganz Schlimmes«, fügte Rudl hinzu. »Sie hat so laut geschrien.«

Elisa errötete und senkte beschämt den Kopf. »Ich weiß, dass es meine Schuld ist. Es tut mir so leid.« Seit Antons Ankunft fühlte sie sich unruhig und zittrig, war hin- und hergerissen dazwischen, mit ihren Brüdern zusammen zu sein oder auf ihren Vater einzuwirken. Nur der geflüsterte Befehl ihrer Mutter, als sie ihr flüchtig ein Kreuz auf die Stirn malte und hinausscheuchte, hatte sie davon überzeugt mitzukommen.

Franz winkte ab. »Genug davon. Lasst uns feiern, dass du da bist.« Er hob zwei Flaschen in die Höhe, die leise aneinander klirrten, und winkte Rudl, Gläser aus der Anrichte zu holen. »Wenn dieser Wein dem weitgereisten Herrn Kaiserjäger gut genug ist?«

Anton nahm die Flasche entgegen und prüfte mit gewichtiger Miene das Etikett. »Der wurde aber nicht hier angebaut, oder?«

»Hat Elisa dir davon geschrieben?«, fragte Mischi und setzte sich mit Rudl an den Tisch.

Anton nahm von Franz einen Korkenzieher entgegen. »Hat sie. Klingt, als hättet ihr nette Nachbarn.«

»Hätte schlimmer kommen können.« Franz grinste und sandte Mischi einen vielsagenden Blick, den der finster erwiderte. »Du wirst die Costas morgen selbst kennenlernen.«

»Deine Heirat, ja, richtig. Helene Pescoll also?«

Jetzt war es Franz, der rot wurde. »Nimmst du mir übel, dass ich das Mädchen heirate, das in dich verliebt war?«

»Ach Unsinn. Warum sollte ich? Ich bin gegangen, du nicht. Ich mochte sie, aber sie hat mir keinen Grund zum Bleiben gegeben. Vermutlich hat sie eingesehen, dass sie sich besser für dich entscheidet, als auf mich zu warten.«

Elisa spürte, dass Anton es ernst meinte, und auch Franz wirkte erleichtert. Sie setzten sich und prosteten einander zu. Rudl und Elisa hatten nur Apfelsaft in ihren Bechern, trotzdem wurde sie von der warmen Luft im Raum und der Atmosphäre benommen. Besonders, als Anton einen Rauchtabakbrief hervorzog und er und Franz zu rauchen begannen.

»Also was gibt es Neues in der Welt? Ziehst du bald in den Krieg?«

Anton zog an seiner Zigarette und blies einen Rauchkringel in die Luft, der langsam über den Tisch schwebte. Rudl stupste mit dem Finger in den Kringel und löste ihn in ein Rauchwölkchen auf.

»Sicherlich irgendwann«, sagte Anton endlich nach einer Weile. Seine Augen blitzten. »An unseren Ostgrenzen tobt der Balkankrieg, und das Osmanische Reich zerfällt. Im Norden rüsten die Preußen und drängen auf eine Entscheidung über die Vorherrschaft in Europa. Die Russen sind immer unberechenbar. Überall ist Unruhe. Der König von Italien, Vittorio Emanuele, gilt als wankelmütig und wenig verlässlich.«

»Was heißt das?«, fragte Mischi.

Anton lächelte breit. »Das heißt, dass irgendwo in Europa das Abenteuer auf uns wartet. Dass nicht *ich* in den Krieg ziehen werde, sondern wir alle.«

»Wieso wir alle? Sind Armee und Marine des Kaisers noch nicht schlagkräftig genug? Ist Italien nicht ein Verbündeter?«, widersprach Franz.

»Kein sehr verlässlicher«, stellte Anton schulterzuckend richtig. »Das ist unwichtig. Jeder Tiroler müsste dem Ruf zu den Fahnen gehorchen und in den Osten ziehen oder in den Norden. Wohin der Kaiser befiehlt.«

»Ich glaube nicht, dass es dazu kommt«, murmelte Mischi.

»Wartet nur ab. Es heißt, Kaiser Wilhelm von Preußen sucht nur noch einen Anlass, einen Krieg anzuzetteln. Dann wird unser Kaiser ihm zur Seite stehen.«

Elisa hatte genug. Sie rutschte unauffällig von der Bank und wollte sich davonmachen, als Anton ihr hinterherrief: »Elisa, warte, wo willst du hin?«

»Ich gehe«, sagte sie erbost. »Ich dachte, wir feiern unser Wiedersehen, stattdessen redet ihr vom Krieg und dem, was der Kaiser von euch verlangt. Das ist kein Thema für den Vorabend einer Hochzeit!«

Sie floh aus dem Raum, ehe ihr jemand widersprechen konnte. Dabei hätte sie nicht sagen können, was sie an diesem Gerede so beunruhigte. Es war nicht das erste Gespräch dieser Art, das sie mit anhörte – aber Anton war beim Militär, aus der Welt dort draußen heimgekehrt. Während die Leute aus dem Dorf sich eher in Mutmaßungen ergingen, wusste er, wovon er sprach. Er war dem Kaiser bei einer Parade aus nächster Nähe begegnet.

»Elisa, jetzt warte doch!« An der Haustür hatte Anton sie eingeholt. Sie schoss ihm einen tadelnden Blick zu, und ihr fiel auf, dass sie kaum noch zu ihm aufschauen musste. Sie war gewachsen und fast genauso groß wie er.

»Es tut mir leid«, sagte er zerknirscht. »Kaum bin ich zu Hause, schaffe ich es, mir mit jedem in der Familie gründlich zu vermasseln.«

Sein Atem stieg in kleinen Wölkchen auf, so kalt war es im Flur. Elisa zog fröstelnd die Schultern zusammen und wusste nicht, wie sie sich erklären sollte.

»Ach komm, Elisa.« Anton machte einen Schritt auf sie zu und schloss sie noch einmal in die Arme. Sie drückte sich an ihn, roch den Qualm, der in seiner Kleidung hing, und genoss zugleich die Wärme seines Körpers und seine Nähe, die ihr trotz aller Sehnsucht fremd geworden war.

»Kriegspläne eines Kaisers muss man einfach hinnehmen«, sagte Anton leise. »Sie sind so unabänderlich wie das Wetter. Es ist gar nicht gesagt, dass es dazu kommt. Aber wenn, dann werde ich für dich und Tirol kämpfen.«

»Es gefällt mir einfach nicht, wenn du so redest, Anton.«

»Mach dir keine Sorgen um mich. Ein Krieg ist doch nichts Schlimmes. Die Kaiserjäger sind das Beste, was unser Kaiser aufzubieten hat. Meine Offiziere werden schon alles gut machen. Außerdem ist Gott mit uns.«

Elisa nickte gegen seine Brust. Seine Worte beruhigten sie ein wenig. Trotzdem, eine vage Unsicherheit blieb und ließ sich nicht vertreiben.

»Anton, sei mir nicht böse, ich möchte trotzdem gehen. Redet ihr nur ohne mich weiter.«

»Unter einer Bedingung.« Anton schob sie von sich, ergriff dabei ihre Hand und machte eine Verbeugung. »Wenn Ihr mir morgen Eure Gunst des ersten Tanzes gewährt, Fräulein Elisabetha Katarina Teresa Kastlunger.«

Sie kicherte. »Es wird mir eine Ehre sein, Herr Kaiserjäger.«

Er zwinkerte ihr zu und verschwand in der Stube.

Elisa warf sich ihr dickes Tuch über die Schultern und huschte nach draußen in die winterliche Nacht, vorbei am Hof ihrer Eltern und weiter zur Ciasa Costa. In Vitos Zimmer brannte Licht. Rasch formte sie einen Schneeball und warf ihn gegen die Fensterscheibe. Vitos Gesicht erschien dahinter. Kurz darauf öffnete er die Hintertür und zog Elisa ein Stück in den Flur hinein. »Was machst du hier?«

»Ich …« Elisa schaute sich verwirrt um. Das war eine berechtigte Frage. Ihr war, als käme sie gerade erst wieder zu sich, als hätte ein Teil ihres Selbst vorhin in Franz' Stube den Entschluss gefasst, zu Vito zu laufen, ohne dass es ihr bewusst gewesen war. »Ich weiß nicht«, gab sie zu. »Vito, mein Bruder ist eben angekommen und er hat noch nicht einmal die Türschwelle übertreten, als Tata ihn schon wieder davonjagen wollte. Ich mag es nicht, wenn sie streiten, aber ich weiß nicht, was ich tun soll.«

»Anton? Wo ist er?« Vito spähte über Elisas Schulter zur Tür hinaus, als erwartete er ihren Bruder dort draußen, der auf Untcrschlupf hofftc.

»Franz hat ihn aufgenommen. Darüber ist Tata natürlich erst recht erzürnt.« Elisa brauchte nicht viel Phantasie, um

Vito vom Gesicht abzulesen, dass er damit nichts zu tun haben wollte. Seine Familie hatte genug eigene Probleme. Was könnte er schon für Anton tun?

Sie machte einen Schritt in die *ciasa,* und Vito schloss endlich die Tür, wobei es drinnen nicht viel wärmer war. Erst jetzt fiel ihr auf, dass er einen dicken Pullover und eine wollene Strickjacke trug. »Warum sitzt du in deinem Zimmer in der Kälte?«

Er wich ihrem Blick aus. »Nicht so wichtig.«

Elisa ließ die Schultern hängen. »Überall nur Streit. Vito, versprich mir, dass du nicht wegläufst, egal, was dein Vater tut. Bitte!«

Ein kurzes Lächeln blitzte auf. »Keine Sorge. So bin ich nicht. Wo sollte ich hin? Ich werde mich sicher nicht für mickrigen Sold von irgendwelchen Offizieren durch die Lande scheuchen lassen.«

»Anton war das Geld immer egal. Das ist auch so etwas: Kaum sitzen wir zusammen, reden sie vom Krieg. Vito, glaubst du, dass es Krieg gibt? Anton sagt, dass man sich auf Italien nicht verlassen kann. Stimmt das?«

»Ich weiß nicht.«

Elisa sah ihn scharf an, doch er begegnete ihrem Blick mit scheinbarem Gleichmut.

»Das glaube ich dir nicht«, stieß sie hervor, von ihrer Heftigkeit selbst überrascht. »Sag mir die Wahrheit!«

»Elisa, warum bist du so aufgewühlt?« Vito legte ihr sanft eine Hand auf die Schulter.

»Lass mich! Du liest Zeitungen, du weißt sicher, was euer König macht.«

Vito antwortete nicht, und Elisa überlief es auf einmal eiskalt. Was passierte dort draußen in der Welt? Vielleicht war es für das Leben hier im Tal nicht so wichtig, was die Kaiser und Könige Europas entschieden. Es gab immer irgendwo einen Krieg, doch es interessierte niemanden, solange es das eigene Leben nicht betraf. Aber Vito wusste etwas, genau wie Anton.

Hilflos sah Elisa zu ihm auf. »Vito …«

Plötzlich lächelte Vito und zog sie sachte an sich. »Niemand kann vorhersagen, was in den Köpfen der Mächtigen vorgeht, Elisa. Manche versuchen, es auf einen Krieg hinauszutreiben, ja. Solche Dinge besprechen sie im Geheimen, und darüber kann keine Zeitung berichten. Das italienische Volk jedenfalls … Niemand, den ich gekannt habe, wünscht sich Krieg gegen Österreich.«

Elisa verkrampfte sich, als Vito sie berührte. Er war ihr in den vergangenen Monaten ans Herz gewachsen, hatte fast die Lücke füllen können, die Antons Weggang gerissen hatte. Er hatte ihr einen Ausblick auf das Leben jenseits der Berge gegeben und ihre Neugier geweckt. Doch er war trotz allem ein Fremder, gehörte nicht zur Familie. Er war kein Bruder.

Es war nicht dasselbe.

Vito hielt sie behutsam fest und betrachtete sie aufmerksam. Elisa zitterte innerlich. Sie verstand nicht, was in ihr vorging. Denn sie wollte sich an ihn lehnen, dieses fürchterliche Gefühl der Unsicherheit loswerden. Doch wie könnte Vito etwas bewirken, was Anton nicht gelungen war?

Seine Augen unter den dichten Brauen waren dunkel wie Kohle, nur der Widerschein der Petroleumlampe funkelte als kleiner gelber Punkt in der schwarzen Tiefe.

Elisas Knie wurden weich. Sie gab ihren Widerstand auf und ließ sich gegen Vitos Brust sinken. Er fing sie auf und hielt sie fest.

Sie atmete tief ein. Etwas löste sich in ihr. Der düstere Schatten auf ihrer Seele hob sich wie ein wild flatternder Vogel, huschte über ihre Haut und war auf und davon.

Es war vertraut und zugleich andersartig und neu. Es tat gut.

Sie schloss die Augen und lächelte. Am liebsten hätte sie sich niemals mehr von der Stelle bewegt.

Darum also war sie hergekommen.

Vitos Atem streifte ihr Ohr. »Elisa«, flüsterte er. Mehr nicht.

Noch nie hatte ihr Name so wunderschön geklungen.

Sie hob den Kopf und sah zu ihm auf. Sein Mund war ganz nah an ihrer Wange.

Er öffnete die Lippen und ruckte gleichzeitig mit dem Kopf zurück.

Elisa wollte etwas sagen, aber ihr Verstand war wie leergefegt. Sie legte die Hände an Vitos Hüfte und wollte ihn näher ziehen.

Doch der magische Augenblick war vorbei.

Zu ihrem grenzenlosen Entsetzen schob er sie von sich und strubbelte ihr über die Haare. Wie einem kleinen Mädchen!

Sie schnappte empört nach Luft.

»Elisa, geh nach Hause. Bitte.« Seine Stimme klang kratzig.

»Aber …«

»Bitte!«

Sie nickte traurig, obwohl er das kaum sehen konnte, denn er hatte sich von ihr abgewandt. Sie verstand nicht, was sie falsch gemacht hatte. Sie verstand nicht, wie sie es richtig hätte machen müssen. Was war mit Vito los?

Oder sollte sie sich besser fragen, was mit ihr los war?

»Bis morgen, Vito. Wir sehen uns auf der Hochzeit.«

»Ja.«

Rasch öffnete sie die Tür und flüchtete hinaus in die schützende Dunkelheit.

Draußen herrschte noch finstere Nacht, als Elisa am folgenden Morgen in die Küche tappte.

»Elisa, mein kleiner Spatz, so früh schon auf den Beinen?«, begrüßte ihre Mutter sie.

»Ich habe ein Klirren gehört, Sie können sicher Hilfe gebrauchen.«

»Natürlich. Die *cajinci* kochen sich nicht von allein.«

Beeindruckt von der Geschwindigkeit, mit der ihre Mutter kleine Teigmengen abteilte, ausrollte und mit der Fleischpaste füllte, die sie bereits am Vortag gemeinsam zubereitet hatten, stand Elisa eine Weile in der Küche und kam sich nutzlos vor.

»Sie hätten mich wecken können«, sagte sie trotzdem.

Ihre Mutter schnalzte mit der Zunge und lachte. »Lange hätte ich dich nicht mehr schlafen lassen, keine Sorge. Komm, roll du den Teig aus und ich fülle ihn, dann geht es schneller.«

Elisa trat heran und übernahm das Nudelholz. Nach einer Weile hatten sie ihren Rhythmus gefunden und arbeiteten stumm nebeneinander, nur ab und zu summte ihre Mutter vor sich hin.

Die monotone Tätigkeit ließ Elisa endlich ruhiger, ja sogar müde werden. Sie hatte schlecht geschlafen, was nicht an der Vorfreude auf die Hochzeit lag. Ihre Gedanken hatten lange bei ihrer letzten Begegnung mit Vito verweilt.

Es war seltsam. Bisher hatte ihr niemand verraten, dass es sich so flattrig anfühlte und einen in ständige Unruhe versetzte. Sie verstand es nicht.

Elisa atmete tief durch. Das war gelogen. Sie machte sich etwas vor.

Sie mochte Vito, sehr sogar.

Vater würde toben, wenn er davon erführe … Vielleicht war sogar ihre Umarmung schon ein Schritt zu weit gewesen. So etwas war außerhalb der Familie nicht üblich. Sie sollte es vorsichtshalber beichten.

Was aber war nun mit diesem nervösen Kribbeln, sobald ihr Vito in den Sinn kam? War das normal? Irgendwie konnte sie sich nicht vorstellen, dass es Franz so erging, wenn er an Helene dachte. Dazu war ihr Bruder viel zu … kühl und praktisch. Er mochte seine Braut, keine Frage, die beiden lachten gemeinsam, hatten in den vergangenen Wochen viel Zeit miteinander verbracht, meistens unter den strengen Augen der Eltern. Aber sie hatten auch viele Dinge besprochen: was Helene alles mitbringen würde, wenn sie nach der Hochzeit einzog, wie sie die *ciasa* umbauen wollten, oder welche Papiere es beim Willeit in der Amtsstube auszufüllen gab.

Liebte Franz Helene? War das Liebe, fühlte sich das so an? Wenn nicht, was war es dann?

Die Stunden vergingen. Elisa widmete sich ganz ihren Aufgaben, während um sie herum ihre Familie erwachte. Niemand nahm sich Zeit, ordentlich zu frühstücken, weshalb Mutter Brot, Käse, Schinken und eine dünne Gemüsesuppe einfach in die kleine Stube stellte, damit sich jeder bedienen konnte.

Sie formte unzählige *cajincí*, schließlich musste es für das ganze Dorf reichen. Die Gutholzers hatten im Namen der Familien des Brautpaares zwei Schweine geschlachtet und die Frauen kiloweise süße, fette *fortaies* gebacken.

Es wurde heller, doch der Tag schien trüb zu bleiben. Draußen hörte Elisa ihre Brüder lachen. Dolasíla wieherte laut.

»So, Elisa, halte die Stellung«, sagte ihre Mutter und wischte sich über die Stirn. »Ich gehe hinüber und bereite Küche und Stube für das Paar vor. Pere ist bei den Gutholzers, falls du ihn brauchst.«

»Kein Problem«, murmelte Elisa und schielte in die Schüssel mit der Füllung. Unglaublich, sie konnte endlich den Boden erkennen. Mit frischem Schwung rollte sie den restlichen Nudelteig aus.

Hinter ihr aus Richtung Tür polterte es. Da sie dachte, es wäre ihre Mutter, drehte sie sich gar nicht erst um. Umso erstaunter war sie, als sie Franz' Stimme hörte. »Mutter ist drüben und Pere bei den Gutholzers. Wir sind ein paar Augenblicke ungestört.«

Es klirrte, als er eine Flasche Obstbrand und Gläser auf den Tisch stellte, an dem Anton Platz genommen hatte.

Elisa lächelte bei sich. Eines hatte sich jedenfalls nicht geändert: Ihre Brüder übersahen sie immer noch, wenn es darum ging, Geheimnisse auszutauschen. Sie fuhr mit ihrer Arbeit fort, bemühte sich nicht, besonders leise zu sein, machte jedoch auch nicht auf sich aufmerksam. Sie war eigentlich nicht zu übersehen.

Anton schenkte ein und hob das Glas. »Franz, auf dich und deine letzten Stunden in Freiheit.«

Franz lachte leise. »Es tut wirklich gut, dich hier zu haben.«

»Es ist schön, wieder hier zu sein. Ich muss zugeben, dass ich euch am Anfang ganz schön vermisst habe.«

»Jetzt nicht mehr?«

Anton ließ sich Zeit mir seiner Antwort. »Es ist anders. Ich habe kein Zuhause mehr. Ich bin mit Tirol verheiratet und tanze nach den Befehlen des Kaisers.«

»Klingt nicht gerade erstrebenswert.« Franz brummte.

»Ich habe es so gewollt. Es ist in Ordnung.«

Sie stießen an und tranken. Elisa entfachte das Feuer im Herd und stellte einen Topf darauf. Wenn ihre Mutter wiederkam, konnten sie damit beginnen, die *cajincí* zu kochen.

»Lene ist in Umständen, was?«, fragte Anton mit gesenkter Stimme.

Elisa erstarrte mitten in der Bewegung.

»Woher weißt du das, man sieht es nicht. Hat sie es dir gesagt?«, fragte Franz misstrauisch.

Elisa kniete sich vor den Ofen und tat, als kontrollierte sie das Feuer.

»Gotte bewahre, nein. Ich vermute es nur, seit ich sie heute Morgen gesehen habe.« Aus den Augenwinkeln sah Elisa, wie Anton seine Hände vor der Brust wölbte. »Hier war sie früher nicht halb so üppig.«

Franz knurrte unwirsch, klang fast wie ein wütender Hund. »Das weiß du so genau? Hattest du damals was mit ihr?«

»Nein, nicht so. Über einen Kuss bin ich nicht hinausgekommen.« Anton lachte gutmütig. »Mach dir keine Sorgen. Vermutlich fällt es mir nur auf, weil ich fort war und sie nicht täglich sehe. Aber die Frauen werden es bald bemerken, da verlass dich drauf.«

»Das Kind kommt im Juli, sagt sie«, gab Franz widerwillig zu. »Ich habe nicht gut genug aufgepasst.«

»Du wirst ein großartiger Tata und ein besserer, als ich es je wäre. Die Leute werden eine Weile reden. Na und? Du heiratest sie, und damit soll es gut sein. Es ist nicht das erste Siebenmonatskind.« Anton kicherte.

»Du hast leicht reden. Was glaubst du, wie Pere reagiert? Wenn es schlecht läuft, fällt Lene mitten in der Heuernte aus.«

»Wie immer. Er wird dir eine Strafpredigt halten, dich an deine Pflichten als Familienversorger erinnern und eine Weile sehr ungnädig sein. Immerhin bist du zu alt, als dass er dich übers Knie legen könnte. Nach einer Weile wird er seinem Lieblingssohn verzeihen.«

Franz seufzte laut und hob sein Glas. »Du musst es ja wissen.«

»Ja, ich weiß es, Bruder«, sagte Anton ungewöhnlich ernst. »Pere ist wie ein Bulle, nicht mehr zu bremsen, wenn man ihn reizt, aber wenn er sich wieder beruhigt hat, im Grunde verträglich, wenn man ihn zu nehmen weiß. Glaub mir.«

»Nur bei dir ist es anders. Du und er, das geht nicht zusammen«, stellte Franz traurig fest.

Anton zuckte mit den Schultern und schwieg.

Gemeinsam standen sie auf und verließen die Küche. Elisa wollte gerade aufatmen, da reckte Anton noch einmal den Kopf durch die Tür und sah sie durchdringend an. Sie erschrak fast zu Tode. Ihr Bruder grinste breit und legte einen Finger an die Lippen.

Als Elisa mit offenem Mund nickte, zwinkerte er ihr zu und verschwand. So viel also dazu, dass ihre Brüder sie immer noch übersahen.

11. KAPITEL

6. Januar 1913 – Vila Kastlunger, Val Badia

Vito hörte den Ruf seiner Mutter wie durch Watte. Müde wischte er sich mit der flachen Hand über die Augen.

»Ich komme!«

Er hatte schlecht geschlafen. Die halbe Nacht hatte er wachgelegen, in die Finsternis gestarrt und auf die gleichmäßigen Atemzüge seines Bruders gelauscht.

Beinahe hätte er Elisa geküsst. Wie konnte er nur?

Während er die Treppe hinunterlief, versuchte er, die Gedanken zu verdrängen, die ihn seit gestern Abend umtrieben. Er wusste nicht, was ihn mehr ängstigte: dass er sich beinahe nicht hatte beherrschen können oder dass Elisa nichts gegen sein Tun einzuwenden hatte. Im Gegenteil, er hatte ihre Enttäuschung gespürt, als er sie zurückwies.

Es war falsch. Sie war viel zu jung. Er wagte sich kaum auszumalen, was erst passierte, wenn ihre Familie davon erfuhr. Würde sie es Mischi erzählen?

Er würde sich wehren, falls der auf ihn losging, auch wenn es das Letzte war, was er wollte. Aber was war mit Josef Kastlunger? Wie würde der reagieren?

Seine Mutter erwartete ihn an der offen stehenden Haustür. Kaum dass Vito den Besucher erblickte, rutschte ihm das Herz in die Hose. Er hatte Anton noch nie getroffen, aber die Familienähnlichkeit vor allem mit Mischi war unübersehbar, außerdem trug er die hechtgraue Uniform der Kaiserjäger. War es so weit? War er seinetwegen gekommen?

»Da bist du ja endlich, du Schlafmütze. Das ist Anton Kastlunger. Er will dich abholen.« Seine Mutter schaute ihn böse an, aber Anton hob die Hand zum Gruß und grinste breit. »Bun dé, Veit! Bist du bereit?«

»Wofür? Die Hochzeitsmesse beginnt erst in zwei Stunden.«

»Ja, natürlich, aber ich brauche Leute für eine *sarada*. Du könntest Rudl begleiten, das war Mischis Idee.«

»Ich habe keine Ahnung, wovon du sprichst«

Anton lachte und winkte ab. »Zieh dich warm an und komm. Ich erkläre es dir später.«

Vito sah zu seiner Mutter, die energisch nickte. Sie hatte sich die warmen Worte von Anna Kastlunger bei ihrer Ankunft sehr zu Herzen genommen und ihre Kinder stets gedrängt, sich bei solchen Gelegenheiten den dörflichen Gepflogenheiten anzupassen. Er konnte Antons Angebot unmöglich ausschlagen.

Vito trug bereits seinen besten schwarzen Anzug und ein weißes Hemd. Er zog sich Mantel und Schal über und folgte Anton. Er war erleichtert, dass Elisa ihrer Familie offenbar nichts erzählt hatte, aber ganz sicher fühlte er sich noch nicht.

Draußen erwartete ihn eine Überraschung. Dort stand weder der einfache Schlitten noch der Leiterwagen der Kastlungers, sondern eine prächtige offene Schlittenkutsche, deren schwarzer Lack frisch poliert glänzte. Die Seiten und auch die beiden vorgespannten Haflinger waren mit trockenen Blumen und zu verschiedenen Formen gebundenem Heu geschmückt. In die weißen Mähnen und die Schweife der Pferde waren bunte Bänder eingeflochten. Mischi saß auf dem Kutschbock und trug einen weit ausladenden Hut mit Pfauenfedern, den er zur Begrüßung in einem weiten Bogen schwenkte. »Wird Zeit, dass du kommst! Wir müssen los.«

Rasch kletterte Vito in die Kutsche und setzte sich gegenüber von Franz und Anton neben Rudl. Mit einem vielsagenden Seitenblick auf den nervös grinsenden Bräutigam schwieg Anton. Vito schloss daraus, dass Franz noch nichts von seinen Plänen erfahren sollte, also fragte er nicht weiter.

In flottem Tempo ging es zum Hof der Pescolls am anderen Ende des Dorfes. Siedend heiß fiel Vito ein, dass Helene die ältere Schwester von Matthias und Friedrich war. Er konnte nur hoffen, dass die beiden die Hochzeitsfeierlichkeiten nicht dazu nutzten, ihre offene Rechnung zu begleichen.

Anton und Franz waren gerade ausgestiegen, als die beiden Pescoll-Brüder mit Jagdgewehren bewaffnet vor der Haustür erschienen.

Vito warf Mischi einen verstörten Blick zu, doch der saß gelassen auf dem Kutschbock und begnügte sich damit, das Geschehen zu beobachten. Unter den finsteren Blicken von Matthias und Friedrich führte Anton seinen Bruder zur *ciasa* und klopfte mehrmals. Er hielt die Faust noch erhoben, als die Haustür aufgerissen wurde und Werner Pescoll, Helenes Vater, ihnen mit wutentbranntem Gesicht entgegenkam und auf Franz losging.

Vito wollte aus der Kutsche springen. Hastig wandte Mischi sich um und hielt ihn zurück. »Warte, Vito, was hast du vor?«

»Du wagst es, hier aufzukreuzen, Franz Kastlunger, um meine Helene zu holen?«, schrie Werner Pescoll gerade.

Franz zog eine zerknirschte Miene, Anton machte eine beschwichtigende Geste. Helenes Brüder nahmen hinter ihm Aufstellung und schnitten ihnen den Weg ab.

Vito schnappte nach Luft. »Die wollen ihm ans Leder!«

»Ach, Unsinn«, erwiderte Mischi grinsend. »Das ist doch nur Spaß.«

Anton sagte etwas, das Vito nicht verstehen konnte, doch Werner Pescoll nickte grimmig und ging zurück ins Haus. Kurz darauf kehrte er in Begleitung einer uralten Frau in einem hochgeschlossenen Kleid und mit einem Kopftuch zurück. »Die kannst du haben!«, bellte er.

Franz nickte eingeschüchtert und warf seinem Bruder einen hilflosen Blick zu.

Vito ließ sich langsam auf die ledernen Polster der Kutsche zurücksinken. »Was passiert da?«

Anton trat an die Alte heran und begutachtete sie kritisch, zog ihr sogar die Lippen nach oben und entblößte ein paar braune Zähne. Wieder sprach er leise mit Werner Pescoll, der mehrmals den Kopf schüttelte und Franz finstere Blicke zuwarf. Matthias wog das Gewehr in der Hand und trat so nahe an den armen Bräutigam heran, dass der den Atem seines Widersachers im Nacken spüren musste.

»Helenes Vater versucht Franz die Alte anstelle der Braut anzudrehen. Anton muss jetzt geschickt verhandeln, damit die Pescolls die Richtige freigeben. Vermutlich wird er ein Lösegeld zahlen.«

»Was? Was ist das für ein seltsamer Brauch? Ich dachte wirklich schon …«

Mischi lachte. »Du dachtest, die Pescolls würden auf Franz losgehen? Keine Sorge. Zugegeben, sie sind recht glaubhaft. Helenes Vater ist normalerweise die Ruhe in Person. Ich hätte nie gedacht, dass er so herumbrüllen kann.«

Vito beobachtete die Vorkommnisse weiter mit gemischten Gefühlen. Obwohl er nun wusste, dass alles nur gestellt war, wirkten die Wut und die bedrohlichen Haltungen auf ihn verdammt überzeugend. Vielleicht hing es damit zusammen, dass er sich die Reaktion von Elisas Familie ungefähr so ausgemalt hatte, falls sie von seinen Absichten ihr gegenüber erfuhren, oder der fehlende Schlaf machte ihn sensibel.

Doch schlussendlich kam es, wie Mischi vorausgesagt hatte, denn irgendwann lehnte Anton die angebotene Alte wortreich ab, gab Werner Pescoll mit großer Geste ein kleines Säckchen, und Helene erschien in der Tür. Sie trug ein weißes Kleid mit einer dicken Pelzstola und einen Kranz mit einem Schleier, der mit immergrünen Zweigen geschmückt war.

Mischi pfiff leise durch die Zähne. Vito musste ihm recht geben: Die Braut sah wunderschön aus.

Anton bot ihr den Arm dar und übergab sie feierlich Franz, der sich verneigte und sie zur Kutsche führte. Matthias und Friedrich waren einige Schritte zurückgetreten und salutierten mit den Gewehren.

Vito zuckte zusammen, als sie mehrmals in die Luft feuerten und dabei laut johlten. Hinter dem Haus erschien ein Haufen Kinder, weitere Geschwister und Verwandte von Helene.

»Es ist Zeit!« Rudl stupste Vito in den Rücken. Geschwind sprangen sie aus der Kutsche, damit das Brautpaar Platz nehmen konnte.

Anton beugte sich zu ein paar Kindern und gab ihnen Anweisungen. Bald stoben sie in Richtung Kirche davon. Danach trat er an Vito und Rudl heran und zwinkerte ihnen zu. »Einen Moment lang habe ich überlegt, ob ich Franz nicht doch die Alte überlassen soll. Aber sie kocht angeblich sehr schlecht.«

»Was muss ich tun?«, fragte Vito eilig. »Anton, ich habe keine Ahnung von euren Bräuchen.«

»Keine Sorge.« Anton wandte sich ihm zu und senkte die Stimme. »Lass das Rudl machen. Ich wollte nur einen Erwachsenen dabeihaben, der ein Auge auf die Kinder hat. Nicht, dass sie vor die Kutsche rennen oder die Pferde erschrecken. Helenes Geschwister haben eine eigene *sarada* organisiert.« Er stockte unsicher. »Ich hoffe, das ist in Ordnung?«

»Ja, sicher.« Vito entschied, einfach alles auf sich zukommen zu lassen.

Mischi winkte ungeduldig, damit sie endlich aufbrachen, und Vito folgte Rudl die Straße hinab.

Bald stießen sie auf eine bunte Ansammlung von gut zwei Dutzend Kindern, wobei ein paar ältere vergeblich versuchten, den jüngeren Anweisungen zu geben. Rudl lief zu ihnen, zog ein Knäuel bunter Stoffbänder hervor und sprach auf einen etwa zehnjährigen Jungen ein, der eifrig mit den Armen herumfuchtelte.

Vito wollte erst einmal Ordnung in diesen bunten Haufen bringen. Er stellte sich breitbeinig mitten auf die Straße und legte die Hände trichterförmig an den Mund. »Ruhe!«

Die Kinder verstummten erschrocken und sahen zu ihm auf.

»Schon besser«, rief Vito. »Wer kann mir sagen, was ihr vorhabt?«

Rudl schubste den Jungen nach vorne. »Das ist Niko, Helenes jüngster Bruder. Es war seine Idee.«

Der Kleine reckte sich stolz und wedelte mit den Bändern. »Wir wollen den Weg versperren. Lene muss uns Maut zahlen, wenn sie zur Kirche kommen will.«

»Einverstanden. Dann passt auf, stellt euch der Größe nach auf. Die Kleinen nach vorne. So ist es gut. Was wollt ihr mit den Bändern? Wartet! Rudl, hilf mir.« Sie hörten weitere Salutschüsse, die Kutsche konnte nicht mehr weit sein. Zu zweit wickelten sie rasch die langen Bänder um die kichernde Kinderschar.

Rudl war begeistert. »Das ist eine gute *sarada!* Da kommen sie nicht so einfach durch.«

Schon näherte sich die Kutsche. Mischi zügelte die Pferde. Franz und Helene beugten sich neugierig heraus.

Vito hielt sich abseits und ließ Rudl und Niko den Vortritt, die beide mit feierlichen Mienen mitten auf der Straße standen.

»Ihr dürft nicht weiterfahren!«, erklärten sie mit einer Stimme.

Franz sprang aus der Kutsche, trat zögernd näher und kratzte sich nachdenklich über das Kinn.

Helene folgte ihm. Sie hatte Mühe, sich das Lachen zu verbeißen, als sie die verknotete Schar erblickte.

»Was machen wir, Helene? Die lassen uns nicht durch!«, rief Franz mit gespielter Verzweiflung.

»Ihr könntet erst einmal die Kinder entfesseln«, rief Vito. Langsam bekam er Freude an diesen Brauchspielen, wobei ihm der tiefere Sinn nicht verborgen blieb: Auf diese Weise wurde das Brautpaar subtil darauf hingewiesen, dass es galt, Hindernisse auf dem Weg ins Glück gemeinsam zu meistern.

»Gute Idee«, rief Franz erleichtert.

Er und Helene befreiten die Kinderschar mit theatralischen Gesten und verteilten anschließend eine große Tüte Zuckerbonbons, die Anton aus der Kutsche hervorzauberte. Als sie endlich aufbrachen, hatte Vito kalte Füße. »Und jetzt?«, fragte er Rudl, der sich ebenfalls warmen Atem in die geröteten Finger blies.

»Wir können der Kutsche folgen. Sie werden noch viel Zeit brauchen, bis sie an der Kirche eintreffen. Ich weiß von mindestens vier weiteren *sarades*.«

Vito schlang fröstelnd die Arme um den Körper. Es würde dauern, bis er ins Warme kam. Die Kirche war das reinste Eisloch.

Sie beobachteten, wie das Brautpaar die gestellten Aufgaben meisterte. An der nächsten Sperre mussten sie gemeinsam ein Lied singen, danach trug Franz mit einer Mistgabel ein Scheingefecht aus und wurde nach seinem glorreichen Sieg mit Salutschüssen bejubelt. Dem Brautpaar schien nicht kalt zu sein, auch Mischi saß auf dem Kutschbock wie eine Statue.

Auf dem Kirchplatz übergab Mischi die Kutsche in die Obhut von Niko und Rudl, die nicht am Gottesdienst teilnehmen würden, was beide nicht bedauerten.

Vito hielt sich in Mischis Nähe, während sich nach und nach das gesamte Dorf einfand. Er versuchte vergeblich, sich zu erinnern, wie Hochzeiten in seiner ehemaligen Heimat gefeiert wurden. Als seine beiden Onkel geheiratet hatten, war er ein kleiner Junge gewesen. Jedenfalls gefielen ihm die fröhlichen, mitunter derben Späße, die sich das Dorf mit dem Brautpaar erlaubte. Außerdem hatte ihm das alles die Sorge ausgetrieben, Elisa hätte etwas von seiner unsittlichen Annäherung erzählt. So verbarg er sein warmes Lächeln nicht, als er Elisa an Antons Seite erblickte. Jeder war fröhlich und lachte, da würde niemand ahnen, dass es nicht der Anblick des Brautpaares, sondern der Schwester des Bräutigams war, der ihn strahlen ließ.

Elisa sah bezaubernd aus und gar nicht mehr wie ein Kind. Ihre Haare waren zu einem sorgsam geflochtenen Haarkranz aufgesteckt, und sie hielt ein Blumengebinde.

Vito wollte gerade in die Kirche, als Matthias Pescoll wie aus dem Nichts auf ihn zukam und ihm den Weg versperrte. Er trug immer noch das Jagdgewehr, wie Vito beunruhigt feststellte. Matthias würde zwar kaum hier in der Menschenmenge auf ihn anlegen, aber der bedrohliche Eindruck ließ sich nicht vertreiben.

»Bun dé, Matthias«, presste Vito schmallippig hervor und bemühte sich, äußerlich gelassen zu bleiben.

Matthias lehnte das Gewehr gegen eine Mauer und griff in seine Manteltasche. »Hast du noch einen Moment?«

»Klar.« Hatte er eine Wahl? Er könnte sich vorbeidrängen, aber erst einmal erschien es klüger abzuwarten.

Zu seinem Erstaunen holte Matthias eine Taschenflasche und zwei kleine Holzbecher hervor. »Dachte, das ist eine gute Gelegenheit, das Kriegsbeil zu begraben. Wenn Lene zu euch in die *vila* zieht, sehen wir uns häufiger. Damit sind wir fast wie Verwandte.«

»Wirklich?« Vito musste wider Willen lachen und nahm den gefüllten Becher entgegen.

»Komm schon.« Matthias fiel in sein Lachen ein, und sie stießen an.

Scharfer Schnaps rann Vito durch die Kehle, und er unterdrückte nur mit Mühe ein Husten.

»Sag mal.« Matthias wollte nachschenken, doch Vito winkte ab. Matthias lehnte sich vertraulich vor. Das war anscheinend nicht der erste Schnaps, den er heute getrunken hatte. »Deine Schwester«, murmelte er. »Könntest du uns nicht noch einmal offiziell bekannt machen? Sie lässt sich so gut wie nie im Dorf blicken. Ich wollte mich entschuldigen wegen der Sache damals.«

»Ich kann es versuchen. Sie hat bekanntermaßen ihren eigenen Kopf.« Vito grinste. Daher wehte also der Wind.

»Sie hat aber nichts mit Mischi Kastlunger, oder?«

»Nein. Nicht, dass ich wüsste. Sie müsste gleich kommen. Vielleicht ergibt sich dann schon eine Gelegenheit.«

»Du hast sicher nichts dagegen? Oder dein Vater?«

»Mit meinem Vater solltest du besser selbst sprechen. Was mich betrifft«, Vito zog gleichmütig die Schultern hoch. »Wie ich schon sagte: Chiara entscheidet das selbst. Falls du sie allerdings in Schwierigkeiten bringst …« Vielleicht war Matthias nicht der tumbe Schlägertyp, für den er ihn gehalten hatte, trotzdem schadete etwas Druck sicher nicht.

»Unsinn! Danke, Veit!« Matthias strahlte und prostete ihm zu.

Vito schlug den Mantelkragen hoch und versenkte die Hände tief in die Taschen.

Vielleicht war es auch die allgemeine gute Stimmung und nicht der Alkohol, der Matthias Mut gemacht hatte. Vito hatte sich seit seinem Ausflug mit Mischi nach Fanes nicht mehr so wohl gefühlt. Das Leben hier konnte harsch sein, aber so schlecht war es nicht. Seine Eltern hatten in den letzten Wochen weniger gestritten, und abgesehen von der Kälte, die seiner Mutter zusetzte, kam sie inzwischen mit ihrem neuen Zuhause zurecht.

Außerdem gab es durchaus Perspektiven. Er hatte mit Mischi inzwischen einige Bergtouren unternommen. Dessen Freunde aus dem Alpenverein hatten recht, im Bergtourismus konnte eine Zukunft liegen. Wenn er vorsichtig vorging, ließ sich Mischi vielleicht dazu überreden, mit ihm gemeinsam für die Prüfung zum lizenzierten Führer zu lernen und ihm bei dieser Gelegenheit vernünftig lesen und schreiben beizubringen. Bei Elisa hatte er bemerkt, wie viel Spaß es ihm machte, andere etwas Neues zu lehren. Er könnte Kurt Willeit sogar anbieten, ihn bei den jüngeren Kindern in der Dorfschule zu unterstützen. Das war nicht ganz das Leben, das er sich erträumt hatte, aber es war eine Perspektive. So schlimm war das Leben hier nicht.

Und da gab es Elisa. Sie würde nicht ewig ein Kind bleiben. Bei dem Gedanken an sie lächelte er, und Matthias grinste in stiller Übereinkunft und ohne zu ahnen, worum es ging, zurück.

Gemeinsam warteten Vito und Matthias eine Weile, als sich Vitos Familie jedoch bis kurz vor Beginn der Messe nicht blicken ließ, verabschiedeten sie sich voneinander und betraten die Kirche.

Vito begab sich zur Kirchenbank, in der er mit seiner Familie üblicherweise saß. Nach und nach füllten sich die Reihen, und Kurat Ploner wies das Brautpaar an, seine Plätze einzunehmen.

Vito wurde erst unruhig, als die Messe begann. Seine Eltern blieben fort. Immer wieder schaute er sich um, ob sie zu spät gekommen waren und in den hinteren Reihen Platz genommen hatten oder sich das Kirchenportal für die Nachzügler öffnete.

Franz und Helene wurden feierlich vermählt, doch Vito bekam von der Zeremonie nichts mehr mit. Er konnte sich kaum beherrschen, nicht einfach aufzuspringen und nach Hause zu laufen. Sein Vater würde der Kirche vielleicht fernbleiben. Aber seine Mutter nicht. Niemals und unter keinen Umständen. Und sie würde es Chiara und Nino nicht erlauben. Das konnte nur bedeuten, dass etwas Schreckliches passiert war.

12. KAPITEL

Am gleichen Tag – Vila Kastlunger, Val Badia

Nur mühsam schluckte Elisa die Tränen der Rührung hinunter, während der Kurat Franz und Helene feierlich zu Mann und Frau erklärte. Verstohlen ergriff sie Antons Hand und drückte sie fest. Er entzog sich ihr und zwickte sie spielerisch in die Seite.

Elisa lächelte. Ihr Bruder war in seinem Element. Er tat schon die ganze Zeit so, als bemerkte er die bewundernden Blicke der unverheirateten Frauen – und manch verheirateter – nicht. Die Männer des Dorfes waren in den schwarzen Anzügen, Trachten und prächtigen Hüten ein stolzer Anblick, aber an die Kaiserjägeruniform reichte niemand heran. Sogar Vater war beeindruckt, obwohl er sich natürlich bemühte, es nicht zu zeigen.

Doch, vielleicht gab es noch eine Ausnahme. Da war dieser junge Italiener mit dem schwarzglänzenden Haar und dem fein gewebten Lodenmantel, der ihm um die Schultern herum ein wenig locker saß. Immer wieder tat Elisa so, als betrachtete sie die Dorfgemeinschaft oder suchte in der Menge jemanden, doch in Wahrheit schaute sie jedes Mal zu Vito. Dessen Unruhe sowie die leeren Plätze neben ihm blieben ihr nicht verborgen. Was mochte der Grund dafür sein?

Sobald die Besucher aus der Kirche strömten, versuchte Elisa zu Vito zu gelangen, verlor ihn jedoch aus den Augen. Auf dem Kirchplatz wartete bereits ein Photograph, der ein Gruppenporträt von der gesamten Gemeinde und anschließend von der Familie machte. Hilflos lächelte Elisa neben ihrem Vater, während sie am Rande beobachtete, wie Vito sich davonstahl. Sie war sicher, dass er nach Hause wollte.

»Elisa, halt, wo willst du hin?« Gerade, als sich eine Gelegenheit bot, ihm zu folgen, erwischte Anton sie und hielt sie zurück.

»Ich wollte nach Hause …« Ihre Stimme verlor sich. Vito hatte bereits die Kreuzung zur Gadertaler Straße erreicht und entschwand um eine Hausecke. Wenn sie sich nicht beeilte, konnte sie ihn nicht mehr einholen und fragen, was los war. Einfach bei ihm zu Hause hineinzuplatzen, würde sie nicht wagen.

Anton kniff die Augen zusammen und schaute die Straße hinab. »Na, dann los. Ich komme mit.«

»Was? Du kannst doch nicht …«

»Geschwind, Elisa, bevor es noch jemand mitbekommt. Pere wird nicht begeistert sein, wenn wir nicht bleiben, bis Glückwünsche und *fortales* ausgetauscht sind.« Er schob Elisa entschlossen vor sich her, und sie gehorchte. Gemeinsam folgten sie Vito, der wie erwartet den Weg zur *vila* einschlug.

»Du magst ihn, oder?«, fragte Anton, der so lange Schritte machte, dass Elisa immer wieder ein Stück laufen musste, um mitzuhalten. Das war ihr recht, denn Vito ging ebenfalls rasch, so dass der Abstand sich nur langsam verringerte.

Sie gab sich unschuldig, in Gedanken sofort wieder bei ihrer Umarmung am vergangenen Abend. »Wieso?«

»Mischi hat so etwas angedeutet.« Anton grinste spöttisch. »Er schien nicht begeistert davon, obwohl Veit einen guten Eindruck auf mich macht.«

»Mischi kann ein Holzkopf sein«, entfuhr es Elisa ungewollt. »Dabei bemüht er sich selbst um Vito. Er ist nur eifersüchtig.«

»Das könnte sein. Aber vielleicht anders, als du denkst.«

»Anton, ich weiß genau, was du meinst, dazu besteht kein Anlass«, erklärte Elisa und hoffte insgeheim, dass es nicht nachdrücklicher klang als unbedingt nötig.

»Aha.«

»Da gibt es kein *Aha!*«

»Elisa, sachte. Das geht mich nichts mehr an. Ich bin bald wieder bei meinem Regiment. Ich möchte nur, dass du glücklich bist.«

Anton schwieg nachdenklich, wofür Elisa ihm dankbar war. Sie wollte das Thema nicht weiter vertiefen, und außerdem waren sie Vito inzwischen so nahe gekommen, dass er sie hören könnte. Bisher hatte er sich noch nicht umgesehen.

»Vito!«, rief Elisa.

Er drehte sich um und wurde langsamer, bis sie ihn eingeholt hatten. »Müsst ihr noch etwas vorbereiten?«

Elisa entschied sich für die Wahrheit. »Nein. Ich habe gesehen, dass deine Eltern nicht in der Kirche waren. Was ist los? Geht es deiner Mutter gut?«

»Als Anton mich abgeholt hat, war noch alles in Ordnung mit ihr«, murmelte Vito kurz. Anton nickte zustimmend.

Elisa fragte nicht weiter, denn seine besorgte Miene sprach Bände.

Zu Hause angekommen, stürmte Vito in die *ciasa.* »Mutter? Chiara?« Nur Stille antwortete ihm.

»Ich habe deinen Vater heute Morgen zuletzt zur *majun* gehen sehen«, sagte Elisa. »Vielleicht sind sie dort.«

»Sehen wir nach.«

Zu dritt verließen sie die *ciasa* durch die Hintertür. Sie waren kaum draußen, als ein schrilles Wehklagen zu ihnen hallte. Vito wich alle Farbe aus dem Gesicht und rannte los. Elisa lief es eiskalt den Rücken hinunter.

»Jetzt lauf endlich!«, hörten sie Chiara plötzlich schreien. »Zur alten *ciasa*. Da muss jemand sein! Lauf zur Kirche! Tu etwas!«

Vito riss das Tor der *majun* auf. Dünne Rauchschwaden wehten ihnen entgegen und vergingen in der klaren Luft. Ein bestialischer Gestank nach Rauch und noch etwas anderem, Stechendem schlug ihnen entgegen. Nach der ersten Schrecksekunde entspannte sich Elisa. Es gab kaum etwas Schlimmeres als einen Brand, aber da war kein offenes Feuer, nur Rauch.

»Chiara!«, schrie Vito.

»Vito!« Giovanni lief auf ihn zu und fiel ihm in die Arme.

»Dem Himmel sei Dank.« Chiara schluchzte auf. Sie kniete auf dem staubigen Boden hinter ihrer Mutter, die sich hin- und herwiegte und von der das laute Klagen kam. Vito schob seinen Bruder zur Seite und stürzte zu seiner Schwester. Giovanni wollte ihm nach, doch Anton erwischte ihn am Hemdkragen, zog ihn an sich, presste den Kopf des Jungen gegen seine Brust und hielt ihn in einer schützenden Umarmung fest.

Vito wollte seine Schwester hochziehen, doch sie schlug nach ihm. »Nino muss endlich Hilfe holen! Papà stirbt!«

»Elisa!« Anton schob ihr den widerstrebenden Giovanni in die Arme und kniete neben Chiara nieder. Die hohen Schreie wurden lauter. Anton bedeutete Vito, seine Schwester fortzuziehen, was dem mit einiger Mühe endlich gelang. Chiaras helle Schürze war übersät mit Blut und Dreck.

Elisa drückte den schluchzenden Giovanni an sich, hielt ihm die Augen zu und hätte am liebsten nicht hingesehen, konnte sich jedoch auch nicht abwenden. Anton packte Vitos Mutter an den Oberarmen. Sie wehrte sich gegen seinen Griff, doch er zog sie unerbittlich auf die Füße.

Und dann bot sich das Unglück in seinem gesamten Ausmaß dar: Jakob Costa lag auf dem Boden, sein Körper seitlich verkrümmt und die Arme halb vor dem Kopf erhoben, als hätte er noch versucht, sich zu schützen. Für ihn kam jede Hilfe zu spät. Sein Gesicht war kaum zu erkennen, an den Wangen traten die Knochen bleich hervor, die schützende Haut weggebrannt von einem alles verheerenden Feuer. Wo seine Augen gewesen waren, starrten ihnen nur noch dunkle Löcher entgegen. Sein Mund stand offen, und es kam Elisa vor, als bleckte er die Zähne wie ein angriffslustiger Hund. Es war eine Maske des Grauens.

Über all dem schrillte Lucias Wehklagen wie das grausige Lied eines verwundeten Tieres.

Elisa schluckte mehrmals, bis der Würgereiz verging, der ihr plötzlich das Atmen schwermachte. Zum Glück konnte sie sich an Giovanni festhalten, der sich verzweifelt an sie klammerte.

Anton führte Lucia mit sanftem Nachdruck zu ihren beiden ältesten Kindern, die sie gemeinsam umarmten. Chiara legte ihren Kopf an die Brust ihrer Mutter. Elisa sah die hellen Spuren, die lautlose Tränen auf ihrem Gesicht hinterließen. Sie war sich nicht sicher, ob das Mädchen bereits begriffen hatte, dass ihr Vater tot war.

Elisa selbst sah, roch und hörte, was um sie herum geschah, doch die Bedeutung vermochte sie nicht zu erfassen. Ihr Verstand war wie in Honig getaucht.

Anton fand eine Decke, breitete sie über dem Leichnam aus, beugte den Kopf, um kurz innezuhalten, und schlug dann das Kreuz über den Toten.

Und endlich, endlich wurde Lucias Jammern leiser und verstummte schließlich ganz.

Währenddessen streichelte Elisa Giovanni beruhigend über den Rücken und versuchte zu begreifen, was überhaupt vorgefallen war. Sie wusste, dass Jakob Costa hier Schnaps aus Marillen oder Äpfeln brannte. Doch auf dem Tisch, wo der Destillierapparat stehen müsste, lag nur ein Haufen Scherben. Von den Wänden tropfte Feuchtigkeit, und unter der tiefen Decke hingen vereinzelte Rauchschwaden.

Dann sah sie eine Pfütze neben dem Tisch, und ihr Herz klopfte schneller. Eine Petroleumlampe war umgekippt und ausgelaufen. Sie mussten sich sofort darum kümmern. Ein Feuer hier, direkt unter dem Heuboden, und die gesamte *vila* konnte in Flammen aufgehen.

»Anton, dort«, rief sie und zeigte darauf.

Ihr Bruder fluchte leise. »Elisa, sieh zu, dass ihr hier rauskommt. Schaffst du das? Bringt Frau Costa ins Bett. Ich kümmere mich um die Lampen, dann versuche ich Kurat Ploner und ein bis zwei andere Männer zu holen, ohne zu viel Aufsehen zu erregen.«

Vito ließ seine Mutter los und trat einen Schritt vor. »Danke. Anton, ich helfe dir.« Er sah Elisa an.

Sie las die stumme Bitte von seinen Augen und nickte. »Ich kümmere mich um deine Mutter. Anton, könnt ihr Martha schicken, wenn ihr sie seht?«

»Natürlich. Veit, schnapp dir einen Eimer und hol Erde, die wir auf die Pfütze werfen können. Wir müssen ganz sicher sein, dass hier kein Feuer ausbricht.«

Chiara legte einen Arm ihre Mutter, die sich willenlos von ihr hinausführen ließ. Elisa nutzte den Augenblick, trat an Vito heran und drückte ihm die Hand. Er ließ sich nicht gehen, stand Anton scheinbar gefasst gegenüber, doch als sie ihn berührte, spürte sie, wie er innerlich bebte. Er erwiderte den Druck nur einen winzigen Moment, dann entzog er sich ihr, packte einen Eimer und ging rasch hinaus. Dabei hob er den Arm und wischte sich übers Gesicht.

»Veit schafft das. Geh jetzt!« Antons Tonfall machte ihr unmissverständlich deutlich, dass er inzwischen nicht nur gewohnt war, Befehle entgegenzunehmen, sondern sie auch auszusprechen.

»Vito!«, sagte sie trotzig und schob Giovanni vor sich her.

»Was?«

»Er heißt Vito. So hat sein Vater ihn getauft. Vergiss das nie wieder.« Ohne eine Antwort abzuwarten, verließ sie die *majun*.

Trotz aller Zurückhaltung sprach sich die Nachricht vom Tod ihres Nachbarn herum, und die fröhliche Hochzeitsstimmung war dahin. Immerhin stimmte Antons umsichtiges Vorgehen Kastlunger zum ersten Mal etwas gnädiger, und er wurde an seinem letzten Abend zu Hause in der Stube geduldet.

Jakob Costas Begräbnis folgte zwei Tage später. Chiara ließ Giovanni nicht einen Moment lang los, wobei Elisa sich fragte, wer von beiden die Unterstützung des anderen mehr suchte. Vito stand kerzengerade und mit versteinertem Gesicht am Grab seines Vaters, nahm die Beileidsbekundungen entgegen und würdigte außer seinen Geschwistern niemanden eines Blickes. Seine Mutter war krank, nahm nicht an der Zeremonie teil.

Auch danach wich er jedem aus und stürzte sich in die Arbeit, als wollte er in wenigen Tagen alles tun, was sein Vater seit ihrem Einzug vernachlässigt hatte. Elisa bekam in den nächsten Wochen kaum etwas von ihm zu sehen. Immer wieder betrat sie unter einem Vorwand den Hof oder die Küche der Costas. Sie half Chiara beim Melken und Füttern – wobei *helfen* nicht der richtige Ausdruck war. Sobald Elisa aufkreuzte, fand Vitos Schwester wortreich eine Ausrede und ließ sie allein schuften. Elisa machte das zwar nichts aus, denn im Stall der Kastlungers gab es mit Helene eine weitere Hand, so dass ihre Arbeitskraft nicht fehlte. Aber es brachte sie Vito nicht näher, und das frustrierte sie.

In der Küche begegnete sie ihm erst recht nicht. Immerhin war Martha sehr dankbar für ihre Hilfe. Die Magd beklagte sich niemals offen, weil ihr die Arbeit über den Kopf wuchs. Neben ihren normalen Aufgaben kümmerte sie sich um Vitos Mutter, die nicht aufstehen wollte, obwohl ihr nichts fehlte. Sie lag den ganzen Tag im Bett und starrte stumm an die Zimmerdecke. »Und sie zittert wie ein ängstliches Reh«, erzählte Martha Elisa. »Sie sagt, sie friert, doch es ist warm im Schlafzimmer. Ich habe Decken und Lederhäute gegen die Zugluft vor das Fenster gehängt und mache ihr immer wieder Wärmflaschen. Nichts hilft.«

Elisa war ratlos. Sie besuchte Lucia zusammen mit ihrer Mutter und saß daneben, als Anna die Hand ihrer Nachbarin und Freundin ergriff und sachte streichelte. Lucia sah sie an, während ihr Tränen über die Wangen liefen. Die beiden Frauen saßen lange einfach so da, was Elisas Geduld auf eine harte Probe stellte. Sie spürte, dass es Vitos Mutter half, doch sie blieb von diesem wortlosen Zwiegespräch ausgeschlossen.

Danach stand Lucia auf, blieb stumm und in sich gekehrt und ließ niemanden an dem teilhaben, was in ihr vorging.

13. KAPITEL

Ende April 1913 – Vila Kastlunger, Val Badia

Kaum war der Schnee auf den Wiesen und Feldern so weit geschmolzen, dass die Passstraßen wieder befahrbar waren, beobachtete Elisa eines Morgens zufällig, wie eine geschlossene Kutsche vor der Ciasa Costa hielt. Chiara und ihre Mutter kamen aus dem Haus, beide mit je einem Koffer bepackt. Vito folgte ihnen mit einem noch größeren Gepäckstück. Gemeinsam mit dem Kutscher verlud er alles aufs Dach, während seine Schwester einstieg. Seine Mutter umarmte ihn kurz und folgte Chiara. Bald darauf rumpelte das Gefährt wieder zur Gadertaler Straße.

Elisa erholte sich gerade von dem Schreck, den sie bekommen hatte, als Vito mit dem Koffer aufgetaucht war. Er war nicht eingestiegen, sondern stand immer noch mit verschränkten Armen vor der *ciasa* und starrte der Kutsche hinterher, die längst außer Sichtweite war.

Grimmig schalt Elisa sich eine Närrin und stürzte hinaus. Das war die beste Gelegenheit seit Wochen, um mit Vito allein zu sprechen, und sie stand tatenlos am Fenster.

»Vito!« Sie erwischte ihn gerade noch, bevor er hineinging.

Unwillig blieb er stehen. »Was ist? Ich habe zu tun.«

»Du arbeitest seit Wochen für zwei! Du kannst die Versäumnisse deines Vaters nicht in einem Handstreich gutmachen«, schimpfte Elisa, bevor ihr bewusst wurde, was sie sagte. Als er finster die Augenbrauen senkte, hielt sie zerknirscht inne. »Entschuldige. Das ist nun einmal die Wahrheit.«

»Ich tue, was getan werden muss.« Brüsk wandte sich Vito ab.

»Vito, was ist denn?«

Endlich sah er sie an, nur kurz. »Wir gehen zurück«, erklärte er tonlos. »Ich versuche, aus dem Hof das Beste herauszuholen, damit er gut verkauft wird. Mutter wird mit Nonno und meinen Onkeln alles besprechen. Sie hat Unterlagen von Willeit mit, die sie ihnen zeigen will. Dann gehen wir fort. So bald wie möglich.«

»Was?« Elisa wollte ihren Ohren nicht trauen. Vito wollte sie verlassen? Nachdem er ihr so viel von der Welt jenseits der Berge erzählt hatte? Sie unterdrückte den Impuls, ihren Protest hinauszuschreien. Sie musste Haltung bewahren! Heimlich bohrte sie die Fingernägel in die Handflächen und zwang sich zu einem Lächeln. »Das ist ja wundervoll! Dann kannst du zurück an die Schule und in Pisa studieren! Das ist doch, was du wolltest.«

»Ja.«

Aber nicht so, nicht um diesen Preis, schien seine Miene auszudrücken. Tiefer Schmerz lag in seinem Blick, die Gewissheit, etwas unendlich Kostbares verloren zu haben. Vito sagte nichts mehr, ging ins Haus und schloss die Tür hinter sich. Er ließ Elisa einfach stehen.

Sie starrte auf das dunkle Holz, zu verstört von der Nachricht, um einen klaren Gedanken zu fassen.

Vito würde fortgehen.

Er würde sie allein zurücklassen, wie Anton.

Nein, das war nicht genauso.

Es war viel schlimmer.

»Elisa, Liebes, habt ihr ein paar Eier für mich?«, schnaufte Martha, während sie sich gegen die Stalltür lehnte, die Elisa offen gelassen hatte, damit der frische Frühlingswind hindurchfegen konnte.

Elisa verteilte gerade frisches Heu in den Futterraufen und schaute kaum auf. »Natürlich. Ich habe sie noch nicht eingesammelt, du kannst sie dir aus dem Stall holen.«

»Das ist gut, danke.« Martha griff nach einem Korb und ging nach hinten, wo sich der kleine, abgetrennte Bereich für die Hühner befand. »Die Signora ist nämlich soeben zurückgekehrt, und ich wollte schnell noch ein paar *fortaies* backen.«

»Lucia Costa ist zurück?« Elisa unterbrach ihre Arbeit.

»Ja. Geh der Tochter besser aus dem Weg. Sie ist noch unleidlicher als je zuvor!« Die Magd schnalzte missbilligend mit der Zunge.

»Wieso das? Ich dachte, sie wäre froh, wenn sie von hier fortkommt.«

»Wäre sie.« Martha grinste boshaft. »Das verwöhnte Ding muss lernen, dass es nicht immer nach ihrer Nase geht. Geschieht ihr ganz recht.«

Elisa wagte kaum zu hoffen. »Heißt das, die Costas bleiben?«

»Ich weiß es nicht.« Die Magd stöhnte. »Falls dem so ist, hoffe ich, sie können sich leisten, dass ich bleibe. Veit arbeitet wie ein Besessener, aber er kann nicht für zwei anpacken, und Giovanni ist noch so klein! Vielleicht holen Sie Leonhard Pichler zurück.«

»Wir werden sehen«, meinte Elisa betont uninteressiert. In Wahrheit brannte sie vor Neugier.

Sie konnte sich kaum beherrschen, einfach hinüberzulaufen. Den ganzen Tag über versuchte sie, eine Gelegenheit zu finden, doch erst nach dem Abendessen gelang es ihr, sich davonzustehlen. Lucia saß bei ihren Eltern in Kastlungers Stube, und von Chiara war nichts zu hören und zu sehen.

Sie klopfte an die Hintertür der Ciasa Costa und trat, da ihr niemand antwortete, ganz selbstverständlich ein. Doch weder in der Küche noch in der Stube fand sie jemanden. Erst in der *majun* hatte sie Glück. Vito arbeitete völlig vertieft an der Werkbank, die er sich nach dem Vorbild der Kastlungers eingerichtet hatte. Von dem Unglück mit dem Destillierapparat war nichts mehr zu sehen.

»Vito.«

Er schrak zusammen und fuhr herum. Zu Elisas Freude lächelte er breit, als er sie erkannte, doch es lag auch ein trauriger Zug um seine Augen. »Da bist du ja endlich!«, rief er ihr entgegen.

»Was soll das heißen? Hast du geglaubt, ich komme sofort hergestürmt, sobald deine Mutter zurück ist?«

Vito war klug genug, darauf nichts zu erwidern. »Es gibt tatsächlich Neuigkeiten.« Er wies auf eine grob gezimmerte Bank, die an der Wand lehnte. »Setzen wir uns.«

Elisa gehorchte und hätte am liebsten seine Hand ergriffen, als könnte sie ihn auf diese Weise halten, damit er nicht fortging.

Vito atmete tief durch. »Wir bleiben. Vorerst. Ich wage es nicht mehr, langfristige Prognosen abzugeben.«

War das zu glauben? Er lächelte bei diesen Worten. Zwar blieb da dieser dunkle Schatten, aber es schien Elisa, dass er es gar nicht einmal so schwernahm wie noch vor knapp einem Jahr, als sie zum ersten Mal darüber gesprochen hatten.

»Was ist denn geschehen?«

Vito verschränkte die Finger ineinander und senkte den Kopf. Seine Miene verdüsterte sich. »Im letzten Januar ist Nonno gestorben. Er war noch gar nicht so alt und immer stark wie ein Stier, doch ihn hat der Schlag getroffen. Meine Onkel Roberto und Lucio haben das Erbe unter sich aufgeteilt.« Er stockte. »Sie haben sich geweigert, meiner Mutter den ihr zustehenden Teil zu überlassen. Es muss sehr viel Streit gegeben haben, sagt Chiara. Nicht einmal Nonna konnte ihre Söhne davon überzeugen, Mama etwas abzugeben.«

»Das ist ja schrecklich«, flüsterte Elisa. »Gibt es denn gar keine Möglichkeit, etwas zu tun?«

Vito lachte bitter. »Mama könnte vor Gericht ziehen. Aber das wird schwierig, haben ihr meine Onkel ins Gesicht gesagt. Durch die Heirat mit einem Österreicher ist sie österreichische Staatsbürgerin geworden. Wir sind alle Österreicher. Sie müsste aber in Italien klagen, und wir bräuchten einen Anwalt, der sich in diesen Dingen auskennt. Abgesehen davon, dass ich mir nicht vorstellen kann, dass Mama gegen ihre eigene Familie klagt, wie sollen wir das bezahlen?«

Elisa schwieg ratlos.

Plötzlich schmunzelte Vito. »Die Reise hatte ihr Gutes. Sie hat Mutters Kämpferherz geweckt. Chiara hat erzählt, dass sie Mama seit langem nicht mehr so voller Wut und Energie erlebt hat. Es hat angeblich nicht viel gefehlt, und sie wäre Roberto an die Kehle gesprungen.«

»Hat sie sich denn nie mit ihren Brüdern verstanden?«

Er streichelte ihr über die Wange. Es war nur eine flüchtige Berührung, doch Elisa bekam eine Gänsehaut. »Das wäre für dich undenkbar, nicht wahr?«

Sie nickte, und er lachte wieder, fröhlicher dieses Mal. »Ich glaube, mit Onkel Roberto kann man sich nicht verstehen. Er ist ein bösartiger, widerlicher Kerl. Ich vermute auch, dass er hinter der ganzen Angelegenheit steckt. Lucio hat wenig zu sagen, redet seinem Bruder nach dem Mund. Ganz ehrlich vermute ich, dass Mama einen Teil der Schuld selbst trägt. Sie weiß, wie man Roberto nehmen muss. Sie hätte ihm gegenüber demütig zu Kreuze kriechen und bereuen müssen, sich jemals mit einem Österreicher eingelassen zu haben. Dazu ist sie zu stolz. Nonna hat ihr so viel Geld wie möglich gegeben, außerdem haben sie ihr ein paar Kisten Wein auf die Kutsche geladen, und das war alles. Chiara hat es ganz richtig zusammengefasst: Jetzt sind wir arm und von der Familie verstoßen, aber Mama hat ihre Würde behalten.«

»Klingt, als hätte sie am liebsten dabei ausgespuckt.«

»Sie war sicherlich kurz davor. Du glaubst gar nicht, wie empört sie war, weil sie ihr vorgehalten haben, dass ihr Italienisch und vor allem ihre Aussprache arg gelitten haben, seit wir fort sind.« Vito wurde ernster. »Ich vermisse Nonno. Natürlich habe ich geglaubt, ihn könnte ihn noch mehrmals besuchen. Es fällt mir schwer, mir vorzustellen, dass er einfach nicht mehr da ist. Ich vermisse ihn mehr als alles andere.«

Sogar mehr als deinen Vater, ergänzte Elisa in Gedanken.

»Es ist nicht gut, dass eure Familie euch so behandelt«, erklärte sie mit leiser Stimme. »Deine Mutter hat recht. Sie hat in guten wie in schlechten Tagen ihr Eheversprechen vor Gott gehalten. Euer Vater hat vielleicht ein paar Dummheiten gemacht, aber er hat euch geliebt und alles für seine Familie getan.«

»Hast ja recht.« Es klang nicht überzeugt.

»Nein, Vito, du musst ihn verstehen!«, sagte Elisa heftig. »Er hat euch gegen euren Willen hergebracht, ja. Aber das hier war seine Heimat! Vielleicht wirst du es niemals verstehen, ein Teil seiner Seele hat das Tal nie verlassen. Er hat viele Jahre in der Fremde gelebt, weil er deine Mutter geliebt hat. Du hast selbst gesagt, dass er sich viel gefallen lassen musste. Sein Heimweh nach den Bergen muss mindestens so schlimm gewesen sein wie deine Sehnsucht nach dem Meer. Ich glaube, tief in seinem Inneren hat er sich immer gewünscht, dass ihr hier Wurzeln schlagt und mit ihm glücklich werdet. Er hat nie begriffen, dass ihr seine Heimat nicht so sehr lieben könnt wie er.«

Verwirrt starrte Vito sie an, schien nicht zu verstehen.

»Würdest du Val Badia aufgeben?«, fragte er nach einer Weile.

Elisas Herz schlug allein bei dem Gedanken schneller.

Sie dachte lange darüber nach, bevor sie antwortete. »Ich weiß nicht, was die Zukunft bringt.« Schließlich nickte sie, erst zögernd, dann nachdrücklich. »Doch, würde ich. Ich würde nicht einfach fortziehen, nicht ohne Not oder guten Grund. Aber die Menschen zählen am Ende für mich mehr als der Boden, auf dem ich lebe. Und wenn ich diesen Weg nicht allein beschreiten muss, führt er mich zu neuer Hoffnung.«

Vito schwieg.

»Die Menschen zählen mehr als der Boden, auf dem man lebt«, wiederholte er nach einer Weile und nickte zustimmend. Dabei spielte ein feines Lächeln um seine Mundwinkel.

Ob es an ihren Worten lag oder Vito sich schlicht mit seinen Zukunftsaussichten abgefunden hatte, wusste Elisa nicht. Doch sie war froh darum, dass er bei der Aussicht, den Hof alleinverantwortlich zu bewirtschaften, erstaunlich gelassen blieb.

Er blieb bei ihr! Das musste ihr erst einmal genügen, obwohl sie sich heimlich mehr erhoffte. Doch Vito behielt Abstand, hatte sie außer in dem kurzen Moment, als er ihre Wange gestreichelt hatte, nicht berührt. Dachte er, dass sie das nicht mochte? Oder hatte ihn jemand davor gewarnt, sich ihr zu nähern? Mischi? Am Ende sogar ihr Vater?

»Wo warst du?«, fragte Kastlunger prompt sehr aufmerksam nach ihrer Rückkehr.

»Ich war drüben bei den Costas. Ich wollte Chiara begrüßen, selbst wenn alle sagen, dass sie sehr übellaunig zurückgekehrt ist. Sie ist unsere Nachbarin.«

»So?« Ihr Vater fuhr sich mit der Hand über den Bart

»Vito hat mir erzählt, dass sie bleiben. Vorerst zumindest. Das ist alles.« Elisa hielt seinem strengen Blick tapfer stand und betete insgeheim, dass er nicht weiter nachfragte, sonst musste sie am Ende noch lügen. Sie wollte Vito um keinen Preis in Schwierigkeiten bringen – und sich selbst auch nicht unbedingt.

»Meinetwegen soll es so sein. Dann jetzt ab ins Bett mit dir!« Er wies auf die Treppe, und Elisa beeilte sich zu gehorchen.

Sie hatte nicht direkt gelogen, schließlich *hätte* sie Chiara willkommen geheißen, sofern sie sich begegnet wären. Das war nur eine Absichtserklärung gewesen, keine Lüge.

Gerade als sie unter die Decke schlüpfte, betrat ihre Mutter das Zimmer. »Elisa, ich muss mit dir reden.«

»Was ist denn?«

Anna hob den dunklen Rock und ließ sich umständlich auf der Bettkante nieder, bevor sie sich an Elisa wandte. »Tata sagt, dass du wieder bei Veit warst.«

Elisa wurde innerlich kalt, bemühte sich um eine gelassene Miene. Sie hatte nichts Unrechtes getan. »Ich war drüben, mehr nicht.«

»Elisa, hör mir zu. Du wirst vierzehn Jahre alt und bist kein kleines Mädchen mehr. Veit ist erwachsen. Es schickt sich nicht, dass du allein mit ihm bist.«

Elisa reckte trotzig das Kinn. »Warum nicht?«

»Hast du Helenes Bauch gesehen?«

»Natürlich. Er ist kaum zu übersehen.«

»Eben.« Ihre Mutter zögerte.

Elisa hielt gespannt den Atem an. Sie war nicht halb so arglos, wie sie tat, sie hatte ihre Brüder *darüber* reden hören. Zugleich wuchs in ihr die Empörung. Trauten ihre Eltern ihr allen Ernstes zu, dass sie *so etwas* tun würde? Noch dazu mit Vito? Niemals!

Unwillkürlich schüttelte sie den Kopf.

Ihre Mutter seufzte und tätschelte ihre Hand. »Junge Männer können … stürmisch sein. Ich weiß, dass du Veit nichts Schlechtes zutraust. Ich schätze ihn sehr. Doch wir können nicht sicher sein, was über ihn kommt, wenn er einmal allein mit dir ist und glaubt, eine gute Gelegenheit zu haben.«

»Über ihn kommt? Gute Gelegenheit? Zu *was?*«, fragte Elisa scharf. Dann sollte Mama es aussprechen, damit sie alle Vorbehalte entkräften konnte. So war Vito nicht! »Trauen Sie ihm etwa zu, er würde mir gegen meinen Willen etwas antun?«

»Nein.« Ihre Mutter schüttelte entschieden den Kopf. »Das nun wirklich nicht. Aber er ist charmant, und ich traue ihm zu, dass er sehr überzeugend ist, und am Ende stehst du mit einem Kind da. Dann haben wir die Bescherung.« Die letzten Worte stieß sie hastig hervor, als befürchtete sie, dass sie der Mut verließ, auszusprechen, was nötig war.

»Niemals!«, erklärte Elisa im Brustton der Überzeugung. »So etwas will ich gar nicht. Ich will mit ihm reden, er erzählt mir von der Welt und dem Meer, von der Wissenschaft, den Schiffen und Flugzeugen. Den Dingen, von denen wir hier sonst nichts erfahren.« Und falls er sie noch einmal umarmen wollte, durfte er das tun, vielleicht sogar küssen. Aber davon bekam eine Frau normalerweise keine Kinder, soweit sie wusste. Mehr wollte sie nicht. Mehr wollte Vito sicherlich auch nicht. Dazu war er zu anständig.

Ihre Mutter drückte energisch ihre Hand und stand auf. »Schon gut. Mein Kind, ich bin immer für dich da. Egal, was passiert. Aber versprich mir, dass du dich ab jetzt nicht mehr allein mit Veit abgibst. Es ist besser so. Vertrau einer alten Mutter.« Sie seufzte noch einmal. »Ich habe genug mit den Flausen meiner Söhne zu tun. Das Kind von Franz ist nicht von Gottes Segen. Josef ahnt etwas. Was auch kommt, ich werde Franz und Lene vor jedem in Schutz nehmen! Aber bitte, Elisa, hör auf mich!«

Elisa hob hastig die Rechte. »Ich schwöre, Mama!«

Ihre Mutter schien zufrieden, wünschte ihr eine gute Nacht und ging. Elisa löschte die Lampe und lag danach noch lange Zeit wach. Sie verstand ja, dass ihre Eltern sich Sorgen machten. Aber Vito war nicht so. Er dachte bestimmt nicht einmal an so etwas. Da war sie ganz sicher.

Am nächsten Tag lief Elisa nach der Schule zur Kirche, um nach Kurat Ploner Ausschau zu halten. Ihr war in der Nacht noch eine Idee gekommen. Vito hatte erzählt, dass er den Kurat nach einem Buch über Dolomitensagen gefragt hatte – vielleicht gab es ein weiteres Buch, mit dem man ihn glücklich machen konnte.

»Elisa, schön, dich zu sehen.« Kurat Ploner lächelte ihr entgegen. Im Dorf sagten viele, er wäre griesgrämig und unwirsch, doch zu Elisa war er immer freundlich.

»Kurat, ich muss Sie etwas fragen. Sie fahren doch häufiger zum Bischof nach Bozen.«

»Das ist richtig.«

»Könnten Sie dort für mich in eine Buchhandlung gehen?«

»Ich soll dir ein Buch kaufen? Wovon soll es handeln?«

»Am besten eines, in dem steht, wie man Flugzeuge baut. Wenn es das nicht gibt, dann Schiffe. Große Schiffe aus Eisen und Stahl. Wie die Titanic. Haben Sie von der Titanic gehört? Sie war das größte Schiff der Welt und ist im letzten Jahr gesunken.«

»Ja, das war ein tragisches Unglück.« Der Kurat sah Elisa scharf an. »Aber du willst nicht ernsthaft ein Buch über Flugzeugbau. Was hast du damit vor?«

»Ich will es verschenken.«

»An Veit Costa, wenn ich mich nicht schwer irre.«

»Ja.« Elisa verstand zwar nicht, was Kurat Ploner das anging, aber sie sah keinen Grund, es zu leugnen. »Warum?«

»Dachte ich es mir. Nun, ich denke, ein so reizendes Mädchen wie du sollte sich nicht mit so einem jungen Kerl abgeben.«

»Die Costas sind unsere Nachbarn«, stieß Elisa zwischen zusammengebissenen Zähnen hervor. Hatten sich alle Erwachsenen darauf verständigt, die Moralapostel zu spielen? »Schauen Sie jetzt für mich nach einem Buch, oder nicht? Ich bezahle das selbstverständlich.«

»Wie du möchtest. Ich melde mich, wenn ich etwas gefunden habe.«

»Fünfzig Kronen? Bist du völlig verrückt geworden? Weißt du eigentlich, wie viel Geld das ist?«, fragte Mischi entsetzt.

»Mehr, als ich habe, sonst würde ich nicht darum bitten«, versetzte Elisa ärgerlich. »Und mehr, als ich bei Kurat Ploner für Kirchendienst verdiene. Bitte, Mischi. Du bist der Einzige, der überhaupt Erspartes hat. Ich zahle es dir zurück. Ich brauche nur etwas Zeit dazu.«

Mischi verzog spöttisch den Mund.

Elisa wusste selbst, dass sie dazu Jahre brauchen würde. Sie schaute ihn flehend an. »Du brauchst das Geld doch gar nicht.«

»Ich wollte bald wieder nach Bruneck, da ist es schnell ausgegeben, wenn man nicht aufpasst«, knurrte er.

»Aber du passt auf. Bitte, Mischi!«

»Mehr als ein ganzer Monatslohn für ein Buch«, brummte Mischi unwirsch und winkte ihr, ihm zu folgen.

»Eigentlich sind es drei Bücher. *Hermann Hoernes: Buch des Fluges in drei Bänden, erschienen 1911 und 1912«,* las Elisa ihm den Zettel vor, den Kurat Ploner ihr gegeben hatte.

»Mir gleich. Ich hoffe nur, dass Vito dein Geschenk zu würdigen weiß.«

Sie betraten Mischis Zimmer, das er seit dem Auszug von Franz nicht mehr mit Rudl teilte. Er kniete sich neben sein Bett, wühlte am Kopfende unter der Matratze ein flaches Bündel hervor und zählte ein paar Scheine ab.

Er hielt sie hoch, zog sie jedoch wieder weg, als Elisa danach greifen wollte. »Pass auf, Elisa. Vito könnte auf falsche Gedanken kommen, wenn du ihm so ein teures Geschenk machst.«

»Jetzt fang du nicht auch noch an! Reicht es nicht, dass Mama mir neuerdings ins Gewissen redet? Sie hat mir alles gesagt, was ich wissen muss. Halt dich da raus!«

»Den Teufel werde ich!« Mischis Augen glänzten gefährlich. Er hielt das Geldbündel immer noch fest.

Elisa schnaubte frustriert. »Mischi! Vito macht dir auch nicht ständig Vorhaltungen, damit du dich von Chiara fernhältst.«

»Das ist etwas völlig anderes. Außerdem will ich gar nichts von Chiara. Sie ist nur … Sie würde mir …«

»Bei den Heiligen! Beruhige dich, Mischi.« Sie legte ihm eine Hand auf seinen Unterarm. »Ich schenke ihm nur ein Buch.«

Mischi presste die Lippen zu einem schmalen Strich zusammen und drückte ihr das Geld in die Hand. »Ein Buch, das fast zwei Monatslöhne kostet. Du bist wahnsinnig.«

»Es sind drei Bücher. Und sie sind jeden einzelnen Heller wert, da bin ich sicher.«

»Du bist verrückt. Elisa Kastlunger, du bist völlig verrückt«, murmelte Vito und strich ehrfürchtig über die geprägte Goldschrift auf dem graublauen Leineneinband, während Elisa die Augen verdrehte, weil sie nicht mehr zählen konnte, wie oft sie sich diesen Vorwurf in letzter Zeit hatte anhören müssen.

Vito seufzte sehnsüchtig, dann hielt er Elisa die drei Bücher entgegen. »Bring sie zurück. Das kann ich nicht annehmen.«

»Natürlich kannst du.« Elisa wollte ihren Ohren nicht trauen. Wochenlange Moralpredigten, die Bettelei um das Geld und jetzt sollte sie alles wieder rückgängig machen? Ganz sicher nicht!

Sie saßen in der Ciasa Costa in der Stube, und die Tür zum Flur stand sperrangelweit auf, für den Fall, dass sie einer der Eltern kontrollieren musste. Außerdem saß Giovanni auf der Ofenbank und machte seine Hausaufgaben.

Vito legte den Bücherstapel zurück auf den Tisch, nahm eines der Bücher und begann zu lesen. Doch schon nach kurzer Zeit runzelte er die Stirn und bewegte lautlos die Lippen.

Elisa wartete geduldig. Sie hatte erwartet, dass Vito sich nun eingehend in seine Lektüre vertiefen würde, doch schon bald schlug er das Buch zu und schob ihr den gesamten Stapel, energischer dieses Mal, zu. »Ich kann damit überhaupt nichts anfangen. Bitte, gib sie zurück und lass dir das Geld geben.«

»Warum denn? Ich dachte …« Ihre Stimme erstarb.

»Was dachtest du?«

Sie wich seinem aufmerksamen Blick aus. »Hast du denn deinen Traum, Ingenieurwesen zu studieren, endgültig aufgegeben?«

»Muss ich wohl.« Seine Antwort klang schroff, aber Elisa ließ sich nicht beirren.

»Ich dachte, dass du vielleicht eines Tages zur Universität nach Innsbruck gehen kannst«, erklärte sie rasch. »Bis es so weit ist, kannst du aus den Büchern lernen. Wenn Giovanni alt genug ist oder Chiara heiratet und auf dem Hof bleibt, könntest du dort studieren.« Giovanni hob bei der Erwähnung seines Namens kurz den Kopf und arbeitete dann weiter.

»Innsbruck?« Vito zog ein Gesicht, als hätte sie *auf dem Mond* gesagt.

»Es ist sicherlich anders als Pisa, aber Anton hat mir von der Universität dort erzählt. Sie ist sehr groß und beeindruckend.«

Vito zupfte nachdenklich an dem Einband des obersten Buches, nahm es und schlug es auf. Doch statt sich darin zu vertiefen, schüttelte er resigniert den Kopf. »Wie soll ich sie denn lesen? Wie sollte ich dort studieren? Mein Deutsch ist nicht gut genug.«

»Was?« Elisa verstand nichts.

Vito tippte auf den Text. »Ich spreche fließend Italienisch, die Sprache meiner Mutter, und Ladinisch, die Sprache meines Vaters. Ich habe etwas Deutsch in der Schule gelernt, aber das ist inzwischen Jahre her. Ich bin nicht gut genug, diese Texte zu lesen oder gar einer Vorlesung zu folgen. Das schaffe ich nicht, niemals!«

»Wenn es weiter nichts ist, bringe ich es dir bei«, meinte Elisa beiläufig. Das war nun wirklich ein kleines Problem.

»Du!«

»Wieso nicht? Meine Mutter spricht mit mir immer Deutsch, wenn wir unter uns sind. Ich kann es am besten von uns allen. Außer ihr selbst, versteht sich.« Außerdem hatte Vito eine Begabung für Sprachen, auch wenn es ihm vielleicht nicht bewusst war. Er hatte am schnellsten in seiner Familie fehlerfrei Ladinisch gesprochen, und sein Deutsch war viel besser, als er behauptete. Er würde im Handumdrehen mit den Texten zurechtkommen.

Und dieser sehnsüchtige Glanz in seinen Augen, als er den Bücherstapel zum dritten Mal zu sich heranzog, sprach Bände.

Er schlug es auf, las wieder einen Satz. Endlich schaute er Elisa lächelnd an. »Also gut. Ich werde mich revanchieren. Weißt du was, Elisa? Eines Tages machen wir beide eine Reise. Dann zeige ich dir das Meer.«

DRITTER TEIL

1914

14. KAPITEL

Ende April 1914 – Vila Kastlunger, Val Badia

Ein Schwall italienischer Worte empfing Elisa an der Hintertür der Ciasa Costa, als sie Martha wie jeden Tag Eier bringen wollte. Eine hohe Frauenstimme schallte durchs Haus, dann eine andere, zweite.

Chiara und ihre Mutter wieder einmal. Der Streit mit ihren Brüdern in Italien habe ihr Kämpferherz geweckt, hatte Vito es damals formuliert. Inzwischen hatte Elisa begriffen, woher Chiaras Kratzbürstigkeit kam – nicht, dass Lucia ihr gegenüber jemals ein harsches Wort fallenließ, aber mit ihrer Tochter lieferte sie sich inzwischen ständig und ungeniert lautstarke Streitereien.

Die Tür wurde von innen aufgerissen. Elisa brachte sich gerade noch mit einem Sprung in Sicherheit, bevor Chiara, halblaut vor sich hin schimpfend, sie umrannte.

»Chiara, was ist los? Warte mal!« Elisa stellte den Korb ab und lief ihr nach. Chiara war in den Stall geflüchtet, hatte sich eine Mistgabel geschnappt und hieb mit wilden Stichen auf das verschmutzte Stroh ein. Ihre Haare hingen ihr offen in wirren Strähnen ins Gesicht, was ihr das Aussehen einer zornigen Hexe verlieh.

Die Kühe waren unruhig, stampften ungeduldig und rieben ihre Flanken an den Wänden der Verschläge.

»Was machst du da?« Elisa hielt sicherheitshalber Abstand. Sie erwartete zwar nicht, dass Chiara mit der Mistgabel auf sie losgehen würde, aber eine ungelenke Bewegung konnte reichen, um sie zu verletzen.

»Ich arbeite, siehst du doch! Bleibt ja sonst liegen.«

»Die Männer kommen spätestens morgen Abend zurück. Sieh lieber zu, dass du das Vieh gemolken kriegst.« Elisa wusste, dass Chiara nichts so sehr hasste wie das Melken, aber dass sie stattdessen sogar lieber Mist schaufelte, erstaunte sie.

»Ich kann auch melken, natürlich! Wie der Oberbauerntrampel befiehlt! Das ist doch alles völlig sinnlos!« Chiara schleuderte die Mistgabel auf den Boden. Im Pferch machte eine Kuh einen Satz und muhte entrüstet.

Die Beleidigung prallte an Elisa ab wie ein seichter Wind.

»Was ist sinnlos?«, fragte sie ruhig. »Kühe zu melken, damit man Milch, Butter und Käse bekommt? Sicher, man kann Wasser trinken.«

»Man kann das alles kaufen.«

»Und unnötig Geld ausgeben.«

Chiara senkte den Kopf und starrte auf die Mistgabel. »Nonna hat immer Olivenöl verwendet, nie Butter.«

»Wachsen hier Oliven?«, fauchte Elisa. Chiaras Gedankensprüngen zu folgen konnte sehr anstrengend sein.

»Natürlich nicht! Hier ist es viel zu kalt.«

»Ich kann mir auch nicht vorstellen, dass Oliven auszupressen weniger Arbeit ist, als eine Kuh zu melken und anschließend die Butter zu schlagen.«

Chiara zog die Schultern hoch und schwieg.

Zaghaft wagte Elisa sich ein paar Schritte näher. »Was hast du nur?« Sie ahnte, dass Chiara Heimweh quälte. Im Gegensatz zu ihren Brüdern kam sie mit dem einfachen Leben in der *vila* nach wie vor schwer zurecht. Außerdem war es in den letzten Tagen wieder außerordentlich kalt gewesen, was ihren Missmut zusätzlich schürte. Und das konnte Elisa ihr beim besten Willen nicht verdenken. Gern hier zu leben hieß nicht, dass ihr die endlose Zeit bis zu den wenigen warmen Tagen des Jahres Freude bereitete. Elisa machte wie fast alle kein Aufheben darum. Es dauerte eben. Aber hätte sie beim Herrgott einen Wunsch frei, würde sie darum bitten, dass wenigstens zwischen April und November kein Schnee fiel. Vitos Schwester würde sich noch wundern, in schlechten Jahren konnte es sogar im Juni schneien.

Chiara zog mit dem Fuß einen Melkschemel heran und setzte sich darauf. »Ich sage, es ist sinnlos. Seit Tagen sind die Männer auf den Weiden, um sie instand zu setzen. Jahr um Jahr machen sie das. Im Winter rutscht die Erde ab, und im Frühjahr schaffen sie sie wieder hoch. Sie rutscht ab, sie schaffen sie hoch. Und immer so weiter. Wie lange geht das schon so? Seit Jahrhunderten? Jahrtausenden?«

»Wenn sie es nicht tun, würde die gesamte Alm vermutlich irgendwann ins Tal rutschen. Und natürlich wächst dort nichts, wo der Boden aufgerissen ist.«

»Das ist völliger Unsinn. Würde es nicht reichen, auf den kahlen Stellen wieder Gras auszusäen? Warum die ganze Erde wieder hochschleppen? Und warum hat niemand je darüber nachgedacht, Terrassen anzulegen?«

»Das weiß ich nicht.«

Chiara schnaubte abfällig. »Kennst du die Legende von Sisyphos?«

»Nein.« Elisa wurde allmählich ungeduldig. »Was haben eine Legende und die üblichen Bergrutsche nach der Schneeschmelze damit zu tun, dass du nicht melken willst?«

»Da«, krähte plötzlich eine Kinderstimme hinter ihnen. Elisa fuhr herum. Aus den Augenwinkeln sah sie ein Lächeln, das sich auf Chiaras Gesicht malte.

Lene stand in der Stalltür, auf dem Arm den kleinen Andreas, der ungeduldig seine Ärmchen ausstreckte und sich dabei so weit nach vorne lehnte, dass seine Mutter Mühe hatte, ihn zu halten. Eilig nahm Elisa ihrer Schwägerin das Kind ab.

»Danke.« Lene schnaufte erschöpft. »Elisa, kannst du ein paar Stunden auf Andreas aufpassen? Mein kleiner Bruder war eben hier, um mich zu holen. Meine Mutter ist schwer gestürzt.«

»Geh nur. Wo ist Mama? Noch beim Kurat?« Lachend wehrte Elisa ihren Neffen ab, der ihr fröhlich ins Gesicht patschte.

»Vermutlich. Ich muss los.«

Chiara trat neben sie. »Pass auf, dass du nicht stolperst. Der Hang ist schlüpfrig«, meinte sie mit einem vielsagenden Blick auf Helenes Bauch. Man konnte ihr die nächste Schwangerschaft zwar kaum ansehen, aber in der *vila* wussten es bereits alle.

»Natürlich. Danke.« Noch im Sprechen lief sie hinaus und war verschwunden.

Andreas machte eine neue Attraktion aus. Bevor Elisa ihn davon abhalten konnte, hatte er eine von Chiaras dicken Haarsträhnen gepackt und zog aus Leibeskräften daran.

Elisa zog schuldbewusst den Kopf ein und machte sich auf die nächste Schimpftirade gefasst. Aber dann überraschte Chiara sie. Sie verzog zwar schmerzhaft das Gesicht, doch kein Laut kam über ihre Lippen. Stattdessen packte sie Andreas und riss ihn an sich, so dass er ihre Haare erschrocken losließ. Sie hob ihn in die Höhe und schüttelte ihn ein wenig. »Was fällt dir ein, du kleiner Racker?«

Der kleine Junge machte große Augen, dann umklammerte er Chiaras Hände und jauchzte. Sie ließ ihn in einem Halbkreis durch die Luft segeln und hob ihn wieder hoch.

Elisa beobachtete die beiden und stieß heimlich den Atem aus – sie hatte gar nicht gemerkt, dass sie die Luft angehalten hatte. Die Aktion hatte sie erschreckt, natürlich völlig grundlos. Sie überließ Chiara ihren kleinen Neffen, zog den Melkschemel heran und griff nach dem Eimer. Hatte sie es doch richtig bemerkt, die Kühe waren morgens nicht gemolken worden, und jetzt war später Nachmittag. Elisa brummte wütend. Vielleicht war das gnädige Fräulein Costa im Grunde ihres Herzens kein schlechter Mensch, aber mindestens gedankenlos und faul.

»Weißt du eigentlich, was du den Tieren da antust?«, schimpfte sie laut.

»Nein. Was schon?« Chiara hatte den erschöpften Andreas auf den Arm genommen und wiegte ihn sanft. Er wurde müde, legte den Kopf gegen ihre Schulter und lutschte am Daumen.

»Sie haben Schmerzen, wenn du zu lange wartest. Du quälst sie!« Wie zur Bestätigung keilte die Kuh aus, kaum dass Elisa deren Euter berührte.

»Das machen sie immer.«

»Dann wartest du vielleicht immer länger als nötig, zweimal am Tag musst du sie melken, du gedankenloses Miststück!«

»Wie war das?« Chiara trat näher.

Elisa hielt inne und begegnete einem dunklen, funkensprühenden Blick.

Andreas hob neugierig den Kopf.

Elisa kümmerte sich nicht um den Kleinen, sondern packte Chiaras Hand und legte sie auf das prall gefüllte Euter. »Merkst du das nicht? Wie sich die Haut spannt? Es tut ihnen weh!«

Bei ihrem ungehaltenen Tonfall brummte Andreas leise. Chiara entzog sich Elisas Griff und strich ihm beruhigend über das noch spärliche dunkle Haar.

»Es sind Rindviecher, Elisa«, erklärte sie dabei. »Sie sollen Milch geben und werden irgendwann geschlachtet. Was sonst?«

»Es sind Lebewesen! Natürlich sind sie dazu da, Milch zu geben, aber sie empfinden Schmerzen! Selbst wenn sie geschlachtet werden, sollte man sie vorher gut behandeln.«

Chiara rückte das Kind bequemer auf ihrer Hüfte zurecht und blickte sich lange und gründlich im Stall um, als sähe sie das alles zum ersten Mal.

Elisa widmete sich ihrer Arbeit und ignorierte sie. Es war alles gesagt. Sie wusste nicht, was sie von Chiara für eine Reaktion erwartete. Bockiges Abstreiten, Ausreden, Vorwürfe, dass Elisa ihr jämmerliches Bauernleben und das blöde Vieh viel zu wichtig nahm. Das alles kannte sie.

Doch zu ihrem Erstaunen ging Chiara einfach davon. Aus den Augenwinkeln beobachtete Elisa, wie sie das Kind in eine mit Heu gefüllte Raufe in einem leeren Verschlag bettete. Eine sanfte Melodie drang auf einmal an Elisas Ohr.

Andreas ließ sich alles selig lächelnd gefallen, und bald klappten ihm die Lider zu. Leise summend griff Chiara einen Eimer und zog den zweiten Melkschemel aus einem Winkel hervor. Sehr langsam, im Takt der getragenen Melodie, begab sie sich an die Arbeit.

Elisa schüttelte den Kopf. »Was geht nur in dir vor?«, murmelte sie bei sich. Chiara war unberechenbar. Es konnte gut sein, dass sie beim nächsten Mal wieder herumzeterte oder empört abrauschte.

Für heute schien sie sich ausgetobt zu haben und in friedlicher Stimmung zu sein. Unablässig summte sie diese kurze Melodie. Elisa merkte, dass sie selbst in diesen trägen Rhythmus verfiel und ihr schummrig im Kopf wurde.

»Was ist das für ein Lied?«, fragte sie.

»*Fate la nanna*. Ein Wiegenlied, das uns Nonna vorgesungen hat, als wir klein waren.« Chiaras wehmütiges Lächeln wandelte sich in ein freches Grinsen. »Vito hat es geliebt. Meistens haben Nonna oder Mama erst ihn ins Bett gebracht und direkt danach mich. Häufig ist er dann in mein Zimmer geschlichen und hat zugehört, bis sie ihn erwischt und wieder unter die Decken verfrachtet haben.«

Als sie fertig waren, nahm sie den schlafenden Andreas behutsam auf und überließ es Elisa, die schweren Milchkannen ins Haus zu schleppen.

Der Kleine schien überhaupt des Rätsels Lösung zu sein. Elisa hatte bisher gar nicht mitbekommen, dass Chiara sich sonderlich um kleine Kinder scherte. Wie auch immer, Andreas schien sie mit einem Friedenszauber zu belegen.

»Er hat ausgesehen wie das Jesuskind«, meinte Chiara unvermittelt.

Elisa grinste. »Du kennst seine wahre Natur nicht. Hast du ihn noch nie schreien hören, wenn er seinen Willen nicht bekommt?«

»Schon. Er kann ein Teufel sein, aber im Moment schläft er wie ein Engel.« Chiara streichelte ihm sanft über das Köpfchen. »Hast du Zeit?«, fragte sie, nachdem Elisa die Kannen in die Vorratskammer gebracht hatte.

»Wenn du Andreas übernimmst, ein bisschen.« Elisa wischte sich die Hände an der Schürze ab und verwünschte ihre Neugier. Sie hatte eigentlich keine Zeit, das Gemüse musste ausgesät werden. Der unerwartete Wintereinbruch mitten im Frühjahr hatte alles aus dem üblichen Rhythmus gebracht.

Chiara winkte ihr, und sie umrundeten die *majun*. Auf der Rückseite des Gebäudes hatten Vito und Mischi eine Sitzbank mit einem Tisch gezimmert, von der aus man einen wunderschönen Blick zwischen den Obstbäumen auf die Fanesgruppe hatte. Im Sommer gab es eigentlich kaum einen Moment, in dem hier nicht jemand saß und die Sonne genoss, weshalb es in der *vila* bald jeder den Sonnenplatz nannte.

Chiara setzte sich, hielt Andreas umschlungen und kramte mit der freien Hand ein Stück zusammengefaltetes Papier aus ihrem Rock hervor.

Elisa ließ sich auf die Bank sinken, während sie das Papier entgegennahm und auseinanderfaltete. Es war aus einer Zeitschrift, die Vito seiner Schwester manchmal mitbrachte, wenn er in Corvara Zeitungen holte.

»Es ist eine Anleitung, wie man eine Hochsteckfrisur macht«, erklärte Chiara mit hörbarem Frust in der Stimme. »Ich habe Mama gebeten, mir das Haar für den Maitanz so aufzustecken. Sie sagt, das schickt sich nicht.«

Elisa betrachtete die Zeichnungen und dann Chiaras Haar. »Hier steht, dass man Polster verwenden muss, wenn das Haar der Frau nicht füllig genug ist. Also, wenn jemand diese Frisur tragen kann, dann du.«

Chiara warf ihr einen verblüfften Blick zu und ließ eine Strähne durch ihre Finger gleiten.

Elisa las die Schritte der Anleitung mehrmals und betrachtete konzentriert Chiaras Haar. Dann legte sie das Papier ab und streckte zögerlich die Hände aus. Sie nahm ein paar dicke Strähnen, drehte sie ineinander und hielt sie ihrem Gegenüber an die Schläfe.

Andreas hustete einmal kurz und schlief weiter.

Kritisch betrachtete Elisa das eingedrehte Haar. »Dazu brauchst du große Haarnadeln. Hast du welche?«

»Ist doch egal. Ich soll die Haare zu einem Kranz flechten. Das ist …«

»… praktisch, wenn man täglich auf dem Hof arbeitet«, vollendete Elisa den Satz, als Chiara verstummte, und fasste dabei an ihre fest geflochtenen Zöpfe. »Aber das ist doch keine Frisur für den Maitanz.«

Chiara nickte zustimmend. »Sogar *du* sagst es.«

Elisa zuckte innerlich zusammen, war sich dieses eine Mal jedoch nicht sicher, ob Vitos Schwester die Beleidigung als solche gemeint hatte. Ja, sogar sie, Elisa Kastlunger, hatte inzwischen herausgefunden, dass es andere Dinge gab, als tagtäglich Vieh zu füttern, in der Erde herumzuwühlen oder alte Kleider zu flicken.

Sie sehnte sich danach, sich herauszuputzen, den anderen im Dorf zu zeigen, dass sie langsam eine junge Frau war.

Aber sollte sie das ausgerechnet Chiara anvertrauen?

Manchmal hatte es doch Nachteile, als einziges Mädchen unter Brüdern aufzuwachsen. Sie hatte nie eine Freundin gehabt, mit der sie sich austauschen konnte. Maria Gutholzer nebenan war gut drei Jahre jünger und noch ein richtiges Kind. Eher verstand sie sich mit Lene, aber die stand spätestens seit Andreas' Geburt mehr auf einer Stufe mit ihrer Mutter.

Elisa fasste sich ein Herz, wappnete sich gegen die mögliche Kränkung und langte in ihre Schürzentasche. »Ich könnte dir die Haare aufstecken.« Sie zupfte eine fingerlange hölzerne Haarnadel aus einem Stoffbeutel und hielt sie in die Höhe.

»Wo hast du die her?« Chiara erkannte sofort, was für ein Schmuckstück sie in den Händen hielt. Ehrfürchtig nahm sie es entgegen und hielt es ins Sonnenlicht. Die Nadel hatte zwei robuste Zinken, mit denen man die Haare feststeckte, doch der Kopf war ein filigranes Gebilde, eine Blume, um die sich fein ausgearbeitete Ranken wanden. »Der Künstler muss mit der Lupe gearbeitet haben.«

»Vielleicht hat er einfach eine ruhige Hand und gute Augen.«

Chiara runzelte bei diesen Worten kritisch die Stirn, sagte jedoch nichts.

»Ich habe insgesamt vier solche Nadeln«, setzte Elisa nach. »Ich leihe dir diese und stecke dir die Frisur, wenn du aus dem Stroh auf meinem Kopf etwas Ordentliches machst.«

»Woher hast du die Nadeln?«

»Was ist jetzt?«

Chiara strich mit den Fingerspitzen über den Nadelkopf. »Also gut, warum nicht? Mit der Anleitung sollten wir das hinbekommen.«

Elisa lächelte zufrieden und gab ihr den Stoffbeutel.

»Kannst du mir denn auch solche besorgen? Sind sie von einem *marciadënt?* Aus Bruneck?«

»Nein«, murmelte Elisa gedehnt.

Chiara fauchte wütend. »Mischi wieder einmal, oder? Wer sonst? Ich soll ihn schön darum bitten.«

»Ja, Mischi hat sie angefertigt. Er hat Stunden daran gesessen, bis er zufrieden war.« Es wäre auch verwunderlich, wenn die Italienerin nicht von selbst darauf gekommen wäre. »Ob du ihn fragst, ist deine Angelegenheit.« Ginge es nach ihr, würde ihr liebestoller Bruder keinen Finger rühren, denn das gnädige Fräulein Costa hatte es ihm bisher nie gedankt, wenn er für sie gearbeitet hatte.

Chiara lehnte sich zurück und legte sinnend den Zeigefinger an die Lippen. »Ich biete ihm einen Tanz an. Das wäre ein fairer Preis.«

»Überhaupt nicht, das weißt du ganz genau«, zischte Elisa wütend. Sie bereute schon, dass sie Chiara die Nadeln überhaupt gezeigt hatte. Was hatte sie sich dabei gedacht? Hatte sie wirklich erwartet, diese selbstgerechte, garstige Gans für sich zu gewinnen?

Chiara lachte und zwirbelte mit der Nadel ein paar Haarsträhnen. »Du hast keine Ahnung, Elisa. Das ist ein guter Preis. Dein Bruder wird das genauso sehen. Warte ab.«

Elisa schwamm der Kopf, und ihr tränten die Augen. Es war spät, schon weit nach Mitternacht. Die Luft in der großen *majun* der Pichlers, die üblicherweise zu solchen Festen geräumt wurde, damit das ganze Dorf feiern konnte, war dick von den Ausdünstungen der vielen Menschen und dem Rauch aus ungezählten Pfeifen und Zigaretten. Was war daran so erstrebenswert, Tabak durch die Luft zu pusten? Sie würde es nie verstehen, aber bei vielen, vor allem jungen Leuten war es groß in Mode.

Unauffällig entfernte Elisa sich vom Tanzboden zu dem Tisch, den sie und die anderen belegt hatten. Sie hatte ihrem Tanzpartner gesagt, dass sie einen Moment verschnaufen müsste. Wer war es gewesen? Mischi? Bernhard Gutholzer? Sie hätte es schon gar nicht mehr sagen können.

Müde rieb sie sich über das Gesicht und ließ sich auf die Holzbank plumpsen, von der aus sie die Tanzfläche gut im Blick hatte. Der Boden bebte unter den rhythmischen Schritten der vielen sich drehenden Paare, und die vierköpfige Musikkapelle spielte zeitweise so laut, dass jede Unterhaltung unmöglich war.

Vermutlich waren deshalb die meisten Älteren schon gegangen und hatten sich in Willeits Gaststube getroffen, um die neuesten Gerüchte aus aller Welt zu besprechen. Immer wieder war die Rede von Streitigkeiten zwischen den Russen oder den Franzosen und den Preußen. Manchmal hieß es, ein Krieg wäre nur noch eine Frage der Zeit, aber so richtig glaubte niemand daran, zumindest nicht hier in Val Badia. Kriege fanden anderswo statt, und das Königreich Italien war ohnehin ein Verbündeter.

Versonnen beobachtete Elisa Vito, der mit Johanna, irgendeiner Verwandten von Lene, tanzte. Er hielt sittsam Abstand, im Gegensatz zu dem einen oder anderen Paar auf dem Parkett. Franz hatte erzählt, dass der Vorgänger von Kurat Ploner jedes Fest mit Adleraugen überwacht hatte, damit die Männer und Frauen beim Tanz einander nicht mehr berührten, als seiner Meinung nach schicklich war. Einmal habe er sogar einem Paar die Absolution verweigert, weil es sich unsittlich verhalten habe.

Kurat Ploner waren solche Annäherungen auf dem Tanzboden auch nicht recht, das war an seiner verkniffenen Miene abzulesen, als er am frühen Abend dabei gewesen war. Aber er war einfach nach einer Weile verschwunden, und alle wussten, dass er nicht wieder auftauchen würde.

Die Zeiten änderten sich.

Elisa lächelte. Sie war froh darum. Sie und Chiara waren nicht die Einzigen mit einer Hochsteckfrisur statt der langweiligen Zöpfe und auch nicht die Einzigen, die ein modernes Kleid statt einer Tracht trugen.

Die Trachten waren zwar wunderschön anzusehen, und Elisa freute sich schon auf Pfingsten und Fronleichnam, wo sie ihr mit viel Aufwand geändertes Kleid tragen würde – sie war im letzten Jahr noch einmal ordentlich gewachsen. Aber der Maitanz war etwas anderes, da durfte es weniger traditionell zugehen, fand sie. Zum Glück hatte ihre Mutter sie dabei unterstützt, denn Elisa hätte es trotz aller Sehnsucht nach modernem Schick nicht gewagt, sich heimlich etwas zu nähen, zumal sie solche Arbeiten hasste, für die sie weder Talent noch Geduld aufbrachte. Das Ergebnis war ein nachtschwarzer Traum, ein tailliertes Oberteil mit einem über Kreuz genähten V-förmigen Kragen, das in einen wadenlangen engen Rock überging, der vorne mehrfach geknöpft war.

Ihr Vater hatte natürlich geschimpft, als sie sich vor dem Aufbruch zum Fest präsentiert hatte, doch Mischi, Lene und Franz hatten Elisa in die Mitte genommen und lachend hinausgeführt.

Verstohlen gähnte sie. Vielleicht wurde es Zeit, nach Hause zu gehen. Nicht nur der Qualm, auch der verdünnte Wein, den ihre Brüder ihr zu trinken erlaubt hatten, entfaltete seine Wirkung. Sie griff nach ihrem Schultertuch und wollte gerade gehen, da entdeckte sie Mischi, der Chiara hinter sich her in Richtung Ausgang zog. Eben noch hatten die beiden miteinander getanzt. Die Italienerin lächelte breit, doch auf Elisa wirkte es verschlagen.

Ohne weiter darüber nachzudenken, sprang sie auf und wollte hinterher, als jemand sie am Arm festhielt. »Halt! Wo willst du hin?«

Sie fuhr herum und sah sich Franz gegenüber. »Mischi hinterher, wohin sonst?«

»Dachte ich es mir doch. Du bleibst hier.«

»Aber …«

»Elisa, bleib hier! Setz dich.«

»Lass mich los!« Sie zerrte vergeblich gegen den festen Griff ihres Bruders, der mit einem entschiedenen Kopfnicken auf die Bank deutete.

Mit einem wütenden Knurren kam Elisa der Aufforderung nach und rieb sich die schmerzende Stelle, als Franz sie endlich losließ. Er zog einen Stuhl heran, setzte sich im Reitersitz darauf und zündete sich eine Zigarette an. Franz hatte getrunken. Mit seinem Gehabe erinnerte er Elisa plötzlich an Anton.

»Wo ist Lene?«, fragte sie.

»Längst nach Hause. Sie fühlt sich nicht gut. Ich gehe auch gleich, und dann nehme ich dich mit.«

»Ich will aber nicht! Und außerdem muss ich Mischi warnen.«

»Du bleibst sitzen.« Franz' Ton erlaubte keine Widerrede, doch Elisa war davon nicht zu beeindrucken. Empört richtete sie sich zu ihrer vollen Größe auf. »Du verstehst das nicht. Chiara nutzt ihn aus. Sie will, dass er ihr Schmuck anfertigt. Umsonst.«

Franz neigte fragend den Kopf.

»Ich habe ihr vor ein paar Tagen die Haarnadeln gezeigt, die er mir gemacht hat. Weißt du, wie lange er an einer davon gearbeitet hat? Sie hat sich vorgenommen, ihn für einen Tanz dazu zu überreden, ihr auch welche zu machen.«

»Na und?«

»Ein paar Minuten Tanz für stundenlange Arbeit? Das ist … unmoralisch!«

»Das ist seine Angelegenheit, wenn er sich darauf einlässt.« Franz versuchte einen Rauchkringel in die Luft zu blasen, scheiterte jedoch und wedelte den Qualm mit der Hand weg.

»Franz, du kennst Chiara. Wenn sie etwas will, ist sie gnadenlos. Sie wickelt Mischi um den kleinen Finger, aber wenn sie ihr Ziel erreicht hat, schaut sie ihn nicht mit dem Hintern an.«

»Elisa! Nicht solche Ausdrücke.« Spöttisch grinsend hob Franz den Zeigefinger.

»Du nimmst mich nicht ernst. Du bist betrunken.«

»Jetzt pass mal auf, Kleine.« Franz' Lächeln erlosch, und er beugte sich vor. Elisa unterdrückte nur mit Mühe den Impuls, vor dem Gestank der Zigarette und seiner Alkoholfahne zurückzuweichen. So hatte sie ihn noch nie erlebt.

»Mischi ist alt genug, selbst zu entscheiden, ob er sich auf Chiaras Spielchen einlässt. Er kennt sie lange genug, und er ist kein Trottel. Ganz sicher braucht er keine kleine Schwester, die ihm sagt, was er tun oder besser lassen sollte. Verstanden?«

»Er ist vielleicht kein Trottel, aber er ist verliebt«, widersprach Elisa beharrlich. »Das ist manchmal das Gleiche.«

Franz lachte laut auf. »Wo hast du das denn her?«

»Von Mama.«

»Natürlich.« Er schüttelte amüsiert den Kopf. »Vielleicht. Trotzdem, das geht nur ihn und Chiara etwas an. So, ein Tanz hat sie gesagt? Dann lass die beiden tanzen.« Sein Blick schweifte vielsagend über die Tanzfläche und zur Tür, aber falls Elisa daraus eine Botschaft herauslesen sollte, verstand sie sie nicht. Sie wollte gerade nachhaken, als Franz aufstand und den Stuhl ordentlich an den Tisch stellte. »Zeit zu gehen. Mutter hat dir nur erlaubt, so lange zu bleiben, weil ich versprochen habe, auf dich aufzupassen.«

»Sollten wir nicht auf Mischi warten?« Elisa blickte verstohlen zu Vito, der immer noch tanzte. Den ganzen Abend hatte er sie weitgehend ignoriert, sie nur einziges Mal aufgefordert. Sie wusste, dass er das vermutlich tat, um sie nicht in Verlegenheit zu bringen, doch sie wollte sich wenigstens verabschieden.

»Mischi kann nachkommen. Abmarsch!« Franz schob sie vor sich her. Ihr blieb nichts anderes übrig, als zu gehorchen, wenn sie keine Aufmerksamkeit erregen wollte.

Draußen atmete sie tief durch. Endlich frische Luft nach all dem Gestank da drinnen.

»Jesus Christus, ist das kalt!« Franz fasste sich kurz an die Schläfen, als hätte er einen Schlag abbekommen.

Elisa lachte. »Wer passt hier auf wen auf, Franz? Möchtest du dich auf meinen Arm stützen?«

»So weit kommt das noch.« Er machte ein paar unsichere Schritte und fasste sich. Nebeneinander liefen sie nach Hause. Auf halbem Weg zündete sich Franz die nächste Zigarette an.

»Musst du jetzt noch rauchen? Es stinkt.«

»Morgen höre ich wieder auf damit, versprochen. Hat dir der Abend gefallen, Elisa?«

Sie lächelte. »Das war der bisher schönste Abend in meinem Leben.«

»Du wirst langsam erwachsen. Ich kann kaum glauben, dass diese junge Frau hier bei mir meine kleine Schwester sein soll.«

Geschmeichelt lachte Elisa auf. »Du bekommst dein zweites Kind. Mama ist Großmutter.«

»Stimmt.«

»Nur Rudl wird nicht älter.«

Franz wurde ernst. »Du hast das auch bemerkt, nicht wahr? Natürlich hast du das. Mutter macht sich Sorgen um ihn.«

»Er hat uns, seine Familie. Wir werden auf ihn aufpassen.«

»Stimmt. Er macht seine Arbeit, wenn man ihm genau sagt, was er tun soll, und er hat eine gute Hand für Tiere. Warten wir ab, was aus ihm wird.«

»Würdest du ihn als Knecht behalten?«

»Ja, sicher. Aber noch gehört Pere der gesamte Hof. Das wird noch viele Jahre so bleiben. Und wer weiß, was mit Anton wird.«

»Du vermisst ihn.«

»Was glaubst du wohl?« Franz schnippte den Zigarettenstummel weg. Allmählich verflog der Tabakgestank in der kalten Nachtluft.

»Franz, glaubst du, dass Anton bald in den Krieg ziehen muss?« Elisa sah zu ihrem Bruder auf, doch er schwieg. Da fiel ihr ein, dass Anton bei seinem letzten Besuch behauptet hatte, dass sie alle in den Krieg ziehen müssten, wenn es dazu käme.

Sie bedrängte Franz nicht weiter. Falls er sich Sorgen machte, würde er das niemals zugeben.

»Habt ihr das gehört? Der Erzherzog ist tot!«

»Was?« Elisa riss das Küchenfenster auf. Bernhard Gutholzer lief bereits mit der Zeitung in Richtung der Ciasa Costa. »Erzherzog Franz Ferdinand wurde in Sarajevo erschossen. Vorgestern schon. Willeit hat es eben dem Kurat erzählt und der uns.« Er hielt den *Tiroler* in die Höhe. »Hier steht es schwarz auf weiß.«

Chiara schien seine letzten Worte gehört zu haben, so plötzlich, wie sie in der Haustür erschien und Bernhard die Zeitung aus der Hand riss. Rasch lief Elisa zu ihnen. Chiara hatte bereits die zweite Seite aufgeschlagen und überflog die Zeilen.

»Wieso weiß Vito nichts davon?«, fragte Elisa. »Er holt doch jeden Morgen eine Zeitung. Heute nicht?«

»Er hat sie noch nicht gelesen«, murmelte Chiara geistesabwesend. »Er ist in aller Herrgottsfrühe mit Nino zu den anderen hoch auf die Alm, weil der alte Pacher behauptet, dass es ab heute Abend regnen wird und sie das Heu schneller einholen sollten.« Sie stockte und hob die Zeitung. »Mein Gott, hier steht es: Es sollen Serben gewesen sein. Jetzt fordern einige österreichische und ungarische Politiker, dass gegen Serbien ein Exempel statuiert wird.« Chiara schaute auf.

»Was bedeutet das?«, fragte Bernhard. »Krieg?«

»Vielleicht«, sagte Chiara tonlos.

Elisa atmete tief durch, den Gedanken an Anton sofort wieder verdrängend. »Es ist seit Wochen, seit Monaten immer wieder die Rede davon. Vermutlich wird wieder nur gedroht und geredet.«

»Mag sein«, murmelte Chiara, anscheinend nicht überzeugt.

»Unser Kaiser Franz Joseph wird den Serben schon zeigen, dass er sich das nicht gefallen lässt«, behauptete Bernhard. »Er muss einfach ein paar Truppen dorthin schicken und aufräumen.«

Chiara verzog spöttisch den Mundwinkel und bedachte Bernhard mit einem Blick von oben herab. »Du musst es ja wissen.«

Elisa unterdrückte ein Grinsen. Bei allem, was recht war, Bernhard war nun wirklich nicht der hellste Stern an Gottes Firmament. Seine Worte waren vermutlich von seinem Vater nachgeplappert, wobei Elisa bezweifelte, dass ihre Nachbarn überhaupt wussten, wo Serbien lag.

Bernhard schnappte sich die Zeitung und faltete sie hastig zusammen. »Natürlich weiß ich das, es ist schließlich allgemein bekannt. Aber ich wollte zu Vito. Wenn der nicht da ist, muss ich weiter ins Dorf.«

Chiara hob amüsiert die Augenbrauen und lehnte sich gegen den Türrahmen. »Dort wird er weiter seine Weisheiten verbreiten und den Alten nach dem Mund reden«, sagte sie, sobald er außer Hörweite war.

»Wir sind in seinen Augen ohnehin nur unwissende Weibsbilder. Das sind Männergespräche, von denen wir keine Ahnung haben. Bernhard wird unter den Ersten sein, die sich freiwillig melden, wenn es zu einem Feldzug kommt.«

»Hoffentlich fällt er nicht über seine eigenen Füße.«

»Oder rammt sich den Gewehrkolben ins Gesicht, wenn er anlegt.«

Sie lachten in seltenem Einvernehmen, bevor Chiara sich umwandte und die Tür schloss.

Elisa lief zurück nach Hause, wobei ihr die heitere Stimmung sofort verging, sobald sie mit ihren Gedanken allein war. Chiara hatte gut lachen, ihre Brüder waren beide noch nicht gemustert. Anton würde in den Krieg ziehen und Franz auch.

Sie wusste, dass es sein musste, dass es ihre Pflicht war. Trotzdem wünschte sie sich von ganzem Herzen, es wäre anders.

»Wien, 28. Juli. Ich habe Mich bestimmt gefunden, den Minister Meines Hauses und des Äußeren zu beauftragen, der königlich serbischen Regierung den Eintritt des Kriegszustandes zwischen der Monarchie und Serbien zu notifizieren.« Die weiteren Worte Kurt Willeits gingen in allgemeinem Jubel und beifälligem Klatschen der nahezu vollständig auf dem Kirchplatz versammelten Dorfgemeinschaft unter.

Da war sie, die offizielle Bekanntmachung, einen Monat nach dem Anschlag von Sarajevo. Sogar Elisa konnte sich nicht gegen die Erleichterung wehren, dass die Ungewissheit endlich vorüber war. Die Kriegserklärung des Kaisers an Serbien war unumgänglich. Bernhard Gutholzer mochte ein Depp sein, doch er hatte vorweggenommen, was die meisten sagten und dachten. Also musste etwas dran sein.

»An Meine Völker!« Kurt Willeit las das gesamte Kaisermanifest laut vor, wobei jeder den Wortlaut bereits kannte. Den ganzen Tag schon wurde über nichts anderes mehr gesprochen. Die Männer würden in den Krieg ziehen. Der Befehl zur allgemeinen Mobilmachung war nur noch eine Frage von Tagen.

Die Abendsonne senkte sich über das Tal und warf lange Schatten von den umliegenden Bergen. Die Stimmung auf dem Platz war fröhlich und aufgeregt, wie bei einem Volksfest. Immer wieder wurde Kurt Willeit von Gejohle und Rufen unterbrochen, von irgendwoher hatte jemand ein Bierfass herangeholt, Flaschen mit Selbstgebranntem kreisten.

Elisa begriff das nicht. Sie setzte sich auf die sonnenwarme Mauer am Rande des Platzes, legte das Kinn auf ein Knie und beobachtete die Menschen. Ihr fiel auf, dass sich eher die Männer mit ihrer Begeisterung ansteckten. Die Frauen waren zurückhaltender, manch eine Mutter warf verstohlen sorgenvolle Blicke auf ihren Mann oder Sohn.

In Elisa stritten verschiedene Gefühle. Natürlich war die Entscheidung des Kaisers richtig. Falls nicht – was wusste sie schon von Politik, um das zu ermessen? Und Gott würde ihre Brüder beschützen. Sie hatte zur Sicherheit ein paar zusätzliche Kerzen in der Kirche angezündet und gebetet.

Aber musste man sich auf einen Krieg freuen?

Sie entdeckte Albert Pacher, der mit verschlossener Miene bei Trudl Gutholzer am Rand der Menge stand und sich als Einziger zurückhielt. Neugierig sprang Elisa von der Mauer und lief zu ihm.

»Buna sëra, Herr Pacher, warum freuen Sie sich nicht?«

»Ach, Elisa, Mädchen. Die Burschen begreifen nicht, was auf sie zukommt. Ich bedauere sie.« Er schüttelte laut knurrend den Kopf, und Trudl Gutholzer tätschelte ihm zustimmend den Arm.

»Das ist doch nichts Gutes«, sagte er so laut, dass einige der Umstehenden den Kopf hoben und zu ihm sahen. »Das heißt tagelanges Marschieren bei schlechtem Essen, endlose Warterei auf den Einsatz und dann ein wildes Herumgeschieße, bis am Ende nur noch eine Seite übrig ist. Ihr macht euch keine Vorstellung!«

»Hör schon auf, Pacher! Das ist fast fünfzig Jahre her. Die Welt hat sich weitergedreht«, rief ihm jemand zu.

Aus einer anderen Richtung kam beipflichtendes Gemurmel. »Die Truppen des Kaisers sind hervorragend ausgestattet.«

»Ja, und die Preußen werden auf unserer Seite kämpfen.«

Pacher spuckte aus und grinste Trude und Elisa sofort reumütig zu. Er wandte sich ab und machte ein paar langsame Schritte an den Rand des Platzes. Dort vergrub er die Hände in den Taschen seiner ausgebeulten Hose und starrte auf die umliegende Bergkulisse.

Zögernd näherte sich Elisa ihm. Was hatte dieser Mann erlebt, dass er die Kriegspläne nicht guthieß? Hatte er recht? Und Elisa geisterte eine andere Möglichkeit im Kopf herum: Ihre Brüder konnten sterben. Es mochte ein ehrenvoller Tod sein, im Dienste des Vaterlandes. Aber was, wenn sie nicht mehr zurückkamen? Dachte denn niemand an so etwas?

»Ich weiß, wovon ich rede.« Pacher schien zu niemand Bestimmtem zu sprechen. »Ich war Kaiserjäger, anno '66 unter Erzherzog Albrecht in der Schlacht von Custozza gegen die Italiener. Danach haben wir das Veneto verloren. Es ist eine Sache, seine Heimat zu verteidigen, wie es Andreas Hofer und seine Verbündeten gegen die Bayern und Franzosen getan haben. Gott hab ihn selig.« Er schlug ein Kreuz. »Aber was haben wir mit den Serben zu schaffen? Nichts! Was hat ein Tiroler am Balkan zu suchen? Nichts!« Er schnitt mit der Handkante durch die Luft. »Nichts!«

»Pacher, das reicht!« Elisa schrak zusammen, als Franz hinter sie trat. Sie hatte ihn gar nicht kommen hören. »Du solltest Elisa nicht mit deinen Schauergeschichten beunruhigen. Das waren andere Zeiten und andere Verhältnisse.«

»Schauergeschichten?« Pacher verschränkte die Arme und grinste boshaft. »Ihr wollt sie nicht hören, ihr Burschen, euch platzen die Hosen vor Abenteuerlust. Du bist ein guter Junge. Deine Frau bekommt ihr zweites Kind. Was, wenn du nicht zurückkommst? Dann muss sie die Bälger allein großziehen.«

Andere kamen näher, Elisa sah Mischi und Rudl, Bernhard Gutholzer sowie Lenes Brüder Matthias und Niko unter ihnen.

»Warum sollte ich nicht zurückkommen?«, fragte Franz gelassen. »Du hast auch gegen die Italiener gekämpft und stehst heute vor mir. Gott schützt die Tüchtigen.«

»Mein Bruder ist in jenem Krieg geblieben, Kastlunger«, sagte Trudl leise und legte einen Arm um Bernhard, was dem sichtlich unangenehm war, doch er wagte es nicht, sich seiner Großmutter zu entziehen.

Pacher nickte nur.

Franz schwieg verlegen.

»Geschwätz!«, rief Matthias übermütig und lachte. »Ihr werdet sehen: Wir schicken die Serben in die Hölle, und zur Heuernte sind wir wieder da.«

»Genau! Wir zeigen ihnen, was es heißt, der Stolz Tirols zu sein!«

Elisa konnte nicht ausmachen, wer die letzten Worte gerufen hatte, da sie im Gejohle der anderen untergingen. Wie auf Kommando begannen die Kirchenglocken zu läuten und machten jede weitere Unterhaltung unmöglich.

Franz beugte sich an Elisas Ohr. »Kurat Ploner will eine Messe halten und um Segen für die Männer bitten, die in den Krieg ziehen. Komm.«

Elisa warf einen letzten hilfesuchenden Blick zu Pacher und ließ sich mitziehen. Was blieb ihr anderes übrig? Was konnte sie schon ändern?

15. KAPITEL

31. Juli 1914 – Vila Kastlunger, Val Badia

Es war der letzte Tag im Juli 1914, an dem der kaiserliche Befehl zur allgemeinen Mobilmachung erfolgte. Elisa versuchte ihre täglichen Arbeiten, so gut es ging, zu verrichten, doch sie war unkonzentriert und fahrig, brannte darauf, aus nächster Nähe zu erfahren, was vor sich ging. Als hätte der Herrgott ein Einsehen, schickte Kurt Willeit am späten Mittag einen kleinen Jungen, um Elisa oder ihre Mutter zu holen, damit sie ihm bei der Bewältigung der ganzen deutschen Papiere halfen. Es machte Elisa keine Mühe, ihre Mutter zu überreden, sie gehen zu lassen.

Zwei Automobile parkten auf dem Kirchplatz und eine Katze beschnupperte neugierig ein Hinterrad, ansonsten herrschte überall schläfrige Mittagshitze.

Schüchtern trat Elisa durch die Tür der offen stehenden Amtsstube und klopfte gegen den Türrahmen. Überall stapelten sich Aktenordner und Papiere. An einem Garderobenständer hingen einige Uniformen, von denen ein penetranter Geruch nach Mottenkugeln ausging, daneben häuften sich Taschen und Gepäcktruhen. Außer Kurt Willeit war noch ein kräftiger uniformierter Mann anwesend, der jedoch gerade mit einem unordentlichen Haufen Papier in den Händen gehen wollte.

»Elisa, dich schickt der Himmel.« Kurt Willeit strahlte und schob mit dem Zeigefinger seine Brille den Nasenrücken hoch. »Wir müssen die Reservisten benachrichtigen und die Papiere sorgfältig prüfen. Nicht, dass wir am Ende noch jemanden zum falschen Regiment schicken.« Er lachte verlegen, doch ein scharfer Blick des Uniformierten ließ ihn verstummen.

»Die Männer haben bis zum 4. August Zeit, bei ihren Einheiten anzutreten, Willeit«, bellte der Soldat mit schneidender

Stimme. »Wer sich bis dahin nicht gemeldet hat, gilt als fahnenflüchtig.« Ohne ein Wort des Abschieds schob er Elisa aus dem Weg und war hinaus. Sie hörte, wie der Motor eines Autos röchelnd ansprang und sich das Gefährt bald darauf entfernte.

Willeit stand hinter seinem überfüllten Schreibtisch und seufzte laut auf. »Ein durch und durch sympathischer Zeitgenosse. Wenigstens ist er weg. Und er hat dir eine Überraschung mitgebracht, Elisa.«

»Eine Überraschung? Für mich? Er kennt mich doch gar nicht, er hat mich nicht einmal beachtet.«

»Wirst schon sehen.« Sein Lächeln blitzte wieder auf, und sie erwiderte es herzlich. Sie mochte Kurt Willeit. Er gehörte zu den Menschen, von denen sie gern gelernt hatte, lange bevor Vito in ihr Leben getreten war.

»Wir haben keine Zeit zu schwatzen. Diese Formulare müssen ausgefüllt werden.« Er hielt ihr abwechselnd zwei Papierstapel entgegen und setzte sich, schob dabei seine Brille hoch, die sofort wieder hinabrutschte. »Ein gutes Kaiserreich funktioniert nur mit einer tadellosen Bürokratie.«

Elisa machte sich nicht die Mühe herauszufinden, ob seine Worte scherzhaft gemeint waren. Im Zweifelsfall würde er ohnehin leugnen, dass es Kritik sein sollte. Willeit war bis in die Haarspitzen kaisertreu und würde niemals ein schlechtes Wort über die Regierung verlieren, doch er war Lehrer, der diese Verwaltungsaufgaben nur nebenbei machte, und es war unschwer zu erkennen, dass ihm diese Tätigkeit nicht lag.

Vielmehr würde sie interessieren, was sie für eine Überraschung erwartete. Sie sah sich neugierig um, konnte jedoch keine Anzeichen erkennen, um was es sich handelte.

Gemeinsam begannen sie sich durch die Papiere zu arbeiten, bis schwere Stiefelschritte Elisa aufblicken ließen. Zuerst konnte sie den Neuankömmling nicht erkennen, da sie gegen das Tageslicht blinzeln musste, doch einen Augenblick später machte ihr Herz einen freudigen Hüpfer.

»Anton!«

Mit zwei Schritten war sie bei ihm, und er wirbelte sie lachend herum, bevor er sie in die Arme schloss.

»Was machst du hier? Du musst bei deinem Regiment sein.«

»Ja.«

Die einsilbige Antwort ließ Elisa aufblicken.

Antons Lächeln erreichte seine Augen nicht. »In vier Tagen muss ich dort sein. Dann geht es nach Galizien.«

»Jetzt bist du gekommen, um dich zu verabschieden.«

»Richtig.« Er nahm eine der Taschen, die neben der Garderobe lagen, und winkte Willeit grüßend zu.

Elisa schaute ihn sehnsüchtig an und dann zu Willeit, der seine Arbeit nicht eine Sekunde unterbrochen hatte. »Ich kann jetzt nicht weg, ich bin gerade erst gekommen.«

»Das macht nichts. Ich bleibe bis morgen Mittag. Ich werde mich bei Franz und Lene einquartieren. Wenn du fertig bist, kommst du einfach zu mir.«

Elisa hörte die Sorge aus seinen Worten heraus, dass Vater ihm immer noch grollte, doch das war keine Sache, die sie vor Willeit besprechen wollte, daher nickte sie zustimmend und versuchte, ein fröhliches Gesicht zu machen. Es schien ihr nicht recht zu gelingen, denn Anton legte zwei Finger an ihre Mundwinkel und drückte sie hoch. Lachend wehrte Elisa ihn ab. »Lass das, das kitzelt.«

»Schon besser. Bis später.« Mit diesen Worten war er davon. Einfach verschwunden, das war unverwechselbar Anton. Bedauernd wandte Elisa sich wieder ihren Papieren zu.

»Nun reicht es, Elisa. Geh endlich nach Hause!« Willeit klopfte nachdrücklich auf einen Stapel erledigter Dokumente und schob dabei wohl zum hundertsten Male seine Brille hoch.

»Wir sind noch nicht fertig.«

»Das werden wir nicht einmal, wenn wir die ganze Nacht durcharbeiten.«

Frustriert blickte Elisa auf die ganzen Berge, die theoretisch noch vor ihnen lagen. Natürlich hatten sie sich nicht nur um die militärischen Papiere gekümmert, sondern gleich alles abgearbeitet, was sie erledigen konnten. Willeit schien die Verwaltung schon seit Wochen, wenn nicht gar Monaten vernachlässigt zu haben. Vor allem aber hatten die ständigen Störungen sie davon abgehalten, sich vernünftig zu konzentrieren. In der Amtsstube war es zugegangen wie in einem Taubenschlag, ständig kamen Leute, meistens junge Männer, um sich zu melden, Fragen zu stellen und Unterlagen zu bringen oder abzuholen. Jeder von ihnen war aufgeregt, freute sich auf die Rolle, die er in dem bevorstehenden Feldzug spielen würde. Ganz gleich, wie sie selbst darüber dachte, sie konnte es irgendwann schlicht nicht mehr hören.

»Lass gut sein«, sagte Willeit freundlich. »Du hast mir sehr geholfen. Vor allem dein Deutsch ist hervorragend, besser als meins.«

Elisa errötete. »Wirklich?«

»Aber ja. Falls du dir später einmal überlegen solltest, in einem Büro zu arbeiten, werde ich dir mit Freuden eine Empfehlung schreiben.«

»Ich? Im Büro? Wie sollte das gehen?«

»Ach, ich meine doch nur, falls du …« Willeit stockte. »Ist nicht so wichtig. Aber eigentlich müsste ich dich für deine Arbeit heute bezahlen.«

Elisa winkte ab. Sie wollte es nicht zugeben, aber abgesehen davon, dass die Arbeit ihr Spaß gemacht hatte, wusste sie darüber hinaus über jede Familie Bescheid, wer von den männlichen Angehörigen einberufen wurde und wer sich freiwillig meldete. Es hatte ihr gutgetan, dies zu erfahren, da es ihr das Gefühl gab, mit dem Schicksal ihrer Brüder nicht allein zu sein. Allerdings gab es der gesamten Situation zugleich etwas seltsam Alltägliches. Vielleicht war wirklich alles gar nicht so schlimm.

Willeit kratzte sich am Ohr und schob anschließend die Brille hoch. »Weißt du was? Morgen früh um zehn Uhr kommt ein Photograph. Ich werde ihn zu euch in die *vila* schicken, dann lasst ihr ein paar schöne Familienporträts machen. Die Rechnung soll er auf meinen Namen ausstellen. Was hältst du davon?«

»Also gut. Warum nicht?« Elisa bedankte und verabschiedete sich und wollte gerade in den Sommerabend hinauslaufen, als sie noch in der Tür mit Kurat Ploner zusammenprallte.

»Oh, verzeihen Sie, das wollte ich nicht.« Sie machte einen erschrockenen Satz rückwärts.

»Schon gut. Buna sëra, Elisa. So fleißig.« Der Kurat zeigte ein seltenes Lächeln. »Du meine Güte, was für ein Tag. Man sollte meinen, das Jüngste Gericht steht bevor.«

»So viele Beichten? Dir müssen die Ohren klingeln«, fragte Willeit munter.

Kurat Ploner wurde sofort ernst. »Sie wollen frei von Sünde in den Krieg ziehen, das ist doch nur richtig. Ich habe heute einiges gehört, aber im Grunde ihres Herzens sind sie gut. Ich mache mir keine Sorgen um unsere Zukunft. Jetzt geht es also für unsere Männer in den Osten.«

Elisa knickste und verabschiedete sich so schnell wie möglich ein zweites Mal. Sie konnte darauf verzichten, Kurat Ploners folgende Worte zum Tagesgeschehen anzuhören, denn er würde auch keine andere Meinung vertreten als der Rest des Dorfes. Es wurde wirklich Zeit, dass sie nach Hause kam.

Erstaunlicherweise traf sie in der Ciasa Kastlunger niemanden an. Die Küche war verwaist, auch in der *majun* fand sie niemanden. Elisa stutzte, denn sie hatte erwartet, ihre Mutter beim Zubereiten des Abendessens vorzufinden. Es war doch nichts passiert?

Erst als sie unter die Obstbäume lief, hinüber zu den Costas blickte und darüber nachdachte, dort zu fragen, sah sie eine Gestalt auf der Bank. Anton saß in der warmen Abendsonne über den Tisch gebeugt, schrieb und rauchte dabei genüsslich. Kaum hatte sie sich ein paar Schritte genähert, blickte er auf.

»Elisa! Da bist du endlich.«

»Es war viel Arbeit. Der Willeit taugt einfach nicht zum Bürokraten.«

»Mag sein.« Anton lachte, verschloss den Füller und faltete den Briefbogen, den er eng beschrieben hatte. »Das ist ein wundervoller Platz hier. Warum ist bisher niemand auf die Idee gekommen, hier eine Bank hinzustellen?«

»Das war Lucias Idee. Vitos Mutter hat eine unstillbare Sehnsucht nach Sonne.« Elisa rutschte neben ihn auf die Sitzfläche und blinzelte. In der Amtsstube war es so dunkel gewesen, dass sie fast vergessen hatte, dass Hochsommer war.

»Kluge Frau.«

»Anton, wo sind alle? Die *ciasa* ist wie ausgestorben. Was ist mit dem Abendessen?«

»Hast du Hunger? Ich habe Brot und Käse hier.« Er bückte sich und zog ein mit einem Leinentuch abgedecktes Küchenbrett unter der Bank hervor. »Gutholzer hat ein Schwein geschlachtet. Sie bereiten bei den Pescolls zum Abschied ein Grillfest vor. Mutter, Lene und Rudl sind schon drüben im Dorf. Franz sollte in seiner *ciasa* sein.«

»Und Mischi und Tata?«

Antons Mundwinkel zuckten kaum merklich. Elisa sah es trotzdem. Ihr Herz sank. Er und Vater hatten wieder gestritten.

»Sie sind rauf auf die Alm. Wollen nach den Ziegen schauen«, murmelte Anton, drückte seine Zigarette aus und legte den Stummel ordentlich in einen kleinen Becher, in dem schon einige andere lagen.

Elisa verschränkte die Hände im Schoß und wartete ab.

Irgendwann seufzte Anton laut auf. »Sie besprechen, ob Mischi mitkommt oder nicht. Er will sich freiwillig für den Feldzug melden.«

»Mischi? Niemals!«, entfuhr es Elisa.

Anton lächelte bitter. »Doch. Pere versucht es ihm auszureden, aber er kann es ihm kaum verbieten, und das will er auch nicht. Immerhin, so viel hat er dazugelernt. Er glaubt, ich wäre schuld.«

»Du? Wieso?«

»Pere meint, ich hätte ihn heute mit meinen *Heldengeschichten* angesteckt. Mischi ist hier so tief verwurzelt, dass sich niemand vorstellen kann, er käme weiter als bis in die Nachbartäler.« Anton zupfte einen Tabakbrief aus der Hosentasche und drehte sich eine neue Zigarette. Elisa hüstelte vorwurfsvoll, doch er nahm keine Rücksicht auf sie und blies bald wieder Rauch in die klare Luft.

»Elisa, die Wahrheit ist, dass ich es ihm am liebsten ausreden würde. Es ist genug, wenn zwei von uns in den Osten gehen. Außerdem steht euch die Heuernte ins Haus, und da ist es nicht gut, wenn gleich zwei Kräfte fehlen. Aber die Burschen im Dorf putschen sich gegenseitig auf. Lenes Brüder gehen, der kleine Gutholzer geht. Glaubst du, da bleibt Mischi zurück?«

»Hast du gerade gesagt, dass du nicht willst, dass er geht? Mit dir kommt?«

»Ja, habe ich. Wer soll sonst auf dich aufpassen?«

Elisa schnappte empört nach Luft. »Ist das der einzige Grund? Ich kann sehr gut auf mich selbst aufpassen.« Vito gab es auch noch. Er wollte nicht gehen, das hatte er am vorangegangenen Abend nach dem Gottesdienst klar und deutlich gesagt. Wenigstens er würde ihr bleiben.

»Meinetwegen.« Anton lachte leise. »Er sollte trotzdem hierbleiben, bei seinen Bergen.«

Elisa wurde plötzlich trotz der Hitze eiskalt. Sie schluckte und versuchte, die aufkommende Furcht zu unterdrücken. »Anton, was erwartet euch?«

Er zog verblüfft die Augenbrauen hoch. »Auf dem Feldzug? Ich weiß es nicht.«

»Aber du musst es wissen. Wer, wenn nicht du? Hast du denn gar keine Angst?«, brach es aus Elisa heraus. Sie verstand das alles nicht mehr, diese blinde Begeisterung, diese Sorglosigkeit der meisten.

»Manchmal kann Unwissenheit eine Gnade sein.« Anton streckte sich. »Nein, ich habe keine Angst. Aber ich habe Respekt. Wir sind nicht das einzige Land mit einer guten Armee. Zum Glück sind die Preußen unsere Verbündeten.«

Er verstummte und griff nach einem der Umschläge, die vor ihm auf dem Tisch lagen. Nachdenklich drehte er ihn mehrmals zwischen den Fingern, bevor er ihn Elisa hinhielt. »Das ist ein Brief an Pere. Falls mir etwas passiert, übergibst du ihn. Versprich mir das.«

Elisa fühlte sich plötzlich wie gelähmt. Die Worte ihres Bruders trugen nicht dazu bei, dass diese schreckliche Vorahnung verschwand, im Gegenteil. »Natürlich. Aber was sollte dir schon passieren?«, brach es patzig aus ihr heraus.

Anton presste die Lippen aufeinander und schüttelte den Kopf. »Spar dir deinen Hohn, das passt nicht zu dir, Kleine. Ich habe doch nie behauptet, dass es ungefährlich ist. Ich werde meine Pflicht erfüllen. Ich werde für meine Männer da sein und alles dafür tun, dass wir mit Gottes Gnaden heil und gesund zurückkehren. Aber die Kaiserjäger sind eine Eliteeinheit. Das weißt du. Das heißt, wir gehen dorthin, wo andere scheitern würden.« Er hielt ihr auffordernd den Brief hin.

Und da erkannte Elisa, dass ihr Bruder nicht nur ganz genau wusste, was ihn erwartete, sondern es auch fürchtete. Er versteckte es beinahe perfekt unter dieser heiteren Gelassenheit.

Sie merkte, dass ihr die Tränen in die Augen stiegen, doch sie bohrte die Fingernägel in die Handflächen, bis der Schmerz den Drang zu weinen auslöschte. Mit zitternden Händen nahm sie den Brief.

»Braves Mädchen. Wenn ich zurückkehre, werden wir beide diesen Umschlag samt Inhalt ungeöffnet verbrennen, und ich werde mich weiter mit Pere streiten. Abgemacht?« Anton zog an seiner Zigarette und lachte. In Elisas Ohren klang es aufgesetzt.

»Abgemacht«, murmelte sie. Vielleicht sollte sie besser darum beten, dass Mischi nicht von dem Wahnsinn dieser Tage ergriffen wurde.

Nach dem Gespräch mit Anton war Elisa zu aufgewühlt, um etwas Vernünftiges zu tun. Vor allem wollte sie einen Moment allein sein, weg von all den Möglichkeiten, Grübeleien und Befürchtungen.

Ihr Wunsch erfüllte sich nicht. Kaum dass sie die *ciasa* betreten hatte und die offen stehende Stubentür passieren wollte, entdeckte sie zu ihrer Verwunderung Franz vor der großen Anrichte. Er hatte sie noch nicht bemerkt. Elisa wollte ihn gerade begrüßen, da erkannte sie, dass er Selbstgebrannten aus einer großen Glasflasche in eine Taschenflasche abfüllte. Bevor er sie verschloss, zögerte er kurz und nahm einen tiefen Schluck. Danach räumte er den Schnaps ordentlich weg und schob die flache Metallflasche in seine Arbeitshose.

Noch bevor Elisa darüber nachdenken konnte, wie sie am besten unbemerkt davonkam, drehte Franz sich um und sah sie wie angewurzelt mitten im Türrahmen stehen.

Er grinste verlegen. »Wegzehrung.«

»Du hast sicherlich *auch* keine Angst vor dem, was vor dir liegt«, fauchte sie und reckte herausfordernd das Kinn.

Heftig schüttelte er den Kopf. »Aber nein, wie kommst du darauf?«

»Ich dachte nur. Am Abend nach dem Maitanz, als wir über Anton gesprochen haben und ich dich gefragt habe, ob er in den Krieg ziehen muss, da warst du so still und traurig.«

»Ich war betrunken, nichts weiter.« Franz lächelte beruhigend. »Nun hör schon auf, mach dir nicht so viele Gedanken.«

Hab keine Angst, mach dir keine Gedanken, mach es dir nicht so schwer. Nichts als hohle Phrasen. Sie nickte hilflos und wollte sich abwenden, da setzte Franz unvermittelt an: »Ich muss dem Befehl Folge leisten.« Seine Stimme klang belegt. »Wenn ich nicht antrete, bin ich ein Fahnenflüchtiger, ein Deserteur. Darauf steht eine hohe Strafe.«

Wortlos ging sie auf ihn zu und umarmte ihn.

Franz lehnte sich an sie und legte den Kopf auf ihre Schulter. »Ich werde vielleicht noch nicht zurück sein, wenn Lene unser zweites Kind auf die Welt bringt«, flüsterte er mit erstickter Stimme. »Das regelt ihr Frauen sowieso unter euch. Steh ihr bei, versprichst du mir das? Und dann passt ihr auf den Kleinen und auf Andreas auf, bis ich wieder da bin.«

»Der Kleine? Woher weißt du, dass es ein Sohn wird?«

»Er soll Josef heißen, nach seinem Großvater. Den zweiten Namen sollst du aussuchen, aber Lene muss einverstanden sein.« Er drückte Elisa an sich.

Jetzt hatte sie keine Macht mehr über die Tränen. Lautlos weinte sie an der harten Brust ihres Bruders, und tief im Inneren wusste sie, dass Mischi mit den beiden Älteren mitgehen würde. Dafür liebte er sie zu sehr, schaute zu ihnen auf. Nicht einmal seine Berge würden ihn aufhalten.

Es gab nichts, was sie dem entgegenstellen konnte.

Gar nichts.

16. KAPITEL

21. September 1914 – Vila Kastlunger, Val Badia

W*enn ich wieder zurück bin, dann kommst du mit nach Fanes. Wir übernachten in Marcos Hütte, stehen am nächsten Morgen ganz früh auf und beobachten die Murmeltiere. Auf bald!*

Jedes Mal, wenn es Zeit für die Post wurde, kamen Elisa Mischis Abschiedsworte wieder in den Sinn. Gerade trat der kaiserliche Postbeamte durch die weit offen stehende Tür in die Amtsstube und winkte ihr und Kurt Willeit zu.

»Bun dé, ihr beiden! Ein Jammer, dass ihr bei diesem Wetter hier drinnen sitzen müsst.«

Beklommen nahm Elisa den Umschlag und die Tageszeitungen von ihm entgegen. Willeit hatte mit seiner Arbeit innegehalten und beobachtete sie angespannt.

Wie könnte ich bleiben, während Franz und Anton ausziehen, um die Ehre unseres Kaisers wiederherzustellen? In ein paar Wochen sind wir zurück. Zieh nicht so ein Gesicht, das ist keine große Sache, du wirst sehen.

Elisa setzte sich auf ihren Platz, nahm einen Brieföffner und schlitzte den Umschlag sorgfältig auf. Er enthielt ein paar Briefe und ein zusammengefaltetes Blatt. Es war das offizielle amtliche Mitteilungsblatt aus Wien, das über das Auskunftsbüro des Roten Kreuzes in Bozen versendet wurde. Sie und Willeit nannten es nur *die Liste*. Es war eine Liste mit Namen.

Seit über sechs Wochen waren ihre drei Brüder unterwegs in Galizien und Russisch-Polen. Wo genau, wusste sie nicht. Anton hatte ihr den Zielbahnhof genannt, zu dem sein Regiment mit dem Zug transportiert werden sollte, aber der Name klang unaussprechlich fremd und sagte ihr nichts. Von dort aus waren die Kaiserjägerregimenter und Tiroler Landesschützen mit der restlichen Armee gen Russland marschiert. Ende August hatte die Feuertaufe stattgefunden.

Kurz danach war die erste Liste eingetroffen.

Elisa las die Adressen auf den Briefen und reichte sie anschließend Willeit. »Zwei für Sie, einer für den Kurat und einer für Frau Pichler.«

Willeit nickte und ließ sich den Brieföffner reichen. Den einen Brief würde Elisa mittags zur Ciasa Pichler bringen. Kurat Ploner würde schon vor dem Mittag in die Amtsstube kommen, um seine Post abzuholen.

Ich bringe dir eine Matrjoschka aus Russland mit, Elisa. Hast du davon gehört? Das sind kleine Puppen, die ineinandergeschachtelt werden. Vielleicht kann ich sie nachbauen. Es sollte nicht so schwer sein.

Insgesamt waren schon vier Listen eingetroffen. Vier Listen mit vierzehn Namen. Die Liste war für das gesamte Tal, so dass Elisa froh darum war, dass sich nicht hinter jedem Namen ein vertrautes Gesicht verbarg. Es waren ohnehin schon zu viele. Beim ersten Mal war es die Meldung über zwei Männer mit Schussverletzungen, beim zweiten vier Verwundete und ein *auf dem Schlachtfeld der Ehre Gefallener.* Auf der dritten stand nur ein Name: Josef Gutholzer, ihr Nachbar, Bernhards Onkel, der als Knecht auf dem Hof seines älteren Bruders lebte. *Nein,* korrigierte Elisa sich im Stillen. *Nicht lebte – gelebt hatte.* Sie musste sich daran gewöhnen.

Es fiel ihr schwer.

Auf der vierten Liste standen sechs Namen, alle aus den Nachbardörfern. Drei Verwundete, die nach Tirol zurückgekehrt und im Spital in Bozen untergebracht waren. Und drei weitere Männer, die nicht zurückkehren würden.

Willeit räusperte sich. »Elisa, willst du nicht nachsehen?« Er wies auf die Liste und schob seine Brille hoch. Die Geste hatte Elisa in den ersten Tagen aufgeregt, inzwischen war sie ein Anker geworden. Ein vertrauter Anblick, eine harmlose Routine zwischen all den neuen und ungewöhnlichen Abläufen.

Die Nachrichten vom Kriegsverlauf erreichten sie nur auf Papier, über kurze amtliche Meldungen und Artikel in der Zeitung. Es gab dem gesamten Geschehen etwas vollkommen Unwirkliches. Dennoch geschah es dort fern im Osten. Die Liste bewies es.

Die Liste machte es real.

Dabei schien der Krieg gut zu laufen. Die österreichischen Truppen hatten zwar Lemberg, die Hauptstadt Galiziens, aufgegeben, aber nur, um eine humanitäre Katastrophe für die Zivilbevölkerung zu verhindern. Es wäre nur eine Frage von wenigen Wochen, bis man die Stadt wieder einnehmen würde, so schrieb der *Pustertaler Bote* in der aktuellen Ausgabe. Elisa hatte es sich zur Gewohnheit gemacht, täglich den *Tiroler* und den wöchentlich erscheinenden Boten zu lesen. Wenn sie konnten, glichen sie und Vito die Meldungen mit denen der italienischen Zeitungen ab: *La Stampa,* und, wenn er sie bekam, *Corriere della Sera.* Meistens stimmten die Nachrichten überein, die Italiener maßen lediglich der Ernennung des neuen Papstes Benedikt XV. und seinem Ruf nach Frieden unmittelbar nach Amtsantritt viel mehr Bedeutung zu als dem Krieg seiner Bündnispartner.

Elisa faltete das Papier auseinander und hielt den Atem an. Drei Verwundete aus Kolfuschg und zwei weitere Namen.

Sie blickte zu Willeit. »Jakob Pescosta und Adolf Vinatzer.« Sie kannte die beiden Männer, der eine war ein Müllerssohn mit vier Kindern in einer benachbarten *vila,* der andere ein junger Bursche, mit dem Mischi sich ab und zu getroffen hatte. Elisa stieß den Atem aus und schlug mechanisch ein Kreuz, während sich der Knoten in ihrer Brust löste. Es berührte sie zwar, aber hauptsächlich schämte sie sich, weil ihre Erleichterung überwog. Keiner von ihren Brüdern, keiner von Lenes, nicht ihr Nachbar Bernhard.

»Gott sei ihnen gnädig.« Willeit senkte betroffen den Kopf und schlug ebenfalls ein Kreuz. Nachdem sie die Liste mit dem ersten Gefallenen erhalten hatten, hatte er von dem Mann erzählt. Beim zweiten Mal hatte Elisa über Josef Gutholzer gesprochen. Sie wollte ihn in guter Erinnerung behalten, auch wenn sie ihn nicht sehr nahe gekannt hatte. Beim dritten Mal hatten sie sich angesehen und betroffen geschwiegen.

Elisa heftete die Liste zu den anderen. Willeit würde die Angehörigen benachrichtigen und ihnen helfen, die Formalitäten zu klären. Es war die fünfte Liste. Es würden weitere kommen.

Am späten Nachmittag kehrte Elisa zur *vila* zurück und traf ihren Vater im Hof an, wo er mit Albert Pacher die Pferde beschlug. Sie passten gerade das Eisen am Hinterhuf des Haflingerwallachs an und beachteten sie nur flüchtig. Elisa rümpfte die Nase, als ihr der Gestank von verbranntem Horn in die Nase stieg.

»Elisa!« Rudl, der Laurins Kopf halten und ihn beruhigen sollte, ließ mit einer Hand los und winkte ihr freudig zu. In dem Moment scheute der Wallach, riss sich los und machte einen Satz nach hinten. Rudl duckte sich und hob die Arme schützend über den Kopf. Das Hufeisen klapperte zu Boden. Pacher wurde gegen die Stallwand geschleudert und sank dort zusammen. Elisas Vater ließ die Zange fallen und konnte sich gerade noch vor dem aufstampfenden Pferd in Sicherheit bringen.

»Herrgott, pass doch auf, du Depp!« Mit einem Hechtsprung ergriff er das Halfter des scheuenden Pferdes und hängte sich mit seinem gesamten Gewicht daran. Laurín machte noch ein paar Schritte und stand dann mit zitternden

Flanken still. Ganz behutsam ließ Kastlunger locker und tätschelte dem Wallach beruhigend den Hals.

Als sie sicher war, dass keine Gefahr mehr drohte, sprang Elisa zu Pacher und half dem alten Mann auf die Beine. Er stöhnte und rieb sich den Rücken, doch er schien unverletzt.

Rudl richtete sich auf, Verwirrung stand ihm ins Gesicht geschrieben. Bevor noch jemand reagieren konnte, drehte er sich auf dem Absatz herum und rannte davon.

»Rudl! Komm zurück, zum Donnerwetter!«, brüllte Kastlunger hinter ihm her. Doch Elisa wusste so gut wie ihr Vater, dass es zwecklos war. Er würde sich auf einem Heuboden verkriechen und erst Stunden später wieder hervorkommen.

»Nichtsnutziger Bengel!« Kastlunger spuckte aus und führte Laurín an die Stallmauer, um ihn dort an einem eisernen Ring anzubinden.

Elisa schaute ihn direkt an. »Vielleicht sollten Sie ihn nicht bei jeder Gelegenheit verprügeln, dann hätte er keine Angst, weitere Schläge zu kassieren.«

»Wie bitte?« Ihr Vater zog drohend die Augenbrauen zusammen.

»Das Mädchen hat recht, Kastlunger.« Pacher massierte sich die Oberschenkel. »Es tut mir leid, dem Buben ist kein Verstand einzuprügeln. Der bleibt tumb.«

Elisa stemmte die Fäuste in die Hüfte und wollte protestieren. So etwas sagte niemand über ihren Bruder – selbst wenn es stimmte. Doch die betroffene Miene ihres Vaters ließ sie verstummen. Normalerweise hätte er wütend werden müssen, niemand schrieb ihm vor, wie er seine Söhne zu erziehen hätte, weder jemand wie Pacher und noch weniger seine Tochter.

Aber Kastlunger seufzte nur tief. »Elisa, schau, ob du Giovanni findest. Er soll uns helfen. Franz hatte diesen Trottel besser im Griff.« Die letzten Worte murmelte er mehr zu sich, aber Elisa hörte sie trotzdem. Sie spürte einen Stich im Herzen. Rudl war Franz wie ein treuer Hund überallhin gefolgt. Seit sein großer Bruder fort war, benahm er sich noch kindlicher als zuvor, zitterte ängstlich, sobald man lauter sprach, und verkroch sich am liebsten. Allein in Elisas Gesellschaft war er ein wenig zugänglicher, doch sie konnte sich nicht den ganzen Tag um ihn kümmern, vor allem nicht, wenn sie bei Willeit in der Amtsstube half. Sie hatte ihn einmal mitgenommen, damit er die Briefe im Dorf herumbrachte, schon das hatte ihn überfordert. Jetzt blieb er meistens in der Nähe der Mutter, langweilte sich jedoch schnell, wenn er nichts zu tun bekam.

Überhaupt fehlten Franz und Mischi an jeder Ecke. Seit sie in den Krieg gezogen waren, hatte Pacher sich auf dem Hof verdingt, und Leonhard Pichler, Costas ehemaliger Knecht, hatte während der Heuernte geholfen. Das war alles kein Ersatz. Wie auch?

Sie fand Giovanni, der seiner Mutter beim Waschen helfen musste und froh war, dieser Frauenarbeit zu entkommen.

»Wieso musst *du* das machen? Wo ist Martha?«, wollte Elisa wissen.

»Im Dorf«, erklärte Giovanni mit seinem starken italienischen Akzent. »Sie hat eben die Todesnachricht von ihrem Enkel erhalten.«

Elisa nickte und erschauderte. Sie hatte nicht gewusst, dass Adolf Vinatzer Marthas Enkel gewesen war, aber es sollte sie nicht wundern. Letzten Endes war im Dorf jeder mit jedem verwandt, sei es durch Blut oder Heirat. Nur rückte der ihr kaum bekannte Gefallene auf der Liste damit plötzlich auf unangenehme Weise sehr viel näher.

Sie wollte nicht darüber nachdenken. Jeden Tag gingen ihr solche und ähnliche Gedanken durch den Kopf. Andererseits war es in diesen Tagen nicht leicht, sich abzulenken. Und als wollte ein gehässiges Schicksal ihr das beweisen, begegnete ihr prompt Lene mit einem Stapel alter Bettwäsche auf den Armen.

»Elisa! Hoch!« Andreas hüpfte hinter seiner Mutter hervor und riss die Arme in die Höhe. Lachend hob Elisa ihn hoch und folgte ihrer Schwägerin in die Stube, wo sie die Wäsche auf den Tisch fallen ließ.

»Was meinst du, reicht das?«, fragte Lene, legte die Hand ins Kreuz und streckte sich.

»Du sollst doch nicht mehr so schwer tragen, es sind kaum noch sechs Wochen bis zur Geburt.«

»Na und? Soll ich für jedes Tuch einzeln laufen?« Sie ließ sich auf die Ofenbank plumpsen und breitete einen Kopfkissenbezug vor sich auf dem Boden aus. »Kann mich ohnehin kaum noch nützlich machen. Das Balg ist viel schwerer als seinerzeit Andreas.«

Elisa setzte das Kind ab, das sofort mit einem Holzauto zu spielen begann, und hockte sich auf den Boden. Sie zog einen Bettbezug heran, nahm ihr Messer aus der Tasche und schnitt oder riss den Bezug erst in kleinere Stücke. Anschließend zupfte sie die einzelnen Fäden aus dem Gewebe. »Heute Morgen stand wieder ein Aufruf in der Zeitung, noch mehr Charpie zu zupfen und abzugeben. Willeit sammelt sie und lässt sie nach Bruneck ins Vintlerhaus bringen. Der Bedarf scheint unermesslich zu sein.«

»Ja, seltsam, oder? So viele Verwundete, wo der Krieg so gut läuft.« Lene verzog spöttisch den Mund.

Elisa vermied es, sie anzusehen. Im Dorf war die Euphorie verflogen, nachdem die Männer abgereist waren. Die Frage, wie Ernte und Almabtrieb ohne die fehlenden Arbeitskräfte zu bewältigen waren, wurde schnell dringender.

Aber seit ein paar Tagen machten Gerüchte die Runde. Geschichten von heimgekehrten Verwundeten, die behaupteten, an der Front in Russland liefe nicht alles so glatt, wie die Zeitungen vorgaben.

»Elisa?«

»Was?« Sie schrak zusammen.

»Ich habe gefragt, was es Neues zu berichten gibt.«

»Nicht viel.« Elisa fetzte mit dem Messer durch den Stoff. »Willeit hat sich entschlossen, mir fünfzig Heller die Woche Lohn zu zahlen, wenn ich weiter ein paar Nachmittage komme und ihm helfe. Wenn Tata es erlaubt, werde ich es gern tun. Da es jetzt auf den Winter zugeht, sollte das kein Problem sein.« Das wären vierundzwanzig Kronen im Jahr. Wenn sie sich anstrengte und Willeit ab und zu etwas drauflegte, konnte sie ihre Schulden bei Mischi in zwei Jahren abbezahlen.

Lene lächelte aufmunternd. »Das finde ich gut. Jetzt sag, was du für Gerüchte gehört hast.«

Abwehrend schüttelte Elisa den Kopf und konzentrierte sich ganz auf ihre Arbeit. Flusen stoben durch den Raum. Das Häufchen Fäden vor ihr auf dem Kissenbezug wurde rasch größer. Plötzlich legte sich eine Hand auf ihren Unterarm und ließ sie innehalten.

Elisa atmete einmal tief durch. »Ich weiß es nicht, Lene. Aber mir graut es.«

»Was ist denn?«

Elisa zögerte immer noch, doch Lene würde es ohnehin erfahren. Das Gerücht war bereits seit dem Mittag im Umlauf und seine Verbreitung nicht mehr aufzuhalten.

»Mittags war Maria Gamper in der Amtsstube«, begann sie stockend. »Sie ist heute zusammen mit Kurat Ploner aus Bozen zurückgekehrt, wo sie einen Verwandten besucht hat. Der war mit dem Zweiten Kaiserjägerregiment in Galizien, bis er von einem Schrapnell verwundet und zurückgeschickt wurde. Er behauptet, die Russen wären viel stärker, als die Zeitungen sagen. Sein Regiment wäre fast komplett ausgelöscht worden, der Rest im Matsch versunken, weil es ununterbrochen geregnet hat. Sie wären tagelang durch den Schlamm marschiert und völlig entkräftet und hungrig gewesen. Von wegen

Schlachtfeld der Ehre und Heldentod.« Es tat gut, das alles einmal laut auszusprechen. Willeit und sie hatten natürlich darüber diskutiert. Aber er hatte nichts davon hören wollen, meinte, das wäre nur Geschwätz eines Einzelnen, der es in Wahrheit nicht verwinden konnte, dass er nach Hause hatte zurückkehren müssen, statt im Schlachtfeld seinen Mann zu stehen. Vielleicht stimmte das. Es musste nichts bedeuten.

Lene blickte auf ihren Sohn und legte die Hand schützend auf ihren Bauch. »Ausgelöscht?«

»Er sagt, sie wären fast bis auf den letzten Mann abgeschossen worden. Er weiß nicht, wie viele von den Russen gefangen genommen oder, so wie er, verletzt wurden, aber er ist sicher, dass es viele Tote waren.«

»Das war das Zweite Regiment, sagst du? Franz ist beim Vierten.«

»Ja. Wie Anton.« Mischi war den Landesschützen zugeteilt worden. Erst war er enttäuscht gewesen, weil er nicht in die Einheit seiner Brüder gekommen war. Doch die Tiroler Landesschützen trugen ein Edelweiß am Kragenspiegel der Uniform – nicht nur für ihn das Symbol seiner geliebten Berge, das hatte ihn rasch versöhnt.

Lene beugte sich vor und griff nach dem Betttuch. Eine Weile arbeiteten sie schweigend.

»Glaubst du, dass er die Wahrheit sagt?«, fragte sie dann.

»Na ja.« Elisa hatte plötzlich einen Kloß im Hals. »Er war da. Er hat etwas erlebt und mit eigenen Augen gesehen. Was in der Zeitung steht, stammt aus Depeschen aus Wien und Feldpost. Aber vielleicht ist er von seinen Schmerzen verwirrt, oder er übertreibt.«

»Hm.« Lene schien nicht überzeugt.

»Im *Tiroler* von gestern war der Brief eines Kaiserjägers aus dem Zweiten abgedruckt«, fuhr Elisa fort. »Darin beschreibt er, dass bei einem russischen Reiter eine Granate unter den Sattel geraten und explodiert ist. Es hat dem Reiter den Unterleib und dem Pferd den Rücken zerfetzt. Zurückgeblieben ist nur ein Loch.«

Lene schauderte. »Nein, das klingt nicht nach einem ehrenvollen Tod, sondern einfach ekelhaft.«

Das grausame Bild vor Augen, wurde Elisa sich plötzlich des verbrannten Geruchs bewusst, der die ganze Zeit schon durchs offen stehende Fenster hereinwehte. Saurer Geschmack breitete sich in ihrem Mund aus. Sie sprang auf und rannte, so schnell sie konnte, zur Toilette und erbrach sich über der Kloschüssel. Die ganze Zeit sah sie in Gedanken die beiden Haflinger Laurín und Dolasíla, wie sie in einer riesigen Lache von Blut, Knochen und zerplatzten Gedärmen sterbend auf der Wiese lagen, umschwärmt von einem Heer Fliegen.

Sie würgte und rang nach Luft.

»Elisa, geht es dir gut?« Lene legte ihr von hinten beruhigend die Hände auf die Schultern und beugte sich ächzend zu ihr hinab.

»Alles in Ordnung. Das waren heute nur zu viele Geschichten dieser Art.« Sie würgte noch einmal und erhob sich unsicher. Lene ließ sie allein und kehrte mit einem nassen Waschlappen zurück, mit dem sie Elisa behutsam über die Stirn tupfte

Auf einmal stutzte sie und unterzog Elisas Körper einer kritischen Musterung. »Das hat aber nichts zu bedeuten, oder? Könntest du schwanger sein?«

»Was? Wie kommst du darauf?« Elisa spuckte einen letzten Rest sauren Speichel in die Toilette. »Nein!«

»Was macht ihr beiden da? Andreas läuft ganz allein herum. Ich hab dir doch gesagt, dass du ihn beaufsichtigen musst, wenn die Männer die Pferde beschlagen, damit er nicht unter die Hufe kommt. Er war schon wieder unterwegs nach draußen.« Elisas Mutter erschien mit vorwurfsvoller Miene in der Tür, ihren unbekümmert lachenden Enkel auf dem Arm.

Elisa warf Lene einen warnenden Blick zu. Sie hatte es bisher vermieden, ihrer Mutter mehr als nötig zu erzählen, was auch ganz gut klappte, da Anna sich weigerte, Zeitung zu lesen. Ganz sicher würden die Gerüchte irgendwann die *vila* erreichen, aber je später, desto eher konnte man es als unsinniges Gerede abtun.

»Elisa geht es nicht gut, tut mir leid«, sagte Lene kurz angebunden und nahm das Kind entgegen.

Hastig winkte Elisa ab. »Das ist nichts. Mir ist von dem Geruch übel geworden. Tata scheint ein paar Pferdehaare erwischt und verbrannt zu haben.« Das war nicht einmal gelogen. Es fehlte noch, dass Mutter sich um sie Sorgen machte. Ihre drei Söhne im Feld und Rudls unbeständige Verfassung waren weiß Gott genug. Wie um diesen Gedanken zu bestätigen, trat ihre Mutter an sie heran und schloss sie fest in die Arme.

»Mein tapferes Mädchen. Was würde ich ohne dich machen?«

17. KAPITEL

29. September 1914 – Vila Kastlunger, Val Badia

Wenn ich wieder zurück bin, dann kommst du mit nach Fanes.

Elisa starrte vor sich hin.

Wir übernachten in Marcos Hütte, stehen am nächsten Morgen ganz früh auf und beobachten die Murmeltiere.

Sie hatte immer noch kein Murmeltier gesehen. Dieses Jahr war sie mit auf der Alm gewesen und hatte das geschnittene

Heu zusammengekehrt. Dort hatte sie die Pfiffe der Tiere gehört. Aber die Menschen, vor allem die Kinder, waren viel zu laut gewesen, als dass sich eines auf Sichtweite genähert hätte. Nicht dort, dafür lag die Alm nicht hoch genug.

Pacher hatte ihr sogar gezeigt, wie man eine Sense führte. Es war ganz leicht. Wenn man den Rhythmus einmal begriffen hatte, war es ein bisschen wie Tanzen. Ein tödlicher Tanz.

Wenn ich wieder zurück bin, dann kommst du mit nach Fanes.

Mischi hatte gedacht, dass es noch dieses Jahr sein würde, vor dem Winter. Aber es sah nicht danach aus.

... und beobachten die Murmeltiere.

Vito hatte ihr versprochen, ihr das Meer zu zeigen. Er hatte behauptet, auf dem Ju de Valparola gäbe es auch Murmeltiere. Der Pass lag auf dem Weg zum Meer. Bisher war es bei diesem Versprechen geblieben.

Es polterte an der Tür. Elisa hob den Kopf. Willeit betrat die Amtsstube und schüttelte den regennassen Mantel aus. »Das ist die Hölle dort draußen, Elisa. Du solltest warten, bis es nachlässt, bevor du nach Hause gehst.«

Ihr fiel nichts ein, was man darauf antworten sollte.

»Soll ich etwas Holz nachlegen?« Willeit hängte den tropfnassen Mantel an den Garderobenständer, nahm seine beschlagene Brille ab und wies auf den Ofen, in dem es nur noch schwach glühte.

Wenn ich wieder zurück bin ...

Mischi würde zurückkommen.

... und beobachten die Murmeltiere.

Alles würde gut sein. Der Pacher war ein lieber Kerl, aber er war über siebzig, viel zu alt für die Arbeit auf dem Feld. Mischi hatte einen breiten Rücken und starke Arme. Er mähte die Wiese hinter der *vila* dreimal so schnell wie der Pacher.

Wenn ich wieder zurück bin ...

»Elisa? Um Gottes willen, was ist passiert?« Willeit trat mit sorgenvoller Miene an ihren Schreibtisch. Seine Augenlider flatterten unruhig. Unter der linken Braue hatte er einen winzigen Leberfleck. Warum war ihr das bisher nie aufgefallen?

Ein Regentropfen löste sich von seiner Stirn und platschte aufs Papier. Willeit senkte den Blick.

»Oh nein, Herr, das kannst du diesem aufrechten Mädchen nicht antun! Wer?« Er griff nach dem Papier. »Elisa, wer ist es?«

Sie sagte es nicht. Wenn sie es nicht laut aussprach, war es vielleicht gar nicht wahr. Sie hatte sich verlesen. Sie hatte sich verlesen, ganz sicher.

Wenn ich wieder zurück bin ...

Es gab doch einen Haufen Kastlungers. Allein im Dorf noch zwei Familien, die eine nur sehr weitläufig, die andere gar nicht verwandt.

»Heilige Mutter Gottes.« Willeit versagte die Stimme. Er bekreuzigte sich mehrmals. Weitere Tropfen klatschen aus seinem Haar auf den Schreibtisch.

Er ließ das Blatt fallen. »Elisa, ich komme sofort wieder. Ich hole den Kurat. Ich ... Mein Beileid.« Er tätschelte ihr unbeholfen den Unterarm und machte auf dem Absatz kehrt.

Wenn ich wieder zurück bin ...

Wo war Mischi jetzt? Fror er? Hatte er Hunger? War er müde? Die tägliche Verlustliste in den Zeitungen war voll von Soldaten mit dem Vermerk *marod* – das Wort klang so harmlos. Irgendwer hatte erzählt, dass es die Männer waren, die bei den kräftezehrenden Märschen vor Erschöpfung zusammenbrachen.

Das konnte Mischi nicht passieren, ausgeschlossen. Er war zäh, hatte einmal mit der Seilschaft von Marco Declara zwei Tage in den Bergen verbracht, weil schlechtes Wetter den Abstieg von einem Gipfel unmöglich gemacht hatte. Er hatte es gut weggesteckt, sogar einen Teil des Weges einen Kameraden getragen.

Wenn ich wieder zurück bin, dann kommst du mit nach Fanes. Wir übernachten in Marcos Hütte, stehen am nächsten Morgen ganz früh auf und beobachten die Murmeltiere.

Elisa nahm die Liste. Sie zog den Ordner heran und heftete sie ordentlich auf die anderen.

Die Tür zur Amtsstube wurde aufgerissen. Willeit und Kurat Ploner stürmten mit einer regennassen Bö in den Raum. Auf ihren Gesichtern zeichnete sich Betroffenheit ab, Trauer, Mitleid.

Elisa wollte den Ordner zuklappen. Wenn sie es nicht sah, wenn sie es nicht lesen konnte, war es vielleicht gar nicht wahr.

Sie blinzelte erschöpft.

Die Zeilen verschwammen vor ihren Augen.

Gefallen auf dem Schlachtfeld der Ehre

Kastlunger, Anton Josef, Jhrg. 1889 – Oberjäger, IV. T.K.J.R.

Kastlunger, Franz Andreas, Jhrg. 1888 – Jäger, IV. T.K.J.R.

Elisa ließ sich von Kurat Ploner durch den Regen über den Platz und in die Kirche führen. Er begleitete sie wortlos zum Seitenaltar der Heiligen Jungfrau und schob sie mit sanftem Nachdruck auf die Gebetsbank. Stumm formten Elisas Lippen das *Vaterunser,* während der Kurat zwei Kerzen in den Ständern unter der Madonnenfigur entzündete.

Die Figur, die Mischi in monatelanger Arbeit geschnitzt hatte. Für die er so viel Geld bekommen hatte, dass er ihr die Hälfte davon leihen konnte, um Vito das Buch über das Fliegen zu kaufen. Weshalb sie in der Amtsstube arbeitete, um ihrem Bruder das Geld eines Tages zurückzugeben.

Wenn ich wieder zurück bin …

Elisa schlug die Hände vors Gesicht und schluchzte trocken.

Sofort spürte sie, wie ihr Kurat Ploner über das Haar streichelte. »Bete, mein Kind. Es wird dir guttun. Gott ist bei dir. Wenn du bereit bist, gehen wir gemeinsam zu deinen Eltern.«

Sie nickte gehorsam. Sie wollte es glauben. Sie murmelte die vertrauten Worte.

Aber da war niemand. Sie war allein.

Und das war auch besser so. *Dieser* Gott hatte es zugelassen, dass ihre Brüder erschossen wurden. Warum? Warum tat Er so etwas? Was hatten sie getan, um dieses Schicksal zu verdienen?

Hilflose Wut wallte durch ihren Körper und ließ sie erzittern. Warum? Warum?

Anton mochte die eine oder andere Sünde begangen haben, aber ganz sicher keine, die Grund genug war zu sterben. Er war ein guter Mensch.

Und Franz? Niemand auf der Welt war freundlicher und liebevoller zu jedem Geschöpf auf der Erde als ihr ältester Bruder.

Warum?

Elisa biss sich auf die Unterlippe und verabscheute mit einem Mal ihre Untätigkeit. Was half es, hier zu knien und in zwei kleine Kerzenflammen zu starren? Sie wurde zu Hause gebraucht. Sie musste zu ihrer Familie, beten konnte sie auch später noch.

Mit einem hastig gemurmelten »Danke, Kurat.« sprang sie auf und rannte durch den Kirchgang hinaus. Immerhin hatte der Regen etwas nachgelassen.

Auf halbem Weg wurde ihr bewusst, dass sie den Mantel in der Amtsstube hatte hängen lassen. Sie lief langsamer und blieb schließlich stehen. Fröstelnd schlang sie die Arme um den Körper. Es war noch nicht einmal Nachmittag, doch die tiefhängenden Regenwolken und die dunklen Schatten zwischen den Bergen machten den Tag so dunkel, dass man meinen konnte, die Abenddämmerung wäre bereits angebrochen.

Elisa hob den Kopf und schaute in den Himmel. Regen benetzte ihr Gesicht wie Tränen. Sie schauderte, nicht nur vor Kälte, sondern weil sie sich bewusst wurde, dass sie wütend geworden war. Es war nicht gut, Gott zu zürnen. Würde er sie nun strafen? Hatte der Kurat etwas davon bemerkt? Sie ballte ohnmächtig die Fäuste und senkte den Kopf.

»Herr, vergib mir. Und lasst Euren gerechten Zorn auf mich nicht an Mischi aus. Bitte.«

Sie würde das beichten, und der Kurat sollte ihr eine hohe Buße auferlegen. Es gab sicher einen Grund dafür, weshalb Er ihre Brüder zu sich gerufen hatte. Welches Recht hatte sie schon, Seine Entscheidungen in Frage zu stellen?

Sie wandte sich um und blickte die menschenleere Straße entlang. Sie wünschte sich, sie wäre nicht einfach davongelaufen. Kurat Ploner hatte sie begleiten wollen, falls er ihr jedoch folgte, war er noch nicht in Sicht.

Langsamer ging sie weiter, und obwohl sie versuchte, den Pfützen auf dem Weg auszuweichen, waren ihre Schuhe bereits völlig durchnässt. Die ganze Zeit dachte sie darüber nach, wie sie ihren Eltern gegenübertreten sollte, und versuchte, sich gegen das Kommende zu wappnen.

Die Entscheidung wurde ihr abgenommen. Kaum dass sie die *ciasa* erreicht hatte, wurde die Haustür aufgerissen. Lene hatte sie kommen sehen. Ohne Rücksicht auf das Wetter oder den matschigen Boden stürzte sie heraus. »Guter Gott, Elisa, wie siehst du aus? Was ist passiert?«

Sie legte ihre warmen Hände an Elisas Wangen und zwang sie aufzusehen. Elisa schloss die Augen und genoss die Berührung, die ihr mehr zurückgab als alle Gebete. Sie erzitterte und rang um Fassung, während sie Lene umarmte. Sie spürte eine Bewegung des Ungeborenen.

Ich werde vielleicht noch nicht zurück sein, wenn Lene unser zweites Kind auf die Welt bringt.

»Er hat gesagt, du sollst ihn Josef nennen.«

»Wer hat das gesagt? Wen?«

»Das Kind, du sollst es nach meinem Vater taufen.«

»Wieso ich?« Sie schlug die Hand vor den Mund. »Was ist mit Franz?«

Aus den Augenwinkeln sah Elisa, wie Andreas durch den Flur getappt kam. Sofort verzog er das kleine Gesicht, spürte, dass etwas nicht stimmte. Zugleich bemerkte Elisa, dass Lene sich schwer auf sie stützte. Sie versuchte sie festzuhalten, doch sie kamen beide ins Rutschen. Hastig reckte Elisa den Arm, um sich an die Fensterbank neben der Tür zu klammern, und bekam den rauhen Stein zu fassen.

Lene stieß einen erstickten Schrei aus, langte ebenfalls nach der Mauer und bemühte sich gleichzeitig, ihr Gleichgewicht wiederzufinden. Doch der Boden war aufgeweicht und schlüpfrig. Sie taumelte. Elisa griff nach Lenes Rock und wollte sie hochreißen. Zu spät. Lene ruderte hilflos mit den Armen, drehte sich halb um die eigene Achse und schlug auf der steinernen Türschwelle auf. Sie schrie, versuchte den Sturz mit einer Hand abzufangen und zugleich ihren Bauch zu schützen. Ein hässlich knackendes Geräusch war zu hören. Elisa warf sich nach vorne, der Stoff des Kleides glitt durch ihre Finger. Beinahe wäre sie auf Lene gefallen, doch sie hielt sich im letzten Moment auf den Beinen.

»Mama?« Mit großen Augen schaute Andreas auf seine Mutter, wagte sich jedoch nicht näher.

Einen gespenstisch langen Moment rührte Lene sich nicht. Elisa hielt den Atem an, wagte nicht, das Schlimmste zu denken. Mit einiger Überwindung bückte sich sie und stieß Lene an. Endlich stieß sie ein langgezogenes Wimmern aus.

»Gott sei Dank!« Elisa packte zu und wollte Lene hochziehen. Die stieß einen markerschütternden Schrei aus. Sofort ließ Elisa wieder los.

»Ich kann meine Hand nicht bewegen! Und das Kind!« Sie schluchzte auf, barg die verletzte Hand in der anderen, legte beide über ihren runden Bauch und rollte sich seitlich liegend zusammen.

Die ganze Zeit strömte der Regen auf sie hinab. Elisa biss die Zähne zusammen und bohrte die Fingernägel in die Handflächen. Der Schmerz brachte sie endlich wieder einigermaßen zur Besinnung.

Resolut beugte sie sich ein zweites Mal zu Lene. »Du kannst hier nicht liegen bleiben. Steh auf!«

»Ich kann nicht!«

»Doch, du kannst. Du musst!«

»Lass mich!« Lene begann, mit fahrigen Bewegungen über ihren Bauch zu streicheln.

Elisa gab auf und winkte Andreas, näher zu kommen. Vielleicht konnte er seine Mutter davon überzeugen aufzustehen. Doch der Kleine lutschte an seinen Fingern und schüttelte ängstlich den Kopf.

Elisa brummte ungehalten. So kam sie nicht weiter.

»Hoch jetzt mit dir!« Ohne darüber nachzudenken, trat sie Lene in den Hintern. Nicht fest, sondern so, wie sie einer ungehorsamen Ziege die Richtung weisen würde. Das half.

Empört hob ihre Schwägerin den Kopf. »Was fällt dir ein?«

Elisa griff nach der gesunden Hand und zog. »Es hilft niemandem, wenn du dir eine Lungenentzündung holst. Denk an das Kind! Denk an Andreas, er braucht dich.« Sie stockte. »Er hat schon den Vater verloren.«

Jetzt war es heraus. Lene zuckte unter den brutalen Worten zusammen, als hätte Elisa ein zweites Mal zugetreten. Mühsam rappelte sie sich auf.

Elisa hatte nicht allzu lange darüber nachgedacht, was sie sagte. Ihre Worte hatten sie selbst mindestens genauso hart getroffen, hallten wie ein Peitschenknall in ihren Ohren wider.

Mit jedem Mal, mit dem sie es aussprach, würde es ein Stück realer werden.

Und doch durfte es eigentlich gar nicht wahr sein.

Regenwasser lief ihr in den Kragen. Lene stützte sich auf sie, krümmte sich, als hätte man ihr einen Stein auf den Rücken gebunden. Ihre rechte Hand hielt sie in einem seltsam unmöglichen Winkel gekrümmt.

Elisa führte sie ins Haus und wollte gerade die Tür schließen, da hörte sie jemanden ihren Namen rufen. Eine schlanke Gestalt hastete durch den Regen den Hang herauf.

Gegen ihren Willen lächelte Elisa dankbar. Gott hatte ihre Familie doch noch nicht ganz verlassen. Zumindest schickte er seinen Abgesandten auf Erden gerade zur rechten Zeit.

Kurat Ploner huschte durch die Tür und nahm seinen Hut ab. Lene lehnte kreidebleich mit dem Rücken an der Wand, ihr Atem ging stoßweise. Andreas hatte sich halb hinter ihren Rock gekauert. Der Kurat wollte ihre Hand ergreifen, doch dann fiel ihm auf, dass etwas nicht in Ordnung war, daher verbeugte er sich steif. »Mein Beileid, Helene. Was ist passiert?«

Lene stieß ein leises Wimmern aus, verzog das Gesicht und legte die gesunde Hand auf den Bauch. Elisa überlief es eiskalt. Bekam sie Wehen? Es war noch zu früh für das Kind!

Während sie die Schwangere musterte, fiel ihr auf, dass ihre beiden Röcke nass und mit Schlamm besudelt waren. »Wo ist Mama?«, fragte sie. »Sie muss uns helfen, dir die nasse Kleidung auszuziehen.«

Lene nickte, antwortete jedoch nicht.

Elisa hatte genug. Energisch trat sie auf Lene zu. »Kurat, helfen Sie mir, wir bringen sie erst einmal in die Stube.«

»Ich möchte nach Hause«, murmelte Lene.

»Das kann ich doch nicht machen. Das schickt sich nicht.« Der Kurat hob abwehrend die Hände.

»Verdammt, Sie sollen sie nur stützen, damit sie heil über den Flur kommt«, entfuhr es Elisa. Das brachte ihr einen tadelnden Blick ein, doch wenigstens führte er Lene in die Stube. Andreas folgte ihnen wie ein kleiner stummer Schatten.

Elisa nahm eine Wolldecke und deckte Lene damit zu. Sie würde jetzt ihre Mutter finden müssen. Die würde wissen, was zu tun war.

»Bitte bleiben Sie bei ihr, Kurat. Ich hole meine Mutter.« Ohne eine Antwort abzuwarten, lief sie hinaus und in Richtung Stall. Wenn Mama dort nicht war, würde sie es bei den Nachbarn versuchen.

Sie fand ihre Mutter bei den Ziegen, die sich nach einem langen Sommer auf der Alm nur widerwillig an das Stallleben gewöhnten.

»Mama, Sie müssen ins Haus kommen.«

»Elisa, schon zurück? Wie spät ist es? Bei dieser Dunkelheit verliert man jedes Zeitgefühl.« Ihre Mutter kam auf sie zu und musterte verwundert das schmutzige Kleid. »Was ist passiert?«

»Lene ist auf der Türschwelle gestürzt und hat sich die Hand verletzt. Sie hat Schmerzen. Ich weiß nicht, was mit dem Kind ist.«

Anna schnalzte missbilligend mit der Zunge, warf sich ein wollenes Tuch über den Kopf und die Schultern und trieb Elisa mit einer Handbewegung vor sich her. »Du hilfst mir, und dann ziehst du dich um. Du hast ja keinen trockenen Faden mehr am Leib. Wo ist dein Mantel? Das muss doch nicht sein.«

»Mama!«, rief Elisa hilflos. Sie blieb an der Stalltür stehen und ließ die Arme hängen.

Ihre Mutter machte ein paar eilige Schritte an ihr vorbei und fuhr herum. »Was noch?«

Elisa gelang es nicht, die Worte über die Lippen zu bringen.

Aber ihre Mutter verstand sie trotzdem, las es aus ihrem derangierten Zustand, ihrer Haltung, ihrer Miene, ihrem Herzen.

»Meine Buben«, murmelte sie tonlos und bekreuzigte sich.

Elisas Lippen bebten. »Mischi kommt zurück«, sagte sie trotzig.

Ganz langsam, wie in Trance bekreuzigte sich ihre Mutter ein zweites Mal und nickte. »Ja, Liebes.« Dann ging sie.

Elisa folgte ihr langsamer. Als sie die Stube betrat, packte der Kurat gerade ein kleines Fläschchen in die Tasche seines altmodischen Gehrocks. Elisas Mutter kniete vor sich hin murmelnd neben dem Sofa und betastete kritisch den Unterleib der Schwangeren, die die Augen geschlossen hatte und ruhiger atmete. Andreas stand am Kopf seiner Mutter und spielte mit einer losen Haarsträhne.

»Was haben Sie ihr gegeben?«, fragte Elisa neugierig. Lenes Anblick und vor allem der abrupte Wechsel hin zu dieser scheinbaren Entspannung waren ihr unheimlich.

»Eine gute Dosis Heroin. Etwas anderes haben wir nicht«, erklärte Kurat Ploner knapp.

Elisa nickte abwesend, sie kannte das Mittel. Lene hatte es vor einiger Zeit als Hustensaft für Andreas gekauft. Er hatte es nicht gut vertragen, und weil Vito behauptet hatte, es mache süchtig, hatten sie den Rest weggeschüttet. Sie wollte lieber nicht wissen, was der Kirchenmann normalerweise mit dem Zeug anstellte. Aber natürlich war es nicht verboten.

Ihre Mutter bat den Kurat, die Stube zu verlassen, der sich verabschiedete und versuchen wollte, einen Doktor aufzutreiben, was vermutlich bedeutete, dass er bis nach Bruneck würde fahren müssen. Dinge wie das Richten gebrochener Knochen machten die Talbewohner in der Regel selbst.

Gemeinsam zogen Elisa und ihre Mutter Lene bis auf die Leibwäsche aus und schienten ihr Handgelenk. Lene wimmerte leise, war jedoch kaum bei Bewusstsein. An ihrer Hüfte, wo sie auf die Kante der Türschwelle aufgeschlagen war, bildete sich ein riesiger blutunterlaufener Fleck.

Elisa schleppte weitere Decken heran, bis ihre Mutter zufrieden war und sich auf die Sofakante setzte, ihren Blick unverwandt auf Lenes wächsernes Gesicht gerichtet.

»Mir wäre es lieber, das Kleine wartet noch damit, auf die Welt zu kommen«, murmelte sie bei sich, gerade als Elisa etwas sagen wollte. Sie zog einen Rosenkranz aus der Tasche und ließ die kleinen Perlen durch die Hände gleiten. »Jeder einzelne Tag später ist besser.« Die Perlen klickten aneinander. »Diese Welt ist im Moment kein guter Platz zum Leben.« Sie senkte stumm den Kopf.

»Mama.« Elisa reckte flehend die Hand nach ihrer Mutter.

Sie reagierte nicht, nur ihre Lippen formten lautlos das vertraute Gebet an die Mutter Gottes.

Elisa blieb mitten in der Stube stehen und wartete. Sie wollte mit ihrer Mutter sprechen, sich trösten lassen. Hatte sie völlig vergessen, warum das alles geschehen war?

Das Gebet zu stören wagte sie jedoch nicht, und nach einer Weile wurde offensichtlich, dass ihre Mutter einen kompletten Rosenkranz beten wollte.

Elisa biss sich auf die Zähne, bis ihr Kiefer schmerzte, zwang sich zu Geduld. Irgendwann hielt sie es nicht mehr aus. Sie rannte hinaus bis unter die Obstbäume. Der Regen hatte endlich aufgehört, tropfte jedoch noch von den Ästen und Blättern. Blätter? Wie betäubt starrte Elisa nach oben. Natürlich. Der Herbst begann gerade erst, die Blätter färbten sich gelb und braun, doch sie waren noch längst nicht abgefallen. Dazwischen leuchteten die roten Äpfel, die in den nächsten Tagen geerntet werden mussten. Die Zwetschgen und Marillen hatten sie noch alle gemeinsam gepflückt. Franz und Lene, Mischi, Vito und Giovanni. Das war nur ein paar Tage vor der

Mobilisierung gewesen und das Letzte, was die Familien gemeinsam getan hatten.

Wer würde die Äpfel ernten?

Elisa schüttelte sich, versuchte vergeblich, den Dreck von ihrem Kleid zu wischen, der langsam zu dicken Krusten trocknete. Sie lief ein paar Schritte ziellos umher, bis sie merkte, dass sie ganz von selbst den Weg zur Ciasa Costa eingeschlagen hatte. Zu Hause war niemand, der ihr beistand. Rudl hatte sich seit dem Gewitter am Vormittag vermutlich noch auf dem Heuboden verkrochen. Ihre Mutter sorgte sich um Lene und das Ungeborene, und das, redete Elisa sich ein, musste so sein. Aber sie war am Ende ihrer Kräfte. Sie hatte gebetet, doch Gott hatte ihr den Trost verwehrt. Sie brauchte einen Menschen, der ihr beistand.

Das Nachbarhaus wirkte verlassen.

Leise öffnete sie die Hintertür. »Ist jemand zu Hause?«

»Ich bin in der Stube«, hörte sie Chiaras Stimme. Elisa war enttäuscht. Aber selbst die Gesellschaft von Vitos Schwester war immer noch besser, als allein zu sein. Zögernd betrat sie die Stube. Chiara saß auf der Ofenbank, las ein Buch und zupfte nebenbei Charpie. Auf dem Tuch in ihrem Schoß hatte sich bereits ein beträchtliches Häufchen angesammelt.

Kaum dass sie Elisa sah, sprang sie entsetzt auf. »Wie siehst du denn aus? Bist du überfallen worden?«

Elisa schüttelte den Kopf. Die Charpie erinnerte sie an den Krieg, die Verwundeten, die Toten. Sie schluckte gegen die aufsteigenden Tränen an. Endlich löste sich der Knoten in ihrer Brust, doch gerade jetzt wollte sie nicht weinen, nicht vor Chiara.

Vitos Schwester legte den Kopf schief und schwieg. Dann ließ sie Elisa einfach stehen und verließ den Raum.

Was hatte dieser italienische Drachen vor? Ertrug sie nicht einmal den Anblick ihrer verschmutzten, traurigen Nachbarin? Das sah ihr ähnlich.

Elisa ließ sich auf die Bank plumpsen und bemerkte, dass der Ofen angeheizt war. Die Wärme tat gut. Sie schmiegte sich mit dem Rücken enger an die warmen Kacheln und schloss die Augen.

Was spielte das alles noch für eine Rolle? Was spielte überhaupt noch eine Rolle?

»Hier, trink.« Der Duft von frisch aufgebrühtem Bohnenkaffee stieg Elisa in die Nase. Sie riss die Augen auf. Chiara hielt ihr mit strenger Miene einen großen Becher entgegen, in den sie Milch und vermutlich ordentlich Zucker hineingetan hatte.

»Danke.« Elisa legte die Hände um das heiße Gefäß und trank einen tiefen Schluck. Fürchterlich süß, wie sie erwartet hatte. Aber das machte nichts. Die Geste zählte, und die allein war für Chiara schon etwas Besonderes.

Und dann setzte sich Chiara wie selbstverständlich neben sie und streichelte sanft ihren Unterarm. »Vito ist mit deinem Vater im Dorf. Irgendwo hat ein rasendes Rindvieh seinen Pferch zerlegt, und sie müssen ihn reparieren. Vito ist gefragt, seitdem Mischi und die anderen Tischler fort sind.«

Elisa nickte geistesabwesend. Auf einmal fiel ihr das Atmen wieder schwerer. Hastig trank sie, verbrannte sich die Zunge am heißen Kaffee. Das trieb ihr umso schneller die Tränen in die Augen. Mühsam riss sie sich zusammen.

»Mischi kommt zurück«, stieß sie trotzig hervor. Ihre Lippen begannen zu zittern.

Beiläufig strich Chiara über die vordere Tasche ihres Kleides und lächelte. »Ganz sicher. Den werde ich nicht so schnell los.« Sofort wurde sie ernst und warf Elisa einen nachdenklichen Seitenblick zu. »Und wer nicht?«

Elisa drückte sich enger gegen die warme Ofenwand und hielt sich an der Tasse fest. Es half alles nichts, sie konnte die Wahrheit nicht verleugnen. Trotzdem kamen ihr die Namen ihrer Brüder nicht über die Lippen. Stattdessen löste sich eine Träne, und dann noch eine. Sie schniefte leise.

»Beide«, wisperte sie kaum hörbar.

»Oh, Elisa«, sagte Chiara. Mehr nicht. Sie saß dicht neben ihr, streichelte mitfühlend ihren Unterarm und trank ihren Kaffee. Das war der wundervollste Trost, den Elisa in den letzten Stunden erfahren hatte. Sie lehnte den Kopf gegen Chiaras Schulter und ließ die Tränen laufen.

18. KAPITEL

Am selben Abend – Vila Kastlunger, Val Badia

Josef Kastlunger zog zufrieden an seiner Pfeife und klopfte Vito auf die Schulter, während sie nebeneinander auf der Gadertaler Straße hinüber zur *vila* schlenderten. »Wenn du so weitermachst, baust du dir und deiner Familie in ein paar Jahren eine eigene *ciasa.*«

Vito lächelte geschmeichelt. Von Mischi wusste er, dass Kastlunger mit Lob äußerst sparsam umging, umso kostbarer waren dessen Worte. Dabei beherrschte er nicht einen Bruchteil von Mischis Fertigkeiten, obwohl er in den letzten Jahren einiges gelernt hatte.

Seufzend betrachtete Kastlunger seine eigenen Hände, krümmte die Finger und löste sie wieder. »Es wird immer schlimmer. Bald kann ich endgültig nur noch danebensitzen und euch Grünschnäbeln das Werkzeug anreichen.«

»Vielleicht finden sie eines Tages ein Mittel gegen das Rheuma. Die medizinische Forschung macht große Fortschritte«, meinte Vito aufmunternd.

»Ja, vielleicht.« Kastlunger zog an der Pfeife und wich einer Pfütze aus. »Erst einmal muss der Krieg gewonnen werden. Sie wollten uns nächstes Jahr auch Strom durchs Tal legen. Wer weiß schon, was noch alles kommt. Es ist doch wahrscheinlicher, dass ich bis dahin im Grab liege und Franz den Hof und Mischi die Werkstatt übernommen haben.«

Vito nickte. Vor der Ciasa Kastlunger verabschiedete er sich und lief nach Hause. Er war hungrig, wagte jedoch kaum zu hoffen, dass Chiara sich um ein Abendessen gekümmert hatte. Seine Mutter würde sicher noch nicht zurück sein, sie und Nino waren mit den Pichlers nach Bruneck gefahren. Der Ausflug war ein nachträgliches Geschenk zum Namenstag seines kleinen Bruders.

Er betrat den Flur und wurde sofort bestätigt. Kein Licht in der Küche, nur aus der Stube drangen leise seltsame Laute, die er nicht einordnen konnte.

Vorsichtig öffnete er die Tür. »Chiara?«

Sein Blick fiel auf die beiden jungen Frauen, und er erschrak. Chiara legte einen Finger an die Lippen, doch Elisa hatte ihn kommen hören, riss die Augen auf und starrte ihn verwirrt an.

Vito blieb in der Tür stehen, von der Situation einen Moment lang völlig überfordert. Die beiden hätten nicht unterschiedlicher wirken können. Chiara wirkte betroffen, und gleichzeitig konnte er aus ihrer Miene eine heitere Gelassenheit herauslesen. Oder war es Erleichterung? Er wusste es nicht, und er verstand es auch nicht.

Elisas Zustand war die reinste Katastrophe. Ihr Gesicht tränenüberströmt, der feste Zopf, den sie normalerweise wie einen Kranz um den Kopf geschlungen trug, hatte sich halb gelöst, so dass sie wie ein zerzaustes Küken aussah. Dazu waren das Kleid und die Strümpfe über und über mit getrocknetem Schlamm beschmiert.

Und trotzdem hatte sie noch nie bezaubernder ausgesehen. Auf Vito wirkte sie wie eine Botschafterin, die jeder Witterung trotzend einen harten Weg auf sich genommen hatte, um ihre Pflicht zu erfüllen. Mit diesem Gedanken kam der schreckliche Verdacht: Sie war eine Botschafterin, und die Nachricht, die sie überbracht hatte, war der Tod.

Wortlos löste sich Vito aus seiner Erstarrung und lief auf sie zu.

Die beiden jungen Frauen sprangen gleichzeitig von der Bank, und Elisa wischte sich hastig mit dem Ärmel den Rotz aus dem Gesicht, was es allerdings nicht besser machte, eher im Gegenteil.

»Vito, ich …« Sie verschluckte sich.

»Ist schon gut.« Er dachte nicht nach, schloss sie einfach in die Arme.

Chiara klopfte ihm kurz im Vorbeigehen auf die Schulter und verließ mit leisen Schritten den Raum. Vito hörte, wie die Tür ins Schloss fiel. Elisa bebte stumm gegen seine Brust. Er wiegte sie sanft, so wie seine Mutter es früher mit ihm gemacht hatte, wenn er traurig war. Wo war Anna Kastlunger? Sollte sie nicht bei ihrer Tochter sein?

Elisa schniefte, beruhigte sich langsam wieder. »Mischi kommt zurück«, murmelte sie.

Vito nickte und entwirrte mit einer Hand eine Strähne ihres goldblonden Haars. Er wollte nicht darüber nachdenken, was sie genau damit meinte, wünschte sich nur von ganzem Herzen, dass sie recht behielt. Er wagte nicht, nach Anton oder Franz zu fragen, befürchtete das Schlimmste.

»Mischi kommt zurück«, wiederholte Elisa. »Er wollte mit mir nach Fanes und mir die Murmeltiere zeigen.«

Jetzt wurde Vito unheimlich. Er schob Elisa ein Stück von sich, um ihr in die Augen sehen zu können. Tiefer Schmerz lag in ihrem Blick, aber auch eine Spur von Wahnsinn. Die Art von Wahnsinn, die der Verlust eines geliebten Menschen bringen konnte, die Weigerung, den Schmerz zuzulassen und die Wahrheit zu akzeptieren. Er hatte ihn bei seiner Mutter gesehen, nachdem sein Vater verunglückt war.

»Elisa«, sagte er ernst. »Ist Mischi etwas zugestoßen? Ist er verwundet?«

Sie schüttelte heftig den Kopf und begann wieder zu weinen. Ihr Blick wurde weich und hilflos.

Vito nahm ihre Hände in die seinen und drückte sie aneinander. »Wer ist es? Sprich es aus. Du kannst es nicht ungeschehen machen.«

Elisa schluckte und presste die Lippen aufeinander. Dann durchlief ein Zittern ihren zarten Körper, und sie senkte geschlagen den Kopf. »Franz und Anton. Beide«, sie stockte, »sind gefallen. Lene ist gestürzt. Und Mama sitzt nur da und betet.« Sie sah Vito an.

Wortlos zog er sie an sich, konnte nur ahnen, was auf Elisas Familie zukam. Anna Kastlunger, sonst immer bereit, Trost zu spenden, war vermutlich überfordert damit, die Schreckensnachrichten zu verarbeiten.

Vito sammelte sich. »Deine Mutter ist sicher bald für dich da. Dein Vater ist vorhin nach Hause gekommen. Sie brauchen dich beide. Sei stark, Elisa. Für dich und deine Familie.« Er achtete nicht so sehr auf seine Worte, doch offenbar verfehlten sie ihre Wirkung nicht. Nach und nach ebbte ihr Schluchzen ab und erstarb schließlich ganz.

Die ganze Zeit über hielt Vito sie fest, wobei ihm zunehmend unwohl wurde. Zwar teilte er die Trauer um Elisas Brüder, aber die unmittelbaren Umstände beschäftigten ihn viel mehr. Was, wenn jetzt jemand in die Stube platzte und sie so sah?

Elisas Nähe weckte in ihm das Verlangen nach mehr …

Er wusste das. Er hatte sich innerhalb des letzten Jahres, so gut es ging, von ihr ferngehalten, wobei es ihm unmöglich war, ganz auf ihre Gegenwart zu verzichten. Aber dann war stets jemand in der Nähe gewesen. Er war seit langer Zeit wieder mit ihr allein.

Sie war ihm nahe, sie brauchte ihn, und er hatte sie ganz selbstverständlich in die Arme geschlossen. Er biss unauffällig die Zähne zusammen, zwang sich, sowohl seine Gefühle als auch seinen Körper unter Kontrolle zu halten.

Warum nur war der Raum so verflucht überheizt?

Elisa straffte plötzlich die Schultern und hob den Kopf. Vito sah ihre glänzenden Augen, ihre feuchten Lippen. Wie leicht es wäre, sich einfach ein wenig vorzubeugen ...

Wo Tod ist, ist auch Leben, hörte er seine Nonna im Geiste sagen.

»Ja«, Elisa lächelte zum ersten Mal tapfer. »Du hast recht.«

Vito schwieg verwirrt, war sich nicht sicher, ob er das Zitat nicht doch laut ausgesprochen hatte oder sich ihre Worte auf das bezogen, was er vorhin gesagt hatte. Was auch immer – es schien geholfen zu haben. Elisa wirkte wieder einigermaßen gefasst. Traurig, aber gefasst.

Zu seiner grenzenlosen Erleichterung löste Elisa die peinliche Situation, ohne etwas zu bemerken. Sie strich sich – vergeblich – den Rock glatt und tastete mit den Fingern über das, was von ihrer Frisur übrig geblieben war. »Ich sollte wohl ein heißes Bad nehmen«, murmelte sie.

Vito wandte sich hastig ab, während ihm die Röte ins Gesicht schoss. Diese Vorstellung war einfach zu viel für ihn. *Er* sollte sich besser mit einem Eimer kaltem Wasser übergießen.

Elisa war immer noch viel zu jung, und sich von Mischi später anzuhören, er hätte dessen Abwesenheit ausgenutzt, waren zwei gewichtige Argumente, sich jegliche weiteren Überlegungen in diese Richtung zu verkneifen.

Er verschränkte die Hände ineinander. »Soll ich dich nach Hause bringen?« Er hoffte, dass er nicht allzu barsch klang. Er hatte getan, was er konnte.

»Schon gut. Danke, Vito. Ihr seid echte Freunde.«

Und so sollte es vorerst bleiben, schwor er sich und brachte sie zur Tür. Als er in die Stube zurückkehrte, traf er auf Chiara, die ein großes Brett mit Schinken, Käse, Honig und Brot auftischte.

»Es tut mir leid, falls du eine warme Mahlzeit erwartet hast, aber ich habe gelesen und darüber die Zeit vergessen. Dann kam Elisa.«

Vito zog überrascht die Augenbrauen hoch. »Scheint, dass du schon ganze Arbeit geleistet hast, sie zu trösten. Was ist drüben los?«

»Das hat sie nicht gesagt. Sie war völlig … weggetreten. Scheint sich niemand um sie gekümmert zu haben.«

Vito zog einen Stuhl heran und setzte sich. Als Chiara auf der Bank Platz genommen hatte, drückte er kurz ihre Hand. »Das hast du gut gemacht.«

Sie hielt verblüfft inne, dann lachte sie laut auf. »An deine Elisa kommt schon nichts dran. Die ist zäh wie gutes Leder. Mach dir keine Sorgen um sie, sie wird sich schnell fangen.«

Vito verkniff sich eine Erwiderung und widmete sich dem Abendbrot. Chiara hatte ihn viel zu gut durchschaut. Als sie länger schwieg, schaute er auf und begegnete ihrem eindringlichen Blick. »Was schaust du mich so an?«

»Ich bin mir nicht sicher, ob du überhaupt verstehst, was gerade in Elisa vorgeht«, erwiderte seine Schwester schmallippig. »Ich möchte jedenfalls nicht erleben, dass einer *meiner* Brüder in diesem gottverfluchten Krieg bleibt.«

Vito nickte bedächtig.

Es war noch stockfinster, als Vito am nächsten Tag nach draußen trat und die feuchtkalte Morgenluft einatmete. Rauhreif und Eis hatten die Pfützen überzogen, die der Regen gestern hinterlassen hatte, und die Bäume hatten auf einen Schlag einen Großteil ihrer Blätter abgeworfen. Auf den höchsten Berggipfeln schimmerte der erste Schnee.

Vito schloss den Mantelkragen, zog den Schal enger um seinen Hals und rückte den schweren Rucksack zurecht. Mit einem schuldbewussten Blick auf die reifen Äpfel marschierte er los. Vermutlich würde man es ihm übelnehmen, wenn er sich mit seinem Ausflug vor der Ernte drückte, aber er konnte nicht anders. Es gab immer noch genug Hände in der *vila,* um das Obst von den Bäumen zu holen.

Er brauchte Zeit für sich, Zeit zum Nachdenken. Der Besuch bei den Kastlungers gestern Abend war schwierig gewesen. Wie Chiara prophezeit hatte, hatte Elisa sich am Ende als die Stärkste von allen gezeigt. Sie hatte Rudl dazu überredet, sich zu Helene zu setzen, die man weiterhin mit Schmerzmitteln betäubt hielt. Vito hatte nicht ganz verstanden, was nicht stimmte, auf ihn wirkte die Schwangere ganz normal. Aber Elisas Mutter war sehr besorgt wegen des Sturzes und den möglichen Folgen für das Kind.

Anna Kastlunger schien gefasst, doch Vito hatte beobachtet, wie sie sich immer wieder verstohlen über die Augen wischte und an ihrem Rosenkranz herumfingerte. Kurat Ploner und Maria Gutholzer standen ihr bei, lenkten sie ab. Über den Kurat hatte Vito sich zunächst gewundert, doch Elisa sagte ihm später, dass er das bei allen Familien in der Nacht einer Todesnachricht so gehalten hatte, überdies war Helene seine Nichte.

Vito wanderte mit ausgreifenden Schritten den vertrauten Weg in Richtung Alm und weiter nach Fanes. Ihm wurde rasch warm. Vielleicht war es ungerecht, weil jetzt andere seine Arbeit machen mussten, doch es tat gut, einmal von der *vila* wegzukommen. Beinahe übermütig blies er seinen Atem in kleinen Wolken in die Luft.

Josef Kastlunger hatte es am schwersten genommen, und Vito ahnte, warum. Er hatte sich in Antons ehemaligem Zimmer eingeschlossen und ließ niemanden an sich heran, nicht einmal, als Elisa, Rudl und Vito ihn mit Andreas zu locken versuchten, der unbekümmert laut nach seinem Großvater krähte.

Anton …

Traurig hatte Elisa Vito die Photographien gezeigt, die sie Ende Juli vor dem Aufbruch angefertigt hatten: ein Gruppenbild mit der gesamten Familie, auf dem Elisas Vater bereits ein mürrisches Gesicht zog. Eines mit Mischi, Franz, Anton und Elisa und je eines von Franz und Mischi mit ihrem Vater. Josef Kastlunger hatte sich geweigert, sich mit Anton porträtieren zu lassen.

Kastlunger hatte mit harter Hand erzogen, das war selbst Vito nicht verborgen geblieben. Jeder seiner Söhne hatte seine eigene Strategie entwickelt. Franz hatte es gelassen ertragen und ignoriert, Rudl wurde ängstlich und lief davon, Mischi hatte einen geradezu fanatischen Ehrgeiz entwickelt, seinem Vater ein Lob abzuringen. Anton hatte aufbegehrt, immer wieder.

Zum Glück war Jakob Costa anders gewesen, doch Vito hatte sich häufig gefragt, wie er wohl reagiert hätte. Jedes Mal kam er zu dem Schluss, dass Antons Verhalten ihm am nächsten lag. Es hätte ihn vielleicht nicht von der Familie fortgetrieben, doch Franz' Ruhe hätte er niemals aufgebracht, und er hätte auch nie danach gestrebt, seinem Vater zu gefallen – dafür, musste er sich allerdings eingestehen, umso mehr seinem Nonno.

Letzten Endes waren solche Gedankenspiele müßig.

Ganz gleich, welche Methode die geschickteste war, jetzt am Ende hatte Anton seinen Vater besiegt, obwohl er das ganz sicher niemals gewollt hätte. Doch *sein* Tod hatte ihn gebrochen.

Vito blieb stehen und sah sich um. Er hatte bereits ein gutes Stück Höhe gewonnen und gar nicht bemerkt, dass um ihn herum die Dämmerung hereingebrochen war. Langsam wich die schwere Dunkelheit aus dem Tal. Es würde ein trüber Tag werden, der hoffentlich keinen neuen Regen brachte. Vito verspürte wenig Lust darauf, länger als die geplanten Tage in Marcos Hütte zu bleiben, weil das Wetter noch schlechter wurde. Es war ohnehin ein gewisses Risiko, sich ganz allein zu dieser Jahreszeit dorthin zu begeben. Doch die Ruhe und Abgeschiedenheit, vor allem die Möglichkeit, sich dieser mächtigen Natur auszusetzen, waren es wert. Das würde niemand verstehen, der noch nicht dort gewesen war. Außer Elisa vielleicht.

Vito setzte sich in Bewegung und verdrängte den Gedanken an Elisa. Er musste Geduld haben, wenigstens bis Mischi zurück war. Alles andere würde sein Freund ihm nie verzeihen. Dann dürfte er vielleicht um sie werben und darauf hoffen, dass sie seine Gefühle erwiderte. Das glaubte er zwar bereits häufiger erkannt zu haben, aber konnte er sicher sein? Wenn er sich nur das Verhalten seiner Schwester vor Augen führte, waren Mädchen oder junge Frauen in dieser Hinsicht nicht immer ganz berechenbar.

»Oder, Chiara? Wie war das mit der Aussage, dass Mischi Kastlunger ein blöder Holzkopf ist?«, sagte Vito laut in den Morgen. »Ihn erst niedermachen und dann am Maitanz nicht von ihm lassen.« Er wusste nicht, wie weit die beiden im Schutze der Dunkelheit in jener Nacht hinter der *majun* gegangen waren, aber das ging ihn nichts an, und er würde nicht danach fragen. Er fühlte sich nach wie vor nicht berufen, die Ehre seiner Schwester zu verteidigen. *Falls* Chiara jemals *wirklich* in Schwierigkeiten geriet, würde er für sie durch die Hölle gehen, so viel war mal sicher. Doch solange sie ihre Spielchen mit den Burschen im Dorf trieb, war er klug genug, sich rauszuhalten.

Was ihn vielmehr beschäftigte, war Chiaras Bemerkung beim gestrigen Abendessen. Sie wollte nicht, dass er in den Krieg zog, genauso wenig, wie der Rest der Familie, allen voran natürlich seine Mutter.

Vito wollte es selbst nicht. Am Abend vor dem Aufbruch an die Front hatte er lange mit Mischi zusammen draußen am Sonnenplatz gesessen. Sein Freund war völlig aufgeputscht von der Stimmung im Dorf gewesen, hatte von Pflicht und Treue und Ehre und all diesen Dingen gesprochen. Er *müsste* es tun, hatte er gesagt, es gäbe überhaupt gar keine Alternative. In Begleitung seiner älteren Brüder hatte ihn nicht einmal die Vorstellung abgeschreckt, seine geliebten Berge zu verlassen.

Lange hatte Vito danach in sich hineingehorcht. Dem Papier nach war er Österreicher, doch er empfand nichts von all diesem glühenden Pflichtgefühl gegenüber Kaiser und Vaterland. Vielleicht überwog in dieser Hinsicht sein italienisches Erbe. Es war ihm leichtgefallen, seiner Familie zu versprechen, dass er bleiben würde.

Da er seit dem Tod seines Vaters das Familienoberhaupt war und zudem mit seiner Arbeit als Bauer die Versorgung der Bevölkerung sicherstellte, bestanden gute Aussichten darauf, nicht einberufen zu werden. Er kam also, wenn er wollte, zunächst um den Kriegsdienst herum.

Aber stimmte das, dass er nicht in den Krieg wollte?

Seit der Mobilmachung haderte er mit sich. Dieser Krieg bot so viel mehr als den Kampf Mann gegen Mann. Es gab neue Techniken, U-Boote, Flugzeuge, neue Waffensysteme, von denen er nicht zu träumen wagte, sie jemals zu Gesicht zu bekommen.

Es sei denn, er meldete sich.

Vito war überzeugt, dass dieser Krieg nicht mit großen Armeen und Schlachten geführt werden konnte. Diesen Krieg gewann, wer die beste Technik besaß und sie am besten einzusetzen wusste. Wenn das stimmte, sah es für den Kaiser und seine Verbündeten gut aus. Das Deutsche Reich war beispiellos in Sachen Forschung und Entwicklung, kein anderes Land hatte so viele Nobelpreisträger hervorgebracht, keines konnte der deutschen Ingenieurskunst das Wasser reichen.

Vito erreichte die Alm, die um diese Jahreszeit still und verlassen lag. Er setzte sich auf die trockene Türschwelle der *tablé,* um eine Pause zu machen und etwas Kaffee zu trinken, den er in einem Dewargefäß mit sich führte. Nachdenklich betrachtete er das metallene Gehäuse der Flasche, die Erinnerung an eine Jugendsünde. Er hatte sie eines Morgens aus einer neuen Lieferung für das Chemielabor seiner Schule gestohlen, um damit auf der Fahrt seinen morgendlichen Kaffee länger warm zu halten. Es war ihm unbegreiflich, dass noch niemand auf die Idee gekommen war, diese Dinger genau dafür zu nutzen. Falls es aber eines Tages so weit sein würde, würde sicher ein Deutscher sie perfektionieren.

Versonnen ließ Vito seinen Blick über die Wiese gleiten. Lange Spinnweben und ganze kunstvoll gesponnene Netze zeichneten sich überall deutlich vor dem Hintergrund ab. Der Rauhreif schmolz und hinterließ auf den Grashalmen kleine Tropfen.

Die Welt lag still im Frieden.

Vito seufzte laut. Das konnte nicht alles sein.

Er wollte teilhaben an diesen großen Entwicklungen, wollte ein Aufklärungsflugzeug starten sehen, wollte sehen, wie eine Maschinengewehr-Mannschaft diese mächtige Waffe einsetzte und das Sperrfeuer eröffnete. Anton hatte ihm von den Abteilungen erzählt.

Davon zu träumen, jemals selbst etwas Derartiges zu konstruieren, wagte er inzwischen nicht mehr. Er hatte das *Buch des Fluges*, das wertvollste Geschenk, das er jemals bekommen hatte, inzwischen gelesen, aber das war nicht dasselbe. Er wollte Stahl zwischen den Fingern spüren, Getriebeöl riechen und Metall aufeinanderschlagen hören.

Er trommelte mit den Fingernägeln gegen das Dewargefäß. Klang so Maschinengewehrfeuer, nur lauter? Wie mochte sich der Takt anhören, schneller, langsamer?

Vito trank einen letzten Schluck und verschloss die Flasche sorgfältig. Wenn er noch bis zur Hütte laufen wollte, sollte er aufbrechen.

Mitten in der Nacht erwachte Vito mit einem Ruck und starrte orientierungslos in die Dunkelheit, bis er sich wieder daran erinnerte, dass er sich noch in Marcos Hütte im Fanesgebiet befand. Ein kräftiger Wind toste um die Hütte und brachte die schweren Holzbalken zum Knarren.

Vito schauderte und zog die Wolldecken höher ans Kinn. Normalerweise fürchtete er sich nicht, doch er war seit zwei Tagen ganz allein, ohne einer Menschenseele begegnet zu sein. Das war zwar sein Ziel gewesen, aber inzwischen reichte es ihm, außer seinen Selbstgesprächen keine Stimmen zu hören. Nicht einmal Murmeltiere hatte er zu Gesicht bekommen, vielleicht hatten die sich schon zum Winterschlaf zurückgezogen.

Und irgendetwas hatte ihn doch geweckt?

Er lauschte angestrengt.

Er glaubte Rufe zu hören, fern und trotzdem deutlich von den Windgeräuschen zu unterscheiden.

Er gab sich einen Ruck und tastete nach Streichhölzern und der Petroleumlampe, die er neben der Pritsche plaziert hatte. Nachdem er Licht gemacht hatte, sprang er auf, warf sich seinen Mantel über die lange Unterwäsche, verließ den Schlafraum und huschte über den Flur. Rasch durchquerte er den großen Aufenthaltsraum mit den einfach gezimmerten Tischen und Bänken zur Eingangstür. Vorsichtig öffnete er sie einen Spalt und spähte hinaus.

Einen Moment lang glaubte er, Mischis Erzählung von Dolasíla sei wahr geworden. Lichter tanzten unruhig über den nahen Lé Vërt, als überquerten ihn kleine Ruderboote. Doch es mussten Spiegelungen von Lichtern sein, von Lampen, die Menschen trugen – hoffte er zumindest.

Er öffnete die Tür weiter und hob seine eigene Lampe.

Ein erleichterter Ruf antwortete ihm. Vito wartete geduldig, während ihm die Kälte die nackten Beine hinaufkroch, und bis zum Schluss bereit, die Tür schnell zuzuschlagen, falls sich die Situation als bedrohlich entpuppte.

Drei Personen schälten sich allmählich aus der nächtlichen Landschaft.

»Ist da jemand? Marco Declara?«, fragte eine männliche Stimme auf Deutsch.

»Nein, Marco ist nicht hier«, erwiderte Vito laut in der gleichen Sprache. Wer immer da kam, kannte den Namen des Hüttenwirts. Er nahm das als gutes Zeichen.

»Guten Abend! Gott sei Dank für das Licht! Ohne deine Lampe wären wir glatt an der Hütte vorbeigelaufen.« Ein stämmiger Mann Anfang dreißig kam auf Vito zu und streckte die Hand zur Begrüßung aus, während er seinen Hut abnahm. Er schien der Anführer der Gruppe zu sein, seine beiden Begleiter waren deutlich jünger.

Vito winkte sie herein. »Was macht ihr so spät unterwegs? Das ist keine gute Idee, in der Dunkelheit hier oben herumzustolpern.«

Die drei trugen Rucksäcke und Jagdgewehre bei sich, jedoch keine Bergsteigerausrüstung.

»Spät?« Einer der beiden jüngeren Männer zog eine Taschenuhr hervor. »Es ist nicht einmal neun Uhr. Der Abend fängt gerade erst an.«

»Ist sonst niemand hier?«, wollte der Ältere wissen. »Wilhelm Gruber, übrigens. Die beiden sind Johannes Kostner und Franz Thaler.« Die beiden tippten sich grüßend an die Stirn.

Vito lächelte. »Angenehm. Vito Costa. Nein, die Hütte war schon für den Winter verrammelt. Der vordere Teil, dieser Aufenthaltsraum, bleibt offen, falls sich Wanderer oder Schifahrer verirren und Unterschlupf suchen, aber die Schlafräume sind normalerweise abgeschlossen. Ich besitze einen der Schlüssel.«

»Dann können wir hier bleiben? Dem Herrn sei Dank!« Kostner schlug ein Kreuz und ließ sich erleichtert auf eine der Bänke sinken. »Wir kommen vom Grenzposten unterhalb des Jouf de Giao und wollten nach unserer Ablöse heute Morgen von San Ciascian aus noch ein paar Stunden hier rauf zum Jagen. Irgendwie müssen wir in die falsche Richtung gelaufen sein. Thaler wusste von der Hütte und schlug vor, hier zu übernachten, statt in der Dunkelheit den Abstieg zu versuchen.«

Der Angesprochene verengte die Augen zu schmalen Schlitzen und musterte Vito gründlich. »Ich kenne dich doch? Du bist mit Mischi Kastlunger beim Bau der Hütte dabei gewesen. Da hast du kaum Deutsch gesprochen.«

»Das stimmt!« Vito lachte und versuchte vergeblich, sich an das Gesicht zu erinnern, aber es waren damals zu viele Eindrücke und Fremde gewesen.

Thaler wandte sich an die anderen beiden. »Wilhelm, du bist aus Bruneck. Mischi Kastlunger ist ein Neffe vom Lanz. Der hat doch eine aus dem Gadertal geheiratet, nachdem seine Frau bei der Geburt der Zwillinge gestorben war.«

»Ja, ich erinnere mich.« Gruber hatte seinen Rucksack ebenfalls abgelegt und fingerte nach einem Tabakbeutel. »Sein Bruder, der Anton, der hat einige Zeit auf dem Hof gelebt. Wie geht es den beiden?«

Vito schluckte, und mit einem Mal war der Frieden, den er hier oben gefunden hatte, vergangen. Die Wirklichkeit hatte ihn eingeholt. »Mischi ist bei den Landesschützen. Anton war beim Vierten. Ist erst ein paar Tage her«, erklärte er leise.

Die drei verstanden und senkten die Köpfe. Offenbar hatten sie solche Nachrichten in letzter Zeit häufiger gehört.

»Könnten wir ein Feuer machen?«, fragte Kostner schließlich und sah sich in dem dunklen Raum um.

Vito zuckte mit den Schultern. »Sicher. Es ist ausreichend Brennholz da. Ich würde mich gern anziehen und mich zu euch setzen, wenn ihr nichts dagegen habt. Vielleicht habt ihr Neuigkeiten von der Grenze?«

Thaler nickte. »Richtig, du bist Italiener, jetzt erinnere ich mich. Kurz gesagt ist hier wie drüben alles wie immer. Warum sollte es anders sein? Na komm, machen wir es uns gemütlich.« Er fingerte eine Taschenflasche aus dem Mantel. »Trinken wir auf die Toten. Mögen ihre Taten unvergessen bleiben und sie Frieden finden!«

Gruber brummte zustimmend und zündete sich eine frisch gestopfte Pfeife an.

Vito wandte sich ab, um in sein Zimmer zurückzukehren und sich anzukleiden. An Schlaf war ohnehin nicht mehr zu denken. Vor allem gelang es ihm nicht, Johannes Kostners durchdringenden Blick zu vergessen, kaum dass Thaler laut ausgesprochen hatte, er wäre Italiener. Offenbar war es nicht für jeden selbstverständlich, dass es auf beiden Seiten der Grenze friedlich blieb.

19. KAPITEL

2. Oktober 1914 – Vila Kastlunger, Val Badia

Tata. Bitte!« Elisa hämmerte gegen die Tür. »Machen Sie auf. Ich habe eine wichtige Nachricht.« Sie senkte die Faust und legte die Stirn an das kalte Holz. Wie lange hatte sie in den letzten Tagen hier nun schon gestanden und geklopft? Da mussten Stunden zusammengekommen sein. »Hier ist ein Brief für Sie. Es ist wirklich wichtig!«

Kräftiges Kindergeschrei tönte durchs Haus, und wenig später fiel Andreas' Kleinkindstimme solidarisch ein. Unwillkürlich malte sich ein Lächeln auf Elisas Gesicht. Es war nicht alles schlecht in diesen Tagen. Ein Leben endete, und ein anderes hatte gerade erst begonnen.

»Sie haben einen Enkel! Lene hat diese Nacht einen Sohn zur Welt gebracht. Zählt das denn gar nichts? Er ist Franz' Vermächtnis.«

Das Geschrei unten in der Stube erstarb. Jemand lachte, dann schlug eine Tür.

Elisa traute kaum ihren Ohren, als sie ein leises Klicken hörte. Nervös strich sie sich eine Haarsträhne aus der Stirn.

Ihr Vater öffnete langsam die Tür. Er sah überhaupt nicht aus wie er selbst. Sein Bart war zerzaust und schien über Nacht grauer geworden zu sein. Die Augen lagen in tiefen Höhlen über eingefallenen Wangen.

Elisa rümpfte die Nase, als sie eintrat. Kastlunger musste sich des Nachts zur Toilette geschlichen haben, aber er hatte sich seit Tagen nicht gewaschen, und strenger Geruch erfüllte den kleinen Raum, vermischt mit dem scharfen Aroma des Selbstgebrannten. Zwei leere Flaschen lagen auf den Holzdielen, eine dritte stand angebrochen auf dem Nachttisch neben Antons altem Bett.

Ihr Mitleid wich Wut. Wie konnte er es wagen, seine Familie so im Stich zu lassen? Mutter brauchte ihn, Rudl und sie brauchten ihn und seine kleinen Enkel erst recht!

Sie rauschte an ihm vorbei und riss das Fenster auf, während ihr Vater zum Bett zurücktorkelte und sich auf die Kante fallen ließ, wo er, wenn Elisa die Zeichen richtig deutete, die meiste Zeit gesessen hatte.

Eiskalte Luft strömte in den Raum und vertrieb den Gestank nach Verzweiflung und Elend.

Kastlunger legte das Kinn auf die Brust. »Einen Sohn sagst du?« Seine Stimme klang dünn und brüchig.

Elisas Wut schmolz wieder dahin. Jeder von ihnen musste zusehen, wie er mit dem Verlust klarkam. Die Erinnerung an ihre Brüder schmerzte entsetzlich, doch keiner von beiden hätte gewollt, dass sich die Familie der Trauer ergab. Und sie mussten für Mischi beten. Jeder Tag, der keine Nachricht von ihm brachte, war ein guter Tag.

Sie zog den zerknitterten Brief aus ihrer Schürzentasche, ging auf ihren Vater zu und kniete vor ihm auf den Boden. Seine Alkoholfahne raubte ihr fast den Atem. Sie legte den Brief in seine Hände, ohne dass er danach griff. »Den soll ich Ihnen geben. Ich habe ihn erst vergessen. Vielleicht hilft es Ihnen, wenn Sie ihn lesen. Ich gehe und hole Lene und das Kind.«

»Von wem ist der Brief?«

»Von Anton.«

Ihr Vater runzelte die Stirn und nahm ihn mit seinen geschwollenen Fingern auf. »Wie kann das sein?«

»Er hat ihn mir vor seinem Aufbruch gegeben.« Elisa stockte, denn die nächsten Worte kamen ihr nur mühsam über die Lippen. »Für den Fall, dass er nicht zurückkehrt.«

Er nickte und nahm sein Klappmesser aus der Weste, um ihn zu öffnen. Während er zu lesen begann, huschte Elisa aus dem Raum und lief in die Stube, wo Lene wieder auf dem Sofa lag. Mutter hatte darauf bestanden, damit sie nicht ständig zwischen beiden *ciases* hin- und herlaufen musste, wenn sie die Wöchnerin versorgte. Die Geburt hatte ihre Schwägerin sehr mitgenommen.

»Ich habe es endlich geschafft. Lene, komm, du musst ihm dein Kind zeigen. Wo ist Mama?«

Lene rieb sich über das fiebrig glänzende Gesicht und klopfte dem Säugling, der zufrieden glucksend auf ihrer Brust lag, den Rücken. »Sie hat Andreas und Rudl mit hinausgenommen, Gott sei Dank. Andreas tobt vor Eifersucht. Ich würde ihn am liebsten für ein paar Tage zu den Ziegen sperren.« Sie reckte Elisa das Kind entgegen. »Leg ihn da vorne in das Tuch und zeig ihn deinem Vater. Ich bin für jede Sekunde Ruhe dankbar.«

Elisa nickte und nahm ihren Neffen mit.

Ihr Vater saß noch genauso da, wie sie ihn verlassen hatte, den Brief hatte er achtlos aufs Bett gelegt.

Aber kaum hatte Elisa ihm das Kind in den Schoß gelegt, huschte ein liebevoller Ausdruck über sein Gesicht. Schützend barg er den Kleinen in seinen kräftigen Armen und wiegte ihn ganz sanft.

Als er den Kopf hob, glitzerten in seinen blutunterlaufenen Augen Tränen. »Ein Junge? Ist er gesund?«

»Gesund und kräftig. Wir haben die Taufmesse für nächsten Sonntag bestellt.«

»Gut.« Elisas Vater streichelte sacht mit dem Daumen über den Mund des Kleinen. Er kräuselte die Lippen, schlief aber ungerührt weiter. »Wie soll er heißen?«

Elisa verknotete unsicher die Hände in ihrem Schoß. »Lene will ihn Franz taufen. Und Franz hat mir gesagt, er soll Josef heißen.«

»Franz Josef? Kommt nicht in Frage!«

Elisa zuckte überrascht zusammen und unterdrückte zugleich einen glücklichen Aufschrei, weil ihr Vater so unbeherrscht auffuhr. Es war doch noch Leben in ihm!

Mit einem entschuldigenden Blick auf den Säugling senkte er die Stimme. »Ihr werdet ihn nicht nach dem Kaiser benennen, der meine beiden Söhne auf dem Gewissen hat. Das erlaube ich nicht!«

Elisa nickte. »Lene hat etwas Ähnliches gesagt. Aber Franz hat es sich gewünscht. Was sollen wir tun?«

»Vergiss den *Josef*. Wählt einen anderen zweiten Namen.« Er hob den Zeigefinger, als Elisa ansetzte, um zu widersprechen. »Ich verstehe, dass du den Wunsch deines Bruders respektieren möchtest. Aber es sind wir, die Lebenden, die damit umgehen müssen, nicht die Toten. Franz hat seinen Frieden mit Gott gemacht. Er würde es verstehen.«

»Also gut.« Das fühlte sich nach einer guten, richtigen Entscheidung an. Elisa spürte förmlich, wie ihr eine Last vom Herzen fiel. Der kleine Franzl hatte es geschafft, er hatte ihren Vater ins Leben zurückgeholt.

Sie schaute sich in dem kahlen Zimmer um. Außer den Möbeln gab es nur noch zwei alte Schulbücher, die an Anton erinnerten. Alle persönlichen Habseligkeiten hatte er damals mitgenommen. Nach seinem Weggang hätte Mischi das Zimmer beziehen können, doch der hatte es vorgezogen, bei Rudl wohnen zu bleiben. So hatte es all die Jahre leer gestanden und wurde nun für ihren Vater die einzige Möglichkeit, dem Sohn, den er schon vor dem Krieg verloren hatte, nahe zu sein.

Elisa schluckte beklommen. Vermutlich konnte niemand ahnen, wie schwer es ihren Vater getroffen hatte, und vielleicht hatte er sogar Schuldgefühle. Sie hoffte und betete, dass die Zeit seine Wunden heilte.

Sie sammelte die beiden leeren Flaschen vom Boden auf und stellte sie zu der dritten auf den Nachttisch. Die halbvolle Flasche verschloss sie mit einem Korken. Anschließend wies sie zur Tür. »Kommen Sie mit mir. Mama vermisst Sie. Und wir anderen auch. Es geht nicht ohne Sie.«

»Ohne Franz wird es gehen, nicht wahr?«

Elisa ballte die Hand zur Faust, und sofort war ihre Wut wieder da. »Es muss!«, herrschte sie ihren Vater an, so dass er verwundert den Kopf hob. Die Worte sprudelten aus ihr heraus, ohne dass sie darüber nachdachte. »Das hier mit Ihnen, das geht so nicht! Sie verkriechen sich und lassen sich mit Schnaps volllaufen, Vito ist abgehauen und Lene ausgefallen. Draußen platzen die Äpfel vom Nachtfrost an den Bäumen.

Ich habe fast die gesamte Ernte mit Chiara und Pacher allein runtergeholt, während Mama und Lucia eingelagert und eingekocht haben.« Sie breitete die Arme weit aus und ignorierte die steilen Zornesfalten auf der Stirn ihres Vaters. »Hier ist noch Leben, hier sind Menschen, die Sie brauchen. Wir können nicht einfach aufhören, weil zwei geliebte Menschen nicht mehr heimkehren werden.«

Sie beendete ihre Rede mit einem wütenden Zischen, ließ sich neben ihren Vater aufs Bett fallen und schloss die Augen in Erwartung einer Ohrfeige, weil sie es gewagt hatte, so mit ihrem Vater zu sprechen. Zugleich fühlte sie sich unendlich erleichtert. Wie gut das tat, diese Dinge offen auszusprechen.

Nach einer kurzen Weile öffnete sie die Lider. Ihr Vater musterte sie durchdringend, nicht ungehalten, eher neugierig und mit einer Spur von Stolz. Dann huschte ein besorgter Schatten über sein Antlitz. »Was hast du gesagt, Vito ist abgehauen? Doch nicht … in den Krieg?«

»Er kommt wieder. Er ist hinauf nach Fanes. Chiara meint, dass er nachdenken will. So wichtig das auch sein mag, das war kein guter Zeitpunkt«, murrte Elisa. Es fiel ihr schwer, ihre Kritik an Vito offen auszusprechen, aber sie war verletzt. Dass er sich vor der Obsternte gedrückt hatte, war eine Sache, dass er sie mit ihrem Kummer allein gelassen hatte, eine ganz andere. Gut, letzten Endes war er ihr keine Rechenschaft schuldig, schließlich gehörte er nicht zur Familie. Trotzdem nahm sie ihm dieses Verhalten übel.

»Mein Mädchen, du hast ja recht.« Vorsichtig übergab ihr Vater ihr den Säugling, erhob sich schwerfällig und griff nach dem Brief. »Ich werde sehen, wie ich mich nützlich machen kann.« Mit unsicheren Schritten wankte er zur Tür.

Elisa lächelte und warf einen liebevollen Blick auf ihren Neffen. *Das haben wir gut hingekriegt,* flüsterte sie lautlos.

Der Kleine verzog seinen winzigen Mund zu einem Lächeln, als hätte er die Worte vernommen.

»Und waschen Sie sich und ziehen sich ordentlich an! Sie stinken wie Gutholzers Schweinekoben«, rief Elisa noch.

Ihr Vater blitzte sie böse an, dann grinste er unbeholfen. »Auch das mag stimmen.« Er wollte sich abwenden, als Elisa ihn noch einmal anrief. »Tata!«

»Ja?«

»Was stand in dem Brief?«

Statt einer Antwort starrte er einen Moment auf das Papier in seiner Faust. Dann seufzte er laut auf, es klang fast wie ein Wimmern. »Dass ich *zwei* großartige Söhne verloren habe.« Er wandte sich ab.

Elisa kämpfte die Tränen nieder, die ihr in diesen Tagen immer noch viel zu schnell kamen. »Haben Sie je daran gezweifelt?«

Ihr Vater hielt inne, doch er drehte sich nicht wieder um.

»Nein«, sagte er. »Eigentlich nicht.«

Dann war er fort.

»Andreas, leg das sofort wieder hin!«, befahl Lene.

»Nein! Nein, nein! Nein!« Andreas verzog das Gesicht zu einer wehleidigen Fratze und stampfte mit dem Fuß auf, ehe sein Protestgeheul in die nächste Stufe überging. »Will aber!«

Lene schloss erschöpft die Augen und sah aus, als würde sie ihrem Sohn gleich den Hals umdrehen.

Elisa konnte es ihr nicht verdenken. Sie sprang vom Sofa auf und langte nach Andreas. Bevor er begriff, was sie vorhatte, umschloss sie ihn mit beiden Armen und begann, ihn durchzukitzeln.

Andreas kreischte wütend und schleuderte die kleine Jesusfigur, die er vom Stubenaltar geklaut hatte, weit von sich, bevor er versuchte, ihr zu entkommen. Er schlug um sich und lachte nach wenigen Sekunden bereits wieder. Elisa gab nicht nach, bis er sich quietschend über den Boden rollte. Sie griff ihn, warf ihn in die Luft und nahm ihn auf den Arm.

Dann erst wurde ihr bewusst, dass die Gespräche in der großen Stube verstummt und alle Blicke auf sie gerichtet waren. Nur Rudl bückte sich nach der Figur und legte sie zurück auf das Strohnest zwischen den Kerzen. »Das Jesuskind ist noch heil.«

»Natürlich ist es das.« Chiara grinste. »Was soll an diesem Holzklumpen kaputtgehen?«

Elisa setzte Andreas ab und konnte gerade noch verhindern, dass er sich sofort wieder nach der Figur streckte. Als er das erste Mal danach geangelt hatte, hatte er beinahe die Kerzen mit heruntergerissen.

»Rudl, geht rauf auf dein Zimmer und spiel mit ihm mit den Holzrittern«, schlug Elisa vor. Zu ihrer Überraschung nickten ihr Bruder und ihr Neffe einvernehmlich und verließen gemeinsam den Raum.

Elisa setzte sich wieder zu Vito, Chiara und Giovanni auf das größere Sofa, Lucia und Lene auf dem kleinen Sofa gegenüber. Ihr Vater saß auf einem Stuhl am offenen Kamin und starrte gedankenverloren in die Flammen, ihre Mutter hockte an der Wiege des kleinen Franzl und schaukelte ihn.

Es war der Abend des ersten Weihnachtstages, und die Anwesenheit der Costas tat allen gut. Sie konnten den Schmerz nicht mindern, doch ihre ruhige Anteilnahme machte ihn erträglicher. An keinem Tag in den letzten Wochen hatten sie Franz und Mischi so sehr vermisst wie an den Feiertagen.

»Diese Ruhe.« Lene warf den Kopf in den Nacken. »Elisa, Gott segne dich für deine guten Ideen. Ich möchte mal wissen, von wem Andreas das hat. Von mir nicht.«

»Nein, das hat er sicher von seinem Vater«, rief Elisas Mutter trocken zu ihnen herüber. »Du kannst dir nicht vorstellen, wie eifersüchtig Franz auf Anton war, nachdem der zur Welt gekommen war. Ein richtiger Satansbraten.«

»Das stimmt«, warf Elisas Vater wehmütig lächelnd ein. »Er war nicht von Anfang an so ruhig und vernünftig. Sie haben es in den ersten Jahren eurer Mutter schwergemacht. Mischi war das einzig ruhige Kind.«

Lucia hob interessiert den Kopf, während Chiara verstohlen die Augen verdrehte. Elisa fing Vitos Blick auf, der sich scheinbar unbeteiligt gab, aber er hoffte sicherlich, seine Mutter möge nicht mit solchen Geschichten anfangen. Gab es Söhne oder Töchter, denen es nicht peinlich war, wenn Eltern in ihrem Beisein davon erzählten, was sie als Kinder alles angestellt hatten?

Lene grinste plötzlich breit. »Franz und Anton zusammen in der Schule, das war unerträglich. Die beiden waren zu der Zeit unzertrennlich. Ihr kennt den Vorgänger vom Willeit alle nicht. Ich kann euch sagen, das war ein grausamer Mann. Er schlug uns alle mit dem Rohrstock, reihum und manchmal ohne Grund. Aber die beiden Kastlungers wurden nicht müde, ihn zu provozieren.«

Vielleicht hatten sie schon Hornhaut auf dem Hintern, dachte Elisa bei sich. Immerhin hatte ihr Vater seit kurzem aufgehört, Rudl zu schlagen, und der war seitdem zugänglicher geworden. Sie selbst hatte schon seit Jahren außer einer gelegentlichen Ohrfeige nichts mehr eingesteckt.

»Eines Morgens«, erzählte Lene, »war Anton besonders aufmüpfig. Immer wieder reizte er den alten Mistkerl, bis er sich fünf Schläge eingehandelt hatte. Anton ging nach vorne, beugte sich über das Pult, und los ging es. Erst zuckte er nicht einmal mit der Wimper. Dann brach beim dritten Schlag die Hölle los.« Sie machte eine dramatische Pause. Alle, sogar Chiara, sahen sie neugierig an.

Lene holte weit mit dem Arm aus, als würde sie jemanden schlagen. »Beim dritten Schlag gab es einen seltsamen Laut, und Anton schrie auf wie auf der Schlachtbank. Im gleichen Augenblick färbte sich seine Hose komplett dunkel. Aus den Hosenbeinen floss Blut! So fest hatte der Alte zugeschlagen.«

»Was?«, rief Giovanni ungläubig.

Chiara schnalzte mit der Zunge. »Das ist unmöglich!«

Elisa kannte die Geschichte natürlich. Sie grinste verstohlen und hielt den Mund.

Lene senkte dramatisch die Stimme. »Anton blieb zusammengekrümmt auf dem Pult liegen. Der Lehrer wurde kreidebleich und ließ den Stock fallen. Er riss Anton am Kragen hoch und schrie ihn an, ob alles in Ordnung wäre. Anton gab eine großartige Komödie ab. Er taumelte, tat, als wollte er sich setzen, und sprang dann mit schmerzerfülltem Jaulen wieder auf und kauerte sich brüllend zusammen.« Lachend fuhr sie fort. »Der Unterricht war für den Tag beendet, wir wurden nach Hause geschickt. Franz führte seinen Bruder hinaus, da konnte er sich das Lachen schon kaum mehr verkneifen.«

»Ja und? Wie hat er das gemacht?«, fragte Vito gespannt.

Alle im Raum, sogar der Vater, lächelten inzwischen.

»Wir haben uns hinter der Kirche zusammengerottet. Anton hat in seine Hose gegriffen und eine kaputte Schweinsblase rausgezogen.«

»Wie ekelhaft!« Chiara verzog das Gesicht.

Lene lachte. »Es war großartig, sage ich euch. Anton hat das Ding am Vortag beim Schlachten mit Schweineblut gefullt und sich vor dem Unterricht in die Hose gesteckt. Als der Alte zuschlug, ist sie geplatzt. Er sagte, dass er die Prügel noch nie so genossen hat. Der Alte hat es nie erfahren. Er hat danach viel seltener und nie mehr so hart mit dem Rohrstock bestraft.« Lachend wischte sie sich eine Träne aus dem Augenwinkel.

»Ekelhaft«, wiederholte Chiara, doch Vito und Giovanni nickten und grinsten anerkennend.

»Die richtige Tracht Prügel habe *ich* meinem Sohn allerdings verpasst«, ergänzte Elisas Mutter an Lucia gewandt. »Ich bin weiß Gott nicht immer einverstanden gewesen, wenn Josef die Buben geschlagen hat, aber du kannst dir nicht vorstellen, wie sich das ganze Blut auf der Kleidung verteilt hat. Die Hose musste ich wegwerfen. Gestunken hat es! Ich hätte Anton am liebsten in den Gaderbach getaucht.«

»Oder wisst ihr noch, wie die beiden meinem Bruder Matthias und Mischi bei der Heumahd in der *tablé* Grillen unter die Laken gesteckt haben?«, erzählte Lene weiter. »Oder als dem Pichler bei der Fronleichnamsprozession das Pferd durchgegangen ist? Alle haben nur dagestanden und dumm aus der Wäsche geschaut, aber Franz und Anton sind gleichzeitig hingesprungen und haben den Gaul eingefangen, bevor er jemanden niedertrampeln konnte.«

Elisas Mutter lächelte stolz und zugleich wehmütig. »Das stimmt.«

Unauffällig rutschte Elisa vom Sofa und stahl sich hinaus. Im Flur warf sie sich ihren neuen Mantel über und trat vor die Haustür. Tief atmete sie die eiskalte Winterluft ein. So schön es in der Gesellschaft der Costas und ihrer Familie war, irgendwann wurde die Luft dick, nicht zuletzt durch das Kaminfeuer und Vaters Pfeife, die Mutter ihm ausnahmsweise erlaubt hatte.

Hier war es ruhig. Elisa genoss die Stille und beobachtete die Atemluft, die in kleinen Wölkchen von ihrem Mund aufstieg.

Der Schnee lag fast einen Meter hoch, und die unberührten Flächen glitzerten wie unzählige kleine Edelsteine im Mondlicht. Der Himmel wölbte sich wie eine dunkle Kuppel über ihr, übersät von Abertausenden Sternen.

Elisa legte den Kopf in den Nacken und schaute hinauf. Kurat Ploner hatte einmal gesagt, dass für jeden Verstorbenen dort oben ein Licht brannte. Wenn das so war, waren es in den letzten Monaten unendlich viel mehr geworden.

Heute Nacht sah es wirklich danach aus.

Elisa wehrte sich gegen diese Gedanken, sie nahmen ihr den Frieden, den sie hier draußen gesucht hatte. Denselben Himmel sahen die Männer, die es weit in den Osten verschlagen hatte. Längst glaubte niemand mehr den Zeitungsmeldungen vom glorreichen Kriegsverlauf – zu viele waren zurückgekehrt und erzählten vom wahren Gesicht des Krieges. Zu Tausenden wurden Tiroler in Galizien, Polen oder Russland abgeschlachtet.

Plötzlich hörte sie, wie die Haustür geöffnet wurde und jemand in schweren Stiefeln über die Schwelle trat. Das konnte nur ihr Vater sein. Er hatte in den letzten Tagen oft ihre Nähe gesucht, schien Kraft daraus zu schöpfen, wenn ihn Schwermut überkommen wollte.

Elisa steckte die Hände in die Taschen. Ihre Finger tasteten wie von selbst nach dem Körper ihres alten Holzpferdes. Sie trug es in den Weihnachtstagen bei sich, wie einen Talisman. Es war ihre Verbindung zu Mischi. Er hatte ihr geliebtes Spielzeug vor zehn Jahren zum ersten Mal geleimt, danach unzählige Male wieder.

»Vielleicht ergibt das ja alles einen Sinn«, sagte sie nachdenklich. »Franz muss es viel härter getroffen haben, dass Anton fortgegangen ist, als wir alle geahnt haben. Wenn die beiden wirklich so unzertrennlich waren, hätte der Tod des einen den anderen zerstört. Mehr als uns alle. So waren sie vielleicht sogar in den letzten Stunden zusammen. Sie hatten einander, und keiner blieb allein zurück.«

»Tröstet dich dieser Gedanke?«

Elisa fuhr erschrocken herum. »Vito!«

Er lächelte zerknirscht. »Ich dachte, du wüsstest, dass ich es bin. Ich wollte dich nicht erschrecken.« Er trat einen Schritt näher. »Es ist schwierig geworden, dich allein zu erwischen.«

»Das stimmt.« Elisa wollte nicht zugeben, dass sie ebenfalls darunter litt. Zu gern würde sie wieder mehr Zeit mit ihm verbringen, doch ihre Familie brauchte sie.

Vito war etwas Besonderes, seit ihrer ersten Begegnung und immer noch. Sie konnte es nicht in Worte fassen. Ähnlich wie das Kribbeln, als Mischi ihr einmal eine Hahnenfeder über die nackten Arme gezogen hatte, oder wie Brause im Mund.

So ähnlich und doch wieder ganz anders. Nein, sie konnte es nicht in Worte fassen, sie fühlte es.

Sie trat näher, spürte die Wärme seines Körpers. Seine Augen blickten ernst und freundlich, wie dunkle Tümpel. Als er ihr mit den Fingerspitzen scheu über die Wange strich, rauschte ein wohliger Schauder durch ihren Körper.

Er hielt den Finger ins Mondlicht. »Nicht wieder weinen, Elisa. Bitte.«

»Ich weine nicht. Das ist die Kälte, die meine Augen tränen lässt«, protestierte sie, wobei sie selbst nicht ganz sicher war.

Vito lächelte und ersparte ihr zum Glück weitere Rechtfertigungen. »Lass uns reingehen. Ich wollte dir ein Geschenk geben.«

»Ein Geschenk? Für mich?«

Vito antwortete nicht. Elisa folgte ihm zurück in die *ciasa* und zog ihn in die Küche. Dort war es warm, und eine Petroleumlampe auf der Anrichte tauchte den Raum in warmes Licht.

Gespannt schaute Elisa ihn an, versuchte sich gelassen zu geben. Vito schien ihre Neugier zu genießen, bestand erst darauf, ihr aus dem Mantel zu helfen, und legte dann ein flaches Päckchen auf den Küchentisch.

Ehrfürchtig streichelte sie darüber, zögerte nun selbst den Moment noch hinaus, bis sie es gemächlich auspackte.

Es war ein dünnes Heft, mit bunt marmoriertem Papier bezogen und einem stabilen Rücken. *Die Sagen der Fanes* stand in Vitos akkurater Schrift auf dem Etikett auf der Vorderseite.

Elisa schlug es auf, wie eine kostbare Bibel. Und in gewissem Sinne war es das. »Du hast die Sage von Dolasíla aufgeschrieben«, murmelte sie.

»Nicht nur die eine, es sind mehrere. Ich habe mich ein wenig umgehört und mir einige Versionen erzählen lassen.« Vito senkte schüchtern den Kopf. Wenn er so nach unten schielte, wirkte er fast wie ein kleiner Junge. »Gefällt es dir?«

Elisa las die ersten Sätze. »Es ist wunderschön.« Allein Vitos Handschrift anzusehen machte ihr Spaß.

Seine aufrichtige Freude rührte sie. Spontan reckte sie sich und küsste ihn auf den Mund.

Vito zuckte überrascht und hob die Hände, als wollte er sie an sich ziehen. Für einen Moment spürte Elisa seine Zungenspitze über ihre Lippen huschen. Die Berührung prickelte über ihre Haut wie scharfer Pfeffer.

Dann war es auch schon vorüber.

Elisa fühlte das Blut in die Wangen schießen. Vito hatte sich halb abgewandt, doch auch er war verlegen.

Hastig griff sie das Buch und faltete das Einwickelpapier darüber. »Danke, Vito. Das ist das schönste Geschenk, das ich jemals bekommen habe.« Scheu streifte sie mit dem Finger über seinen Handrücken und lief zur Tür. »Komm. Bevor uns die anderen vermissen.«

Sie hörte, wie er leise durchatmete. »Du hast recht.«

Sie wäre lieber allein mit ihm in der Küche geblieben. Oder woanders, Hauptsache mit ihm allein … und sie hätte ihn noch einmal geküsst.

Doch zu groß war ihre Angst geworden, Gott könnte etwas von ihren unkeuschen Gedanken mitbekommen – oder noch schlimmer: ihr Vater.

VIERTER TEIL

1915

20. KAPITEL

24. Mai 1915 – Vila Kastlunger, Val Badia

Vito gähnte und ließ die Arme kreisen, während er gemächlich zum Stall der Kastlungers hinüberbummelte. Gerade ging die Sonne hinter den Bergen auf, und leichter Bodennebel kräuselte sich über der Wiese unter den Obstbäumen.

Er liebte diese frühen Stunden des Tages, es hatte ihm nie etwas ausgemacht, vor Sonnenaufgang aufzustehen. Der Morgen gehörte ihm allein. Er molk und fütterte die Kühe und ritt danach auf Dolasíla nach Corvara, um sich seine italienischen Zeitungen zu holen. Kurt Willeit hatte ihm schon mehrfach angeboten, *La Stampa* in die Amtsstube liefern zu lassen, aber in Wahrheit wollte Vito nicht auf diesen Morgenritt verzichten und genoss es, den Tag so zu beginnen. Er war kein guter Reiter, doch auf die Haflingerstute und ihre stoische Gelassenheit war Verlass. Nachdem sie den Weg und den Ablauf einmal kannte, wäre es vermutlich schwieriger, sie von der Route zum Hotel Posta Zirm abzubringen, als sie einfach am langen Zügel die Straße entlangtrotten zu lassen.

So auch heute. Der Tag versprach sonnig und trocken zu werden.

Er würde seine Zeitung kaufen und mit den Leuten in Corvara ein paar Worte wechseln. Auf diese Weise schnappte er die eine oder andere interessante Neuigkeit auf. Nach seiner Rückkehr frühstückte er mit seinen Geschwistern und seiner Mutter und erfüllte dann seine weiteren Pflichten, sobald Nino in der Schule war. Es war sein letztes Jahr, und sein kleiner

Bruder war froh darum, wobei ihm die Aussicht auf das bäuerliche Leben nicht behagte. In dieser Sache orientierte er sich sehr an Vito und dessen Sichtweisen, außerdem war er nicht dumm und erkannte selbst, dass ihn dieses Leben unterfordern würde.

Immer wieder dachte Vito darüber nach, wie er Geld auftreiben könnte, seinem Bruder weitere Bildung zu ermöglichen, doch ihm fiel nichts Vernünftiges ein. Er war zu besonnen, um sich solchen Spinnereien wie sein Vater hinzugeben, wobei vor allem der Krieg viele seiner möglichen Pläne wie die Ausbildung zum Bergführer oder die Nutzung des Tourismus durchkreuzt hatte. Ein Ende war nicht in Sicht, im Gegenteil. Seit Tagen hielten sich Gerüchte über den Kriegseintritt Italiens.

Vito versuchte sich abzulenken, indem er die Landschaft betrachtete. Drei Jahre lebte er nun schon hier, und der Anblick der grauen Felsen berührte ihn wie am ersten Tag. Gerade fielen die ersten Sonnenstrahlen auf die markante abgeflachte Gipfelkuppe des Sassongher, während die Straße und das Tal noch im Schatten lagen. Vor knapp einem Jahr hatte er den Gipfel mit Mischi und vier anderen bestiegen und war dem Weg gefolgt, den sein Nonno damals bei ihrem ersten Besuch mit Major Franz Kostner genommen hatte.

Es war eine gute Tour gewesen, und sie hatte Vito schlussendlich ermöglicht, Abschied von Roberto Cancelletti zu nehmen, dem Mann, der sein Leben geprägt und den er so widerwillig verlassen hatte.

Vito summte vor sich. Kaum war das Hotel in Sicht, brach er verdutzt ab. Auf dem Vorplatz hatte sich etwa ein Dutzend Leute versammelt, alle sprachen wild durcheinander und gestikulierten in unterschiedliche Richtungen. Normalerweise begegnete man hier ein oder zwei Frühaufstehern, meistens dem Bäcker.

Vito sprang ab und band Dolasíla an einen Querbalken am Ende des Platzes.

»Bun dé miteinander!«, rief er, während er neugierig auf die Menge zulief.

Einer der alten Bauern winkte ihm zu. »Veit Costa! Es ist so weit. Dein König hat uns den Krieg erklärt.«

Lächelnd nahm Vito seinen Hut ab und wedelte abwehrend mit der Hand. »Sachte. Ich habe den König gegen einen Kaiser getauscht.« Er wurde ernst. »Es ist also wahr?«

Die anderen nickten, und auf einmal redeten wieder alle gleichzeitig.

»Vittorio Emmanuele ist ein Verräter! Ein Hurensohn von König!« – »Die Engländer haben ihm eine Menge Geld geboten. Sollen sie dafür in der Hölle schmoren!« – »Wie gut, dass Major Kostner die Standschützen schon mobilisiert hat.« – »Die Italiener haben den Dreibund aufgekündigt und fallen uns in den Rücken.« – »Auf die verfluchten Welschen konnte man sich noch nie verlassen.«

Der Bauer, der Vito angesprochen hatte, schlug ihm kameradschaftlich auf die Schulter und zog ihn ein paar Schritte zur Seite. »Und du? Was machst du jetzt? Wirst du dich melden? Wir brauchen ein paar Burschen wie dich.« Er zog einen Tabakbrief aus der Tasche und stopfte seine Pfeife. »Wenn du das tust, musst du auf dein eigenes Volk schießen«, fuhr er fort. »Mein Großvater stammt aus dem Veneto, hat dort gelebt, als es noch zu Österreich gehörte. Kam vor über achtzig Jahren hierher, um eine Frau zu finden, und ist geblieben. Hab noch Verwandte dort.«

»Dann wissen Sie ja, wie das ist«, murmelte Vito unbehaglich. Seine Gedanken rasten. Er hatte die ganzen Informationen noch gar nicht verarbeitet, doch auf keinen Fall wollte er darüber sprechen, dass die Familie seine Mutter verstoßen hatte. Er hatte keine Verwandten jenseits der Berge. Nicht mehr. Was diesen Aspekt anbelangte, sah er keine Hindernisse.

»Ich wünsche dir alles Gute, Costa.« Der Alte klopfte ihm ein weiteres Mal auf die Schulter und wandte sich ab.

Vito stellte erleichtert fest, dass ihn, da er nun ein wenig abseits stand, niemand mehr beachtete. Er betrat das Hotel, stellte wenig überrascht fest, dass keine italienischen Zeitungen geliefert worden waren, und nahm stattdessen die Sonderausgabe des *Tirolers* mit. *Der Krieg mit Italien. Die Kriegserklärung erfolgt!,* lauteten die fette Schlagzeilen.

Er seufzte tief. Dabei hatte der Tag so gut angefangen.

Wortlos legte Vito die Zeitung auf den Frühstückstisch und setzte sich neben Chiara seiner Mutter und Nino gegenüber.

Seine Schwester riss die Zeitung an sich und überflog die Titelseite. »Kriegserklärung«, murmelte sie tonlos.

Vito nickte und goss sich Kaffee ein. Dann säbelte er einen dicken Kanten Brot vom Laib und bestrich ihn großzügig mit Butter und Honig. Erst als er den ersten Bissen mit einem großen Schluck Kaffee hinuntergespült hatte, fiel ihm auf, dass niemand etwas sagte. Stattdessen starrten seine Mutter und seine Schwester ihn erwartungsvoll an.

Er legte das Brot zurück auf den Teller. »Was ist?«

»Wirst du dich melden?«, fragte seine Mutter.

»Ja.« Vito hörte, dass dieses eine Wort aus seinem Mund kam, doch ihm war, als hätte er nicht selbst gesprochen, sondern eine fremde Macht die Kontrolle übernommen. Er hatte den gesamten Rückweg darüber nachgedacht, was er tun sollte, was richtig und gut war, und zugleich schien jemand eine Daunendecke über seinem Verstand ausgebreitet zu haben.

Chiara sog scharf die Luft ein und stieß einen lautlosen Fluch aus.

Seine Mutter senkte traurig den Kopf. »Gegen mein Volk.«

»Ich kann doch nicht zusehen, wie sie in unser Tal einfallen und sich alles nehmen, obwohl sie kein Recht darauf haben«, sprach er laut einen der Gedanken aus, mit denen er sich unbewusst schon die ganze Zeit selbst zu überzeugen versuchte.

»*Unser* Tal«, wiederholte Chiara höhnisch.

»Ja. Unser Tal.« Vitos Blick ließ sie ausnahmsweise verstummen.

»Das hier ist unser Zuhause«, fügte er leiser hinzu.

Nino dagegen hob feierlich seinen Kaffeebecher, als wolle er einen Trinkspruch anbringen. »Ich komme mit.«

»Nein, auf keinen Fall! Du bist viel zu jung«, entfuhr es Vito. Das hatte ihm gerade noch gefehlt, dass sein kleiner Bruder jetzt verrücktspielte.

»Willeit hat in der Schule gesagt, dass sie Leute brauchen.« Finster zog Nino die Stirn in Falten.

»Herrgott!«, herrschte Vito ihn an. »Ich habe dir gerade beigebracht, wie man ein Rasiermesser hält, glaubst du, da will ich, dass sie dich abschießen?«

Nino knallte den Becher so hart auf den Tisch, dass Kaffee überschwappte. »Und du? Glaubst du, Mama findet das gut, wenn sie *dich* abschießen? Wir brauchen dich.«

In Vitos Brust zog sich ein Knoten zusammen. »Ein Grund mehr, dass du bleibst«, murmelte er hilflos.

»Ich muss mich ja nicht für die Front melden. Ich kann in den Lazaretten helfen und Botengänge machen«, setzte sein kleiner Bruder trotzig nach.

Lucia schaute auf. Wider Willen schmunzelte sie stolz und strich ihrem jüngsten Sohn über die Haare, was der mit einer gequälten Grimasse ertrug.

An jedem anderen Tag hätte Vito – und Chiara erst recht – sich darüber lustig gemacht, aber heute war niemandem danach. Dagegen spürte Vito unter dem Tisch eine Berührung seiner Schwester, die nach seinem Arm griff und ihn festhielt, als könnte sie ihn daran hindern, in den Krieg zu ziehen. Er ergriff ihre Hand und drückte sie fest, entschlossen, sich die

Rührung nicht anmerken zu lassen, die ihn zu überwältigen drohte.

Er räusperte sich. »Du machst die Schule zu Ende«, erklärte er ruhiger an Nino gewandt. »Danach entscheidet Mama, was du tun sollst, falls ich dann nicht hier bin. Du hast ihr zu gehorchen.«

Seine Mutter setzte an, etwas zu sagen, überlegte es sich jedoch anders und nickte stattdessen. »Damit bin ich einverstanden«, meinte sie. »Vito, wann willst du aufbrechen?«

Er ließ Chiara los und wandte sich seinem Frühstück zu. »Ich weiß nicht. Ich werde heute Vormittag zu Kurt Willeit gehen. Er wird mir sagen, was ich tun muss.«

Nino brummte unzufrieden, protestierte jedoch nicht mehr.

Vito grinste unbeholfen, krampfhaft bemüht, Gleichmut zu zeigen, den er nicht im Geringsten verspürte. In solchen Momenten wurde ihm bewusst, dass sein kleiner Bruder in ihm einen Vaterersatz suchte, was ihn stets mit einer Mischung aus Stolz und Unbehagen erfüllte, da er dieser Rolle weder gerecht werden wollte noch konnte.

Am liebsten wäre es ihm, seine Mutter oder wenigstens Chiara würde *ihm* verbieten, sich zu melden, und ihm stattdessen vorschreiben, weiterhin seiner Arbeit auf dem Hof nachzugehen.

Aber das würde nicht passieren.

Nino war nicht der Einzige, der ihm diese Verantwortung zuschob. Vito war das Familienoberhaupt. Natürlich besprach er alles, was den Hof und ihr Leben betraf, mit Lucia, aber die letztendliche Entscheidung fällte er. Von Anfang an hatte das niemand in Frage gestellt, im Gegenteil, es wurde von ihm erwartet. Seine Mutter hatte ihm diese Position stillschweigend überlassen, ihm nur zu verstehen gegeben, dass sie ihm vertraute. Die Nachbarn, Willeit oder der Kurat kamen zu ihm, wenn etwas anstand. Er stimmte bei Dorfangelegenheiten für die Familie, er legte für Nino Rechenschaft ab, wenn der etwas anstellte. Sollte jemals einer der Kerle aus dem Dorf um Chiaras Hand anhalten, würde der zu ihm kommen, nicht zu Lucia.

Nie war Vito zuvor so sehr bewusst geworden, welche Last ihm da auferlegt worden war. Er hatte es ganz selbstverständlich angenommen.

Und jetzt wünschte er sich insgeheim nichts mehr, als dass jemand kommen und ihm sagen würde, was er tun sollte, ob es richtig war, sich zu melden und für den Kaiser gegen Italien zu kämpfen.

»Vito, mein Junge. Was ist, wenn du einem deiner Onkel oder Cousins begegnest?« Seine Mutter versuchte ein Lächeln, doch es misslang ihr gründlich. »Wirst du schießen?«

»Das wird nicht passieren. Die Wahrscheinlichkeit ist verschwindend gering.« Vito gab sich zuversichtlich. Auch das war eine Sache, über die er nicht nachdenken wollte. Sich von der Familie loszusagen oder von ihr verstoßen zu werden war eine Sache. Ein Gewehr auf sie anzulegen war eine ganz andere. Was seinen Onkel Roberto anbelangte, machte er sich wirklich keine Sorgen, der Mann war viel zu feige und würde sich drücken, solange er konnte. Aber seinen drei Cousins wollte er nicht begegnen und noch viel weniger seinen Freunden von früher. Die Briefe zwischen ihm und Benito waren seltener geworden, aber sie hatten sich immer noch regelmäßig geschrieben.

Vito lächelte seiner Mutter aufmunternd zu. Es hatte keinen Sinn, sich darüber den Kopf zu zerbrechen. Es würde kommen, wie Gott und Kaiser es ihm vorherbestimmten.

Stattdessen versuchte er, der ganzen Sache etwas Gutes abzugewinnen: Jetzt würde er aus nächster Nähe erleben, wozu die modernen Waffen, über die er in den letzten Monaten so viel gelesen hatte, tatsächlich in der Lage waren.

Sie beendeten das Frühstück schweigend, und Vito begleitete Nino zur Schule, um die Amtsstube aufzusuchen. Er hoffte inständig, dort nicht Elisa, sondern die andere Frau anzutreffen, die von Willeit angestellt worden war, um die zusätzlichen Aufgaben seit Ausbruch des Krieges zu bewältigen. Er hatte Glück und konnte es noch ein wenig aufschieben, seine Entscheidung Elisa gegenüber zu rechtfertigen.

Die nächsten Stunden verbrachte er wie im Trance. Sobald er sich umsah, fielen ihm tausend Dinge ein, die er vor seinem Aufbruch erledigen sollte, und zugleich war er nicht in der Lage, die einfachsten Routinen zu Ende zu bringen.

Dann am späten Nachmittag, als Elisa aus der Amtsstube zurückkehrte und ihn von weitem mit einem bitterbösen Blick bedachte, überwog wieder die Unsicherheit. Aber es war zu spät.

Nach dem frühen Abendessen stahl Vito sich aus dem Haus und ging hinüber zu den Kastlungers, fand Elisa zu seinem Erstaunen jedoch nicht im Haus, sondern in der *majun,* wo sie im Dämmerlicht des ausklingenden Tages auf ihrem angestammten Platz neben dem kalten Ofen saß und nichts tat, außer ein kleines rotes Holzpferd in den Händen hin und her zu bewegen.

»Buna sëra.« Lächelnd deutete Vito eine kleine Verbeugung an.

Elisa sah weder auf, noch hielt sie mit ihren fahrigen Bewegungen inne.

Vito trat näher und setzte sich neben sie. »Ich wollte mich von dir verabschieden.«

»A s'odëi«, murmelte Elisa kurz und ignorierte ihn.

»Elisa, es tut mir leid.« Er legte eine Hand auf die ihre, damit sie endlich mit diesem Hin und Her aufhörte. Sie versteifte sich unter der Berührung, sagte jedoch weiterhin nichts, sondern presste die Lippen zu einem schmalen Schlitz zusammen.

Diese kühle Ablehnung gab Vito einen Stich. Er hatte geahnt, dass Elisa es ihm übelnehmen würde, wenn er sie jetzt auch noch verließ.

»Was ist nur?«, murmelte er hilflos.

»Das fragst du noch?« Ihr beißender Tonfall schnitt wie eine Klinge durch sein Herz. »Weder deine Familie noch ich sind dir genug wert, dass du bleibst, statt dich auf diese mörderische Expedition einzulassen!« Sie stockte, und es klang fast, als wäre sie kurz davor loszuheulen, doch es war ihr nicht anzusehen. Ihre Finger umklammerten das Holzpferdchen so fest, dass Vito befürchtete, sie würde es zerbrechen.

Er sprang auf und warf die Arme in die Luft. »Was soll ich denn tun?«

»Bleiben!« Zum ersten Mal hob Elisa den Kopf und starrte ihn böse an. »Sie könnten nicht darauf bestehen, dass du in den Krieg ziehst. Du bist Bauer, ernährst die Menschen, musst für die Familie sorgen. Sie könnten dich nicht an die Front zwingen. Du weißt das. Trotzdem hast du dich gemeldet! Weil du es wolltest.«

Vito war unangenehm berührt. »Es ist meine Pflicht«, brummte er abwehrend.

Elisa lachte höhnisch auf, es klang hässlich, passte nicht zu ihr. »O nein, Vito Costa! Du lügst dir etwas vor. Es ist nicht die Pflicht. Mischi hat diese Pflicht verspürt, von der du sprichst, die Treue zu seinem Land Tirol. Aber du nicht. Dich treibt das Abenteuer.« Sie ließ das Pferdchen fallen, sprang von der Bank und baute sich vor ihm auf. Vito erschrak beim Anblick ihrer sonst so freundlichen Augen, die so vor Zorn loderten, dass es ihn kaum gewundert hätte, wären ihm Funken entgegengesprungen.

Wütend stieß Elisa ihm den Finger gegen die Brust. »Vielleicht willst du wirklich nicht in den Krieg, das glaube ich dir sogar. Dich reizt die Abwechslung, die Aussicht darauf, fortzukommen, und sei es nur für ein paar Wochen, bis der ganze Spuk vorüber ist. Endlich etwas anderes sehen, das treibt dich.«

Sprachlos starrte Vito sie an und musste sich sofort eingestehen, dass sie ihn durchschaute.

Elisa schnaubte erbost. »Glaubst du, ich habe deine glänzenden Augen nicht gesehen, wenn du den Aufklärungsflugzeugen hinterhergeschaut hast? Oder deine Begeisterung, als du von diesen Ingenieuren erzählt hast, die mit ihrer Erfindung verhindert haben, dass dem Deutschen Reich der Sprengstoff ausging? Du willst etwas davon sehen, nicht nur darüber lesen. Du willst es erleben. Das ist es.« Sie ballte die Hände zu Fäusten, und er dachte einen wilden Moment lang, sie würde auf ihn losgehen. Stattdessen ließ sie die Arme hängen. Alle Energie verließ sie, und sie starrte stumm zu Boden.

Bevor Vito sich dessen bewusst wurde, was er tat, schloss er Elisa in die Arme. Er spürte ihr Beben. Äußerlich mochte sie sich stark geben, doch sie zitterte voller gerechtem Zorn auf ihn und alles, was mit diesem Krieg zusammenhing. Er senkte den Kopf, schloss die Augen und atmete tief ein. Behutsam streichelte er über ihren Rücken, roch den Duft ihres goldenen Haars und ihrer Haut, noch warm von der Sonne des Tages.

Elisa hob die Hände an seine Brust, immer noch zu Fäusten geballt, doch dann lehnte sie sich gegen ihn und entspannte sich.

Vitos Wahrnehmung reduzierte sich auf sie, auf die weichen Rundungen ihrer Brüste und ihre straffe Hüfte. Hier stand er, hatte den ganzen Tag über Pflicht und Verantwortung nachgedacht, sich eingeredet, die richtige Entscheidung getroffen zu haben, und war doch zutiefst verunsichert, ob nicht am Ende alles auf eine Katastrophe hinauslief. Und dann kam Elisa und führte ihm mit wenigen Worten die Wahrheit vor Augen.

Natürlich bestand die Möglichkeit, dass er an der Front sterben würde, aber dieser Gedanke war so unwirklich, wortwörtlich undenkbar, dass er ihn nie weiter verfolgte. Stattdessen rief ihn das Abenteuer. Es stimmte, er wollte ein Stückchen von der Welt jenseits des Tales sehen, bevor es zu spät war.

Elisa, diese kleine selbstbewusste Persönlichkeit mit dem Talent, ihm ins Herz zu schauen – sie war etwas ganz Besonderes für ihn, und er hatte es ihr bisher nicht gezeigt.

Vito wusste, dass dieser Moment nicht ewig andauern würde, und er verwünschte sich im Stillen, dass er sich das letzte halbe Jahr von ihr ferngehalten, Gelegenheiten vertan, womöglich wertvolle Zeit verschenkt hatte. Jetzt hielt er sie in den Armen, jung und weiblich, stark und voller Lebensfreude. Sie war all das, was der Krieg nicht war.

Er erschauderte. Sein Körper reagierte ohne sein Zutun, und sein Verstand verließ ihn.

Er legte Elisa die Hand in den Nacken und beugte sich über ihr Antlitz. Er öffnete die Augen, wollte sie ansehen, sich ihren Anblick einbrennen, um ihn mitzunehmen. Sie entgegnete seinem Blick verwundert und doch voller Neugier und Vertrauen. Ganz sanft ließ er seine Zungenspitze über ihre Lippen huschen.

Elisa verzog denn Mund unter der Berührung zu einem Lächeln.

Vito wurde mutiger, zog sie eng an seinen Körper und überließ sich diesem Kuss. Seine Hände liebkosten ihre Wangen und wanderten über ihren schlanken Hals. Wie von selbst tasteten seine Finger nach den groben Knöpfen der einfachen Leinenbluse, öffneten sie und fanden die weiche warme Haut darunter. Sein Herz schlug schneller, als er über ihre Brüste streichelte, scheu und vorsichtig zunächst. Ein Rausch erfasste ihn, seine Bewegungen wurden fahriger.

Da bewegte Elisa abrupt den Kopf nach hinten und weckte ihn aus seiner Versunkenheit.

Vito riss reflexartig die Hände zurück, als sich ihre Blicke trafen. Elisas grünblaue Augen waren schreckgeweitet, auf ihren Wangen zeichneten sich zarte rote Flecken ab.

Sie hatte Angst vor ihm! Angst, weil er sie berührt hatte – oder schlimmer noch, was er im Begriff war zu tun! Wo er eben Neugier gesehen hatte, las er blanke Panik.

Das war so falsch!

»Gottverdammt, Elisa!«, stieß er hilflos hervor und hob die Hände, wie um ein scheuendes Pferd zu beruhigen.

Elisa senkte das Kinn auf die Brust und sah noch verstörter aus, wenn das überhaupt möglich war. Sie machte einen Schritt auf ihn zu, doch Vito schubste sie rüde zur Seite und rannte davon. Dabei spürte er, wie ihm die Röte ins Gesicht schoss. Hinter sich hörte er ein Geräusch, das ebenso gut ein wütendes Brummen wie ein Schluchzen sein konnte.

Hastig öffnete er das Tor und trat hinaus aus der *majun*. Kurz wunderte er sich, dass es noch immer nicht völlig dunkel geworden war, obwohl dieser verfluchte Tag der mit Abstand längste in seinem Leben gewesen war. Er blieb stehen, fuhr sich mit gespreizten Fingern durchs Haar und atmete tief durch. Nur mühsam hielt er sich davon ab, auf dem Absatz kehrtzumachen, zu Elisa zurückzulaufen und sie in den Arm zu nehmen, um sie zu beruhigen. Wie könnte er sie trösten, wenn er und sein Verhalten die Ursache für ihren Kummer waren?

Sie hatte Angst vor ihm. Vor ihm!

Vito begriff es immer noch nicht. Bemüht, sich nichts anmerken zu lassen, ging er zurück nach Hause. Ab und zu warf er einen Blick über die Schulter, doch um ihn herum war alles wie ausgestorben.

Ratlos betrachtete er seine Hände, erinnerte sich an das Gefühl der samtweichen Haut unter den Fingerspitzen.

Was war nur in ihn gefahren? Sie vertraute ihm, ihre Eltern vertrauten ihm, wie hatte er sich derartig gehenlassen können?

Er betrat die *ciasa,* knallte die Tür mit mehr Schwung als nötig zu und lief in sein Zimmer.

Vielleicht war es ganz gut, dass er morgen für eine Weile von hier wegkam. Denn noch eines war ihm in diesem Moment, als er aus der *majun* geflohen war, bewusst geworden: Er hatte es so gewollt. Er hatte Elisa verführen wollen.

Und er war sich nicht sicher, ob er sich bei der nächsten günstigen Gelegenheit beherrschen könnte – wobei er bisher immer gedacht hatte, es wäre auch Elisas heimlicher Wunsch, ihm näherzukommen, ihm nahe zu sein und dass nur ihre strenge Erziehung sie zurückhielt. Offenbar hatte er sich darin getäuscht, sich und seiner Person zu viel Bedeutung beigemessen.

Vito trat ans Fenster und schaute auf die Bäume und die Berge. Ein Vogelpärchen hüpfte trotz der späten Tageszeit in einem fröhlichen Balztanz von Ast zu Ast. Die Wiese leuchtete im satten ersten Grün, und die Bäume standen in voller Blüte. Überall zog der Frühling ein, forderte die Lebewesen unter Gottes Sonne auf, sich fortzupflanzen, die Luft war erfüllt von Leben, es roch nach Neubeginn.

Und er? Er haderte mit sich, war mit seinen schweren Gedanken allein.

Waren diese Frühlingsgefühle der Grund, dass ihn der Moment überwältigt hatte? Eine Art Lagerkoller, weil hier alle so eng aufeinanderlebten? Oder war es die Aussicht auf das, was vor ihm lag, die unterschwelligen Befürchtungen, was an Tod und Elend auf ihn zukam?

Er brummte unzufrieden. Das war doch jetzt nur der Versuch, sein armseliges rauschhaftes Verhalten vor sich selbst zu rechtfertigen und Gründe dafür zu finden, dass er sich nicht kontrollieren konnte, wenn es darauf ankam.

Vito wurde deutlich bewusst, dass er in den vergangenen Monaten instinktiv das Richtige getan hatte, indem er sich von Elisa ferngehalten hatte. Sonst wäre so etwas wie heute viel früher passiert. Allerspätestens seit der Weihnachtsnacht im letzten Jahr war ihm klargeworden, was ihm diese junge Frau bedeutete.

Er liebte sie, so einfach war das.

Doch bevor er nicht sicher sein konnte, dass diese Zuneigung auf Gegenseitigkeit beruhte, sollte er Abstand wahren. Denn wenn eines auf der Welt schlimmer war, als schlussendlich von ihr zurückgewiesen zu werden, dann die Vorstellung, dass er ihr mit seinem unbeherrschten Vorgehen Angst einjagte.

Das durfte niemals wieder passieren.

Niemals, niemals wieder.

21. KAPITEL

Am selben Abend – Vila Kastlunger, Val Badia

Lange wartete Elisa in der *majun* darauf, dass Vito zurückkehrte, damit sie sich entschuldigen konnte.

Sie hatte einfach alles falsch gemacht.

Schon länger hatte sie damit gerechnet, dass Vito vielleicht mehr von ihr wollte als nur Gespräche und einen Kuss. Bis jetzt hatte sie die Möglichkeit verdrängt, denn natürlich gehörte es sich nicht. Es war Sünde, sie waren nicht verheiratet.

Aber sie war nicht vollkommen naiv, und sosehr Kurat Ploner auch gegen den Verfall der Sitten predigen mochte, wusste sie, dass außer Rudl weder ihre Brüder noch die anderen Burschen sich von der Aussicht auf ewige Verdammnis davon abhalten ließen, sich mit Mädchen einzulassen.

Es war nicht so, dass sie selbst nicht neugierig wäre. Aber als Vito sie so unerwartet berührt hatte, war sie unsicher geworden. Sie hatte Angst bekommen, was er noch alles tun könnte.

Dann war auch schon alles zu spät gewesen.

Der restliche Abend zog an ihr vorbei. Sie ertrug die besorgten und strengen Blicke der Eltern, ohne etwas zu erklären, und ging früh ins Bett, nur um die halbe Nacht in die Dunkelheit zu starren.

Erst in den frühen Morgenstunden fiel sie in unruhigen Schlaf, der ihr nichts als Alpträume brachte, sterbende Soldaten inmitten von Pferden mit zerfetzten Leibern und mittendrin Anton, der von ihr abgewandt stand und sich eine Zigarette anzündete. Es war ihr Bruder, das wusste sie in diesem Traum ganz genau, doch als der Mann sich umdrehte, grinste sie ein Totenschädel an, statt der Zigarette ein Edelweiß zwischen den Zähnen, das er mit einem Biss zermalmte. Das war der Moment, in dem sie mit einem Schrei erwachte.

Zitternd verkroch Elisa sich unter die Decke. Die Botschaft war klar und deutlich: Dieser Krieg würde Tirol am Ende zerstören. Er hatte schon jetzt nichts als Leid und Elend über die Familien gebracht. Und Vito stürzte sich auch noch in diesen Wahnsinn, und sie konnte nichts dagegen tun. Im Gegenteil, mit ihrem kindischen Verhalten hatte sie ihm einen weiteren Grund gegeben, das Weite zu suchen. Wieso hatte sie sich nur so dumm und abweisend verhalten? *Junge Männer können stürmisch sein,* hatte ihre Mutter sie damals gewarnt. Sie hätte damit rechnen und Vito seinen Willen lassen müssen!

Elisa spürte seine Berührungen immer noch wie unsichtbare Brandzeichen auf der Haut. Nicht nur ihr Herz und ihr Verstand waren in Aufruhr, ihr gesamter Körper prickelte, sobald sie an Vito dachte. Und sie hatte ihn in die Flucht geschlagen. Warum sollte er sich auch mit einem hysterischen kleinen Mädchen abgeben? Am liebsten wäre sie jetzt, mitten in der Nacht, aufgestanden und hätte alles wiedergutgemacht, aber das war undenkbar. Damit würde sie sich erst recht lächerlich machen.

Noch schlimmer: Vielleicht würde er sie endgültig zurückweisen, nichts mehr mit ihr zu tun haben wollen, was über notwendige Begegnungen hinausging. Er wäre zu höflich, sie vollkommen zu ignorieren, dafür wohnten sie zu eng beieinander. Aber er könnte sie bei Gesprächen auflaufen lassen, aufhören, ihr die Welt zu erklären oder mit ihr über die Wissenschaft zu philosophieren, wie sie das manchen Abend getan hatten, wenn die Familien beisammensaßen.

Die Zeiten, in denen sie wie zu Beginn ihrer Freundschaft ungestört zusammen sein konnten, waren lange vorbei. Aber Elisa hatte immer gedacht, Vitos Grund wäre seine Mutter, die genau wie ihre Eltern immer wieder strenge Blicke oder Nachfragen parat hielt.

Was, wenn sie sich irrte? Wenn sie ihm nicht gut genug war, sie ihn langweilte und er froh war, sie heute ganz elegant losgeworden zu sein, ohne ihr zu nahezutreten?

War nicht sein Verhalten in den letzten Monaten ein Beleg dafür? War die Zurückweisung nicht die wahrscheinlichste Reaktion, wenn sie jetzt zu ihm ging?

Sie stand auf und stellte sich ans Fenster, wo ihr stummer Blick die Fanesgruppe hinaufwanderte, deren steile hellgraue Wände sich deutlich vom Nachthimmel abhoben. Dort, wo es Vito stets hinzog, seit Mischi ihm den Weg gezeigt hatte.

Ja, nicht einmal ihr Bruder war hier, um sie zu trösten. Er stand noch immer irgendwo einem Feind gegenüber, damit sie sich gegenseitig erschießen konnten.

Das alles war so sinnlos.

Elisa tappte wieder zurück ins Bett. Sie war ratlos, frustriert und unendlich allein.

Was wäre, wenn Vito, wie Franz und Anton, niemals zurückkehrte?

Elisa erwachte mit einem Ruck, und der Gedanke war da, schlimmer als alles, was sie sich bisher ausgemalt hatte.

Sie sprang aus dem Bett, wollte ihn abpassen und sich erklären. Egal, was er danach von ihr hielt oder ob er das lächerlich fand, sie konnte ihn nicht so ziehen lassen.

Doch kaum hatte sie ihr Zimmer verlassen, stellte sie fest, dass sie verschlafen hatte. Vito war längst aufgebrochen.

Den größten Teil des Tages verbrachte sie allein im Gemüsegarten und war ganz froh darüber. Sie wollte niemanden sehen und mit keinem reden.

Sie erntete das erste frische Gemüse und bereitete die Aussaat von Bohnen, Karotten, Kürbissen und Kren vor. Ihr ganzer Stolz waren zwei Rhabarbersetzlinge, die ihr Tante Teresa geschenkt hatte und von denen sie in diesem Jahr das erste Mal ernten konnte. Elisa hatte noch keine rechte Idee, was man mit den rötlich weißen Stangen anstellte. Vielleicht zu einem Kompott kochen?

Ihr machte es Spaß, neue Zutaten zu verwenden, die Küche ihrer Mutter war eintönig genug. Wenn sie kochte, experimentierte sie gern herum, probierte getrocknete Kräuter aus, die Lucia ihr überließ, oder kombinierte Bewährtes neu. Ob ihrer Familie diese Kreationen wirklich schmeckten, fand sie nie so recht heraus. Für Vater und Rudl war Essen reine Nahrungsaufnahme, ihre Mutter und Mischi waren angeblich ganz angetan. Vito war jedes Mal begeistert, wenn er mitaß, besonders, wenn sie Zutaten und Rezepte aus seiner alten Heimat verwendete.

Wieder Vito …

Sehnsüchtig warf sie einen Blick auf den nachbarlichen Hof. Es würde einsam ohne ihn sein.

Stumm betete sie zur Jungfrau Maria, Vito auf seinem Weg zu führen und zu schützen.

Irgendwann erlangte Elisa beim Herumwühlen in der Erde und der Grübelei über Kochrezepte ihren Gleichmut zurück. Es würde sich alles finden. Vito *musste* zurückkommen, schon allein, damit sie ihr Verhalten erklären konnte.

Am frühen Abend molk und versorgte Elisa die Ziegen und fütterte die Kühe. Sie fragte sich, wer die Tiere diesen Sommer auf die Alm brachte und dort blieb, um sie zu beaufsichtigen. Giovanni, Vitos kleiner Bruder? Seine Schulzeit war fast vorüber, auf die paar Wochen mehr oder weniger kam es auch nicht mehr an. Außerdem fiel der Unterricht häufig genug aus, weil Willeit völlig überfordert war und sich nicht zerteilen konnte, um allen Aufgaben gerecht zu werden.

Die Antwort folgte unerwartet, als ihr Vater die Familie nach dem Abendessen in der großen Stube zusammenrief. Lene saß bereits auf dem Sofa und nickte Elisa dankbar zu, als sie Andreas auf den Schoß nahm, der sich nur schwer damit abfand, die Aufmerksamkeit seiner Mutter mit dem jüngeren Franzl zu teilen. Schon nach kurzer Zeit tauchten Albert Pacher auf und Leonhard Pichler, der kaum jünger war als Pacher. Die Costas folgten, schließlich Maria Gutholzer. Ihr Mann Ferdinand hatte sich wie sein Sohn freiwillig gemeldet und war mit Vito aufgebrochen, nur Maria selbst, die alte Trudl Gutholzer und ihre drei Töchter waren zurückgeblieben.

Es wurde leerer in der *vila,* und im Dorf war es nicht anders. Nur die Frauen blieben, die ganz Jungen und die ganz Alten.

Sie zog Andreas auf den Schoß und vergrub ihr Gesicht in seinem weichen Kinderhaar. Der kleine Junge zappelte kurz, ließ sich diese Behandlung dann jedoch gefallen. Vielleicht spürte sogar er, dass dies andere, besondere Zeiten waren und Elisa ein wenig Trost ganz gut gebrauchen konnte. Sie schaute zu ihren Eltern.

Kastlunger stand vor dem Kamin, legte seiner Frau einen Arm um die Schultern, zog sie an sich und tätschelte ihr die Wange.

Elisa verkrampfte innerlich. Das bedeutete nichts Gutes. Eine so zärtliche Geste in aller Öffentlichkeit war nicht üblich, und ihr Vater war in dieser Hinsicht besonders streng. Mama versuchte eine tapfere Miene aufzusetzen, bevor sie den Kopf neigte und auf die zusammengefalteten Hände starrte.

Es lag etwas in der Luft. Und als hätte Kastlunger Elisas dunkle Vorahnungen vernommen, begann er mit gemessener Stimme zu sprechen: »Ich habe heute mit Lenes Vater gesprochen. Wir wissen nicht«, er stockte mit einem kurzen verlegenen Blick zu Lucia, »was jetzt drüben im Königreich geschehen wird. Die Grenze ist nah, nur ein paar Gipfel trennen uns von den Italienern. Deswegen haben wir vereinbart, dass wir die Kühe der *vila* morgen hinüber zu den Pescolls treiben und sie diesen Sommer jenseits des Dorfes hoch auf die Almen stellen. Der Senner drüben zahlt etwas schlechter, aber vielleicht ist es besser so. Niko und Giovanni werden sie über den Sommer hüten. Nur die vier Tiere mit den Kälbern bleiben mit den Ziegen auf der Hausweide. Albert und Leonhard werden bis auf weiteres in unsere alte *ciasa* ziehen. Platz ist genug. Denn Maria wird mit ihrer Familie zu ihrem Bruder gehen. Lene dagegen will bleiben und bekommt für sich und die Buben Antons und Franz' alte Zimmer.« Kastlunger schenkte seiner Schwiegertochter ein warmes Lächeln. Lene lächelte zurück und nickte dann Elisa zu, als wollte sie ihr ein geheimes Zeichen geben.

Elisa legte die Arme um Andreas, der eingenickt war. Ihr war sonnenklar, dass das nicht alles gewesen sein konnte. Das dicke Ende folgte noch.

Kastlunger winkte Rudl, der aufsprang und sich gehorsam neben ihn stellte.

»Das alles ist nötig, weil wir uns auch gemeldet haben«, erklärte ihr Vater zu Elisas Entsetzen prompt. Ihr Herz schlug schon schneller, bevor ihr Verstand die Bedeutung dieser Worte verarbeitet hatte. Waren denn alle verrückt geworden?

»Die Standschützen brauchen jeden verfügbaren Mann«, fuhr Kastlunger fort. »Rudl und ich taugen nicht für die Front, aber wir werden in den Lazaretten oder Lagern helfen, einfache Reparaturen ausführen oder Meldungen überbringen. Sie werden uns schon beschäftigen. Nicht wahr, Rudl?« Er gab seinem Sohn einen sanften Klaps auf die Schulter, und zu Elisas Erstaunen nickte ihr Bruder eifrig. Die beiden standen in seltener Eintracht nebeneinander, fest entschlossen, ihr Vorhaben in die Tat umzusetzen.

Elisa war schockiert. Niemals hätte sie damit gerechnet, dass ihr Vater und ihr sanftmütiger jüngster Bruder sich mitziehen lassen würden.

»Was ist nur in euch alle gefahren?«, murmelte sie bei sich, doch nicht leise genug, als dass man sie in der plötzlichen Stille überhört hätte. Normalerweise hätten ihr solche Worte einen barschen Verweis eingebracht, doch ihr Vater lächelte nur traurig. »Es sind besondere Zeiten. Der Krieg im Osten und an den Grenzen des Deutschen Reichs verläuft nicht nach den Plänen des Kaisers. Italien fällt uns in den Rücken, von den Engländern aufgepeitscht. Gott allein weiß, was deren Regierung König Vittorio für Zusagen gemacht hat. Er will unser Land, unser Tirol.« Er seufzte. »Ich bin kein Freund des Krieges, Elisa. Aber wenn dieser verräterische Teufel mein Land haben will, wird er es bereuen.« Bei seinen letzten Worten drohte der mit der Faust.

Rudl nickte eifrig, wobei Elisa sich fragte, wie viel er von diesen politischen Zusammenhängen wirklich begriff. Vermutlich nicht viel. Aber so groß seine Angst normalerweise vor seinem Vater und möglichen Schlägen war, der Krieg und die Stimmung unter den Menschen, Franz' Fehlen machten ihn für Rudls einfaches Gemüt zu einem letzten Anker, an den er sich halten konnte. Er würde seinem Vater folgen, notfalls bis in den Tod.

Elisa biss sich stumm auf die Zähne und sandte ein weiteres Stoßgebet an die Jungfrau Maria, diese beiden zu beschützen.

Sie könnte versuchen, ihren Vater umzustimmen, wenigstens Rudl daheim zu lassen. Aber das war sinnlos. Kastlunger hatte seine Entscheidung getroffen, und für ihren jüngsten Bruder wäre es eine unüberwindbare Schmach, bei den Frauen zu bleiben, wenn alle Männer auszogen, um die Welt zu retten.

Elisa blickte in die Gesichter aller Anwesenden und erkannte, dass es ihnen nicht viel anders erging. Normalerweise hätte sich ein buntes Stimmengewirr erheben müssen, Meinungen wären hin- und hergegangen, die getroffenen Entscheidungen diskutiert worden, obwohl sich dadurch natürlich nichts geändert hätte. Stattdessen sahen alle einander an, ratlos und verlegen. Nur Rudl war voller Vorfreude und schien zu glauben, dass Kastlunger ihm endlich Anerkennung zollte.

Elisa konnte ihren Vater kaum ansehen. Er hatte sich abgewandt, stopfte mit konzentrierter Hingabe seine Pfeife und kümmerte sich um niemanden mehr. Doch Elisa sah ihm die Schuld an, die er empfand, sein schlechtes Gewissen. Seine Haltung war weniger aufrecht, und die Bewegungen seiner Hände wirkten steif, mehr, als es zu dieser wärmeren Jahreszeit üblich sein dürfte. Sie fragte sich, ob er das als Sühne ansah, weil zwei seiner Söhne dieser Sache bereits geopfert worden waren. Oder weil er sich nicht im Guten von Anton verabschiedet hatte. Dieser Stachel saß immer noch tief, das wusste Elisa.

Sie konnte nur hoffen, dass er sich nicht zu Dummheiten hinreißen ließ. Er tauge nicht für die Front, hatte er gesagt. Stimmte das? Und hatte ihr Vater diese Entscheidung wirklich selbst in der Hand?

Elisa ließ ihren Blick durch den Raum und über die Gesichter der Anwesenden wandern. Chiara schaute sie mit einer seltsamen Miene an, die sie nicht deuten konnte.

Vielleicht fragte sie sich aber nur dasselbe wie Elisa: Wie sollte es jetzt weitergehen?

22. KAPITEL

25. Mai 1915 – San Martin de Tor, Val Badia

Während Elisa an jenem Morgen verschlief, nahm Vito in gedrückter Stimmung Abschied und wanderte mit dem Rucksack und dem Lodenmantel, den er mit einem Riemen befestigt hatte, zum Kirchplatz. Albert Pacher hatte behauptet, dass es ein kalter Sommer werden würde und er den dicken Mantel unbedingt einpacken sollte. Es würde sich zeigen, ob er recht behielt.

Auf dem Platz vor der Kirche wartete ein Lastwagen, ein deutsches Fabrikat, auf dessen dunkelgrün lackierten Seiten in goldenen Lettern *BENZ MANNHEIM* stand. Die offene Ladefläche wurde normalerweise mit einer Plane abgedeckt, die man entfernt hatte, damit die Passagiere hinten Platz nehmen konnten. Kaum einer sprach, als sie sich nebeneinander kauerten. Sie waren vier Freiwillige und würden unterwegs weitere Männer mitnehmen.

Obwohl Vito das frühe Aufstehen gewohnt war, fühlte er sich wie zerschlagen, als der Lastwagen nach mehrstündiger holpriger Fahrt in San Martin vor einem Gasthaus anhielt. Die wenigen Soldaten vor dem Gebäude beäugten die Neuankömmlinge kritisch, kümmerten sich aber nicht weiter um sie, sondern beluden weiterhin die offenen Pritschen weiterer Lastwagen mit Holzkisten. Über einem weiten Platz, dessen Fläche bereits von Hunderten Stiefeln platt getrampelt worden war, wehten die kaiserliche Fahne und der Tiroler Adler.

Vito sprang von der Ladefläche und stampfte mit den Füßen auf, damit das Blut wieder in seine klammen Glieder floss. Ein alter Mann mit dichtem weißem Bart kletterte umständlich neben ihm herab und spuckte aus.

»Hier hat Major Kostner seine Standschützen vor ein paar Tagen vereidigt«, meinte er mit einer weit ausholenden Geste zu niemand Besonderem. »Wisst ihr, was er gesagt hat? Er habe nichts gegen die Italiener, hat er gesagt. Schließlich lebten wir hier schon seit Jahrhunderten Seite an Seite.« Er spuckte noch einmal aus. »Wenn das stimmt, ist er ein verräterischer Hund!«

»Beruhig dich, Senoner.« Ein nicht viel Jüngerer legte ihm begütigend die Hand auf die Schulter. »Kostner ist ein Guter. Dem liegt seine Heimat nicht weniger am Herzen als dir.«

Vito hatte unwillkürlich den Kopf gesenkt. Jetzt blickte er auf und starrte den Alten trotzig an. Was sollte dieses Gerede, diese Stimmungsmache? War es nicht schlimm genug, dass sie auch noch in diesen Krieg hineingezogen wurden? Warum musste dieser Kerl unbedingt Schuldige finden? Ohne dass er es wollte, fühlte Vito sich tatsächlich schuldig, und das passte ihm ganz und gar nicht. Er konnte nichts für seine Herkunft! Mehr noch, schließlich war er hier, um seinen Beitrag zu leisten, damit König Vittorio Emmanuele sich nicht aneignete, was ihm nicht gehörte.

Vito verdrängte die leisen Zweifel, die in ihm aufkeimten. Nonno wäre sicher ganz anderer Meinung gewesen, als großer Anhänger des Königshauses. Sein Vater hatte sich mit seinem Schwiegervater zu Lebzeiten ständig darüber gestritten, wo die *wahre* Landesgrenze zwischen dem habsburgischen Reich und der italienischen Republik zu verlaufen hätte.

Vito kam nicht dazu, weiter darüber nachzudenken. Er war den anderen Männern in den Schankraum gefolgt, den man kurzerhand zur Meldestelle umfunktioniert hatte. Zwei Männer saßen in einigem Abstand hinter von Bier und Wein fleckigen Tischen und hatten Formulare vor sich, in denen sie die Angaben der Freiwilligen eintrugen. Mit den Neuankömmlingen waren es gut ein Dutzend. Erst jetzt, da er sie so beisammenstehen sah, fiel Vito auf, dass er als Einziger nicht mindestens fünfzig Jahre alt war.

Der Mann hinter einem der Tische winkte ihn heran, würdigte ihn aber ansonsten keines Blickes.

Vito trat vor und nahm den Rucksack ab.

»Name?«

»Vi- Veit. Veit Costa.«

»Wo kommst du her?«

»Vila Kastlunger, Val Badia.«

»Alter?«

»Neunzehn.«

»Hast du eine Waffe mit? Ein Gewehr?«

»Nein.«

»Gut. Stell dich dort hinten zu den anderen.«

Vito tat, wie ihm geheißen. Nach nur wenigen Augenblicken betrat ein Mann in österreichischer Uniform den Gastraum. Er musterte die Anwesenden und schien nicht sehr zufrieden mit dem, was er sah.

»Spricht und versteht hier einer Italienisch?«, fragte er laut in die Runde. Vito und drei andere zeigten auf.

Der Offizier nickte und verschwand so schnell, wie er aufgetaucht war. Stattdessen tauchte ein Mann in Vitos Alter auf und führte sie in einen Nebenraum, in dem einige Gewehre nebeneinander aufgereiht an der Wand lehnten. Auf einem Tisch lagen Pistolen, darunter Holzkisten mit Munitionsschachteln.

Der Mann deutete mit dem Kinn auf die Gewehre »Jeder von euch nimmt sich erst einmal ein Gewehr. In einer Stunde treffen wir uns drüben auf dem Schießstand, damit ich mir ansehen kann, wie gut ihr mit den Waffen umgehen könnt. Ab heute Abend wird entschieden, wo man euch einsetzt.«

»Du meine Güte.« Der alte Senoner griff sich das nächstbeste Gewehr, legte es an und schielte über den Lauf. »Damit hat Andreas Hofer noch persönlich geschossen, oder?«

»Es ist das Beste, was wir haben. Nimm es oder lass es.«

»Wenn Hofer damit geschossen hat, bringt es dir vielleicht Glück in der Schlacht.«

Ein paar Umstehende lachten, Vito dagegen schauderte innerlich. Einen Heller für jedes Mal, wenn er den Namen Andreas Hofer hörte, und er wäre reich. Angeblich hatte der Gastwirt und spätere Freiheitskämpfer die napoleonischen und bayrischen Truppen 1809 mehr oder weniger im Alleingang aus Tirol vertrieben. Franz und Helene hatten ihren Sohn nach ihm getauft. Wie groß auch immer Hofers Verdienst damals wirklich gewesen war, was nutzte dieses nostalgische Geschwafel? Das war mehr als hundert Jahre her, und die Zeiten waren andere gewesen.

Nachdem sich Vito ein Gewehr genommen hatte, musste er Senoner allerdings recht geben. Ein uraltes einschüssiges Werndl-Gewehr aus den siebziger Jahren des vorigen Jahrhunderts. Eher ein Fall fürs Museum.

Plötzlich trat ein anderer Mann auf Vito zu, der noch älter schien als Senoner und dessen Begleiter. Sein Haupt- und Barthaar waren weiß, und seine Augen lagen tief in dem verrunzelten Gesicht. »Du da!«, rief er mit garstiger Stimme. »Hast du nicht eben aufgezeigt, als sie gefragt haben, wer Italienisch kann?«

»Ja. Und?«

»Du bist aber nicht aus Welschtirol. Das höre ich doch. Wo kommst du her?«

»Val Badia.«

»Verkauf mich nicht für dumm.« Der Mann machte einen drohenden Schritt auf Vito zu, der keinen Zoll zurückwich und sich zwang, dessen Blick ruhig zu begegnen. Was wollte der Alte?

»Du bist doch direkt aus dem Königreich, Welsche.«

Vito packte das Gewehr unwillkürlich fester und machte sich bereit, sich zu verteidigen. Dieser Waldschrat sah ganz so aus, als würde er jeden Moment mit Freuden auf ihn losgehen.

Etwa fünf oder sechs weitere Männer strömten in den Raum, in dem es inzwischen eng wurde, doch der Alte ließ sich nicht beirren. Er rückte so nahe, dass Vito seinen Atem roch. Sein Gegenüber hatte getrunken, und zwar nicht zu knapp, obwohl das seinen Bewegungen nicht anzumerken war.

»Jetzt sag schon.«

Vito hielt dem herausfordernden Blick stand. »Meine Mutter ist Italienerin. Ist das ein Verbrechen? Ich bin Österreicher. Ich kämpfe für Tirol.«

»Pah!« Der Mann langte nach dem Gewehr in Vitos Händen und versuchte es an sich zu reißen, doch er war, ob nun wegen seines Alters oder des Alkohols, viel zu langsam. Entschlossen riss Vito die Arme hoch und verpasste ihm mit dem Lauf der Waffe einen Kinnhaken. Der weißhaarige Kopf flog mit einem hässlichen Knacken nach hinten.

»Du verdammter Hurensohn!«, schrie der Alte. »Wie hat deine Mutter das angestellt, einem guten Österreicher ihr Balg unterzujubeln?«

Einen Moment war Vito sprachlos. Seine Finger krampften sich um das Gewehr, dass die Knöchel weiß hervortraten. Und dann überkam ihn blinde Wut. Er machte einen Schritt auf seinen Gegner zu, der ihn aggressiv anglotzte.

Mitten in der Bewegung wurde er zurückgerissen, so dass er einen Schritt nach hinten taumelte. Er verkrampfte und wollte herumfahren, als sich jemand zu ihm beugte. »Hör auf. Du lässt dich doch sonst nicht so leicht aus der Ruhe bringen. Der hat hier nichts zu sagen«, flüsterte eine Stimme nahe an seinem Ohr.

Vito biss die Zähne zusammen und nickte gehorsam. Er durfte sich nicht zu Dummheiten hinreißen lassen, die am Ende weitere Männer gegen ihn aufbrachten.

Der alte Waldschrat schien sich dagegen nicht besinnen zu wollen und hob die Fäuste vor die Brust. »Warte, du Ratte!«

»Das reicht! Wir sind alle aus demselben Grund hier.« Der Mann hinter Vito trat zwischen die beiden Kontrahenten. Vito blickte auf eine Kaiserjägeruniform, alt und abgetragen, der Rock ein wenig straff um den Bauch. Dann erkannte er den Mann.

»Was mischst du dich ein, Declara. Hattest immer schon einen Hang dazu, dich mit Auswärtigen zu verbrüdern.« Kleine Blutstropfen sprühten aus dem Mund des Alten. Er fuhr sich mit der Hand über den Bart, doch statt sie abzuwischen, verteilte er die roten Punkte in dem krausen Haar.

Angeekelt machte Vito einen Schritt zurück.

Marco Declara musterte den Alten kalt. »Ich würde Vito mein Leben zehnmal anvertrauen und dir kein einziges Mal. Seiner Hände Arbeit steckt in meiner Hütte, und würde er heute die Bergführerprüfung ablegen, hätte er morgen seine Lizenz. Spiel dich nicht auf, weil deine Sippe seit hundert Jahren hier im Tal hockt. Das macht dich nicht besser, im Gegenteil. Du bist seit zwanzig Jahren nicht mehr auf den Bergen gewesen.« Er hielt kurz inne und wartete, doch der Waldschrat ballte nur die Faust und schwieg.

Vito wagte durchzuatmen, blieb jedoch auf der Hut vor neuen Attacken.

Marco betrachtete einen Moment das Waffenarsenal und wandte sich an den jungen Mann, der sich in eine Ecke verzogen hatte, als der Konflikt begonnen hatte. »Ist das alles?«

Der Jüngere nickte wortlos.

Marco deutete mit dem Kinn auf das Gewehr in Vitos Händen. »Lass das hier und komm mit. Du bekommst eines von meinen Jagdgewehren.«

Ohne ein weiteres Wort verließ er den Raum. Vito stellte das Gewehr ordentlich ab und folgte ihm eilig hinaus.

Marco ging zu einem Benz-Lkw. Das war schon erstaunlich: Immer wieder sah man wochenlang im Val Badia kein einziges Fahrzeug und hier stand ein ganzer Fuhrpark. Der Gedanke sandte ihm ein erwartungsvolles Kribbeln über die Haut.

Ein älterer Mann mit einem Gewehr über der Schulter und ebenfalls in Kaiserjägeruniform bewachte das Auto und nickte Marco zu, während der unter ein Tuch auf der offenen Ladefläche griff. Er zog ein gut gepflegtes Jagdgewehr hervor, das Vito sofort wiedererkannte und ehrfürchtig entgegennahm. »*Das* soll ich nehmen? Das ist nicht dein Ernst.«

Ein Mannlicher-Schönauer Repetiergewehr von 1903, eine moderne und funktionstüchtige Waffe. Kein Vergleich zu den Relikten drüben im Arsenal.

»Nimm es und setze es mit Verstand ein, Welsche.« Marco lachte gutmütig und warf ihm eine Schachtel Patronen zu.

Vito schüttelte verständnislos den Kopf. »Auf der Jagd im Herbst vor zwei Jahren hat Mischi dich angebettelt, damit wenigstens einmal anlegen zu dürfen. Du hast es nicht aus der Hand gegeben.«

Marco wurde ernst. »Ich habe mir letztes Jahr das Nachfolgemodell gekauft. Und ich habe vorhin jedes Wort so gemeint, Vito. Du bist ein Mann, dem ich mein Leben anvertrauen würde. Deshalb hoffe ich, dass du auf meinen Vorschlag eingehen wirst.«

»Was für ein Vorschlag?«

Statt einer Antwort winkte Marco ihm ein weiteres Mal zu folgen. »Hast du was von Mischi gehört?«

Vito schüttelte traurig den Kopf. »Seine Schwägerin Helene hat im März einen Brief von ihrem Bruder bekommen. Er ist mit Mischi unterwegs, und da ging es beiden ganz gut. Der Winter muss eine ziemliche Katastrophe gewesen sein. Der Brief ist zensiert, aber man kann erahnen, dass sie knietief im Schlamm versunken sind. Mehr weiß ich nicht.« Er stockte, unsicher, ob er die Frage stellen sollte, die ihm seit Marcos

Auftauchen im Kopf herumschwirrte. »Wieso bist du nicht auf dem Feldzug im Osten?«

»Freiwillig? Wieso sollte ich?« Marco runzelte verblüfft die Stirn. »Ich bin doch nicht verrückt.«

»Du bist Kaiserjäger.«

Marco blieb vor einer unauffälligen *ciasa* stehen und klopfte an die Tür. »Na ja. Ich *war* Kaiserjäger. Habe für den Herrn Kaiser meinen Arsch lange genug hingehalten. Das hier, das ist jetzt etwas völlig anderes. Du weißt, dass ich wirklich nichts gegen die Italiener habe, aber das heißt noch lange nicht, dass ich ihrem König mein Land überlasse, nur weil er es haben will. Dafür ziehe ich sogar die alte Uniform noch einmal über.«

»Das heißt, du bist zu alt, um einberufen zu werden?« Vito hätte ihn bisher viel jünger geschätzt.

»Ich bin vierundfünfzig. Blutjung, wenn du dir das Alter der versammelten Herren dort drüben vor Augen führst.« Marco grinste frech, was ihn nur noch jünger erscheinen ließ.

Die Tür öffnete sich, und sie wurden in eine Stube geführt, wo insgesamt sechs Männer sie erwarteten. Bis auf einen, der in Marcos Alter sein konnte, waren sie so alt wie Vito. Neugierig schauten sie einander an. Vito meinte, zwei Burschen von Besuchen in Marcos Hütte wiederzuerkennen, aber ganz sicher war er nicht.

Kaum dass er sich neben Marco neben ein Fenster gestellt und den Rucksack zu seinen Füßen abgelegt hatte, betrat ein Leutnant der Landesschützen den Raum. Er hatte ein steifes Bein und hinkte stark. Fragend schaute er Marco an, und als dieser nickte, stellte er sich breitbeinig in die Mitte des Raumes und betrachtete die Anwesenden gründlich, bevor er sich räusperte und auf Deutsch zu sprechen begann: »Was seit Wochen und Monaten nur Gerüchte waren, ist nun amtlich: Italien hat uns den Krieg erklärt, und wir müssen die Grenzen sichern, bis die ordentliche Armee aus dem Osten zurückkehrt. Machen wir uns keine Illusionen.« Seine Miene wurde endgültig ungnädig. »Drüben stehen ein paar Greise, hier sehe ich halbe Kinder. Ihr seid nicht einmal die letzte Reserve. Während sich unser Heer mit mutigen Herzen den Russen entgegenwirft, steht hier das *allerletzte* Aufgebot. Zudem müsst ihr immer – ich betone: immer! – mit Verrat in den eigenen Reihen rechnen. Es wird ganz sicher Überläufer geben.« Wieder wanderte sein Blick über die Versammelten, und Vito schien es, als verharrte er besonders lange auf ihm. Er versuchte, sich unbeteiligt zu geben, wobei er langsam daran zweifelte, ob es eine gute Entscheidung gewesen war, sich zu melden, wenn man seine Loyalität ständig in Frage stellte.

»Declara wird euch heute Mittag hinauf zu seiner Hütte führen. Von dort aus werdet ihr in kleinen Einheiten weiter in die Berge und bis an die Grenze Italiens vordringen und die Bewegungen der feindlichen Truppen beobachten. Declara hat euch besonders nach euren bergsteigerischen Fähigkeiten ausgewählt. Ich erwarte, dass er euch die militärischen Grundlagen beibringt.«

Marco verschränkte die Arme vor der breiten Brust. »Jawohl, Herr Leutnant!«

»Der Kurat von San Martin wird um zwei Uhr eine Messe lesen, danach werdet ihr vereidigt, und dann brecht ihr auf. Das wäre alles.« Der Offizier verließ den Raum. Bei jedem Schritt zog er das steife Bein mühselig nach.

Während Vito ihm nachblickte, wurde ihm bewusst, wie recht der Mann hatte. Kinder, Greise und Invalide waren das, was Tirol zu seiner Verteidigung geblieben war. Ausgediente wie Marco waren noch die Besten. Und sie standen einer Armee gegenüber, die ihnen in Ausbildung, Ausrüstung und Anzahl haushoch überlegen war. Wie sollten sie das Land verteidigen?

Marco drückte sich geschmeidig von der Wand, und zu Vitos Erstaunen machte er eine obszöne Geste in Richtung Tür, bevor er sich zu den Versammelten beugte. »Der feine Herr

Leutnant hat allerdings eines vergessen«, zischte er mit leiser Stimme. »Wir kennen die Berge. Das werden wir nutzen. Sollen die Italiener versuchen, über die Gipfel zu klettern, wir werden sie einzeln nacheinander von den Wänden schießen!«

Die jungen Männer strafften die Schultern, zwei nickten zustimmend.

Marco reckte die Faust. »Für unsere Heimat! Für Tirol!«

»Für Tirol«, wiederholten alle, auch Vito. Marco hatte recht. Er durfte nicht schwarzsehen.

»Verzeihung.« Einer der Zuhörer hob schüchtern die Hand. »Bekommen wir Uniformen?«

Marco schnaubte belustigt. »Ich werde versuchen, welche aufzutreiben, aber erst einmal: Nein, es gibt keine. Wir müssen sehen, dass wir Armbinden oder so etwas bekommen, sonst halten sie euch am Ende noch für Freischärler.«

»Was bedeutet das?«, fragte ein anderer.

»Wir hätten keine Rechte«, murmelte Vito. »Sie könnten uns einfach so erschießen.«

»Na und? Ich dachte, das ist der Sinn von Krieg. Den Gegner abzuknallen, bevor er mich erschießen kann«, sagte ein Dritter.

Die anderen lachten nervös, doch Marco fand das nicht lustig. »Halt einfach dein Maul, wenn du keine Ahnung hast! Es stimmt, was Vito sagt. Auch im Krieg gibt es Regeln, und die unterscheiden zwischen Soldaten und Zivilisten. Die Haager Landkriegsordnung bestimmt, was mit Soldaten passiert, wenn sie verwundet oder gefangen genommen werden. Sie haben Rechte, und das unterscheidet sie von ein paar Bauern, denen man Flinten in die Hand drückt. Weitere Fragen?«

Niemand sagte mehr etwas. Marco scheuchte die Burschen aus dem Raum und bat Vito zu bleiben.

»Tot ist tot, egal nach welchen Regeln«, murrte einer noch beim Rausgehen, doch Marco hörte die Bemerkung nicht oder tat zumindest so. Plötzlich wirkte er viel älter, der Verantwortung nicht gewachsen, die man ihm zusammen mit der alten Uniform auferlegt hatte.

»Kinder«, murmelte er. »Es sind noch halbe Kinder.« Er gab sich einen Ruck und schaute Vito ernst an. »Ich habe dich heute Morgen bei deiner Ankunft gesehen und wollte dich sofort dabeihaben. Aber bist du überhaupt einverstanden mit deiner Zuteilung zu dieser Mission?«

»Wie meinst du das?«, fragte Vito ehrlich verwundert. »Glaubst du ernsthaft, ich würde mich lieber neben einen alten Waldschrat in Stellung begeben und mich die ganze Zeit beschimpfen lassen?«

Marco lächelte dünn. »Dachte ich mir. Aber das wird nicht einfach nur ein Abenteuer. Du bist sehr wertvoll für mich. Du kommst in den Bergen zurecht, du kennst dich da oben aus, du sprichst Italienisch und Ladinisch …«

»Und mein Deutsch ist inzwischen ziemlich gut.«

»Ernsthaft? Das wird ja immer besser! Wer hat dir das beigebracht?«

»Mischis Schwester.«

»Die kleine Elisa?« Marcos Lächeln wurde breiter. »Natürlich, ihr seid Nachbarn. Wie alt ist sie inzwischen? Zwölf? Dreizehn?«

»Sie wird dieses Jahr sechzehn.« Elisas Erwähnung gab Vito einen Stich. Seit seinem Aufbruch am Morgen hatte er sie erfolgreich aus seinen Gedanken verdrängt.

Marco stöhnte. »Ich werde wirklich älter. Nun denn! Wenn das hier alles vorbei und Mischi zurück ist, sehen wir zu, dass ihr beiden eure Prüfungen ablegt. Wir machen aus euch richtige Bergführer.«

Vito nickte und erwiderte nichts. *Wenn das alles hier vorbei ist …* Wie oft hatte er in letzter Zeit solche Formulierungen gehört. Die Menschen teilten die Zeiten bereits in das Leben vor und nach dem Krieg ein. Die Gegenwart interessierte nicht, es war die Zeit, die man irgendwie durchstehen musste. Und wie leicht sich das sagte. Wenn Mischi überhaupt zurückkam. Wenn Österreich den Krieg gewann und das Leben wieder so wie vorher werden würde … Wenn Elisa ihm seinen Abgang verzieh.

Wenn, wenn, wenn …

So viele Unwägbarkeiten.

Er erinnerte sich daran, wie er vorgehabt hatte, Mischi Lesen und Schreiben beizubringen und Willeit zu fragen, ob er unterrichten dürfe. Es war der Tag von Franz' und Helenes Hochzeit gewesen. Am selben Tag war sein Vater verunglückt und danach waren alle Zukunftspläne zunichte.

Seit gestern Abend war wieder alles anders, und dieses Mal hatte er mit seinem Verhalten dazu beigetragen. Es wäre besser gewesen, wenn er direkt zu Elisa zurückgegangen wäre und wenigstens das wieder in Ordnung gebracht hätte. Es war dumm gewesen, sich auf diese Weise von ihr zu trennen. Was dachte sie jetzt von ihm? Hatte sie Angst, wenn sie an ihn dachte? Falls sie an ihn dachte und ihn nicht voller Wut aus ihrem Leben verbannt hatte?

Jetzt war es zu spät, daran etwas zu ändern.

Vito spürte, dass Marco ihn beobachtete, und wollte sich abwenden.

Marco klopfte ihm kameradschaftlich auf den Rücken. *»Salve Caesar, morituri te salutant«,* sagte er.

Verblüfft schaute Vito ihn an. »Heil dir Kaiser, die Todgeweihten grüßen dich«, übersetzte er automatisch.

Wie passend.

Marco nickte. »Vor allem, Vito, wollte ich dich bei mir haben, weil du Herz und Verstand hast. Ich brauche dich.«

»Ich bin dein Mann, Marco.«

23. KAPITEL

Ende Mai 1915 – Vila Kastlunger, Val Badia

Ein paar Tage später hielt Elisa es nicht mehr aus. Sie musste einfach mit jemandem reden, und niemand stand Vito näher als seine Schwester – obwohl beide das vermutlich heftig bestritten hätten. Sie fand Chiara in der Küche am Herd, wo sie in einem großen Topf herumrührte.

»Kochst du Gemüsesuppe?«, fragte Elisa. Es roch köstlich nach aromatischen Gewürzen und frischen Kräutern.

»Minestrone«, korrigierte Chiara schnippisch. »Nach einem alten Rezept meiner Nonna, leider ohne Parmesan, der ist nicht zu bekommen. Immerhin hatte der *marciadënt* gestern meinen bestellten Hartweizengrieß dabei.« Sie seufzte theatralisch.

Elisa brummte nur. Wenn es nicht das Leben an sich, das Wetter oder die Leute im Dorf waren, über die ihre liebe Nachbarin meckerte, war es das Essen, besser gesagt die Zutaten, die sie nicht auftreiben konnte.

Chiara nahm eine Kelle und angelte etwas aus dem Topf. Es war eine flache lange Nudel, die sie Elisa auffordernd vor die Nase hielt.

Elisa probierte und war überrascht, wie anders die Suppe schmeckte als die klassische Variante ihrer Mutter. »Nicht schlecht.«

»Das will ich meinen.« Chiara lächelte versöhnlich, legte die Kelle ab und löschte das Feuer im Herd. Dann drehte sie sich zu Elisa um, deutete fragend auf eine Kaffeekanne. »Du bist doch nicht gekommen, um an meiner Suppe herumzukritisieren?«

Elisa nahm dankend einen Becher Kaffee entgegen und konnte gerade noch verhindern, dass Chiara wieder den halben Zuckervorrat hineinkippte.

»Du und deine Familie, ihr trinkt anscheinend den ganzen Tag Kaffee«, sagte sie beim Hinausgehen.

Chiara zuckte mit den Schultern. »Findest du nicht, dass die Versorgung hier viel besser geworden ist, seit der *marciadënt* mit seinem Wagen einmal die Woche vor der Kirche hält? Man muss nicht mehr wegen einer Packung Kaffee diese Weltreise nach Bruneck antreten.«

Ohne sich absprechen zu müssen, gingen sie zum Sonnenplatz hinter der *majun*. Der Wind war frisch, aber der Tisch stand geschützt.

»Du hast ja recht«, nahm Elisa den Faden wieder auf. »Aber Tata sagt, dass es ihnen früher, vor dem Bau der Gadertaler Straße, auch nicht schlechtging. Man kam seltener aus dem Tal hinaus, schon gar nicht im Winter, aber im Grunde hat nichts gefehlt.«

»Ja, natürlich«, erwiderte Chiara höhnisch. »Die Menschen in der Steinzeit haben auch alles gehabt, was sie zum Leben brauchten. Warum leben wir nicht einfach noch in Höhlen?«

Elisa stöhnte laut auf. »Du hast mal wieder eine glänzende Laune. Fehlen dir deine Verehrer, an denen du deine gehässigen Sprüche auslassen kannst, dass ich jetzt wieder herhalten muss?«

Statt einer Antwort bedachte Chiara sie mit einem langen Blick über den Rand des Kaffeebechers.

Sofort beruhigte Elisa sich und fasste sich ein Herz. »Ich wollte mit dir eigentlich über Vito reden.«

»Na endlich.«

»Wie bitte?«

»Ich sterbe seit Tagen vor Neugier. Am Abend vor seinem Aufbruch ist er hier in die *ciasa* gestürmt, dass es fast die Tür aus den Angeln gerissen hat. Er hat mich nicht einmal gesehen, ist sofort auf sein Zimmer, hat sich ans Fenster gestellt und hinausgestarrt. Ich habe ihn mehrmals ansprechen müssen, bis er reagiert hat. Er hat kein Wort gesagt, ist mehr oder weniger sofort ins Bett.« Sie musterte Elisa scharf. »Was hat mein Bruder angestellt?«

»Nichts. Gar nichts. Das ist es ja.«

»Nichts? Wirklich nichts? Ich dachte, er schämt sich, weil ihr beiden … na ja.« Chiara lachte verlegen.

Elisa wurde rot. »Er … er hat mich zurückgewiesen.«

»Er hat *was?*«, wiederholte Chiara. Sie stellte ihren Kaffeebecher ab und warf die Hände in die Höhe. »Heilige Madonna, das kann nicht dein Ernst sein! Ich dachte immer, du und er, das wäre beschlossene Sache. Ich dachte auch, dass *du* warten willst, bis ihr heiratet.« Heftig schüttelte sie den Kopf. »Aber *er* würde dich nicht abweisen. Das ist unmöglich, das muss ein Missverständnis sein.«

Elisa krallte ihre Hände um den Kaffeebecher, während ihr vor lauter Verzweiflung und Empörung plötzlich die Brust eng wurde. »Du weißt nicht nur alles, du weißt auch alles besser. Dann sag mir, warum er so reagiert hat«, fauchte sie. »Ich verstehe nicht einmal, was genau passiert ist. Er hat sich einfach umgedreht und ist davongelaufen.«

Chiara verschränkte die Arme und lehnte sich zurück. »Natürlich, jetzt muss ich dir erklären, warum Vito dieses tut und jenes seinlässt. Finde es selbst heraus! Seit eurer ersten Begegnung seid ihr wie ein altes Ehepaar. Als ob man eure Seelen aneinandergeknotet hätte, der eine nicht ohne den anderen existieren könnte.«

»Was sagst du da?« Elisa starrte sie mit offenem Mund an.

Chiara wich ihrem Blick aus und presste die Lippen aufeinander, als hätte sie schon viel zu viel gesagt.

»Das ist maßlos übertrieben«, stammelte Elisa endlich. »Ich habe ihn gern, mehr nicht. Und er will nichts von mir wissen.«

Chiara verengte die Augen zu zwei schmalen Schlitzen. »Du redest Unsinn«, sagte sie verächtlich. »Für ihn gibt es in Gottes Universum keine andere Frau.«

»Warum hat er mich dann abgewiesen?«

»Was weiß ich. Vielleicht hat er endlich eingesehen, was für ein kleiner Bauerntrampel du bist.«

Wutentbrannt fuhr Elisa in die Höhe und donnerte ihren Kaffeebecher auf den Tisch. Das Gefäß zersprang und benetzte sie beide mit lauwarmen Kaffeetropfen.

Chiara kreischte auf und hob schützend die Hände vors Gesicht.

Elisa beugte sich zu ihr. »Ich bin also nicht gut genug für deinen Bruder?«, schrie sie. »So, wie auch sonst niemand gut genug für dich ist? Ich sage dir eins, du bist einfach eifersüchtig! Du kannst es nicht ertragen, dass er jemanden mehr liebt als dich!«

»Das ist ekelhaft! Er ist mein Bruder!«

»Genau.« Elisa rückte noch näher und sah zu ihrer Befriedigung, dass Chiara sie aus schreckgeweiteten Augen anstarrte. »Richtig, Chiara. Er ist *dein* Bruder, nicht meiner. Genau deshalb ist in seinem Herzen Platz für zwei.« Sie richtete sich auf, und die Worte strömten auf einmal aus ihr heraus: »Von Anfang an warst du eifersüchtig auf mich, weil du Vito nicht mit mir teilen wolltest. Ich weiß, dass du uns sogar einmal verpetzt hast, als wir uns zurückgezogen haben, nur um zu reden. Wovor hast du Angst? Davor, allein zu sein? Er würde weder dich noch seine Mutter oder seinen kleinen Bruder jemals aufgeben. Für nichts und niemanden auf der Welt! Siehst du nicht, für wen er sich seit dem Tod eures Vaters abrackert? Ich könnte niemals dazwischen und auch sonst niemand. Er lebt hier mit euch und wegen euch. Er würde alles für dich tun, Chiara. Alles!«

Chiara schaute zu ihr auf und wischte sich mit einer trotzigen Bewegung ein paar Kaffeetropfen von der Wange. »Du kennst ihn eben doch nicht so gut, wie du glaubst. Er ist wegen dir geblieben.«

Elisa schüttelte den Kopf und wollte protestieren, als Chiara plötzlich Tränen die Augen traten. »Es ist einerlei«, flüsterte sie tonlos. »Jetzt ist er weg.«

Ohne darüber nachzudenken, ließ Elisa sich auf die Holzbank fallen und schloss Chiara in die Arme. Beinahe erwartete sie, weggestoßen zu werden, doch mit ihren Worten hatte sie eine unsichtbare Barriere eingerissen. Chiara erwiderte die Umarmung, nein, klammerte sich an sie und schluchzte leise.

Bevor Elisa sich's versah, konnte sie die Tränen nicht mehr zurückhalten. »Er kommt zurück. Er muss einfach«, flüsterte sie hilflos.

Chiara schüttelte den Kopf gegen ihre Brust. »Du weißt nicht, wie das ist. Du hast es nicht erlebt. Meine Mutter hat ihrem Bruder, Onkel Roberto, vielleicht nicht so nahegestanden. Aber sie hat ihm vertraut. Dann kommen wir dort an, auf Nonnos Weingut, und er ist tot. Einfach so. Niemand hat uns eine Nachricht geschickt. Wir hätten es natürlich nicht geschafft, rechtzeitig zur Beerdigung zu kommen, aber wenigstens ein Brief! Wäre das zu viel verlangt? Dann diese Kränkung, als Onkel Roberto meiner Mutter ins Gesicht sagte, dass sie gehen soll. Dass sie nicht zur Familie gehört, keine Ansprüche hat. Der eigene Bruder jagt seine Schwester aus dem Haus! Du kannst dir das nicht vorstellen, Elisa.«

»Aber das hat doch nichts mit Vito zu tun. So ist er nicht!« Elisa riss sich zusammen und schniefte leise.

»Nein, ich weiß. Ich … wir alle haben unseren Großvater geliebt. Auf einmal ist er nicht mehr da. Er hat mich verraten, so wie sie uns alle verraten haben, die ganze Familie.«

Endlich verstand Elisa. Sie hatte mit ihrer Vermutung richtiggelegen: Chiara hatte Angst davor, im Stich gelassen zu werden. Noch einmal, so wie ihr Großvater sie verlassen hatte und vielleicht auch ihr Vater. Das Verhalten ihres Onkels hatte diesen Kummer zusätzlich verstärkt.

»Vito wird dich und deine Familie nicht aufgeben, Chiara«, wiederholte sie.

»Elisa, du ahnst gar nicht, wie viel du ihm bedeutest.«

Die Worte rieselten wie ein warmer Sommerregen über sie hinweg, doch sie verfehlten ihre Wirkung. »Er hat mich zurückgewiesen«, wiederholte sie. Sie hatte gedacht, dass Vito sie mochte, und Chiara glaubte dasselbe. Aber er war vor ihr weggelaufen. Also irrten sie entweder beide, oder es gab einen anderen Grund.

Chiara schaute aus tränennassen Augen zu ihr auf. Zu Elisas grenzenlosem Erstaunen umfasste sie mit einer zärtlichen Geste ihre Wangen. Dabei lächelte sie aufmunternd. »Jetzt muss er zurückkommen, bei Gott! Wenigstens, um dir zu erklären, dass es ein Missverständnis war. Ich war nicht dabei, aber es gibt keine andere Erklärung.«

War es das? War es so einfach?

»Er liebt dich, Elisa. Ich kann nicht glauben, dass du das bis heute nicht begriffen hast.«

24. KAPITEL

Mitte Juni 1915 – Fanes

Niemals hätte Vito sich vorstellen können, was ihn nach der Ankunft in Marcos Hütte in Fanes erwartete.

Er langweilte sich zu Tode.

Und er fror. Als er diesen Morgen zum Ufer des Lé Vërt spaziert war, war das Wasser von einer dünnen Eisschicht überzogen. Sobald die Sonne im Laufe des Tages höher stieg, wurde es erträglicher, aber es blieb ungewöhnlich kalt. Wenn er gekonnt hätte, hätte Vito Albert Pacher eine Dankeskarte geschickt, weil er geraten hatte, den Mantel mitzunehmen.

Wie das Wetter wohl in der Toskana war? Um diese Jahreszeit hatten er und Chiara früher die ersten Kirschen gepflückt.

Immer wieder dachte er an Italien.

Vito blies seine warme Atemluft in die klammen Hände und versuchte seine Gedanken in andere Richtungen zu lenken.

Er saß an einem einfach gezimmerten Tisch vor dem Gebäude, um die wärmenden Sonnenstrahlen auszunutzen. Und wenn der Wind auch noch so scharf durchs Hochtal fegte, er war lieber an der frischen Luft als in der Hütte, in der es nach zu vielen Menschen auf engem Raum stank. Vor ihm lagen die Einzelteile seines Gewehrs auf einem Tuch, nach den Schießübungen ordentlich gereinigt und geölt.

Mit einem leisen Seufzer puzzelte Vito die Waffe wieder zusammen. Er mochte diese Tätigkeit, das glattpolierte Holz, den Geruch von Metall und Öl an den Fingern, aber es unterforderte ihn. Er konnte alles im Schlaf zusammensetzen, und vermutlich war das sogar der Sinn dieser Übung.

Die Eintönigkeit und der immer gleiche Tagesablauf machten ihn fertig. Er war es gewohnt, sich seine Aufgaben selbst einzuteilen. Auf dem Hof war er von morgens bis abends beschäftigt gewesen, jede Minute, in der er sich hinsetzen und einfach eine Tasse Kaffee trinken oder mit Chiara schwatzen konnte, war kostbar gewesen. Seit dem Frühjahr hatte er kein Buch mehr gelesen oder gar geschrieben, dazu war er immer zu müde gewesen.

Hier standen sie in der Frühe auf, frühstückten, machten eine Kletter- und eine Schießübung, kontrollierten die Ausrüstung, aßen zu Mittag und am Nachmittag wieder das Gleiche. Außerdem zeigte Marco ihnen ein paar einfache Manöver, wie sie in Deckung gehen oder sich gegenseitig absichern sollten.

Der Rest der Zeit bestand aus Herumsitzen.

Aus Warten auf den Einsatz.

Und aus Nachdenken. Die Gedanken waren gekommen, hatten sich ungefragt aufgedrängt. Irgendwann würde er kämpfen müssen. Gegen das Land, aus dem seine Mutter stammte und in dem ihre Familie noch immer lebte. In dem sein geliebter Nonno begraben lag. In dem er die ersten Jahre seines Lebens aufgewachsen war, sich wohl gefühlt, Freunde gehabt, Pläne für die Zukunft geschmiedet hatte. Das Land der Sonne. Das Land am Meer. Seine Heimat.

Seine ehemalige Heimat, die Heimat seiner Kindheit.

Er hatte behauptet, es mache ihm nichts aus, gegen Italien zu kämpfen. Stimmte das wirklich?

Vito tat alles, nur um nicht nachdenken zu müssen. Manchmal zählte er sogar Steine.

Wehmütig schaute er zu den umliegenden Gipfeln auf. Die Berge, so nah und doch unerreichbar, die seine zweite große Liebe geworden waren und ihm in all den Jahren einen Teil seiner Sehnsucht stillen konnten. Lavarela, Conturines, Piza dales Diesc und der Sas dla Crusc, von dem Mischi spaßeshalber oft als heiligem Berg gesprochen hatte. Zusammen waren sie alle und einige andere hinaufgeklettert, meistens in Marcos Begleitung.

Und schon kamen die Gedanken zurück. Vito dachte an Mischi, er dachte an Elisa. Er wollte nicht an Elisa denken. Es tat immer noch weh, bereitete ihm Schuldgefühle.

Wenn sie ihn fürchtete, oder zumindest seine Gefühle nicht erwiderte, was hielt ihn dann hier, auf dieser Seite? Chiara und seine Mutter würden lieber heute als morgen zurückgehen.

Zurück? Wohin?

Vito gab sich einen Ruck, zwang sich, auf die Umgebung zu schauen, wenigstens den Anblick der majestätischen Gipfel zu genießen, wenn er schon nicht hinaufdurfte. Ihm und allen anderen war es untersagt, sich weit von der Hütte zu entfernen. Sie lag zwar hinter der Front, was bedeutete, dass sie im Moment nichts zu befürchten hatten. Aber bis zu den Stellungen der Italiener war es nicht weit. Manchmal hörten sie aus der Ferne Kanonen donnern oder das Geknatter einer Maschinengewehrartillerie. Leise und unwirklich schallte es zu ihnen herüber, mit dem Echo der Berge unmöglich abzuschätzen, wie weit entfernt sich die Gefechte tatsächlich abspielten.

Vito nahm das fertig zusammengebaute Gewehr hoch und legte einmal probehalber an. Es war eine wirklich gute Waffe und von Marco ausgezeichnet gepflegt. Dann faltete er das Tuch ordentlich zusammen und wollte gerade zurück in die Hütte gehen, als er Toni Gruber auf sich zulaufen sah.

»Veit, warte! Da kommt der nächste Trupp!«

Vito winkte ihm grinsend zu, während Toni übermütig von einem kleinen Felsen auf den nächsten sprang. Er war Marcos Neffe, knapp siebzehn Jahre alt. Er war seinem Onkel von Kindesbeinen an auf Schritt und Tritt in die Berge gefolgt und kletterte wie eine Gams. Vito hatte größte Hochachtung vor seinen Fähigkeiten.

Er schulterte sein Gewehr und ging ein paar Schritte, bis er den aus dem Tal führenden Bergpfad überblickte. Eine größere Gruppe Soldaten marschierte auf die Hütte zu.

Vom ersten Tag an wurde Verbandsmaterial hinaufgeschafft, Munition, Vorräte, Geschirr und Kleidung, Schaufeln und Eispickel, Seile und weitere Bergsteigerausrüstung. Das alles mussten sie neben dem Brennholz und den Schlafplätzen in der kleinen Hütte unterbringen. Allmählich wurde es eng. Marco hatte ihm die Aufgabe überlassen, das ganze Zeug bestmöglich zu verstauen. Für Vito war es eine willkommene Abwechslung in den eintönigen Abläufen.

Toni hüpfte neben ihn und beschattete die Augen mit der Handflache. »Es sind mehr als üblich«, meinte er.

Vito nickte verwundert. »Das könnte ein ganzer Zug sein. Wollen die hier bleiben? Wo sollen wir die unterbringen?«

»Mich würde eher interessieren, wer die sind. Veit, das sind doch keine Italiener, oder?« Toni wurde unsicher.

»Ich glaube nicht. Aber du hast recht, das sind keine österreichischen Uniformen. Hol deinen Onkel.«

»Jawohl.« Toni sprang davon.

Vito stellte sich gut sichtbar an den Weg, das Gewehr locker über der Schulter. Ihm imponierte der Anblick der langen Reihe Soldaten, die in gleichmäßigem Schritt den Weg heraufmarschierten, alle mit vollem Marschgepäck beladen. Die Männer trugen graue Uniformen unter hellen Mänteln und Schirmmützen. Genau wie die Tiroler Landesschützen waren sie mit genagelten Bergschuhen, Wickelgamaschen und neben einem Gewehr mit Bergstöcken ausgerüstet. Eindeutig eine Gebirgstruppe, aber keine aus dem Kaiserreich. Am Ende des Zuges wurde ein knappes Dutzend schwerbeladener Esel geführt.

»Schau an«, murmelte Marco plötzlich neben Vito.

Auf einen kurzen Befehl hin hielten die Soldaten an. Einer trat hervor und salutierte. »Grüß Gott! Leutnant Obermayr, Deutsches Alpenkorps. Ich bin der Zugführer. Sind das hier die Standschützen um den Kaiserjäger Marco Declara?«

»Jawohl«, erwiderte Marco. »Standschützen aus Val Badia.«

»Sehr gut. Wenn Sie erlauben, übernehme ich das Kommando.« Sein Tonfall ließ trotz der höflichen Formulierung keine Zweifel an seinen Absichten. Marco nickte zustimmend. Obermayr drehte sich zu seinen Leuten und gab den Befehl zum Abladen. Die Männer waren froh, ihre Lasten loszuwerden. Einige schwitzten trotz der Kälte sichtlich, dünne Dampf- und Atemwolken stiegen über der gesamten Gruppe in die klare Luft empor.

Neugierig trat Vito heran und beobachtete, wie die Esel von ihrem Gepäck befreit wurden. Einer der fremden Soldaten kam auf ihn zu und deutete grinsend mit dem Kinn auf seine Kameraden. »Die Maschinengewehr-Abteilung. Ein schweres MG 08 samt Dreifuß, das wir hier für euch in Stellung bringen«, erklärte er auf Deutsch mit breitem Dialekt. »Kennst du dich hier oben aus?«

Vito nickte. Er hatte keine Ahnung, wie er den Soldaten formell richtig begrüßte, also streckte er einfach die Hand aus. »Veit Costa. Ich bin aus dem Tal direkt hinter den Gipfeln da vorne.«

Der Soldat schüttelte ihm, ohne zu zögern, die Hand. »Grüß Gott. Oberjäger Wenninger aus Sonthofen. Ein paar Berge weiter im Norden.«

»Aus Bayern.« Vito wunderte sich, sagte jedoch nichts. In Val Badia war niemand gut auf Bayern zu sprechen gewesen, hatten sie doch mit verbündeten napoleonischen Truppen Tirol eine Zeitlang besetzt. Nicht zuletzt dank Andreas Hofer gerade bei den Alten unvergessen.

Wenninger schien seine Gedanken zu erraten und grinste breiter. »Dieses Mal kommen wir als Verbündete und Freunde.«

»Costa«, rief Marco und winkte.

Vito nickte dem Bayern zu und lief rasch hinüber. Toni war gerade dabei, eine Holzkiste aufzubrechen. Ein überwältigender Gestank strömte hinaus, als sich der Deckel mit einem Knacken löste.

»Grundgütiger!«, Marco hielt sich den Arm vor den Mund und hustete. »Wo hat die denn gelagert?«

Vito trat näher und lugte hinein. Toni hielt sich die Nase zu und griff beherzt nach einem hechtgrauen Stück Stoff. Es war eine Uniformhose der Landesschützen, säuberlich zusammengelegt, jedoch mit dunklen Stockflecken und Schimmelrändern. Mottenkugeln rieselten aus dem Stoff und verbreiteten ihren beißenden Geruch.

Marco trat einen Schritt zurück und wedelte mit beiden Armen. »Schlagt sie gründlich aus und hängt sie zum Auslüften vor die Hütte. Heute Abend sucht sich jeder eine passende Uniform zusammen. Ich bezweifle, dass wir etwas Besseres bekommen. Vito, komm mit. Es geht los.« Er warf ihm einen durchdringenden Blick zu, dass es Vito kalt den Rücken hinunterlief. Toni schaute ihnen sehnsüchtig nach.

Im Aufenthaltsraum setzten sie sich mit vier Bayern um einen Tisch, auf dem Leutnant Obermayr eine Karte ausbreitete. Zwischen der Fanesgruppe, der Tofanes und den südlich davon gelegenen Pässen Valparola und Falzarego war eine gestrichelte Linie eingezeichnet, die teilweise ein wenig westlicher als die ursprüngliche Landesgrenze zu Italien verlief. Obermayr zeigte auf einen Ort jenseits der Linie. »Cortina d'Ampezzo ist vor ein paar Tagen von den Italienern eingenommen worden. Das gilt auch für Buchenstein und Colle Santa Lucia.«

Marco nickte mit zusammengepressten Lippen. Vito wusste, woran er dachte. Buchenstein war angeblich von eigenen Truppen sturmreif geschossen worden, weil es militärisch ungünstig lag. Sie alle hatten betreten geschwiegen, als sie davon gehört hatten. Es war nur ein Gerücht. Aber Gerüchte hatten in diesen Tagen die unangenehme Eigenschaft, am Ende wahr zu sein.

Leutnant Obermayr deutete wieder auf die Karte. »Unsere Kompanie ist in drei Zügen rund um die Tofanes aufgeteilt. Wir haben eine Maschinengewehr-Abteilung, die wir oberhalb von Cortina in Stellung bringen. Ich brauche Leute, die sich im Gelände auskennen und eine gute Position auswählen. Außerdem Männer für Spähtrupps und Patrouillen. Wir werden hier unser Basislager errichten und den Nachschub sicherstellen. Für Ihre Männer haben wir neben Uniformen auch Gewehre, Pistolen und Vorräte dabei.«

»Gut.« Marco beugte sich vor. »Ich habe zwölf Standschützen hier oben. Sieben, einschließlich ich selbst, werden euch führen, die übrigen helfen beim Bau einer weiteren Hütte.«

»Sehr gut! Wir haben Zelte und Öfen mit, aber wer weiß, wie lange wir hier oben bleiben.« Obermayr nickte Marco erfreut zu. »Ich gebe den Gruppenführern Anweisung, auf die Ortskundigen zu hören, um niemanden in Gefahr zu bringen. Wie steht es um die Disziplin?«

Marco senkte verlegen den Kopf. »Ich habe getan, was ich konnte. Bis auf mich und einen weiteren Veteranen sind es junge Bauernburschen. Sie können schießen, vom Rest haben sie keine Ahnung.«

»Das werden wir ändern«, sagte Obermayr und wies auf seine drei Begleiter. »Das sind meine Gruppenführer: mein Stellvertreter Oberjäger Reuter und die Oberjäger Berner und Fleischhauer. Draußen überwacht außerdem Oberjäger Wenninger das Abladen, er ist für die Maschinengewehr-Abteilung zuständig. Den Anweisungen dieser Herren ist ab sofort Folge zu leisten.«

»Jawohl, Herr Leutnant.« Marco lächelte erleichtert.

Vito ahnte, dass er froh war, den Oberbefehl endlich in kompetente Hände abzugeben. Der ehemalige Kaiserjäger hatte sich Mühe gegeben, aber er war in seiner aktiven Zeit nur einfacher Jäger gewesen und nicht gewohnt, Befehle zu erteilen.

Unauffällig verschränkte Vito die Arme, darum bemüht, die Nervosität in Schach zu halten, die ihn allmählich befiel. Endlich passierte etwas.

»Jawohl, Herr Leutnant, verstanden«, sagte er eifrig, weil Obermayr ihm wohlwollend zunickte und ihn anschließend mit der Anweisung hinausschickte, Wenninger zu begleiten. Als ahnte er, wie begierig Vito war, mehr über dessen Abteilung zu erfahren.

»Costa, voraus und sichern!«

Vito sprang auf und lief mit dem Gewehr im Anschlag, so schnell er konnte, hinter den nächstgelegenen Felsen. Konzentriert suchte er das Gelände ab. Sie kamen immer nur wenige Meter vorwärts, da der Hang steil abfiel und überall von faustgroßen Steinen und tückischen Latschenkiefernwurzeln übersät war.

»Sicher.«

Hinter Vito näherten sich drei Bayern auf die gleiche Weise und verteilten sich rechts und links von ihm. Wenninger wartete mit seiner Gruppe weiter oben, bis sie ihm das Zeichen gaben, dass kein Feind in der Nähe war.

»Alles sicher.«

Jetzt hieß es warten und beobachten, während das schwere Maschinengewehr in Stellung gebracht wurde. Tagelang hatten sie den Platz am Hang vorbereitet und ausgebaut. Über sechzig Kilogramm Stahl plus Munition hatten die Bayern hier heraufgeschleppt. Fünfhundert Schuss in einer Minute. Ein Kronjuwel der deutschen Ingenieurskunst. Vito schauderte ehrfürchtig. Er konnte es kaum erwarten, die Waffe im Einsatz zu sehen.

Aufmerksam ließ er den Blick immer wieder hinab ins Tal schweifen. Wenninger hatte ihm einen Feldstecher geliehen, mit dem er bis in die Straßen von Cortina spähte. Es war seltsam, mit anzusehen, dass dort im Großen und Ganzen das Leben seinen normalen Gang nahm. Nahe dem Dorfrand arbeiteten ein paar alte Männer und Frauen auf den Feldern und in den Gemüsegärten. Kinder spielten in den Straßen Fangen. Ein Händler lieferte mit einem Ochsenkarren Brot aus. Wären da nicht Soldaten in italienischen Uniformen und das auffällige Fehlen weiterer Männer im wehrpflichtigen Alter, sähe es nach einem ganz normalen sommerlichen Nachmittag aus.

Wieder überkam Vito eine Welle nostalgischer Erinnerungen. Dort unten in einem der Hotels hatte Nonno Schiferien verbracht. Er hatte geplant, ihn, Chiara und Nino beim nächsten Mal mitzunehmen – kurz bevor Jakob Costa das gesamte Familienleben auf den Kopf gestellt hatte. Der spätere Ausflug nach Cortina im Herbst '13 gehörte zu den besseren Erinnerungen an seinen Vater. Die Gastwirte, mit denen sie gesprochen hatten, hatten ihn bestärkt, eine große Zukunft im Tourismus gesehen.

Aber das war vor dem Ostfeldzug des Kaisers gewesen, vor der Kriegserklärung gegen Frankreich und Großbritannien. Die Menschen, die als Touristen kommen und ihnen gute Einnahmen bescheren sollten, waren von heute auf morgen Feinde.

Vito biss sich auf die Lippen und lehnte sich bequemer gegen den kühlen Felsen, das Gewehr stets im Anschlag. Die Landesschützenuniform war unbequem und scheuerte am Hals. Immerhin hatte er eine vollständige Uniform und sogar zwei Hosen zum Wechseln, da Toni und er sich als Einzige die kleinsten Größen teilten.

Er fuhr mit dem Finger unter den Kragenrand und kratzte sich. Das Jucken war seit zwei Tagen zu einem beständigen Begleiter geworden und rührte nicht nur von dem verschimmelten Stoff. Die Bayern hatten Läuse angeschleppt.

Plötzlich erhob sich von irgendwoher Gefechtslärm. Gewehrschüsse krachten, und Vito meinte, gebrüllte Befehle zu hören. Angespannt lauschte er, schaute nach links und rechts zu seinen Kameraden, die ebenfalls wachsam in ihrer Deckung hockten.

Vito suchte mit dem Feldstecher alles ab. Im Gegensatz zu ihnen kümmerten sich die Bewohner Cortinas nicht um den Lärm, sondern arbeiteten weiter. Sie schienen bereits daran gewöhnt zu sein, dass um sie herum Krieg geführt wurde.

Diese Art der Normalität war grotesk.

Ein Krachen an der Bergflanke riss ihn aus den Betrachtungen. Mehrere italienische Soldaten stolperten plötzlich unterhalb von ihm über den Hang, rissen ihre Gewehre von den Schultern. Ein paar suchten Deckung, andere liefen hangabwärts davon. Die Bayern feuerten. Gewehrsalven krachten. Ein Mann schrie auf und taumelte, lief jedoch weiter.

Vito richtete den Lauf seiner Waffe auf den Rücken eines Soldaten nur wenige Meter vor ihm. Jetzt musste er nur noch abdrücken. Sein Finger krümmte sich um den Abzug. Die Schulterblätter des Mannes bewegten sich bei seinem hektischen Lauf. Vito hatte freie Schussbahn. Er müsste nicht einmal sehr genau zielen, um zu treffen.

Unvermittelt wich der Italiener einer Latschenkiefer aus und rannte zur Seite, so dass Vito sein Profil sah. Er war jung, kaum älter als er selbst. Schwarze Haare, dunkle Augen, Bartschatten auf den Wangen.

Wie sah sein alter Freund Benito eigentlich nach all den Jahren aus? Würde er ihn erkennen?

Was ist, wenn du einem deiner Onkel oder Cousins begegnest? Wirst du schießen?

Vito schüttelte sich, um die imaginäre Stimme seiner Mutter zu vertreiben.

Das war nicht Benito, auch kein Verwandter.

Aber es war trotzdem ein Mensch.

Er konnte nicht abdrücken.

Während um ihn herum weitere Schüsse knallten, hatte Vito Mühe, das Gewehr zu halten. Seine Arme zitterten, und die Augen tränten, weil er sie so angestrengt zusammenkniff. Er versuchte, ruhig zu atmen, sich zu konzentrieren.

Zu spät. Der zu einem Feind erklärte Mann verschwand den Hang hinab und außer Sichtweite. Vito ließ das Gewehr sinken und wischte sich den Schweiß von der Stirn. Sein ganzer Körper juckte.

Kaum dass der Italiener verschwunden war, tauchte Wenninger neben ihm auf. »Was zum Henker war das denn?«

Vito starrte ihn beklommen an und brachte kein Wort heraus. Er hatte nicht abdrücken können. Es ging einfach nicht. Als wären seine Finger nicht unter seiner Kontrolle. Unauffällig ballte er die Hände ein paarmal zu Fäusten, als müsste er sich davon überzeugen, dass dem nicht so war.

Wenninger trat näher, steile Zornesfalten über der Nase. Er holte aus und ohrfeigte Vito so hart, dass er gegen den Fels prallte und sich nur mit Mühe auf den Beinen hielt.

»Zurück hinter die Linie! Wir reden noch«, bellte der Oberjäger.

»Es tut mir leid.« Vito senkte beschämt den Kopf.

Wenningers Wut verflog so schnell, wie sie gekommen war. Sein Blick wurde weicher, fast mitleidig und zugleich resigniert. »Ich weiß. Geh jetzt!«

Hastig wandte Vito sich ab und lief zurück den Hang hinauf. Vielleicht hatte der hinkende Leutnant in San Martin doch recht gehabt, zumindest was ihn persönlich betraf.

Er taugte einfach nicht zum Soldaten.

Und als hätte Gott entschieden, ihm diese Erkenntnis ein für alle Mal einzuhämmern, erblickte er am selben Nachmittag das wahre Gesicht des Krieges.

Die Italiener gaben sich natürlich nicht damit zufrieden, einfach abzuhauen und ihre Gegner auf dem Hang über dem Städtchen zu wissen. Die Bayern hatten sich inzwischen ein Stück höher in sichere Deckung zurückgezogen, als sich ein größerer Verband Soldaten am Dorfrand Cortinas formierte und anrückte. Vereinzelt schallte »Evviva!« oder »Avanti Savoia!« zu ihnen herauf.

Wenningers Gruppe war bereit.

Fasziniert beobachtete Vito, wie sechs Bayern mit ihrer tödlichen Arbeit begannen. Das Maschinengewehr samt Mannschaft lag sicher vor feindlichem Beschuss wie ein Adlernest zwischen den Felsen und sandte mit ohrenbetäubendem Lärm Schuss um Schuss den Hang hinab, sobald die Italiener nah genug herangekommen waren.

Vito hielt sich die Ohren zu, aber dem Knattern war nicht zu entkommen.

Er schaute hinab, und seine Faszination wandelte sich in Entsetzen. Innerhalb weniger Sekunden waren Dutzende Italiener niedergestreckt, manche lagen reglos mit verdrehten Gliedern und zerfetzten Gesichtern, andere versuchten sich robbend oder auf allen vieren in Sicherheit zu bringen. Überall bildeten sich Blutlachen. Wer laufen konnte, machte auf dem Absatz kehrt und rannte um sein Leben.

Vitos Knie wurden weich. Als er sich auf einen Felsvorsprung setzte, rebellierte sein Magen gegen diesen Anblick, doch er konnte sich nicht abwenden. Wie hatte er das MG bei sich genannt? Ein Kronjuwel der deutschen Ingenieurskunst. Ja, vielleicht war es das. Das hier war sein so geschätzter Fortschritt.

Aber vor allem war sein Preis ein tausendfacher Tod.

»Du denkst zu viel nach«, sagte Marco am Abend zu ihm, während sie vor der Hütte beisammensaßen, obwohl es lausig kalt war.

Vito trank in kleinen Schlucken heißen Tee aus seinem Dewargefäß, einer der wenigen persönlichen Gegenstände, die er mitgenommen hatte.

Natürlich hatte seine Unfähigkeit die Runde gemacht. Es war ihm egal, er wusste nur nicht, wie er damit umgehen sollte. Obwohl der Einsatz nun viele Stunden zurücklag, spürte er das Knattern des Maschinengewehrs immer noch wie eine Armee Nähmaschinen im Inneren, und in seinen Ohren surrte es unangenehm. Wenninger und seine Gruppe hatten dagegen bei ihrer Ablösung erschöpft, aber insgesamt unbeeindruckt gewirkt. Es war Vito unbegreiflich, wie sie damit klarkamen. Zu fragen hatte er sich nicht getraut, um keine weitere Schwäche zu offenbaren.

»Du darfst nicht darüber nachdenken, bevor du abdrückst«, wiederholte Marco. »Ich weiß genau, was in dir vorgeht. Das ist normal. Beim nächsten Mal kostet dich dein Zögern vielleicht dein Leben.« Er sah auf und blickte Vito streng in die Augen. »Wenn du einem Mann im Feld gegenüberstehst, gibt es nur genau eine Alternative: Du tötest ihn zuerst. Ansonsten tötet er dich. Das ist alles.« Er seufzte tief, bevor er fortfuhr, seine Pfeife zu stopfen. »Du hast heute so unglaublich viel Glück gehabt. Das wird kein zweites Mal passieren. Beim nächsten Mal musst du abdrücken. Hörst du? Du musst! Es geht um dein Leben, hast du verstanden?«

»Ja«, murmelte Vito.

Sie schwiegen. Marco zündete die Pfeife an, zog ein paarmal daran, bis er zufrieden war.

»Du weißt, dass die anderen Burschen reden«, meinte er nach einer Weile.

Vito nickte stumm. Er hatte seit der Ankunft auf der Hütte kein Wort Ladinisch mehr gesprochen, geschweige denn Italienisch. Sogar jetzt, da sie unter sich waren, unterhielten sie sich auf Deutsch. Die Bayern wussten noch nichts von seiner Herkunft, doch es war nur eine Frage der Zeit, bis sie es erfahren würden. Und dann? Würden sie ihm noch vertrauen? Nachdem sie heute mit angesehen hatten, dass er nicht auf den italienischen Feind geschossen hatte?

Marco musterte ihn von der Seite. »Ist das denn überhaupt der Grund?«

»Wie bitte?«

»Ist das der Grund, warum du nicht geschossen hast? Weil er ein Italiener ist? Wie du?«

Hilflos zog Vito die Schultern hoch. »Ich weiß nicht. Vielleicht.« Er hatte sich wieder und wieder gefragt, ob es einfacher wäre, wenn er seine angeblichen Feinde aus tiefstem Herzen hassen würde. Ob er dann darüber hinwegsehen könnte, dass es Menschen waren.

»Es spielt jetzt keine Rolle mehr, Junge.« Marco zog den Mantel enger sich und schaute hinauf in den sternenbedeckten Himmel. »Was für eine wunderschöne klare Nacht«, murmelte er.

Vito legte den Kopf in den Nacken. »Sternenklar bedeutet Kälte, vielleicht sogar Frost.«

Marco starrte ihn verblüfft an, dann lächelte er bitter. »Hätte nicht gedacht, dass die Umstände dich so schnell verändern.«

»Hm.« Am allerliebsten wäre Vito aufgestanden und gegangen, ins Tal zurückgekehrt, zu seiner Familie – und zu Elisa. Doch das durfte er nicht, dann wäre er ein Deserteur. Marco würde ihn vielleicht laufenlassen, aber nicht die Bayern – was streng genommen richtig war. So waren die Regeln des Krieges.

Marco strich gedankenverloren über die solide Außenwand der Hütte. »Diese Hütte haben wir gemeinsam gebaut«, erzählte er leise. »Ladiner, Österreicher, Deutsche, Italiener und sogar ein Engländer. Ich habe über die Jahre viele Freunde drüben gefunden. Vor zwei Tagen habe ich einen von ihnen erschossen. Giuseppe Milani, sechsunddreißig Jahre, seit fast zwanzig Jahren Grenzsoldat, lizenzierter Bergführer. Mit ihm war ich anno '12 auf dem Sas dla Porta. Er hat … hatte vier Kinder, das jüngste Mädchen ist vier Jahre alt.« Er holte Luft. »Wenn ich nicht abgedrückt hätte, hätte er es getan. Ich musste es tun, er musste es tun. Ich hoffe, dass sie ihn ehrenvoll begraben haben.«

Vito schluckte gegen den Kloß im Hals an.

»Du solltest also nicht glauben, dass ich nicht wüsste, was du gerade durchmachst«, setzte Marco hinzu.

»Mein Großvater hat nie verstanden, warum Welschtirol sich nicht Italien zugewandt hat«, sagte Vito leise. »Es war ein fortwährender Streitpunkt mit meinem Vater, einer von vielen. Nonno hat im *Risorgimento,* in den Einigungskriegen Italiens, gekämpft, mit Garibaldis Truppen, war in der mörderischen Schlacht von Solferino dabei. Er war immer der Meinung, Italien hätte sich niemals damit zufriedengeben dürfen, von den Habsburgern das Veneto zu bekommen, sondern auch die anderen Gebiete erobern müssen, in denen Menschen Italienisch sprechen. Um sie zu einem großen Land zu vereinen.«

»Die *terra irredenta,* das unerlöste Gebiet.«

»Ja, so nennen sie es.«

»Da hast du es, Vito, die italienische Republik ist jung, giert nach Macht und Ruhm. Aber sie haben die Rechnung ohne die Südtiroler und vor allem die Ampezzaner gemacht. Gott allein weiß, warum gerade die so entsetzlich kaisertreu sind.« Marco beugte sich vor und senkte die Stimme. »Aber du, Vito, wo gehörst du hin?«

»Ich weiß es wirklich nicht, Marco. Ich fühle mich entzweigerissen.«

»Du solltest dich bald entscheiden.« Plötzlich schoss Marcos Hand vor und packte ihn hart an der Schulter. »Vito, eines muss dir klar sein: Ich vertraue dir. Aber ich werde es nicht zulassen, wenn du versuchst überzulaufen.«

Vito starrte ihn einen Moment lang unsicher an.

Und dann sah er sich im Geiste in der *majun* der Kastlungers stehen, Elisa vor sich, wie sie ihn aus klugen Augen anblickte. Nicht vorwurfsvoll, eher freundlich auffordernd, fragend, aber mit der absoluten Gewissheit, dass es nur eine richtige Antwort gab.

»Ich werde nicht überlaufen, ich schwöre es dir.« Damit war die Entscheidung gefallen.

Marco musterte ihn durchdringend, gab ihm einen Klaps und ließ ihn endlich los. Schweigend lehnte er sich zurück, sog an seiner Pfeife und rauchte. »Im Grunde«, sagte er nach einer Weile, »wollen wir kleinen Leute nur unser Leben leben, Wärme und gutes Essen, eine Frau im Bett, ein Dach über dem Kopf. Solange das nicht geht, werden wir eben kämpfen.«

Vito wusste darauf nichts zu entgegnen. Er schaute hinauf in den Himmel. In seinem Kopf gab es nur noch Elisa. Wäre sie zufrieden mit seiner Antwort? Wäre es ihr überhaupt wichtig, oder könnte er seit seinem Abgang bleiben, wo der Pfeffer wuchs? Seit Tagen hatte er jeden intensiveren Gedanken an sie erfolgreich verdrängt. Zu viel war in der Zwischenzeit geschehen, dabei war er noch nicht einmal einen Monat fort.

Wie es ihr wohl gerade erging?

Was hätte sie an seiner Stelle getan?

Eine seltsame Frage. Doch Vito wurde das Gefühl nicht los, dass sie weniger Skrupel hätte als er. Sie war es gewohnt anzupacken, zu tun, was getan werden musste.

Wenn er nicht in der Lage war, Elisas Heimat zu verteidigen, gab es am Ende keine Heimat mehr, in die er zurückkehren könnte. Keine Elisa, zu der er zurückkehren könnte. Falls sie ihn überhaupt noch willkommen hieß. Aber sie war es wert, es darauf ankommen zu lassen.

Deshalb musste es getan werden.

Das hatten die Regenten dort oben in ihren Amtsstuben so entschieden. Die hier unten, Marco, ihn und alle anderen hatte niemand gefragt. Es fühlte sich nicht richtig an, das dachten sie vermutlich auf beiden Seiten.

Aber das nutzte niemandem.

Ein paar Tage später geriet Vito auf einer Patrouille in eine ganz ähnliche Situation wie an jenem Morgen bei Cortina. Wieder reagierte er nicht. Dann surrte die Kugel eines Italieners ganz knapp an ihm vorbei und schlug mit einem metallischen Klackern hinter ihm ein. Weitere Schüsse krachten zwischen den Bergwänden. Irgendwo brüllte jemand, er solle verdammt noch mal schießen.

Im Bruchteil einer Sekunde lud der Italiener nach und legte an.

Da zielte Vito und drückte ab.

Es war ein Bersaglieri. Er war sofort tot.

Später stellte Vito fest, dass dessen Kugel seinen Rucksack durchschlagen hatte und in der metallenen Außenhülle des Dewargefäßes steckengeblieben war. Und er begriff, wie nahe er davor gewesen war, sein Leben zu verlieren.

Er dagegen hatte eines beendet. Beides lastete schwer auf ihm.

Zwei Tage lang konnte er weder essen noch schlafen. Immer wieder lief vor seinem geistigen Auge dieselbe Szene ab. Wie die Wucht der Kugel den Kopf nach hinten riss. Wie das Blut spritzte und Vito sich noch darüber gewundert hatte, wie wenig es war. Wie das Gewehr den kraftlosen Fingern entglitt und Funken aufflogen, als der metallene Lauf auf dem Fels aufschlug.

Er plazierte das Dewargefäß im Aufenthaltsraum der Hütte auf einem Regal.

Danach wurde es nicht leichter, aber das hatte auch niemand behauptet.

Vito versuchte, nicht mehr nachzudenken.

25. KAPITEL

Ende Juli 1915 – Vila Kastlunger, Val Badia

Es klopfte an der Tür. Elisa sah zu ihrer Mutter, die sich eine Haarsträhne aus der Stirn wischte und dabei einen weißen Streifen Mehl hinterließ.

»Geh du«, bat Anna.

Elisa nickte. Ihre Mutter gab sich stark, doch die Tage und Wochen allein auf dem Hof zehrten an den Nerven.

Vor der Tür stand die kleine Liesel, Kurt Willeits Tochter. »Bitte verzeihen Sie«, sagte sie und knickste dabei artig. »Mein Vater schickt mich, Sie oder Ihre Mutter zu holen. Es geht um die Soldaten.«

»Brauchen sie wieder einen Übersetzer oder jemanden, der Formulare ausfüllt?«, fragte Elisa und runzelte die Stirn.

Das Mädchen zog eingeschüchtert den Kopf ein und schwieg. Sie wusste es nicht, natürlich nicht. Sie war nur eine kleine Botin, geschickt von Männern, die den lieben langen Tag nichts Besseres zu tun hatten, als herumzusitzen, Bier zu trinken und sich wichtigzumachen.

Elisa seufzte laut. »Zur Amtsstube? Sag deinem Vater, ich komme.«

Zurück in der Küche, wusch sie sich die Hände, legte sich ein gutes Tuch um die Schultern und betastete ihre eng an den Kopf geflochtenen Haare.

Ihre Mutter musterte sie kritisch, während sie weiter den Brotteig knetete. »Schon wieder Willeit?«

»Ja. Ist es nicht verrückt? Seit ich weniger in der Amtsstube arbeite, bin ich viel häufiger dort. Meistens ist es vertane Zeit.«

»Wir müssen alle unseren Beitrag leisten.« Ihre Mutter hielt inne. »Ich wünschte nur, dein Vater käme zurück.«

»Ach Mama.« Elisa umarmte sie.

Ihre Mutter drückte sie kurz an sich und wandte sich sofort wieder ab. »Jammern bringt uns nicht weiter«, erklärte sie unwirsch und drosch auf den Teig ein. »Wir können froh sein, dass schon dein Großvater überwiegend auf Milchwirtschaft umgestellt hat. Wir können das schaffen. Wenn wir Äcker bestellen müssten, wären wir schlechter dran.«

»Natürlich, da haben Sie recht.« Elisa winkte und verließ rasch das Haus, bevor sie sich dazu hinreißen ließ, doch noch zu widersprechen.

Dafür konnte man den Menschen die Felder nicht einfach wegnehmen. Vier Kühe hatten die kaiserlichen Soldaten in den letzten Monaten konfisziert, um sie für die Versorgung der Offiziere zu schlachten. Fast ein Fünftel! Und das auch nur, weil Elisa bei der Angabe des Bestandes gelogen hatte, sonst wären es ein oder zwei Tiere mehr gewesen. Nachdem sie gebeichtet hatte, hatte Kurat Ploner ihr keine Buße auferlegt. Sie hatte das Lächeln in seiner Stimme gehört, als er meinte, das sei eine Kriegslist, keine Lüge. Schließlich hätten die Soldaten selbst zählen können.

Elisa betrachtete den Verkehr auf der Gadertaler Straße, während sie in Richtung Kirchplatz lief. Das war auch so etwas. Kleine Menschengruppen, zumeist Soldaten, aber auch Familien mit Handwagen oder ein Viehhändler mit einem Dutzend Ziegen waren unterwegs, dazwischen immer wieder motorisierte Zweiräder oder Automobile. Das Tal war zu einer Durchgangsstation geworden. Militär und Material, das in den Süden und den Westen geschafft wurde, Flüchtlinge, die aus dem Süden oder Südosten kamen.

Es fiel Elisa schwer, sich daran zu gewöhnen. Ein Ausflug nach Bruneck, der volle Marktplatz, ein Volksfest waren eine Sache, diese Konvois direkt vor der Haustür eine ganz andere. Sie hätte nie von sich selbst gedacht, so menschenscheu zu sein.

Gedankenverloren blickte sie die Straße entlang. Seit heute Morgen sammelten sich jenseits des Dorfes aus Richtung Bruneck Fuhrwerke und Lastwagen am Straßenrand, so weit das Auge reichte. Sie waren mit Baumstämmen und riesigen Kabelrollen sowie einer unüberschaubaren Menge Kisten beladen. Eigentlich wollte sie nichts damit zu tun haben, aber wider Willen war sie neugierig, was es damit auf sich hatte. Vito hätte es sicherlich gewusst.

In der Amtsstube erwartete sie das inzwischen vertraute Bild: Kurt Willeit lief zwischen beiden Schreibtischen im Kreis, schob dabei ständig seine Brille den Nasenrücken hinauf.

Vor ihm um einen winzigen runden Tisch herum saßen drei Offiziere vor einer Landkarte mit dicken roten Strichen.

Elisa schielte unauffällig auf die Kragenspiegel der Uniformen und stöhnte innerlich. Je mehr Sterne, desto arroganter waren die feinen Herren. Die mit den goldenen waren unerträglich, hielten sich für etwas Besseres. Elisa würde zu gerne sehen, wie diese Offiziere eine Woche in der *vila* lebten. Vermutlich würden sie verhungern, weil ihnen niemand ihre adeligen Hintern nachtrug.

Willeit räusperte sich und wandte sich an den Offizier mit den meisten Sternen. »Hauptmann Berger, das ist Elisa Kastlunger, von der ich Ihnen erzählt habe«, sagte er auf Deutsch.

Der Angesprochene erhob sich, machte eine kleine alberne Verbeugung und griff nach Elisas Hand. Bevor sie wusste, wie ihr geschah, hatte er ihr einen Handkuss gegeben. »Habe die Ehre, gnä' Fräulein«, sagte er im unverkennbaren Wienerisch.

Elisa hatte keine Ahnung, was man auf so eine Begrüßung passenderweise erwiderte, daher lächelte sie nur höflich. »Vielen Dank, Herr Hauptmann.«

»Bitte, setzen Sie sich. Ich komme gleich zur Sache. Herr Willeit hat mir von Ihren wertvollen Diensten für unsere Truppen erzählt. Als eine der wenigen hier im Dorf sprechen Sie neben Ladinisch auch ausgezeichnet Deutsch.« Er sah sie auffordernd an, und Elisa nickte. »Gut. Ich bräucht in den nächsten Tagen Ihre Fähigkeiten. Vielleicht haben Sie die Wagen vor dem Dorf gesehen? Wir elektrifizieren die Gadertaler Straße. Da werden Sie uns begleiten und zwischen Anwohnern und Arbeitern vermitteln, wenn Fragen oder Anliegen aufkommen.«

Elisa brauchte einen Moment, bis sie sicher war, dass sie das Gesagte richtig verstanden hatte. War das die Möglichkeit? Dieser feine Herr Hauptmann verfügte über sie wie über einen seiner Soldaten?

Willeit setzte sich auf den letzten verbliebenen Stuhl und tätschelte ihr beschwichtigend die Hand. »Der Herr Hauptmann hat mir soeben erläutert, dass diese Aufgabe sehr wichtig für uns alle und die Versorgung der kaiserlichen Truppen ist. Ist das nicht schön? Seit Jahren warten wir darauf, an das Stromnetz angeschlossen zu werden, und jetzt ist es endlich so weit!«

»Wie großartig«, stieß Elisa mühsam hervor. Willeit zuckte zurück, als hätte sie ihn geschlagen. Das wunderte sie kein bisschen, ihr Sarkasmus erstaunte sie selbst, genau wie die Tatsache, dass es ihr plötzlich schwerfiel, ruhig zu bleiben, statt diesen selbstherrlichen Herrn Hauptmann einfach anzuschreien, er solle sich zum Teufel scheren!

Hauptmann Berger bemerkte von alldem nichts. Er nickte zufrieden und rollte die Karte zusammen. »Gut. Ich erwarte Sie morgen früh um sieben, Fräulein Elisa.« Er stand auf und winkte seinen beiden Begleitern.

»Herr Willeit, Fräulein Elisa, pfia Gott.«

Stur blieb Elisa sitzen und straffte die Schultern. »Ich habe noch nicht gesagt, dass ich da sein werde, Herr Hauptmann.«

Willeit räusperte sich und wandte sich hastig seinem Schreibtisch zu, als entdeckte er dort gerade Unterlagen von höchster Dringlichkeit.

Hauptmann Berger hatte zwei Schritte zur Tür gemacht und drehte sich mit verwirrter Miene um. »Was soll das bitte heißen?«

»Ich habe Ihnen nicht zugesagt«, wiederholte Elisa so geduldig, wie sie konnte. »Ich bin Zivilistin, keiner Ihrer Soldaten. Sie haben mir nichts zu befehlen.«

»Ist das so?« Hauptmann Berger trat heran und schaute auf sie herab, eher amüsiert als verärgert. Das brachte Elisa erst recht zur Weißglut. Er nahm sie nicht ernst!

Sie verschränkte die Arme und zwang sich, seinem durchdringenden Blick standzuhalten, wobei ihr ganz flau im Magen wurde. Was geschah eigentlich mit ungehorsamen Zivilisten? Es war zu spät, sich darüber Gedanken zu machen.

Der Hauptmann war ein drahtiger Mann mit ergrauten Schläfen und einem harten Zug um die Mundwinkel. Elisa erkannte an seinem Blick, dass er im letzten Jahr einiges gesehen und erlebt hatte, jedoch nicht gewohnt war, mit Widerspruch umzugehen. Sie machte sich aufs Schlimmste gefasst und wagte nicht einmal mehr zu schlucken.

Andererseits empfand sie es geradezu als ihre Pflicht, sich zu widersetzen. Erst das Vieh, dann ihre ständige Anwesenheit hier und jetzt sollte sie tagelang ihre Mutter und Lene allein wirtschaften lassen?

Scheinbar unendlich lange betrachtete Hauptmann Berger sie schweigend, bis er sich zu einer Entscheidung durchgerungen hatte. Vielleicht imponierte dem gestandenen Soldaten ihre Haltung, vielleicht hatte er auch nur die Weisung, sich mit den Talbewohnern gut zu stellen. Jedenfalls befahl er seinen beiden Begleitern, sie allein zu lassen, und setzte sich Elisa gegenüber. Sie entspannte sich etwas, hätte sich am liebsten entschuldigt, aber dafür war jetzt nicht der richtige Zeitpunkt.

»Entschuldigen Sie die Unhöflichkeit, Fräulein Elisa«, hörte sie dann verwundert. »Mein Fehler, ich spreche mit Ihnen wie zu meinesgleichen. Ich bitte Sie daher noch einmal aufrichtig, mir bei dieser wichtigen Aufgabe behilflich zu sein.«

Elisa nickte, zwang sich, ruhig zu bleiben, und ließ dieses ungewohnte Machtgefühl über sich hinwegrauschen. Das klang schon ganz anders. Man durfte nicht immer sofort klein beigeben, man konnte etwas bewirken!

»Das werde ich gern tun, Herr Hauptmann.« Sie setzte ein entgegenkommendes Lächeln auf. Ein kleiner Sieg nur, aber ein Sieg. »Nur werden Sie verstehen, dass ich meine Arbeit auf dem Hof nicht einfach im Stich lassen kann. Mein Vater und meine Brüder sind an der Front, und wenn wir nicht dafür sorgen, dass Ihre Männer genug zu essen haben, wird es sich auf Dauer schlechter kämpfen.«

Hauptmann Berger machte eine ratlose Miene. »Das ist mir klar. Was erwarten Sie von mir?«

»Sie lassen eine elektrische Leitung zu unseren Höfen legen. Meine Arbeit gegen Strom.«

Hauptmann Berger überlegte kurz und streckte die Hand aus. »Das lässt sich machen. Passt schon.«

»Dann bin ich morgen Punkt sieben Uhr hier, Herr Hauptmann.« Elisa schlug ein.

Hauptmann Berger erhob sich und verabschiedete sich ein zweites Mal.

Kaum war er hinaus, stieß Willeit einen erleichterten Seufzer aus. »Bist du verrückt geworden? Das kannst du doch nicht machen!« Nervös stupste er seine Brille hoch.

Elisa stand auf und nahm ihr Schultertuch ab. Ihr war verflixt warm geworden, und das lag bestimmt nicht nur an den sommerlichen Temperaturen. »Warum nicht?«

»Weil das ein Soldat ist, noch dazu ein Hauptmann. So einem widerspricht man nicht!«

»Wir können uns doch nicht alles gefallen lassen. Was kann er mir schon antun?«

Willeit wurde blass. »Dich erschießen. Oder Schlimmeres. Ein Exempel statuieren.«

Elisa brummte ungehalten, hatte keine Ahnung, was er damit meinte. »Sie haben sich schon unser Vieh geholt, um sich die Bäuche vollzuschlagen. Sie haben das Leben meiner zwei Brüder bekommen. Was denn noch? Ich habe sie nicht darum gebeten, herzukommen und Krieg zu spielen. Irgendwann ist genug!«

Willeit hatte die Brille auf dem Schreibtisch abgelegt und blinzelte sie nachdenklich an. »Vielleicht hast du sogar recht, Elisa. Aber sei um Gottes willen vorsichtig. Dieser Berger scheint ein Mann zu sein, mit dem man reden kann. Das trifft bestimmt nicht auf jeden zu.« Dann lächelte er leicht. »Ich hätte nie gedacht, dass ich bei dir einmal so eine Kampfeslust erlebe. Du bist so ein gutmütiges und ausgeglichenes Mädchen. So wie du dich gerade aufgeführt hast, erinnerst du mich an Anton.«

»Wirklich?« Elisa wurde rot. Mit so einem Kompliment hatte sie am wenigsten gerechnet.

»Ja, wirklich.« Willeit nickte nachdrücklich. »Das ist sicher auch eine Möglichkeit, das Andenken deines Bruders zu wahren.«

Da kam schon der nächste Bittsteller. Nahm das denn gar kein Ende? Missmutig wandte Elisa sich vom Küchenfenster ab. Inzwischen war der August fast vorüber. Seit der Sache mit der Stromleitung hatte Hauptmann Berger sie mehrfach um ihre Mithilfe gebeten. Immer sehr höflich und selten ohne Gegenleistung, so dass Elisa schlecht nein sagen konnte. Aber langsam wurde es wirklich zu viel. Sie hatte mit ihrer Mutter und Lene noch ein Leben und einen Hof zu führen.

Jetzt trottete der nächste Landesschütze den Weg herauf, um sie oder Mutter zu holen. Vermutlich erwartete er wie meistens, dass sie Kochlöffel, Einweckglas oder Melkeimer fallen ließ und seiner Aufforderung umgehend Folge leistete.

Sie dachte nicht daran, im Gegenteil. Je barscher der Tonfall eines Soldaten war, desto mehr stachelte das ihren Widerstand an. Es war bei jeder Begegnung ein Kampf, und wie Willeit ihr geraten hatte, wurde sie vorsichtiger. Doch sie ließ sich nicht von oben herab behandeln. Sie war kein Teil der Armee und schon gar nicht ihr Eigentum.

Elisa fuhr fort, die frisch geernteten Erbsenschoten zu säubern und für das Einkochen vorzubereiten. Der Soldat konnte klopfen und würde sich gedulden müssen. Sie würde nicht springen, auch nicht für seinen Offizier. Der, der da kam, war ein einfacher Soldat, mit einem oder zwei weißen Sternen am Kragenspiegel, damit war er vermutlich nicht ganz so unerträglich.

Sie brummte ungnädig, während ihre Finger wie von selbst die Schoten aufbrachen, um die Erbsen auszulesen.

Elisa fiel auf, wie still es in der *ciasa* war. Ihre Mutter hatte sich hingelegt, weil es ihr nicht gutging.

Dann hörte sie, wie die Haustür geöffnet wurde, gefolgt von Stiefelschritten.

»Das kann doch wohl nicht wahr sein!« Sie fuhr auf und stellte die Schüssel energisch auf den Tisch. Ein paar Erbsen sprangen heraus.

Wutentbrannt lief sie zur Küchentür und strich dabei ihre Schürze glatt. Hatten diese Fremden gar keinen Anstand?

Noch unter dem Türsturz wäre sie beinahe mit dem Soldaten zusammengeprallt.

»Was fällt Ihnen ein?«, fauchte sie auf Deutsch. »Ist es da, wo Sie herkommen, üblich, einfach fremder Leute Häuser zu betreten?« Sie taumelte. Jedes weitere Wort blieb ihr im Hals stecken.

Anton war von den Toten auferstanden!

Elisa schluckte ängstlich und schlug ein Kreuz, während der bärtige Soldat ein mürrisches Gesicht zog, sein Gewehr von der Schulter gleiten ließ und es an die Wand lehnte. »Nette Begrüßung, Elisa«, schnappte er auf Ladinisch zurück. »Darf ich mein Elternhaus nicht mehr betreten?«

»Mischi.« Elisa hielt sich am Türrahmen fest, wusste nicht, ob sie lachen oder weinen sollte. Natürlich, Mischi war eine Handbreit größer und seine Schultern waren breiter als Antons. Aber sonst … Die Uniformen der Landesschützen und Kaiserjäger waren fast gleich, ihr Bruder sah älter aus, und vor allem der Bart veränderte sein Aussehen stark.

Sie überlegte nicht länger, stürzte auf ihn zu und fiel ihm stürmisch in die Arme, dass es ihm die Luft aus den Lungen presste. »Langsam, Schwesterherz«, keuchte er. »Willst du zu Ende bringen, was die Russen nicht geschafft haben?«

Elisa sprang zurück, als hätte er sie geschlagen. »Was sagst du da? Das ist nicht lustig!«

Mischi nahm seinen Rucksack ab und ließ ihn neben das Gewehr fallen. »Entschuldige.« Er blickte sich um, als würde ihm erst jetzt bewusst, wo er war. »Zu Hause …«

»Komm rein, in die Küche, ich koche dir einen Kaffee. Nein, willst du baden? Ich muss Mama wecken, sie schläft.« Elisa zupfte ihn am Ärmel, ignorierte diese seltsam düstere Stimmung. So kannte sie Mischi gar nicht. Aber das musste warten. Er war hier und er schien unversehrt, das war erst einmal das Wichtigste.

Nachdenklich nickte er und kratzte sich am Hals. »Warte noch, lass Mutter schlafen. Baden wäre gut. Rasieren, Haare schneiden. Sie haben mich entlaust, aber es fühlt sich nicht so an, dass sie alle erwischt haben.«

Elisa spürte sofort ein Jucken, obwohl das natürlich nicht sein konnte. »Ich werde ein Huhn schlachten, nein zwei. Wir haben frischen Salat und Erbsen, dazu Polenta. Tante Teresa hat uns Maismehl überlassen …«

»Elisa.«

»Sie schreibt regelmäßig, es geht ihr gut, sie hat Soldaten im Haus. Ich werde gleich dein Bett beziehen. Hast du Hunger?«

»Elisa …«

»Wo kommst du eigentlich her, was hast du in den letzten Tagen zu essen bekommen? Und deine Hose, ich sollte den Riss nähen.«

»Elisa!«

Sie verstummte. Sie hatte herumgeplappert wie ein kleines Mädchen.

Mischi sah sie an wie ein verwundetes Tier. »Ich muss morgen zurück. Nur heute. Nur heute darf ich hier sein.«

Elisa atmete tief durch. »Du siehst schrecklich aus.«

Er nickte. Dann wandte er sich ab und schlurfte die Treppe hinauf. Es hörte sich an wie beim alten Pacher.

Elisa wusste, was sie zu tun hatte. Sie ahnte, dass ihr Bruder zu viele schreckliche Dinge gesehen hatte, vielleicht nie wieder ruhig schlafen konnte. Sie musste versuchen, ihn aufzumuntern. Um seinetwillen, um ihrer Mutter willen. Sie ließ alles stehen und liegen und rannte hinüber zu den Costas, um Martha oder Chiara zu Hilfe zu holen. Martha versprach ihr, zwei Hühner zu schlachten und vorzubereiten. Das war herzlich wenig für ein Festmahl, aber Mischi würde es zu schätzen wissen.

Zurück in der *ciasa,* überraschte sie ihren Bruder, wie er die Stromkabel bestaunte, die in den Räumen des Erdgeschosses an den Wänden verlegt worden waren. Er hatte sich rasiert, die Uniform abgelegt und trug ein altes Hemd sowie eine bequeme Arbeitshose, die er bis zu den Knien aufgekrempelt hatte. Elisa erschrak beim Anblick seiner nackten Füße, die mit Schwielen und schlecht verheilten wundgescheuerten Stellen übersät waren. Sie fragte nicht, sie würde ohnehin keine Antwort bekommen. Mischi war kein Mensch, der über so etwas sprach, und in seinem derzeitigen Gemütszustand erst recht nicht. Sie würde ihm einfach Melkfett auf den Rucksack legen.

Elisa riss sich zusammen, zog Mischi an der Hand in die große Stube und drehte einen Schalter. »Schau mal.«

Eine Glühbirne, die nackt in der Mitte des Raumes von der Decke baumelte, leuchtete auf.

»Wer hat das gemacht?«

»Die Soldaten, als Gegenleistung für meine Übersetzerdienste. Sie wollen ständig, dass ich oder Mutter sie begleiten und bei den Leuten vermitteln, die kein Deutsch verstehen.«

Mischi nickte nachdenklich.

»Bisher ist nur das Erdgeschoss elektrifiziert«, fuhr Elisa fort. »Es ist toll, wir brauchen keine Lampen mehr. Ich hoffe, dass Vito uns die Leitungen ins Obergeschoss legt, wenn er wiederkommt. Ich glaube, er weiß, wie man so etwas macht.«

»Wo ist Vito?«

Elisa schaute ihn erstaunt an.

Mischis Augen wurden groß. Unbehaglich kratzte er sich über die Unterarme. »Pere auch? Rudl? Giovanni? Ist denn niemand geblieben?«

Elisa schaltete das Licht aus und schloss die Tür. »Vito ist mit den Standschützen hinauf zur Grenze nach Italien«, erklärte sie, während sie gemeinsam in die Küche gingen und Elisa Kaffeewasser aufsetzte. »Tata und Rudl sind beim technischen Dienst in Bruneck. Rudl taugt nicht.«

»Ein Glück für ihn«, murmelte Mischi.

»Giovanni ist mit Lenes jüngstem Bruder auf der Alm. Mischi, sie holen uns die Kühe weg. Sie schlachten sie für die Soldaten.«

Mischi sagte nichts.

Elisa wandte sich hilflos ab und hätte ihn am liebsten angeschrien. Er sollte sich normal verhalten, so wie ihr Bruder, der sich entweder mit ihr empört oder Witze über den andauernden Kuhdiebstahl gemacht hätte. Dort stand ein Fremder, der bis vor kurzem auf dem Schlachtfeld gestanden hatte.

Natürlich wusste sie, dass sie zu viel verlangte. Er würde mehr Zeit brauchen, als ihm zustand. Nur heute. Morgen würde er zu seiner Einheit zurückkehren und weiter für sie kämpfen. »Wo musst du morgen hin?«, fragte sie, nur um diese Stille zu durchbrechen.

»Ich weiß es nicht. Und es ist mir egal.«

»Mischi, hör auf!«

»Womit soll ich aufhören?«

»Lass den Krieg da draußen. Für heute.«

Er sah sie an, war von ihrer Heftigkeit verletzt. Elisa hob entschuldigend die Schultern und lächelte ihn tapfer an, obwohl ihr eher nach Weinen zumute war. »Was kann ich nur für dich tun?«

Mischi zögerte. »Ich weiß, dass es unverschämt viel Arbeit ist, aber … Kannst du ein paar *fortaies* backen?«

»Ja, natürlich. Ist das alles?«

»Ich habe in den letzten Wochen häufig daran gedacht, wie gut sie schmecken. Habe ich dir jemals gesagt, dass deine besser sind als Mutters? Verrat mich bloß nicht.« Und dann lächelte er plötzlich verlegen und legte eine Hand in den Nacken. Er sah so verletzlich aus, in dieser Kleidung, barfuß und ohne den struppigen Bart. Für einen winzigen Augenblick war Mischi zurück. Es gab ihn noch, versteckt hinter dieser mürrischen Maske.

Etwas erleichterter öffnete Elisa die Tür zur Vorratskammer und suchte die Zutaten für die *fortaies* zusammen. Sie hatte sogar noch ein kleines Paket Rosinen, die sie beim *marciadënt* für besondere Gelegenheiten gekauft hatte. Das war genau der passende Moment.

»Chiara«, rief Mischi überrascht.

Elisa hörte ein Rumpeln und fuhr herum. Mischi war aufgesprungen und gegen den Tisch gestoßen. Jetzt starrte er Chiara aus weit aufgerissenen Augen an. In nur wenigen Augenblicken spiegelte sich eine seltsame Abfolge an Emotionen auf seiner Miene wider. Entsetzen, Bestürzung, Fassungslosigkeit – dann Freude und zugleich Verlegenheit. Er machte ein paar Schritte und reckte unsicher die Hand.

Chiara war leichenblass geworden. Sie hatte Franzl auf einem Arm und sofort schützend die Hand über seinen Rücken gelegt. Wild schüttelte sie den Kopf und schien Mischi eine stumme Botschaft zukommen zu lassen.

Er ließ die Arme sinken.

Chiara fing sich zuerst und lachte ein wenig schrill. »Dich hätte ich nicht hier erwartet, Mischi Kastlunger. Ist dir das Kriegspielen langweilig geworden?«

Er bedachte sie mit einem finsteren Blick, wobei Elisa noch etwas anderes aus seinen Augen las, es jedoch nicht deuten konnte. War er enttäuscht? Verletzt? Normalerweise hätte Chiara es nicht geschafft, ihn mit solchen Worten zu treffen.

Aber was war schon normal?

Andreas tappte hinter Chiara in die Küche und schaute mit der ungenierten Neugier eines Zweijährigen zu dem Fremden auf.

Mischi starrte zurück, schien nur mit Mühe zu begreifen, wer dieser kleine Junge war und warum er hier herumlief.

»Das sind übrigens deine Neffen«, erklärte Chiara beiläufig und rückte Franzl zurecht, was ihm ein zufriedenes Glucksen entlockte. »Ich passe auf die beiden auf, weil Lene unterwegs ist.«

Mischi trat an sie heran und nahm ihr den Säugling ab. Als er auf den Kleinen hinabblickte, verspürte Elisa zum ersten Mal seit seiner Ankunft ein wenig Frieden bei ihm.

»Er sieht aus wie du früher, Elisa.«

Sie nickte, obwohl sie bezweifelte, dass er sich daran erinnerte, war er doch selbst gerade vier Jahre alt gewesen, als sie auf die Welt gekommen war.

Sie stellte Mehl und Zucker auf die Anrichte. »Sollen wir gleich draußen essen? Wir könnten den Sonnenplatz eindecken.«

»Da passen wir doch gar nicht alle hin«, meinte Mischi verwundert. Er wandte seinen Blick nicht von Franzl ab, der interessiert seine winzigen Finger ausstreckte.

Chiara schnaubte abfällig und schob Andreas auf die Bank, wo er sich widerwillig hinsetzte. »Es wird gemütlich, aber es passt. Du, Elisa, Lene, ich und unsere Mütter. Mehr sind nicht übrig.«

Elisa nickt zustimmend. Sie sah Mischi an, dass er die Tragweite ihrer Aussage erst jetzt völlig begriff. Sechs Personen aus zwei Familien, weniger, als bei Kastlungers früher um den Tisch gesessen hatten.

Und der Krieg war noch nicht zu Ende.

Am späten Abend fand Elisa sich in der Küche wieder, spülte ab und räumte auf. Sie hatte ihre Mutter mit sanfter Gewalt genötigt, schlafen zu gehen. Sie schien eine Sommererkältung zu bekommen. Hoffentlich war es nichts Ernsteres.

Sie war selbst todmüde, und der Wein beim Abendessen war ihr zu Kopf gestiegen, doch sie riss sich zusammen. Es waren die letzten Stunden mit Mischi. Er wollte gleich hereinkommen und ihr helfen, hatte sie jedoch gebeten, ihn kurz allein zu lassen, Elisa nahm an, dass er sich von Chiara verabschieden wollte – oder mit ihr streiten.

So ganz begriff Elisa nicht, was zwischen den beiden ablief. Chiara war zu ihm kratzbürstig, allenfalls höflich, während Mischi sie weitgehend ignorierte, sich auf kein Wortgeplänkel einließ. Irgendetwas hatte sich zwischen den beiden verändert.

Elisa ging seine Reaktion nicht aus dem Kopf, als er Vitos Schwester mit dem Kind auf dem Arm gesehen hatte. Hatte er geglaubt, es wäre Chiaras? War er deshalb so entsetzt gewesen?

Elisa hatte nachgerechnet. Da war diese Sache zwischen Mischi und Chiara beim Maitanz gewesen. Hatte Mischi gedacht, der kleine Franzl wäre *sein* Sohn?

Elisa fand, dass sie das einerseits nichts anging, andererseits machte es Mischi angreifbar. Ihr war nicht klar, ob und welche Absichten Chiara verfolgte, aber dass sie sich aus Zuneigung oder gar Liebe auf ihn eingelassen hatte, sofern diese Vermutung stimmte, konnte sich Elisa beim besten Willen nicht vorstellen.

Sie schreckte auf, als sie hinter sich Schritte hörte. Mischi betrat die Küche und lehnte sich gegen die Tischkante. Er schwankte leicht, war nicht mehr nüchtern, aber das war niemand mehr gewesen, nachdem sie den Abend mit Wein und frisch gebackenen *fortaies* beendet hatten.

Wichtiger war, dass er sich entspannt hatte. Er hatte Andreas auf die Schnelle ein kleines Holzschwert gebaut und immer wieder Franzl auf dem Schoß gehalten, sich kaum von seinem kleinen Neffen losreißen können. Jetzt lächelte er, ein warmes Funkeln in den dunklen Augen.

»Danke, Elisa«, sagte Mischi mit seiner sanften Stimme. »Für deinen herzlichen Empfang. Dafür, dass du mir ein Stück Normalität zurückgegeben hast.«

Elisa hätte am liebsten bitter aufgelacht. Nichts war normal, schwere Arbeiten blieben liegen, der Kreislauf auf dem Hof lief ganz und gar nicht rund, dazu die Extraaufgaben und die ständige Sorge, was den Soldaten als Nächstes einfiel.

Offenbar hatten sie es trotzdem geschafft. Sie und Chiara und der kleine Franzl.

Sie ging zu Mischi und strich ihm mit den Fingerspitzen über den Unterarm. Er legte den Arm um sie und atmete einmal tief durch. Dann räumten sie einträchtig schweigend auf und gingen zu Bett.

Am nächsten Morgen stand Elisa wie immer in aller Frühe auf. Mischis Bett war ordentlich gemacht, zwei fadenscheinige Unterhemden, die sich nicht mehr mitzunehmen lohnten, lagen auf einem Stuhl. Ansonsten wirkte sein Zimmer, als wäre er gar nicht da gewesen, leer und verwaist. Er war schon fort.

Elisa ließ ihren Blick durch den Raum schweifen, nickte bei sich und schloss die Tür. Vermutlich war es besser so. Kein langer Abschied, keine Tränen. Wie ein kurzer harter Schnitt, der schmerzte, aber nun sauber verheilte.

Gott allein wusste, was vor ihnen allen lag und wann sie sich wiedersehen würden.

Oder ob überhaupt.

26. KAPITEL

28. Oktober 1915 – Cortina d'Ampezzo

Runter mit dir!« Ein Schlag mit dem Gewehrlauf traf Vito in die Kniekehlen, und er knickte ganz von selbst ein, fiel in den nassen aufgewühlten Schnee. Nur mit Mühe unterdrückte er einen zornigen Aufschrei.

Er war vor allem wütend auf sich selbst. Es war seine Schuld. Das hätte niemals passieren dürfen. Sie hatten ausdrückliche Weisung gehabt, keinesfalls zu weit ins feindliche Gebiet um Cortina vorzudringen.

Neben ihm keuchte Toni leise auf und kniete sich gehorsam hin, wie die anderen die Arme hinter dem Kopf im Nacken verschränkt. Aus den Augenwinkeln erhaschte Vito seinen panischen Blick, bevor ihn der Italiener herumriss. Herrgott, Toni war noch ein Kind! Sie hätten ihn niemals mitnehmen dürfen.

Vito schluckte. Auch das war seine Schuld. Statt darauf zu bestehen, dass Marcos Neffe sie nicht auf diesem Himmelfahrtskommando begleitete, war er insgeheim froh gewesen, dass er dabei war. Nicht nur, weil Toni sein engster Vertrauter und Freund geworden war, sondern auch, weil seine bergsteigerischen Fähigkeiten auf ihrer Mission Gold wert waren. Vito und die anderen mochten gut sein, und die Bayern hatten in den letzten Monaten unglaublich viel gelernt, aber Toni bewegte sich auf den holprigen Pfaden wie auf trockenen geraden Wegen, handelte waghalsig, aber immer mit dem nötigen Respekt und niemals tollkühn. Es war nicht sein Fehler, dass sie den sechs Italienern in die Arme gelaufen waren.

»Wir ergeben uns«, sagte einer der Bayern – Pollinger – auf Deutsch. Die Italiener ignorierten ihn. Methodisch entwaffneten vier von ihnen die Gefangenen und nahmen ihnen alles ab, was gefährlich werden könnte oder einen Wert besaß, während die übrigen beiden ihre Gewehre auf sie gerichtet hielten.

Vito biss die Zähne zusammen, bis sein Kiefer schmerzte, während die Männer ihn nicht gerade sanft abtasteten, ihm den Rucksack abnahmen und seine Taschen leerten. Becker, der zweite Bayer, protestierte und berief sich auf die Abkommen zur Behandlung von Kriegsgefangenen, auch das prallte an den Italienern ab. Vermutlich verstanden sie es wirklich nicht. Vito überlegte krampfhaft, ob er eingreifen und etwas sagen sollte. Leutnant Obermayr hatte diese Situation mit ihm besprochen. Er sollte so lange wie möglich den Mund halten, nicht zu erkennen geben, dass er die Italiener verstand.

Natürlich konnte er nicht ewig schweigen, aber er wollte erst herausfinden, was sie vorhatten. Die Soldaten hatten es nicht eilig, begutachteten Beckers goldenes Medaillon mit dem Bild seiner blonden Frau und machten zotige Bemerkungen.

Vito wagte einen besorgten Blick zur Seite. Toni hielt den Kopf gesenkt und atmete schwer, hatte sich aber unter Kontrolle.

Eigentlich waren sie beide froh über diesen Spionageauftrag gewesen. Das Wachen und Warten in den Unterständen und Stellungen zehrte an den Nerven, und obendrein war es klirrend kalt, obwohl der Winter noch nicht einmal richtig angefangen hatte. Der kleine Trupp sollte möglichst viele Informationen über Truppen, Ausrüstung und Positionen der italienischen Streitkräfte sammeln und hatte sich weit hinter die Front in Richtung Cortina vorgewagt.

Viel zu weit, wie Vito erbittert einsehen musste. Becker und Pollinger hatten darauf bestanden, weil sie nicht mit leeren Händen zurückkommen wollten. Aber sie kannten das Gelände nicht gut genug und hatten die Gefahr unterschätzt. Vito hätte darauf bestehen müssen, rechtzeitig umzukehren, und sie wären seinen Anweisungen, vielleicht mit einigem Murren, gefolgt.

Er hatte nichts gesagt. Warum nicht? Auf dem Rückzug war es dann passiert, und eine italienische Patrouille hatte ihnen den Weg abgeschnitten.

Vito spürte langsam seine Beine nicht mehr, sein Oberkörper war verkrampft und taub. Der nasse Schnee drang durch den Hosenstoff. Neben sich hörte er Tonis pfeifenden Atem, um sich herum die schweren Stiefelschritte der königlichen Soldaten.

Einer von ihnen zündete sich eine Zigarette an. Der Rauch stieg Vito in die Nase und kitzelte unangenehm, doch er wagte nicht einmal, sich zu räuspern.

»Was machen wir mit denen, Tenente?«

Anscheinend wurde es den Italienern endlich auch zu kalt.

»Was wohl?«, knurrte die Stimme des Mannes, den Vito als Gruppenführer ausgemacht hatte. »Wir tun so, als würden wir gehen, und sie werden glauben, dass wir sie laufenlassen. Wenn sie abhauen, erschießt ihr sie. Dann machst du Meldung, dass ihr sie auf der Flucht erwischt habt. Was sollen wir das Rattenpack durchfüttern? Kleine nutzlose Gefreite, interessiert doch keinen.«

»Signor, sì!«

Vito biss sich auf die Unterlippe und presste die Hände gegen den Hinterkopf, um sich nicht durch ein Aufblicken zu verraten, dass er verstanden hatte. Das meinten sie nicht ernst. Das war genau die Situation, von der Marco an jenem Morgen in Sankt Martin gesprochen hatte: Sie waren Kriegsgefangene, sie hatten Rechte!

Er schluckte allen Stolz hinunter. Jetzt ging es nicht mehr um Ehre und zum Teufel mit Obermayrs Anweisungen. Er musste zusehen, dass sie überlebten.

Er wollte gerade auf Italienisch um Gnade bitten, da bekam er einen Gewehrkolben in die Seite gerammt. Zugleich befahl jemand auf Deutsch mit starkem Akzent, sie sollten aufstehen. Sie erhoben sich, leicht taumelnd auf dem schlüpfrigen Untergrund und ohne die Hände vom Kopf zu nehmen. Vito sah einige Blutstropfen im Schnee. Der Anblick lenkte ihn ab. Er fragte sich gerade noch verwirrt, von wem es stammte oder ob es sogar sein eigenes war, als plötzlich die Zeit stehenblieb und alles gleichzeitig passierte.

Die Italiener hatten sich abgewandt, hielten die Gewehre lässig in den Armbeugen und beachteten ihre Gefangenen nicht weiter. Gemächlich gingen sie zurück in Richtung Cortina.

»Lauft«, befahl Pollinger halblaut und rannte gleichzeitig los.

Vito warf einen Blick zu den Italienern. Die Zigarette landete im Schnee und wurde von einem Stiefelabsatz zermalmt.

Er stürzte einen Schritt nach vorne, versuchte die anderen festzuhalten. »Halt!« Rauher Stoff glitt ihm durch die Finger.

»Toni, bleib stehen!« Es war zwecklos. Alle drei rannten um ihr Leben.

Vito stand wie angewurzelt, hätte sich nicht einmal rühren können, wenn er gewollt hätte. Als ob ein Fluch auf ihm läge und alle Kraft ihn verlassen hätte. Angespannt wartete er auf den ersten Schuss. Er starrte auf seine Kameraden, deren dunkle Silhouetten sich wie ein groteskes Schattenspiel vor dem verschneiten Hintergrund abhoben.

Dann knallte die erste Salve über den Platz, mehrere Schüsse brachten die beiden Bayern zu Fall. Toni schrie auf, rutschte aus, schlug hin und drehte sich zu ihnen um, während er sich aufrappelte. »Veit, lauf!«

Vito rannte los, aber in die andere Richtung. Blindlings stürzte er sich auf den ersten völlig überraschten Soldaten und versuchte ihm das Gewehr zu entreißen. Er stieß dem Mann die Finger in die Augen, und als der schreiend zurücktaumelte, wäre er beinahe an die Waffe gelangt. Ein harter Schlag gegen seine Schulterblätter ließ ihn jedoch zurück auf den Boden sinken.

Toni war stehengeblieben, schien nicht zu begreifen, was vor sich ging. »Veit!«, schrie er.

»Ergib dich«, flüsterte Vito heiser und schüttelte ohnmächtig den Kopf. Er wollte nicht hinsehen und konnte seinen Blick doch keinen Moment lang abwenden. Mühsam versuchte er auf die Beine zu kommen, aber ein weiterer Schlag gegen den Nacken ließ ihn schwindeln, und er fiel vornüber.

Ein Schuss wurde in Richtung des Flüchtenden abgegeben. Toni hetzte los. Die Italiener lachten. Vito hörte das Klicken, als die Gewehre durchgeladen wurden.

Und dann machten sie sich ein Spiel daraus, schossen auf den Jungen, ohne ihn wirklich treffen zu wollen, feuerten ihn mit Rufen an, hetzten ihn wie ein Kaninchen hin und her.

Vito war schwindelig, immer wieder verschwamm ihm die Sicht.

»Hört auf, bitte«, stieß er auf Italienisch hervor. Die Sprache seiner Mutter rollte ihm ungewohnt schwer über die Zunge.

Zwei Männer zogen ihn auf die Knie. Vito taumelte und legte mechanisch die Hände wieder in den Nacken.

»Erledigt ihn!«

Wen meinten sie?

Vito schlug das Herz bis zum Hals, als der Schuss fiel.

Toni wurde niedergestreckt und rührte sich nicht mehr.

Die folgende Erleichterung ließ Vito einmal aufschluchzen, und zugleich brandete unendliche Scham in ihm auf, weil er froh war, dass es nicht ihn erwischt hatte. Er senkte den Kopf. Da waren weitere Blutstropfen. Sein Blut, das ihm aus der Nase lief. Ihm schwindelte noch immer, und sein Körper war taub. Verbissen fixierte er die roten Punkte im Schnee. Er durfte nicht länger an Toni denken, er konnte nichts mehr für ihn tun. Doch er konnte den Anblick, als er getroffen in den Schnee fiel, nicht aus dem Kopf bannen.

Und welches Schicksal erwartete ihn?

Plötzlich trat der Tenente heran und spuckte vor ihm auf den Boden. Zum ersten Mal sah Vito dem Mann ins Gesicht. Der italienische Oberleutnant war älter, schon mit grauen Schläfen in dem schwarzglänzenden Haar, gerader Nase und durchdringendem Blick.

»Sieh an. Einer von euch Bauern, der uns versteht? Wer bist du?«

Vito senkte den Kopf. Jetzt brachten ihn weder Trotz noch Auflehnung weiter. »Veit Costa, Standschütze aus Val Badia.«

»Warum sprichst du Italienisch?«

»Meine Mutter stammt aus der Toskana. Ich bin Halbitaliener.«

»Du kämpfst auf der falschen Seite.«

»Mein Vater ist Tiroler aus Val Badia.«

Als Erwiderung erhielt er den nächsten Schlag gegen den Hinterkopf. Vito krümmte sich zusammen und unterdrückte einen Schrei. Dumpfer Schmerz breitete sich in seinem Nacken aus. Was wäre, wenn er einfach nach vorne fallen und für immer liegen bleiben würde?

»Du kämpfst auf der falschen Seite«, wiederholte der Tenente ungerührt.

Vito biss sich auf die Unterlippe, wusste nicht, was er antworten sollte.

»Verstehst du Deutsch? Und Italienisch?«

Vito nickte. »Und Ladinisch.«

Einer der Soldaten trat nach ihm.

»Signor, sì!«, ergänzte Vito hastig.

»Na wunderbar. Dann bist du vielleicht doch nicht so nutzlos. Wir brauchen einen Dolmetscher für die Verhöre von Gefangenen.«

Er versetzte Vito einen letzten brutalen Stoß vor die Schulter, der ihn gegen den Soldaten hinter sich taumeln ließ. Der riss ihn am Kragen seines Mantels auf die Füße und trieb ihn mit gestreckter Waffe vor sich her den Pfad nach Cortina hinab. Vito kam sich vor wie eine Ziege, wenn Elisa sie auf die Weide scheuchte. Und in den Augen der Männer war er nicht viel mehr als das: Vieh. Er fragte sich, ob die anderen auch wirklich tot waren. Und ob er sich wünschte, dass es so war, damit sie nicht dort im eiskalten Schnee lagen und qualvoll verendeten. Wieder und wieder sah er im Geiste, wie Toni fiel.

Sie führten ihn zu einem größeren Anwesen, das etwas außerhalb des Ortes stand, ein Milchhof oder vielleicht sogar eine Molkerei. Sie durchquerten einen Innenhof und hielten auf einen Trakt mit ehemaligen Ställen zu.

Vito wehrte sich nicht, als ihn zwei Männer rüde durch die Tür und in einen feuchten Verschlag stießen. Er taumelte, fing sich und blieb in der Mitte stehen. Die Tür schloss sich mit einem hässlichen Schaben.

Vito schaute sich um. Was war das hier, ein Kuhstall?

Nur knapp unterhalb des niedrigen Daches drang Licht durch ein schmales Loch in den kleinen quadratischen Raum, scheinheilig freundliches Abendlicht, in dem ein paar Staubkörner tanzten. Die Kammer war kaum mehr als fünf bis sechs Meter im Quadrat. Nein, nicht einmal Kühe wurden auf so engem Raum eingepfercht. Vermutlich war das in besseren Zeiten ein Vorrats- oder Lagerraum gewesen. An einer Wand lief eine schmale Ablaufrinne, die in einem Loch verschwand. Der stechende Geruch nach Ammoniak und die weißen Ränder von Harnsäure auf dem Putz sagten ihm, dass er nicht der Erste war, der hier früher oder später hinpinkelte. Und gewiss nicht der Letzte sein würde.

Ein Sack mit muffigem Stroh und ein niedriger Schemel, darauf ein Krug mit brackigem Wasser waren alles, was man ihm überlassen hatte. Wenigstens hatten sie ihm den Mantel gelassen.

Vito schüttelte sich vor Ekel, konnte beinahe fühlen, wie sich das Ungeziefer vermehrte. An ein paar Läuse hatte er sich gewöhnt, wenn er allerdings längere Zeit in diesem Loch verbringen musste, würde es nicht dabei bleiben. Unruhig lief er vier Schritte und wieder zurück, schabte mit den Fingernägeln am Putz und wusste doch ganz genau, dass der einzige Weg hinaus durch die Tür führte. Nach einer Weile stellte er den Wasserkrug auf den Boden, setzte sich auf den Schemel und betrachtete das schwindende Licht des Tages.

Wie lange würde er hier bleiben müssen? Wie sollte er das ertragen? Was hatten sie mit ihm vor?

Wieder einmal konnte er nur durchhalten und warten, wobei jede Minute sich bis zur Unendlichkeit ausdehnen würde. Er biss sich auf die Fingerknöchel und kniff die Augen zu, bis er Sterne sah. Der Gedanke an Elisa drängte sich ungefragt auf. Ihr Gesicht leuchtete in der Finsternis auf wie ein funkelnder Stern, ihre blonden Locken, ihre grünblauen Augen, ihr ansteckendes wildes Lachen.

Vito sprang auf und lief hin und her. Er wollte nicht an Elisa denken. Nicht hier, nicht unter diesen Umständen. Er bekam Angst, dass allein der Gedanke sie besudeln, mit dem Schmutz dieses Ortes, dieses gesamten Krieges überziehen könnte.

Dabei war das Andenken an Elisa das Einzige, was ihn davor bewahrte, den Verstand zu verlieren.

Ein paar Tage lang ließen sie ihn allein. In unregelmäßigen Abständen schob ein Wachsoldat ihm Brot, dünne Suppe und Wasser durch die Türspalte, das war alles. Die meiste Zeit über lief Vito auf und ab oder machte Kniebeugen, um sich warm zu halten. Die dicken Mauern des alten Gebäudes hielten die schlimmste Kälte ab, doch sobald er sich nicht bewegte, fror er. Einmal versuchte er, den Strohsack in die Fensteröffnung zu stopfen, durch die es zog, wenn der Wind richtig stand. Doch das dämmrige Licht machte ihn nervös, und er fühlte sich erst recht eingesperrt.

Am späten Vormittag des fünften Tages nahmen ihn zwei Soldaten in die Mitte und führten ihn über einen sonnigen Innenhof in eine großzügige Stube. Die gepflegte Inneneinrichtung, wertvoll aussehende Gemälde und reichverzierte Möbel bestätigten Vito, was er schon bei seiner Ankunft vermutet hatte: Es war das Anwesen eines reichen Bauern oder Senners. Bestenfalls hatte das Militär sich hier einquartiert oder die Familie vertrieben, schlimmstenfalls waren die Besitzer tot.

Mitten im Raum stand ein Tisch, hinter dem drei Soldaten saßen, einer davon der Tenente, der Vito hatte festnehmen lassen. Vor dem Tisch befand sich ein Stuhl mit Armlehnen, an die eine zusammengesunkene Gestalt gefesselt saß. Ein weiterer Soldat stand daneben. Die gesamte Kulisse wirkte harmlos, doch Vito wurde misstrauisch. Sein Angriff auf den Soldaten, der auf Toni geschossen hatte, war bisher nicht bestraft worden. Ein falscher Atemzug konnte ihn das Leben kosten.

Vitos Begleiter salutierten. »Der gefangene Österreicher, Tenente Cutrì!« Sie zogen sich an die Tür zurück.

Der Angesprochene nickte gnädig und betrachtete Vito interessiert. »So, Costa, jetzt kannst du meine Gastfreundschaft abarbeiten. Frag diesen Herrn, was er über die Besatzung der österreichischen Sperrwerke weiß.«

Er lächelte herablassend, und Vito fiel auf, wie gut der Mann aussah. Seine Wangen waren glattrasiert und sein Haar frisch gewaschen. Die Uniform war sauber und saß tadellos, offenbar legte er viel Wert auf ein gepflegtes Äußeres.

Umso verwahrloster fühlte Vito sich plötzlich. Er hätte einiges für ein heißes Bad oder ein Rasiermesser gegeben, aber es sah nicht danach aus, als würde sich dieser Wunsch bald erfüllen.

Er wiederholte gehorsam die Frage des Tenente an den Gefangenen gerichtet auf Deutsch. Er verstand nicht ganz, was vor sich ging. War das ein Verhör? Oder ein Test für ihn, um zu sehen, dass er wahrheitsgemäß übersetzte? Er hatte keine konkrete Vorstellung davon, wie eine offizielle Vernehmung ablief, aber das alles kam ihm merkwürdig vor.

Nachdem Vito die Frage übersetzt hatte, sah der Gefangene ihn erstaunt an. Er hatte ein zugeschwollenes Auge, und an seiner Schläfe klebte geronnenes Blut. »Ich verstehe Italienisch, aber um mich verständlich auszudrücken, reicht es offensichtlich nicht«, erklärte er resigniert. »Ich weiß nichts. Er glaubt mir nicht. Er denkt, dass ich zur Besatzung von Tra i Sassi gehöre, aber das stimmt nicht. Ich war diesseits des Lagació, wo sie mich auch erwischt haben. Bitte. Erklär ihm das, er muss mir glauben!«

»Sag ihm, dass er exekutiert wird, wenn er lügt«, fuhr Cutrì dazwischen. »Ich habe langsam genug von seinen Märchen.«

»Was soll ich denn noch sagen? Ich war seit Monaten nicht jenseits des Valparola-Passes!«, schrie der Gefangene hilflos auf, bevor Vito ein Wort hervorbrachte.

Cutrì maß ihn mit finsterem Blick. »Was sagt er? Er spricht vom Valparola. Wusste ich es doch.«

Vito überlegte blitzschnell. Cutrìs Beisitzer verstanden sichtlich kein Wort Deutsch und langweilten sich. Der Mann neben dem Gefangenen interessierte sich ebenfalls nicht für das Gespräch. Vito wagte nicht, sich umzudrehen, aber die beiden Soldaten an der Tür, die ihn abgeholt hatten, stammten ihrem Akzent nach weit aus dem Süden Italiens. Und alle waren nur einfache Soldaten, Cutrì der einzige Ranghöhere.

Er musste es darauf ankommen lassen. »Signore, er sagt, dass er nur für das Sperrwerk Tra i Sassi am Valparola sprechen kann, die Zahlen der anderen kennt er nicht. Allerdings geht er davon aus, dass die Zahlen bei den Sperrwerken gleicher Größe ungefähr identisch sind.«

»Bist du wahnsinnig?«, brüllte der Gefangene.

Cutrì beugte sich interessiert vor und legte das Kinn auf seine zusammengefalteten Hände. »Wie viele?«

»Sag einfach irgendeine Zahl«, befahl Vito dem Gefangenen.

»Das merken die doch. Du bist vollkommen verrückt!«

»Um unser beider Leben willen, sag eine Zahl!«, fuhr Vito ihn scharf an. Der riesige Soldat neben dem Gefangenen bemerkte dessen Zögern und verpasste ihm eine saftige Ohrfeige.

Vito zuckte bei dem Knall zusammen. Das war also Cutrìs Folterknecht.

Der gefesselte Mann bewegte wimmernd den Kopf. Frisches Blut rann aus einem Mundwinkel. »Eine halbe Kompanie. Alle vierzehn Tage wechselnd.«

»Na bitte, es geht doch, wenn man eine gemeinsame Sprache spricht«, sagte Cutrì zufrieden, nachdem Vito die Worte wiederholt hatte. »Was noch?«

»Er will mehr wissen. Los, erzähl irgendetwas«, zischte Vito. Er wurde unruhig. Der Gefangene saß schon lange hier, die Haut unter den Fesseln war rot gescheuert, und er schien sich nicht mehr ewig aufrecht halten zu können. Hinzu kam die Gefahr, dass Cutrì Vitos Lügen erkannte. Ein falsches Wort, das er verstand oder auch nur falsch deutete, und sie waren verloren.

Andererseits gab es kaum noch etwas zu verlieren. Vito rechnete seit seiner Gefangennahme damit, dass sie ihn holen und an die Wand stellen würden. Warum sollten sie ihn leben lassen?

»Dann erzähl ihm, dass sich dort noch das Deutsche Alpenkorps aufhält. Aber die Landesschützen werden sie bald ablösen.«

Vito nickte. Das war gut, denn das würde früher oder später an allen Frontabschnitten passieren und konnte für Cutrì eigentlich kein Geheimnis sein.

»Wann?«, fragte der nur.

»Wenn alles gutgeht, Ende des Monats«, erklärte Vito.

Cutrì verzog das Gesicht, stand auf, winkte seinen Beisitzern und nickte seinem Folterknecht zu. Vito beäugte ihn unsicher, bereit, seine Haut so teuer wie möglich zu verkaufen, wenn dieser grobschlächtige Mann auf ihn losgehen sollte. Immerhin war er nicht gefesselt.

Cutrì grinste boshaft. »Das reicht mir. Er weiß wirklich zu wenig. Exekutiert ihn.« Er wollte an Vito vorbeigehen, als der ihm in den Weg trat, noch bevor er wusste, was er tat.

»Tenente, das können Sie nicht tun! Er hat kooperiert, er hat alles getan, was Sie verlangt haben.«

Er sah noch, wie sich die Augen in dem gutaussehenden Gesicht zu zwei schmalen Schlitzen verengten, als auch schon der Schmerz in seinem Gesicht explodierte. Er keuchte überrascht auf und hörte zugleich seine Knochen knacken. Der Boden kam auf ihn zu, und er knallte auf die ordentlich geschliffenen Holzdielen.

Vito krümmte sich zusammen. Cutrì stieg über ihn hinweg und trat ihm dabei auf die Finger. Vito brüllte vor Schmerz auf.

»Schafft sie fort, beide«, vernahm er den Tenente durch das Rauschen in seinen Ohren.

»Wer bist du?«, fragte Vito auf Deutsch. Er meinte Cutrì. Was war das für ein Mensch?

»Giulio Moroder aus Wolkenstein«, hörte er eine andere Stimme. Meine Eltern sind Andreas und Martha. Sag ihnen, dass ich sie liebe.«

Schleifen und das Geräusch schwerer Stiefel auf dem Holzboden folgten. Vito schmeckte Blut. Mit Mühe unterdrückte er ein Würgen. Er wollte sein Gesicht betasten, doch sobald er seine Nase berührte, wurde ihm vor Schmerzen übel. Benommen starrte er auf das Blut, das ihm von den Fingern rann. Ein paar Spritzer verunzierten den makellosen Boden. Starke Arme rissen ihn unsanft auf die Beine. Die beiden Soldaten trugen ihn halb, halb schleiften sie ihn hinaus.

»Wir sollten das nicht länger mit ansehen. Der wird mit jedem Tag verrückter«, murmelte der eine.

»Was willst du dagegen machen? Er ist der Neffe des Majors und hat freien Handlungsspielraum. Außerdem überlässt er die richtigen Prügel dem Trucidatore. Vergiss es.«

Trucidatore also, den Schlächter, nannten sie Cutrìs Folterknecht. Was für ein passender Name. Vito hörte kaum hin, was die beiden diskutierten. Er konzentrierte sich ganz auf die dicken roten Tropfen, die mit jedem Schritt auf den Boden platschten. So würde er verbluten. Hoffentlich dauerte es nicht allzu lange.

Sie schleppten ihn zurück in seinen Verschlag und ließen ihn wie einen nassen Sack auf den Boden fallen. Vito versuchte den Kopf in den Nacken zu legen, doch dann lief ihm das Blut in den Hals, und er musste würgen. Er spuckte mehrmals aus und hustete. Mit jedem Pulsschlag pochte seine Nase. Er versuchte vergeblich, seinen Ärmel dagegen zu pressen, um die Blutung zu stoppen, doch er hielt den Schmerz, den der Druck verursachte, nicht aus. Mühsam kroch er auf den Strohsack und blieb schwer durch den Mund atmend liegen. Er bekam kaum Luft.

Vito war so mit sich selbst beschäftigt, dass er erst nach einer ganzen Zeit bemerkte, dass einer der beiden Soldaten immer noch in der Tür stand. Er konnte nicht viel älter sein als er, nur um die Augen des sonnenverbrannten Gesichts zeigten sich bereits erste Falten.

»Cutrì hat dich mit Costa angesprochen. Heißt du wirklich so?«

Vito ignorierte ihn. Er bekam Angst. Der Schmerz betäubte seinen Verstand. Was wollte der Soldat von ihm?

Erleichtert hörte er, wie die Tür geschlossen wurde. Dann erst erlaubte er sich ein leises Wimmern. Überall sah er Blut, auf dem Boden, auf seinem Uniformrock, auf seinen Händen. Und es tropfte unaufhörlich weiter.

Nach kurzer Zeit hörte er wieder Stimmen. Ein Mann stieß die Tür rüde auf, rauschte in die Zelle und ließ eine Tasche fallen.

Vito wollte aufspringen, doch ihm fehlte die Kraft. Stattdessen wälzte er sich herum und konnte gerade noch verhindern, dass er mit dem verletzten Gesicht auf den Boden knallte.

Eine Hand packte ihn sanft an der Schulter und drückte ihn wieder herum, so dass er auf den Rücken zu liegen kam. Über ihm tanzte ein freundliches Gesicht mit einer runden Brille.

»Können Sie mich hören?«, fragte das Gesicht.

Vito stöhnte und blinzelte. Es fiel ihm schwer, den Blick zu fokussieren.

»Antworten Sie! Können Sie mich hören?« Finger schnippten vor seinen Augen.

»Ja«, hauchte Vito.

Die besorgte Miene hellte ein wenig auf. »Wer war das? Cutrì oder der Trucidatore? Costa, hol heißes Wasser!«

Vito ruckte automatisch bei diesem Befehlston, doch der Fremde drückte ihn mühelos zurück auf den Strohsack. »Nicht doch.«

»Sind Sie sicher, dass ich Sie allein lassen sollte, Signore?«, kam die Stimme des Wachsoldaten aus Richtung Tür.

»Natürlich. Jetzt lauf schon, du Faulpelz.« Der Mann über ihm lächelte beruhigend. »Der Junge hier ist völlig wehrlos. Und falls er aufbegehrt, werde ich ihm zeigen, wie gut ich amputieren kann.«

»Signor, sì!«

Er öffnete die Tasche. »Ja, darin habe ich es inzwischen zur Meisterschaft gebracht. Ich könnte mir Schöneres vorstellen«, murmelte er dabei.

Vito schaffte es, sich ein wenig aufzusetzen.

Der Mann trug eine Uniform im Rang eines Sottotenente, eines Leutnants, und war einer der Regimentsärzte. Er hielt eine Wundkompresse hoch. »Zuerst müssen wir sehen, dass wir die Blutung stillen. Ich fürchte, Ihre Nase ist gebrochen. Ich kann versuchen, sie zu richten. Allerdings ist mein Vorrat an Morphium nicht besonders groß.«

Vito nickte und hob die Hand zum Zeichen, dass er mit allem einverstanden war. Vielleicht hatte er Glück und wurde ohnmächtig.

Der Wachsoldat Costa kehrte mit einem Eimer dampfendem Wasser zurück und kniete sich neben sie. »Es war Cutrì.«

Der Arzt nickte und drückte Vito die feuchte Kompresse ins Gesicht, ohne sich um dessen reflexartige Gegenwehr zu kümmern. »Der Mann war in jungen Jahren einmal auf dem Weg zum Profiboxer, wusstest du das? Er weiß genau, wo er hinschlagen muss, damit es weh tut. Trug er seinen Siegelring?«

»Ich glaube schon.«

»Das erklärt, warum die Haut unter dem Auge aufgeplatzt ist. Mir scheint sogar, dass das Jochbein angebrochen ist. Ich muss das nähen. Das wird eine hübsche Narbe. Und eine krumme Nase natürlich. So, hier, halt ihn fest.«

Vito spürte Costas festen Griff, während der Arzt mit seiner Behandlung begann. Er versuchte, still zu liegen und sich allein darauf zu konzentrieren, Luft zu holen, aber der Schmerz brachte ihn beinahe um den Verstand.

»Warum ist Cutrì nicht beim Boxen geblieben?«, fragte der Wachsoldat.

»Mehrmaliges unsportliches Verhalten. Kann man sich gar nicht vorstellen, was? Der Mann ist sanft wie ein Lamm.«

»Wir sollten etwas tun. Es wird immer schlimmer. Können wir ihn nicht bei der Heeresleitung anzeigen?«

»Weil er einem Gefangenen beim Verhör die Nase gebrochen hat? Na und?«

»Signore, mit Verlaub. Der Mann hier war bei der Patrouille dabei, die man vor ein paar Tagen *auf der Flucht erschossen* hat. Er könnte gegen Cutrì aussagen.«

Der Arzt hielt inne und betrachtete Vito mit neuem Interesse. »Stimmt das?«

Vito versuchte vergeblich, einen Blick auf Costa zu erhaschen. Was ging hier vor sich? War das alles geplant, ein abgekartetes Spiel, mit dem man seine Loyalität oder mindestens seine Kooperationsbereitschaft testen wollte? Gegen Cutrì auszusagen war gleichbedeutend mit dem Tod.

Er schüttelte schwach den Kopf.

Der Arzt seufzte und fuhr fort, die Wunde unter dem Auge zu nähen.

Plötzlich tauchte das Gesicht des Wachsoldaten in Vitos Blickfeld auf. »Aber es stimmt! Der Mann ist ein Monster. Er geht auch gegen seine eigenen Leute vor. Du kannst uns helfen.«

»Jetzt lass gut sein, Costa.« Der Arzt zog ihn weg. »Warum sollte er euch helfen? Er ist Österreicher. Du verlangst zu viel.«

Vito schloss erschöpft die Augen. Er hätte es kaum für möglich gehalten, aber er gewöhnte sich an den Schmerz. Sie stellten fest, dass Cutrì ihm, als er auf seine Hand getreten war, auch drei Finger gequetscht und den kleinen Finger gebrochen hatte. Der Arzt schiente sie, und anschließend drehte er Vito auf die Seite.

»Gibt es hier eine Decke?«

»Da vorne liegt sein Mantel.«

Es raschelte, als der Arzt den Mantel heranzog und über Vitos Körper ausbreitete. »Gute Wolle, muss teuer gewesen sein«, murmelte er dabei. Dann fügte er lauter hinzu: »Bleib noch eine Weile bei ihm. Er sollte möglichst so liegen bleiben, damit er nicht erstickt, falls er kotzt, weil ihm Blut in den Rachen läuft.«

»Was soll ich tun?«

Vito spürte, wie einer von beiden seine Hand nahm und in eine andere legte. »Sei einfach da. Zeig ihm, dass hier nicht nur Ungeheuer ihren Dienst tun. Ich komme morgen noch einmal vorbei, wenn ich kann. Es war richtig, dass du mich gerufen hast.«

Kaum dass der Arzt gegangen war, entzog Costa seine Hand, setzte sich jedoch nahe neben Vito auf den Boden. »Ich habe gesehen, wie du reagiert hast, als ich das Wasser holen sollte«, sagte er. »Warum heißt du Costa?«

»Verstehe die Frage nicht, Verzeihung«, nuschelte Vito mühselig.

»Wir haben denselben Nachnamen. Ich bin aus Salerno, Kampanien, da heißt jeder zweite Mann im Dorf so, obwohl natürlich nicht alle miteinander verwandt sind. Du bist nicht von dort. Dein Italienisch klingt auch nicht wie das der Welschtiroler.«

»Weiß nicht. Die Familie meines Vaters lebt seit Jahrzehnten in Val Badia.«

»Und deine Mutter?«

»Toskana.«

»Ich wusste es.« Costa nahm den feuchten Lappen aus dem Eimer, den der Arzt dagelassen hatte, und tupfte Vito vorsichtig das Gesicht ab. »Ich heiße Flavio. Mein Bruder ist so alt wie du, er kämpft am Isonzo. Eigentlich sind wir Fischer.«

Vito hob ein wenig den Kopf. Er hatte die Sehnsucht deutlich aus den Worten herausgehört. »Dann vermisst du das Meer.«

Flavios Miene verschloss sich sofort. »Romantiker, eh? Fischfang ist harte Arbeit.«

Vito schloss die Augen, stellte sich die Küste vor, den weißgelben Strand und das blaue Meer.

»Stimmt schon«, brummte Flavio. »Ist ein guter Moment, wenn du einen großen Fang hast und die Sonne über dem Wasser aufgeht.«

Vito nickte schwach.

Zu seinem Erstaunen nahm Flavio wieder seine Hand. »Deshalb solltest du uns helfen, Cutrì loszuwerden. Damit wir alle zurückkehren können. Du bist kein Österreicher, du hast auch ein italienisches Herz.«

Wie recht er damit hatte … Vito versuchte ein Lächeln, doch er hatte nicht einmal dazu mehr die Kraft. »Ausruhen, bitte. Morgen reden wir.«

Flavio drückte seine Hand. »Einverstanden.«

Als Vito am nächsten Morgen erwachte, glühte seine Haut. Zu dem Blut hatte sich ein fauliger Geschmack gemischt. Mehrmals spuckte er rot-weiße Brocken, die verdächtig nach Gewebe aussahen, bis ihn das Fieber übermannte. In den folgenden Tagen kam der Arzt noch zweimal, vielleicht sogar häufiger, Vito hätte es nicht sagen können. Die Wachsoldaten wechselten, behandelten ihn mal freundlich, meistens gleichgültig, ganz selten grob. Flavio Costa tauchte nie wieder auf.

27. KAPITEL

Ende November 1915 – Vila Kastlunger, Val Badia

Elisa rieb sich die schmerzenden Arme und betrachtete zufrieden ihr Werk. Draußen hatte der harte Winter alles in seinem unnachgiebigen Griff, aber hier im Stall sorgten die Tiere für angenehme Wärme. Auch sonst war wenigstens hier alles so, wie es sein sollte. Die Kühe kauten satt und zufrieden in ihren Pferchen. Elisa hatte sie gemolken und anschließend ausgemistet. Pacher würde schimpfen, wenn er das herausfand, aber der alte Mann tat ohnehin schon mehr, als er eigentlich konnte. Er sollte am Ofen sitzen und seinen Enkeln ein paar Märchen erzählen oder Pfeife rauchen und nicht hier schuften wie ein Verrückter. Er hatte Rückenschmerzen, weigerte sich jedoch, sich behandeln zu lassen. Da war das Misten das mindeste, was sie tun konnte, selbst wenn es sie den gesamten Vormittag gekostet hatte.

Elisa spürte einen kalten Zug auf ihrer verschwitzten Haut. Seufzend stellte sie die Mistgabel in die Ecke und begutachtete die Fenster. Sie waren mit Holz und dicken Lederresten verrammelt, trotzdem fand der Wind immer wieder einen Weg herein, um die kostbare Wärme zu rauben. Und richtig, ganz hinten flatterten ein paar Lederstreifen.

Sie sollte sich sofort darum kümmern, Hammer und Nägel aus der *majun* holen und alles wieder zunageln. Wenn sie es jetzt nicht tat, würde es liegenbleiben. Wie so vieles.

Elisa machte sich an die Arbeit. Es würde nicht lange dauern, nur ein paar Minuten. Die Sache war nur, dass die Liste mit solchen Tätigkeiten länger und länger wurde. Das Dach in der *majun* war undicht. Lenes Vater hatte versprochen, es zu reparieren, aber bis dahin musste das Heu umgelagert werden, damit es nicht feucht wurde und schimmelte. Es war ohnehin so wenig, dass Elisa fürchtete, dass sie nicht über den Winter kommen würden, und das, obwohl die Soldaten den Bestand weiter verkleinert hatten. Auch die Hafnerernte war dürftig ausgefallen. Auf anderen Höfen sah es gewiss nicht anders aus, woher also zukaufen, falls das nötig wurde?

Elisa hämmerte auf den Fensterrahmen ein, um die widerspenstige Lederplane fest zu bekommen. Je schneller, desto besser.

Die Pferde mussten dringend beschlagen, ein Teil der letzten Apfelernte weiterverarbeitet, der Hühnerstall winterfest gemacht werden. Von den Hausarbeiten ganz zu schweigen, sie musste unbedingt ein paar Kleider ändern, weil sie noch einmal gewachsen war. Wie sie mit den zu kurzen Ärmeln aussah, war ihr herzlich egal, aber an der Brust spannte alles. Es hatte Zeiten gegeben, da hätte sie sich darüber gefreut, jetzt erschien das alles lästig und zeitraubend.

»Au, verdammt, Herrgott noch mal!« Elisa zuckte mit der Hand weg und ließ den Hammer fallen. Gerade noch rechtzeitig sprang sie zur Seite. Krachend fiel das schwere Werkzeug auf den Steinboden und schlug dabei Funken.

»Warum lässt du das nicht die Männer machen?«, hörte sie hinter sich eine Stimme. Chiara natürlich, wer sonst? Sie hatte ein geradezu unheimliches Geschick darin, Elisa in Situationen anzutreffen, in denen sie tolpatschig oder unfähig erschien, manchmal auch beides zusammen.

Während Elisa sie wütend anfunkelte und an ihren Fingern saugte, hob Chiara spöttisch grinsend den Hammer auf und reichte ihn ihr. »Nicht gerade ein Damenmodell.« Dabei fiel ihr Blick auf das Leder, an dem der Wind nach wie vor beharrlich zupfte. Ohne ein weiteres Wort richtete sie die Plane aus, hielt sie mit beiden Händen und nickte auffordernd.

Rasch nahm Elisa einen neuen Nagel und fing an zu hämmern.

»Wage es nur nicht, *mir* auf die Finger zu schlagen«, brummte Chiara.

»Ich mache das, weil es sonst liegenbleibt. Wie alles.« Mit jedem Wort schlug sie einmal energisch zu.

»Ja, ich weiß, schon gut. Beeil dich, ich friere. Ich hatte nicht die Absicht, lange hier draußen zu bleiben.«

»Du tust ganz so, wäre ich gerne in der Kälte. Da irrst du dich gewaltig.«

»Aber du bist es gewohnt. Du erträgst es besser.« Chiaras Hand zuckte, doch sie hielt das Leder tapfer straff.

»Unfug.« Elisa hatte ihren Rhythmus gefunden. Die Lederhaut saß fest, doch sie hämmerte zur Sicherheit ein paar zusätzliche Nägel hinein. »Das Wetter kann unerträglich sein, und ich könnte gut auf die Kälte verzichten. Aber ich lamentiere nicht andauernd darüber. Warum auch? Es ist nicht zu ändern.«

Chiara schüttelte nachsichtig den Kopf.

Elisa wunderte sich darüber. Wie das gesamte Verhalten von Vitos Schwester sich seit Mischis Besuch verändert hatte, kam auch jetzt keine spitze Bemerkung über Elisas Gleichmut.

Und Chiara überraschte sie direkt noch einmal, weil sie einen Schritt zurücktrat und ihr gemeinsames Werk kritisch begutachtete. »Das wird nicht lange halten«, erklärte sie mit dem Brustton der Überzeugung, als würde sie seit Jahren jeden Winter nichts anderes tun, als Stallfenster zu verrammeln. »Warte kurz, ich hole eine Holzlatte aus der *majun,* die wir quer darübernageln.«

Fröstelnd schlang Elisa die Arme um den Körper. Ob es ihr eines Tages gelingen könnte, Chiara zu verstehen?

Während sie wenig später gemeinsam die Küche betraten, entschied sie sich, offen zu fragen. »Was ist los mit dir?«

»Ich weiß nicht, wovon du sprichst.« Chiara tastete unbewusst in die Tasche ihrer Schürze. Die Geste war Elisa inzwischen so vertraut, dass sie kaum noch neugierig war, um was für einen Gegenstand es sich handelte. Zweifelsohne ein Talisman oder eine Erinnerung so wie ihr rotes Holzpferd, aber wofür oder an wen, konnte sie nicht erraten.

»Die Chiara, die ich kenne, hätte sich nicht darum geschert, ob es im Stall zieht oder ob das Leder wirklich hält. Sie hätte mir auch nicht in dieser Kälte geholfen.«

»Dort im Stall sind auch unsere Kühe. Sie sollten bestmöglich versorgt werden, oder?«

»Früher hast du dich darum nicht gekümmert.«

»Früher waren da auch mein Vater oder Vito.«

Kopfschüttelnd wandte Elisa sich dem Herd zu, fachte das Feuer an und setzte Wasser auf. »Du weißt genau, was ich meine. Kaffee?«

»Du hast wieder Kaffee? Wieso?« Elisa lächelte über Chiaras verlangenden Blick und zauberte ein in Stanniol verpacktes

Paket aus dem Schrank »Ein ganzes Pfund. Es hat auch Vorteile, wenn man den Offizieren ab und zu einen Gefallen tut.«

Chiara grinste breit. »Gut gemacht. Die Elisa, die ich von früher kenne, wäre niemals so berechnend vorgegangen. Sie hätte diese Aufgaben als selbstverständliche Freundlichkeit angesehen.«

Elisa bereitete die Kaffeekanne vor und setzte sich Chiara gegenüber. »Nein, das ist nicht richtig. Es ist ein Unterschied, ob man den Nachbarn hilft, den Freunden und Verwandten. Oder ob es Fremde sind, die plötzlich ungebeten auf der Türschwelle stehen.«

»Aber sie müssen doch unser Land verteidigen!« Chiara warf theatralisch die Hände in die Luft.

Elisa verengte die Augen zu schmalen Schlitzen. »Tun sie das? Indem sie beim Willeit in der Stube hocken, reden, saufen und sich jeden Abend den Bauch vollschlagen? Während Vito und die anderen in den Bergen die wahren Opfer bringen.«

Chiara stierte resigniert vor sich hin. Sie hatte sich tatsächlich verändert. Der Krieg und die Umstände hatten ihr die Schärfe genommen. Eigentlich war das keine gute Entwicklung. Ein kleines bisschen vermisste Elisa sogar die boshaften Bemerkungen, an denen sie sich reiben konnte.

»Was machst du da?« Chiara zeigte auf Elisas Kleiderärmel. Sie hatte gar nicht bemerkt, dass sie wieder daran herumzupfte.

»Ich muss es ändern. Es ist zu klein. Aber wenn ich abends Zeit habe, bin ich meistens zu müde, um mich zu konzentrieren.« Unter Chiaras kritischem Blick wurde ihr nun doch unangenehm bewusst, wie das aussehen musste. Die alten Flecken, ein langer Riss am Ärmel, die gespannten Nähte. Eine junge Frau, die ihre Erscheinung vollkommen vernachlässigte und in einem zu engen, kindischen Kleid herumlief – wie ein Bauerntrampel.

Elisa senkte verlegen den Kopf. »Früher hätte ich eines von Mama bekommen. Sie sind natürlich unmodern, aber wenigstens ordentlich. Inzwischen bin ich größer als sie. Ich muss mich nur dransetzen.«

»Du könntest ausprobieren, ob dir ein paar Blusen oder Kleider von mir passen. Dann kannst du deine Sachen in Ruhe ausbessern.«

Elisas Kopf flog hoch. »Wirklich?«

Chiaras Augen glänzten boshaft. »Eigentlich sind sie viel zu schade für dich. So wie du auf deine Kleidung achtgibst …«

»Ach du Miststück.« Elisa lachte und sprang auf, um ihnen den Kaffee einzuschenken.

»Danke«, setzte sie schlicht hinzu, als sie einen dampfenden Becher mit Milch und ordentlich Zucker über den Tisch schob.

Chiara schnupperte genießerisch und nahm einen großen Schluck. Stumm saßen sie einander gegenüber und tranken. Elisa überkam Ruhe. Sie hatten sich wortlos darauf verständigt, jeden Tag ein paar Minuten zusammenzusitzen. Meistens kam Chiara um die Mittagszeit zu den Kastlungers, manchmal schafften sie es erst am späten Nachmittag. Ab und zu setzte sich Lene oder eine ihrer Mütter dazu, aber Elisa bevorzugte es, mit Vitos Schwester allein zu sein. Irgendwie fühlte sie sich dadurch Vito ein wenig verbunden.

Sie vermisste ihn so sehr, die Sehnsucht nach ihm und der Wunsch, sich wenigstens mit ihm auszusprechen, waren zu beständigen Begleitern geworden. Niemand, nicht einmal seine Mutter, die dem Kriegseinsatz ihres Sohnes eher fatalistisch begegnete, schien ähnlich zu empfinden. Niemand bis auf Chiara. Elisa wusste es, obwohl sie seit dem Gespräch ein paar Tage nach seinem Aufbruch nie wieder über ihn gesprochen hatten.

»Und? Was gibt es Neues an der Front?«, fragte Elisa schließlich. Auch das war ein Ritual geworden. Gute wie schlechte Nachrichten mussten warten, bis sie ihren Kaffee – oder Tee, wenn kein Kaffee verfügbar war – getrunken hatten. Das war eine weitere unausgesprochene Vereinbarung zwischen ihnen: sich darüber auszutauschen und alles gemeinsam durchzustehen.

So wie es jetzt war, hatte Elisa es sich seit Jahren gewünscht und beinahe nicht mehr darauf gehofft, dass es einmal so kommen würde.

Chiara stellte sorgfältig den Becher ab und zog einen zusammengefalteten Brief aus der Tasche. Beinahe feierlich, wie ein wertvolles Dokument, faltete sie ihn auseinander, legte ihn auf den Tisch und strich ihn glatt. Elisa erkannte einen Formbrief. Sie wurde unruhig.

»Es ist keine gute Nachricht, aber es ist auch keine schlechte Nachricht. Entscheide selbst.«

»Was meinst du?«

»Vito wird vermisst.«

»Vermisst? Was bedeutet das?« Elisa nahm den Brief und überflog die maschinengeschriebenen Worte. Genau das stand da: *Costa, Veit, Standschütze, 28. Oktober 1915 – vermisst.*

»Seit Oktober? Das ist fast einen Monat her!«

»Ich war beim Willeit und habe versucht, mehr herauszufinden.« Chiara zog resigniert die Schultern hoch. Sie musste gar nicht weitersprechen. »Er weiß nichts. Wie immer. Einsatz im Abschnitt Tofanes mit dem Deutschen Alpenkorps. Das ist alles. Er kann erschossen worden oder abgestürzt sein. Genauso wahrscheinlich ist es, dass er noch lebt. Niemand weiß etwas.«

»Wenn er gefangen genommen worden wäre, hätten die Italiener das doch gemeldet«, murmelte Elisa und las den Brief ein zweites Mal, ohne dass er neue Informationen enthüllte.

»Denke ich auch.«

Elisa hob den Kopf und musterte Chiara scharf. »Was denkst du stattdessen?«

Chiara griff nach dem Kaffeebecher und umklammerte ihn, als müsste sie sich festhalten. »Ich weiß es wirklich nicht. Ich frage mich, ob er desertiert oder gar übergelaufen ist.«

»Wie meinst du das?«

»Ich weiß nicht, wie ich es erklären soll«, gab Chiara zu. »Am Abend, als er uns gesagt hat, dass er sich meldet, hat Mama ihn gefragt, ob er schießen würde, wenn er unserem Onkel oder Cousins gegenübersteht. Er hat ganz selbstsicher getan. Ich dachte damals auch, dass es unmöglich wäre. Aber dann hättest du seine Miene sehen sollen, nachdem er ein wenig darüber nachgedacht hat. Es hat ihn beschäftigt.« Sie trank ihren Becher leer und schwieg, bis Elisa ihr nachgeschenkt hatte. So viel Arbeit es da draußen gab, sie musste warten.

»Elisa, nach unseren Papieren sind wir Österreicher, wir leben hier auf dieser Seite der Grenze. Aber Vito und ich, wir sind auch Italiener. Wir haben den größten Teil unseres Lebens dort gelebt, Italienisch ist unsere Muttersprache. Verstehst du nicht, was das für Vito bedeuten muss? Ich glaube nicht, dass es ihm bewusst war, aber für ihn ist es ein Krieg von Brüdern gegen Brüder.« Sie schluckte hörbar.

Langsam begriff Elisa, was Chiara ihr sagen wollte. Und bei Gott, es war möglich.

»Was also, wenn er jemandem begegnet ist, den er kennt? Oder der ihn zumindest an einen Kameraden aus der Schule oder aus unserem Dorf erinnert hat?« Chiara hob hilflos die Hände. »Es ist wirklich unwahrscheinlich, dass er unseren Verwandten gegenübersteht, aber alles andere ist möglich. Was also, wenn ihn jemand überredet hat, die Seiten zu wechseln?«

»Dann würden die Deutschen oder die Österreicher ihn erschießen.« Elisa spürte einen Knoten in der Brust. Das würde bedeuten, dass Vito nicht mehr zu ihnen zurückkehren konnte.

Er wäre entweder ein Gegner oder ein Deserteur. Er könnte gute Gründe haben, aber die würde niemand hören wollen.

»Traust du ihm das zu? Ich meine, dass er Verrat begeht?«

Chiara beugte sich vor, und ihr Mund bekam einen harten Zug. »Ich verstehe, dass du das nicht nachvollziehen kannst. Aber Vito *hat* bereits Verrat am Land seiner Mutter begangen, als er sich für die Österreicher gemeldet hat. Auch wenn du das anders siehst, ist es genau so viel oder wenig Verrat, mit den Italienern zu kämpfen. Er kann nur eine Seite wählen. Ein Teil seiner Entscheidung ist immer so richtig, wie ein anderer falsch ist.«

Natürlich hatte Chiara recht, und das Schlimmste war, dass Elisa die daraus resultierende Schlussfolgerung nicht widerlegen konnte. Es war plausibel: Das Militär wusste nicht, wo Vito war. Also war er nicht mehr bei ihnen. Allein in den Bergen würde er nicht lange überleben, mit oder ohne Krieg.

Sofern er also nicht tot war, und Elisa weigerte sich, diese Möglichkeit in Betracht zu ziehen, war er bei den Italienern, jedoch nicht als Gefangener, denn das hätten sie erfahren. Was blieb noch?

Elisa spürte Chiaras Blick auf sich ruhen. Sie nickte stumm, hatte die Botschaft begriffen. Sie konnten nichts tun, außer abzuwarten.

»Und bei euch? Was gibt es Neues an der Front?«, fragte Chiara nach einer Weile mit leiser Stimme.

Beinahe hätte Elisa laut aufgelacht, nicht aus Freude, sondern eher aus Verzweiflung. »Ich dachte, ich könnte heute immerhin mit einer guten Nachricht aufwarten. Jetzt scheint es mir, das Schicksal will uns jede noch so kleine Hoffnung dreimal schlimmer vergelten. Also ja. Tata kommt heim, noch vor Weihnachten. Er hat geschrieben, dass er zu nichts nütze wäre, und seiner Schrift nach zu urteilen bedeutet das, dass ihn wieder sein Rheuma plagt. Aber das macht nichts. Er kann auf seine Enkel aufpassen, dann brauchst du das nicht mehr zu tun und kannst endlich einmal richtig anpacken.«

Chiara zog eine Grimasse. »Ich kann es kaum erwarten.«

Jetzt fand Elisa immerhin ein Lächeln. Spontan beugte sie sich vor und umfasste Chiaras Hände. Die erwiderte den Druck und schlug die Augen nieder. »Schon gut. Das ist eine gute Nachricht. War nicht so gemeint.«

Sie hatte sich wirklich verändert.

FÜNFTER TEIL

1916

28. KAPITEL

Mitte April 1916 – Vila Kastlunger, Val Badia

Elisa, mein kleines Mädchen.«

Elisa erstarrte, als sie den unheilvollen Klang in Vaters Stimme hörte. Sie lief in den Flur, wo Kastlunger an der offenen Haustür stand, als fehlte ihm sogar die Kraft, sie zu schließen. Er hielt einen Brief in der Hand. Elisa erkannte das kaiserliche Wappen, das sie inzwischen hasste. Briefe mit diesen Insignien brachten immer und grundsätzlich schlechte Nachrichten.

»Mischi«, sagte er. Mehr nicht.

Elisa klappte den Mund auf, brachte jedoch kein Wort hervor.

Ihr Vater lächelte schwach. »Er lebt. Heimatschuss. Aber es sieht nicht gut aus. Ich kann ihn ab heute Nachmittag im Spital in Bruneck abholen. Ich spanne gleich an und fahre los. Wenn möglich, bleibe ich bei Teresa, sonst fahre ich in der Nacht zurück.«

»Oh, Tata!« Elisa fiel ihm um den Hals, und er tätschelte ihr unbeholfen den Rücken. Sie war erleichtert, nachdem er ihr solch einen Schrecken eingejagt hatte. Was immer Mischi an Verletzungen hatte, würden sie schon wieder hinbekommen.

Wie sehr sie sich irrte, wusste sie in dem Moment, als ihr Vater am nächsten Mittag zurückkehrte und vom Wagen absprang, um die beiden Haflinger den Hang hinaufzuführen, den der schmelzende Schnee in eine Matschbahn verwandelt hatte. Mischi lag in Decken gewickelt auf der Ladefläche des Wagens, das Gesicht grau und leblos, die Augen geschlossen.

Pichler und Giovanni eilten herbei, Vitos Bruder übernahm die Pferde, während der Knecht Kastlunger half, seinen Sohn in sein Zimmer zu tragen. Elisa sammelte die Decken vom Wagen und folgte ihnen.

Die beiden Männer legten ihren wie leblos erscheinenden Bruder aufs Bett. Als sein Vater ihm einen Klaps auf die Schulter geben wollte, drehte Mischi sich abrupt zur Seite.

Elisa wollte zu ihm, doch plötzlich stand ihre Mutter hinter ihr. »Lass ihn erst einmal in Ruhe. Die Kühe warten.«

»Aber …«

»Keine Widerrede.«

Elisa gehorchte. Am Abend erst erlaubte ihre Mutter, dass sie Mischi begrüßte, aber er beachtete sie kaum. Er hatte starke Schmerzen und weigerte sich, mit ihr zu sprechen oder sie auch nur anzusehen. Frustriert verließ sie das Zimmer.

Dann erfuhr sie, was mit ihm geschehen war. Eine Granate hatte unmittelbar neben ihm eingeschlagen. Er habe noch Glück gehabt, dass er mit dem Leben davongekommen sei, sagte ihr Vater. Doch er war gelähmt und würde es bleiben. Seine Wirbelsäule war verletzt. Er würde nie wieder laufen, rennen, Schi fahren und auf seine geliebten Berge klettern können.

Mehrmals schlich Elisa in Mischis Zimmer und sprach ihn an, ohne zu ihm durchzudringen. Er schaute sie nicht einmal an, sondern drehte sich zur Wand oder schloss die Augen. Kaum bekam ihre Mutter das mit, gab sie Elisa eine Aufgabe nach der anderen, ließ sie schuften, bis sie abends todmüde ins Bett fiel.

Vier Tage nach Mischis Ankunft war sie vollkommen ausgebrannt. Aber sie erkannte den Sinn dieser Rosskur: Sie hatte nicht einen Moment lang nachgedacht. Mischi hatte Gelegenheit gehabt, aus dem Schlachtfeld zurück und nach Hause zu kommen. Aber jetzt war es an der Zeit, dass ihr Bruder zu *ihr* zurückkehrte.

Leise betrat Elisa das Zimmer und schloss die Tür hinter sich. Die Vorhänge waren zugezogen, doch das Sonnenlicht fand seinen Weg durch die Ritzen und tauchte den Raum in ein dämmriges Halbdunkel. Mischi schlief oder tat zumindest so. Er hatte das Gesicht zur Wand gedreht, halb auf der Seite liegend, halb sitzend gegen die Kissen gelehnt.

Der Anblick seiner hervorstehenden Wangenknochen und Augenhöhlen brach Elisa fast aufs Neue das Herz. Wenn das so weiterging, würde der Krieg bald ein Ende haben. Wer noch nicht erschossen oder im Winter erfroren war, würde verhungern. In diesem Jahr würde es weitere Ernteausfälle geben, da die Männer für die Feldarbeit fehlten.

Elisa setzte sich auf die Bettkante und betrachtete ihren Bruder. »Wenigstens du bist mir geblieben.«

Sie erschrak, als sein Kopf herumruckte. Ihr war gar nicht bewusst gewesen, dass sie es laut ausgesprochen hatte.

Mischi sah sie aus dunklen Augen an. Er war seit Tagen nicht rasiert und sein Haar viel zu lang gewachsen. Es interessierte ihn nicht.

Sie wollte nach seiner Hand greifen, die auf der Bettdecke lag, doch er entzog sich ihr und drehte den Kopf wieder zur Wand. »Ich wollte, es wäre anders.«

Elisa schluckte mühsam die Tränen hinunter, die plötzlich aufsteigen wollten. »Du lebst. Der Zeitpunkt, an dem du vor den Schöpfer trittst, ist noch nicht gekommen.«

Mischi schwieg.

Elisa ballte stumm die Hände zu Fäusten. Dann sprang sie auf und riss die Vorhänge auf.

»Mach das wieder zu!«

»Ich werde nicht mit ansehen, wie du dein Leben wegwirfst. Hör auf, dich selbst zu bemitleiden!«

Mischi brummte wütend. Als sie auf ihn zukam, presste er die Augenlider aufeinander, nur um sie nicht anzusehen. »Bitte. Ich kann die Sonne nicht ertragen.«

Sie stand am Bett und schaute fassungslos auf ihn hinab. Wie konnte er sich nur so gehenlassen! Das war nicht mehr der Bruder, den sie kannte, der ihr Begleiter und Beschützer seit Kindertagen gewesen war.

»Ich …« Er drückte hilflos den Kopf ins Kissen. »Ich kann es nicht selbst, weißt du?«

Elisa stürzte beschämt ans Fenster und zog den Vorhang wieder zu. Sie hatte es vergessen. Sie hatte es wirklich vergessen. Sie ging immer noch davon aus, dass Mischi gesunden und seinen alten Platz auf dem Hof einnehmen würde. Sie hatte vergessen, dass nichts wieder so sein würde wie vor diesem elenden Krieg.

Sie setzte sich, griff ein zweites Mal nach seiner Hand und erlaubte ihm nicht, sich zu entwinden. Seine Haut war verschwitzt und heiß. Nach einer Weile erwiderte er den Druck.

Völlig unerwartet begann er mit zitternder Stimme zu sprechen. »Es ist meine Strafe. Ich werde nicht sterben, sondern langsam und elendig zugrunde gehen. Ich habe die Ostfront für die Hölle auf Erden gehalten. Ich habe mich geirrt, das hier ist schlimmer. Ich habe es nicht anders verdient.«

Elisa schüttelte den Kopf und drückte seine Hand fester. »So etwas darfst du nicht sagen. Im Krieg ist es deine Pflicht zu gehorchen.«

»Ist es?« Ruckartig drehte er sich zu ihr, und sein Blick bohrte sich ihr geradezu ins Herz. Seine dunklen Augen waren voller Schmerz. Und Schuld. Er bereute zutiefst, was er getan hatte, aber keine Beichte konnte ihn davon erlösen. Elisa hatte es bereits seit seiner Rückkehr von der Ostfront geahnt. Sie hatte seine düstere Stimmung auf seine Erfahrungen auf dem Schlachtfeld geschoben. Die Schuld, die er auf sich geladen zu haben glaubte, hatte er damals erfolgreich verdrängt, aber da war er auch unverletzt gewesen – körperlich zumindest.

»Erzähl mir davon«, flüsterte Elisa. Sie wollte es nicht hören, wollte ihre Brüder unschuldig und fröhlich in Erinnerung behalten. Doch sie hatte von Greueltaten gehört. Und alle drei waren in genau diesen Krieg des Kaisers gezogen. Keiner von ihnen würde als einzig Unschuldiger danebengestanden haben. Sie waren einfache, gute Menschen, die sie über alles liebte, aber sie waren keine Helden, und sie waren fehlbar.

»Wir sind nicht besser, Elisa. Wir sind alle gleich, auf beiden Seiten. Es ist dieser Krieg und was er aus uns macht.« Er schluckte und sprach wieder zur Wand.

»Wir waren weit hinter der Front. Ich kann dir nicht genau sagen, wo, es sah immer gleich aus. Flache Äcker, ein paar Bäume, manchmal ein Dorf, nirgendwo ein Hügel, geschweige denn ein Berg, an dem man sich orientieren konnte. Weißt du was, Elisa?« Er drückte ihre Hand. »Die Berge habe ich in den ersten Tagen am schmerzlichsten vermisst. Es klingt verrückt, aber wenn ich diese weite Gegend vor mir hatte, dann kam es mir wirklich so vor, als ob man am Ende des Horizonts von der Erde fallen könnte. Die Berge haben mich immer beschützt.«

Elisa nickte traurig. Mischi würde diese Berge niemals aus eigener Kraft mehr besteigen können, um dort oben dem Himmel nahe zu sein.

»Wir haben tagelang Tote verscharrt. Ununterbrochen, so viel es ging. Die Offiziere scherten sich nicht darum, wenn ein paar von uns die Leichen plünderten. Niemand hatte einen Überblick. Ich habe einfach gegraben und war froh, dass es ruhig war. Kein Maschinengewehrgeknatter, keine gebrüllten Befehle, keine qualvollen Todesschreie. Du kannst dir nicht vorstellen, wie sich so eine Stille anhört.«

Wieder sein schmerzerfüllter Blick. Tapfer entgegnete Elisa ihm, versuchte ihm damit Kraft zu geben.

»Nach ein paar Tagen kamen wir in ein Dorf. Nur ein paar alte Männer und kleine Jungen lungerten herum und vielleicht ein Dutzend Frauen. Bauern. Wie wir.«

Elisa spürte, wie Mischis Hand sich in der ihren verkrampfte. Sein ganzer Körper sank in sich zusammen, als wollte er sich wie ein Kind unter die Bettdecke flüchten. Sie legte die andere Hand auf seine Schulter, doch er bemerkte es nicht oder ignorierte sie.

»Wir haben die Männer alle aufgeknüpft. Sieben Menschen, drei an einem Baum in der Mitte des Dorfes, die übrigen an einem Querbalken in einer Scheune. Weil Erschießen noch zu gut für sie wäre, hat der Offizier gesagt. Sie sollten hängen, wie gewöhnliche Strauchdiebe.«

»Aber warum?«, fragte Elisa fassungslos. Ihr Herz pochte schmerzhaft in ihrer Brust, während sie sich vorstellte, mit anzusehen, wie fremde Soldaten den alten Pacher oder Willeit aufhängten. Wie es wäre, wenn der Strick sich immer enger um den Hals schloss, die harten Fasern sich in die Haut bohrten und man hilflos in der Luft zappelte. Sie räusperte sich und widerstand nur mühsam dem Drang, ihren Kragen zu lockern.

Mischi lachte bösartig. »Es ist Krieg. Wer braucht schon einen Grund, um einem Feind etwas anzutun, Elisa? Das waren Feinde. *Die anderen.* Natürlich gibt es Regeln. Kriegsgefangene müssen gut behandelt werden. Weißt du, was die Russen getan haben mit den Kriegsgefangenen, als in einem Lager Typhus ausgebrochen ist? Einfach zugesehen und gewartet, bis die Männer in den Baracken in ihrer Scheiße verreckt sind. Warum sie das getan haben? Weil sie sich nicht anstecken wollten? Weil sie den Kranken ohnehin nicht helfen konnten? Oder weil es ihnen schlicht und einfach egal war? Was spielt das für eine Rolle? Sie haben die Männer zu Tausenden sterben lassen, und du fragst, warum wir fünf alte Bauern und zwei Halbwüchsige aufhängen?«

Mischi sprach lauter und schneller, schleuderte ihr die schrecklichen Worte entgegen, dass Elisa kaum Zeit blieb zu begreifen, was er da sagte. Und sie ahnte, dass ihr das Schlimmste erst bevorstand.

»Danach«, fuhr er unbarmherzig fort, »haben wir die Mädchen und Frauen in der Scheune zusammengetrieben. Die Männer über ihnen wanden sich noch, mussten in den letzten Sekunden mit ansehen, was ihren Schwestern oder Töchtern angetan wurde. Wir haben sie zu zweit festgehalten. Während die anderen sie bestiegen haben. Erst die beiden Offiziere. Wie Hunde.«

Mischi versagte die Stimme. Er ließ Elisas Hand los und krümmte sich zusammen, wollte sich einrollen, doch sein Körper gehorchte ihm nicht, und so lag er wie eine Marionette, der man die Fäden abgeschnitten hatte.

Elisa legte die Hand auf seine Hüfte. Sie spürte sein Zittern unter der Bettdecke.

»Ich hielt ein Mädchen«, flüsterte er, »das höchstens so alt war wie du. Die ganze Zeit hat sie sich in meine Arme gekrallt und mich angefleht, sie sollten aufhören. Ich habe ihre Sprache nicht verstanden, aber die Botschaft war unmissverständlich. Die ganze Zeit habe ich dein Gesicht vor mir gesehen.«

Elisa spürte, dass ihr Tränen über die Wangen rollten. Immer wieder schüttelte sie den Kopf, zu fassungslos, ein Wort hervorzubringen. Sie begriff, was ihr Bruder ihr sagen wollte, dass der Wahnsinn weder Freund noch Feind kannte, sondern alle gleichermaßen befiel. Er hatte danebengestanden, ohne einzugreifen.

»Am Abend haben sie Matthias und noch einen erschossen. Matthias Pescoll, Helenes Bruder. Ich habe mich nie gut mit ihm verstanden, trotzdem war ich froh, dass er bei mir war. Er war der Einzige, den ich näher kannte. Sie haben behauptet, er hätte fliehen wollen, aber das stimmt nicht. Wo hätte er denn hinrennen sollen in diesem galizischen Nirgendwo? Nein. Er hatte sich mit dem anderen aus der Scheune verdrückt, bevor er an der Reihe war, das war der Grund. Sie wollten ein Exempel statuieren, was uns blüht, wenn wir davon erzählen, wenn wir nicht parieren. Deshalb haben sie ihn erschossen.« Mischi wusste also, dass er nichts für die Bauern dieses unbekannten Dorfes hatte tun können. Trotzdem machte er sich Vorwürfe.

»Wenn du tot bist, nutzt es dir auch nichts, dass du deine Ehre gerettet hast. Dem Mädchen hätte es auch nicht geholfen«, murmelte Elisa mehr zu sich.

Ihr Bruder lachte wieder auf, bitter und gehässig. »Bist du dir da wirklich sicher? Ich habe es ja nicht einmal versucht!«

Sie wischte sich mit der flachen Hand die Tränen von der Wange, unfähig, eine vernünftige Antwort zu geben.

»Gottes Strafe«, sagte Mischi tonlos. »Ich werde elendig daran verrecken.«

29. KAPITEL

30. April 1916 – Cortina d'Ampezzo

Vito verlor jedes Zeitgefühl. Es wurde noch kälter, die Tage kürzer und irgendwann wieder länger, aber das war auch das Einzige, was sich änderte. Fast täglich wurde er zu einem Verhör angeblicher österreichischer Spione geholt, um zu übersetzen. Den Rest der Zeit verbrachte er im Verschlag, versuchte sich warm zu halten und vermisste das Tageslicht.

Nach und nach begriff er, dass alles, was auf dem Hof vor sich ging, nicht ganz den offiziellen Maßgaben entsprach. Hier waren keine Kriegsgefangenen untergebracht, sondern Soldaten, die sich kriminell oder ungehorsam verhalten hatten, angebliche Deserteure, die häufig umgehend exekutiert wurden. Dazu internierte Bewohner Cortinas, die aus verschiedenen, oft fadenscheinigen Gründen ins Visier der Italiener geraten waren. Manche wurden nach ein paar Tagen freigelassen, die meisten jedoch weiter nach Süditalien verfrachtet. Was dort mit ihnen passierte, wagte Vito sich nicht vorzustellen.

Tenente Cutrì hatte nicht bloß den Oberbefehl, nein, er herrschte. Die Verhöre waren ein aufgesetztes albernes Spektakel, das den meisten beteiligten Soldaten zuwider war. Mit der Zeit begriff Vito, dass die peinlichen Befragungen einzig dem Ziel dienten, den Tenente zu unterhalten und ihn als eine Art Inquisitor zu inszenieren. Die Fragen folgten keiner Logik, und die Antworten schienen erst recht egal zu sein, da es nicht darum ging, ernsthafte Informationen zu erhalten. Vito wurde Teil dieses perfiden Spiels. Er spielte mit. Auch nachdem seine Nase längst verheilt war und nur der versprochene Knick und die Narbe zurückgeblieben waren, blieb er vorsichtig und wagte nicht, sich Cutrì oder seinem Trucidatore in den Weg zu stellen. Immer wieder erhielt er Schläge, wenn er angeblich etwas falsch gemacht hatte, doch er erkannte kein Muster, nur Willkür. Er hoffte einzig, dass man ihm keine weiteren Knochen brach, alles andere ließ sich irgendwie ertragen. Manchmal stellte der Tenente Vito einen guten Posten oder Geld in Aussicht, falls er überlief. Vito lehnte jedes Mal ab. Er verdrängte jeden Gedanken daran, ob er die Seiten wechseln wollte, und dass Cutrì Wort hielt, war ohnehin unwahrscheinlich.

Dagegen hätte er Flavio Costa vertrauen können. So grausam der Tenente sein mochte, stand ihm nicht der Sinn nach komplizierten Ränkespielen. Wenn er Vito tot sehen wollte, hätte er das früher oder später – und zweifelsohne qualvoll – erledigt und ihm kaum einen einfachen Wachsoldaten auf den Hals gehetzt, damit dieser ihm Gründe dafür lieferte. Mit dem entsprechenden Abstand erkannte Vito, dass er paranoid gewesen war. Diese Erkenntnis kam zu spät, Flavio Costa war vermutlich irgendwo an die Front beordert worden. Vito weigerte sich, etwas anderes anzunehmen.

Eines Nachts erwachte er, ohne dass er sagen konnte, warum. Wie so häufig waren gedämpfte Stimmen hinter der Tür zu hören, doch normalerweise hielt ihn das nicht von seinem unruhigen Schlaf ab. Lautlos erhob er sich und legte ein Ohr ans Holz, um zu lauschen. Es war nur die Wachablösung. Zwei oder drei Männer lachten einmal kurz auf, dann entfernten sich Stimmen, und es wurde still.

Vito legte sich auf den Strohsack und schloss die Augen. Dann vernahm er plötzlich eine Melodie, die jemand leise vor sich hin pfiff. Sie schien direkt aus der Vergangenheit zu ihm herüberzuwehen. Zuerst erkannte er sie nicht, dabei war sie ihm bis ins Herz vertraut.

Das musste ein Traum sein … Er war wieder ein Kind, gerade erst dabei, die Welt zu entdecken.

Plötzlich schossen ihm Tränen in die Augen. Mit zitternden Lippen formte er die Worte der vertrauten Weise.

»Fate la nanna coscine di pollo,
la vostra mamma vi ha fatto il gonnello
e ve l'ha fatto con lo smerlo intorno
fate la nanna coscine di pollo.«

Schlaft schön, Hühnerschenkelchen,
Eure Mamma hat euch ein Röckchen gemacht
Und sie hat es mit einem Spitzensaum gemacht
Schlaft schön, Hühnerschenkelchen.

Dabei hörte er im Geiste die Stimme seiner Mutter, die für Chiara sang, während er als kleiner Junge heimlich hinter der Tür lauschte, statt im Bett zu sein. Später sangen sie alle drei gemeinsam für Nino.

Vito ballte die Fäuste. Er spürte den kratzigen Stoff seiner Uniformjacke, und mit einem Mal stürmte seine elende Umgebung auf ihn ein. Er sprang auf, rannte zur Tür und ballerte mit beiden Fäusten dagegen. »Aufhören!«

Das melodische Pfeifen brach ab. Stille folgte. Vito wandte sich von der Tür ab und ging zurück zu seinem Schlafplatz. Dann hörte er, wie die Verriegelung geöffnet wurde. Eine Lampe wurde in den Türspalt gehalten. »Wer ist da?«

Vito wandte sich der Stimme zu. Er wurde wütend, war nicht in der Verfassung, die üblichen Sprüche über sich ergehen zu lassen. »Wer soll hier sein? Der Soldat, den ihr hier vor Monaten eingelocht habt!«

Die Tür öffnete sich ein wenig mehr. Vito konnte immer noch nichts erkennen, weil die Lampe ihn blendete.

»Du bist aus Florenz?«

Vito starrte auf den Schatten an der Tür. Hatte er gerade richtig gehört? Der Wachsoldat senkte die Lampe und schob die Tür weiter auf. Dann stutzte er, als er Vitos Uniform erkannte, und zog drohend die dichten Augenbrauen über der Hakennase zusammen.

Vito hob abwehrend die Hände. »Bitte, ich habe nichts gesagt. Ich … wollte nur schlafen. Entschuldige.«

»Florenz«, wiederholte sein Gegenüber sicherer. »Warum haben sie dir eine österreichische Uniform angezogen?«

»Warum was? Nein … Das ist …«

Der Wachsoldat stellte die Lampe etwa einen Meter vor sich in den Raum und lehnte sich gegen den Türrahmen.

Vito starrte auf das Licht, das ihm so ungewöhnlich wie kostbar geworden war, sobald die Sonne die Fensteröffnung nicht mehr erreichen konnte. Seine Gedanken rasten. Sein Aufpasser war nur wenig älter und seiner Haltung nach unerfahren, die Uniform noch neu und ohne sichtbare Spuren eines Kampfes.

Er könnte dem Mann die Petroleumlampe mit einem gezielten Tritt vor den Leib stoßen. Mit etwas Glück zersprang das Glas, und vielleicht würde der Stoff sogar Feuer fangen. Auf jeden Fall wäre sein Gegner abgelenkt, und er könnte fliehen.

Wie weit würde er kommen, bis der Mann Alarm schlug und sie auf ihn anlegten?

Der Wachsoldat verschränkte die Arme und verzog das glattrasierte Gesicht zu einem leichten Grinsen. »Ich glaube nicht, dass du weit kommst. Vielleicht aus diesem Rattenloch und ein Stück die Straße entlang. Die Signori feiern den ersten Mai, in den Straßen wimmelt es von ihnen.«

Der Maitanz. Bei Gott, war wirklich schon so viel Zeit vergangen? Dann wurden Vito die Worte bewusst – nicht *was* der Italiener gesagt hatte, sondern *wie*. Seine Aussprache klang ganz selbstverständlich und vertraut. Er starrte ihn an. Einen wilden Moment lang glaubte er, Benito stünde vor ihm, sogar die Stimmlage war dieselbe. »Du bist nicht aus dem Süden, wie die meisten hier.«

»Und du? Ich habe recht, oder? Du bist Italiener.«

Vito nickte wie von selbst. »Meine Mutter stammt aus der Gegend um Lucca. Mein Großvater hat ein Weingut ungefähr zwanzig Kilometer südlich, bei Caccialupi.«

»Weingut?« Der Wachsoldat schnalzte mit der Zunge. »Madonna mia! Guter Wein?«

»Natürlich.«

»Und Oliven?«

»Gute Oliven.« Bei der Erinnerung lief ihm das Wasser im Mund zusammen. Die Wände seiner Zelle verschwanden, und er stand unter den knorrigen Bäumen mit den graugrünen Blättern etwas oberhalb des Weges. Vor ihm erstreckten sich die welligen Hügel mit den Weinstöcken, wo Nonno den Arbeitern gerade Anweisungen zum Schnitt der Reben gab. Die Sonne stand hoch am wolkenlosen Himmel und kitzelte mit ihrer Wärme über Nacken und Arme. Dazu brummte die Luft voller kleiner Insekten und Käfer, und von irgendwoher klang das Gezeter einer Frau.

Er fühlte den sandigen Boden zwischen seinen nackten Zehen und wusste, seine Mutter würde schimpfen, weil seine gesamte Kleidung staubig war. Wenn das passierte, würde Nonno ihm aufmunternd zuzwinkern und sich eilig davonmachen. Nicht einmal er wagte es, sich mit seiner Tochter anzulegen, wenn sie in Rage kam.

Vito blickte auf. Sein Gegenüber war wie er in Gedanken versunken, seine Haltung entspannt, sein Blick auf eine ferne Erinnerung gerichtet.

Er straffte die Schultern, ging auf den Wachsoldaten zu und lehnte sich gegen die Wand. Er roch Kalk und den Moder, der im feuchten Putz hing. Das war jetzt sein Zuhause.

»Und du?«

»Siena. Meine Familie lebt ein paar Kilometer nördlich der Stadt. Mein Vater ist ein einfacher Arbeiter.«

Vito zuckte instinktiv zurück, als sein Gegenüber plötzlich die Hand ausstreckte, doch im Licht der Petroleumlampe blitzte keine Waffe auf. Nachdem er sich gefasst hatte, trat er vor, ergriff die Hand und schüttelte sie unbeholfen.

»Ich heiße Ezio.«

»Vito.«

»Dann also Vito. Was machst du in dieser Uniform? Du bist einer von uns.«

Vito schüttelte den Kopf, wobei ihm die Worte schwerfielen. Ezio war ihm vertraut, als wäre er ihm gestern erst in der Toskana begegnet, ein Nachbar, ein Schulkamerad, ein Freund.

»Ich lebe seit vier Jahren in Val Badia. Mein Vater stammt von dort, meine Familie ist dort zu Hause.« Seine Stimme vibrierte von all den Worten, die er nicht über die Lippen brachte. Der Verrat seiner Onkel, das Heimweh seiner Mutter und Schwester, die Sehnsucht nach den lauen Nächten und dem Anblick des Meeres.

Hier stand einer, der vielleicht verstand, was er empfand. »Warst du in letzter Zeit am Meer?«, fragte er leise.

Ezio sah ihn verblüfft an. »Wir sind über Livorno angereist«, meinte er. »Da habe ich es zum ersten Mal gesehen.«

Mehr sagte er nicht, doch seine Augen glänzten im matten Schein der Lampe.

Vito nickte.

Beide standen einander einen stillen Moment lang gegenüber. Dann nahm Ezio die Lampe auf und klopfte Vito mit der anderen Hand auf die Schulter. »Wir sind beide Gefangene, weißt du? Was nutzt es mir, wenn ich hier draußen stehe und doch nicht nach Hause kann? Ich schlafe mit zwanzig anderen in einer zugigen Baracke. So schlecht hast du es gar nicht.«

Mit diesen Worten schloss er die Tür und verriegelte sie.

Vito nickte noch einmal nachdenklich und drückte sich von der Wand ab. Er kauerte sich auf sein Lager und versuchte die Kälte zu ignorieren. Die Erinnerungen an den toskanischen Sommer wärmten ihn nicht.

Ezio begann wieder zu pfeifen.

»Fate la nanna begli occhi di sole.«

Schlaft, schöne Sonnenaugen. Elisas Augen. Mit der Melodie des alten Wiegenliedes sank Vito in den Schlaf.

»Ciao Vito, komm raus! Cutrì ist höchstpersönlich auf Patrouille. Vermutlich ist ihm bei diesem Wetter langweilig geworden.« Ezio grinste breit und machte eine übertriebene Verbeugung in Richtung Gang. Vito stoppte seine ruhelose Wanderung im Kreis und begriff nicht, was der Wachsoldat von ihm erwartete.

Ezio winkte ungeduldig. »Jetzt mach schon!«

Vito gehorchte und folgte ihm ins Freie. Die Mittagshitze im Innenhof traf ihn wie ein Schlag. Seine Zelle hatte im Winter die Kälte abgehalten, ebenso hielt sie nun aber auch die Hitze fern. Dankbar schloss Vito die Augen und reckte das Gesicht in die Sonne.

»Komm hier herüber.« Ezio packte ihn nicht gerade sanft am Ärmel und zog ihn hinter eine Mauer in einen abgeteilten Bereich, der einmal ein Gemüsegarten gewesen war. Jetzt lagen die Beete brach, Unkraut wucherte an Rankhilfen empor, und in einem Kübel stand ein toter Rosmarinstrauch, der wohl im letzten Winter erfroren war. Ezio setzte sich auf einen steinernen Mauervorsprung in die Sonne und deutete mit dem Kinn neben sich. »Setz dich. Zigarette?«

»Danke. Ich rauche nicht.« Vito setzte sich neben ihn und öffnete den Kragen seines Uniformrocks, soweit es ging.

»Solltest du aber. Vertreibt den Hunger. Und die Gerüche.«

»Ich rieche kaum noch etwas.«

Ezio nickte und zündete sich eine Zigarette an. »Davon habe ich gehört. Du hast dich gleich zweimal mit Cutrì angelegt, und du lebst noch. Ich glaube, er mag dich.«

»Kann sein.« Vito schnaubte abfällig. »Ich bin eher ein Spielzeug für ihn, ein nützliches Haustier. Ich halte den Kopf unten.«

Sie schwiegen, wobei Vito sich fragte, warum der Wachsoldat ihn aus seinem Verschlag geholt hatte. Er wagte es nicht zu fragen, weil es dann vielleicht schnell vorbei wäre. Friedlich hier zu sitzen und die Wärme und die Sonne zu spüren war ein kostbares Geschenk.

»Bei meiner Einberufung«, sagte Ezio nach einer Weile, »haben sie mir gesagt, dass ich die ehrenvolle Aufgabe hätte, die Menschen im Norden aus der Unterdrückung zu befreien und nach Italien heimzuholen. Als wir hier ankamen, haben uns Kinder mit Steinen beworfen, und die Signorinas haben sich mit finsteren Gesichtern abgewandt. Eine hat sogar ausgespuckt.«

Vito blinzelte ihn an. Ezio schien eher verwundert als empört über das Verhalten der Ampezzaner zu sein. Erwartete er von ihm eine Erklärung? Er entschied, zunächst zu schweigen, denn die Monate unter Cutrìs Knute hatten ihn gelehrt, vorsichtig zu sein.

»Letzte Woche«, erzählte Ezio weiter, »zum Jahrestag der Befreiung sollte Bürgermeister Demai im Namen des Königs ein Fest ausrichten. Er schrieb in die Einladungen *Besetzung* statt *Befreiung*. Hinterher hat er behauptet, sein Italienisch wäre nicht gut genug, er hätte sich einfach vertan.« Er rauchte ein paar Züge und schaute Vito dann auffordernd an. »Erklär mir das. Ich verstehe es nicht.«

»Die Ampezzaner wollen keine Italiener sein. Sie sprechen zwar häufig Italienisch, aber sie sind absolut kaisertreu«, erwiderte Vito nach einer Weile. Das sollte eigentlich kein Geheimnis sein. Er hatte Cortineser Standschützen in den Bergen getroffen, die sich vor dem Einmarsch der Italiener in Sicherheit gebracht hatten und auf Seiten der Österreicher kämpften – selbstverständlich und sogar, nachdem Cortina und ein paar andere Dörfer sofort nach der Kriegserklärung Italiens wegen ihrer strategisch ungünstigen Lage aufgegeben worden waren.

»Aber warum? Ich dachte, dass du mir das erklären kannst. Du siehst aus wie ein Italiener, du hast die Toskana in jeder Haarspitze, aber du behältst stur diese österreichische Uniform an. Du könntest es viel einfacher haben, wenn du dich zum Erbe deiner Mutter bekennst.«

»Cutrìs Versprechungen traue ich nicht«, antwortete Vito ausweichend. Ezio weckte diese alte Unsicherheit, die er längst hinter sich gelassen hatte. Oder zumindest hatte er sich das in den letzten Monaten erfolgreich eingeredet.

»Vergiss Cutrì! Es muss doch einen Grund geben, warum diese Cortineser so ablehnend sind und jemand wie du freiwillig diese *montes horribiles* den Weinhügeln der Toskana vorzieht.«

Vito lachte gutmütig. »Die *schrecklichen Berge,* so nennt ihr sie, nicht wahr? Nein, das war nicht freiwillig, aber das hatte nichts mit dem Krieg zu tun. Jetzt lebt meine Familie hier, alle Menschen, die mir etwas bedeuten. Die Berge haben ihre schönen Seiten. Wenn man sie besteigt, ohne Angst zu haben, dass man abgeschossen wird oder in eine MG-Stellung läuft, ist das ein ganz anderes Erlebnis.«

»Wirklich?« Zweifelnd blickte Ezio auf die fernen Gipfel, die sich am Horizont hinter der Hofmauer erhoben.

»Ja.« Vito wollte nicht rührselig klingen oder darüber sprechen, wer ihm außer seiner Familie noch wichtig war. Er war nahe dran, die Kontrolle über seine Gefühle zu verlieren, nur weil Ezio in diesen vertrauten toskanischen Dialekt verfiel, mit dem er aufgewachsen war. Am liebsten hätte er sich dem Wachsoldaten aus Siena anvertraut, seine Sorgen und Zweifel geteilt. Aber das wäre dumm, wenn nicht sogar gefährlich. Vielleicht war Ezio nur neugierig, versuchte zu verstehen, daran war nichts Schlechtes, aber mit Sicherheit wusste Vito es nicht.

Eine Weile saßen sie schweigend. Ezio zog einen Tabakbrief aus der Tasche und drehte sich eine neue Zigarette.

»Ich bringe dich gleich zurück in deine Zelle. Hast du noch einen Wunsch?«

Sollte das heißen, *einen letzten Wunsch?* Stand seine Exekution bevor? Vito hielt die Luft an. Ihm blieben die Worte im Hals stecken.

Ezio bemerkte seine entsetzte Miene und lachte verdutzt auf. »Was ist jetzt los? Hast du vollkommen verlernt, dass es Menschen gibt, die einfach freundlich zueinander sind?«

Vito stieß die Luft aus und lachte verlegen. Er war doch paranoider, als er sich eingestand. »Vielleicht gibt es da etwas. Dürfte ich einen Brief schreiben? An meine Mutter.«

Ezio nickte. »Dir Stift und Papier zu besorgen wäre kein Problem. Den Brief hinauszuschmuggeln wird allerdings heikel.«

»Ich gebe dir meinen Mantel dafür.«

»Was soll ich mit einem Mantel? Es wird Sommer.«

»Du wirst ihn viel früher benötigen, als du glaubst.«

»Meinetwegen. Aber ich werde ihn lesen. Ich will sicher sein, dass ich mich nicht unwissentlich an Verrat beteilige.«

»Das ist mir klar, damit bin ich einverstanden. Er wird sicherlich ohnehin zensiert.«

»Ich könnte ihn einfach an der Poststelle für die Kriegsgefangenen liegenlassen. Da gehen Briefe raus«, grübelte Ezio. Er schien bereits darüber nachzudenken, wie er den Mantel gewinnbringend loswurde, aber das war Vito gleichgültig. Endlich seit langer Zeit ein Lichtblick. Er konnte ein Lebenszeichen von sich geben.

»Noch etwas«, sagte Vito, nachdem der Wachsoldat ihn zurück in seinen Verschlag gebracht hatte, der ihm nach der warmen Sonne umso düsterer erschien.

»Ja?«

»Kennst du einen Flavio Costa?«

»Nein, ist das ein Verwandter von dir?«

So hatte Ezio sich also nach Vito erkundigt. Er selbst hatte seinen Nachnamen nicht preisgegeben.

»Nein. Einer von deinen Leuten. Er war Wachsoldat hier, als ich angekommen bin, im letzten November. Ein Fischer aus Salerno. Ich bin ihm wohl eine Erklärung schuldig geblieben.«

»Weißt du, welche Einheit?«

»Nein. Euer Regimentsarzt könnte es wissen.«

»Unser Regimentsarzt? Einzahl?« Ezio lachte belustigt. »Du hast keine Ahnung, wie groß das medizinische Korps ist. Ohne Namen komme ich da nicht weiter, aber ich werde Augen und Ohren offen halten.« Er wurde ernst und winkte zum Abschied. »Mach's gut, fratéd.«

Fratéd – Bruder.

So hatte ihn niemand mehr genannt, seit er sich damals im Schatten des Kirchturms von Benito verabschiedet hatte.

Vito lächelte dankbar. Wann hatte er das letzte Mal gelächelt, bevor Ezio in sein Leben getreten war?

30. KAPITEL

Mitte Juli 1916 – Vila Kastlunger, Val Badia

Ratlos drehte Elisa die Schellackplatte in den Händen, betrachtete sie von allen Seiten. »Auszüge aus *I domeneo*« stand auf dem Etikett. Wieder zog sie den Brief von Hauptmann Berger, der dem Päckchen beigefügt war, heran und las den letzten Abschnitt. *»... möchte ich Ihr Herz mit der schönen Musik Mozarts erfreuen. Noch einmal herzlichsten Dank! Verbindlichst, Berger.«*

Das nur, weil sie erwähnt hatte, dass sie Musik mochte und für ihr Leben gern einmal eine Oper besuchen würde. Das war sicherlich nett gemeint und inzwischen das dritte Geschenk des Hauptmanns. Langsam beschlich Elisa das ungute Gefühl, dass er ihr den Hof machte. Auf eine zurückhaltende, noch nicht sehr offensichtliche Art, aber dennoch.

Seufzend verstaute sie die glänzende Scheibe in ihre Hülle. Was sollte sie mit so einer Platte? Kaffee oder Schokolade wären ihr lieber gewesen. Außerdem, war das jetzt Bergers übliche weltfremde Sicht in Bezug auf das Leben kleiner Leute hier im Tal, weil er sich nicht erkundigt hatte, ob sie überhaupt ein Grammophon besaß? Oder gehörte so ein Gerät im Rest der Welt inzwischen in jeden Haushalt? Anton hatte immer eines haben wollen, doch ihr Vater war strikt gegen solchen neumodischen Unsinn.

Elisa brachte das Päckchen in ihr Zimmer. Neugierig war sie natürlich schon, wie sich so ein Stück aus einer Oper anhörte. Vielleicht sollte sie Willeit fragen, wenn er selbst kein Grammophon besaß, wusste er vielleicht, bei wem sie eins leihen konnte.

Kindergeschrei brachte sie von weiteren Gedanken ab. Sie lief die Treppe hinunter, und lange bevor sie unten angelangt war, hörte sie Protestgeheul, das Schimpfen einer Frau, gefolgt von einem Klatschen und Stille. Elisa zählte leise. Bei *vier* ging das Geheule wieder los. Dann war es Rosa, die ihren Willen nicht durchsetzen konnte. Ihr kleiner Bruder Emilio war nach einer Ohrfeige meistens still.

»Elisa?«

»Ich komme.«

Im Flur stand Maria Menardi. Die Flüchtlingsfamilie aus Buchenstein war in die leerstehende Ciasa Gutholzer eingezogen. Die neue Nachbarin lächelte ungeachtet des Lärms verschwörerisch. »Wir schlachten heute Abend. Die Sau ist reif. Sobald die anderen von der Alm zurück sind.«

Elisa grinste breit. »Sehr gut.«

»Da ist noch etwas.« Maria schob ihre heulende Tochter resolut nach vorne. Emilio saß bequem auf den Schultern seiner Mama und beobachtete das Geschehen interessiert.

»Der Grund, warum mein Fräulein Tochter so schreit wie am Spieß, ist das hier.« Zerknirscht hielt sie einen roten Gegenstand hoch. »Rosa, sag es Elisa!«

Das Geschrei der Kleinen verstummte abrupt, während sie nach dem Ding grabschte und trotzig die Unterlippe vorschob. »Es ist so hübsch, und Elisa spielt gar nicht damit.«

»Rosa!« Maria sah aus, als würde sie ihrer Tochter am liebsten die nächste Ohrfeige verpassen. »Sie hat mir gebeichtet, dass sie es aus deinem Zimmer mitgenommen hat. Rosa, gib es Elisa zurück. Man stiehlt nicht!«

Widerwillig hob das kleine Mädchen ihre Hände, und endlich erkannte Elisa ihr rotes Holzpferdchen. Ein Bein war abgebrochen.

»Schwere Zeiten, einem Kind Moral und Anstand beizubringen, wenn die eigenen Soldaten regelmäßig kommen, um unsere Vorräte zu plündern«, flüsterte Elisa leise zu Maria und hockte sich dann hin, so dass sie mit Rosa auf Augenhöhe war. Sie umfasste deren Hände, die das Pferd fest umklammert hielten, und sah sie ernst an. »Das ist ein Andenken, und ich liebe meinen Peter über alles. Den darfst du mir nicht wegnehmen.«

Rosa starrte sie aus verheulten Augen an. »Das ist doch ein Frauchen.«

»Nein, das ist mein Peter. Nun gib ihn mir wieder. Ich werde meinen Bruder fragen, ob er dir ein eigenes Pferdchen schnitzt, in Ordnung?«

»Wirklich? Aber ein Frauchen! Und blau!« Rosa ließ das Spielzeug los, und Elisa nahm es an sich, während sie Marias Blick auswich.

»Wollen wir das Gemüse und die Polenta vorbereiten?«, fragte sie rasch, bevor ihre Nachbarin etwas sagen konnte. »Ich muss am Nachmittag in die Amtsstube, aber zum Schlachten bin ich rechtzeitig zurück.«

»Elisa, ich danke dir. Für alles, was ihr bisher für uns getan habt. Wenn ich mich erkenntlich zeigen kann, sag es mir.«

»Es ist euer Schwein, das ihr mitgebracht habt, und ihr wollt es mit uns allen teilen«, wehrte Elisa ab. »Seit ihr hier seid, ist alles viel besser geworden. Deine Mutter hat aus Gutholzers Gemüsebeeten einen wahren Garten Eden gemacht, und deine Schwester packt an wie ein Kerl. Wir werden dieses Jahr dank euch mehr als genug Heu für das Vieh haben.« Wobei das nur die halbe Wahrheit war, das wussten sie beide. Das Militär mit seinem unersättlichen Bedarf hatte den Viehbestand im ganzen Dorf inzwischen halbiert.

»Wir müssen sehen, wie wir die Ernte aus den Gemüsegärten am besten aufbewahren«, fügte Elisa mit einem Augenzwinkern hinzu.

Maria nickte, und wieder umspielte dieses verschwörerische Lächeln ihre Mundwinkel. »Ich werde dir mit Freuden helfen. Du weißt, wie man das am besten macht.«

Elisa nickte grimmig. Wenn ihr früher einmal jemand gesagt hätte, dass sie es zur Meisterschaft in Sachen Verschlagenheit und Konspiration bringen würde, hätte sie herzlich gelacht. Aber Willeit hatte mit seiner Einschätzung richtiggelegen. In ihr war Antons rebellischer Geist erwacht.

Den Menardis zu helfen, das Ferkel, das sie neben wenigen Habseligkeiten hatten mitnehmen können, heimlich schlachtreif zu mästen, war nur ein kleines Beispiel. Bis die Soldaten davon Wind bekamen, dass sie geschlachtet hatten – und das taten sie meistens, obwohl Elisa ein Rätsel blieb, wie –, würde das wertvolle Fleisch längst verteilt sein. Was sie nicht essen konnten, wäre versteckt oder bei den Pescolls, Gutholzers, Ploners und anderen eingetauscht. Elisa würde mit großen Augen und bedauernder Miene vor den Männern stehen und dreist leugnen, dass das Tier überhaupt existiert hatte. Die Soldaten würden sich zähneknirschend damit zufriedengeben, wohl wissend, dass sie der Protegé des Hauptmanns war. Sie hatte keine Skrupel mehr, das auszunutzen. Falls sich manchmal ihr schlechtes Gewissen meldete, brauchte sie nur Mischi anzuschauen.

»Wegen des Holzpferds«, begann Maria zögerlich. »Ich kann doch sicher noch irgendwo eins kaufen …«

»Auf keinen Fall«, schnitt Elisa ihr das Wort ab. »Du bringst mich auf etwas: Unangenehmes sollte man nicht aufschieben. Ich gehe sofort zu meinem Bruder und gebe ihm Rosas Auftrag. Und wenn ich seine Hand mit dem Schnitzmesser persönlich führen muss!«

Sie ließ Maria stehen, die ihr kleinlaut hinterhersah. Dabei musste es ihr doch nicht peinlich sein, dass Mischi sich weigerte, etwas zu tun, das er gut beherrschte? Überhaupt etwas zu tun, außer … herumzusitzen oder zu liegen?

Nino hatte Mischi wie jeden Morgen aus seinem Zimmer heruntergetragen und zum Sonnenplatz gebracht. Dort saß er, tagein, tagaus, starrte vor sich hin und vermied den Blick auf die Fanesgruppe. Er bat niemanden um etwas, klagte nie über Hunger oder Durst, Hitze oder Kälte. Einmal hatte Chiara ihn entdeckt, wie er stumm im Regen saß, tropfnass wie ein Hundewelpe, den man versucht hatte zu ertränken. Nino hatte ihm kurz zuvor versprochen, ihn reinzuholen, und es vergessen. Danach hatte Chiara ihren Bruder zusammengebrüllt, bis er geheult hatte. Seitdem schaute sie regelmäßig nach Mischi.

Immerhin strahlte heute die Sonne vom wolkenlosen Himmel, und von frischem Wind abgesehen, war es warm. Elisa schlenderte über den Hof, fest entschlossen, sich nicht von Mischis düsterer Stimmung anstecken zu lassen.

Schon von weitem hörte sie erregte Stimmen. Sie wurde langsamer, erkannte Chiaras schrillen Tonfall und Mischi, der ihr scharf entgegnete.

Verblüfft lauschte sie. Sie verstand zwar nichts, aber allein die Tatsache, dass ihr Bruder laut und wortreich widersprach, war bemerkenswert. Eines musste man Chiara lassen, sie schaffte es wirklich, jeden aus der Reserve zu locken.

Elisa näherte sich, bis sie einzelne Fetzen verstand. Sie wollte nicht lauschen, doch ein Satz erregte ihre Aufmerksamkeit.

»Zum letzten Mal: Ich werde dich nicht heiraten!«

Solche Worte sollten von Chiara kommen, aber es war Mischi, der das gesagt hatte. Wie konnte das sein? Er war in die Italienerin verliebt, nicht umgekehrt.

»Das ist Wortbruch«, rief Chiara kläglich. Sie klang verzweifelt.

Elisa begriff es immer noch nicht. *Sie* hatte Mischi *heiraten* wollen? Warum? Seit wann?

»Wortbruch, so, meinst du? Hast du es denn ernst gemeint? Du hast doch nur *ja* gesagt, weil du heimlich gehofft hast, dass ich auf dem Schlachtfeld verrecke.«

»Das ist eine Lüge!«

»Ich habe Schlimmeres getan, als ein Versprechen zu brechen. Und jetzt verschwinde!«

»So schnell wirst du mich nicht los, Michael Kastlunger! Ich werde …«

»Verfluchte Gifthexe, mach, dass du wegkommst! Glaubst du, ich bin dir verpflichtet, nur weil du zweimal die Beine breitgemacht hast?«

Elisa zuckte bei den harten Worten zusammen. War das wirklich ihr Bruder?

»Du wagst es!«, brüllte Chiara. Ihre Stimme brach voller Wut und Scham.

»Vorbei«, knurrte Mischi nur wenig leiser. »Ich kann dir nichts bieten, verstanden? Ich bin ein Krüppel. Geh mir aus den Augen, oder willst du mich noch weiter erniedrigen? Soll ich davonkriechen? Ich kann deinen Anblick nicht ertragen!«

Chiara schrie auf, ließ ihre Wut ab, indem sie gegen etwas trat oder schlug. Dann folgte Stille.

Elisa blickte sich hastig um. Sie stand in dem schmalen Gang zwischen Stall und *majun,* ohne eine Möglichkeit, sich zu verstecken. Eilig trat sie den Rückzug an, hoffte darauf, dass Chiara das Gebäude auf der anderen Seite umrundete, andernfalls liefen sie sich in die Arme.

Zu spät. Elisa blickte ihr zerknirscht und so aufrichtig wie möglich entgegen, als sie auftauchte.

»Elisa!«, rief sie aus und blinzelte verwirrt.

Hastig legte Elisa den Finger auf die Lippen, doch Chiara zischte nur wütend, lief auf sie zu und riss sie mit bis in die Küche. Dabei wischte sie sich mehrmals verstohlen über die Augen.

»Ich war auf dem Weg zu euch. Mama hat einen Brief von Vito. Er ist in Cortina und er lebt! Sie haben ihn gefangen genommen, aber es geht ihm gut.«

»Was?« Elisa war in Gedanken noch bei Mischi. Sie hörte die Worte, doch ihr Verstand vermochte die Tragweite ihrer Bedeutung nicht zu verarbeiten.

Chiara ließ sich auf einen Stuhl plumpsen und fingerte wie schon so oft in ihrer Rocktasche herum. »Ich wollte es dir sofort erzählen, dann fiel mir Mischi ein. Ich dachte, dass er sich freut. Die beiden sind Freunde, ich dachte, mein Bruder bedeutet ihm etwas.« Sie sank in sich zusammen. »Er hat mich völlig gleichgültig angesehen. Vito geht es gut, und ihm ist es egal! Dann hat ein Wort das andere ergeben, und …«

»Vito geht es gut?« Meinten diese Worte wirklich das, was sie seit Monaten so sehr hofften? Elisa ließ sich vor Chiara auf die Knie fallen und packte ihre Hände. »Meinst du das ernst? Zeig mir den Brief, bitte.«

»Mama hat ihn mitgenommen. Sie bringt den Arbeitern auf der Alm die Brotzeit, und sie will ihn Nino zeigen.« Chiara lächelte matt. »Du kannst mir glauben. Mit so etwas würde ich nie Scherze machen. Der Brief selbst ist völlig belanglos, ich vermute, dass Vito Angst vor der Zensur gehabt hat. Es ist seine Handschrift. Er schickt Grüße an mich und seine Schwester Elisabetha.«

Elisa senkte den Kopf »Das bin ich also für ihn … eine Schwester.«

»Das glaube ich nicht. Es gibt sicher eine andere Erklärung«, sagte Chiara, aber in Elisas Ohren klang es verzagt, und die Enttäuschung ließ sie zittern.

Nein, es konnte nicht anders sein. All die Empfindungen, die sie seit Monaten erfolgreich unterdrückt hatte, rauschten über sie hinweg. Vito lebte, es ging ihm gut. Was hätte sie dafür gegeben, mit ihm zu sprechen, ihn zu sehen, doch er war unerreichbar fern. Immerhin, er dachte noch an sie. Allerdings als Teil seiner Familie – mehr nicht.

Sie blickte zu Chiara auf, und Neid überkam sie. Auch wenn sie sich niemals hätte vorstellen können, dass ausgerechnet sie und Mischi diese … Sache miteinander getan hatten. Chiara mochte sich zwar schämen, weil Mischi es laut ausgesprochen und nicht gerade zurückhaltend formuliert hatte, aber dass ihr die Tatsache an sich unangenehm war, danach sah es nicht aus.

Elisa hatte es doch längst geahnt. So war Mischi ihr am Ende mit seiner heimlichen Liebe zu Chiara voraus. Sie hatten beieinandergelegen.

Und Vito sah in ihr eine Schwester.

Sie versuchte, den Schmerz in ihrer Brust zurückzudrängen. Vito lebte, das war erst einmal das Wichtigste. Alles andere würde sich schon finden.

Dagegen wirkte Chiara, seine echte und einzige Schwester, immer verzweifelter. Sie hatte nichts mehr gesagt, war auf dem Stuhl zusammengesunken und verschränkte unruhig die Finger ineinander.

»Es wird sich alles finden«, sprach Elisa es laut aus, um ihnen beiden Mut zu machen. Sie wollte Chiaras Hände ergreifen, doch die wandte sich ab, versuchte, etwas in ihrer Hand zu verbergen.

Da erkannte Elisa endlich, was sie seit Monaten, seit Kriegsbeginn in der Rocktasche verbarg und immer wieder wie einen Talisman berührte: die Haarnadel, die Mischi im Frühsommer vor zwei Jahren angefertigt hatte. Es war die einzige Nadel, die er für Chiara vollendet hatte, bevor er in den Krieg gezogen war. Und offenbar für lange Zeit das Letzte, was er geschnitzt hatte.

Eine Erinnerung, ausgerechnet an Mischi, den sie angeblich so verachtete. Sie umklammerte den zarten Gegenstand so fest, dass Elisa schon dachte, sie wollte ihn zerbrechen.

»Als du mir die Nadeln gezeigt hast«, setzte Chiara an, »habe ich mich gefragt, wie so ein tumber Ochse wie Mischi so etwas Feinsinniges anfertigen könnte. Das war der Moment, in dem ich endgültig erkannt habe, dass er nicht so dumm ist, wie ich immer gedacht habe. Natürlich war er nicht der Richtige. Was hätte er mir schon bieten können? Er kann nicht einmal vernünftig lesen.«

»Du hättest es ihm beibringen können«, murmelte Elisa.

»Ich? Ihm beibringen? Ich will keinen Mann, dem ich etwas *beibringen* muss, Elisa. Was für eine Vorstellung!« Chiara schnaubte empört. »Es ist ja nicht nur das. Ich wollte immer hier weg. Möglichst weit weg. Mischi ist hier festgewachsen wie ein alter Baum. Wäre der Krieg nicht gekommen, hätte er nie einen Schritt weiter als bis nach Bruneck gemacht. Das sind doch keine Aussichten für die Zukunft. Zumindest nicht so, wie ich mir meine Zukunft vorstelle.«

»Chiara«, mahnte Elisa leise, »sei doch ehrlich. Mischi wäre *dir* bis ans Ende der Welt gefolgt. Aber wo hättest du denn hingehen können? Dieser Hof ist alles, was euch geblieben ist. Ihr habt keine andere Heimat mehr.«

Sie bekam keine Antwort, dafür sprach Chiaras säuerliche Miene Bände. Elisa hatte den Finger treffsicher in die Wunde gelegt.

Gedankenverloren zupfte Chiara eine Strähne aus ihrem Zopf und strich ihn wieder zurück. Ihr Blick fiel auf die Haarnadel, und sie seufzte.

Stumm erhob sich Elisa und drückte sie an ihre Brust.

Chiara blieb angespannt, ließ die Berührung jedoch zu. »Er hat mir einen Antrag gemacht«, erzählte sie weiter. »Im August vor zwei Jahren, am Abend, bevor er aufgebrochen ist. Da haben wir das zweite Mal … na ja, du hast es gehört. Danach war er so euphorisch. *Wenn ich wiederkomme, heirate ich dich,* hat er gesagt, als wäre es beschlossene Sache. Er war all die Jahre so zurückhaltend und doch beharrlich. Ich habe mich mitreißen lassen, habe ja gesagt.«

»Mein Gott, du hättest schwanger werden können. Hast du daran gar nicht gedacht?«, entfuhr es Elisa spontan.

»Na und? Das wäre wirklich nicht das Schlimmste gewesen. Ich will doch nicht allein bleiben.« Chiara hielt inne und schluchzte leise.

Elisa glaubte ihr aufs Wort. Das war so typisch für sie, sie liebte Kinder über alles, und daher hätte es kaum einen Unterschied gemacht, ob es mit oder ohne Gottes Segen gezeugt worden wäre. Was das anbelangte, war sie sehr pragmatisch: Jedes Kind war ein Kind, das man lieben musste und basta.

Chiara schluckte hörbar. »Ich weiß, was du jetzt denkst. Es war keine Berechnung, Elisa, wirklich nicht. Mischi erschien mir von allen Möglichkeiten noch die beste zu sein. Hätte ich mich für Matthias Pescoll entscheiden sollen? Oder gar für seinen strohköpfigen Bruder? Oder für Bernhard Gutholzer?« Sie unterdrückte ein weiteres Schluchzen. »Dann war Mischi weg, einfach nicht mehr da. Ich habe ihn vermisst, wirklich! Mit jedem Monat hatte ich Angst, er könnte nicht zurückkommen. Ich habe mir so sehr gewünscht, dass er zurückkommt.« Sie stockte.

»Aber nicht so«, flüsterte Elisa. Langsam begriff sie das gesamte Ausmaß.

Heftig schüttelte Chiara den Kopf gegen ihre Brust. »Ich weiß es nicht. Als er im Frühjahr hier war, war mir das nicht wichtig. Er lebte, er war zurück. Ich habe mich für ihn entschieden, und dazu hätte ich gestanden, mit allen Konsequenzen. Wenn meine Mutter eines richtig gemacht hat, dann, dass sie bis zum Schluss zu meinem Vater gehalten hat.«

Das hatte vor ein paar Jahren, als Jakob Costa verunglückt war, noch ganz anders geklungen. Elisa schluckte jeglichen Widerspruch hinunter. Das war sicher nicht der richtige Zeitpunkt, Chiara darauf hinzuweisen, außerdem hatte sie wie jeder Mensch das Recht, ihre Meinung zu ändern.

Vor allem imponierte Elisa diese Haltung. Chiara hätte, da sie diesen Entschluss einmal gefasst hatte, aus vollem Herzen und ohne Kompromisse zu Mischi gestanden.

»Aber du würdest seine Seele endgültig zerstören, Chiara«, sprach sie den nächsten Gedanken laut aus. »Mischi kann dir nicht der Mann sein, den du seiner Ansicht nach verdienst. Das würde ihn kaputtmachen. Der, den du kanntest, ist auf dem Schlachtfeld geblieben. Er sieht in sich nur noch ein menschliches Wrack. Selbst wenn er lernt, mit seiner Situation zurechtzukommen, und seinen Lebensmut wiederfindet, wirst du ihn niemals davon überzeugen, dass er dir genügt. Er wird nicht akzeptieren, dass du auf vieles verzichten müsstest, noch weniger würde er wollen, dass du ihn pflegst.«

Chiara löste sich aus Elisas Umarmung, und in ihren Augen glomm heiße Wut. »Glaubst du, das wüsste ich nicht? Aber habe ich kein Mitspracherecht? Kann ich nicht selbst entscheiden, worauf ich verzichte? Oder was ich zu tun bereit bin?«

»So? Was denn? Eben hast du gesagt, du würdest nicht einmal einsehen, ihm das Lesen beizubringen.«

»Das ist doch etwas völlig anderes.«

»Wieso?«

Chiara verschränkte die Arme und presste stumm die Lippen aufeinander.

Elisa lächelte traurig. »Weil du inzwischen gemerkt hast, dass er vielleicht nicht deine große Liebe ist, du ihn aber zumindest gernhast. Das hat er verstanden, Chiara, da bin ich mir sicher. Aber er hat sich entschieden. Was zwischen euch hätte sein können, kann niemals mehr sein.«

Widerwillig nickte Chiara.

Sie schauten einander wortlos an. Damit war alles gesagt.

»Er wird es dort besser haben. Wenn der Krieg vorbei ist, werden wir alle gemeinsam weitersehen.« Die Worte ihres Vaters klangen noch lange in Elisas Ohren, während sie der Kutsche hinterherblickte, mit der Pacher ihre Eltern nach Bruneck zum Bahnhof brachte. Ihre Mutter winkte und wandte sich dann Mischi zu, der teilnahmslos auf der Ladefläche saß.

Elisa stand vor der *ciasa* und drehte das rote Holzpferd in ihren Händen. Sie hatte das Beinchen wiedergefunden und selbst angeklebt. Gleich würde sie zu Rosa hinübergehen und ihr das Spielzeug überlassen – entweder für immer oder bis eines Tages ein Päckchen aus Graz mit einem blauen Frauchenpferd eintraf. Das würde der Moment sein, an dem sie wusste, dass es ihrem Bruder wieder gutging. Bis dahin würden sich andere um ihn kümmern, ihre Mutter, ihre Tante und ihre beiden Cousinen, die Elisa noch nie gesehen hatte und bei der sie wohnen würden. Vorerst, bis der Krieg vorbei war und man weitersah. Es war sicherlich eine kluge Entscheidung, die ihr Vater getroffen hatte. Die Versorgung in der Stadt mochte besser sein als hier, und vielleicht fand ihr Bruder in der fremden Umgebung zu sich selbst zurück. Trotzdem wurde Elisa das Gefühl nicht los, dass sie Mischi im Stich gelassen hatte. Oder war es umgekehrt?

31. KAPITEL

Anfang September 1916 – Cortina d'Ampezzo

Vito sprang vom Hocker auf, als die Tür zum Verschlag krachend aufflog.

»Costa, mitkommen!« Ezio sprach mit der Betonung, die Vito insgeheim seine *offizielle Stimme* nannte. Den Tonfall, den er benutzte, wenn er sich vor anderen nicht anmerken lassen konnte, wie er zu dem Gefangenen stand.

Das war natürlich weise, da man dem Italiener Kollaboration mit dem Feind vorwerfen, schlimmstenfalls Landesverrat unterstellen konnte. Trotzdem versetzte es Vito jedes Mal einen Stich, und er vermisste Ezio, seinen Freund, an dessen Stelle der Soldat di Bellucci getreten war.

Er und zwei weitere Soldaten führten ihn schweigend in das Verhörzimmer. Etwas war anders als sonst, wobei Vito nicht sagen konnte, was. In der Mitte des langen Tisches saß Cutrì, wie immer flankiert von zwei Beisitzern, denen man ansah, dass sie überall auf der Welt lieber wären als in diesem Raum. Vito grüßte höflich und erntete beifälliges Kopfnicken.

Dann führte der Trucidatore den Gefangenen herein. Es war ein schmächtiger Mann, der vor dem riesigen Soldaten noch winziger erschien und von ihm unnötig grob in den Verhörstuhl gestoßen wurde. Aus den Augenwinkeln wagte Vito einen genaueren Blick auf das Opfer und erstarrte.

Das war weder ein Soldat noch ein Mann. Das war ein Junge, höchstens zwölf oder dreizehn Jahre alt. Seine Augen huschten unter einem dunklen Haarschopf ängstlich hin und her, als begreife er nicht, was vor sich ging. Dem geschwollenen Gesicht nach zu urteilen hatte der Trucidatore sich bereits warmgemacht.

Vito war nicht der Einzige, der schockiert war. Cutrìs Beisitzer bewegten sich unruhig auf ihren Sitzen, und hinter sich vernahm er Ezio, der mit gesenkter Stimme etwas sagte.

Cutrì blieb unbeeindruckt. Er faltete die Hände zu einem Dach und lehnte sich vor. »Costa, der Junge spricht fließend Italienisch, weigert sich jedoch, die Sprache der *Besatzer,* wie er sich ausdrückt, zu sprechen. Übersetz alles, was er sagt.«

Der Junge hob den Kopf und blinzelte Cutrì herausfordernd an. »Ein österreichischer Soldat wird dir nichts nützen, mieses Schwein!«, stieß er auf Ladinisch hervor.

Cutrì grinste bösartig, während der Trucidatore dem Gefangenen schon allein für seinen aufsässigen Ton einen Fausthieb verpasste.

Vito wäre am liebsten im Boden versunken. Er hatte bisher nur einmal aus dem Ladinischen übersetzen müssen und irgendwie erschien ihm der Verrat an seinen Leuten dadurch noch größer. Der Junge verwendete den Ampezzaner Dialekt, der ein wenig anders war als das Gadertalisch, das Elisa oder sein Vater gesprochen hatten. Trotzdem verstand er alles mühelos.

»Es tut mir leid«, murmelte er.

Der Junge starrte ihn an und wurde bleich, was die roten Abdrücke auf seinen Wangen noch stärker hervortreten ließ.

»Ich möchte«, sagte Tenente Cutrì, als würden sie alle entspannt um eine Kaffeetafel sitzen, »dass der Junge eine Botschaft an seinen Vater schreibt und ihm mitteilt, dass er in unserem sicheren Gewahrsam verbleibt, bis der Herr Papà eine Gruppe Soldaten auf die Tofanes hinter die Linien der Österreicher und unversehrt wieder zurückgeführt hat. In welcher Barbarensprache er den Brief verfasst, ist mir egal. Wichtig ist, dass der Vater den Sinn versteht und sich entsprechend verhält. Wenn meine Männer in eine MG-Stellung laufen oder sogar in einen Hinterhalt geraten, wird der Junge gehängt.«

Alle starrten ihn an, niemand sprach ein Wort.

Vito wagte kaum zu atmen. Er war nur ein Erfüllungsgehilfe, die Entscheidung des Jungen ging ihn nichts an. Aber so oder so war dessen kurzes Leben verwirkt. Sein Vater hatte keine Chance, die Stellungen dort oben zu umgehen, selbst wenn er gewollt hätte. Mit einem guten Bergführer kamen die Italiener vielleicht weiter als allein, aber früher oder später würde man sie entdecken. Vito kannte die Stellungen. *Wer den Gipfel hat, hält das Tal,* das war einer der Grundsätze des Gebirgskrieges. Wenn es den Italienern nach über einem Jahr nicht gelungen war, in eines der Täler hinter den Dolomiten durchzubrechen, würden sie es auch jetzt nicht schaffen. Die gesamte Idee war unsinnig und vermessen, typisch für Cutrì.

Der Junge sammelte all seinen Mut und verschränkte trotzig die Arme. »Ich kann nicht schreiben.«

»Wenn er nicht schreiben kann, soll er dir den Brief diktieren, Costa«, erklärte Cutrì, nachdem Vito übersetzt hatte.

Irgendetwas an dem rebellischen Verhalten des Jungen weckte Vitos Kampfgeist. Er imitierte die Geste und kreuzte ebenfalls die Arme vor der Brust. »Nein.«

Cutrì sah ihn erstaunt an. »Nein?«

»Nein. Ich werde mich nicht dafür verantwortlich machen, dass italienische Soldaten sinnlos aufgerieben werden. Sie haben keine Chance. Das ist taktisch totaler Blödsinn.«

Der Trucidatore machte einen drohenden Schritt auf ihn zu, doch auf einen Wink des Tenente hin hielt er inne.

»So?« Cutrì hob spöttisch die Augenbrauen. »Seit wann liegt dir das Schicksal meiner Männer am Herzen?«

»Darum geht es nicht. Es ist sinnlos, dumm, und der Junge wird geopfert, ganz gleich, wie die Unternehmung ausgeht. Ich weigere mich. Basta.« Vito schnitt mit der Handkante durch die Luft und schwieg.

Ein Teil seines Selbst schien seinen Körper zu verlassen und von der Zimmerdecke ungläubig auf ihn herabzusehen. Das würde Konsequenzen haben, und zwar nicht zu knapp. *Immerhin,* dachte Vito bei sich, *werde ich mit der Gewissheit sterben, das Richtige getan zu haben.*

Er sah die Faust des Trucidatore auf sich zukommen und wich aus. Trotzdem spürte er heißen Schmerz und war plötzlich überzeugt, der Mann habe ihm einen Stock ins Ohr gerammt. Er hörte nur noch grelles Fiepen. Ihm schwindelte, doch er hielt sich an der Stuhllehne fest und blieb mit einiger Mühe auf den Beinen.

Was dann passierte, bekam er nur durch einen dumpfen Nebel mit. Einer der Beisitzer pflichtete ihm bei, das gesamte Unternehmen sei unsinnig, und aus Richtung Tür strömten Soldaten in den Raum. Tenente Cutrì war aufgesprungen und brüllte mit hochrotem Kopf Befehle in alle Richtungen. Vito wurde von hinten gepackt und aus dem Raum geschleift, weitere nahmen den Jungen in ihre Mitte, dessen verstörter und zugleich dankbarer Blick ihn noch lange verfolgte.

Vito wusste nicht, was ihn erwartete, sein Kopf war wie leer gefegt. Irgendwann wurde ihm bewusst, dass sie ihn in seinen Verschlag zurückgebracht hatten. Als er ans Ohr fasste, waren seine Finger blutig – wieder einmal. Aber viel schlimmer war die Stille auf dieser Seite, die dem Fiepen gefolgt war. Er schlug gegen das Ohr, hielt sich die Nase zu, um Druck zu erzeugen, doch er hörte nichts.

Er bekam Kopfschmerzen, lief trotzdem auf und ab, versuchte, seine aufkommende Panik unter Kontrolle zu halten. Nach Stunden kehrte wenigstens das Fiepen zurück, und er glaubte ein paar Geräusche zu hören.

Und einen Schuss.

Hatten sie den Jungen erschossen?

Ihm wurde übel. Er setzte sich auf den Hocker und versuchte, nicht nachzudenken.

Erst am Abend wurde die Tür geöffnet, und Ezio steckte den Kopf durch den Spalt. »Hast du Zeit, fratéd?«

»Machst du Witze?«

»Komm.«

Ezio stieß die Tür auf und schwenkte eine Flasche. Vito folgte ihm, und sie erreichten unbehelligt den ehemaligen Gemüsegarten. Es war ein lauer Sommerabend, doch man spürte bereits die Anzeichen, dass die Nächte kühler wurden. Wie gern würde er jetzt Albert Pachers Prognosen zum kommenden Winter lauschen. Oder einfach nur still auf dem Sonnenplatz hinter der *majun* sitzen und auf die Berge schauen.

Ezio betrachtete ihn aufmerksam. Er zog einen Korkenzieher aus der Hosentasche und öffnete die Flasche. »Wie geht es dir? Hat der Trucidatore dich schwer erwischt?«

»Das Ohrläppchen ist eingerissen, und ich habe bis eben kaum etwas gehört. Langsam geht es wieder.«

»Cutrì ist wirklich ein Monster.«

»Ezio, habt ihr den Jungen erschossen?«

»Ach was, so ein Unsinn. Cutrì ist zur Einsicht gekommen. Wir haben den Kleinen heute Nachmittag an seinen Papà abgeliefert.«

»Zur Einsicht gekommen? Wie das?«

»Andere Signori haben Wind von der Sache bekommen und ihm gut zugeredet.«

»Andere Signori? Das heißt, einer von euch hat ihn angeschwärzt.«

»Kann sein. Er treibt es langsam zu weit. Hier, trink.« Er hielt Vito die Flasche hin.

»Was ist das?«

»Rotwein, irgendein billiges Zeug. An die wirklich guten Flaschen komme ich nicht ran. Aber der Zeugwart war mir einen Gefallen schuldig. Trink!«

Zögernd nahm Vito die Flasche entgegen und schnüffelte daran. Süßliches Aroma stieg ihm in die Nase. Allein von dem Geruch fühlte er sich ein bisschen betrunken.

Ezio packte die Flasche und stieß sie ihm hart an den Mund, dass das Glas gegen die Zähne schlug. »Jetzt sei nicht so zimperlich, es wird dich schon nicht umbringen.« Er lachte, als Vito der Wein in den Mund lief und er sich verschluckte. Die Flüssigkeit drang ihm in die Nase. Hustend wehrte er Ezio ab, der noch lauter lachte und dann selbst mehrere tiefe Schlucke nahm. Rote Tropfen liefen ihm aus den Mundwinkeln, und einen verrückten Moment lang sah es aus wie Blut.

Ezio trank noch einmal, hielt Vito die Flasche hin und ließ sich auf den Mauervorsprung plumpsen. »Scheiß Krieg! Mann, Vito, ich will nach Hause.«

Vito setzte sich neben ihn und trank. Der Wein stieg ihm sofort zu Kopf. Er hatte seit seiner Gefangenschaft keinen Schluck Alkohol mehr getrunken und zudem stark abgenommen. Das würde er bereuen, aber es war ihm egal.

Er lehnte den Kopf an die Mauer, die noch spätsommerliche Wärme abstrahlte. »Ich habe mit zwölf zum ersten Mal Wein getrunken«, begann er wehmütig zu erzählen. »Ich habe ihn genauso scheußlich in Erinnerung wie diesen.«

»Haben sie dich erwischt?«

»Aber nein.« Vito kicherte. »Mein Freund Benito, der Sohn des Lehrers, und ich, wir haben den Messwein geklaut. Don Leonardo hat es nicht bemerkt, vermutlich war es nicht einmal viel. Wir haben mächtig Kopfschmerzen bekommen.«

»Dein Freund Benito, ein Italiener in der Toskana, ja?«

»Benito Scarpi war mein bester Freund. Wir sind zusammen aufs Liceo gegangen und wollten gemeinsam studieren. Vermutlich hätte seine Familie das Geld dafür gar nicht aufbringen können, aber um dieses Problem wollten wir uns kümmern, sobald es so weit ist. Wir dachten, wir hätten noch Zeit.«

Vito spürte, wie ihm jedes Wort schwerer fiel. Das kam vom Wein. Da war sonst nichts in ihm, nur der Wein.

»Was ist aus ihm geworden?«, fragte Ezio leise.

Vito hob die Schultern. »Vermutlich steckt er in derselben Scheiße wie wir. Am Isonzo, an der Marmolata, was weiß ich.«

»Benito Scarpi aus Caccialupi, Sohn des Lehrers. Bevor ich nach Hause gehe, werde ich dort vorbeischauen und ihm sagen, dass du ihn in guter Erinnerung behalten hast.«

Vito sah Ezio lange an. »Mach das.«

Sie schwiegen. Die Flasche wanderte zwischen ihnen hin und her und leerte sich rasch.

Auf einmal grinste Ezio breit. »Dann werde ich dem Don erzählen, wer seinen Messwein stibitzt hat.«

»Du bist ein Schuft.« Vito lachte laut auf.

Ezio schlug sich theatralisch die Hand auf die Brust. »Ich bin ein Mann von Ehre! Und manchmal ein Opfer: Mir hat meine Schwester eines Abends Amaretto untergejubelt und mich anschließend verpetzt, weil ich sturzbesoffen war. Das war ihre Rache, weil ich ihr ein paar Tage zuvor Frösche ins Zimmer gesetzt hatte.«

»Das macht man auch nicht.«

»Meine Schwester ist ein Luder. Du hast sogar zwei davon, du musst wissen, wovon ich spreche.«

»Eh?«

»Ich habe doch deinen Brief gelesen, fratéd. Da grüßt du deine beiden Schwestern: Chiara und Elisabetha.« Er senkte misstrauisch die Augenbrauen. »Stimmt das etwa nicht? War das ein geheimer Code?«

»Ach was.« Vito lachte verlegen und stützte die Ellbogen auf den Knien ab. »Das habe ich geschrieben, aber nur Chiara ist meine Schwester.«

»Und die andere?«

»Nicht so wichtig.«

»Wer ist sie?«

Vito nahm die fast leere Flasche entgegen und ließ sie zwischen seinen Beinen baumeln, ohne zu trinken. Der Boden unter ihm schwankte, und die Wunde am Ohr pochte unangenehm. »Sie ist …« Die Zunge gehorchte ihm nicht mehr.

Die Ereignisse des Tages stürzten auf ihn ein, der Junge im Verhörraum, die ganzen anderen Verhöre, die Schläge, die Erniedrigungen, der Gestank nach Blut, Pisse und Schweiß.

»Cutrì ist ohnehin saudumm«, lallte er, ohne zu wissen, woher diese plötzliche Erkenntnis herrührte. »Von Anfang an. Er hätte nur mich fragen müssen. Mich hätte er zwingen können, weißt du? Truppen in die Berge zu führen. Ich kenne da oben jeden Stein. Was macht er? Entführt Kinder.«

Und dann wurde ihm schlagartig klar, was er da gerade gesagt hatte. Nur, um nicht über Elisa zu sprechen, ihren Namen nicht in den Mund nehmen zu müssen, sie damit zu besudeln.

Das war sein Todesurteil. Der Soldat di Bellucci würde ihn ausliefern, das war seine verdammte Pflicht.

Vito heulte wütend auf, holte aus und warf die Weinflasche mit voller Wucht auf den Boden. Das Glas zersprang in tausend Scherben, Weintropfen und Glassplitter flogen auf.

Eine schwere Hand legte sich auf seine Schulter. So würde nun alles zu einem Ende kommen.

Doch anstatt aufzuspringen und ihn zu melden, zog Ezio ihn an sich. »Bist du selbst schuld, wenn du freiwillig in diese *montes horribiles* gehst, fratéd«, stieß er inbrünstig hervor. »Selbst schuld, das bist du. Hättest in der Toskana bleiben sollen.«

Mit einem ohnmächtigen Schluchzen lehnte Vito sich an seinen Freund. »Elisa ist alles, was dieser Krieg nicht ist, verstehst du das?«

»Natürlich. Du hast ein romantisches Herz, Vito Costa. Auf einen wie dich wird sie warten. Eines Tages seht ihr euch wieder.«

Vito erwiderte nichts und zog die Nase hoch. Er glaubte nicht mehr daran.

Nur wenige Wochen später präsentierte Ezio ihm die nächste Überraschung, indem er ihn in einen gekachelten Raum mit einer Pumpe führte. Ein Waschzuber mit dampfend heißem Wasser stand in der Mitte.

Ezio zog ein zusammengeklapptes Rasiermesser hervor. »Weißt du noch, was man damit macht, oder ist es zu lange her, dass du es benutzt hast?«

Vito nickte unsicher. Ihm war nicht nach Scherzen zumute. Der Trucidatore hatte einmal bei einem Verhör mit so einem Messer seinem Opfer Haut von den Unterarmen geschabt.

»Gut.« Ohne ein weiteres Wort drückte Ezio ihm die Klinge in die Hand und wandte sich zum Gehen. »Wasch dich, rasier dich und mach keine Dummheiten. Ich warte draußen vor der Tür, bis du fertig bist.«

Ungläubig starrte Vito auf den Zuber, entdeckte daneben auf dem Boden Seife, einen Handspiegel, zwei Handtücher und alte, aber saubere und ordentlich aussehende Unterwäsche, besser als die Fetzen, die er am Leib trug. Das musste ein Traum sein. Er konnte sich beim besten Willen nicht mehr daran erinnern, wann er das letzte Bad genommen hatte.

Und das Messer? Ezios Vertrauen kannte wirklich keine Grenzen. Wie sollte er das eigentlich alles wiedergutmachen?

Indem er ihn jetzt nicht umbrachte.

Der Gedanke kam ganz natürlich, und Vito fühlte sich ein Stück weit verpflichtet, ihn zu Ende zu denken. Er hatte oft genug getötet. Es war Krieg, und Marco Declara hatte es deutlich formuliert: *du oder er*.

Trotzdem war es vollkommen undenkbar. Der Mann dort vor der Tür war sein Freund, und Freunde brachten einander nicht um, so einfach war das. Er hörte Ezio ein munteres Lied pfeifen und erinnerte sich an ihre erste Begegnung. Damals hatte er ähnliche Überlegungen und keine Skrupel gehabt. Aber da hatten sie einander auch noch nicht gekannt.

Außerdem war der Mann aus Siena ihm zwar herzlich verbunden, aber kein vertrauensseliger Dummkopf. Dort draußen wachte der Soldat di Bellucci, und der würde mit einem Angriff des Gefangenen Costa rechnen und ihn mühelos abwehren. Mit dieser beruhigenden Gewissheit – oder der Ausrede, weil er vielleicht gerade seine einzige Fluchtchance vergab – begann er sich auszuziehen.

Er nahm sich Zeit, wusch sich mehrmals, bis die Haut knallrot angelaufen war. Einige Zeit grübelte er, wie er die Läuse loswurde, doch da das Ungeziefer auch in seiner Kleidung hockte und er diese nicht auswaschen konnte, beließ er es dabei, den struppigen Bart und das verfilzte Kopfhaar zu entfernen.

Als er fertig war, rief er Ezio herein und präsentierte sich dessen kritischem Blick.

»Du siehst fast wieder aus wie ein Mensch, nur mit der Uniform wirst du keine Signorina beeindrucken.«

Seufzend nickte Vito. Jetzt, da er sich nach Monaten wieder sauber fühlte, wurde ihm der Zustand seiner Kleidung doppelt unangenehm bewusst. Dagegen ließ sich nichts machen.

Dann erst fiel ihm auf, dass Ezio einen Rucksack und das Gewehr geschultert hatte. Mit einem Kopfnicken forderte er Vito auf, sich umzudrehen. Er fesselte ihm die Hände und ging dabei nicht gerade zimperlich vor.

»Was hast du vor? Werde ich dem König vorgeführt?«, versuchte Vito zu scherzen, doch er hatte auf einmal einen Klumpen im Magen. Was kam da auf ihn zu?

»Ich bringe dich hier raus«, murmelte Ezio. Mehr sagte er nicht, sondern zerrte ihn rasch in den Gang und hinaus ins Freie. Ein weiterer Soldat löste sich aus dem Schatten eines Gebäudes und folgte ihnen. Eine Eskorte zu zweit bedeutete, dass es offiziell wurde. Vito machte sich nicht die Mühe, den Hinzugekommenen anzusehen, und stellte sich darauf ein, dass Ezio ihn rauher anpackte.

Es war ein schöner Herbstnachmittag, an dem sie ihn über die Hauptstraße von Cortina führten. Zum ersten Mal seit seiner Ankunft sah Vito das einst blühende Städtchen wieder, das eine Pionierrolle im Tourismus einnehmen wollte und für seinen Vater ein Symbol der Zukunft gewesen war. Jetzt sah er überall die Spuren des Krieges, bombardierte Häuser und Menschen in ärmlichen Kleidern. Vor allem die Frauen schauten ihn durchdringend an und wandten sich dann mit leeren Augen ab. Erst nach einer Weile begriff Vito, dass sie hofften und zugleich fürchteten, er könnte ein Sohn, Ehemann oder Bruder sein, den die beiden Soldaten vor sich herscheuchten.

Gehorsam stolperte er voran, fragte sich allerdings langsam, was ihn erwartete. Das Rasiermesser hatte er in der Brusttasche des Uniformrocks verborgen. Ezio hatte nicht danach gefragt, und das sicherlich mit Absicht, so etwas vergaß man nicht. Vito würde sich eine weitere Chance zur Flucht jedenfalls nicht entgehen lassen.

»Es gibt ein Gerücht von der Ostfront«, begann Ezio irgendwann zu erzählen, während sie allmählich die Häuser hinter sich ließen und zwischen brachliegenden Getreidefeldern und zertrampelten Gemüsegärten liefen. »Angeblich haben sich dort eines Nachts ein paar russische Mädchen in die Lager der Österreicher geschlichen. Ein paar Tage später stellte sich heraus, dass unter den Soldaten die Franzosenkrankheit grassiert. Die Mädchen waren infiziert und hätten das mit Absicht gemacht, als eine Art Kriegslist, um den Feind zu schwächen.«

Oder, dachte Vito zynisch, *die österreichische Führung behauptet das, weil sich ihre leutseligen Soldaten mit einer Geschlechtskrankheit angesteckt haben und sie so dem Feind die Schuld geben können.* Solche Gerüchte waren seit Beginn des Krieges in Umlauf und häufig Gesprächsthema in Val Badia gewesen. Wäre er mit Ezio allein, hätte er das auch laut gesagt, aber vor dem fremden Soldaten sprach er selbstverständlich nicht gegen seine eigene Heeresführung.

Unvermittelt bekam er einen Stoß von hinten. »Was sagst du dazu, Vito?«, fragte Ezio.

Die vertraute Anrede? Vito blickte über die Schulter. Dabei streifte sein Blick den zweiten Soldaten. Er und Ezio grinsten bis über beide Ohren.

Da erkannte er den Fremden wieder. »Flavio? Flavio Costa.«

Er blieb stehen. Flavio machte eine spöttische Verbeugung. »Zu Euren Diensten.«

Ezio sah sich hektisch um und schubste Vito vorwärts. »Madonna mia, bist du verrückt? Das könnt ihr später nachholen.«

»Ezio, was habt ihr mit mir vor?«

»Habe ich dir doch schon gesagt, hast du vorhin nicht zugehört?«

Vito schüttelte verwirrt den Kopf und konzentrierte sich darauf, auf dem unebenen Boden nicht zu stolpern. Das Gelände stieg leicht bergan und führte auf eine weit hinter dem Ortsrand stehende Ruine zu, die ein kleines Wohnhaus oder eine Jagdhütte gewesen sein mochte. Dahinter begann der Wald, der sich mit Unterbrechungen bis zur Baumgrenze an der Tofanes hinaufzog.

»Flavio, wo warst du?«

»Hast du dir Sorgen gemacht?«

Vito lächelte, obwohl die beiden Männer hinter ihm das nicht sehen konnten. »Ein wenig.«

»Ich hatte die Schnauze voll von Cutrì und gleich am nächsten Morgen die Möglichkeit genutzt, zu einem Sonderkommando eingeteilt zu werden. Tut mir leid, dass ich dich im Stich gelassen habe.«

»Im Stich gelassen? Mich, einen österreichischen Gefangenen?«

»Ach was. Du hast dich nur auf die falsche Seite verlaufen. Ezio hat mir einiges über dich erzählt.«

Sie näherten sich der Hütte. Ezio sah sich gründlich um und schob Vito unter dem herabhängenden Türsturz ins Innere. Sie waren nur von drei Seiten von Wänden umgeben, die vierte, den Bergen und dem Wald zugewandte Wand, bestand aus einem Haufen Schutt.

Ezio legte den Rucksack an einer Wand ab und schnitt Vitos Fesseln auf.

Flavio beobachtete sie von der Tür aus und warf dabei immer wieder aufmerksame Blicke auf die Umgebung. Sie waren allein. Weit und breit keine Menschenseele, weder Zivilisten aus Cortina noch Soldaten.

»Sollten wir nicht das Ende der Geschichte erzählen, Ezio?«, rief Flavio ihnen zu. »Es ist eine gute Geschichte. Sie heißt: *Tenente Cutrìs Untergang.*«

Ezio nickte und zündete sich eine Zigarette an. »In Cortina gibt es eine Signorina, schön wie eine Prinzessin und herzensgut. Bis zum Ausbruch des Krieges hat sie in einem Hotel gearbeitet, jetzt muss sie sehen, dass sie sich und ihre kranke Mutter durchbringt. Wir haben sie gut dafür bezahlt, dass sie zu Cutrì geht.«

»Was redet ihr da? Ihr schickt eine Dirne zu ihm?« Vito rieb sich die Handgelenke und ließ den Blick unauffällig über den Hang hinter dem Haus schweifen. Sollte er es wagen, einfach loszulaufen? Würden die beiden schießen?

»Vorsicht«, knurrte Ezio. »Sie ist keine Dirne. Sie muss einfach sehen, wo sie bleibt. Und ich kann ihr dabei helfen, wenn ich ihr ein paar Lebensmittel oder Geld gebe, oder?« Er steckte eine zweite Zigarette an der ersten an und brachte sie Flavio.

Vito schwieg. Er fand diese Logik etwas verquer, aber es stand ihm kaum zu, die beiden dafür zu kritisieren, dass sie für ihre Bedürfnisse zahlten. Es gab andere, die Mädchen gegen deren Willen nahmen und sich hinterher damit brüsteten. Dieser Krieg schien aus vielen Menschen das Schlechteste hervorzulocken und Männer wie Cutrì in den Vordergrund treten zu lassen. Was war da ein Mädchen, das sich bei den Soldaten prostituierte?

Flavio wandte ihnen den Rücken zu und lehnte sich gegen den Türsturz. »Vor ein paar Tagen hat sie allen, die sie mochte und die sie gut behandelt hatten, gesagt, dass sie sich mit der Franzosenkrankheit angesteckt hat. Da dachten wir, dass wir uns eine solche Gelegenheit nicht entgehen lassen sollten.«

Vito stockte entsetzt. »Was wollt ihr damit sagen?«

Lachend legte Ezio ihm den Arm um die Schulter und führte ihn zur offenen Seite der Ruine. »Ist das so schwer? Wir geben ihr Geld, und sie besorgt es Cutrì. Er steckt sich an. Was ist schon diese kleine Rache? Er wird sich Medikamente besorgen, sobald er es merkt. Er kennt Mittel und Wege. Das Mädchen hat weder die Möglichkeit noch Geld und, sobald es sich herumspricht, keine Einnahmequelle mehr. So kommt sie ein paar Tage länger über die Runden.« Ezio schob Vito von sich und wurde ernst. »Genug davon. Zeit, sich zu verabschieden. Hast du mein Messer noch?«

»Ja.« Vito wollte es aus der Tasche ziehen, aber Ezio winkte ab. »Behalte es. Ein Andenken. Nimm das auch.« Er zog ein flaches Päckchen hervor und reichte es Vito.

»Was ist das?«

»Nur etwas Hartkäse und Brot. Wenig genug für dein Abendessen, fratéd. Und noch etwas: dein Mantel.« Mit diesen Worten ging Ezio zu seinem Rucksack und zog Vitos dicken Wollmantel hervor.

Verblüfft nahm Vito ihn entgegen. »Wieso?«

»Als du mir den Mantel gegen den Briefschmuggel angeboten hattest, wusste ich ja nicht, was für ein gutes Stück es ist. Das war ein unfairer Tausch.« Ezio grinste breiter. »Und ich habe bei mir gedacht, dass es hier wirklich verdammt kalt werden muss, wenn man freiwillig so ein dickes Ding anzieht. Du hast dich entschieden. Nimm schon, bevor ich noch darüber länger nachdenke, dass ich mir hier bald den Arsch abfriere.«

»Danke«, sagte Vito überwältigt. »Danke, Ezio. Du bist ein wirklich guter Freund!«

»Das will ich hoffen. Jetzt verzieh dich.«

»Was?« Eine verzweifelte Hoffnung keimte in Vito auf. Abwechselnd starrte er auf Ezio und zum nahen Wald.

Flavio drehte sich kurz um und winkte. »Arrivederci, mein Freund. Komm mich mal besuchen, dann fahren wir gemeinsam aufs Meer.«

Ezio gab ihm einen rüden Schubs, so dass er zwei Schritte auf den Schuttberg zutaumelte. »Vito, wir haben nicht ewig Zeit. Du solltest eine gute Strecke machen, bevor es dunkel wird!«

Wie betäubt kletterte Vito über die losen Steine. Als er auf der anderen Seite stand, schaute er ein letztes Mal zurück. »Warum gerade jetzt?«

Der Italiener zog grinsend an der Zigarette, versuchte seine Verlegenheit zu überspielen. »Für die Liebe, weißt du? Nur für die Liebe!«

Er winkte und wollte sich abwenden, als Flavio »Ezio, Patrouille«, zu ihnen herüberzischte.

»Verflucht!« Ezio riss das Gewehr von der Schulter. »Lauf, Vito! Lauf nach Hause, schnell!«

»Wirst du schießen?« Vito starrte auf das Gewehr, die Erinnerung an Toni und ihre Gefangennahme blitzte auf und lähmte ihn.

Ezio warf die Zigarette weg. »Ich bin ein lausiger Schütze, hatte ich das nicht erwähnt? Lauf endlich, wenn du nicht zur Zielscheibe werden willst.«

Vito überlegte nicht länger und rannte auf den Waldrand zu. Er hörte Flavios Stimme, der anderen zubrüllte, in Richtung eines Weges zu laufen. Zwei Schüsse krachten. Vito konnte sich gerade noch beherrschen, sich nicht flach auf den Boden zu werfen. Kopflos hastete er weiter.

Danach blieb es ruhig. Das Ablenkungsmanöver schien zu gelingen.

»Da ist noch einer!«, brüllte jäh eine Stimme in die Stille.

Vito rannte schneller. Schüsse krachten. Sie verfehlten ihn großräumig. Jetzt durfte er nur nicht die Nerven verlieren, bis zu den ersten Bäumen war es nicht mehr weit.

Kaum war er zwischen die Baumstämme getaucht, schlugen Kugeln um ihn herum ins Holz ein. Vito lief, wich niedrigen Ästen und Wurzeln aus, versuchte die Richtung beizubehalten. Wenn sie ihm nur nicht folgten, hatte er eine Chance. Die Stimmen schienen sich zu entfernen.

Worauf hatte er sich da eingelassen? Der Verschlag war nicht gemütlich, aber er war sicher. Was waren schon ein paar gelegentliche Schläge in die Magengrube und Ohrfeigen gegen die Aussicht einer tödlichen Kugel im Rücken?

Vito rannte, bis er nicht mehr konnte. Seine Beine wurden schwer, und schließlich fiel er zitternd auf die Knie, presste den Mantel, den er immer noch in den Armen hielt, gegen die Brust. Dann erst bemerkte er, dass es um ihn herum still war. Keine Stimmen, keine Schüsse. Sie hatten die Verfolgung abgebrochen.

»Danke, Ezio«, flüsterte er atemlos.

Ihm wurde bewusst, wie wenig er den Mann aus Siena kannte, obwohl er neugierig gewesen wäre. Aber Wissen konnte gefährlich sein, daher war es manchmal klüger, nicht zu fragen. »Für die Liebe«, hatte er zum Abschied gesagt. Welche Liebe hatte Ezio di Bellucci verloren?

Fratéd.

Vito zog den Mantel über und marschierte los, die Fäuste in die Taschen gestemmt.

»Wenn wir uns eines Tages wiedersehen, werde ich das gutmachen, das schwöre ich.«

Sein Atem stieg in weißen Wölkchen auf und vermischte sich mit der klaren Luft.

32. KAPITEL

Ende September 1916 – Vila Kastlunger, Val Badia

»Was war das?« Chiara legte die Hände auf das Leinentuch, das sie zerzupfte, und schaute sich unruhig in der kleinen Stube um.

Elisa hielt mit ihrer Stopfarbeit ebenfalls inne und horchte. Es war ein dumpfes Rumpeln gewesen, als wäre draußen hinter der *ciasa* etwas umgefallen und irgendwo gegengeschlagen. Danach blieb es still.

Sie und Chiara sahen einander an.

»Ist es so weit?«, flüsterte Chiara. »Sind jetzt auch hier Plünderer unterwegs?«

Elisa las Unsicherheit aus ihren Augen, seltsamerweise blieb sie selbst gelassen. »Nein. Ich weigere mich anzunehmen, dass es immer nur noch schlimmer kommt.« Mit einem resoluten Satz sprang sie von der Bank und legte die Stopfarbeit neben sich ab. »Wenn wir nicht nachsehen, werden wir es nie erfahren. Komm!« An der Tür der Stube hielt sie inne, lief zurück und griff nach dem Schürhaken neben der Ofenklappe. Prüfend wog sie ihn erst in der Hand, dann schwang sie ihn durch die Luft und nickte schließlich zufrieden.

»Ich will nicht mit dem Schlimmsten rechnen.« Elisa lächelte grimmig, während Chiara sie fassungslos anstarrte. »Aber ich will mich auch nicht überraschen lassen. Es ist Krieg.« Mit diesen Worten verließ sie den Raum und ging durch den Flur an die Hintertür, die sie seit Ende des Sommers verschlossen hielten, seit Gerüchte von plündernden desertierten Soldaten oder entlaufenen Kriegsgefangenen die Runde machten.

Hinter sich hörte sie das Rascheln von Chiaras Kleid, die ihr etwas langsamer folgte. »Wäre Nino wenigstens noch hier. Aber dieser Ochse musste sich ja auch noch melden«, murmelte sie. »Sollten wir nicht den Pacher wecken gehen?«

»Wenn es gefährlich wird und wir beide wie am Spieß brüllen, haben wir Pacher und die Menardis sofort auf dem Hof stehen.« Vorsichtig schob Elisa den Riegel zurück und öffnete die Tür einen Spaltbreit, um hinauszulugen. Zuerst erkannte sie nichts. Es war still und kalt, nichts rührte sich. Dann glaubte sie ein Stöhnen zu hören und richtete ihren Blick auf den Boden.

Ein dunkles Bündel lag vor der Tür.

»Wer ist da?«, rief sie leise auf Deutsch.

Sie bekam nur ein Röcheln zur Antwort.

Inzwischen hatten sich ihre Augen an die Dunkelheit gewöhnt. Sie stutzte und schaute sich aufmerksam um. War das eine List?

Vor ihr lagen zwei Soldaten in grauen Uniformen, beziehungsweise dem, was davon noch übrig war, denn die Kleidung der beiden Männer hing ihnen in Fetzen an den Leibern. Einer trug nur einen Stiefel.

Langsam, immer noch misstrauisch, öffnete Elisa die Tür etwas weiter und beugte sich zu den beiden hinab, den Schürhaken fest umklammert.

Dann schaute einer der Männer auf. Das Gesicht starrte vor Dreck, die Augen lagen tief und dunkel in den Höhlen, seine Lippen, umrahmt von struppigen Stoppeln, waren blutig verkrustet. Elisa stieg ein infernalischer Gestank nach Erbrochenem und Exkrementen in die Nase.

»Par pitié …« Der Mann reckte flehend eine Hand. Die andere hielt er im Nacken seines Kameraden, der mit dem Gesicht nach unten auf der Stufe lag und sich nicht rührte.

»Elisa? Was ist los?«, fragte Chiara hinter ihr.

»Soldaten, aber keine, die in der Lage wären zu plündern«, erwiderte Elisa ein wenig ratlos. Erschüttert starrte sie in das hohlwangige Antlitz des Mannes. Der Fremde hatte die Hand sinken lassen und hielt den Kopf demütig gebeugt, als erwarte er, dass Elisa ein Urteil über ihn und seinen regungslosen Begleiter fällte.

Sie erhob sich und öffnete die Tür vollständig. Licht strömte hinaus und enthüllte den verwahrlosten Zustand der beiden feindlichen Soldaten, die fleckigen Fetzen am Leib, der von Kälte rot geschwollene nackte Fuß, die strähnigen Haare. Der Mann stammelte weitere Worte in seiner Muttersprache.

Vor Elisa lagen Feinde, Angehörige einer fremden Nation. Solche wie sie kämpften gegen Vito, hatten ihre Brüder getötet und Leid in ihre Heimat gebracht.

Und doch sah sie nur zwei abgerissene Männer, dem Tode näher als dem Leben, die um Gnade flehten. Um das zu begreifen, musste sie die Worte nicht verstehen.

Was sollte sie tun?

Chiara trat neben sie. »Madonna mia«, flüsterte sie und bekreuzigte sich.

Der Mann, der gesprochen hatte, keuchte auf, vielleicht war es sogar ein Schluchzen, Elisa vermochte es nicht zu entscheiden, doch es brach endgültig ihr Zaudern. Sie stellte den Schürhaken an die Wand, kniete nieder und legte dem Mann eine Hand auf die Schulter. »Habt keine Angst. Euch wird nichts Böses mehr widerfahren.« Der Mann verkrampfte unter ihrer Berührung und hielt den Kopf gesenkt. Dann entspannte er sich und nickte ganz leicht.

Elisa wusste nicht, ob er sie verstanden hatte, doch zumindest ihr beruhigender Ton zeigte Wirkung.

»Elisa, was hast du vor?« Chiara trat einen Schritt zurück. Ihre Stimme überschlug sich.

»Wir bringen sie erst einmal in der *majun* unter. Hol Decken und Tücher und heißes Wasser. Und einen Laib Brot und ein paar Äpfel. Ich glaube, sie haben seit Tagen nichts gegessen.«

»Das kannst du doch nicht machen! Was wird dein Vater sagen?«

Elisa schaute mit festem Blick auf. »Das ist mir gleich. Stell dir vor, es wäre Vito, der aus seiner Gefangenschaft fliehen kann. Worauf würdest du hoffen, wenn er ans Haus eines Italieners klopft?«

Chiara kaute stumm auf ihrer Unterlippe. Dann nickte sie und ging.

»Komm.« Sie tippte dem Mann auf die Schulter. Schwerfällig kam er auf die Beine und versuchte, seinen leblosen Kameraden hochzuziehen. Zum ersten Mal sah Elisa das Gesicht des anderen. Er fieberte, die Hitze war sogar spürbar.

Sie fasste den Mann am Arm, und zu zweit trugen sie ihn halb, halb schleiften sie ihn bis zum Eingang der *majun*. Es war ihr ein Rätsel, wie die beiden es überhaupt bis hierher geschafft hatten. Die Angst musste ihnen die letzten Reserven abverlangt haben.

»Woher kommt ihr?«, fragte sie auf Deutsch, erhielt jedoch keine Antwort. Chiara sollte es gleich auf Italienisch versuchen, vielleicht verstanden sie das.

Elisa stieß das Tor auf und betrat das Gebäude, kannte sich gut genug aus, um sich ohne Licht zurechtzufinden. Im Halbdunkel führte sie die beiden in die Ecke bei Mischis Werkbank hinter den Ofen. Während die beiden Soldaten wankend stehen blieben, schaffte Elisa eilig Platz, indem sie einfach Eimer und Kisten zur Seite schob und anschließend einige Armvoll Stroh heranschaffte. Es war kaum genug, als der Soldat sich mit seiner Last einfach fallen ließ und um Atem rang. Sein kranker Begleiter rührte sich nicht.

Endlich kam Chiara mit einer Lampe, ein paar Decken und Handtüchern. Als sie die beiden auf dem provisorischen Lager sah, schüttelte sie den Kopf. »Du bist verrückt. Morgen bringen die uns um.«

»Dazu haben sie überhaupt nicht die Kraft«, widersprach Elisa entschieden und hoffte im Stillen, dass sie nicht irrte. »Der eine ist krank, mehr tot als lebendig. Frag sie, wo sie herkommen. Was ist das für eine Sprache?«

»Italienne? Parlez-vous français?«, antwortete der Soldat.

»Das sind Franzosen«, erklärte Chiara grübelnd. »Wo kommen die denn her?« Ohne eine Antwort abzuwarten, verschwand sie, um die anderen Dinge zu holen.

Elisa nickte zustimmend. Das konnten sie später herausfinden. Prüfend befühlte sie die Stirn des Kranken. Er glühte. Seine Augen flatterten kurz auf, doch er begriff nicht, was vor sich ging.

Der andere griff nach einer Decke und schlang sie sich um die Schultern, ohne Elisa aus den Augen zu lassen. Er wirkte argwöhnisch, als glaubte er, sie wollte ihn mit Freundlichkeit in falsche Sicherheit wiegen.

Elisa lächelte ihn offen an. Es musste den beiden gelingen, ihr Misstrauen abzulegen. Aber zuallererst wollte sie den

Kranken versorgen. Sie zögerte kurz, doch dann begann sie, ihn zu entkleiden, jegliche Gedanken daran, ob sich so etwas ziemte, verdrängend. Sein Kamerad begriff, was sie tat, sagte wieder ein paar Worte in seiner Sprache und half ihr schließlich. Elisa stockte der Atem, als sie die entblößte Brust des Kranken sah. An der Hüfte trug er einen von Blut und Eiter durchtränkten Verband, vermutlich eine Schusswunde, außerdem war die Haut mit roten Flecken übersät.

Sie schüttelte stumm den Kopf, fragte sich, wie der Mann überlebt hatte.

Chiara kehrte mit einem Eimer heißem Wasser zurück und legte ein Bündel mit Brot und Äpfeln ab, die sie in ein Küchentuch gewickelt hatte. Dabei musterte sie den fremden Soldaten fasziniert und abgestoßen zugleich. Er nahm einen Apfel, roch daran und rief ungläubig etwas. Dann lachte er erstickt auf.

»Steh nicht herum wie eine Statue! Hilf mir lieber«, fauchte Elisa, die sich weiterhin mit dem leblosen Körper des anderen abmühte. Chiara erwachte aus ihrer Erstarrung, und schloss den Mund. Sie nickte, drehte sich um und lief aus der *majun.*

»Wo willst du hin?«, rief Elisa ihr wütend hinterher. Was war jetzt wieder los? Chiara war bereits hinaus.

Kopfschüttelnd nahm Elisa ein Tuch, tunkte es ins Wasser und tupfte dem Mann vorsichtig den Oberkörper ab.

Der andere biss in den Apfel und schlang ihn mit wenigen Bissen vollständig hinunter, dass ihm der Fruchtsaft über den Bart tropfte.

Ihre Blicke trafen sich.

Zum ersten Mal lächelte der fremde Soldat schüchtern. »Merci, ma chère Mademoiselle.«

Sie erwiderte sein Lächeln, während sich ihre Brust schmerzhaft zusammenzog. Wieder einmal dachte sie an Vito. Ein einziger Brief vor Monaten und seitdem kein Lebenszeichen. Ob es ihm gutging?

Liebevoll strich sie dem Verletzten eine Haarsträhne aus der Stirn und wischte mit dem Lappen über das erhitzte Gesicht. Sie konnte nicht sagen, wie es ihm ging, doch mit einem Mal wünschte sie sich, alles dafür tun zu können, damit er nach Hause zurückkehrte. Sie sandte ein stummes Gebet in die Stille. Für den, der hier lag und dessen Namen sie nicht einmal kannte, und für alle, die sie so schmerzlich vermisste.

Schließlich erhob sie sich. Ihre Beine waren vom langen Knien ganz taub geworden. Von Chiara immer noch keine Spur.

Elisa betrachtete die beiden Männer, wusste nicht so recht, wie sie weiter vorgehen sollte. Der Verletzte schien ein wenig ruhiger zu atmen. Sie hätte ihn auch weiter gewaschen, aber ihm die stinkenden Hosen auszuziehen, wagte sie dann doch nicht. Und sie wusste weder, wie sie seinen Kameraden um Hilfe bitten, noch, ihn dazu auffordern sollte, sich selbst zu säubern. Es fehlte noch, dass sie sich Ungeziefer ins Haus holte.

Sie hob mit fragender Miene das Tuch, und der Soldat nickte eifrig, beschrieb mit seiner Hand einen Kreis. Dann deutete er auf das Brot, auf seinen Kameraden und zuckte mit den Schultern. Bevor es Elisa gelang, die Gesten zu deuten, betrat Chiara den Stall, in jeder Hand einen dampfenden Becher und eine Flasche unter dem Arm. Das Aroma von Gemüsesuppe stieg Elisa in die Nase und überdeckte kurz den Gestank von Tod und Verwesung.

Der Soldat starrte Chiara ungläubig an, während sie ihm einen Becher reichte und die Flasche abstellte. Sie wich seinem Blick verlegen aus, stellte den zweiten Becher neben dem Kranken ab und wollte sich wieder davonmachen. Dieses Mal hielt Elisa sie am Arm fest. »Was ist los? Hast du deine Meinung geändert?«

Der Soldat nahm die Flasche und hielt sie gegen das Licht. »Cidre?«

»Apfelsaft«, entgegnete Chiara mit zitternder Stimme.

Elisa wollte auflachen, als der Soldat sich nach vorne fallen ließ, seinen Kopf bis auf den Boden senkte und einen endlosen Schwall französischer Worte von sich gab.

Hilflos sah sie Chiara an, doch die schüttelte den Kopf. »Ich verstehe ein paar Worte, mehr auch nicht.«

»Ist gut.« Elisa tätschelte ihm unbeholfen die Schulter, und er erhob sich und wischte sich verstohlen über das Gesicht.

Dann wandte er sich dem Verletzten zu. Er brach ein Stück Brot ab, bröselte es in mundgerechte Stücke und tauchte es in die Brühe.

Er schob dem anderen das durchweichte Brotstück mit zwei Fingern zwischen die Lippen. Es dauerte eine halbe Ewigkeit, bis der Verletzte schluckte.

»Mehr können wir nicht tun. Lassen wir die beiden allein.« Elisa schob Chiara in Richtung Ausgang. »Wir werden das Tor verschließen. Morgen sehen wir weiter.« Kalte Nachtluft umfing sie, winzige Schneeflocken rieselten vom Himmel. Erst jetzt wurde Elisa vollends bewusst, welch ein bestialischer Gestank den Verletzten umgab.

»Er hat Fieber. Sollten wir ihm nicht Wickel machen?«, fragte Chiara zaghaft.

Elisa schaute sie verdutzt an. So erschüttert hatte sie Vitos Schwester schon lange nicht mehr erlebt, nicht einmal beim Tod ihres Vaters.

Sie schüttelte hilflos den Kopf. Sie konnten nur noch beten, dass er das Fieber besiegte.

Ihn umgab bereits der Geruch des Todes.

Wortlos legte sie Chiara einen Arm um die Schulter und führte sie zurück zur *ciasa*.

Am nächsten Morgen wachte Elisa lange vor Tagesanbruch auf. Sie dachte, etwas gehört zu haben, doch als sie in die Nacht lauschte, blieb alles still. Es konnte ein Tier gewesen sein, ein Echo von der Straße, ein verwirrter Hahnenschrei.

Sie blieb unter der warmen Federdecke liegen, fand jedoch keinen Schlaf mehr. Leise, um niemanden zu wecken, zog sie sich an und lief in die Küche, wo sie den Ofen anheizte. Sie kochte eine große Kanne heißen Tee, nahm etwas Brot sowie ein Stück Käse und lief hinaus zur *majun*.

Kaum dass sie das Tor entriegelt hatte, schlug ihr ein so fürchterlicher Verwesungsgestank entgegen, dass sie würgen musste. Krampfhaft schluckte sie ein paarmal, bis der Reiz nachließ.

Sie ahnte Schreckliches. Sie hatte das Lager der beiden Soldaten noch nicht erreicht, als ihr klarwurde, dass der Verletzte tot war. Und vielleicht war es das, was sie geweckt hatte, ein Entsetzensschrei oder Klagelaut seines Freundes, der ihn auf seinen Schoß gebettet hatte und leise weinte.

Elisa blieb stehen und konnte ihre eigenen Tränen kaum zurückhalten. Sie wusste nicht, was die beiden erlebt hatten, was sie verband oder ob sie sogar verwandt waren, doch sie hatten gemeinsam die Freiheit gesucht, ihre Flucht von irgendwoher angetreten, und nun war der Weg des einen zu Ende, und der andere blieb allein zurück.

Behutsam trat sie heran, stellte die Lebensmittel ab, kniete sich neben den Toten und begann das *Vaterunser* zu beten.

Der Fremde lauschte ein paar Zeilen und fiel dann ein. Die Worte waren nicht dieselben, auch die Betonung stimmte nicht überein, doch das vertraute Gebet ließ sie in einen einheitlichen Rhythmus fallen.

Danach öffnete der Soldat seine Hand und bot Elisa eine goldene Kette mit einem Kreuz an. Er machte ein Zeichen über dem Gesicht des Toten und sah sie flehend an.

Elisa ahnte, was er von ihr wollte. »Du willst ihn bestatten lassen. Das geht nicht«, sagte sie laut und schüttelte entschieden den Kopf. »Wie soll ich das Kurat Ploner erklären? Ich habe mich schon strafbar gemacht. Hauptmann Berger verzeiht mir vieles, aber sicher nicht, dass ich seine Kriegsgefangenen verstecke.«

Als sie den Namen des Hauptmannes aussprach, runzelte der Fremde kurz die Stirn. Er schien zu begreifen, was sie sagte, und ließ den Kopf hängen.

Es war ein Anblick des Jammers, doch Elisa kam ein Gedanke. »Komm mit.« Sie reichte ihm die Hand. Sachte bettete der Soldat seinen Kameraden aufs Strohlager und folgte ihr nach draußen. Elisa führte ihn unter die Obstbäume hinter der *vila* und zeigte auf den Boden. »Was hältst du davon?«

Ihr Begleiter blickte sich um. Von hier aus hatte man einen freien Blick auf die Fanesgruppe und den Horizont, an dem die letzten Sterne funkelten. Die Bergspitzen waren bereits von reichlich Schnee gekrönt. Fröstelnd wandte Elisa sich den bleichen Bergen zu. Mühsam drängte sie die Erinnerung an Anton und Franz zurück, die Sehnsucht nach Mischi und Vito.

Das war ein guter Platz.

Es brauchte keine Worte, um das zu erklären.

Der fremde Soldat sah ihr tief in die Augen. Sein Blick war düster und voller Schmerz, doch als er zustimmend nickte, malte sich ein kleines, trauriges Lächeln auf seine Lippen.

33. KAPITEL

Am gleichen Tag – irgendwo südlich des Gran Lagació

Vito blies sich die warme Atemluft in die Hände, während er sich aus guter Deckung hinter ein paar Felsen umschaute, um zu entscheiden, was er tun sollte. Er befand sich in der Nähe der großen Dolomitenstraße, die den Ju de Falzares hinaufführte. Hier kannte er sich nicht so gut aus, doch die gut angelegte Straße, auf dem das italienische Militär unterwegs war, und die Gipfel der Cinque Torri im Hintergrund machten die Orientierung leicht. Dort befanden sich große italienische Stellungen. Er war immer noch im Feindesland.

Seufzend wandte Vito sich von der Straße ab und kraxelte im Schutz des Waldes in das unwegsame Gelände knapp unterhalb der Baumgrenze in Richtung Nordosten. Er hatte keine Ahnung, ob er dort irgendwie durchkommen oder am Ende an glatten Felswänden scheitern würde. Aber die Passstraße zu nehmen wäre Selbstmord. Die Italiener würden ihn entdecken, noch bevor er auch nur in die Nähe der österreichischen Stellungen kam. Vielleicht fand er einen Weg. Die Kletterei hielt ihn wenigstens warm. Trotz des Mantels begann er zu frieren, sobald er sich nicht mehr bewegte.

Nach seiner Flucht war er so weit gelaufen, wie er nur konnte. Nachdem die Dunkelheit hereingebrochen war, hatte er in einer Felsspalte Schutz gesucht und versucht, ein paar Stunden zu schlafen. Aber es war nicht nur zu kalt gewesen, auch die ständige Furcht davor, entdeckt zu werden, und der Hunger hatten ihn wach gehalten. Ezios Proviantpaket reichte nicht, um satt zu werden. So war er immer weiter hinauf in die Berge gewandert. Seine Augen hatten sich nach einer gewissen Zeit erstaunlich gut an die Dunkelheit gewöhnt. Trotzdem hatte er nicht ganz die Richtung beibehalten, die er beabsichtigt hatte, und war zu weit nach Südwesten geraten.

In der Nacht hatte es geschneit – viel zu früh für diese Jahreszeit –, und das machte ihm die Orientierung noch schwerer. Immerhin traten die Konturen schärfer hervor, und er konnte Bewegungen früh genug ausmachen, um sich hinter ein paar Bäumen zu verstecken oder zu fliehen. Zweimal war er Patrouillen begegnet, die ihn zum Glück nicht entdeckt hatten.

Jetzt war der Himmel grau, und die Luft roch schwer und feucht nach weiterem Schnee.

Vito war hungrig, müde und erschöpft, viel mehr, als in seiner Situation gut für ihn war. Die Gefangenschaft und das schlechte unregelmäßige Essen hatten seiner Kondition stark zugesetzt. So schleppte er sich voran. Er war nicht mehr allzu weit von dem Punkt entfernt, an dem ihn nur noch eiserner Wille weitertrieb.

Stehen zu bleiben bedeutete, auszukühlen und irgendwann zu erfrieren.

Stehen zu bleiben bedeutete, entdeckt zu werden.

Stehen zu bleiben bedeutete den Tod.

Vito versuchte, sich an der Baumgrenze zu orientieren, lief, soweit es das Gelände erlaubte, immer auf gleicher Höhe die Bergflanke entlang. Irgendwann am späten Mittag stolperte er und blieb stehen. Sein Atem rasselte vor Anstrengung.

Er stand vor einem Grab. Nein, es war nicht nur *ein* Grab. Nach und nach fielen ihm fünf schlichte Holzkreuze auf, die kleine Erdhügel markierten. Sie waren frisch aufgeworfen, konnten höchstens ein paar Tage alt sein. In der Mitte lag etwas auf einem abgeflachten Felsen und mit einem faustgroßen Stein beschwert.

Neugierig ging Vito darauf zu und blickte auf eine Seite, die aus einer Zeitung oder einer Broschüre ausgerissen worden war. Die Witterung hatte dem Papier bereits zugesetzt, doch er erkannte das Bild sofort. Es war der venezianische Löwe, die vordere Pranke nicht wie üblich über ein offenes Buch gelegt, sondern mit einem emporgereckten Schwert. In den alten Zeiten der Serenissima war diese Variante des Wappens das Zeichen dafür gewesen, dass die Venezianer sich im Krieg befanden. Hier waren Männer aus dem Veneto gefallen und begraben worden.

Erschüttert stand Vito einfach nur da, bis er merkte, dass seine Knie nachgaben. Er wusste, dass er sich nicht setzen sollte, weil er sich womöglich nicht wieder erheben würde. Dennoch ließ er sich neben das Papier auf den Felsen sinken und stützte den Kopf in die Hände.

Natürlich befand sich das Veneto im Krieg. Das war eine banale Erkenntnis. Ganz Italien befand sich im Krieg.

Vito schüttelte den Kopf über sich selbst. Trotz der ganzen Monate in italienischer Gefangenschaft, trotz Ezio und seinem Unverständnis gegenüber der ablehnenden Haltung der Cortineser – irgendwie weigerte sich immer noch ein kleiner Teil seines Herzens, dass die Männer aus dem Land seiner Kindheit gegen die seines jetzigen Lebens kämpften. Nonno war einige Male im Veneto gewesen, erst als Soldat und später, nachdem es von den Österreichern an Italien gefallen war, als Reisender. Sie hatten geplant, Venedig eines Tages gemeinsam zu besuchen.

Dazu war es nie gekommen. Sie hatten sich so vieles vorgenommen, zu dem ihre gemeinsame Zeit nicht gereicht hatte.

Vito betrachtete die Holzkreuze der Reihe nach. Erst jetzt fiel ihm auf, dass jemand die Namen der Gefallenen eingebrannt hatte. Die Schrift war schwach, aber mit einiger Mühe lesbar.

Giulio Righetti – Luigi Cacciatori – Angelo Zamboni – Leandro Ambrosi – Vittorio Faccioli

Fünf italienische Namen, fünf einzelne Schicksale, vielleicht seinem eigenen ganz ähnlich, vielleicht ganz anders.

Immer wieder wurde Vito von der Gegenwart in die Vergangenheit zurückgeschleudert. Was wäre, wenn er in der Toskana geblieben wäre? Würde er dann hier liegen, von den Österreichern getötet und von Kameraden verscharrt?

Im Geiste sah er Ezios jungenhaftes Lächeln vor sich und gleich darauf diesen letzten langen Blick, mit dem er ihn angesehen und ihm befohlen hatte zu laufen.

Vito hob den Kopf, spürte, wie die Kälte langsam seine Glieder hinaufkroch und ihn lähmte.

Tat er das Richtige? Wo gehörte er hin?

Auf Seiten der Österreicher hatte er kaum Freunde gefunden, und die wenigen, die ihm wichtig waren, waren in alle Winde zerstreut oder tot. Bei den Standschützen war ihm häufig Misstrauen entgegengeschlagen.

Ezio di Bellucci aus Siena war ein Freund geworden. Ein Freund auf der falschen Seite. Flavio Costa, der Fischer aus Kampanien, hätte ein Freund werden können. Kaum ein Italiener hatte ihm seine österreichische Herkunft übelgenommen, vielmehr war es für einige Ansporn, ihn auf ihre Seite zu ziehen.

Er könnte umkehren. Er könnte mit erhobenen Händen nach Cortina zurückkehren, sich stellen und überlaufen, auf der anderen Seite kämpfen. Die Entscheidung, gegen die er all die Monate in Gefangenschaft erfolgreich angekämpft hatte, erschien auf einmal so naheliegend. Sobald der Krieg vorbei war, konnte er zum Anwesen seines Onkels reisen und sich das Erbe seiner Mutter erstreiten oder das alles ganz hinter sich lassen und ein neues Leben aufbauen. Er würde das schaffen, irgendwie. Und dann seine Familie nachholen, zurück nach Hause.

Tat er dann das Richtige?

Müde schaute Vito sich um. Er blickte auf Bäume und Felsen, sonst nichts. Stille umgab ihn. Es gab so viele Momente, in denen er sich nach so einer Stille gesehnt hatte. Doch jetzt klang sie nach Tod, Vergänglichkeit und Einsamkeit. Ihm schauderte.

Was er auch tat, er sollte es bald tun. Seine Beine waren steif vor Kälte und die Finger rot und blau angelaufen. Er zitterte am ganzen Körper.

Das war natürlich auch eine Möglichkeit: einfach sitzen zu bleiben und zu erfrieren. Irgendwann spürte man die Kälte nicht mehr, das hatte er im letzten Winter häufiger erlebt.

Wenn man sich dann einfach nicht mehr rührte? Glitt man dahin, weg aus diesem Leben? Oder würde es noch schmerzen? War das nicht einerlei, wenn es dafür für immer vorbei war?

Schaudernd zog Vito die Schultern zusammen, doch zu mehr konnte er sich nicht aufraffen.

»Für die Liebe«, hatte Ezio gesagt. Würde Elisa mit ihm kommen, wenn er sich für Italien entschied? Bei ihrer letzten Begegnung hatte er ihr Angst gemacht. Würde sich zu dieser Angst Verachtung gesellen, oder würde sie begreifen, warum er das tat, und seine Entscheidung respektieren?

Elisa.

Ezio war ein guter Mensch und teurer Freund. Aber keine Freundschaft dieser Welt konnte Elisas Zuneigung aufwiegen. Selbst wenn er sich falsche Hoffnungen machte. Er durfte die Chance, das herauszufinden, indem er zu ihr zurückkehrte und sie um Verzeihung bat, nicht vergeben. Die Zeit, die sie nun getrennt gewesen waren, hatte seine Gefühle für sie eher wachsen als vergehen lassen. Er sah sie im Geiste vor sich. Was würde sie von ihm denken, wenn sie ihn so sah?

Sie wäre sicher zutiefst schockiert, weil er sich so gehenließ. Sie würde entrüstet die Fäuste in die Seiten stemmen und von ihm verlangen, dass er sich in Gottes Namen entscheiden sollte.

So war Elisa.

Mühsam stemmte Vito sich hoch und kam auf die Beine. Punkte flimmerten ihm vor Augen, und ihm wurde schwindelig. Er beugte sich vor und stützte sich auf dem Felsen ab, bis er wieder klar sah. Langsam ließ das Rauschen in den Ohren nach. Er schüttelte noch ein paarmal den Kopf, stampfte mit den Füßen auf und konnte sich dann endlich aufrichten.

Sein Blick fiel auf ein weiteres Kreuz, das in ein paar Metern Abstand zwischen den Bäumen errichtet worden war.

Eigentlich wollte Vito nicht wissen, wer dort begraben lag. Vermutlich war es der Anführer der Gruppe gewesen, und man hatte ihn ein wenig abseits bestattet, um seinen Status zu betonen. Doch hinter diesem Kreuz glaubte er einen kaum erkennbaren Pfad zu sehen. Also ging er darauf zu.

Als er auf der Höhe des sechsten Grabes war, wollte er einfach weitergehen. Doch der Name auf der einfachen Querlatte ließ ihn innehalten:

Marco Declara.

Darunter in kleinerer Schrift:

un amico delle montagne – nostro amico.

Vito knickten die Beine unter dem Körper weg. Er fiel wieder auf die Knie und faltete ganz automatisch die Hände. *Ein Freund der Berge – unser Freund,* stand da. Das Grab, die Machart des Kreuzes, die Sprache ließen nicht den geringsten Zweifel daran, wer ihn begraben hatte: seine angeblichen Feinde, die Marco nie als solche betrachtet hatte.

»Das wäre nicht nötig gewesen«, flüsterte Vito. »Ich wusste immer, dass es falsch war. Dass wir nicht gegeneinander kämpfen sollen.« Er hatte nicht einmal mehr die Kraft zu weinen. Stattdessen reckte er das Gesicht in den Himmel, erwartete halb und halb, Gott mit einem zynischen Lächeln auf einer Wolke sitzen zu sehen, doch natürlich war da niemand.

Wo war Gott? Auf welcher Seite stand er?

Vito hatte sich das nie gefragt, hätte sich selbst nicht als gläubigen Menschen bezeichnet. Sicher, er war regelmäßig in die Kirche gegangen, hatte immer seine Gebete gesprochen, doch er hatte schon sehr früh gemerkt, dass ihm die Inbrunst fehlte, mit der seine Mutter das Gotteslob sang.

Trotzdem war er ganz selbstverständlich davon ausgegangen, dass da irgendwo etwas sein musste, das über sein Leben und das der anderen Menschen wachte, selbst wenn er es nicht spürte.

Bis heute.

Gott stand auf keiner Seite. Da war niemand, weder dort oben am Himmel noch sonst irgendwo. Es gab ihn nicht.

Dieser Krieg bewies es.

Früher hätte er vielleicht geglaubt, dass Kriege einem höheren, göttlichen Ziel dienten. Vito hatte nie darüber nachgedacht, wie ihm jetzt auffiel.

Aber das hier war sinnlos. Marcos Tod war sinnlos, unnötig. Seine Feinde hatten ihn getötet und dann ehrenvoll begraben. Vielleicht waren sogar welche unter ihnen, die an seiner Hütte mitgebaut hatten.

So wie sein Neffe, Toni Gruber – dessen Tod Vito vielleicht hätte verhindern können, wenn er schneller reagiert hätte. Stattdessen hatten sie ihn gehetzt wie ein Kaninchen und anschließend abgeknallt.

Vito neigte beschämt den Kopf auf die Brust und salutierte. »Verzeih mir, Marco!«

Er kam auf die Beine, wandte sich ab und stolperte weiter, den fast unsichtbaren Pfad entlang. Er wollte weg hier, auch wenn er nicht mehr wusste, wohin.

Leichter Schneefall setzte ein, und er zog den Mantel enger um den Körper. Ihm war kalt, und er war unkonzentriert, hatte Mühe, einen Fuß vor den anderen zu setzen und seine Trauer zurückzuhalten. Es nutzte niemandem, wenn er sich seinen Gefühlen ergab. Er musste pragmatisch sein, wenn er überleben wollte. Und das wollte er. Er hatte zwar vergessen, warum, aber irgendetwas befahl seinem Bewusstsein, weiterzumachen, weiterzugehen und weiterzuleben. Vielleicht fand er den Grund eines Tages heraus.

Plötzlich erwachte der Berg um ihn herum zum Leben. Und dann passierte genau das, wovor er sich die ganze Zeit gefürchtet hatte.

Zu allen Seiten bewegte sich etwas. Vito blieb stehen und drehte sich einmal um die eigene Achse. Hechtgraue Uniformen, Gewehre im Anschlag. Ein Edelweiß am Kragenspiegel. Freunde auf der richtigen Seite.

Vito breitete die Arme aus und lachte erleichtert. Jemand rief ihm etwas zu, doch er verstand den Sinn der Worte nicht. Er taumelte ein paar Schritte nach vorne.

Plötzlich zog ein stechender Schmerz durch seine Brust. Dann erst krachte ein Schuss zwischen den Baumstämmen und echote von den Bergwänden wider.

Ihm blieb die Luft weg.

Danach wurde alles schwarz.

34. KAPITEL

Am gleichen Tag – Vila Kastlunger, Val Badia

Noch im Morgengrauen half Elisa dem fremden Soldaten, für seinen Kameraden ein Grab auszuheben. Die ersten Nachtfröste hatten das Tal bereits heimgesucht, aber die Erde war noch nicht steinhart gefroren, so dass sie gut vorankamen. Sie wickelten den Toten in eine Decke und betteten ihn anschließend in die nackte Erde.

Als sie fertig waren, sah der Fremde Elisa ratlos an. Er schien Fragen zu haben, setzte mehrmals an zu sprechen und zog am Ende nur die Schultern hoch und schwieg.

Elisa nickte grimmig und zeigte auf sich. »Ich heiße Elisa.« Irgendwo mussten sie ja anfangen. Es würde sich schon finden mit der Verständigung.

Der Soldat deutete eine kurze Verbeugung an. »François.«

»Gut, François. Herzlich willkommen in der Vila Kastlunger. Du wirst erst einmal frühstücken. Danach sehen wir weiter.« Sie scherte sich nicht darum, dass er sie nicht verstand, und scheuchte ihn einfach zurück zur *majun*.

Er setzte sich widerspruchslos auf das karge Strohlager und fiel hungrig über das Essen her, das Elisa ihm mitgebracht hatte.

Sie hielt sich nicht damit auf, ihm dabei zuzusehen, sondern schleppte ein paar Scheite an, gab ihm eine Schachtel Zündhölzer und zeigte ihm, wie er den Ofen befeuerte, damit es nicht ganz so kalt war. François begriff sofort und nickte eifrig, drückte ihr dankbar die Hand und rollte sich erschöpft nahe am Ofen zusammen.

Elisa schaute sich noch einmal gründlich um, aber mehr konnte sie für ihren Gast nicht tun. Sie würde später ein paar Kleidungsstücke von Mischi heraussuchen, die er zurückgelassen hatte. Sie würden François zu klein sein, aber sicherlich besser als die Fetzen, die er am Leib trug.

Mit dem Geschirr in der Hand, das sie und Chiara den beiden Soldaten am Vorabend gebracht hatten, kehrte sie zurück in die *ciasa* und hätte beinahe Lene umgerannt, die an der Hintertür auf sie wartete, den schlaftrunkenen Franzl in den Armen.

»Elisa, was ist los? Was machst du um diese Zeit da draußen in der *majun?*« Sie deutete auf den fahlen Lichtschein, der durch ein paar Ritzen drang.

Elisa starrte sie an, zu überrascht, um eine Erklärung hervorzubringen. »Ich …«

Energisch schob sich Lene an ihr vorbei und wollte hinaus.

»Nicht, warte, Lene, wir haben … einen Gast.« Elisa erwischte ihre Schwägerin am Arm und zog sie zurück. »Komm in die Küche. Ich erkläre dir alles.«

»Was gibt es da zu erklären? Warum schläft ein Gast in der *majun?*«

»Er ist … Ich weiß es nicht. Er heißt François. Ein Soldat.« Elisa nahm allen Mut zusammen. Mit diesem Herumgestammel kam sie nicht weiter. Sie konnten sich später überlegen, was sie den Nachbarn oder dem Kurat erzählten, aber Lene anzulügen kam nicht in Frage. »Vermutlich ist er von einem Gefangenentransport abgesprungen«, erklärte sie fester. »Er spricht nur französisch. Sie waren zu zweit. Nur er hat die Flucht überlebt.« Jetzt war es raus, mehr gab es nicht zu sagen.

Lene rückte ihren Sohn zurecht, während ihre Miene von Verwirrung in Fassungslosigkeit umschlug. »Bist du wahnsinnig? Der wird uns bei nächster Gelegenheit umbringen!«

»Warum sollte er?«

»Weil er unser Feind ist. Ein Franzose, sagst du. Wo kommt der her, was will er hier?«

»Wie gesagt, er kann es uns nicht erklären. Die meisten Gefangenen unten in den Baracken sind zwar Russen, aber es sind Männer aus aller Herren Länder unter ihnen.« Elisa bemühte sich, geduldig zu bleiben. Je empörter Lene ihr widersprach, desto sicherer wurde sie, dass sie François nicht einfach davonjagen wollte. »Es ist mir gleichgültig, wo er herkommt. Er hat gestern Abend hier vor der Tür gelegen und konnte kaum aufrecht stehen. Er ist dankbar für das Strohlager in der *majun* und das Essen.«

»Ja, natürlich ist er dankbar«, erwiderte Lene bissig. »Dafür, dass du ihn aufpäppelst, damit er rauben und morden kann.«

»Lene!« Plötzlich kochte Wut in Elisa hoch. Sie machte ein paar Schritte auf ihre Schwägerin zu und stemmte die Fäuste in die Seiten. »Das ist ein Mensch wie du und ich, kein freilaufender Verbrecher.«

»Woher willst du das wissen?«

Elisa atmete tief durch, zwang sich trotz des Zorns zur Ruhe. Es war nicht klug, aufeinander loszugehen. »Ich weiß es nicht. Aber du hättest ihn und seinen Kameraden gestern Abend sehen sollen. François hat sich um den Verletzten gesorgt, und er trauert aufrichtig um ihn. Wir haben ihn gemeinsam unter den Apfelbäumen vergraben.« Sie packte Lene an den Oberarmen und schüttelte sie sanft. »Wir werden vorsichtig sein, du hast natürlich recht. Tata hat die beiden Gewehre gut weggeschlossen. Aber lass uns über all dem nicht unsere Menschlichkeit vergessen.« Dass François neben einer komplett eingerichteten Werkbank schlief, an der er sich mit Messern, Hämmern oder Sensen versorgen könnte, fiel ihr jetzt erst auf und jagte ihr ein flaues Gefühl durch den Magen. Aber vielleicht kam Lene nicht darauf. Für Elisa war es nur ein weiterer Beweis dafür, dass François nichts Böses im Schilde führte. Wenn er auf der Suche nach einer Waffe gewesen wäre, hätte er sich längst hemmungslos bedient. Um diese Möglichkeit zu übersehen, müsste er vollkommen blind sein.

»Lass ihn ein paar Stunden schlafen«, sagte Elisa resolut. »Heute Mittag stelle ich euch einander vor. Dann entscheiden wir gemeinsam, was wir mit ihm anstellen.« Wobei ihr Entschluss feststand: Wenn François bleiben wollte, sollte er bleiben.

Am Mittag gingen Elisa und Lene hinüber in die *majun*. Der Tag war trüb und grau, so dass der Lichtschein der Lampe sie schon am Tor empfing.

Lene lauschte verwirrt. »Was ist das?«

Beklommen schwieg Elisa. Das klang unverkennbar nach einer Feile oder einer Säge. So viel also zu der Frage, wann François das Werkzeuglager entdeckte …

Sollten sie doch Pacher hinzurufen? Aber der alte Mann lag im Bett und kränkelte. Er würde ihnen kaum eine Hilfe sein, wenn es darauf ankam, sich gegen einen kräftigen Burschen zur Wehr zu setzen.

Elisa ignorierte alles Unbehagen und ging an der Kutsche vorbei zur Werkbank. Sie wollte einfach nicht wahrhaben, dass sie sich in François getäuscht haben könnte.

Und das hatte sie nicht, das erkannte sie sofort. Der Soldat hatte den Uniformrock ausgezogen und arbeitete mit ihnen zugewandtem Rücken an der Werkbank. Sie konnten nicht genau erkennen, was er tat, doch seine Bewegungen wirkten gezielt und erfahren.

»François«, rief sie leise.

Er zuckte zusammen und fuhr mit einer Feile in der Hand herum. Als er sie bemerkte, lächelte er verlegen und ließ das Werkzeug sinken. Er setzte zu einem Wortschwall an, anscheinend um zu erklären, was er tat, denn er zeigte auf die Werkbank, brach dann aber ab.

Neugierig näherten Elisa und Lene sich. François legte die Feile ab und trat bereitwillig zur Seite. Er hatte einen einfachen Holzrahmen gefertigt und war gerade dabei gewesen, die

Kanten ein wenig abzurunden. Auf der Arbeitsfläche lag ein getrocknetes Edelweiß, für das der Rahmen vermutlich bestimmt war.

»Was steht da?« Lene nahm den Rahmen hoch und beäugte die untere Kante, dann erst wurde ihr bewusst, wie unhöflich sie war. »Verzeihung«, sagte sie an François gewandt, aber er winkte ab. Sie betrachtete den Rahmen genauer und blickte ihn fragend an. »Da steht ein Name, oder?«

»Nicolas«, sagte François und zeigte in Richtung Tor.

Lene wurde eine Spur blasser und blickte Elisa an. »Sein Begleiter heißt genauso wie mein jüngster Bruder.«

Elisa verschränkte die Arme und lächelte François aufmunternd an. Ihr war es letztlich gleichgültig, was Lenes Herz für François einnahm, aber dass er ein Andenken für seinen verstorbenen Begleiter anfertigte, schien ihrer Schwägerin zu imponieren.

Nach einigen Augenblicken gab Lene ihm den Rahmen zurück, und mit einem unsicheren Seitenblick auf die beiden Frauen führte François seine Arbeit fort.

»Meinst du, er könnte hier mit anpacken? Das Dach ausbessern, die Pferde beschlagen?«, fragte Lene, während sie ihm dabei zusahen.

»Ich habe keine Ahnung, welche Fähigkeiten er mitbringt. Aber er kann sicherlich anpacken«, erwiderte Elisa. Ihr fiel ein Stein von Herzen. Es war ja nicht so, dass Lenes Bedenken unbegründet waren. François war ein Fremder, und eine gute Portion Misstrauen war sicherlich angebracht.

»Wir könnten behaupten«, fuhr Elisa fort, »dass er ein entfernter Verwandter vom Lanz aus Bruneck ist, den Teresa uns geschickt hat, damit er uns zur Hand geht. Wir erzählen, dass er stumm ist und zudem kein Ladinisch versteht. Das ist nicht einmal gelogen, denn in Bruneck sprechen die meisten ohnehin Deutsch.«

»Das könnte funktionieren. Er darf nur keinem Soldaten über den Weg laufen.«

Elisa schüttelte energisch den Kopf. »Wenn das Militär das erfährt, wird mir nicht einmal Berger helfen können.«

»Dann soll es so sein.« Lene nickte. »Wenn wir ihn für einen Verwandten ausgeben, sollte er nicht in der *majun* schlafen. Aber bei uns möchte ich ihn nicht haben. Er bekommt die dritte Kammer in meiner *ciasa* bei Pacher und Pichler. Ich glaube ohnehin nicht, dass ich dorthin noch einmal zurückziehe.«

»Wieso nicht? Tata hat gesagt, dass du zur Familie gehörst, und es war Franz' und deine *ciasa*. Wenn der Krieg irgendwann endet, werden meine Eltern, Mischi und Rudl zurückkommen, und dann brauchst du Platz für dich und die beiden Buben.«

»Elisa, mach dir nichts vor.« Lene lächelte traurig und wandte sich zum Gehen. »Drei deiner Brüder sind fort, Mischi wird nicht mehr im Stall und auf den Almen arbeiten. Rudl kann sich kaum selbst versorgen. Wer soll den Hof bewirtschaften? Du bist die Einzige, die noch bleibt. Dein Mann wird alles erben, und ich muss sehen, wo ich bleibe …«

»Ich werde niemanden heiraten, der dich fortschickt«, unterbrach Elisa sie empört. Allein der Gedanke war unmöglich. »Außerdem kommen wir gut ohne Männer klar. Wer weiß, am Ende kommt niemand mehr zurück und wir machen allein weiter.« Sie hatte es halb scherzhaft gemeint, doch kaum, dass es ausgesprochen war, wurde ihr bewusst, wie sarkastisch es klang. Sarkastisch und doch nicht unrealistisch. Wie viele Männer des Dorfes waren bereits auf dem *Schlachtfeld der Ehre* gefallen? Ein Viertel oder mehr? Niemand wusste es genau, von vielen fehlte jedes Lebenszeichen. Wieder einmal musste sie die beständige Sorge um Vito zurückdrängen.

»Schon gut, tut mir leid. Wir werden sehen, wenn der Krieg vorbei ist«, sagte Lene in ihre Gedanken hinein.

Das hatten sie alle schon so oft gesagt, im Guten wie im Schlechten. Nur dass es nicht danach aussah, als würde diese Zeit jemals kommen.

»François ist ein Glücksfall«, stellte Lene fest, als sie in den Flur trat und den Schnee von ihrem Schultertuch schüttelte, bevor sie die Haustür schloss. »Er hat den ganzen Schnee um die Gebäude weggeschafft. Nicht, dass es viel gebracht hat, aber dass es immer weiter und weiter schneit, dafür kann er nichts.«

Elisa lachte zustimmend. »Pacher stellt sich jeden Morgen an die Tür, schüttelt den Kopf und sagt: *So viel Schnee, das gab's noch nie.* Dann dreht er sich um und schlurft zurück in seine Kammer.«

»Wundert mich nicht«, rief Chiara aus der Küche. »Er hat mit Pichler und François ein Haus für sich allein, muss nicht frieren und hat kaum zu arbeiten. Ich wette, dass es ihm noch nie so gut ging.« Sie kam mit Franzl an der Hand in den Flur.

Der kleine Junge krähte fröhlich und watschelte sofort auf seinen kurzen Beinen zu seiner Mutter, die Elisa rasch zwei Briefe in die Hand drückte bevor sie ihn auf den Arm nahm. »Na, kleiner Mann? Hast du Hunger?«

Chiara grinste und wies auf ein paar feuchte Flecken auf dem Kleid. »Wir hatten Haferbrei. Ein Teil davon ist sogar in seinem Mund angekommen.«

»Brav!« Lene küsste ihren Sohn auf die Stirn. »Du wirst langsam erwachsen.«

Franzl lachte fröhlich, als Lene ihm durchs weizenblonde Haar strubbelte. Der Blick seiner Mutter dagegen wurde wehmütig.

Elisa wusste, dass Lene in solchen Momenten an Franzls Vater dachte. »Der Kleine ist unsere Zukunft«, sprach sie leise.

Lene nickte stumm und setzte ihn ab. Franzl legte den Finger an die Lippen und schaute grübelnd zu den drei Frauen auf, als überlegte er, bei welcher es die besten Abenteuer zu erleben gab.

»Wo ist Andreas?« Lene schaute sich um.

»Bei François in der *majun*. Er schaut ihm beim Arbeiten zu«, erklärte Chiara.

»Dann gehe ich ihn holen. Er soll ihm nicht immer auf den Füßen herumstehen.«

»Warum nicht? François hat den Burschen ganz gern um sich. Die beiden verstehen sich auch ohne Worte. Und von Andreas lernt er am schnellsten Ladinisch.«, meinte Chiara.

»Trotzdem.« Damit war Lene fort.

Elisa und Chiara setzten sich an den Küchentisch, und Chiara schenkte ihnen Kräutertee ein. Der Winter erschwerte die Versorgung im Tal zusätzlich, und sie hatten nur noch ein wenig Kaffee, den sie für das Weihnachtsfest aufbewahrten.

»Von wem sind die Briefe? Gibt es Neuigkeiten?«

»Der eine ist nur eine amtliche Information für meine Eltern, der andere von Tata. Er wollte sich endlich auf den Weg nach Hause machen, schreibt er. Ich bin gespannt, ob er bei diesen Straßenverhältnissen überhaupt durchkommt.«

Chiara runzelte die Stirn. »Freust du dich gar nicht? Wie geht es deiner Mutter und Mischi?«

»Von Mischi schreibt er nichts. Mama lässt grüßen.« Elisa war klar, dass sie mit diesem Ausweichmanöver nicht weit kam.

Chiara lehnte sich zurück. »Mama könnte François zum Knecht nehmen.«

»Glaubst du, das macht einen Unterschied?« Elisa seufzte laut. »Nein, ich fürchte, wir müssen Tata überzeugen, dass wir einen französischen Soldaten in der *vila* versteckt halten und das auch weiterhin tun möchten.«

»Das wird nicht einfach.«

»Glaubst du, das wüsste ich nicht?«

Energisch setzte Chiara ihren Becher auf dem Tisch ab und sprang auf. »Dann komm. Ich denke, wir sind uns darin einig, dass er bleibt. Lass uns mit Lene und François einen Schlachtplan entwickeln.«

Sie hatten kaum das Tor der *majun* geöffnet, als sie leises Singen und ein rhythmisches Klopfen hörten, gefolgt von ein paar schiefen Flötentönen.

Erstaunt neigte Chiara den Kopf. »Was ist das denn?«

»Wenn wir hier stehen bleiben, werden wir es nicht herausfinden.«

Sie fanden Lene und François mit den beiden Kindern an der Werkbank. François versuchte, einer krude geschnitzten Flöte richtige Töne zu entlocken. Kaum dass er Elisa und Chiara erblickte, lächelte er breit, winkte ihnen zu und machte mit dem Finger ein paar kreisende Bewegungen.

»Warum nicht?« Chiara lachte auf und machte eine tiefe Verbeugung vor Elisa. »Meine Dame, darf ich um diesen Tanz bitten?«

Andreas klatschte aufgeregt in die Hände, weil François eine muntere Melodie zu spielen begann. Einige Töne waren schief, und im Grunde klang es fürchterlich. Doch auf Elisas Lippen malte sich ganz von selbst ein Lächeln, als sie mit Chiara ein paar übermütige Runden drehte. Wann hatte sie das letzte Mal getanzt?

Nach einigen Takten hielt François inne, und sie alle klatschten Beifall. Bevor er zu einem neuen Lied ansetzte, lief Chiara auf ihn zu und zog ihn auf die freie Fläche vor der Werkbank. Überrascht ließ er die Flöte auf die Arbeitsplatte fallen und folgte ihr. Elisa überlegte nicht lange. Sie zog Andreas vom Schoß seiner Mutter und begann ein Tanzlied zu singen. Sofort fielen Chiara und Lene ein, Lene klatschte mit Franzl den Takt dazu. Sie tanzten und drehten sich, sangen beinahe jedes Volkslied, das sie kannten, bis alle außer Atem waren.

Chiara schaute François aus blitzenden Augen an, und es war Elisa, als hielte er sie noch einige Sekunden länger in den Armen. Offenbar fiel ihm das ebenfalls auf. Rasch rief er laut »Merci!« und drückte ihr zwei schmatzende Küsse auf die Wangen, bis Chiara ihn lachend von sich schob und ihm spielerisch mit dem Finger drohte. »Wage das nicht noch einmal.«

Elisa lachte. »Bilde dir nicht zu viel ein. Ich glaube, das macht man in Frankreich einfach so.« Sie setzte Franzl, den sie auf die Schultern gehoben hatte, neben dem Ofen ab und ließ sich auf das Stroh fallen, das François in seinen ersten Tagen als Lager gedient hatte.

Zum ersten Mal seit Wochen, nein Monaten, seit Chiaras Mutter Vitos Brief erhalten hatte, war sie glücklich. Seit dem Kriegseintritt Italiens waren die Kirchenglocken verstummt, kaum jemand sang oder machte Musik. Erst jetzt merkte Elisa, wie sehr ihr diese Art von Geselligkeit fehlte. Es war so einfach, so unbeschwert. Die Sorgen dort draußen verschwanden nicht, aber vielleicht waren sie ein kleines bisschen leichter zu ertragen.

Wieder lächelte sie, sie hatte schon beinahe das Gefühl, davon einen Muskelkater in den Mundwinkeln zu bekommen.

Sie beobachtete, wie François Andreas auf seinen Rücken hob und in kleinen Kreisen herumgaloppierte, während der Junge ihm im Takt auf den Kopf schlug und ihn anfeuerte. Chiara hielt Franzl im Arm und hatte ihr Gesicht in seinen kurzen Haaren vergraben. Lene sah zu ihr hinüber und nickte lächelnd. Elisa erkannte, dass sie von der Erkenntnis ebenso überrascht war wie sie selbst: Sie mussten mehr gemeinsam singen, lachen und fröhlich sein, durften sich nicht von den widrigen Umständen unterkriegen lassen. Sonst würden sie enden wie Mischi und sich einfach aufgeben.

Irgendwann kam François schnaufend zum Stehen, und Lene erlöste ihn endlich von Andreas, der von seinem Ersatzpferd nicht genug bekam. François nahm die Flöte und versuchte sich an einer getragenen Melodie, bis sie alle protestierten und sich vielsagend die Ohren zuhielten.

Lachend gab der Franzose auf.

Lene hatte wirklich recht gehabt. Elisa schloss die Augen und gab sich der fröhlichen Stimmung hin. François war ein Glücksfall. Das musste auch ihr Vater einsehen, sobald er zurückkehrte.

35. KAPITEL

Anfang Oktober 1916 – Kaiserjägerstellung nahe des Gran Lagació

War das noch das Leben oder schon der Tod? Vitos Welt bestand aus Schmerzen, roten Flammenzungen, die hinter seinen geschlossenen Lidern zuckten und einem zentnerschweren Gewicht, das auf seiner Brust lag und ihm das Atmen schwer bis unmöglich machte. Er durchlebte noch einmal sein erstes Verhör bei Cutrì, schmeckte wieder das Blut und den Eiter, der ihm aus der Nase in den Rachen lief.

Meistens war Lärm um ihn herum und manchmal Stille. Seltsamerweise ängstigte ihn die Stille mehr, dann spannte er den gesamten Körper an und wartete zitternd auf den nächsten Gewehrschuss. Zugleich waren das die Momente, in denen er sich lebendig fühlte und nicht glaubte, tot zu sein, sondern dass er irgendwo, wo es ständig viel zu heiß war, auf einer harten Unterlage lag. Bevor er diese Erkenntnis nutzen konnte, verließ ihn die Kraft, und er dämmerte zurück in die Traumlande, wo ... *der Steinadler mit ihm gemeinsam abhob. Dann war er selbst der stolze König der Lüfte, der alles unter sich zurückließ, über die Berge hinwegflog, die höchsten Wipfel kaum eines Blickes würdigte und auf dem Wind weiter bis ans Meer reiste. Seine Großeltern standen dort am Strand und winkten ihm fröhlich zu, doch es zog ihn weiter und weiter übers Wasser hinaus zum Ende des Horizonts. Er sauste von Wolke zu Wolke, schraubte sich immer höher der Sonne entgegen wie einst Ikarus mit Flügeln, die sein Vater Dädalus konstruiert hatte.*

Plötzlich war da Sehnsucht in ihm, seinen Vater zu finden und ihn um Verzeihung zu bitten. Wie Ikarus war er stolz und blind für die Wahrheit gewesen, hatte sich arrogant über das erhoben, was seinen Vater ausgemacht hatte, und war daran gescheitert, war der Sonne zu nahe gekommen und gestürzt.

Ihre Rollen waren vertauscht, Jakob Costa war ein einfacher Mann, und Vito, sein Sohn, hatte die Chance erhalten, Bildung und Wissen zu erlangen, selbst der Ingenieur zu sein und sich bessere, schönere Flügel zu bauen, als sein Vater es je vermocht hätte.

Und dann? Dann hätte er ihn mit auf den Jungfernflug nehmen müssen, sie hätten gemeinsam fliegen sollen. Stattdessen hatte er den Mann, der es stets gut mit ihm gemeint hatte, mit Verachtung gestraft, nur, weil er seine Familie liebte – und seine Heimat.

Vitos Heimat, sein Hort der Geborgenheit, wo war der?

Das Meer glitzerte in einem endlosen Blaugrau unter ihm, über ihm nur der Himmel. Dann erblickte er ein Fischerboot, winzig zwischen den Wellen. Das sonnenverbrannte Gesicht Flavios schaute zu ihm auf und Ezios Augen, in denen er stets die Weinberge zu sehen geglaubt hatte, die sich in ihnen spiegelten.

Das alles durfte nicht umsonst gewesen sein …

Im Sturzflug jagte er zurück zum Strand und weiter über den Gardasee hinauf bis zu den bleichen Gipfeln der Dolomiten. Doch sie waren nicht mehr bleich, sondern blutgetränkt von Sterbenden und Toten. Dolasíla, die stolze Kriegerin der Fanes, stand auf dem Sas dla Crusc *Wacht, ihr schneeweißes Panzerkleid aus Hermelin war der einzig helle Fleck in all dem Rot. Ihre Augen waren dunkel vor Wut und schlugen ihm blaue Blitze entgegen. »Du hast uns allein gelassen!«, schrie sie Vito zu. »Deinem Vater hast du vorgeworfen, dass er dich gegen deinen Willen zu uns gebracht hat. Aber du selbst hast uns nicht danach gefragt, ob wir wollen, dass du gehst! In diesen Krieg ziehst, um gegen deine Brüder zu kämpfen. Du kannst gar keine Seite wählen, du kämpfst immer gegen dich selbst. Immer! Immer …« Das letzte Wort echote von den umliegenden Bergen zurück und hallte in seinen Eingeweiden wider, als er sich umwandte und im Sturzflug über die grüne Ebene von Fanes raste. Sie hatte recht. Er musste den anderen sagen, dass sie damit aufhören sollten.*

Er blickte ein letztes Mal zu ihr, um ihr Antlitz zu sehen und sich Mut zu machen. Er erschrak, denn dort stand Elisa noch immer in der Gewandung der sagenhaften Kriegerin, aufrecht und stolz. Sie hielt den Kopf gesenkt, die Arme vor der Brust gekreuzt, dabei die Fäuste in Abwehr erhoben und zugleich bereit zum Angriff, wenn es nottat.

»Du kämpfst nicht für mich, nur für dich selbst und immer zugleich gegen dich«, wiederholte sie die Worte der Faneskriegerin.

Vito hetzte davon, unfähig, ihr zu erklären, was er selbst nicht verstand. Unter ihm schossen Männer aufeinander, und immer wenn einer getroffen wurde, verwandelte er sich in einen Stein. Nur manchmal gelang es einem aus Dolasílas Volk, sich rechtzeitig in ein Murmeltier zu verwandeln und unter

Tage zu fliehen. Doch auch sie waren verdammt, mussten dort unten ausharren bis zum Tag der Verheißung.

Dann sah er Mischi, gerade als er von einer Salve getroffen wurde. Er stürzte eine Bergzinne hinab, tiefer und tiefer in eine Schlucht. Kurz bevor er aufschlug, verwandelte er sich jedoch in einen Gamsbock und sprang über die Felsen in Sicherheit.

Das Licht der aufgehenden Sonne traf auf seine geschlossenen Lider …

»Wo Licht ist, ist Leben, wo Leben ist, Hoffnung«, murmelte eine fremde Stimme.

Vito spürte eine feuchte Hand auf der Stirn. Es war unangenehm. Er versuchte, sich unter ihr wegzudrehen.

»Da ist noch Leben, Kofler.«

»Besser so. Wäre schade um ihn.«

»Weil er uns von drüben erzählen könnte?«

»Nein, Kurat. Es sind einfach zu viele. Ist schade um jeden.«

»Da sprichst du ein weises Wort.«

Die Hand schlug mehrmals sachte gegen Vitos Wange. Er keuchte auf.

»Lass ihn. Das wird schon.«

Dann war wieder Nacht um ihn.

Beim nächsten Mal war es dämmrig und stickig, als Vito erwachte, doch es kam ihm nicht mehr ganz so warm vor. Seine Zunge klebte am Gaumen. Er räusperte sich und schluckte mehrmals, bis er die aufgesprungenen Lippen benetzen konnte.

Neben ihm rührte sich jemand, und dann hörte er, wie ein Zündholz angerissen und eine Lampe entzündet wurde.

Geblendet kniff Vito die Augen zu und stöhnte.

Ein Mann lachte leise. »Hast du dich endlich für das Leben entschieden?«

Vito versuchte, sich zu bewegen, aber zumindest dieses seltsame Gewicht auf der Brust war nicht nur Einbildung gewesen. Als er seinen Körper unter der rauhen Decke abtastete, fühlte er einen strammen Verband um den Oberkörper. Jeder Atemzug schmerzte, allerdings nicht sehr schlimm. Was auch immer passiert war, musste ein paar Tage her sein.

Er blinzelte gegen das Licht und sah einen grauhaarigen Mann, der über ihn gebeugt stand und ihn kritisch musterte. Sie befanden sich in einer winzigen Kammer, in der gerade einmal Platz für zwei einfache Pritschen und einen schmalen Gang dazwischen war. An den Kopfenden stand ein winziger Tisch. Über den Betten waren bis unter die niedrige Decke Regale angebracht, in denen Vito hauptsächlich dunkelbraune Flaschen mit Flüssigkeiten, Kisten mit Verbandsmaterial und ein paar metallene Werkzeuge erkannte, die an chirurgisches Besteck erinnerten.

Vito schloss die Augen. Allein das Umsehen war anstrengend, vor seinen Lidern flimmerten Lichtpunkte. »Wo bin ich?«, brachte er mühsam hervor. »Sind Sie Arzt?«

Wieder spürte er eine Hand auf der Stirn, doch dieses Mal versuchte er nicht, sich zu entwinden. Dieser Mann wollte ihm helfen.

»Du bist in einer Baracke der Tiroler Kaiserjäger. Kennst du dich hier aus? Wie genau möchtest du es wissen?«

»Wollte in Richtung Tofanes.« Die Hand legte sich an sein Kinn, und dann war da ein kühles glattes Gefäß, von dem Flüssigkeit auf seine Lippen tropfte. Gierig leckte Vito danach.

»Trink. Langsam, kleine Schlucke. Du bist zu weit südlich gelaufen. Unser Stützpunkt ist ziemlich genau in der Mitte zwischen Tofanes und Lagació. Eine Patrouille hat dich angeschossen, bevor sie erkannt haben, dass du einer von uns bist, und danach hergebracht.« Der Mann schmunzelte. »Ich bin kein Arzt. Ullrich Ganter, übrigens. Habe Tiermedizin studiert, bevor sie mir die Uniform zugeworfen haben. Etwas

Besseres bekommst du hier oben nicht. Ob ich nun Menschenhaut zusammenflicke oder Tiere, so groß ist der Unterschied nicht.«

Vito gelang es inzwischen besser, gegen das Licht zu blinzeln, um sein Gegenüber genauer zu betrachten. Die grauen Haare täuschten über sein tatsächliches Alter hinweg, das Gesicht um die freundlichen Augen mit dem aufmerksamen Blick war glatt. Der angehende Tierarzt war höchstens fünfundzwanzig Jahre alt.

»Angeschossen? War ich schwer verletzt? Haben sie die Lunge getroffen?«

»Lebst du noch? Kannst du atmen?«, fragte Ullrich ironisch und setzte den Wasserbecher ab, um ihn erneut zu füllen.

»Ja, natürlich.«

»Hätten sie die Lunge getroffen, wärst du längst tot. Vielleicht haben sie sie gestreift, woher soll ich das wissen? Auf jeden Fall funktioniert dein Kreislauf noch. Glatter Durchschuss. Der wäre nicht mal schlimm gewesen, wenn du nicht eine Böschung hinabgestürzt wärst. So kamen zwei angebrochene Rippen und ein offener Schlüsselbeinbruch hinzu.« Ullrich zog die Schultern hoch. »Ich kann dir nicht sagen, was davon nun von der Kugel und was vom Sturz herrührt. Ist das wichtig?«

»Ich glaube nicht.« Vito atmete vorsichtig etwas tiefer durch. Jetzt spürte er die Stellen auf der linken Seite, von denen der Schmerz ausging. »Wie lange ist das her?«

Ullrich überlegte. »Ich weiß nicht genau. Die Tage hier fließen ineinander. Zehn, vielleicht zwölf Tage? Der Leutnant wird es wissen, er hat aufgeschrieben, wann sie dich eingesammelt haben.« Er setzte den Becher an Vitos Lippen. »Dein Problem war der Wundbrand. Ich habe dir immer wieder Abszesse aufgeschnitten. Du hast so hohes Fieber gehabt, dass ich mir des Nachts einen Ofen sparen konnte. Der Kurat hatte dir vorige Woche bereits die Letzte Ölung gegeben.«

Vito trank noch etwas. Danach versuchte er, sich aufzusetzen. Ullrich half ihm und zupfte anschließend, ohne zu fragen, die Decke weg, um den Verband zu begutachten, der kreuzweise über Vitos Brust gebunden war und ein dickes Verbandspäckchen an der linken Schulter fixierte. Da Vito bereits nach den wenigen Bewegungen so Tode erschöpft war, sah er teilnahmslos dabei zu, wie vereiterte Lagen gegen frische ausgetauscht wurden.

»Was ist das?«, fragte Vito endlich, als er wieder genug Energie zum Sprechen fand. »Das sieht nicht aus wie Charpie. Meine Schwester zerrupft seit Kriegsbeginn pflichtgetreu jedes Laken in unserem Haushalt.«

»Das?« Ullrich hob das Päckchen. »Das ist Wollgras. Ein guter Ersatz für Mull. Wenn die Italiener einmal loslegen, haben wir selten genug. Das hier ist die gesamte Krankenstation unseres Postens.« Er kräuselte spöttisch die Lippen und machte eine weit ausladende Armbewegung, wobei seine Fingerspitzen fast die gegenüberliegende Wand berührten. »Eigentlich bin ich nur für die Erstversorgung zuständig. Ich und der Kurat. Wobei natürlich jeder hilft, was er kann, wenn es eng wird. Wer die ersten Stunden überlebt, wird zu Tal transportiert und dort in den Krankenstationen oder Spitälern versorgt.« Mit geübten Fingern befestigte er den Verband und nickte zufrieden. »Geht einfacher, wenn du wach bist. Ich hoffe, dass es nicht allzu sehr geschmerzt hat.« Es neigte den Kopf, grinste breit und tippte sich an die Nase. »Wobei du ja einiges gewöhnt zu sein scheinst. Deine Nase war doch sicher einmal gebrochen.«

»Es geht schon.« Vito zog eine Grimasse. »Ich habe ein wenig abbekommen, das stimmt schon.«

Ullrich wurde ernst. »Es gibt einen Grund, warum du noch hier bist. Der Leutnant möchte wissen, wo du herkommst und ob du von den Italienern etwas berichten kannst, das ihm nützlich sein könnte. Du trägst eine österreichische Uniform, aber wie du hierhergelangt bist, ist uns ein Rätsel.«

Vito nickte bedächtig, mit einem Mal unsicher. Er entschied sich für einen Teil der Wahrheit. »Der Leutnant wird enttäuscht sein. Ich war fast ein Jahr in Cortina in Gefangenschaft. Ich kann ihm hauptsächlich von dem Verschlag berichten, in dem sie mich gehalten haben.«

»Sieh an.« Ullrich zog die Augenbrauen hoch. »Lass mich raten: ein Luxusappartement? Gekalkte Wände, Lehmboden, massive Holztür. Fenster?«

Vito schloss die Augen, wurde sich der abgestandenen Luft in der winzigen Kammer gewahr. »Eine kleine Luke.«

Hier gab es kein Fenster, und wenn er dem Leutnant verdächtig war, konnte der ihn jederzeit wieder einsperren. War das sein Schicksal? Von der einen Zelle in die nächste? Der Verband drückte ihm auf den Brustkorb, schnürte ihm die Luft ab. Die Schulterwunde pochte.

Dann fühlte er, wie Ullrich behutsam seine in die Decke gekrallten Finger löste.

»Leg dich hin und versuch, noch ein paar Stunden zu schlafen. Wie heißt du eigentlich?«

Veit, der Österreicher? Vito, der Italiener? Beide Verräter am jeweils anderen?

Ihm schwirrte der Kopf. Dann sah er das liebevolle Gesicht seiner Mutter vor dem geistigen Auge aufflackern. Ganz in der Ferne glaubte er Ezio zu hören, der mit klaren Tönen *Fate la nanna* pfiff.

»Vito Costa. Ich bin aus Val Badia.« Ganz gleich, für welche Seite er sich am Ende entschied, sein Name war Vito. Der Name, auf den ihn seine Eltern getauft hatten.

Ullrich drückte ihn sanft auf die harte Unterlage und deckte ihn mit der kratzigen Decke zu. »Gut. Nimm mir meine Worte nicht übel, Vito. Manchmal hilft mir nur Ironie, diesen ganzen Wahnsinn zu ertragen, ohne den Verstand zu verlieren. Morgen früh sehen wir weiter.«

Niemals hätte Vito geglaubt, dass er sich jemals so schwach fühlen könnte. Immer noch wütete das Fieber in seinem Körper, wenn auch nicht mehr so stark. Die meiste Zeit verschlief er. War er wach, konzentrierte er sich voll und ganz darauf, Ullrich Ganter zuzusehen, wie er Tinkturen mischte oder alte Mullbinden mit frischem Wollgras stopfte, die er später auf einem Petroleumkocher sterilisierte. Sein Zimmergenosse, so glaubte Vito, war notgedrungen ein viel besserer Sanitäter geworden, als er zugab. Ohne den Krieg wäre er vermutlich ein hervorragender Tierarzt. So blieb er in der Basisstation der Kaiserjäger und versorgte Menschen.

In den ersten Tagen wunderte Vito sich noch, dass Ullrich nicht an die Front musste. Normalerweise erwischte es jeden früher oder später, sofern er keine anderen offiziellen Aufgaben – wie ein richtiger Regimentsarzt zu sein – hatte. Erst nach einer Zeit fiel ihm auf, dass Ullrich ein Unterschenkel fehlte. Er hatte eine einfache Holzprothese, mit deren Hilfe und einem Stock er außerhalb der Kammer herumhumpelte. »Granate, Ostfeldzug, Oktober 1914«, war die knappe Antwort, nachdem er Vitos neugierigen Blick bemerkte. »Hat mein Pferd erwischt. Hab einen halben Tag unter dem toten Gaul gelegen.«

Er sprach nicht darüber, und Vito fragte nicht. In der Kammer nahm er die Prothese meistens sofort ab und erledigte das meiste vom Bett aus im Sitzen. Platz zum Herumlaufen hatten sie nicht, und vermutlich war Ullrichs Verletzung deshalb zunächst nicht aufgefallen.

Der Platz war ein anderes Problem. Immer wenn Vito sich allein in dem winzigen Raum befand, bekam er Schweißausbrüche. Dann wäre er am liebsten aufgesprungen und einfach hinausgelaufen, irgendwohin, Hauptsache, man konnte ein Stück Himmel sehen. Einmal hatte er das anscheinend sogar versucht, obwohl er sich nicht mehr daran erinnerte. Ullrich hatte ihn direkt an der Tür gefunden, wo er entkräftet zusammengebrochen und ohnmächtig geworden war. Das Fieber mochte gesunken sein, doch es war noch nicht besiegt.

»Wie fühlst du dich?«, fragte Ullrich ihn am fünften Tag nach seinem ersten Erwachen.

Vito blinzelte ihn an und schaffte es, sich auf die Bettkante zu setzen, ohne einen Schwächeanfall zu bekommen. »Ich habe überhaupt kein Gefühl für die Tageszeit.« Gähnend wischte er sich übers Gesicht. »Der Anfang ist vielversprechend. Es flimmert nicht vor den Augen, und mir ist nicht ganz so warm.«

Ullrich nickte zufrieden und drehte sich auf seinem Bein zur Tür. Er hielt sich am Türrahmen fest und angelte nach der Prothese, die auf dem Boden neben einem Bündel lag. »Hier liegt deine Uniform. Wenn du dich angezogen hast, gehst du nach links den Gang entlang in den großen Raum. Ich warte dort. Oder brauchst du Hilfe?«

»Danke, es geht schon.« Vito kam schwankend auf die Beine, doch es ging besser, als er erwartet hatte. Es wurde Zeit, dass er wieder ohne diese methodische Fürsorge zurechtkam.

Ullrich erwartete ihn wie versprochen mit einem kargen Frühstück aus trockenem Brot und dünner Fleischbrühe in einem Raum, der Vito nur entfernt an den gemütlichen Aufenthaltsraum in Marco Declaras Hütte erinnerte, da die Einrichtung viel karger und scheinbar hastig zusammengezimmert war. Doch genau wie dort gab es um einen Kamin herum Regale, in denen Soldaten verschiedene Gegenstände wie Devotionalien sammelten: ein durchgelaufener Stiefel, ein verbogenes Gewehr. Eine nicht explodierte Granate, auf die jemand ein Datum eingraviert hatte, Kugeln in allen erdenklichen Kalibern. Vito schauderte, weil er an sein Dewargefäß dachte, das in Marcos Hütte im Regal stand.

Er setzte sich zu Ullrich, der ihm schweigend Gesellschaft leistete, bis er gegessen hatte. Danach war Vito so erschöpft, dass er sich am liebsten wieder ins Bett gelegt hätte.

Ullrich erkannte die Anzeichen der Erschöpfung. »Ich bringe dich zu Oberjäger Kofler, der hier zumeist das Sagen hat, solange sich kein ranghöherer Offizier blicken lässt. Schaffst du das?«

»Ich denke schon.« Vito versuchte es mit einem zuversichtlichen Lächeln.

»Dann komm.« Ullrich stemmte sich auf seinen Stock und humpelte mit einem gleichmäßig dumpfen Takt neben ihm her. »Du solltest dir ein paar Gedanken darüber machen, wo du die nächsten Wochen verbringen willst, Vito. Du könntest mit dem nächsten Wachwechsel ins Tal und dich bei deiner Einheit melden. Wenn ich du wäre, würde ich hierbleiben, bis es mir richtig gutgeht.«

»Mal sehen«, murmelte Vito ausweichend. Jetzt, da er zum ersten Mal wieder richtig auf den Beinen war, machte ihm die Aussicht auf einen beschwerlichen Abstieg nicht gerade Mut. Andererseits wollte er endlich seine Familie darüber informieren, dass es ihm gutging. Und was sollte er hier tun? Ein militärischer Stützpunkt nahe der Front war kein Platz für Müßiggänger, selbst wenn ein großer Teil der Einsätze aus zermürbender Warterei bestand.

Ullrich führte ihn in ein winziges Büro, einen Raum, in dem gerade mal ein quadratischer Tisch mit zwei Stühlen Platz hatte.

»Stabsoberjäger Kofler, hier ist Standschütze Vito Costa für Sie.« Er salutierte, und Vito tat es ihm nach.

Kofler schaute von den ausgebreiteten Papieren auf und nickte. Ullrich verließ den Raum und zog einen dunklen Vorhang vor die Öffnung.

Vito blieb unschlüssig stehen, wobei er sich zunehmend unwohl fühlte. Der Raum war genau wie Ullrichs Schlafkammer viel zu klein und stickig. Vermutlich war es bei den eisigen Außentemperaturen ganz gut, die Wärme so gut wie möglich zu speichern, aber er sehnte sich nach frischer Luft und dem Anblick des Himmels. Mühsam riss er sich zusammen, Kofler konnte ihn schließlich nicht ewig stehen lassen.

Endlich schaute der Oberjäger auf, als würde ihm jetzt erst bewusst, dass Vito noch stand, und zeigte auf den leeren Stuhl.

Vito setzte sich und betrachtete sein Gegenüber. Kofler trug einen abgetragenen, aber sauberen Uniformrock und einen gepflegten Schnauzer, wie es für die Kaiserjäger Vorschrift war. Er mochte um die vierzig Jahre alt sein, und doch war da um die Augen dieser inzwischen wohlvertraute Schatten eines Mannes, der zu viele Tode gesehen hatte. Um die Mundwinkel und auf der Stirn hatten sich tiefe Falten eingegraben, was ihm ein verhärmtes Aussehen verlieh. Doch als er sich ihm endlich zuwandte, lächelte er freundlich. »Willkommen bei uns. Wie fühlst du dich? Ganter hat ganze Arbeit geleistet, unser Kurat war nicht so optimistisch, ob du durchkommst.«

»Ganz gut. Die Schusswunde ist noch offen, aber es heilt endlich.«

Kofler nickte bedächtig. »Und du kommst aus Cortina? Standschütze?«

»Ich stamme aus Val Badia und war auf Fanes bei den Standschützen und dem Deutschen Alpenkorps. Meine Patrouille wurde von Italienern entdeckt, und sie haben mich gefangen genommen. Das war vor über einem Jahr.«

»Eine lange Zeit.«

»In der Tat.« Jetzt, wo Kofler es aussprach, wurde Vito erst bewusst, wie lange. Jeder Tag in seinem Verschlag war ihm eintönig und endlos erschienen, jetzt jedoch, da er hier saß, fragte er sich, wo die Zeit geblieben war. Es war ein verlorenes Jahr.

»Was wurde aus der Patrouille?«, wollte Kofler wissen.

Vito entschied sich, offen zu sein. »Erschossen. Ich spreche Italienisch, Deutsch und Ladinisch und war daher nützlich.«

»Wie bist du entkommen?«

»Durch Glück.« Und zwei treue Freunde. Aber das war der Teil, über den Kofler nichts wissen musste. Vito konnte nicht einschätzen, welche Meinung der Kaiserjäger den Italienern gegenüber vertrat. Marco hätte er alles erzählt, dieser Mann dagegen war ein Fremder.

Kofler betrachtete ihn nachdenklich und faltete die Hände zu einem Dach. »Wir haben dich für einen Feind gehalten und angeschossen. Du hast eine offensichtliche Wunde, und du sprichst Italienisch. Wir könnten uns das zunutze machen.«

Vito schaute ihn ehrlich verblüfft an, zugleich von einer üblen Vorahnung erfüllt.

»Du könntest zurückgehen und dich für einen Überläufer ausgeben«, fuhr Kofler fort. »Du wechselst die Seiten – natürlich nicht offiziell – und gibst uns regelmäßig Informationen über die italienischen Truppen in Cortina.« Der Oberjäger sah ihn auffordernd an, als erwartete er begeisterte Zustimmung.

Vito legte die Hände in den Schoß und überlegte fieberhaft. Er hatte sich für Elisas Seite entschieden und war bereit, seine Pflicht zu erfüllen. Aber Kofler verlangte zu viel.

»Nein.« Zu seinem Ärger hörte Vito, dass seine Stimme zitterte, da er sich natürlich fragte, was seine Weigerung für Konsequenzen hatte.

Er räusperte sich. »Nein«, wiederholte er nachdrücklicher. »Dafür bin ich der falsche Mann.«

Kofler schien nicht überrascht und zog nur wenig die Augenbrauen hoch. »Und wie kann ich sicher sein, dass du nicht mit einem ähnlichen Auftrag und einer geliehenen Uniform von den Italienern geschickt wurdest?«

Vito starrte ihn sprachlos an, während die Furcht ihm wie ein eisiger Finger über den Rücken kroch. War das die Antwort? War er aus seiner Gefangenschaft in die nächste geflohen? Wie von selbst schüttelte er den Kopf, brachte jedoch immer noch kein Wort hervor.

»Auf welche Seite gehörst du, Vito Costa?« Koflers Stimme war leise, fast schien Mitleid in den Worten mitzuschwingen.

»Ich werde tun, was Sie von mir verlangen, aber ich werde nicht spionieren. Weder für die eine noch für die andere Seite.« Vito sah den Oberjäger so offen und ehrlich an, wie er nur konnte.

Er war es leid, sich zu rechtfertigen, müde, Entscheidungen zu treffen, die immer nur *für* das eine und *gegen* das andere waren. Er wollte alles hinter sich lassen, nur noch nach Hause, zu seiner Familie, mit Elisa sprechen, ihr sagen, was sie ihm bedeutete und dass die Erinnerung an ihr Lachen ihn durch die allerschlimmsten Stunden getragen hatte.

Auf einmal glaubte er, seine Empfindungen in Koflers Miene gespiegelt zu sehen. Doch vielleicht war das nur eine Sinnestäuschung, eine verzweifelte Hoffnung. Nur eine weitere List dieses verfluchten Krieges.

36. KAPITEL

14. Dezember 1916 – Vila Kastlunger, Val Badia

Elisa traf am späten Nachmittag in der Amtsstube ein, da Hauptmann Berger sie hinbestellt hatte. Wo früher ihr Platz gewesen war, saß nun in der Regel ein maroder Soldat der Landesschützen, der neben militärischen Angelegenheiten auch Aufgaben für Willeit erledigte. Manchmal sehnte Elisa sich nach ihrer Zeit im Büro zurück, hatte sie stets eine angenehme Abwechslung geboten. Doch inzwischen wurden gute Nachrichten immer seltener, und sie war froh, damit nichts mehr zu tun zu haben. Zumeist ging es um die bürokratischen Konsequenzen, wenn ein Familienvater gefallen war, die Regelung der Besitzverhältnisse, die Versorgung der Hinterbliebenen. Elisa gingen solche Meldungen nicht mehr nahe, sondern machten sie wütend, denn sie führten ihr unablässig vor Augen, wie unsinnig das alles war, was die hohen Herren in Wien, Berlin oder Paris sich ausdachten. Jetzt gerade war in den Zeitungen die Rede von Friedensbemühungen, aber eben nicht mehr als das: sinnloses Gerede von Königen und Kaisern, während ihre Untertanen sich weiterhin gegenseitig abschossen. Im November, nachdem die Nachricht vom Tod Kaiser Franz Josephs das Tal erreicht hatte, hatte sie gehofft, dass dies vielleicht das Ende des Krieges bedeutete. Doch sie wurde schnell eines Besseren belehrt. Es änderte sich nichts.

Zu Elisas Erstaunen war die Amtsstube leer, als sie eintrat. Der Ofen war ordentlich eingeheizt, Willeit oder seine Helfer konnten nicht weit sein.

Sie zog ihren dicken Wollmantel und das gestrickte Schultertuch ab, das sie zum Schutz gegen den Schnee über den Kopf gestreift hatte. Es schneite in diesem Winter unablässig, teilweise türmten sich die weißen Massen bereits meterhoch, ohne dass ein Ende abzusehen war.

Mit einem Seufzer ließ Elisa sich auf den einfachen Besucherstuhl vor Willeits Schreibtisch fallen. Niemand ließ sich blicken. Nach einer Weile begann sie ungeduldig auf die Tischplatte zu trommeln. Was dachten sich die feinen Herren wieder? Es mochte Winter und auf einem Bauernhof nicht ganz so viel zu tun zu sein, doch sie könnte ihre Zeit wirklich besser nutzen. In ein paar Tagen war Weihnachten. Sie wollten das Fest so fröhlich wie möglich feiern. Seit François sie zum Tanzen und Singen animiert hatte, taten sie das bei jeder Gelegenheit wieder. Es vertrieb die Sorgen, wenigstens für ein paar Minuten, und gab ihnen Kraft, sich nicht von düsteren Gedanken überrollen zu lassen. Nur Lucia kränkelte, lag seit Tagen im Bett, fror erbärmlich und weinte leise vor sich hin, wenn sie glaubte, dass niemand es bemerkte. Manchmal fiel Chiara in ihre ungnädigen Stimmungen zurück und schimpfte herum, doch Elisa zeigte das nur, wie sehr sie sich sorgte, da niemand so recht wusste, was ihrer Mutter eigentlich fehlte. Sie hatte weder Fieber noch Husten oder sonstige äußere Anzeichen, die ihnen Hinweise geben könnten.

Plötzlich wurde die Tür zur Amtsstube aufgerissen, und ein eiskalter Windstoß fuhr durch den Raum. Elisa sprang auf, als zwei Soldaten, gefolgt von Willeit und Kurat Ploner hereinstürmten.

Willeit nahm seine Brille ab, die von der warmen Luft beschlug. Dann erst bemerkte er Elisa und blinzelte schuldbewusst.

»Wie lieb von dir, dass du gekommen bist. Ich bezweifle jedoch, dass Hauptmann Berger Zeit hat. Er muss unerwartet einen Nachschubtrupp organisieren.« Die beiden Soldaten hoben eine schwere Kiste an, die Elisa bis dahin gar nicht bemerkt hatte. Kurat Ploner nickte kurz in Elisas Richtung, hielt den beiden Männern mit ihrer Last die Tür auf und war im nächsten Augenblick verschwunden.

Willeit ließ die Schultern sinken und murmelte scheinbar verärgert vor sich hin. Dann ging er an ihr vorbei zu seinem Schreibtisch und nahm ein Schreiben. Elisa erkannte sofort, dass es eine Liste war, und ihr wurde flau im Magen.

Wer?

Ihr Vater war aufgrund der starken Schneefälle auf seiner Rückreise aus Graz länger als geplant in Bruneck bei Tante Teresa geblieben, doch es ging ihm gut, und er wollte vor Weihnachten kommen. Im Brunecker Spital arbeitete auch Rudl, ihm konnte nicht viel passieren. Mischi war in Graz.

Blieb nur Vito.

Unauffällig ballte Elisa die Hände zu Fäusten und rief sich innerlich zur Ordnung. Das konnte nicht sein. Willeit wusste nicht, wie sehr Vito ihr am Herzen lag. Was immer er für eine schlechte Nachricht hatte, es konnte nicht so schlimm werden.

»Von der Punta Rocca an der Marmolata ist eine Lawine abgegangen.« Willeit putzte umständlich seine beschlagene Brille und setzte sie auf. »Sie hat ein Lager der Landesschützen erwischt. Es gab über hundert Verschüttete, und vermutlich werden es noch viel mehr.«

»Herr Willeit, bitte.« Elisa konnte ihre Ungeduld kaum beherrschen. Sie hatte die schlechten Nachrichten so unendlich satt. »Wer?«

Willeit senkte den Kopf. »Giovanni Costa.«

Elisa schnappte nach Luft und schloss die Augen. Vitos kleiner Bruder, gerade mal sechzehn Jahre alt geworden und jetzt das nächste Opfer. »Du lieber Gott, nein«, flüsterte sie. »Wie sollen wir das seiner Mutter erklären?«

Willeit legte ihr tröstend die Hand auf die Schulter. »Wenn du möchtest, komme ich mit. Oder ich gebe dem Kurat Bescheid, das ist schließlich seine Aufgabe.«

Elisa fühlte sich, als wäre sie selbst von einer Lawine überrollt worden. Ihr graute davor, Chiara und ihrer Mutter das anzutun. Und Vito? Was würde er sagen, wenn er zurückkehrte? Er hatte seinem Bruder verboten, sich zu melden. Giovanni hatte sich brav daran gehalten und nach dem Ende seiner Schulzeit auf dem Hof gearbeitet. Dann war der zweite Herbst angebrochen, nachdem Vito in den Krieg gezogen war. Seit über einem halben Jahr gab es von ihm kein Lebenszeichen. Ein paar Soldaten von Hauptmann Berger waren durchs Dorf gelaufen und hatten für die Landesschützen rekrutiert. Die Wirkung von Vitos Verbot war verblasst, weder Chiaras Wutausbruch noch Lucias Flehen erreichten den Jungen. Er war mit ihnen gegangen.

Und würde nie wieder zurückkommen.

»Es geht schon, Herr Willeit«, hörte sie sich sagen, während sie zugleich nach dem Mantel griff und sich das Tuch um den Kopf schlang. »Vielen Dank. Ich werde Lucia Costa die Nachricht überbringen.«

Wie eine Schlafwandlerin ging sie den Weg zurück zur *vila*. Der Himmel war blassblau und wolkenlos, doch in der Ferne kündeten neue Wolken die nächsten Schneefälle an.

Wie sollte das eigentlich noch alles weitergehen? Mühselig kraxelte sie den Hang hinauf und zog den Haustürschlüssel aus der Tasche. Doch an der *ciasa* angekommen, stutzte sie. Die Tür war nicht verschlossen. Was hatte das jetzt wieder zu bedeuten? Sie stellte sich in den Flur und lauschte kurz. Alles war still.

»Ist hier jemand?«

Die Tür zur kleinen Stube wurde aufgerissen, und Andreas stürmte heraus. Ihm folgten Lene und hinter ihr Kastlunger mit seinem Enkel Franzl auf dem Arm.

Elisa strahlte. »Endlich sind Sie zurück.«

»Elisa, lass dich umarmen.« Ihr Vater setzte Franzl ab und breitete die Arme aus. Elisa nahm das Angebot nur zu gerne an, und für einen Moment verdrängte sie alles und genoss erleichtert das Gefühl, nicht mehr allein zu sein. Doch dann brach die Nachricht aus ihr heraus.

Ihr Vater zog sie zurück in die Stube und wies sie an, sich mit ihm an den Tisch zu setzen. Stumm hörte er ihr zu, während Lene nur traurig nickte und sie allein ließ. Sie kannte diesen Schmerz, der den Costas bevorstand. Jeder von ihnen kannte mittlerweile dieses Gefühl.

»Elisa, ich werde mit Lucia sprechen. Mach dir keine Sorgen«, sagte ihr Vater schließlich und erhob sich. »Vielleicht kann ich sie trösten. Wenn du möchtest, kümmere dich um Chiara.«

»Danke!«

»Wofür?«

»Weil es eine schwierige Aufgabe ist, so eine Nachricht zu überbringen«, erklärte Elisa schlicht, und zu ihrer Überraschung winkte er ab.

»Das weiß ich nur zu gut. Inzwischen habe ich begriffen, dass es wichtiger ist, sich um die Lebenden zu sorgen als um die Toten.« Er lächelte schwach. »Niemand kann sagen, wohin uns dieser Krieg führen, was er uns noch nehmen wird. Wir müssen uns gegenseitig unterstützen und Mut zusprechen, dürfen uns nicht verkriechen oder die Trauer in uns hineinfressen.«

Elisa schwieg verwundert. Das klang so gar nicht nach ihrem Vater. Plagte ihn das schlechte Gewissen, weil er sich nach Franz' und Antons Tod so lange seinem Schmerz hingegeben hatte? Oder war es der aktuellere Anlass, weil er zunächst bei Mutter und Mischi in Graz geblieben war, während Elisa stillschweigend die Führung des Hofes übernommen hatte?

Es war völlig unwichtig. Denn Elisa erkannte trotz ihrer Trauer um Vitos Bruder ihre Chance. Kaum hatte ihr Vater die *ciasa* verlassen, holte sie François in die kleine Stube.

»Hör zu«, erklärte sie eilig, kaum dass der verblüffte Franzose am Tisch saß. »Mein Vater ist zurückgekehrt. Wenn du bleiben willst, überlasse das Reden mir.«

Nicht dass François' Sprachkenntnisse bereits ausgereicht hätten, um zu erklären, woher er gekommen war und warum er in der *vila* lebte.

Ungeduldig lief Elisa in die Küche, doch da sie feststellte, dass sie nur unnütz hin- und herlief und die Teller von der einen Seite des Geschirrschrankes auf die andere räumte, kochte sie einen Kräutertee, setzte sich an den Tisch und wartete.

Endlich hörte sie die schweren Schritte ihres Vaters. Er kam zu ihr und ließ sich mit einem Stöhnen ihr gegebenüber nieder. Erst jetzt bemerkte Elisa, dass er Bandagen um die Hände trug, die einen dezenten Kampfergeruch verströmten.

Als Kastlunger ihren Blick bemerkte, lächelte er. »Das hat deine Cousine Lotta sich ausgedacht. Sie ist Krankenschwester. Ich glaube nicht, dass es heilt, aber es lindert die Schmerzen. Jedes Jahr denke ich, dass es nicht mehr schlimmer werden kann, doch ich werde stets eines Besseren belehrt.«

Elisa schenkte ihnen Tee ein. Sie wusste nicht so recht, wie sie vorgehen sollte, daher wollte sie ihren Vater zunächst reden lassen. »Wie geht es Mama und Mischi?«

Sie erkannte sofort, dass sie die falsche Frage gestellt hatte. Ihr Vater starrte verlegen auf die Tischplatte. »Deiner Mutter geht es gut. Sie vermisst dich, doch sie ist froh, in der Stadt zu sein. Mischi …« Seine Stimme verlor sich.

Elisa legte die Hand auf die seine.

Ihr Vater nickte, fasste sich ein Herz und begann stockend zu erzählen. »Wir haben ihn bei Lotta untergebracht. Sie kümmert sich rührend um ihn, aber … Es tut mir leid, es kommt mir mehr vor, wie … man ein Haustier in einem Käfig versorgt. Lotta arbeitet den ganzen Tag, und er hockt dort allein …« Er schluckte. »Ich habe ihn einmal besucht. Deine Mutter ist regelmäßig bei ihm, aber ich … kann das nicht. Er sitzt da und schweigt, antwortet einsilbig, wenn man ihn anspricht. Ihm ist alles gleichgültig. Ich weiß nicht einmal, ob er Schmerzen hat. Es scheint ihm körperlich so weit gutzugehen, doch an sein Herz, an seine Seele lässt er niemanden heran.« Er blickte auf und sah Elisa traurig an. »Das Paket mit dem Schnitzwerkzeug, das du ihm mitgegeben hast, hat er nicht angerührt. Es ist fast, als wäre er tot.«

Elisa erwiderte nichts. Sie wusste genau, was ihr Vater meinte. Von Mischi war nur noch eine Hülle geblieben. Er hatte dem

Tod ins Auge gesehen und war nicht bereit, in die Welt der Lebenden zurückzukehren, glaubte daran, die Strafe für seine Taten im Krieg erdulden zu müssen. Vielleicht würde die Zeit seine Wunden heilen, doch das konnte niemand vorhersehen.

Ihr Vater trank aus seinem Becher und starrte nachdenklich vor sich hin. »Ach, Elisa, Eltern sollten ihre Kinder nicht überleben. Was habe ich verbrochen, dass Gott mir und meinen Söhnen das antut?«

Elisa schwieg weiterhin. Ihr Vater war ungewöhnlich redselig und wollte sein Herz ausschütten. Zugleich hatte sie keine Antworten für ihn. Einige Menschen im Dorf haderten inzwischen mit Gott, was Kurat Ploner Sorgen bereitete. Manchmal fragte sich Elisa, was der Gottesmann selbst noch glaubte.

Ihr Vater gab sich einen Ruck. »Genug davon. Tante Teresa geht es übrigens gut. Sie beherbergt einen Haufen Soldaten, aber du wirst mir glauben, dass sie auf dem Hof das Regiment führt, wortwörtlich. Lanz kann sich glücklich schätzen, und ich hoffe wirklich für sie beide, dass er aus dem Krieg zurückkehrt.« Er lächelte, und seine Augen blitzten stolz. »Du scheinst wie meine Schwester zu sein, zumindest, wenn ich Lucia glauben will. Du hast dafür gesorgt dass Flüchtlinge hier untergekommen sind?«

Elisa nickte tapfer und versuchte ihre Unsicherheit zu verbergen. Jetzt kam es drauf an. Auf einmal begriff sie, wie es Mischi früher immer ergangen war, wenn er versuchte, die Gunst seines Vaters zu erlangen. Doch in ihrem Fall hing mehr davon ab, als Lob für eine schöne Schnitzerei zu bekommen. Es ging um François' Leben.

»Die Menardis sind ein Glücksfall. Wie Sie sagten, man muss sich um die Lebenden kümmern, für die Toten kann man nichts mehr tun.«

»Das stimmt. Ich habe verstanden, wie wertvoll ein Leben ist. Du hast das schon viel früher begriffen.«

Elisa erhob sich. »Ein Leben sollte man schützen, oder?«

Kastlunger stutzte. »Aber ja«, antwortete er leicht verunsichert. Natürlich kannte er seine Tochter gut genug, um zu wissen, dass sie das nicht einfach vor sich hin sagte.

Elisa packte ihren Vater und lotste ihn zur kleinen Stube. Sie durfte nicht zu schnell vorgehen. Letzten Endes hing es von François selbst ab, wie der Herr des Hauses auf ihn reagierte. Er saß immer noch folgsam am Tisch, wie Elisa ihn angewiesen hatte, die Hände vor sich gefaltet. Als sie hereinkamen, sprang er auf. »Buna sëra«, grüßte er artig, schien eine Verbeugung machen zu wollen, besann sich jedoch im letzten Augenblick und hielt sich stattdessen an der Tischkante fest.

Elisa winkte ihn heran. »Tata, das ist ein weiterer Gast in unserem Haus.«

»Buna sëra.« Freundlich streckte ihr Vater die Hand aus und starrte erst François, dann Elisa fragend an. François blickte ebenfalls zu ihr, und erst als sie ihm zunickte, ergriff er mit Rücksicht auf die Bandagen vorsichtig die Hand seines Gegenübers und schüttelte sie.

Elisa sandte ein stummes Stoßgebet gen Himmel. Sie glaubte noch an Gott, dass er sie intuitiv leitete und ihr auch jetzt die Kraft und die Weisheit gab, die richtigen Worte zu finden. »Das ist François, er ist Franzose. Er kam eines Nachts her und hat mich angefleht, ihm zu helfen. Seitdem lebt er bei uns, arbeitet für zwei. Im Grunde ist er auch nur ein Flüchtling.« Die Worte klangen in ihren Ohren nicht fürchterlich weise, aber besser, sie einfach hervorzusprudeln, als noch länger zu zögern.

Kastlunger verkrampfte sichtlich. »Ein französischer Soldat?«

»Das bin ich«, sagte François, bevor Elisa etwas dagegen tun konnte. Er breitete die Hände auf Brusthöhe aus, als wollte er sich vor ihrem Vater ergeben, doch der beachtete ihn gar nicht.

»Bist du wahnsinnig?«, fuhr er stattdessen auf und packte Elisa an der Schulter. Ihre Zähne schlugen aufeinander, als er sie schüttelte, und für einen bangen Augenblick erwartete sie eine schallende Ohrfeige.

»Ich 'elfe«, sagte François mit seinem breiten Akzent so leise, dass es kaum zu verstehen war. »Ich kämpfe nicht. Ich arbeite.« Er machte einen Schritt zurück, bis er mit dem Rücken gegen den Tisch prallte, und hob abermals die Hände, in seiner Geste Abwehr und Beschwichtigung zugleich.

»Das tut er. Er ist unentbehrlich geworden«, fügte Elisa hastig hinzu. »Er ist ein Mensch, wie wir, sein Leben wie das unsere in den Händen desselben Gottes. Hätte ich ihm den Schädel einschlagen sollen, weil er halbverhungert auf unserer Türschwelle lag?«

Mit einer Miene, aus der Elisa herauslas, dass ihr Vater genau das befürwortet hätte, ließ er von ihr ab und zupfte sich die Bandage wieder glatt.

Demonstrativ stellte Elisa sich vor François, der keinen Mucks mehr wagte, und reckte herausfordernd das Kinn. »Dann waren das vorhin nur leere Worte? Dass wir uns um die Lebenden kümmern sollten? Glauben Sie nicht, dass irgendwo in Frankreich eine Mutter um das Leben ihres Sohnes bangt? Hätten Sie sich von einer galizischen Bäuerin nicht dieselbe Gnade für Ihre Söhne gewünscht?«

»Elisa …« Kastlunger schüttelte fassungslos den Kopf. »Er ist Franzose. Ein Feind!«

»Ein Mensch! Zuallererst ist er ein Mensch.« Elisa verschränkte trotzig die Arme. »Einer, der mich um Hilfe angefleht hat, die ich ihm gewährt habe. Er dankt es mit harter Arbeit und Freundlichkeit.«

»Er wird euch alle umbringen.«

»Im Gegenteil, er bringt Leben und Freude, nicht den Tod.«

Ihr Vater stand vor ihr, der Mann mit den breiten Schultern, der in ihrer Kindheit ein beständiger Fels gewesen war, sie streng, aber so gerecht erzogen hatte, wie er es vermocht hatte. Und sie bot ihm die Stirn, weil sie einen Fremden vor ihm schützen musste. Die Welt war wirklich verrückt geworden.

Elisa biss sich auf die Unterlippe und fragte sich, was sie tun sollte, falls ihr Vater nicht nachgab. Bei der Vorstellung wurde ihr beinahe schlecht. Sie konnte es kaum glauben, als sich ihr Vater nach einer gefühlten Ewigkeit ein wenig entspannte.

»Wer weiß davon?«, fragte er barsch. »Wie erklärst du, dass er Französisch spricht?«

»Nur Lene und Chiara wissen, woher er wirklich kommt. Wir haben behauptet, dass er stumm ist und kein Ladinisch versteht. Was beinahe stimmt.« Elisa machte einen Schritt zur Seite und zog François neben sich. Schüchtern stand er vor ihrem Vater und lächelte freundlich.

Lange musterte Kastlunger ihn, sah ihn zum ersten Mal bewusst an. Elisa wagte noch nicht aufzuatmen. Ihr Vater hatte sich beruhigt. Hatte sie gewonnen?

»Die Gewehre haltet ihr von ihm fern, oder?«

»Natürlich.« Zaghaft lächelte sie und wagte zu hoffen, dass sie François vor seinem Schicksal im Gefangenenlager bewahrt hatte.

37. KAPITEL

25. Dezember 1916 – Kaiserjägerstellung nahe des Gran Lagació

Frohe Weihnachten.«

»Bun Nadé.«

Vito schaute sich suchend in dem kleinen Aufenthaltsraum um, doch er konnte nicht ausmachen, wer Ladinisch gesprochen hatte. Er ließ sich mit seiner Schüssel Getreidebrei auf einen leeren Platz fallen und begann zu essen. Die anderen Soldaten saßen beieinander, spielten Karten oder frühstückten die gleiche dünne Pampe und tranken bereits vereinzelt Wein. Irgendein wohlmeinender Zeugwart unten im Tal hatte dafür gesorgt, dass zum bevorstehenden Fest Unmengen Alkohol auf die Baracke geschafft worden waren. Zu dumm nur, dass sie seit fast zwei Wochen eingeschneit waren. Bis vorgestern waren sie mit einer Seilwinde mit Lebensmitteln und allem Nötigen versorgt worden, aber dann war das Seil auf einem Teilstück gerissen. Niemand konnte sagen, wann sie die nächsten Rationen bekamen.

Oberjäger Kofler hatte den Wein zähneknirschend am Heiligen Abend freigegeben. Bereits nach einer Stunde war es zu ersten Raufereien gekommen, doch alles in allem erstaunlich friedlich geblieben. Die nächsten Tage würden zeigen, was der Alkohol mit zu vielen schlecht ernährten Männern auf engstem Raum anstellte.

Vito hatte kaum die letzten Tropfen aus seiner Schüssel gekratzt, als zwei Soldaten, die er flüchtig kannte, auf ihn zukamen. »Costa, kommst du mit? Wir wollen Brennholz schlagen.« Der eine, Gerhard Pichler, hielt eine Axt in die Höhe.

»Natürlich.« Rasch holte Vito seinen Mantel, den ein fingergroßes Loch zierte, wo er angeschossen worden war. Es war noch nicht gestopft, da er keine Ahnung hatte, wie. Jedes Mal dachte er bei dem Anblick an Elisa, die ihm sicherlich helfen oder ihm zeigen würde, wie man so etwas reparierte.

Vito verdrängte sein wehmütiges Heimweh, zog eine Mütze über den Kopf und stapfte hinaus zu den anderen in die weiß erstarrte Welt. Es war mörderisch kalt, aber er war lieber unter freiem Himmel als in der stickig feuchten Baracke. Und wenn man in Bewegung blieb und dem Wind nicht direkt ausgesetzt war, ging es.

Er konnte sich denken, warum die Soldaten ihn mitnehmen wollten. Es war fast wie zu Beginn seines Kriegsdienstes auf Marcos Hütte: Er gehörte zu den Kennern des Geländes und der Anforderungen der Berge.

Doch Vito hatte sich verändert, die Abenteuerlust war vergangen, die Verantwortung bereitete ihm keine Freude mehr. Wenn er jetzt ausgebaute Stellungen sah, richtete er sein Augenmerk nicht mehr auf die technischen Anforderungen, auf die faszinierenden baulichen Leistungen, die das Gelände den Ingenieuren abverlangte. Er sah vielmehr die Wunden, die die Menschen den Bergen zugefügt hatten. Er hatte davon gehört, dass ganze Berghänge von Österreichern oder Italienern mit Tausenden Tonnen Sprengstoff weggesprengt worden waren, ohne dass es einer Seite einen Vorteil verschaffte. Allein der Gedanke schmerzte ihn fast so sehr wie die Schusswunde, die zwar inzwischen gut verheilt war, aber bei Kälte stach und pikste.

Die Natur rächte sich, begrub die Kämpfenden unter Metern von Schnee und riss mit Lawinen fast täglich Männer beider Seiten in den eisigen Tod. Wer nicht musste, verließ seinen Stützpunkt nicht.

Aber sie benötigten Brennholz, und um es zu schlagen, mussten sie hinter die Frontlinie. Falls sie auf italienische Patrouillen trafen, war es Vitos Aufgabe, denen die friedliche

Absicht der Kaiserjäger zu erklären. So machten sie es schon seit Tagen, seit sie die Anschläge der Gegenseite an den Bäumen gefunden hatten: *Haltet zu Weihnachten Frieden! Wir werden auch nicht schießen!*

Vito hatte sich nicht geirrt, als er dachte, bei seinem ersten Gespräch mit Oberjäger Kofler dieselbe Kriegsmüdigkeit zu erkennen, die auch ihn befallen hatte. Seit eineinhalb Jahren hatte sich an der Front mehr oder weniger nichts verändert, und in diesem Winter war sie buchstäblich eingefroren.

Die Gruppe um Vito lief in raschem Tempo, um warm zu bleiben, in Richtung eines Platzes, auf dem sie schon mehrfach Holz geschlagen hatten. Unter den Bäumen lag der Schnee zum Glück nicht ganz so hoch, so dass sie gut vorankamen. Jetzt erst fiel Vito die ungewöhnliche Stille auf. Kein Schuss, kein Gebrüll störte die Ruhe zwischen den Gipfeln, bis sie auf einmal rhythmische Schläge in der Ferne hörten.

»Halt«, zischte Pichler und hob die Hand. Vito ging von der Mitte des Zuges zu ihm nach vorne und salutierte.

Pichler nickte ihm zu und deutete mit dem Kinn in die Richtung, aus der die Geräusche kamen. Zu zweit näherten sie sich, Pichler nahm das Gewehr von der Schulter, Vito dagegen zog ein großes Taschentuch aus dem Mantel. Im Schutz der Bäume schauten sie auf eine kleine Lichtung. Italienische Soldaten fällten dort junge Bäume und zerlegten sie für den Transport. Zwischen den Bäumen hielten Schützen Wache, die Gewehre ebenfalls im Anschlag.

Es war eine Sache, eine Feuerpause zu fordern, und eine andere, der Gegenseite zu vertrauen, sie auch einzuhalten. Vito sammelte all seinen Mut und trat hinaus in die Lichtung, das weiße Taschentuch wie eine Fahne über dem Kopf schwingend.

»Attenzione!«, rief ein Italiener. Es klickte, und ein paar Gewehre wurden gehoben.

»Nicht schießen!«, schrie Vito auf Italienisch zurück. »Wir kommen mit friedlichen Absichten.«

Das war der Moment, vor dem es Vito graute. Eine falsche Bewegung, ein falscher Atemzug und beide Seiten würden aufeinander feuern. Doch die Italiener senkten sofort ihre Waffen, lächelten sogar und winkten.

»Buon Natale!«, riefen zwei von ihnen.

Vito winkte Pichler zu. Nach und nach traten die Kaiserjäger auf die Lichtung, die Gewehre auf den Rücken, die Hände offen vor sich ausgestreckt. Die Soldaten gingen aufeinander zu, begrüßten sich, begannen sofort zu gestikulieren, wie man am effektivsten möglichst viel Brennholz zusammenbrachte. Vito stand inmitten der Männer und schluckte mehrmals, weil ihn die Rührung zu überwältigen drohte. Es war wie damals beim Bau von Marcos Hütte. Sprachen oder Nationalitäten waren belanglos, die gemeinsame Sache verband sie. So sollte es sein.

Und er? Er stand auf beiden Seiten, sein Selbst teilte sich in zwei Hälften. Weder konnte er noch wollte er jemals wieder auf einen Teil verzichten. Nur mit beiden wurde seine Persönlichkeit zu einem Ganzen.

Er stürzte sich in die Arbeit, packte mit an, übersetzte, vermittelte, und am späten Mittag hatten beide Gruppen zwei ansehnliche gleich große Stapel Holz gesammelt. Sie wussten, dass ihnen nicht mehr Zeit blieb. Vito wollte sich gerade abwenden, da zwinkerte ein stämmiger älterer Italiener ihm zu. »Du erinnerst mich an meinen Sohn. Der müsste inzwischen sechzehn geworden sein. Hab ihn seit über einem Jahr nicht mehr gesehen. Hier, nimm das mit.« Er hielt Vito einen kleinen Stoffbeutel hin, den er verlegen abwehrte.

»Ich habe nichts, was ich dir geben könnte.«

Der Ältere lächelte. »Und was ist das hier?« Er machte eine weit ausladende Geste über die versammelten Männer hinweg. Einige andere tauschten Päckchen oder klopften sich vertraulich auf die Schultern. »Du bist den ganzen Tag hin- und hergelaufen, hast dabei geholfen, dass wir uns verstehen, wenn uns die Worte fehlten. Du bist ein Kind beider Nationen. Gäbe es mehr wie dich, könnten uns die Mächtigen dieser Welt vielleicht eines Tages nicht mehr dazu bringen, die Waffen gegeneinander zu heben. Jetzt nimm und geh mit Gott, mein Junge. Buon Natale.«

Vito nahm den Beutel und schaute hinein. Es waren frische Pinienkerne.

Er steckte ihn ein und bedankte sich gerührt. Eilig nahm er so viel Brennholz, wie er schleppen konnte, und folgte den Kaiserjägern zurück zur Baracke. Als er sich am Rande der Lichtung noch einmal umdrehte, verschwanden eben die letzten Italiener auf der gegenüberliegenden Seite zwischen den Bäumen. Wie ein Spuk, der eine kurze Hoffnung auf Frieden brachte, war alles vorbei. Nach Weihnachten würden sie wieder schießen. Dabei wünschte sich vermutlich beinahe jeder, dass es anders wäre.

SECHSTER TEIL

1917

38. KAPITEL

1. Januar 1917 – Vila Kastlunger, Val Badia

Lächelnd griff Elisa nach dem reichlich mit Walnüssen und Keksen gefüllten Korb auf dem Küchentisch, als es resolut an der Haustür klopfte. Schon im Flur hörte sie Rosa Menardis helle Mädchenstimme:

»Bun dé bun ann
Alégri e sagn
Nos priun ch' viês tröc agn
Cun ligrëza fortüna e sanité
L'bundé a ós e la bambóna a nós«

Guten Tag gutes Jahr
Froh und gesund
Wir beten, dass ihr viele Jahre lebt
In Freude, Glück und Gesundheit
Den *guten Tag* für euch und die *bambóna* für uns

Sie öffnete die Tür, vor der drei dick vermummte Kinder mit leuchtenden Augen standen und den Vers für die *bambóna* aufsagten. Rosa hielt ihren kleinen Bruder Emilio an der Hand, daneben stand Andreas und tat so erwachsen, wie er mit seinen dreieinhalb Jahren nur konnte. Lene, Franzl und Maria Menardi hielten sich im Hintergrund und winkten Elisa zu, während sie die Süßigkeiten großzügig verteilte. Danach hüpften die Kinder zufrieden davon und schlugen den Weg hinab ins Dorf ein, während ihre Mütter ihnen langsamer folgten und sich dabei unterhielten.

Elisa sah ihnen nach und blickte dann in den Korb, der immer noch reichlich gefüllt war. Für die meisten Kinder war es nicht üblich, zur *bambóna* bis zur *vila* zu laufen, und die eisige Kälte hielt sicherlich weitere ab. Aber es gab ein paar Abnehmer, an die sie die überzähligen Kekse sicherlich los würde.

Sie nahm Mantel, Handschuhe und das dicke wollene Tuch und lief hinunter zur Gadertaler Straße. Sie musste nicht weit gehen, als sie schon die ersten Kriegsgefangenen bei der Arbeit sah. Es war etwa ein Dutzend Männer, die trotz der Kälte zumeist nicht viel mehr als ihre verschlissenen Uniformen trugen, zum Teil jedoch ordentlich schwitzten, so dass helle Dampfwolken von ihren Körpern und vor ihren Mündern aufstiegen. Zwei Landesschützen in dicken Mänteln bewachten sie, wie sie die Straße von Neuschnee befreiten und auf die bereits meterhohen Wälle am Straßenrand schaufelten.

Leider konnte Elisa die Uniformen der Österreicher nicht erkennen, doch es mussten einfache Soldaten sein, höchstens zwei Sterne am Kragenspiegel. Zielstrebig ging sie auf die Männer zu.

»Bun dé, die Herren. Ich habe einen ganzen Korb voller Nüsse und Kekse übrig. Darf ich die an die Arbeiter verteilen?«

Einer der Landesschützen beugte sich neugierig vor. »Warum wollen Sie das nicht an unsere eigenen Soldaten verteilen, Fräulein?«

Elisa warf einen vielsagenden Seitenblick auf die Kriegsgefangenen. »Sie können sich gern bedienen, der Herr. Aber ich glaube, dass die es nötiger haben.« Und wieso sollte sie denen, die sich ständig im Namen des Kaisers nahmen, was sie brauchten, auch noch freiwillig etwas geben?

Der Landesschütze sah sie entrüstet an, fast als hätte er etwas von ihren rebellischen Gedanken mitbekommen. »Sie sollten das anders sehen, Fräulein. Es ihr Ihre Pflicht.«

»Hör auf, sie hat doch recht. Nimm dir ein paar Kekse und lass es gut sein«, mischte sich der zweite ein und stieß seinem Kameraden mit dem Ellbogen in die Seite, während er eine Handvoll Kekse aus dem Korb angelte.

Der erste bedachte sie beide mit einem finsteren Blick und schwieg.

Das genügte Elisa. Sie ging zu den Arbeitern und hielt ihnen den Korb hin. Die Männer trauten ihren Augen kaum. Ängstlich, als befürchteten sie, vergiftet zu werden, schielten sie zu den beiden Landesschützen, bevor sie zugriffen. Die Walnüsse steckten sie in die Taschen, die Kekse schlangen sie sofort hinunter, als hätten sie seit Tagen nichts Ordentliches zu essen bekommen. Vermutlich war das auch so. Die Lebensmittel wurden von Monat zu Monat knapper, und natürlich hatte die Versorgung der Truppen Vorrang. Die Kriegsgefangenen wurden mit dem Nötigsten versorgt und manchmal nicht einmal damit, einfach, weil es nichts mehr gab.

Die hohlen Augen der Männer verfolgten Elisa, die schließlich bedauernd den leeren Korb hob. Sie hatte darauf geachtet, dass alle etwas abbekamen, aber es war herzlich wenig für ein ganzes Dutzend. Aber sie schienen zu begreifen, dass sie es gut mit ihnen meinte. Einer machte ein Kreuzzeichen in die Luft, ein anderer deutete eine Verbeugung an, ein paar murmelten Worte in ihrer Sprache, zumeist Russisch. Danach kehrten sie rasch zu ihrer Arbeit zurück und schaufelten sich durch den Schnee.

Elisa beobachtete sie, während ihr das Herz schwer wurde. Sie hätte das nicht tun sollen. Die ausgemergelten Gesichter und die zerrissenen Uniformen sahen von nahem noch schlimmer aus, als sie befürchtet hatte, seit sie die Kriegsgefangenen auf der

Straße zum ersten Mal gesehen hatte. Da erst wurde ihr bewusst, dass ihre Gabe zwar gut gemeint, jedoch nicht einmal ein Tropfen auf den heißen Stein war, aber sie konnte nicht mehr tun. Sie musste zuerst an ihre Familie denken, an Chiara, an François, an die Menardis, auch für Albert Pacher trug sie die Verantwortung, seit er ihr Knecht war. Was sollte da noch für eine ganze Baracke mit einhundertfünfzig Männern übrig bleiben?

Mit hängenden Schultern wandte sie sich ab, als der Landesschütze, der ihr erlaubt hatte, die Kekse zu verteilen, sie heranwinkte. »Warten Sie. Rauchen Sie? Oder jemand in Ihrer Familie? Hier.« Er hielt ihr einen Tabakbrief hin.

Elisa starrte verwundert darauf. »Ja, mein Vater und mein Knecht.«

»Dann nehmen Sie das mit. Die da«, er deutete mit dem Kinn auf die Kriegsgefangenen, »haben nichts, was sie Ihnen geben könnten. Das haben Sie gut gemacht.«

»Danke«, sagte sie verblüfft und meinte sowohl den Tabak, den sie entgegennahm, als auch das Kompliment. Gerade als sie sich fragte, warum dieser Mann das so anders sah als die meisten seiner Kameraden, lächelte er bitter. »Mein Bruder und mein Cousin sind noch in Russland in einem Lager. Vielleicht hat Gott ein Einsehen und es gibt da drüben ein paar gute Seelen, wie Sie eine sind. Ich will nur, dass sie zurückkommen.«

Sprachlos nickte Elisa. Das waren genau die Worte ihrer stummen Gebete, die sie jedes Mal in den Himmel sandte, sobald sie einem der Gefangenen aus dem Lager begegnete. *Lass dort drüben in Cortina, oder wo immer Vito sich befindet, eine gute Seele sein. Damit er überlebt. Nur das.*

Die Wochen vergingen, doch der Winter zog sich endlos hin. Das neue Jahr 1917, das dritte Jahr, das im Krieg begann, machte genau da weiter, wo das alte aufgehört hatte. Allen fiel es zunehmend schwerer, nicht den Mut zu verlieren. Chiara lächelte nur noch selten, schuftete im Gegensatz zu früher wie eine Verrückte und hatte an manchen Tagen bereits das gesamte Vieh gemolken, noch bevor die anderen überhaupt aufgestanden waren.

Manchmal fragte Elisa sich mit Grauen, wie es sein würde, wenn ihre eigene Mutter starb.

Lucia Costa hatte den Tod ihres jüngsten Sohnes nicht verwunden. Sie hatte sich ähnlich wie nach dem Unfall ihres Mannes zurückgezogen und schien zu zerfallen. An einem Morgen zwischen Weihnachten und Neujahr hatte Chiara sie tot aufgefunden.

Sie hatten die Ciasa Costa verrammelt und Chiara in Mischis altes Zimmer aufgenommen. Was sollte sie allein in einem ganzen Haus? Die Gesellschaft der Kastlungers, vor allem der beiden Kinder, tat ihr gut, das sagte sie Elisa mehrmals. Niemand sah sie je weinen, doch ihre Augen waren häufig rot und verquollen, und in Kombination mit ihren schwarzen Kleidern sah sie aus wie eine Untote.

Eines Nachmittags im Februar sah Elisa Kurat Ploner sich den vereisten Hang heraufmühen. Rasch strich sie die Schürze glatt und öffnete die Tür. »Bun dé, Kurat! Schön, Sie zu sehen. Möchten Sie Lene besuchen?«

»Nein, ich suche deinen Vater. Ist er zu Hause?« Der Kurat nahm seine schwarze Kappe ab und blies sich warme Atemluft in die von Kälte geröteten Hände.

»Natürlich. Kommen Sie herein, ich hole ihn.« Elisa führte den Gast in die kleine Stube und holte ihren Vater dazu. Eigentlich wollte sie sich sofort wieder der Hausarbeit widmen, doch als sie hörte, wie die beiden Männer die Stimmen erhoben, wurde sie neugierig. Dass ihr Vater herumbrüllte, mochte angehen, aber dass der Kurat so einen eindringlichen Ton anschlug, hatte sie noch nie erlebt, nicht einmal bei seinen Predigten. Er war eher ein gemäßigter Mensch. Leise schlich sie an die Tür, die einen Spaltbreit offen stand.

»Josef, ich weiß sonst nicht, wen ich bitten sollte. Du bist der Einzige, der die Möglichkeiten hat und zugleich verschwiegen genug ist«, sagte der Kirchenmann gerade in flehentlichem Ton.

»Kommt nicht in Frage! Ich riskiere doch nicht meinen guten Ruf und meine Gesundheit wegen einer Glocke.«

»Es ist nicht irgendeine Glocke. Sie ist über dreihundert Jahre alt. Sie wurde 1516 gegossen, und alle, wirklich alle Familien, die damals hier lebten, haben sich an den Kosten beteiligt. Auch *deine* Ahnen.«

»Kurat, mit Verlaub! Wenn sie einen hohen ideellen Wert hätte, würde das Militär sie nicht einziehen. Ich habe erst kürzlich im *Boten* gelesen, dass eine Gemeinde ihre Glocke nicht hergeben muss, weil sie so alt und wertvoll ist.«

»Die, die das entscheiden, haben doch keine Ahnung von solchen Dingen. Bitte, Josef! Es ist nur eine kleine Glocke. Die große gebe ich heraus, und sie sollen sie in Gottes Namen für ihr Teufelswerk einschmelzen. Aber nicht die kleine alte!«

»Teufelswerk? Kurat, lassen Sie das keinen von den Offiziellen hören. Sonst kommen *Sie* in Teufels Küche, wenn wir bei diesem Bild bleiben wollen.«

»Ist das dein letztes Wort?«

»Jawohl.«

Elisa blieb gerade genug Zeit, sich in die Küche zurückzuziehen, als Kurat Ploner aus der Stube und zur Haustür hinausstürmte. Kastlunger folgte ihm brummelnd.

»Was wollte er?«, fragte Elisa arglos.

»Der ist verrückt geworden.« Ihr Vater machte ein Gesicht, als wolle er ausspucken, besann sich jedoch. »Ich soll eine Glocke vor dem Militär verstecken. Sie wollen sie einschmelzen.«

»Ja, wie überall.« Elisa nickte traurig. Sie vermisste den Klang der Glocken, und dass sie jetzt auch noch vernichtet werden sollten, war einfach schrecklich. Sie konnte Kurat Ploner sehr gut verstehen.

Ihr Vater schüttelte energisch den Kopf. »Er ist ein Nostalgiker. Ich lege mich doch nicht wegen einer Glocke mit den Offizieren an. Wenn wir sie verstecken, bleibt das nicht geheim. Es wird sich schon ein reicher Bauer finden, der ihm nach dem Krieg eine neue Glocke bezahlt.«

Elisa zog verärgert die Augenbrauen zusammen. Er machte es sich ja einfach! »Wirklich? Wo soll der herkommen, dieser reiche Bauer? Wo doch die Truppen allmählich alles plündern und uns um unsere Existenz bringen? Wir haben gerade noch ein Viertel unseres Viehbestandes, ich schaffe es allein, morgens zu melken, wo früher drei Leute nötig waren.«

»Elisa, ich erlaube nicht, dass du so sprichst! Sie plündern nicht, sie konfiszieren.«

»Sie finden das auch noch richtig. Da wir uns kaum weigern können, sehe ich keinen Unterschied«, gab sie streitlustig zurück. Und wenn ihr Vater noch herausfand, dass sie bei den Mengenangaben nach Strich und Faden log und betrog, würde er sie vermutlich wie ein kleines Mädchen übers Knie legen. Aber sie schämte sich nicht dafür. Sie hatte mit eigenen Augen gesehen, wie gut es Hauptmann Berger und erst recht seinen Vorgesetzten in Willeits Gasthaus erging.

Kastlunger seufzte tief, schien keine Lust auf so eine Diskussion zu haben. »Elisa. Der Kaiser muss einen Krieg gewinnen.«

»Nein, Kaiser Karl sollte tun, was sein Großonkel zu Lebzeiten nicht geschafft hat: zur Vernunft kommen. Die Oberhäupter der anderen Länder ebenso.« Ohne ein weiteres Wort drehte sie sich um und ließ ihren Vater einfach stehen. Sie wusste, was sie zu tun hatte.

»Im Namen des Vaters und des Sohnes und des Heiligen Geistes. Amen.«

»Gott, der unser Herz erleuchtet, schenke dir wahre Erkenntnis deiner Sünden und Seiner Barmherzigkeit.«

»Amen.«

»Dann sprich, mein Kind.«

»Ich habe gelauscht und Worte gehört, die nicht für mich bestimmt waren«, murmelte Elisa. Zugleich hatte sie Mühe, nicht laut zu kichern. Was tat sie hier?

»Ja?«, kam es zögernd aus dem Beichtstuhl. Kurat Ploner konnte sich denken, dass sie nicht hier war, um ein paar Kleinkindsünden loszuwerden.

Entschlossen atmete Elisa durch. »Ich würde die Glocke für Sie in Sicherheit bringen«, stieß sie eilig hervor. »Aber in einem hatte mein Vater recht: Die *vila* ist nicht der richtige Ort dafür. Ich würde sie mit dem Schlitten weit wegfahren und dann vergraben.«

»Das … ist ein interessantes Angebot«, flüsterte der Kurat.

Elisa nahm das als Zustimmung. »Ich erwarte jedoch eine Gegenleistung.«

»Die wäre?«

»Ich habe Ende September einen Mann begraben, in der *vila* unter den Obstbäumen. Soweit ich weiß, war er ein aufrechter Katholik. Ich möchte, dass Sie ihn in geweihter Erde bestatten, sobald das Wetter es zulässt.«

»Was sagst du da? Wer ist dieser Mann?«

»Das ist nicht wichtig. Niemand, den Sie kennen.«

Der Kurat räusperte sich nervös. »Du hast doch keinen Mord an einem Soldaten begangen?«

Elisa hätte am liebsten laut aufgelacht. Der Kurat traute ihr wirklich einiges zu. »Nein. Er starb an einer Schusswunde, die ihm, wie ich vermute, durch ein Gefecht beigebracht wurde. Genaues weiß ich nicht, aber ich denke, dass er ein würdiges Begräbnis verdient hätte.«

Der Kurat schwieg, und als Elisa schon glaubte, dass sie mit ihren vagen Angaben durchkam, schien er plötzlich eins und eins zusammenzuzählen. »Ende September kam dein … angeblicher entfernter Verwandter Franco auf den Hof.«

»Ich möchte nicht mehr sagen.«

»Liebe Elisa, du hilfst mir, dafür bin ich dir dankbar. Alles, was du jetzt sagst, fällt unter das Beichtgeheimnis. Ich werde schweigen.«

»Also gut. Franco heißt in Wirklichkeit François und ist ein entflohener Kriegsgefangener. Er und sein Kamerad klopften eines Nachts bei uns an und bettelten um Gnade. Sein Begleiter Nicolas starb in derselben Nacht an seinen Verletzungen. Sie sind französische Gebirgsjäger. Vielleicht haben sie für Italien spioniert.« Elisa war froh, dass der Kurat ihre trotzige Miene nicht sehen konnte. »Ich erwarte keine Absolution. Ich sehe nicht, wieso das eine Sünde sein soll, menschlich zu handeln.«

»Du vertraust ihm? Könnte er nicht immer noch spionieren?«

»Was soll er denn herausfinden? Wie ich die Kühe melke oder meinen Kaffee mit Malz strecke? Ich bitte Sie.«

»Also gut, einverstanden. Du hast ein gutes Gespür für so etwas. Ich werde mich um das Begräbnis kümmern. Morgen werde ich deinen Vater am späten Nachmittag mit Willeit und ein paar anderen zu einem wichtigen Dorfrat zusammenrufen und anschließend zum Abendessen dabehalten. Die Glocke steht abholbereit in der Sakristei. Reicht dir die Zeit?«

»Wenn sie noch ordentlich und lange trinken, sicherlich.«

»Ich werde Niko schicken, und am besten bringst du deinen François mit.«

»Wieso? Je weniger davon wissen, desto besser.« Sie wollte weder Lenes kleinen Bruder noch François in Gefahr bringen.

»Ja, schon. Aber die Glocke wiegt an die hundertfünfzig Pfund. Willst du die allein tragen?«

»Ach … nein, natürlich nicht.«

»Siehst du. Du brauchst die beiden.«

»Morgen Nachmittag. Verpacken Sie die Glocke in eine Kiste. Ich werde mit dem Pferdeschlitten und François da sein.«

Elisa sah sich nervös nach allen Seiten um, bevor sie François winkte, hinter die Kirche zur Sakristei zu folgen. Kaum standen sie vor der Tür, öffnete sie sich, und Niko lugte heraus.

»Schnell«, rief er, als er sie erkannte.

Zu dritt luden sie die Kiste auf den Schlitten der Kastlungers und banden sie mit Seilen fest.

Elisa schnaufte, ihr war ordentlich warm geworden. »Das Ding ist wirklich mordsschwer.«

Skeptisch betrachtete Niko den Schlitten mit seiner Last. »Wollt ihr weit fahren? Das sieht nicht sehr stabil aus. Außerdem hat mein Onkel gesagt, dass ich mitkommen soll, aber auf dem Ding ist kaum noch Platz für zwei.«

»Du hast recht«, musste Elisa zugeben. »Du könntest dich hinten auf die Kufen stellen, aber der Weg ist zu weit. Bleib hier und sag Kurat Ploner, wir kümmern uns um alles. Er soll Pere so lange wie möglich aufhalten.«

Sie hatte keine Ahnung, wie die Straßenverhältnisse auf der Gadertaler Straße waren, und hoffte nur, dass das Militär die gesamte Strecke freihielt. Sie hatte die beiden Haflinger extra hinter- und nicht nebeneinander eingespannt, damit das Gefährt schmaler war. Außerdem hatten sie eine Schaufel dabei, mit der François kleine Hindernisse aus dem Weg räumen konnte. Aber ob sie wirklich durchkamen, würde sich zeigen.

Niko verabschiedete sich widerwillig, lief zum Ende des Kirchplatzes und winkte ihnen, dass die Luft rein war. Elisa setzte sich rittlings auf das Sitzbrett des Schlittens, François quetschte sich zwischen sie und die Kiste und breitete einen weiten Mantel über sie beide aus. Rasch fuhren sie den Hügel hinab zur Gadertaler Straße in Richtung Bruneck.

Sie schwiegen, es gab ohnehin nichts zu sagen. Elisa war nicht einmal sicher, ob der Franzose ihre Erklärungen verstanden hatte, doch er tat grundsätzlich alles für sie, ganz gleich, worum sie ihn bat. François war ihr so ergeben wie ein Hund, was ihr häufig schon unangenehm war, doch sie beruhigte sich mit dem Gedanken, dass sie seine Treue niemals ausnutzen würde.

Wobei sie in genau diesem Augenblick dabei war, diese selbst auferlegte Regel zu brechen. Was sie hier taten, war ungesetzlich. Falls sie erwischt wurden, erwartete François wesentlich mehr als die Schelte eines strengen Vaters.

Elisa biss sich auf die Unterlippe und starrte auf Lauríns Schweif, der im gleichmäßigen Takt vor ihr auf und ab wippte. Sie hatte keine andere Wahl. Allein konnte sie die Glocke nicht fortbringen.

Die Straße war viel besser befahrbar, als sie erwartet hatte, die Fahrspur von Automobilen und Hunderten, wenn nicht Tausenden Stiefeln platt getrampelt. So konnten sie die Pferde einige gute Stücke gefahrlos traben lassen. Auch das wäre ohne François undenkbar gewesen, hatte er doch erst kürzlich zusammen mit Kastlunger die Pferde mit rutschfesten Wintereisen beschlagen. Pacher war zu alt, um vor allem den unruhigen Laurín zu halten.

Mit der Zeit entspannte Elisa sich. In François' Begleitung fühlte sie sich sicher, außerdem beachtete sie niemand, weder die Gruppen von Kriegsgefangenen, die an vielen Stellen Schnee räumten, noch die beiden Offiziere, die mit ihrem Auto in eine Schneewehe gerutscht waren und gerade von einem Bauern mit einem Pferd herausgezogen wurden. Man hielt sie für ein junges Bauernpaar, das auf dem Weg nach Bruneck war. Die kleine Ladung gab nicht so viel her, dass sie Aufmerksamkeit erregt hätte. Wären sie nicht in dieser verrückten Mission unterwegs, könnte man die Fahrt beinahe genießen. François' Körper nahe an ihrem hielt sie warm und fühlte sich vertraut an, so wie früher in Kindertagen einer ihrer Brüder, wenn sie mit dem Schlitten oder in einer Kutsche unterwegs gewesen waren. Bei dieser Erinnerung lächelte Elisa wehmütig.

So schnell sie auch vorankamen, dunkelte es dennoch, als sie endlich in einen Feldweg einbogen, der sie in einem Bogen hinter Tante Teresas Anwesen führte. An einem Gatter sprang Elisa ab und führte Dolasíla hindurch. Hinter der riesigen *majun* band sie den Schlitten an. Rasch gab sie François ein Zeichen, leise zu sein, und schlich sich zum Tor, während sie zugleich ängstlich zu den Fenstern der hell erleuchteten *ciasa* schielte. Erst jetzt fiel ihr siedend heiß ein, dass ihr Vater erzählt hatte, bei ihrer Tante wäre Militär untergebracht. Damit war der Hof als Versteck gar nicht so gut geeignet, aber jetzt war es zu spät, einen Rückzieher zu machen.

Das Tor zur *majun* war verschlossen, aber bei dem Gebäude daneben hatte sie Glück. Es mochte einmal ein Stall gewesen sein, jetzt lagerte hier bis unters Dach Heu. Elisa sah sich im Dämmerlicht gründlich um und scharrte mit dem Stiefel über den Boden. Ob es möglich war, hier ein Loch zu graben? Sie mussten die Erde immerhin fast einen halben Meter ausheben und irgendwann würden sie auf gefrorene Schichten stoßen.

Sie zuckte mit den Schultern. Sie mussten es probieren.

Sie schlich zu François zurück, der leise auf die Pferde einsprach.

»Komm«, flüsterte Elisa und löste die Seile um die Kiste. Zu zweit versuchten sie, die Last anzuheben, bis François kurz auflachte. »Es geht nicht«, murmelte er.

Elisa verzog das Gesicht. »Wir schieben.«

»Gut.«

Vorsichtig ließen sie die Kiste zu Boden gleiten, und François schob sie über den Schnee, was nicht so schwer schien, wie Elisa geglaubt hatte. Sie griff nach der Schaufel und folgte ihm.

Sie wählte eine dunkle Ecke im Heuschober und wies François an, zu graben. Er warf einen zweifelnden Blick auf die Kiste und machte sich an die Arbeit.

Es ging langsamer, als Elisa gehofft hatte. Unruhig wanderte sie hin und her, verfluchte sich, weil sie nicht daran gedacht hatte, eine zweite Schaufel mitzunehmen, und wartete ängstlich auf den Moment, an dem François nicht weitergraben konnte, weil der Boden zu hart wurde.

So weit kam es nicht. Plötzlich wurde das Tor aufgestoßen und eine Lampe flammte auf. Ein metallisches Klicken ließ François herumfahren und zu Elisas Entsetzen blitzte ein Messer in seiner Hand auf. Sie hatte immer geahnt, dass er nicht gänzlich unbewaffnet war, aber dass er sie nie um Erlaubnis gefragt hatte, versetzte ihr doch einen Stich.

»Wer ist da?«, bellte eine Stimme aus Richtung Tor. Die Lampe blendete, außer einem dunklen Schatten erkannte Elisa nichts.

François fluchte auf Französisch und richtete sich zur vollen Größe auf. Elisa trat einen Schritt vor. Ihr fehlten die Worte. Sie hatte zwar grundsätzlich mit der Möglichkeit, erwischt zu werden, gerechnet, sich jedoch nicht darauf vorbereitet. Unsicher knotete sie die Hände ineinander. Was sollte sie tun?

Schatten und Lampe näherten sich, und jetzt blitzte auch ein Gewehr auf, das auf sie gerichtet war. Daher rührte also das Klicken, die Waffe war entsichert und einsatzbereit.

Elisa atmete einmal tief durch und winkte beruhigend in François' Richtung. Zum ersten Mal sah sie den Soldaten, der er einmal gewesen war. Seine Miene war hart und entschlossen, sein Körper angespannt wie bei einem Raubtier auf dem Sprung.

Dann passierte alles gleichzeitig.

39. KAPITEL

Ende Februar 1916 – Bruneck

Elisa?«, rief der Schatten und stellte die Lampe auf einem Querbalken ab.

In diesem Moment erkannte Elisa ihr Gegenüber und rief erleichtert »Tante Teresa«, doch zu spät für François. Er sprang nach vorne, griff das Gewehr mit beiden Händen am Lauf und drehte es einmal blitzschnell, bis ihre Tante mit einem Aufschrei losließ. Sofort danach umschlang er ihren Körper mit einem Arm und drückte ihr das Messer an die Kehle, die andere Hand mit dem Gewehr weit von sich gestreckt.

»François, lass los! Das ist meine Tante«, schrie Elisa panisch auf und sprang vor. Der Franzose runzelte verständnislos die Stirn, stieß die ältere Frau von sich und sicherte das Gewehr, ließ sie jedoch keine Sekunde aus den Augen.

Teresa röchelte und fächelte sich mit einer Hand Luft zu, während sie die andere empört in die Seite stemmte. »Wer ist dieser Wilde? Seid ihr völlig verrückt geworden?« Mit einem resoluten Wink forderte sie das Gewehr zurück.

François zögerte und sah Elisa fragend an.

»Jetzt gib ihr das Ding schon! Steck das Messer weg, Herrgott noch mal!«, fuhr Elisa ihn an. Ihr war die ganze Angelegenheit nicht nur peinlich, ihre Tante gefährdete ihren gesamten Plan.

»Was macht ihr hier?«, wollte Teresa prompt wissen. Die Frage war nur allzu logisch. Das halbfertig gegrabene Loch und die Kiste schrien geradezu nach einer Antwort.

Elisa atmete entschlossen durch und entschied sich für die Wahrheit. Es handelte sich immerhin um ihre Verwandte, und vielleicht hatte sie sogar Verständnis.

»Kurat Ploner muss seine beiden Kirchenglocken hergeben. Er hat Pere um Hilfe gebeten, die eine davon vor dem Einschmelzen zu retten. Sie ist in der Kiste.«

»Eine Glocke? Die wollt ihr hier im Heuschober vergraben?«

Elisa schniefte verlegen. »Das war die beste Idee, die ich hatte.«

Teresa legte das Gewehr neben die Lampe und näherte sich neugierig der Kiste. »Das war aber nicht Josefs Idee, oder? Weiß mein Bruder davon?«

Elisa senkte beschämt den Kopf. »Nein. *Ich* habe dem Kurat versprochen zu helfen. Aber nicht einmal er weiß, wie ich das genau anstellen wollte.«

Teresa nickte, als hätte sie so eine Antwort erwartet. Nachdenklich schweifte ihr Blick zwischen der Kiste und dem Loch, eigentlich gerade einmal eine Vertiefung im Boden, hin und her. »Ich habe eine bessere Idee. Nehmt die Kiste und kommt mit.«

»Das geht nicht, wir können die Kiste nicht anheben. Wir sind froh, dass wir es geschafft haben, sie hierher zu schieben.«

»Dann tragen wir sie zu dritt. Wie seid ihr überhaupt nach Bruneck gekommen? Seid ihr geritten?«

Elisa gab François einen Wink, und mit den beiden Frauen auf der einen, dem Franzosen auf der anderen Seite schafften sie es, die Kiste zu heben und zu tragen. »Der Schlitten steht hinter der *majun*«, erklärte Elisa keuchend, während sie mit ihrer Last Richtung Tor taumelten.

»Auch das noch. Ich bin gespannt, wie du das Josef erklärst«, murmelte Teresa.

»Der Kurat hält ihn hoffentlich den ganzen Abend in einem außerordentlichen Dorfrat fest. Wohin?«

»Hier entlang.« Sie passierten den Stall und gingen auf die Rückseite des Gebäudes. Elisa tanzten vor Anstrengung kleine schwarze Punkte vor den Augen.

»So, absetzen«, befahl ihre Tante endlich. Sie standen vor einer Sickergrube, die mit ein paar Holzbrettern abgedeckt war. Als Teresa die Planken zur Seite schob, präsentierte sich ein schwarzes Loch, aus dem übelriechende Dämpfe emporstiegen wie aus dem Tor zur Hölle.

»Wir könnten die Kiste dort hinein ablassen. Die Grube ist gestern erst geleert worden und in ein paar Tagen sicherlich schon wieder weit genug gefüllt, dass niemand die Kiste bemerkt. Du glaubst gar nicht, wie viel Scheiße diese Soldaten produzieren. Aber hierhin verirrt sich ohnehin niemand freiwillig.«

»Einverstanden.« Elisa strahlte erleichtert. Sie hatte es gewusst, auf ihre Tante war Verlass. »François, geh die Seile vom Schlitten holen, bitte.«

»Ich gehe.«

»Du hast wirklich Nerven, Elisa«, schimpfte Teresa, während sie warteten. »Was, wenn einer der Offiziere dich hier erwischt hätte? Du weißt doch, dass ich das Haus voll mit *Gästen* habe.«

»Das hatte ich vergessen«, gab Elisa zerknirscht zu.

»Ein paar Soldaten haben den Heuschober zum Liebesnest auserkoren. Sie schleppen die Dirnen aus Bruneck da hinein oder welche Mädchen sonst gerade willig sind. Das Gewehr ist die einzige Möglichkeit, sie zu vertreiben.«

»Hast du schon einmal geschossen?«

»Gott bewahre!« Teresa lachte auf. »Dein Begleiter hat das gut erkannt. Wer ist das?«

»Jemand, den ich verstecke.« Elisa wich dem forschenden Blick ihrer Tante aus. »Er ist wie ein Bruder für mich«, fügte sie eilig hinzu, bevor Teresa auf falsche Gedanken kam.

François kehrte mit den Seilen zurück, und gemeinsam ließen sie die Kiste in die Grube hinab, bis sie mit einem satten Platschen den Grund erreichte. Danach scheuchte Teresa sie eilig zurück zum Schlitten. Sie verabschiedete Elisa mit einem Kuss, wünschte ihr Glück, falls ihr Vater von ihrem Abenteuer erfuhr, und winkte ihnen hinterher, bis sie außer Sicht waren.

Inzwischen war die Nacht angebrochen, doch die tiefverschneite Landschaft warf das Licht des aufgehenden Mondes als hellen Schein zurück, so dass sie zügig vorankamen. Die Pferdeleiber dampften, als sie endlich den Hang zur *vila* erreichten. Die *ciasa* lag im Dunkeln, so dass Elisa davon ausging, unentdeckt geblieben zu sein. Doch als sie Dolsíla gerade in Richtung Stall führte, wurde die Hintertür aufgerissen.

»Wo kommt ihr her?«, donnerte die Stimme ihres Vaters über den Hof.

»Wir … haben eine gemeinsame Kutschfahrt gemacht«, stotterte Elisa das Erste, was ihr einfiel.

François duckte sich unwillkürlich gegen die Stallwand.

»So, eine Kutschfahrt? Dir werd ich's zeigen!«

Noch bevor sie begriff, was ihr Vater im Sinn hatte, war er in ein paar Sätzen heran und packte den Franzosen. François schien im Gegensatz zu Elisa mit etwas Ähnlichem gerechnet zu haben und wehrte sich nicht, als er unter dem harten Griff des älteren Mannes wie eine Stoffpuppe hin und her geschleudert wurde.

»Meine Tochter zu verführen, du räudiger Köter!«

»Tata, nein! Was machen Sie?« Elisa dachte nicht nach, hängte sich an seinen Arm und versuchte, ihn daran zu hindern, auszuholen. Zu spät. Kastlungers Faust donnerte François mitten ins Gesicht. »Verschwinde! Lass dich hier nie wieder blicken!«

François rief etwas in seiner Sprache und spuckte aus. Ein blutiger Fleck leuchtete im Schnee auf. Kastlunger holte ein zweites Mal aus, doch bevor er zuschlagen konnte, duckte der Franzose sich, riss sich los und rannte davon.

Fassungslos starrte Elisa ihm hinterher. »Was soll das? Tata, es ist nichts gewesen!«

Ihr Vater wandte sich ihr zu, und bevor Elisa wusste, wie ihr geschah, bekam sie eine schallende Ohrfeige. »Du bist keine Dirne. Ins Haus, sofort!« Elisa schluchzte auf. Ihre Wange brannte, doch die Worte, die Ungeheuerlichkeiten, die ihr Vater ihr gerade unterstellte, waren viel schmerzhafter.

»Was hat er dir genau angetan? Elisa? Antworte!«

»Was für ein absurder Gedanke«, murmelte sie. Sie drehte sich auf dem Absatz um und rannte kopflos davon. Obwohl nichts geschehen war, brandete Scham in ihr auf.

»Ich dachte, dir liegt etwas an dem jungen Costa!«, brüllte ihr Vater ihr hinterher.

Genau deshalb. Weil sie sich in François' Gegenwart wohl und behütet gefühlt hatte, kam es ihr vor wie Verrat. Und weil es dennoch unmögliche und falsche Anschuldigungen waren. Elisa machte, dass sie davonkam.

Sie verkroch sich in der *majun* der Costas, die genauso leer stand wie das Wohnhaus, da die paar Kühe und Ziegen, die noch nicht konfisziert waren, in Kastlungers Stall untergebracht waren. Doch natürlich wurde es schnell bitterkalt. Elisa lief hin und her und stampfte mit den Füßen, bis sie sicher war, dass ihr Vater die Pferde versorgt hatte und nicht mehr im Hof herumlief. Dann schlich sie hinaus und schlüpfte unbemerkt in die *majun* und die Leiter hinauf auf den Heuboden. Dort war es nur wenig wärmer, doch es lagen wie immer ein paar alte Decken herum, mit denen sie sich ins Heu legte.

Wie war ihr Vater nur auf die Idee gekommen, sie würde sich auf François einlassen? Er wusste von ihrer Schwärmerei für Vito und wie viel ihr an ihm lag. Glaubte ihr Vater vielleicht, dass diese Zuneigung der Vergangenheit angehörte? Dass sie sich an ein Leben ohne Vito gewöhnt hatte?

Nein, das könnte sie niemals. Sie weigerte sich, ihn aufzugeben, nicht, solange Hoffnung bestand, dass er lebte und zurückkehren würde. Es war nicht dasselbe wie die Erinnerung an Anton und Franz, die manchmal noch schmerzte, aber mit der Zeit verblasst war. Längst hatte sie das Leben ohne ihre beiden ältesten Brüder angenommen.

Vito dagegen lebte. Genau wie sie darum betete, eines Tages Mischi wieder näherzukommen, wurde die Sehnsucht nach ihm stärker, nicht schwächer.

Sie glaubte fest daran, dass sie tief im Inneren spüren würde, falls Vito etwas zustieß. Er lebte, es konnte nicht anders sein, es durfte nicht anders sein. Er lebte, und es ging ihm gut!

Elisa presste sich die Fäuste vor die Augen, wie ein kleines Kind. Zum ersten Mal seit langem fühlte sie sich von allen alleingelassen. Sie hatte nicht einmal mehr die Kraft zu beten, wollte sich am liebsten zurückziehen wie eine Schnecke in ihr Haus. Sie rollte sich tief ins Heu, zog den Mantel um sich, der feucht vom Schnee war, wie sie erst jetzt bemerkte. Sie begann zu zittern, ob vor Kälte oder aus Verzweiflung vermochte sie nicht zu sagen.

Wo war Vito nur? Warum hatte er nie einen zweiten Brief geschrieben? Was dachte er inzwischen über sie? Glaubte er, wie ihr Vater, dass sie nach einem anderen Mann Ausschau hielt? Oder war sie ihm schlicht egal, erinnerte er sich gar nicht mehr an sie?

Elisa biss sich auf eine Faust, sie wollte ums Verrecken nicht weinen. Sie hatte sich in den vergangenen Wochen und Monaten immer und immer wieder bemüht, jeden Gedanken an Vito zu verdrängen oder in Arbeit zu ersticken. So ließ es sich besser ertragen. Aber gerade kam alles hoch, blähte sich wie ein Geschwür auf, drohte zu zerplatzen und sie zu vergiften.

Sie wimmerte leise und schluckte mehrmals trocken, bis der Drang zu weinen nachließ. Es nützte nichts, hier herumzuheulen. Sie konnte nur warten und beten und hoffen, dass dieser alles und jeden zermürbende Krieg endlich endete und Vito nach Hause kam. Sie sollte aufstehen, ihrem Vater gegenübertreten und alles richtigstellen. Die Dinge in Ordnung bringen, damit sie sich gegenseitig unterstützen konnten, das war die einzig richtige Vorgehensweise. Nur immer weiter und nach vorne sehen, nie zurück, und immer ein Schritt, sei er noch so klein, vor dem nächsten, bis man wieder sicheren Boden unter den Füßen hatte.

Mehrmals versuchte Elisa, sich einen Ruck zu geben, doch dieses Mal fand sie nicht die Kraft. So blieb sie liegen und atmete den tröstlich vertrauten Duft des Heus ein, ein schwaches Andenken an den vergangenen Sommer. Erinnerungen blitzen auf, Anton, wie er mit listigem Lächeln auf dem Sonnenplatz saß und rauchte, Mischi und Vito, wie sie, ganz wie erfahrene alte Bauern, immer wieder stundenlang in den Himmel blickten und mit wilden Gesten darüber diskutierten, ob sie das Heu von der Alm holen sollten. Mischi und Chiara beim Maitanz, Vito, der seinem Bruder erklärte, wie man mit der Sense umging. Vito, der auf Dolasíla am Morgen aus Corvara zurückkehrte, den alten Hut seines Vaters auf dem Kopf, italienische Zeitungen unter dem Arm. Vitos überraschte Miene, als sie ihn zu Weihnachten flüchtig geküsst hatte. Jeden Abend las sie in dem Heft, in dem er die ladinischen Sagen gesammelt hatte, und ließ sich vom Anblick seiner ordentlichen Handschrift trösten. Und Vitos gerührter Blick, nachdem sie ihm die Bücher geschenkt hatte, mit dem er studieren gehen sollte. Seine Freude hatte sie mitten ins Herz getroffen.

Warum musste ihr Vater zu all dem Elend nun mit seinen verrückten Anschuldigungen kommen? Wie konnte er nur glauben, sie könnte für François mehr empfinden als Sorge und schwesterliche Zuneigung? Oder vermutete er, François hätte ihr Gewalt angetan? Das war noch absurder. Wäre sie dann an seiner Seite auf den Hof spaziert? Niemals!

Sie mussten doch zusammenhalten … Alle!

Irgendwo knirschte Holz. Elisa lag still, ihre Hand umkrampfte ein Büschel Heu. Vielleicht sollte sie Angst haben, aber nach der anstrengenden Schlittenfahrt war sie jenseits dieses Gefühls. Es konnte nicht immer noch schlimmer kommen.

Obwohl es dunkel war, sah sie, wie sich die Leiter am Rande des Heubodens bewegte. Dann folgte das unverkennbare Knarzen der Sprossen, wenn ein Mensch emporstieg. Eine kleine Lampe wurde sichtbar, dahinter Kastlungers besorgtes Gesicht.

Elisa drückte sich tiefer ins Heu, aber das war natürlich sinnlos. Er hatte sie und den Deckenstapel längst ausgemacht.

»Mein Mädchen, das habe ich mir gedacht, dass du dich hier verkriechst.« Er schob sich mit einem Ächzen das letzte Stück der Leiter herauf und lief, leicht gebückt, da er sonst an das niedrige Dach stieß, auf sie zu. Bei ihr angekommen, wischte er mit den Händen ein wenig Heu zur Seite und stellte die Lampe ab, bevor er sich umständlich hinkniete. Eine Weile rang er verlegen die Hände und setzte mehrmals an, um etwas zu sagen, brachte jedoch kein Wort hervor.

Elisa las aus seiner Miene, dass er sich wieder beruhigt hatte und ihm seine Reaktion im Nachhinein unangenehm war. Ihr Vater war aufbrausend, doch sehr häufig verging seine Wut so schnell, wie sie gekommen war.

»Ich kann mich nicht erinnern, dass *du* dich jemals hier oben vor mir versteckt hast«, murmelte Kastlunger schließlich.

»Wieso haben Sie mich dann hier gesucht?«

Er schaute sich um, Melancholie in seinen Augen, die Hände immer noch in Bewegung. Auf einmal lächelte er wehmütig. »Ich selbst habe mich hier vor meinem Großvater versteckt, und deine Brüder hatten hier manchmal richtige Lager.«

Elisa nickte. Wieder die Vergangenheit, wieder Erinnerungen. Was half das? Was erwartete ihr Vater? Dass sie den ersten Schritt machte? Wie denn? Sollte sie ihm erzählen, was sie und François wirklich getan hatten? Eigentlich wollte sie das nicht, aber die Umstände hatten sich geändert. Seinen – in diesem Fall nicht ganz unberechtigten – Wutausbruch würde sie schon irgendwie über sich ergehen lassen.

Gerade als sie ansetzte, hustete ihr Vater verlegen. »Es tut mir leid, mein Mädchen. Ich habe mir Sorgen gemacht. Ich kam vom Dorfrat, und du warst nicht da, samt Schlitten, Pferden und François verschwunden. Chiara sagte mir, dass ihr seit dem Nachmittag fort wärt. Sie schien sehr … empört darüber. Irgendwie habe ich daraus falsche Schlüsse gezogen.«

Elisa hielt es noch für klüger zu schweigen. Dass ihr Vater sich aus eigenem Antrieb entschuldigte, kam nicht häufig vor. Er musste große Angst um sie ausgestanden haben. Erst jetzt wurde ihr bewusst, dass sie sich womöglich in größere Gefahr begeben hatte, als sie dachte. Hungernde Flüchtlinge, Plünderer und Kriegsgewinnler, Deserteure oder entflohene Kriegsgefangene, es gab genug Möglichkeiten. Trotz des Winters war viel fremdes Volk unterwegs. Bei dem Gedanken wurde Elisa ganz anders.

»Als ich dich und François sah, war mir klar, dass zwischen euch beiden etwas vorgefallen sein muss«, fuhr ihr Vater endlich fort. »So vertraut gehen Menschen miteinander um, die ein großes Geheimnis teilen. Chiara hat es auch bemerkt und etwas in dieser Richtung gesagt. Damit war für mich klar, was passiert ist.«

»Nichts ist passiert. Nicht, was Sie denken«, presste Elisa störrisch zwischen zusammengekniffenen Lippen vor. Chiara hatte sie also diese falschen Verdächtigungen zu verdanken? Das sah ihr ähnlich, sie sollte sich um ihre eigenen Angelegenheiten kümmern.

»Ist ja gut, Elisa. Das habe ich verstanden.« Er verknotete seine Finger wieder und wieder ineinander. »Sei nachsichtig mit Chiara, ich sehe an deinem Gesicht, dass du gerade wütend bist.«

»Aber wenn sie mich solcher Dinge mit einem Mann verdächtigt, wo sie doch genau weiß …«

Ihr Vater hob lächelnd den Finger, und Elisa verstummte. »Ist gut, mein Kleines. Ich glaube, sie war eifersüchtig, aber nicht auf dich, sondern auf François. Weil du dein Geheimnis mit ihm geteilt hast und nicht mit ihr.«

Das konnte stimmen. Sie und Chiara waren einander innerhalb des letzten Jahres sehr nahegekommen. Vermutlich fühlte sie sich zurückgesetzt.

Elisa schwieg hin- und hergerissen, ob sie gestehen sollte, was sie getan hatte. Denn daraus ergab sich, dass François der Einzige war, den sie ins Vertrauen hatte ziehen können. Er konnte es kaum ausplaudern und war zudem um ein Vielfaches kräftiger als jeder andere, was bitter nötig gewesen war.

Kastlunger atmete hörbar aus. »Reden wir nicht mehr darüber. Du musst mir nicht erzählen, was ihr getan habt. Es geht mich nichts an, und vor dem Hintergrund von Kurat Ploners angeblich so dringendem und am Ende nutzlosem Dorfrat kann ich es mir denken. Behalte es für dich, dann muss ich darüber nicht richten.« Jetzt verkrampften seine Hände sich. »Es ist nur so, mein Mädchen, du bist die Letzte, die mir noch geblieben ist. Irgendwie muss ich dich doch beschützen, meinst du nicht?«

»Tata«, Elisa kämpfte zum zweiten Mal an diesem Abend mit den Tränen, doch sie biss heftig auf ihre zitternde Unterlippe. Sie würde sich beherrschen! Zaghaft drückte sie die Hand ihres Vaters. Seine Hände waren ganz verkrampft, und das nicht nur vom Rheuma.

»Ich bin kein kleines Kind mehr.« Sie flüsterte, fürchtete, dass ihr die Stimme versagte, wenn sie lauter sprach. »Sie und Mama haben mich in Liebe aufgezogen und gut behütet. Die

Zeit, in der ich auf eigenen Beinen stehen muss, ist viel früher gekommen, als wir alle gedacht haben. Ich freue mich, wenn Sie mir weiterhin zur Seite stehen, aber ich schaffe das.«

»Ich weiß.« Ihr Vater nickte. »Seit deinem ersten Atemzug hast du gekämpft. Tagelang hatten wir Angst um dich, und deine Mutter war am Ende ihrer Kräfte. Du hast uns alle eines Besseren belehrt.«

Elisa schob die Decken zur Seite und kroch auf ihn zu, ließ sich, wie um ihre Aussage Lügen zu strafen, von ihm in den Arm nehmen und wiegen. Sie atmete das vertraute Aroma ein, Tabak, Schweiß, Holz und Wolle, der Geruch ihres Vaters. Sie schloss die Augen und horchte auf seinen langsamen Herzschlag, fand Trost darin und endlich auch die Kraft weiterzumachen. »Wo ist François? Er kann nirgendwohin.«

Er wich ihrem Blick aus. »Ich habe ihn bereits gesucht. Drüben im Haus beim Pacher ist er nicht.«

»Wir sollten ihn finden. Mir ist kalt. Das ist keine Nacht, die man unter freiem Himmel verbringen sollte.«

»Ich sollte mich bei ihm ebenfalls entschuldigen«, brummte Kastlunger. »Hoffentlich habe ich ihm nichts gebrochen.«

»Erst finden wir ihn. Ein Schritt nach dem anderen. Kommen Sie.« Elisa packte ihn am Arm zog ihn zur Leiter.

Gemeinsam riefen sie und suchten im Stall und den *majuns,* in der leerstehenden Ciasa Costa und fragten bei den Menardis, kurzum, sie stellten die gesamte *vila* auf den Kopf.

François blieb verschwunden.

Nur sehr widerwillig ging Elisa schließlich ins Bett und konnte nicht einschlafen, obwohl sie todmüde war. Wo war François hin, mit nichts, außer der Kleidung, die er am Leib trug, und einem Messer?

Ihr Vater hatte es natürlich nicht zugegeben, aber sie hatte ihm ansehen können, dass ihn das schlechte Gewissen plagte.

Er mochte François, schätzte es, wie er auf dem Hof anpackte, und wäre niemals auf den Gedanken gekommen, ihn ernsthaft davonzujagen. Aber der Franzose kannte Kastlunger nicht gut genug und hatte das Weite gesucht. Hoffentlich ging es ihm gut …

Irgendwann musste Elisa doch eingedöst sein. Mitten in der Nacht schreckte sie auf und schaute sich verwirrt im finsteren Zimmer um. Sie hatte etwas gehört, aber was?

Sie stand auf und tappte barfuß ans Fenster. Der Hof, die Gebäude und die Bäume dahinter lagen still. Elisa wandte sich ab und ging hinaus in den Flur. Auch dort herrschte absolute Stille bis auf ein leises Atemgeräusch aus dem Zimmer ihrer Neffen. Unschlüssig stand sie eine Weile da, bis ihr die Kälte unangenehm die Beine hinaufkroch. Sollte sie auch unten nachsehen?

Ein entschiedenes Magensgrummeln nahm ihr die Entscheidung ab. Elisa schlich in die Küche, knipste das Licht an und nahm Brot, Butter und Käse aus der Vorratskammer. Sie hatte seit dem vergangenen Mittag nichts mehr gegessen, weil die Glocke und François' Verschwinden sie zu sehr beschäftigt hatten.

Sie dachte gerade darüber nach, ob sie einen Tee kochen sollte, als sie hörte, wie im ersten Stock eine Tür zuschlug. Kurz darauf erschien eine verschlafene Chiara in der Küche und starrte sie verdutzt an. »Also doch, ich dachte, ich hätte etwas gehört. Zurück von deinem Geheimausflug?«

»Ja.« Elisa hatte kein Bedürfnis, sich zu erklären.

Chiara gähnte hinter vorgehaltener Hand und setzte sich zu Elisa an den Tisch. Dann stutzte sie. »Was ist los? Du wirkst besorgt.«

»François ist verschwunden. Tata hat ihn davongejagt, weil er dachte, dass er und ich …« Ihr fehlten die Worte.

»Du?« Chiara lachte auf. »Entschuldige, aber dein Papà kennt dich offenbar nicht gut genug.«

»Was willst du damit sagen?«

»Du bist eine Eisprinzessin. Kalt und unnahbar. Glaubst du, ich hätte nicht mitbekommen, wie Hauptmann Berger versucht, um dich zu werben? Du zeigst ihm die kalte Schulter.«

»Was soll das?«, fuhr Elisa auf. »Gerade du weißt ganz genau, warum!« Sie verschluckte sich, weil all die Gefühle, die sie seit ihrer Rückkehr im Zaum halten musste, sie zu überrollen drohten.

Sie holte tief Luft. »Dein Bruder lebt«, stieß sie mühsam hervor.

Chiara zuckte zurück, als hätte sie eine Ohrfeige bekommen und funkelte Elisa einen Augenblick lang zornig an. Dann wandte sie den Kopf verlegen zur Seite. »Das stimmt. Hoffentlich.«

Sie angelte nach einem Stück Käse, doch anstatt es zu essen, bohrte sie mit dem Fingernagel Löcher hinein. »Ich meinte nicht, dass du ihn an die Wäsche lassen sollst«, lenkte sie ein. »Aber es kann nicht schaden, ihm ein wenig Hoffnung zu machen. Hier ein Tanz bei einem dieser Offiziersabende, dort ein schneller Kuss auf die Wange. Es könnte irgendwann nützlich werden.«

»Spinnst du?« Elisa schnappte empört nach Luft. »Das kommt überhaupt nicht in Frage.«

Noch bevor sie zu Ende gesprochen hatte, malte sich ein breites Grinsen auf Chiaras Miene. »Genau das meine ich, kleine Eisprinzessin.«

»Das wäre Verrat an Vito.« Elisas Stimme schwankte. Das war nur die halbe Wahrheit, und Chiara hatte das längst bemerkt. Sie neigte den Kopf und betrachtete Elisa nachdenklich. »Wovor hast du eigentlich solche Angst?«

»Ich habe keine Angst!«

»Doch, hast du, und das hat nichts mit Vito zu tun.« Sie schien diese Nacht zu einer Nacht der Eingeständnisse machen zu wollen.

»Es ist Sünde, wenn man nicht verheiratet ist«, murmelte Elisa abwehrend.

»Na und?« Es war klar, dass sie beide an die gleiche Sache dachten: Es ging hier nicht um einen Tanz oder einen Kuss auf die Wange.

Chiara legte die Stirn in Falten und betrachtete sie nachdenklich. Vor ihr hatte sich inzwischen ein beachtlicher Haufen Käsekrümel angehäuft.

»Damals, als Vito sich verabschiedet hat«, begann sie schließlich langsam, als müsste sie ihre Worte genau überdenken, »da hast du behauptet, er hätte dich abgewiesen. Hattest du da auch Angst?«

Elisa nickte, bevor ihr bewusst wurde, dass sie das eigentlich nicht zugeben wollte. Plötzlich hatte sie den Eindruck, keine Luft mehr zu bekommen. Sie erinnerte sich daran, als wäre es gestern gewesen, und auch all diese Gefühle waren wieder da: Sorge um Vito, und was vor ihm lag, Unsicherheit, was das Leben zukünftig bringen würde. Der Schock, als er ihre nackte Brust berührt hatte, seine fahrigen Hände, die keine Zurückhaltung mehr kannten. Und die Erkenntnis, die unbequeme Wahrheit, dass sie ihn genau damit vertrieben hatte. Weil sie sich benommen hatte wie ein schüchternes unerfahrenes Kind, das sich vor dem, was ein Mann tun konnte, fürchtete.

Was stimmte.

Elisa zwang sich zu atmen. Sie wusste, was jetzt folgte. Sie stierte auf die Käsekrümel und wappnete sich gegen Chiaras gehässige Kommentare. Sie sollte sagen, dass man keine Lebensmittel vergeuden sollte. Sie sollte noch einmal wiederholen, dass es Sünde war. Ob Chiara und Mischi es eigentlich gebeichtet hatten? Oder Franz und Lene? Offiziell war Andreas ein Siebenmonatskind. Und Anton? Er hatte immer schon einen Schlag bei Frauen gehabt, unwahrscheinlich, dass ausgerechnet er nicht von Evas Früchten genascht hatte. Das war es doch, *alle* taten es. Sie fand den Gedanken trotzdem verstörend.

Wieder einmal überraschte Chiara sie. Ihr Blick wurde mild, als sie die Hände ausstreckte und auf Elisas legte. »Hab keine Angst. Nicht, wenn es Vito sein wird. Mein Bruder würde niemals etwas tun, was dir nicht gefällt. Niemals, niemals, verstanden?«

Elisa nickte tapfer, verspürte wieder diesen unendlich nutzlosen und verfluchten Drang zu weinen. »Und wenn es nicht Vito ist?«

Chiara lächelte, als wollte sie diese Möglichkeit überhaupt nicht zulassen. »Es macht … Spaß, du wirst schon sehen. Es ist eine ganz natürliche Sache. Wie beim Tanz, überlass dem Mann die Führung, der Rest findet sich.«

Sie fuhren beide zusammen, als draußen ein Grollen ertönte und von den Bergen widerhallte. Wie auf ein Kommando hin liefen beide zum Fenster, doch es war nichts zu erkennen.

»Vermutlich hat mal wieder eine Seite versucht, einen Berg wegzusprengen«, meinte Chiara.

»Über all dem Gerede habe ich François vergessen. Wo mag er nur sein?«, sagte Elisa leise mehr zu sich selbst, während sie fröstelnd auf die eiskalt glitzernde Schneelandschaft starrte.

»Hat dein Vater es denn ernst gemeint? Wollte er ihn davonjagen?«

»Gott bewahre. Du weißt doch, wie er ist. Er hat eingesehen, dass er viel zu hart reagiert hat, und er mag François. Er macht sich ebenso Sorgen wie ich.«

»Dann hoffen wir, dass er wieder auftaucht.«

Am nächsten Morgen ging Elisa mit ihrem Vater in den Stall und bekam einen Riesenschreck, weil François dort ausmistete, als wäre nichts gewesen. Im Hintergrund sah sie, wie Chiara einen Eimer Milch in eine Kanne schüttete.

»Tut es noch weh?«, erkundigte sich Kastlunger verlegen und strich mit dem Finger über sein Kinn, um zu zeigen, was er meinte. François lehnte sich auf die Mistgabel und lachte, während er mit zwei Fingern auf eine Stelle zeigte und eine übertrieben schmerzverzerrte Grimasse zog. »Ein wenig. Es macht nichts.«

»Bin ich froh.« Elisas Vater schlug ihm erleichtert auf die Schulter. »Beim nächsten Mal kommst du sofort zurück, und ich gebe dir einen Schnaps gegen die Schmerzen. Gut.« Er wandte sich an Elisa. »Dann gehe ich jetzt ins Dorf, höre nach, ob ich gestern noch etwas verpasst habe, und erzähle Kurat Ploner, dass du wohlbehalten zurückgekehrt bist.« Er zwinkerte ihr zu und war verschwunden.

Kopfschüttelnd schaute Elisa ihm nach. Sie schnappte sich einen Melkeimer und ging auf François zu. »Wo warst du? Ich habe mir Sorgen gemacht.«

»Danke.« Er sah sie aufrichtig an. »Versteckt.«

Sie wartete, aber er konnte oder wollte nicht mehr sagen. Dann fiel ihr auf, dass Chiara sie beobachtete. Sobald Elisa auf sie zukam, zog sie sich rasch hinter die nächste Kuh zurück und begann zu melken.

Elisa stand einen Augenblick da, während die Erkenntnis sie wie ein Blitzschlag traf. Hastig machte sie sich an die Arbeit, bevor einer der beiden es noch bemerkte.

Aber es müsste schon mit dem Teufel zugehen, wenn Chiara nicht ganz genau wusste, wo François die Nacht verbracht hatte.

Zwei Stunden später waren sie fertig, und Elisa bereitete das Mittagessen vor. Sie war ganz in ihre Arbeit vertieft, als ein gellender Schrei sie aus ihrer Versunkenheit riss. Sofort rannte sie los und riss die Hintertür auf.

Vier Männer in abgerissenen Uniformen und mit struppigen Bärten hatten sich bedrohlich vor Lene und Chiara aufgebaut. Waren das Plünderer? Deserteure? Die Herkunft der ehemaligen Soldaten war nicht auszumachen, nur, dass sie sich wie räudige Hunde aufführten.

Gerade nahmen zwei Lene in die Mitte und versuchten, die sich wehrende Frau mit sich zu zerren. Dabei legte der eine seine Hand in den Schritt und machte mit einem lauten Grölen eine obszöne Geste. Die anderen lachten. Chiara schlug um sich, doch es nützte nichts. Grob wurde sie von hinten gepackt und in die Luft gehoben.

»Hört auf! Verschwindet!«, schrie Elisa und machte zwei Schritte hinaus.

Der Letzte, der noch herumstand, sah sie und grinste schmierig. Ihm fehlten fast alle Zähne. Er machte einen Schritt auf sie zu und sagte etwas in einer fremden Sprache.

Elisa erstarrte, weil ihr schlagartig bewusst wurde, in welche Gefahr sie sich begab. Sie brauchte Vaters Gewehr.

Sie fuhr herum. In dem Moment, als sie durch die Tür wollte, erschien François und versperrte ihr den Weg. Sein scharfer Adlerblick erfasste mit einem Schlag die Situation.

Elisa versuchte, sich an ihm vorbeizuquetschen. »Zur Seite, lass mich durch!«

»Nein.« Das einzelne Wort drang durch Elisas Verstand und ließ sie aufblicken.

François packte sie am Arm und drückte sie mühelos von der Tür weg. Er drehte sich wortlos um, stürzte in den Flur auf den Schrank zu, in dem ihr Vater die Gewehre weggeschlossen hatte und zertrümmerte den Riegel mit einem gezielten Stiefeltritt. So viel also zu Vaters Anweisung, die Waffen vor dem Zugriff des Franzosen zu schützen. Er riss die Türen auf, nahm die beiden Gewehre und stopfte sich eine Schachtel Patronen in die Hosentasche. Das schwerere behielt er, das andere drückte er Elisa in die Hand.

»Vorsichtig«, befahl er knapp. Noch im Laufen lud er seine Waffe und rannte hinaus. Elisa folgte ihm wie betäubt. Sie hatte keinen Schimmer, wie sie mit dem Ding umgehen sollte, sie wusste nicht einmal, ob es geladen war.

Sie trat nach draußen und wurde der Unwirklichkeit der Situation gewahr. Die Sonne strahlte von einem wolkenlos blauen Himmel, und der Schnee hob sich unschuldig weiß vor dem Grau der nahen Berge ab, dazu die scharfen Konturen der kahlen Bäume, die aussahen, als hätte sie jemand mit einem schwarzen Pinsel sorgfältig hineingemalt. Gleichzeitig gellten Schüsse in der Ferne. Kam das aus dem Dorf?

Sie blickte wieder auf die Szene direkt vor sich, und ihr Herz klopfte bis zum Hals. Eine dieser dunklen abgerissenen Gestalten hielt Chiara gepackt, während die anderen beiden Lene fest umklammerten und ihr in den Kleiderausschnitt grabschten. Unmittelbar vor den Plünderern stand François, das Gewehr angelegt und auf den Kopf des vierten Mannes gerichtet.

»Verschwindet! Lasst die Frauen frei und macht, dass ihr wegkommt«, hörte Elisa sich selbst auf Deutsch rufen. Erstaunlicherweise klang ihre Stimme hart und klar in der Winterluft. Trotzdem stieß der Mann, der Chiara hielt, nur ein meckerndes Lachen aus.

François stand wie eine Statue aus eisiger Gelassenheit. Das gab Elisa Mut. Sie wiederholte ihren Befehl.

Keiner der Plünderer kümmerte sich um sie. Chiaras Gegner versuchte ihr unter den Rock greifen. Sie trat kräftig nach ihm und erwischte ihn am Schienbein, doch da er Stiefel trug, machte ihm der Treffer nichts aus.

François hob das Gewehr und drückte ab.

Der Schuss gellte Elisas Ohren, und beinahe glaubte sie, die Patrone in hohem Bogen in den Himmel segeln zu sehen. Die beiden Männer ließen Lene los, hoben die Hände in Kopfhöhe, liefen einige Schritte rückwärts und riefen dabei ihren Kumpanen etwas zu. Chiaras Peiniger hielt sie immer noch gepackt und starrte François mit einer Mischung aus Unglauben und Mitleid an. Der senkte nur kurz das Gewehr, legte blitzschnell eine weitere Patrone ein und hob es wieder an die Schulter.

Zwei Plünderer suchten das Weite. Lene war frei, stolperte an die Wand des Stalls und lehnte sich ächzend dagegen.

Endlich besann sich Elisa, hob ebenfalls ihr Gewehr und richtete es auf den Mann, der immer noch unschlüssig herumstand und seinen Blick zwischen den beiden Fliehenden und Chiaras Gegner hin und her wandern ließ.

»Zum letzten Mal: Verschwindet!« Elisa zitterte, hoffte jedoch, dass sie einigermaßen ruhig wirkte. Die Waffe lag fürchterlich schwer und ungewohnt in ihren schweißfeuchten Händen.

Die beiden verbliebenen Männer gehorchten nicht. Vermutlich trauten sie ihnen nicht zu, wirklich abzudrücken, und was Elisa anbelangte, lagen sie damit verdammt richtig. Chiara erschlaffte in der Umklammerung.

Zum zweiten Mal zog François den Abzug durch. Der Schuss kreischte über die Wiese. Chiara schrie auf. Ein dumpfer Aufprall folgte. Elisa öffnete die Augen wieder, war sich gar nicht dessen bewusst gewesen, dass sie sie zugekniffen hatte.

François stand immer noch dort, den Gewehrlauf zu Boden gerichtet. Seine Schultern bebten. Chiara stolperte auf ihn zu. Der Mann, der sie gehalten hatte, lag am Boden und rührte sich nicht mehr. Der andere rannte brüllend davon.

Chiara weinte, wollte sich in die Arme des Franzosen werfen, doch der stieß sie von sich, wandte sich um und ging.

»François!« Elisa und Chiara riefen gleichzeitig, doch er reagierte nicht.

»Sie waren wie Tiere«, schluchzte Chiara auf und biss sich ohnmächtig auf die Fingerknöchel. An ihrer Wange klebten Blutstropfen.

Da fuhr François plötzlich noch einmal herum, stürmte auf sie zu und riss ihr rüde die Hand vom Mund. »Weil man sie be'andelt wie Tiere, sie werden Tiere! Sie leben wie dreckiges Vieh!«

Mit diesen Worten ließ er sie stehen. Chiara und Elisa sahen sich an, vor Schock wie gelähmt und unfähig, etwas zu sagen.

40. KAPITEL

Am gleichen Tag – Vila Kastlunger, Val Badia

François legte das Gewehr auch in der *ciasa* nicht aus der Hand. Nachdem er noch einmal hinausgegangen war und sich versichert hatte, ob der angeschossene Plünderer wirklich tot war, saßen sie zu viert in der Küche. Sie hatten die Türen verrammelt und lugten immer wieder aus dem Fenster, draußen blieb jedoch alles friedlich bis auf vereinzelte entfernte Schüsse. Das war einerseits nicht außergewöhnlich, je nachdem, wie der Wind stand, andererseits klangen sie näher als üblich.

Irgendwann hielt Elisa es nicht mehr aus. »Ich muss ins Dorf. Da stimmt doch etwas nicht.«

»Nein!«, riefen Lene und Chiara gleichzeitig.

Sogar François schüttelte den Kopf. »Geh nicht allein.«

»Du bleibst hier«, wehrte Elisa ihn ab. »Wenn sie dich erwischen, werden sie nicht groß danach fragen, wer du bist, sie werden einfach schießen.«

François zuckte nur mit den Schultern und setzte sich auf die Bank, den Blick wachsam aus dem Fenster gerichtet.

Lene ging in den Flur und kehrte mit ihrem dicken Mantel zurück. »Ihr habt beide recht. Ich habe es mir gerade anders überlegt. Ich komme mit.«

»Lene, nein …«

Ihre Schwägerin schnitt Elisa mit einer Geste das Wort ab. »Wir müssen herausfinden, was los ist. Normalerweise wären nach den Schüssen längst Leute aus dem Dorf hier. Dass niemand kommt, ist höchst merkwürdig. Meine Kinder und meine Eltern sind dort unten. Du wirst mich nicht davon abhalten mitzukommen.«

Elisa sah Lene an, dass es sinnlos war, zu widersprechen. Sie konnte es ihrer Schwägerin schlecht verbieten. Mit François war das etwas anderes.

Der Franzose stand auf, ging mit grimmiger Miene aus der Küche und kam mit dem kleineren Gewehr zurück. Ungeduldig winkte er Elisa heran, während er eine Schachtel Patronen neben die Waffe auf den Tisch legte.

Elisa bekam noch einmal weiche Knie. Das Gewehr war natürlich nicht geladen gewesen, ihr Vater würde niemals eine schussbereite Waffe im Schrank aufbewahren. Jetzt erinnerte sie sich an die ständigen Vorträge, wenn ihre Brüder ihn auf der Jagd hatten begleiten dürfen, dass die Waffen entladen und ordentlich gereinigt werden mussten, bevor sie wieder weggeräumt wurden.

François maß sie mit strengem Blick. Dann lud er mit ganz langsamen und deutlichen Bewegungen das Gewehr. Elisa prägte sich den Ablauf genau ein. Hahn kurz spannen, Ladekammer öffnen, Patrone einlegen, Ladekammer schließen. Hahn komplett spannen, um schießen zu können. Eigentlich sah es gar nicht so schwer aus.

François entspannte den Hahn wieder, legte an und simulierte einen Schuss. Dann öffnete er die Ladekammer und betätigte einen Schnappverschluss. Die Patrone hüpfte heraus.

Hätte er geschossen, wäre es nur noch eine leere Hülse, so eine, wie er vor der Hintertür hatte fallen lassen.

Elisa musste unter seiner Anleitung den Ablauf mehrmals üben, bis der Franzose zwar nicht zufrieden war, aber widerwillig zustimmte, sie gehen zu lassen.

Die ganze Zeit über hatte Chiara, die zitternden Hände um einen Teebecher gekrampft, stumm zugesehen. Als Elisa die geladene und einsatzbereite Waffe von François entgegennahm und weitere Patronen in ihre Manteltasche gleiten ließ, sprang sie auf. »Du willst doch nicht wirklich gehen? Lass uns warten, bis dein Vater zurückkommt oder wenigstens Pacher.«

»Das dauert mir zu lange. Ich kann auf mich aufpassen. Komm, Lene. Verriegelt die Tür hinter uns.«

»Denkst du ernsthaft, wir wären so dumm, jemanden reinzulassen?«, rief Chiara ihr nach.

Elisa sparte sich eine Antwort, klemmte das Gewehr entschlossen in die Armbeuge und rauschte hinaus.

Natürlich fühlte sie sich nicht halb so sicher, wie sie tat, aber mit Lene an ihrer Seite, die sich schneller von der Attacke der Plünderer erholt hatte als Chiara, und vor allem mit der Waffe musste es gehen. Sie machte sich Sorgen um ihren Vater und ihre Neffen, um Kurat Ploner und all die anderen. Wobei sie sich heimlich eingestehen musste, dass eine gute Portion Neugier dabei war. So beängstigend der Überfall gewesen war, es war nicht ihre Art, sich zu verkriechen und abzuwarten. So etwas konnte jederzeit wieder passieren, und dann war vielleicht kein François da, der sie beschützte. Besser, sie stellte sich dem, als das nächste Mal überrascht zu werden und dann den Ereignissen ausgeliefert zu sein.

Eng nebeneinander huschten Elisa und Lene über die Gadertaler Straße, die ungewöhnlich still lag. Hinter dem Ortsausgang glaubten sie eine Straßensperre zu erkennen, da sie aber ohnehin in die andere Richtung wollten, hielten sie sich fern. Sie näherten sich den ersten Gebäuden, ohne jemandem zu begegnen.

Dann, als sie fast schon an der Kirche waren, bogen sie um eine Häuserecke und wären beinahe in eine Gruppe zerlumpter Gestalten hineingelaufen, die sich an einer Stalltür zu schaffen machten.

»Verflucht«, entfuhr es Elisa. Mechanisch hob sie das Gewehr und spannte den Hahn. Jetzt, da sie wusste, dass die Waffe geladen war, fühlte es sich anders an.

Die drei sahen den Plünderern, die sie überfallen hatten, ähnlich, doch es waren andere. Die Uniformen beziehungsweise das, was davon noch zu erkennen war, hatten einen helleren Ton, und die Bärte wirkten nicht ganz so verwahrlost. Elisa hatte allerdings keinen Zweifel, dass ihre Gegner genauso unberechenbar waren. Stumm hielt sie das Gewehr ausgestreckt, während sie und Lene Schritt für Schritt ihren Weg fortsetzten. Sie mussten ohnehin vorsichtig sein, denn der plattgetrampelte Schnee war stellenweise tückisch. Die Männer beäugten sie misstrauisch, machten ihrerseits jedoch weder Anstalten anzugreifen noch zu fliehen.

Fast glaubte Elisa sich in Sicherheit, da überlegte ein Plünderer es sich offenbar anders. Er machte ein paar Schritte auf sie zu.

Elisa blieb stehen. Sie hörte Lenes raschen Atem und spürte, wie sich die Hand ihrer Schwägerin in ihren Oberarm krallte.

Sie selbst überkam dagegen eine große Ruhe. Sie hatte das Gewehr. Es war geladen, sie musste nur abdrücken. Ihr würde nichts passieren.

Im Geiste sah sie Chiaras Gesicht vor sich, die dunklen Blutstropfen des Getöteten auf ihren Wangen.

Elisa drückte das Kreuz durch. Das war nicht der rechte Zeitpunkt für moralische Erwägungen oder Skrupel.

Plötzlich machte der zerlumpte Mann einen Satz. »Gib her!«, schrie er mit schwerem Akzent und streckte sich nach der Waffe.

Elisa drückte ab. Der unerwartete Ruck ließ sie taumeln, doch Lene hielt immer noch ihren Arm umklammert und gab ihr Halt. Der Schuss gellte in den Ohren und hinterließ ein helles Fiepen auf der rechten Seite.

Der Mann sprang überrascht zurück. Er hatte Glück, und die Patrone streifte lediglich seinen Arm. Lauthals schrie er auf und stürzte sich auf sie.

Elisa hatte das Gewehr bereits gesenkt, die Ladekammer geöffnet und die leere Patronenhülse entfernt. Dabei hatte sie sich gehörig die Fingerspitzen verbrannt, doch das kümmerte sie nicht. Mit fliegenden Händen wühlte sie in der Manteltasche nach einer Patrone.

Ihr Glück wollte nicht mehr anhalten, und die Patrone verfing sich in der Tasche. Noch bevor Elisa sie herausziehen konnte, hatte ihr Gegner sie erreicht.

Einen Wimpernschlag lang war Elisa wie gelähmt. Sie spürte Lenes Griff um den Arm, das schwere nutzlose Gewehr auf der anderen Seite.

Wie ein Tier mit gekrümmten Klauen und wutverzerrter Grimasse sprang der Mann auf sie zu.

Im gleichen Augenblick packte Elisa das Gewehr mit beiden Händen, holte aus und schwang es dem Angreifer mit voller Wucht entgegen. Das metallene Ende des Laufs traf den Mann mitten in seiner Vorwärtsbewegung. Ein hässliches Knacken ertönte, als sein Kiefer brach. Die beiden Frauen wurden herumgerissen und schafften es gerade noch, schlingernd auf den Beinen zu bleiben. Keuchend hob Elisa das Gewehr, sofort bereit, noch einmal loszuschlagen.

Das war nicht mehr nötig. Der Mann wälzte sich schreiend auf dem Boden, hielt sich das Kinn und spuckte einen Zahn aus. Dabei sprühten helle Blutstropfen über den verschmutzten Schnee.

Die beiden anderen Männer, die sich bisher zurückgehalten hatten, riefen etwas und wollten davonlaufen. In dem Moment strömten von allen Seiten Soldaten mit gezogenen Gewehren und Pistolen auf sie zu.

»Dem Herrn sei's gedankt, endlich«, seufzte Lene und bekreuzigte sich.

»Ich glaube kaum, dass wir das dem Herrn zu verdanken haben, sondern eher unserem Freund hier, weil er herumbrüllt wie ein abgestochener Ochse«, brummte Elisa und wies auf den am Boden Liegenden. Sie konzentrierte sich darauf, endlich eine neue Patrone einzulegen und das Gewehr wieder schussbereit herzurichten. Jetzt, wo die Gefahr vorbei zu sein schien, wurde ihr unangenehm bewusst, was das für ein Gefühl gewesen war, die Waffe auf einen Menschen zu richten. Sie hatte Macht verspürt, es war … berauschend gewesen, über Leben und Tod zu entscheiden. Zum ersten Mal ahnte sie, welcher Art von Faszination die Männer erlagen, die gern in den Krieg zogen. Wie hatten das ihre Brüder empfunden? Und Vito?

Das Geschehen um sie herum hielt sie von weiteren Überlegungen ab. Im Handumdrehen waren die drei Plünderer überwältigt und abgeführt, der eine immer noch jammernd und blutend.

Dann tauchte kein Geringerer als Hauptmann Berger auf und kam mit besorgter Miene auf Elisa zu, sobald er sie erblickt hatte. »Fräulein Elisa, um Gottes willen! Sie sollten nicht hier sein.«

»Was ist denn überhaupt los?«

»Eine … militärische Geschichte«, murmelte Berger ausweichend.

Elisa schnappte nach Luft und hielt das Gewehr in die Höhe, besann sich jedoch im letzten Augenblick, es auf den Hauptmann zu richten, der auch so schon entsetzt die Augen aufriss. Eilig richtete sie den Lauf gen Boden, wie sie es bei François gesehen hatte.

»Aufgrund Ihrer *militärischen Geschichte* liegt hinter meiner *ciasa* ein Toter. Ich verlange eine Erklärung«, grollte sie stattdessen.

»Eine Leich'? Sind Sie sicher?«

»Natürlich bin ich sicher! Was denken Sie?«

»Wie hat er ausgeschaut? In Uniform? Wer hat ihn erschossen?« Berger musterte sie streng, doch Elisa beugte sich nicht unter seinem Blick.

»Ich«, sagte sie fest. Eine andere Erklärung durfte es nicht geben, denn François existierte gar nicht. »Es waren vier. Sie trugen Uniformen oder das, was davon übrig war. Ich konnte es nicht erkennen. Sie haben versucht, uns zu überfallen … und Schlimmeres.« Bei der Erinnerung senkte sie dann doch verschämt den Blick.

»Ich verstehe.« Er nickte mitfühlend.

»Doch jetzt sagen Sie bitte, was vor sich geht, Herr Hauptmann. Wo sind mein Vater, Herr Willeit oder der Kurat?«

Berger hob beschwichtigend die Hände. »Schon gut. Die Dorfleut' sind zum größten Teil im Gasthaus. Die Lage ist ein bisserl unübersichtlich. Es sind ein paar Kriegsgefangene aus dem Lager entkommen und streifen durchs Dorf. Die meisten sind ungefährlich, sie suchen nur was zu essen.« Er fingerte an einer Tasche seines Uniformrocks herum, zog ein silbernes Etui hervor und steckte sich eine Zigarette an.

Elisa wartete geduldig. Das konnte nicht alles sein.

Berger lächelte Lene an, scheinbar in der Hoffnung, bei ihr Unterstützung zu finden, um Elisas beharrliche Fragen nicht beantworten zu müssen.

»Also gut, kommen Sie zwei bitte mit. Ich bring Sie zum Gasthaus.« Er nahm die Zigarette in die linke Hand und legte die rechte auf die Pistole am Gürtel. Gemeinsam setzten sie den Weg fort.

»Wie gesagt, ich bin nicht ganz sicher, was genau passiert ist. Wir haben im Moment ein paar Schwierigkeiten mit Deserteuren. Es scheint, dass eine kleine Gruppe meiner Männer unter Führung eines Oberjägers gestern am späten Abend die Tore der Baracken aufgemacht hat, um die Gefangenen freizulassen. Das Ganze sollte der Ablenkung dienen, damit sie unbemerkt entkommen konnten. Allerdings haben die meisten Gefangenen darauf verzichtet zu fliehen. Es sind ungefähr zwei Dutzend Männer, ein paar davon allerdings zu allem entschlossen.«

Wie Tiere, wiederholte Elisa in Gedanken. An denen, die sie angegriffen hatten, war nichts Menschliches mehr zu erkennen gewesen, sie waren Bestien in Menschengestalt. Aber das war vielleicht nicht immer so gewesen. Sie waren das, was der Krieg aus ihnen gemacht hatte. Sie dachte an Mischis Erlebnisse und dass er gesagt hatte, es träfe auf alle zu.

»Sie müssen die Gefangenen besser versorgen«, sagte sie laut.

Berger lachte hilflos auf. »Seien Sie mir nicht bös', aber wie soll ich das anstellen? Ich kann kaum meine Truppe versorgen, was meinen Sie, warum die Leute sich schleichen?«

Da könnte Elisa tausend andere Gründe aufzählen, allen voran den, dass sie einfach die Nase voll vom Krieg hatten, aber das tat jetzt nichts zur Sache.

»Es geht nicht nur ums Essen«, erwiderte sie. »Was ist mit Krankheiten oder Verletzungen? Wer sorgt für Hygiene? Oder, wenn wir schon beim Essen sind, wer achtet darauf, dass es einigermaßen gerecht verteilt wird?«

Berger zog schweigend an der Zigarette und hielt den Kopf stur geradeaus gerichtet.

»Niemand. Kein Wunder, dass diese armen Menschen völlig verwahrlosen«, sagte Elisa mehr zu sich selbst.

»Schön und gut, Fräulein Elisa«, fuhr Berger auf. »Dann helfen Sie mir! Treiben Sie etwas zu essen auf und verteilen Sie es. Pflegen Sie die Kranken. Meine Männer sorgen dafür, dass Ihnen im Lager nichts geschieht, den Rest machen Sie, ich lass Ihnen freie Hand.«

Elisa war zu verblüfft, um etwas zu sagen, doch Lene reckte energisch das Kinn. »Eine gute Idee. Ich werde helfen.«

Verdutzt schaute Berger auf sie beide herab, bevor er seine Zigarette in den Schnee warf und austrat. »Sie wissen wirklich nicht, worauf Sie sich da einlassen.«

»Ach ja?« Lenes Stimme wurde schneidend. »Mein Bruder wurde von den eigenen Offizieren erschossen, Herr Hauptmann, nicht vom Feind. Welche Soldaten sollte ich mehr fürchten?«

Berger schaute zur Seite, als hätten sie ihn damit bei einer höchst unangenehmen Wahrheit erwischt. Er wurde sich dessen bewusst und blickte die beiden Frauen sofort wieder offen an, doch seine Mundwinkel blieben verkniffen. »Das sind nur Gerüchte. Märchen, die Ihnen jemand eingeflüstert hat, der nicht für die Sache des Kaisers ist.«

»Mein Bruder hat es uns erzählt«, erklärte Elisa kalt. »Der, der zurückkam, nachdem man ihn zum Krüppel geschossen hat. Er war dabei. Er hat es mit eigenen Augen gesehen.«

Der Hauptmann schien in sich zusammenzuschrumpfen. Er wollte eine neue Zigarette hervorziehen, besann sich jedoch anders und winkte müde ab. »Passt schon. Lassen Sie uns erst wieder Ordnung schaffen. Dann schauen wir, wie wir die Sache anpacken. Einverstanden, die Damen?«

Elisa neigte den Kopf und warf Lene einen dankbaren Blick zu, die grimmig zurücknickte. Die Worte ihrer Schwägerin hatten definitiv einen Nerv getroffen. Es wurde Zeit, der Welt wieder etwas Menschlichkeit zurückzubringen.

Am Nachmittag erlaubte man Elisa, die mit Lene, ihrem Vater und vielen anderen im Gasthaus wartete, nach Hause zurückzukehren, da die entflohenen Gefangenen und die Hälfte der Deserteure gestellt worden waren. Die restlichen abgängigen Soldaten würde man vermutlich nicht mehr erwischen. Hauptmann Berger war die Angelegenheit sichtlich peinlich, konnte man ihm doch unterstellen, er habe seine Leute nicht im Griff. Dabei wusste jeder, dass dies nur zum Teil der Wahrheit entsprach. Die Moral der kaiserlichen Truppen lag am Boden, wo Feind und Kampf nicht ausreichten, um die Männer zu entmutigen, schafften das dieser undenkbar harte Winter und der Hunger.

Kaum dass sie auf dem Weg nach Hause unter sich waren, schimpfte Kastlunger natürlich, weil Elisa einfach mit dem Gewehr ins Dorf gegangen war. Die Standpauke fiel allerdings viel glimpflicher aus als erwartet, und Elisa wurde den Eindruck nicht los, dass ihr Vater trotz aller Sorge stolz auf sie war.

Sie war froh, der stickigen Luft im Gasthaus zu entkommen und hatte in den letzten Stunden Schwierigkeiten gehabt, sich zu konzentrieren. Doch sie hatte neben Lenes Mutter und Maria Gutholzer fünf weitere Mitstreiterinnen gefunden, die sich der Zustände im Lager annehmen würden. Zwei dieser Frauen wussten ihre Männer in Gefangenschaft, glaubten nicht daran, dass die Zustände bei den Russen oder Italienern besser waren, hatten jedoch davon gehört und hofften darauf, dass sich andernorts Menschen für sie engagierten. Kurat Ploner hatte angesichts der Kräfte, die Elisa freisetzte, schlecht zurückstehen können und seine Unterstützung zugesichert.

Dankbar überließ Elisa es ihrem Vater, das Gewehr zu verstauen und Chiara und François Bericht zu erstatten. Erschöpft schleppte sie sich in ihr Zimmer, zündete die Petroleumlampe an und machte sich bereit für die Nacht.

Draußen zog der Frost an, doch im Zimmer war es unerträglich heiß. Nach nur kurzem Zögern löschte Elisa das Licht, zog das wollene Nachthemd wieder aus und legte sich nackt unter das dicke Federbett.

Das hatte sie noch nie getan, und noch nie war sie sich ihrer Weiblichkeit so bewusst geworden wie jetzt. Es gehörte sich nicht, sich zu berühren, und normalerweise hielt sie sich daran. Doch heute überwog die Neugier. Scheu streichelte sie über ihre Brüste und ließ die Finger über die warme Haut gleiten.

Dann verließ sie der Mut.

Es war still, so dass sie auf einmal glaubte, ganz allein auf der Welt zu sein. Tiefe Einsamkeit überkam sie. Sie sehnte sich danach, mit jemandem zu sprechen, Fragen zu stellen, neugierig sein zu dürfen. Ihre Mutter hatte nie mit ihr darüber gesprochen. Natürlich wusste sie, dass so Kinder gemacht wurden, aber von den konkreten Abläufen hatte sie keine Vorstellung. Mehrmals hatte sie Gerede ihrer Brüder aufgeschnappt, doch das hatte sie eher verwirrt.

Ihre Mutter war weit weg. Lene konnte sie auch nicht fragen, denn damit würde sie über Franz Dinge erfahren, die sie nichts angingen. Blieb nur Chiara, aber würde die nicht die Gelegenheit nutzen, sich über sie lustig zu machen, weil sie Wissen und Erfahrung besaß, die sie überlegen machte?

Tante Teresa könnte sie fragen, denn hatte die nicht gestern erst gezeigt, wie ähnlich sie sich im Geiste waren? Ihre Tante hatte ihr mit der Glocke geholfen, ohne sich um François' dubiose Herkunft zu kümmern, einfach weil sie gespürt hatte, dass Elisa das Richtige tat.

Aber was nützte das? Teresa war vielleicht nicht so weit weg wie ihre Mutter, im Moment jedoch ebenso unerreichbar.

Elisa rollte sich zusammen wie ein kleines Kind. Niemand war da, sie war vollkommen allein.

»Du glühst ja.« Lene legte ihr die Hand auf die Stirn.

Unwirsch versuchte Elisa, sie abzuwehren, doch ihre Bewegungen waren unkontrolliert und fahrig, als hätte sie Butter anstatt Muskeln in den Armen. »Lass mich aufstehen, ich war noch nie krank.«

»Nichts da! Du hast Fieber. Kein Wunder, erst deine stundenlange Schlittenfahrt und gestern dein Ausflug ins Dorf. Mich erstaunt eher, dass du nicht viel eher schlappgemacht hast.«

Elisa wollte aufstehen, doch Lene drückte sie zurück aufs Kissen. Es war nur ein sanfter Schubser, der sich allerdings wie ein Amboss anfühlte, der ihr gegen die Brust gedrückt wurde, und dann überkam sie Husten, der ihr die letzten Kräfte raubte.

»Also gut. Ich bleibe für heute liegen.« Elisa schloss die Augen und fuhr mit der Zunge über die Lippen, die ganz trocken und rissig waren. Vielleicht war das wirklich besser, allein die paar Worte hatten sie erschöpft. Die Arbeit auf dem Hof schafften die anderen auch ohne sie.

Der Husten wurde schlimmer, schüttelte sie mit heftigen Krämpfen und ließ sie mit jedem Mal ausgelaugter zurück.

Sie dämmerte den Tag vor sich hin, allein mit ihren fieberwirren Träumen, in denen sie Chiara und François um eine Glocke tanzen sah, vor der sie sich anschließend im Sommergras liegend vereinigten. Immer und immer wieder sah sie diesen Moment vor sich. Sie konnte sich von ihren Traumbildern nicht abwenden, und eigentlich wollte sie auch nicht, wollte entdecken, verstehen, lernen und fühlen. Emotionen begleiteten die Bilder und brannten sie zusammen mit dem Fieber aus. Einmal glaubte sie sich emporgehoben, als sich ein unbeschreibliches Gefühl im Körper ausbreitete und wie die Wellen eines Flusses über sie hinwegrauschte. War sie dabei zu sterben?

Elisa fror und schwitzte zugleich, in ihren Ohren sauste es, und vor den Augen tanzten schwarze Punkte. Ihre Hände umkrampften das Federbett, doch im Grunde gab es nichts mehr, was sie hielt. Wenn das der Tod war, hatte er soeben seinen Schrecken verloren.

Immer wenn Elisa die Augen aufschlug, saß jemand an ihrem Bett und beobachtete sie aufmerksam. Meistens war es ihr Vater, manchmal Lene, manchmal Chiara, manchmal erkannte sie die Person nicht. Wenn sie hustete, hielten sie schützende Arme, doch es half wenig, sondern raubte ihr weiterhin alle Kraft. Nach einer Zeit, die ihr wie eine halbe Ewigkeit vorkam, wachte sie eines Nachts auf und fühlte, dass das Fieber gesunken war.

Sie atmete einmal durch und schaffte es sogar, dabei nicht zu husten. Danach blinzelte sie ins Licht und wurde sich der beiden Stimmen bewusst, die miteinander sprachen, eine weibliche und eine männliche.

»Chiara? François?«

»Endlich.« Eine Hand tastete über ihre Wange, und Elisa fand die Kraft, sie wegzuschieben. Mühselig setzte sie sich auf und schüttelte sich, um den Kopf klar zu bekommen. »Welcher Tag ist heute?«

Der Raum wurde nur spärlich beleuchtet, da die Petroleumlampe auf dem Nachttisch mit einem Tuch verhängt war. An ihrem Bett stand ein Stuhl, neben dem Chiara stand und sie mit besorgtem Blick musterte. Von François war nichts zu sehen, weshalb Elisa sich schon fragte, ob sie sich seine Stimme eingebildet hatte. »Es sind gerade einmal drei Tage und Nächte vergangen, du hast nicht viel verpasst. Wie geht es dir?« Chiara lächelte aufrichtig erleichtert und zupfte das Tuch von der Lampe.

Elisa blinzelte. »Das sticht in den Augen.«

»So grell ist es nicht. Dann hast du wohl immer noch Fieber.«

»Vermutlich.« Widerwillig ließ Elisa nun zu, dass Chiara ihre Stirn befühlte und dann bestätigend nickte.

»So schnell geht das alles nicht. Mach dir keine Sorgen. Es ist Winter, es gibt wenig zu tun, wir schaffen das.« Chiara lächelte. Es sollte Elisa bestimmt aufmuntern, doch die Worte versetzten ihr einen Stich. Sie kamen ganz prima ohne sie aus. Sie hatte sich diese Einsamkeit also nicht nur eingebildet. Niemand vermisste sie.

Chiara musterte sie gründlich und zauberte einen feuchten Lappen hervor, mit dem sie Elisas Stirn abtupfte.

Sie schloss die Augen und seufzte. Das tat gut. Das hatten sie häufig gemacht, die Wächter an ihrem Bett.

»Allerdings ist es viel zu still ohne dich«, brummte Chiara, als hätte sie Elisas Gedanken erraten. »Man kommt zu sehr ins Grübeln über das, was ist und was hätte sein können.« Sie ließ sich auf den Stuhl fallen.

Elisa schlug die Augen auf, was sie einige Überwindung kostete. Doch ihre Neugier tastete sich durch den Nebel ihres Verstands und wollte langsam wieder zu ihrem Recht kommen. »Wie meinst du das?«

»Was?«

»Was du gerade gesagt hast. Was meinst du damit?«

»Ach, nichts.« Chiara presste die Lippen aufeinander.

»Wieso war François vorhin hier? Lässt Tata ihn ins Haus?«

»Er hat mir nur einen Tee gebracht, sie sitzen unten und rauchen. Es ist zwar dunkel, aber noch früh am Abend, wir haben gerade erst gegessen.«

Lächelnd kuschelte Elisa sich tiefer ins Kissen. »Du magst François.«

»Na und? Du doch auch.« Chiara lehnte sich auf dem Stuhl zurück und verschränkte die Arme.

»So meine ich das nicht. Ihr passt gut zusammen.«

»Was denkst du? Wie lächerlich.« Chiara lachte schrill. »Gut, er kann lesen und schreiben, aber er hat mir wohl kaum etwas zu bieten. Sein Vater hat ja nicht einmal Grundbesitz, er ist nur Verwalter auf einem Weingut. Immerhin, ein großer Hof in den französischen Alpen, von dem aus man das Meer sehen kann. Aber François interessiert sich mehr für den Anbau. Mag ja sein, dass er davon genauso viel Ahnung hat wie Nonno damals, aber was erreicht er damit? Am Ende ist er auch nur ein Bauer. Dann hat er auch noch zwei ältere Brüder, die …« Sie verstummte.

Elisa wandte rasch den Kopf zur Seite, damit Chiara nicht sah, dass sie sich das Lachen verkneifen musste. Das war gar nicht so einfach, es zuckte um ihre Mundwinkel und kitzelte grausam im Hals, dann rettete sie ein Hustenanfall. Sie setzte sich auf, hustete und schnappte nach Luft.

Chiara war aufgesprungen und stützte sie, klopfte ihr sanft auf den Rücken. »Das kommt davon, du und deine romantischen Vorstellungen.«

Elisa hustete zur Antwort, bis ihr Tränen über die Wangen liefen und sie röchelnd nach Luft schnappte. Chiara reichte ihr einen Becher mit kaltem Tee, der den Reiz linderte, so dass sie endlich ermattet ins Kissen sank.

»Du weißt eine ganze Menge über François«, stellte Elisa fest. »Mir hat er das nicht erzählt.«

»Ich bin sicher, dass er das tun würde, wenn er könnte. Aber dazu reichen seine Sprachkenntnisse nicht.«

»Ich wusste nicht, dass du Französisch sprichst.«

»Na und? Du hast Vito im Handumdrehen Deutsch beigebracht.« Chiara schien froh über den Themenwechsel zu sein. »Ich bin vielleicht nicht ganz so sprachbegabt wie er, aber es fällt mir ziemlich leicht. Ja, es stimmt, François hat mir eine Menge beigebracht, aber das hat nichts zu bedeuten. Es ist eine Abwechslung, mehr nicht.«

Elisa nickte zustimmend, sie war sicher, dass der Franzose sie nicht nur seine Muttersprache lehrte.

Sie schwiegen beide, Chiara schien zu fürchten, dass sie noch mehr über ihre Gefühle gegenüber François preisgeben könnte, und Elisa hatten die paar Worte und das Husten erschöpft.

Müde schloss sie die Augen. Sie war schon beinahe wieder eingeschlafen, als sie glaubte, Chiara flüstern zu hören. Sie verstand nur die letzten Worte: »Außerdem ist er ein Feind.«

»Irgendwann ist der Krieg vorbei«, sagte Elisa laut.

»Ja, irgendwann.« Chiaras Tonfall war flach und emotionslos.

Es waren inzwischen leere Worte, eine Floskel. Langsam konnte sich niemand mehr vorstellen, dass eines Tages eine solche Zeit wahrhaftig anbrechen würde.

41. KAPITEL

Mitte Mai 1917 – Vila Kastlunger, Val Badia

Die Wachen vor dem Tor des mit Stacheldraht und Barrikaden gesicherten Geländes salutierten und lächelten freundlich, als sie Elisa erkannten. Sie grüßte und rümpfte unwillkürlich die Nase, weil der inzwischen vertraute Geruch von zu vielen Menschen auf zu engem Raum zu ihr herüberzog. Dabei war es schon viel besser geworden, wie überhaupt das ganze Leben im Dorf wieder sicherer und ruhiger war. Die milde Frühlingsluft tat außerdem ihr Bestes, den Gestank zu vertreiben.

Sie schleppte die Säcke mit dem harten Brot, das die Frauen des Dorfes in diesen Tagen gebacken hatten, hinüber zu der einfachen Holzbaracke, in der sie eine provisorische Küche aufgebaut hatten. Lene stand dort und rührte in einem riesigen Topf. Heute kochten sie Kohlsuppe, wobei der Name über den Inhalt hinwegtäuschte, denn die Hauptbestandteile waren

Wasser, alte, bereits mehrfach ausgekochte Rindsknochen und irgendwann auch ein paar Pfund Kohl, den die Wintervorräte noch hergegeben hatten.

Manchmal hatte Elisa ein schlechtes Gewissen, wenn sie einerseits an ihren Vorratskeller mit den Einmachgläsern voller Bohnen, Kürbis und Zucchini dachte und dann diese Zustände sah. Andererseits hatte sie wie die meisten im Dorf gegeben, was sie konnte, und es würde niemandem helfen, wenn sie alles spendete. Das Lager würde nicht einmal mehrere Tage damit auskommen. Ihre Familie musste versorgt sein, ihre Neffen mussten wachsen. Weder sie noch Lene oder ihr Vater gönnten sich unnötigen Luxus. An den Geschmack von echtem Kaffee erinnerte sie sich kaum noch.

Und vor allem konnte niemand sagen, wann dieser Krieg jemals ein Ende finden, ob es dieses Jahr eine Ernte geben würde und wie lange ihre Vorräte halten mussten.

»Leg das Brot dort drüben hin, setz dich und ruh dich aus.« Lene zeigte auf einen wackeligen Tisch neben der Feuerstelle, auf den Elisa die Säcke fallen ließ und sich wieder abwenden wollte.

»Hast du nicht gehört? Ich sagte: *Setz dich*«, wiederholte Lene streng. »Du bist ja trotziger als Franzl.«

»Es geht schon.« Wie um ihre Worte Lügen zu strafen, ließ Elisa sich auf den kleinen Schemel fallen, der vor dem Tisch stand, und stützte die Ellbogen auf die Knie. »Ich verstehe das nicht. Ich mache kaum etwas, jeder nimmt mir alles aus der Hand.«

Lene lächelte verständnisvoll. »Nur Geduld. Du warst lange krank und hattest hohes Fieber. Auch auf den härtesten Winter folgt irgendwann der Frühling.« Sie legte den Rührlöffel zur Seite und nahm ein Messer, mit dem sie das Brot aus den Säcken in faustgroße Kanten schnitt.

Elisa blieb noch eine Weile sitzen, bis sie sicher war, dass ihr von ein paar Schritten nicht schon wieder die Knie weich wurden. Ihr kam es vor, als wolle das Schicksal alles nachholen, was sie als Kind an Krankheiten versäumt hatte. Sie hatte nie auch nur einen Tag im Bett verbracht und ihren Körper mit der Zeit für unbesiegbar gehalten. Diesen Irrtum bezahlte sie nun doppelt und dreifach. Seit über zwei Monaten hielten Reizhusten und Schwäche sich hartnäckig.

Sie wanderte hinüber zur Entlausungsstation, die es zwar bereits vor dem Engagement der Dorffrauen gegeben hatte, die jedoch unter ihrem Einsatz ausgebaut worden war. Eine mit Lehm abgedichtete Holzbaracke diente als Schwitzraum, in dem die Männer einige Zeit im Wasserdampf verbrachten, bis sie das Ungeziefer los waren. Nebenan unter einem überdachten Unterstand wurde die Kleidung ausgekocht. Beinahe rund um die Uhr wurden große Wasserkessel erhitzt. Maria Gutholzer und Sophia Thaler, die Hebamme des Dorfes, konnten mit Stolz vermelden, dass die Ausbreitung des Fleckfiebers unter den Gefangenen – und, auch wenn man das nur hinter vorgehaltener Hand sagen durfte, unter den österreichischen Wachen – drastisch zurückgegangen war.

Schon von weitem sah Elisa Maria am Unterstand arbeiten. Ein Russe mit nacktem Oberkörper und kahlgeschorenem Kopf stand nahe bei ihr. Offenbar war er gerade mit Kresolpuder behandelt worden, der aufdringliche Geruch hing noch in der Luft. Maria schüttelte ein wollenes Unterhemd aus und reichte es dem Mann, der es mit einer angedeuteten Verbeugung entgegennahm.

Elisa wollte schon weitergehen, als sie schockiert beobachtete, wie der Mann sich Maria auf einmal näherte und zudringlich wurde. Er umarmte sie mit einer weiten Bewegung und zog sie an sich. Doch anstatt ihn abzuwehren, lachte Maria auf, streckte sich ihm entgegen und küsste ihn mitten auf den Mund.

»Wenn ich sage, dass du dich ausruhen solltest, meinte ich damit nicht, dass du herumstehst und gaffst.« Elisa bekam einen gutmütigen Schubs von hinten und fand sich Lene gegenüber, die breit grinste. Maria und der feindliche Soldat bemerkten sie, fuhren auseinander und taten, als wäre nichts gewesen.

»So etwas gehört sich nicht«, murmelte Elisa mehr zu sich selbst.

Lene schnaubte abfällig und lotste Elisa in eine andere Richtung, um Maria nicht noch weiter in Verlegenheit zu bringen. »Sei nicht so ein prüdes Ding, Elisa. Maria ist Witwe, genau wie ich, und sollte dieser himmelgottverdammte Krieg eines Tages einmal enden, werden wir um die verbliebenen Männer feilschen müssen. Was glaubst du eigentlich? Sieh mich an, ich bin über dreißig, habe zwei Kinder und kaum Besitz. Wie soll ich da jemanden finden?«

»Entschuldige, Lene. Ich habe nicht nachgedacht«, brummte Elisa. Es fehlte noch, dass ihre Schwägerin deswegen schlecht von ihr dachte. Die Worte waren ihr einfach so herausgerutscht, wobei sie Mühe hatte, sich den Grund dafür einzugestehen: Sie war neidisch auf all die Frauen, die sich mehr oder weniger offen mit den Männern, den eigenen wie mit den Feinden, abgaben. Es machte diese Einsamkeit in ihr nur noch größer.

Die Krankheit hatte nicht nur Reizhusten und Schwäche hinterlassen, sondern auch das Gefühl, von allen verlassen und allein zu sein, war geblieben. Sie hatte versucht, sich zurückzuziehen, dann das genaue Gegenteil, hatte Gesellschaft gesucht, sich sogar von Hauptmann Berger zu einem geselligen Abend einladen lassen. Es hatte nichts geholfen, sie kam nicht dagegen an.

»Glaubst du wirklich, dass du allein bleiben wirst?«, fragte Elisa zaghaft und zwang sich zu einem Lächeln.

Lenes Blick wanderte über den Stacheldraht hinweg in die Ferne. »Ich hoffe nicht. Es geht nicht nur um mein Auskommen, ich fühle mich entsetzlich allein.«

Das klang wie ein Echo ihrer eigenen Gedanken. Waren ihre Empfindungen also normal, eine Folge dieser Zeiten?

Unvermittelt lächelte Lene. »François hätte mir auch gefallen, ehrlich. Aber er ist natürlich viel jünger und hat nur Augen für Chiara.«

»Du weißt davon?«

»Ich bin nicht blind, Elisa. Außerdem liegt mein Zimmer direkt neben ihrem. Dein Vater hat gut gebaut, aber so dick sind die Wände nun auch wieder nicht. Jetzt schau mich nicht an wie ein Huhn, wenn's donnert.« Lene lachte und stupste Elisa an, die wie erstarrt stand. »Lauf nach Hause, Elisa. Für heute gibt es hier wenig zu tun. Es wird sich schon alles finden. Das hat Gott den Menschen so eingerichtet.«

Am Abend hielt es Elisa nicht mehr im Haus. Die Arbeiten des Tages waren beendet, ihr Vater war zum Kartenspielen ins Dorf gegangen und Lene mit Franzl im Arm auf ihrem Bett eingeschlafen, Andreas wie ein kleiner Fuchs zusammengerollt zu ihren Füßen. Von Chiara und François fehlte jede Spur, aber das war inzwischen normal.

Elisa packte sich einen Becher heißen Tee und eine Decke und wollte hinaus zum Sonnenplatz. Es waren die ersten wärmeren Tage, und in die Decke gewickelt konnte sie vielleicht noch eine halbe Stunde draußen sitzen und auf die Berge schauen. Sie fühlte sich rastlos, hatte zum ersten Mal seit langem wieder etwas Energie. Ob das von der Sonne kam?

Leise summend lief sie hinaus – und stolperte am Sonnenplatz beinahe über François' Beine, die er lang von sich gestreckt hatte. Er saß, ebenfalls mit einer wollenen Decke, auf der Bank, den Arm um Chiara gelegt, die mit geschlossenen Augen an seiner Schulter lehnte. Vor den beiden standen eine halbleere Weinflasche und zwei Gläser auf dem Tisch.

Elisa machte einen erschrockenen Satz nach hinten. Heißer Tee schwappte über ihre Hand und verbrühte die Haut.

Chiara sprang in der gleichen Geschwindigkeit auf und strich eilig ihren Rock glatt. François senkte verschämt den Kopf, wobei Elisa den Eindruck hatte, dass er dabei breit grinste.

»Spionierst du uns nach?«, fuhr Chiara sie wütend an. »Du musst deine Nase auch in alles stecken, du verfluchter Bauerntrampel!«

Elisa hätte ihnen den Tee am liebsten ins Gesicht geschüttet. Mit aller Selbstbeherrschung, die sie noch aufbringen konnte, stellte sie den Becher ab.

»Du musst reden, Schlampe«, zischte sie nur.

Chiara wurde feuerrot, hob abwehrend die Hände und rief: »Es ist nicht so, wie du denkst!«

François sagte gleichzeitig etwas in seiner Muttersprache.

»Hört doch auf!«, schrie Elisa aufgebracht. »Ich habe es längst begriffen. Es ist mir egal, hörst du! Vollkommen gleichgültig.« Sie machte auf dem Absatz kehrt und wollte davonlaufen.

François knurrte wie ein Hund und sprang ihr in den Weg. Sie versuchte, sich loszureißen, doch er hielt sie mit unnachgiebigem Griff an den Oberarmen fest.

»Lass mich los!«

»Elisa, was ist? Sag!« Er schüttelte sie sanft. Sie biss so fest die Zähne zusammen, dass ihr Kiefer schmerzte.

Zwischen Chiara und François entbrannte ein lautes Wortgefecht, von dem Elisa nichts verstand. Sie wand sich in François' Umklammerung, obwohl es natürlich nichts nutzte. Der große Franzose hielt sie mühelos. Dann stieß er Elisa von sich und zeigte anklagend auf sie.

»Ihr müsst Schwestern sein! Nicht kämpfen!«, rief er Chiara wütend zu.

Verdutzt blinzelte Elisa ihn an und wischte sich eine Haarsträhne aus dem Gesicht, die sich aus ihrem Zopf gelöst hatte. »Ich verstehe kein Wort.«

Chiara starrte mit funkelnden Augen in François' Richtung, doch der beugte sich nicht vor ihrem finsteren Blick, sondern straffte die Schultern und zog drohend die Augenbrauen zusammen. Sie kaute auf ihrer Unterlippe, dann gab sie sich einen Ruck. »Er meint, dass ich es dir hätte sagen sollen, dass er mich … wir … uns mögen.« Trotzig verschränkte sie die Arme. »Es geht dich nichts an. Es ist ohnehin sinnlos. Es hat keine Zukunft, aber das sieht François nicht ein.«

Chiara starrte sie beide herausfordernd an, dann ließ sie die Arme wieder sinken und stand einfach nur zitternd da, alle Energie verbraucht. Elisa begriff immer noch nicht, was in Vitos Schwester gefahren war, während sie sich bereits für ihre harten Worte schämte. Das war nicht ihre Art.

Sie blickte von einem zum anderen und hätte heulen können. »Es mag ja sein, dass es keine Zukunft hat, aber es macht euch stark. Jetzt, wo wir allen Zusammenhalt brauchen.« Und die beiden ihr zugleich vor Augen führten, wie allein sie war.

François hielt Chiara noch immer mit seinem Blick fixiert. Dann grollte er ein paar Worte, die wie ein Befehl klangen.

In Chiaras Miene veränderte sich etwas, brach den harten Zug um ihren Mund. Sie machte erst einen und dann noch einen Schritt auf Elisa zu, dann stürzte sie sich geradezu auf sie und riss sie an sich. »Jetzt hör mir zu, du dumme Gans! Begreifst du nicht, dass François der einzige Mensch ist, dem *ich* etwas bedeute? Wenn Vito zurückkehrt, wird er zu dir zurückkehren! Meine Familie ist ausgelöscht. Nimm mir das nicht weg. Ich habe mich in letzter Zeit so einsam gefühlt, ich will nicht allein sein!«

Elisa löste sich ein Stück aus Chiaras verzweifelter Umarmung und starrte sie an, unfähig, eine vernünftige Antwort zu geben. Das waren ihre eigenen Gedanken, ihre Empfindungen, die sie da hörte.

»Du bist nicht allein, Chiara«, flüsterte sie. »Du weißt, wie es sich anfühlt, geliebt zu werden.«

»Du etwa nicht? Elisa Kastlunger, wenn du meinen Bruder aufgibst, werde ich dir das Leben zur Hölle machen, das schwöre ich dir!«

Elisa lachte gequält auf. »Das schaffst du nicht. Es kann nicht immer noch schlimmer kommen.«

»Das hast du schon einmal gesagt.«

»Irgendwann muss es stimmen.«

Sie lachten beide und umarmten sich fest wie zwei verlorene Seelen, die wieder zueinandergefunden hatten. Aus den Augenwinkeln sah Elisa, dass François sich mit Daumen und Zeigefinger über den Nasenrücken strich. Er wirkte erleichtert.

»Bitte sag es niemandem.« Chiara legte Elisa den Zeigefinger an die Lippen. »Dein Papà ahnt etwas, er … glaubt, mich beschützen zu müssen.«

»Lene hat etwas mitbekommen.«

»Dann werde ich mit ihr sprechen.«

»Du kannst dich auf sie verlassen.« Elisa löste sich. »Ich lasse euch jetzt allein.«

»Nein, das musst du nicht.« Chiara warf François einen fragenden Blick zu, und er nickte. »Trink ein Glas Wein mit uns.«

»Nicht heute. Es werden noch ein paar Sommerabende kommen.«

»Es sind nur noch vier Flaschen Wein im Keller.«

Elisa lächelte aufmunternd, auch wenn ihr schon wieder schwer ums Herz wurde. Wenn es doch nur der Weinvorrat wäre, der zur Neige ging. »Die müssen über den Sommer reichen.«

Sie griff nach dem Becher und schüttete den Tee in einem weiten Bogen weg. Dann nickte sie und ging davon.

Sie hatte kaum die Decke in der kleinen Stube auf die Bank geworfen und den Becher in die Spüle gestellt, als sie ein Klopfen an der Vordertür und dann von draußen jemanden ihren Namen rufen hörte.

Elisa runzelte die Stirn. Wer konnte das zu dieser Stunde noch sein? Weder Chiara noch ihr Vater würden anklopfen, doch es klang eindeutig nicht nach einem Notfall, dann hätte derjenige gegen das Holz gehämmert, dass es auch im letzten Winkel zu hören wäre. Nein, es war mehr das zaghafte Klopfen eines unerwarteten Besuchers.

Rasch lief sie in den Flur. Einen Moment lang erinnerte sie sich an die Nacht, in der François und Nicolas vor der Hintertür gelegen hatten. Es war ungefähr um die gleiche Stunde gewesen, allerdings im Spätherbst, wo es um diese Zeit bereits dunkel war. Dieses Mal nahm sie keinen Schürhaken. Sie musste nur rufen, Chiara und François wären im Handumdrehen bei ihr.

Sie öffnete die Tür und traute ihren Augen nicht.

Im ersten Moment erkannte sie ihn nicht. Er hatte Gewicht verloren, die Haut lag straff über den Wangenknochen, die dunklen Augen tief in den Höhlen. Seine Nase hatte einen Knick und auf einer Seite eine daumenlange Narbe. Ein struppiger Bart bedeckte seine Wangen und das Kinn, seine einst vollen Lippen waren aufgesprungen. Dreck hatte sich tief in die Poren der Haut eingegraben und verliehen seiner grimmigen Miene eine finstere Aura.

Da hob er die Augenbrauen, und ein strahlender Funke glomm in seinen Augen auf. Beinahe mühsam, als hätte er vergessen, wie man so etwas machte, verzog er den Mund zu einem Lächeln.

»Vito …« Ihre Stimme versagte.

Pures Glück durchströmte Elisa, weil er nach Hause gekommen war, sofort gefolgt von der schrecklichen Gewissheit, dass er nicht bleiben würde.

»Elisa? Wer ist da? Ist etwas passiert?«, erklang Lenes verschlafene Stimme hinter ihr.

Sie reagierte nicht, stand einfach nur da und versuchte ihrer Gefühle Herr zu werden.

»Elisa, geht es dir gut?«, flüsterte Vito ehrfürchtig und streckte die Hand aus. Mit den Fingerspitzen berührte er ihre Wange, als könnte er nicht glauben, dass sie es tatsächlich war, dass sie lebte und unversehrt war.

Wortlos fiel Elisa ihm um den Hals. Der Stoff seines Uniformrocks war hart und brüchig, Metall scheuerte gegen ihr Gesicht, als sie sich an seine Brust lehnte. Sie wollte nicht weinen, doch die Freude schnürte ihr die Kehle zu und zwang sie zu einem trockenen Schluchzen. Das Staunen und die Angst wichen endlich der Erleichterung. Er war es wirklich!

Vito schloss sie in seine Arme, umklammerte sie, als wollte er sie auf ewig festhalten. Oder war er es, der Halt suchte?

»Veit! Mein Gott, wie siehst du aus? Was haben sie mit dir gemacht?«

»Bun dé, Lene«, stieß Vito heiser hervor. Sein Atem streifte Elisas Ohr. Er atmete, er lebte, bei Gott, er lebte! Erst jetzt begriff Elisa vollends, was es bedeutete, dass er leibhaftig vor ihr stand. Dass er diesen verdammten Krieg und seine Gefangenschaft bis jetzt überlebt hatte. Auf den ersten Blick unversehrt, mit allen Gliedmaßen und bei Verstand. Wie es tief in seiner Seele aussah, wagte sie sich nicht auszumalen.

»Jetzt kommt doch herein, Kinder. Elisa, lass ihn wenigstens einmal los, damit er eintreten kann.« Lene zog sie sanft, aber unmissverständlich zurück, bis sie Vito widerwillig freigab. Dann schob sie beide durch die Tür ins Innere und schloss sie hinter ihnen. »Wo ist Chiara?«

Vitos Miene wurde ernst. »Ja, wieso ist unsere *ciasa* verrammelt?«

»Sie sitzt am Sonnenplatz, Lene, kannst du sie holen?«

»Aber sicher.«

Elisa starrte auf Vitos zerrissene Hose und die Jacke, beides nur noch dem Namen nach Bekleidung. Der Stoff roch nach Fäulnis und Schimmel, nur schwach vom Gestank des Kresolpuders überdeckt. War das seine Uniform? Was hatte er erlebt, wie war er hierher gelangt? Sie wagte es nicht zu fragen, ahnte, dass die Antworten ihr nur weiteres Grauen enthüllen würde, von dem sie tagtäglich zu viel hörte und erlebte. Mit schweren Schritten folgte sie ihm in die kleine Stube.

Vito humpelte auf dem rechten Fuß. Verlegen blieb er in der Mitte des Raumes stehen, als würde er sich der adretten und sauberen Umgebung bewusst, in der er ein Fremdkörper war, dreckig, abgerissen und zerlumpt.

Doch als er sich zu Elisa umdrehte und sie erneut anlächelte, zählte das alles nicht mehr. »Es tut so gut, dich zu sehen. Wie hübsch du geworden bist.«

Elisa wurde rot und schlug die Augen nieder. »Und ich habe so sehr gefürchtet, dass du nichts mehr von mir wissen wolltest.«

Er war mit einem Schritt heran. »An manchen Tagen war der Gedanke an dich der einzige Lichtblick.« In seinem Blick lagen ein Flehen, ihm zu verzeihen, und Schuldgefühle, die er nicht haben sollte. Elisa begriff, dass Chiara mit ihrer Einschätzung richtiggelegen hatte: Ihr Abschied war nur ein unglückliches Missverständnis gewesen, nicht mehr. So viel Zeit war vergangen, und wenn Elisa heute daran zurückdachte, verachtete sie sich dafür, dass sie so kindisch reagiert hatte. *Zeit heilt Wunden,* hieß es. Es stimmte. Was damals war, war nun nicht mehr wichtig, viel schwerer wog die Zeit, die vergangen war. Um fast zwei Jahre hatte man sie betrogen, zwei Jahre ihrer Jugend, zwei Jahre, die sie für immer verloren hatten.

Elisa brach es fast das Herz. Sie bohrte sich die Fingernägel in die Handflächen, fest entschlossen, keine Schwäche zu zeigen. Er hatte genug erlebt, da wollte sie ihm nicht auch noch ihre Sorgen aufbürden.

Chiara stürmte in den Raum und stieß einen fassungslosen Schrei aus, als sie ihren Bruder erkannte. Wieder blitzte in seinem Gesicht dieses unbeholfene Lächeln auf.

Lene trat zu Elisa und zog sie an sich. Sie ballte unauffällig die Fäuste, versuchte die aufwallende Eifersucht zurückzudrängen, als die beiden Geschwister einander in die Arme schlossen. Chiara begann auf ihren Bruder einzureden, verfiel vor Aufregung ins Italienische.

Elisa sah, wie er sich verkrampfte, als hätte man ihm einen Schlag versetzt. Sie lehnte sich an ihre Schwägerin, die ihr beruhigend den Rücken tätschelte. »Gib ihm Zeit.«

Sie hatte ja recht. Doch nach all den bangen Monaten des Wartens und der Ungewissheit erschien plötzlich jeder Moment zu kostbar, um ihn zu verschwenden.

Elisa riss sich zusammen, gab sich mit dem Anblick seines Gesichtes zufrieden, das so verändert war und in dem sie trotzdem den Menschen erkannte, den sie so liebte. Er lebte, er war hier bei ihnen, nur das zählte.

Chiara verstummte und drängte sich gegen seine Brust. Entsetzt beobachtete Elisa, wie sie lautlos anfing zu weinen. Seit dem Tod ihres kleinen Bruders und ihrer Mutter hatte sie sich nie gehenlassen, doch jetzt brach alles aus ihr heraus. Vito krallte sich in die Schultern seiner Schwester, wiegte sie sachte und schüttelte immer wieder den Kopf.

Lene räusperte sich und zog Elisa enger an sich. Wieder kamen die Erinnerungen hoch, sicherlich dachten sie beide an Franz und jede an ihre Brüder, die nicht wiederkehren würden.

Elisa schluckte trocken und hörte das Blut in den Ohren rauschen. Das wurde alles zu viel. Sie entwand sich Lene und wollte den Raum verlassen.

»Elisa, wo willst du hin?« Vitos Stimme war immer noch rauh und trocken. »Bitte geh nicht.«

Sie drehte sich um. Er stand da, einen Arm um Chiaras Schultern gelegt und den anderen halb erhoben, als wollte er sich auf sie stürzen, um sie zurückzuhalten.

Elisa lächelte mit einer Zuversicht, die sie nicht empfand. Er rief ihr nach, nicht zu gehen, dabei war er es, der nicht bleiben würde. Nicht, solange dieser Krieg in ihren geliebten Bergen wütete, Freunde, Nachbarn und Verwandte starben und die Natur vernichtet wurde.

»Ich will dir nur ein Zimmer herrichten. Du bleibst doch über Nacht?«

»Morgen Nachmittag muss ich wieder antreten.«

»Ein Zimmer, ein heißes Bad und etwas zu essen.«

Vito setzte an, um zu protestieren, doch dann nickte er einfach, während er Chiara über den Rücken streichelte, die ihren Kopf an seine Brust gebettet hatte.

Elisa stürzte aus dem Zimmer, unfähig, die Tränen noch länger zurückzuhalten.

Zaghaft klopfte sie kurze Zeit später an die Tür zum Waschraum. Da sie keine Antwort erhielt, öffnete sie und lugte vorsichtig hinein.

Dampfwolken vom heißen Wasser hingen noch in der Luft, Vitos Kleidung war auf dem Boden verstreut. Er selbst lag in der Zinkwanne, die sich auf einem gemauerten Sockel neben dem Badeofen befand, und war eingeschlafen.

Elisa betrachtete ihn, seine zerzausten Haare, den Bartschatten auf den eingefallenen Wangen, die ungewohnte Krümmung seiner Nase. Er atmete entspannt, sein Mund war halb geöffnet, und nur die Augenlider flatterten ein wenig. Er war bis zur Brust ins Wasser gesunken, der rechte Arm hing über dem Wannenrand und verhinderte, dass er tiefer rutschte. Als Elisas Blick weiter zu seiner feuchtglänzenden Brust wanderte, erschrak sie, so abgemagert, wie er war. Die Muskeln an seinen Oberarmen waren zwar immer noch kräftig, jedoch kein Vergleich zur Zeit vor dem Krieg. Eine große knotige Narbe bedeckte die linke Schulter. Seine Haut war blass und wirkte beinahe kränklich, die ihr vertrauten kleinen roten Punkte von irgendwelchem Ungeziefer stachen umso deutlicher hervor. Immerhin war er bisher vom Fleckfieber verschont worden.

Eigentlich gehörte sich so etwas nicht. Sie sollte den Raum verlassen und so tun, als hätte sie nichts gesehen. Aber Elisa konnte sich nicht losreißen. Am liebsten hätte sie sich neben die Wanne gehockt und Vito einfach weiter angesehen. Er war zurück. Sie konnte es noch immer nicht glauben.

Sie war so sehr in Gedanken versunken, dass sie nicht bemerkte, wann Vito die Augen aufschlug. Sein neugieriger Blick ruhte auf ihr, dann verzog er die Lippen zu einem schmalen Lächeln.

Elisa wandte sich verlegen ab, während ihr zugleich die Wangen heiß wurden. »Verzeihung. Du hast nicht geantwortet, da wollte ich nur nachsehen, ob …« Ihr fiel keine Ausrede ein.

Hinter ihr platschte es.

»Schon gut. Es macht mir nichts. Aber ich wollte dich nicht in Verlegenheit bringen.«

»Hast du nicht. Ich hätte gehen sollen.«

»Wenn du schon einmal da bist …«

»Ja?« Elisa starrte stur weiter auf die geschlossene Tür. Holz, braun, gemasert, mit einer Facette, eine Tür eben, eine hochinteressante noch dazu.

»Würdest du mir den Rücken schrubben?«

Elisa wäre am liebsten im Boden versunken. Sie war schon so dreist gewesen, einen Raum zu betreten, in dem ein Mann badete, jetzt sollte sie ihn auch noch berühren? Das hatte sie davon.

»Vito …«

»Entschuldige.« Sein Tonfall war unerwartet brüsk und versetzte ihr einen Stich.

Sie dachte nicht nach, sondern drehte sich einfach um. Er lehnte über dem Rand der Wanne und sah sie mit einer rätselhaften Miene an. Was dachte er jetzt über sie? Hielt er sie für zimperlich? Herrgott, er hatte sie lediglich gebeten, ihm den Rücken zu waschen.

»Dreh dich um«, befahl sie ihm und griff nach dem Stück Seife auf dem Boden.

Vitos Rücken war genau wie der Rest der Haut mit kleinen roten Pusteln übersät. Vorsichtig verteilte Elisa die Seife.

»Fester, nimm die Bürste.«

»Dann reiße ich dir die Haut auf. Es könnte bluten.«

»Das ist mir gleich.« Er zog die Beine an, hielt sich am gegenüberliegenden Rand fest und spannte den Oberkörper an.

Elisa zuckte mit den Schultern, nahm die Bürste und begann wie gewünscht kräftig zu scheuern. Sie selbst bekam eine Gänsehaut, als Vito sich mehr und mehr verkrampfte. Die Seife musste in den nadelfeinen Wunden brennen wie Höllenfeuer, doch er gab keinen Mucks von sich. Dreimal wiederholte Elisa die Prozedur, bis die Haut komplett rot angelaufen war und an manchen Stellen blutete. Dann erst genügte es Vito, und er ließ sich mit einem Seufzer zurück ins Wasser gleiten, tauchte einmal unter und setzte sich prustend wieder auf.

»Du solltest das Wasser wechseln, es ist schon ganz dunkel. So nutzt all das Geschrubbe nichts«, meinte Elisa.

»Ich weiß. Gleich.« Er hielt die Augen geschlossen und lag ganz still.

Elisa schielte in die Wanne. Die Konturen seines Körpers waren unter der Wasseroberfläche deutlich zu erkennen. Nervös senkte sie den Kopf. Zugleich wuchs in ihr die Sehnsucht nach seiner Nähe und seinen Berührungen. Sie fasste einen Entschluss.

»Vito, eigentlich hatte ich dir sagen wollen, dass du in meinem Zimmer schlafen sollst. Ich ziehe zu Lene.« Sie stockte. Dann nahm sie all ihren Mut zusammen und senkte die Stimme zu einem Flüstern. »Ich habe es mir anders überlegt. Ich bleibe. Und du kommst zu mir.«

Er blinzelte sie mit einem Auge an. Elisa glaubte, eine flüchtige Bewegung im Wasser auszumachen, aber da drehte Vito sich auch schon zur Seite, so dass sie sich weit hätte vorbeugen müssen, um etwas zu sehen. Sie biss sich auf die Lippen, während Neugier und Scham in ihr rangen.

Vito musterte sie lange, als wollte er jede einzelne Linie ihres Gesichtes auswendig lernen.

Dann schüttelte er entschieden den Kopf. »Das schaffe ich nicht.«

»Das schaffst du nicht? Was meinst du damit?«

»Luce mia, du bist so wunderbar. Hast du dich eigentlich in letzter Zeit einmal im Spiegel betrachtet? Du bist noch schöner, als ich dich in Erinnerung hatte. Als ich in den Krieg gezogen bin, warst du ein reifes Mädchen, jetzt bist du eine Frau.« Er nahm ihre Hand und zog sie heran, schaute auf ihre Finger, die er in seine flocht. »Ich könnte mich nicht beherrschen.« Er blickte auf, und in seinem Blick lag ein Strahlen, Hunger nach Liebe, Sehnsucht danach, die Frau zu berühren, die vor ihm stand.

Elisa genoss den Druck seiner Finger. Ein Gefühl wie bei kleinen statischen Entladungen, wenn die Sommerluft vor einem Gewitter knisterte, durchströmte sie. »Das musst du auch nicht. Das sollst du nicht.«

Vito streichelte mit dem Daumen ihre Finger, ohne sie loszulassen. »Beim letzten Mal habe ich dir Angst gemacht.«

Hab keine Angst. Nicht, wenn es Vito sein wird. Mein Bruder würde niemals etwas tun, was dir nicht gefällt. Niemals,

niemals, verstanden?, echote Chiaras Stimme in ihren Gedanken.

»Ich habe Angst«, gab Elisa immer noch flüsternd zu. »Aber ich vertraue dir. Ich möchte es.«

Vito schwieg, doch das Verlangen stand ihm ins Gesicht geschrieben. »Komm näher«, sagte er.

Elisa sank auf die Knie.

Vito legte einen Finger unter ihr Kinn und führte ihren Mund an seine Lippen. Ganz sanft küsste er sie, schob seine Zunge hervor und tastete über ihre Zähne. Elisa öffnete schüchtern den Mund und ließ sich auf seine Annäherung ein. Ein Wassertropfen perlte von seiner Wange über ihre Lippen und ließ sie auflächeln. Vitos Mundwinkel hoben sich, und er nutzte die Gelegenheit, sie näher an sich zu ziehen und inniger zu küssen.

Elisa wurde schwach. Wie gut, dass sie bereits kniete, sonst wäre sie vermutlich auf den Boden gesunken.

»Luce mia«, wiederholte Vito liebevoll, als sie sich nach einer Ewigkeit voneinander lösten. »Du weißt, dass ich geliefert bin, wenn dein Vater uns erwischt?«

»Ich werde dich vor ihm beschützen.«

»Na gut.« Er grinste unverschämt. »Das schaffst du schon.«

»Aber es ist Sünde.« Elisa wollte darauf hingewiesen haben. »Du solltest es gleich morgen früh beichten.«

»Ich muss nichts beichten.« Vitos Miene verhärtete sich unversehens. »Es gibt für mich keinen Gott mehr, vor dem ich Rechenschaft ablegen muss. Nicht nach all dem, was ich gesehen, gehört und erlebt habe.«

Elisa erwiderte nichts darauf. Kaum waren seine Worte verklungen, war der Krieg wieder da, stand im Raum wie ein schwarzes Monster, das alles mit sich riss und verschlang.

Sie wandte sich ab und wartete geduldig darauf, dass Vito sein Bad beendete und sich mit kaltem Wasser abwusch.

Der Krieg war es auch, der sie zum Handeln zwang. Früher hatte sie gedacht, sie könnten warten, bis der richtige Zeitpunkt gekommen war.

Das war ein Irrtum gewesen. Vielleicht blieben ihnen nur diese wenigen Stunden, bis Vito wieder aufbrechen und weiterkämpfen musste für diese Sache, deren Sinn Elisa längst vergessen hatte, und für Landesherren, die ihre Untergebenen immer noch sterben ließen.

Ja, sie fürchtete sich. Und *ihr* war, trotz Vitos harter Worte, nicht wohl bei dem Gedanken, eine Sünde zu begehen.

Aber ganz egal, was die Zukunft bringen mochte, sie wollte, dass es Vito war, wenn sie sich das erste Mal mit einem Mann einließ. Für ihn war sie bereit, alle moralischen Bedenken beiseitezuschieben und alle Ängste durchzustehen. Falls Vito zurückkehrte, würde sie ihn mit offenen Armen und freudig empfangen. Sie müsste nichts mehr fürchten, sondern könnte dort weitermachen, wo sie in dieser Nacht beginnen würden. Falls nicht, hatten sie eine gemeinsame Erinnerung geschaffen, die sie bis an ihr Lebensende in ihrem Herzen bewahren konnte.

Elisa ballte eine Hand zur Faust und presste sie vor den Mund. Sie fand es ungeheuerlich, so zu denken, so berechnend zu sein.

Plötzlich legten sich seine Arme von hinten um sie. Vito zog sie an seinen aufgeheizten Körper und lehnte das Kinn auf ihre Schulter. »Ich liebe dich, Elisa«, flüsterte er. Sein Atem jagte ihr einen wohligen Schauder über die Haut.

Sie legte die Hände über seine, war froh, dass er sie fest in seinen Armen hielt, denn sonst hätte dieser ganze Strudel an Emotionen sie fortgerissen.

Elisa schloss die Augen. »Ich liebe dich, Vito. Vom ersten Tag an, von ganzem Herzen.«

Sie spürte, dass er den Mund zu einem Lächeln verzog. »Dann lass uns diese Nacht nutzen, als ob es unsere letzte gemeinsame Nacht auf Erden wäre. Nein, widersprich nicht. Ich habe es dir angesehen, und es ist richtig. Die nächste Sprengung, die nächste Lawine, und vielleicht erwischt es mich. Zu viele werden nicht zurückkehren. Du bist nicht so dumm, dich einer nutzlosen Hoffnung hinzugeben.« Unvermittelt lachte er und drückte sie beinahe übermütig an sich. »Aber was bringt es, mit dem Schicksal zu hadern, noch lebe ich! Und ich werde es dir beweisen. Weil ich dich liebe. Komm.«

Er wirbelte sie herum und küsste sie auf die Nasenspitze. »Ti amo, luce mia. Ich liebe dich.«

42. KAPITEL

Am selben Abend – Vila Kastlunger, Val Badia

Alle Bedenken waren wie weggewischt, alle Erklärungen, die sie sich in all den Monaten, in denen er fort gewesen war, zurechtgelegt hatte, überflüssig. Vito war zurückgekehrt, zwar mit Narben, doch es ging ihm gut. Die Gegenwart war jetzt alles, was zählte.

Elisa brachte ihm Kleidung von Anton, die er dankbar annahm. Sie ließ ihn nur ungern allein, hätte am liebsten jede einzelne Sekunde in seiner Nähe verbracht, doch ihr war bewusst, dass sie die wertvollen Stunden mit Chiara teilen musste. Vitos Schwester hatte mindestens das gleiche Recht auf ihn, das waren schließlich keine leeren Worte, die sie erst kurz zuvor gesagt hatte.

Chiara und François warteten schweigend in der kleinen Stube, wo sie eine späte Abendmahlzeit aus Käse, einem kleinen Stück Speck, Brot und der angebrochenen Flasche Wein hergerichtet hatten.

Unsicher deutete Chiara auf den Tisch und wandte sich an Elisa. »Meinst du, das ist gut genug? Wir könnten noch ein paar Eier kochen, aber ich wage es nicht, noch eine Flasche Wein zu öffnen, ohne deinen Vater zu fragen.«

Elisa nickte. »Vito wird es zu schätzen wissen. Es macht nicht den Eindruck, dass er in letzter Zeit gut gegessen hätte.«

»Das nun wirklich nicht.«

Chiara lief unruhig in der Stube hin und her und strich beständig ihr Kleid glatt. François beobachtete sie mit einem liebevollen Lächeln um die Mundwinkel. Als er hörte, dass jemand die Treppe herunterkam, winkte er einen stummen Gruß und war schnell wie ein Berggeist verschwunden.

Elisa begriff, dass Chiara es nicht für den richtigen Zeitpunkt hielt, ihrem Bruder einen Liebhaber zu beichten. Vermutlich war das eine kluge Entscheidung. Zwar war Vito in Bezug auf Chiaras Tändeleien mit den Jungs im Dorf in der Vergangenheit großmütig umgegangen, doch die Sache mit François war ihr ernst, viel ernster noch, als Elisa bis vor wenigen Stunden angenommen hatte. Sie liebte ihn. Und sie konnte nicht einschätzen, ob Vito die Beziehung zu einem entflohenen Kriegsgefangenen tolerieren würde.

Er betrat den Raum und machte große Augen, als er sein Abendessen sah. »Soll das alles für mich sein? Seid ihr wahnsinnig?«

»Mehr haben wir auf die Schnelle nicht machen können«, erklärte Chiara entschuldigend. »Wir können morgen etwas Ordentliches kochen.«

»Das ist um Längen besser als alles, was ich in den letzten Wochen gegessen habe.« Er setzte sich und langte sofort zu, dass Elisa an einen ausgehungerten Wolf denken musste. »Ich bin froh, dass es euch noch gut geht«, meinte er kauend.

Chiara grinste verschlagen. »Das ist Elisas Verdienst. Sie ist zu dumm zum Rechnen, wenn es darum geht, die Abgaben ans Militär zusammenzuzählen.«

»Herzerfrischend, Chiara. Du hast dich kein bisschen verändert!« Vito warf ihr einen so bösen Blick zu, dass Elisa lachen musste.

»Aber es stimmt.« Sie zog eine betont unschuldige Miene. »Es wird dir schwerfallen, unter den Offizieren einen zu finden, der mich nicht für beschränkt oder zumindest sehr naiv hält.«

Chiara wurde ernst. »Außer Hauptmann Berger. Du solltest ihn nicht unterschätzen.«

Vito blickte auf. Glomm da eine Spur Misstrauen in seinen Augen? »Wer ist Hauptmann Berger?«

»Er leitet die Belange der stationierten Truppen hier im Dorf«, erklärte Chiara. »Er macht Elisa den Hof.«

»So?« Vito zog die Augenbrauen zusammen.

»Genau genommen ist er Hauptmann-Rechnungsführer, er vermittelt zwischen uns Zivilisten und dem Militär«, erklärte Elisa rasch. »Es stimmt, aber er ist mindestens fünfzehn Jahre älter als ich. Er ist freundlich, aber er hat mich nie interessiert.«

Vitos Blick wanderte zwischen seiner Schwester und Elisa hin und her, schien jedoch keine Anzeichen dafür zu finden, dass mehr dahintersteckte. Chiara senkte den Kopf und hustete verlegen, doch Elisa sah ganz genau, wie diebisch sie sich freute, dass sie Vitos Eifersucht angestachelt hatte.

Elisa wurde innerlich ganz ruhig. Es war ihr unbegreiflich, wie sie jemals daran hatte zweifeln können, was sie Vito bedeutete. Und niemals zuvor war es ihr so deutlich bewusst geworden, was er ihr bedeutete.

Ti amo, luce mia. Ich liebe dich.

Wie einfach es sein konnte. Aber wie zerbrechlich dieser Moment doch war. Eine Nacht und ein Tag waren alles, was ihnen blieb. Später vielleicht irgendwann eine gemeinsame

Zukunft, nach dem Krieg, wenn er zu Ende war, wenn er jemals überhaupt zu Ende ging, bevor die Menschheit sich ausgelöscht hatte. Vielleicht auch nichts mehr, nie wieder.

Elisa wollte sich nicht auf diese bittere Möglichkeit einlassen. Nur die Gegenwart zählte. Ob es eine Zukunft gab, würde sich zeigen.

Sie lächelte zuversichtlich. Und es gelang ihr, zu dieser Ruhe zurückzufinden. Sie hatten diese Nacht und diesen Tag.

»Ich lasse euch beide allein, ihr möchtet sicher reden. Ich gehe auf mein Zimmer«, sagte sie laut und genoss Chiaras verdutzten Gesichtsausdruck, als Vito sie warm anlächelte und »Ich komme später zu dir« erwiderte, als sei das die normalste Sache der Welt.

Seine Schwester schüttelte breit grinsend den Kopf und gab Elisa hinter seinem Rücken einen Wink.

Gut gemacht!

Im Hinausgehen sah sie, wie Chiara sich zu ihrem Bruder setzte und zu sprechen begann.

Elisas Selbstsicherheit schwand, kaum dass sich die Zimmertür geschlossen hatte. Was sollte sie jetzt tun, wie sollte sie sich vorbereiten? Unruhig lief sie hin und her, schlug das Federbett zurück, schüttelte das Kissen auf und zog die Vorhänge vor. Einen Moment lang sehnte sie sich nach ihrem kleinen Holzpferd, um es an sich zu drücken. Es war ihr Talisman, der sie durch ihr Leben begleitet hatte.

Sie löste die Klammern und Haarnadeln und begann, ihre Zöpfe aufzuflechten und das Haar glattzukämmen. Es fiel ihr bis auf die Hüften und glänzte matt im Schein der Lampe. Immerhin fiel bei der trüben Beleuchtung die strohgelbe Farbe nicht so auf.

Ein leises Klopfen an der Tür ließ sie herumfahren.

Vito betrat das Zimmer, Verwirrung stand ihm ins Gesicht geschrieben. »Verstehe einer meine Schwester. Ich hätte erwartet, dass sie mich so lange wie möglich in Beschlag hält. Sie war immer eifersüchtig auf dich, weil ich meine Zeit gerne mit dir verbracht habe.« Lächelnd schloss er die Tür und trat näher. »Und jetzt konnte sie mich nicht schnell genug loswerden.«

Was vermutlich an François lag, aber das sollte Chiara ihm selbst beibringen.

Scheu streckte Vito die Hand aus und ließ eine von Elisas Haarsträhnen durch die Finger gleiten. »Es ist ganz weich und seidig. Das fühlt sich nach dir an.«

Er blickte sie an, die Augen dunkel wie Kohle. Erst jetzt fielen Elisa die vereinzelten grauen Haare an seinen Schläfen und die feinen Linien in seinem Gesicht auf. Er war vorzeitig gealtert, man konnte es sogar sehen. Betroffen legte sie die Hände an seine Wangen, wollte ihn am liebsten irgendwo einsperren, damit er nicht mehr fort konnte, zurück in den Krieg. Lächelnd griff er nach ihren Handgelenken.

Wenn er lächelte, wurde er sofort wieder jung.

Er beugte sich zu ihr und küsste sie noch einmal, ließ, so wie zuvor im Bad, seine Zunge über ihre Lippen kitzeln. Elisa entspannte sich und senkte die Hände auf seine Schultern. Sie ließ sich auf seine Nähe ein, genoss, wie er sanft ihren Rücken streichelte.

Dann irgendwann löste er sich, trat einen Schritt zurück und wurde ernst.

Verwirrt wartete Elisa ab.

Er verschränkte die Arme und senkte den Kopf auf die Brust, als könne er es nicht ertragen, sie anzusehen. »Lass uns hinuntergehen, zu den anderen.«

»Was? Aber warum?« Elisa stockte schockiert. Er wies sie zurück? Schon wieder. Natürlich fürchtete sie sich immer noch vor dem, was ihr bevorstand, doch im Moment hielt ihre Neugier alle Bedenken im Zaum. Und sie war sich nicht sicher, ob sie jemals wieder den Mut finden würde, diese ganze Angelegenheit so offen anzugehen.

Sie nahm sich zusammen. »Was habe ich falsch gemacht?«

Vitos Kopf flog auf. »Nein, du hast überhaupt nichts falsch gemacht.« Entsetzt sprang er auf sie zu und umarmte sie fest. »Das darfst du niemals denken, bitte! Aber du weißt, dass es Folgen haben könnte.«

»Ich habe dir doch gesagt, dass Tata keine Gefahr für dich ist. Und wenn ich mich ihm vor die Füße werfen muss, damit er dir nichts antut.«

Vito lachte hilflos. »Elisa, nein. Versteh doch! Was ist, wenn ich dir ein Kind mache? Willst du wirklich mit einem Balg hier sitzen, während um dich herum die Welt zugrunde geht?«

»Glaubst du wirklich, dass die Welt zugrunde geht? Steht es so schlimm um uns?«

Statt einer Antwort zog er sie näher, wobei Elisa ein wenig das Gefühl hatte, dass er sich festhalten musste. Ihr gab es jedoch den nötigen Mut. Sie hatte diesen Weg begonnen, und sie wollte ihn zu Ende gehen.

»Ich werde nicht schwanger, wenn du aufpasst«, erklärte sie resolut. »Du musst nur kurz vorher rausziehen.«

»Ich soll … Woher hast du das denn?«

»Hast du vergessen, dass ich unter Brüdern aufgewachsen bin?« Auf die Frage, kurz vor *wann* oder *was* Vito handeln müsste, hätte sie keine Antwort. Aber das war schließlich seine Aufgabe, er sollte es wissen.

Er nickte langsam, bewegte seine Finger wie in Trance über ihren Rücken und verursachte ihr eine wohlige Gänsehaut. Sie legte den Kopf an seine Brust und hörte auf seinen gleichmäßigen Herzschlag. Das war jetzt nicht mehr die Zeit für Bedenken. Jetzt zählten nur noch sie beide.

Er vergrub seine Hände in ihren Haaren, streichelte ihr über Rücken und Hüfte, dass Elisa ganz wohlig wurde. Zärtlich streifte seine Zungenspitze ihre Ohrmuschel.

Elisa spürte, wie sein Herzschlag sich beschleunigte. Und auch der Rest seines Körpers reagierte, verursachte ihr ein flatterndes nervöses Kribbeln im Bauch. Sie zwang sich, nicht zurückzuweichen, obwohl Vito sie nur noch locker umschlungen hielt, während seine Hände sich immer schneller bewegten.

»Ganz ruhig, luce mia. Ich werde dir nicht weh tun, versprochen«, wisperte er ganz nah an ihrem Ohr.

»Ich vertraue dir.« Elisa hörte ihre Stimme zittern und verwünschte sich in der gleichen Sekunde dafür. Immer war sie stark und tapfer, warum verließ sie ausgerechnet jetzt der Mut?

Mit fahrigen Fingern knöpfte er ihre Bluse auf und liebkoste ihre Brüste. Seine Berührungen sandten heiße Schauer über ihre Haut. Es war angenehm, trotzdem blieb sie unsicher, vor allem, weil Vito der Schweiß ausbrach. Es fiel ihm schwer, sich zu beherrschen.

Sie schluckte gegen die Angst an. Sie musste sich zusammenreißen.

Viel zu schnell lag ihre Kleidung auf dem Boden, und sie stand nackt im fahlen Schein der Lampe. Schwer atmend trat Vito einen Schritt zurück und betrachtete sie ohne Scheu.

»Wie schön du bist.«

Elisa wurde rot und widerstand dem Impuls, ihre Blöße zu bedecken. Doch bevor sie sich wirklich dessen bewusst werden konnte, dass sie sich unwohl fühlte, kniete Vito vor ihr nieder und vergrub seinen Kopf in ihrem Schoß. Seine Berührung war zaghaft und vorsichtig, ja, sie war nicht einmal sicher, ob er sie wirklich anfasste oder sie sich das einbildete, und doch löste er einen Sturm in ihr aus. Seine Hände wanderten ihre Beine hinauf.

Elisa sog scharf den Atem ein und schloss die Augen. Sie schwankte, hin- und hergerissen, wollte mehr davon und gleichzeitig vor Scham vergehen.

Das war ganz gewiss Sünde …

Als sie die Augen aufschlug, stand Vito ohne Hemd vor ihr. Er packte sie, trug sie zum Bett, warf das Oberbett auf den Boden und zog seine Hose aus.

Nervös beobachtete Elisa ihn. Das war der Moment, vor dem sie sich gefürchtet hatte. Und jetzt wusste sie auch wieder, warum.

»Sollten wir nicht das Licht ausmachen?«

»Auf keinen Fall.« Vito glitt neben sie, schob sie zur Seite und legte sich auf den Rücken. »Ich muss dich ansehen. Ich muss sehen, ob es dir gutgeht. Ich will sehen, dass du es genießt.« Er lächelte beruhigend. »Hab keine Angst.«

Seine Hände waren plötzlich überall zugleich. Elisa ergab sich seinen Liebkosungen und ließ sich fallen. Und nach einer Zeit entspannte sie sich wirklich, fand dieses federleichte Gefühl wieder, das er ausgelöst hatte, als er vor ihr gekniet war.

Irgendwann packte Vito sie an den Hüften. Er atmete schwer. »Setz dich auf mich.«

»Wieso?«

»Bitte. Vertrau mir.«

Zögernd folgte Elisa seiner Aufforderung. Und dann begriff sie. Sie behielt die volle Kontrolle über alles, was von nun an geschehen sollte, sie könnte im allerschlimmsten Fall sogar aufspringen und davonlaufen. Er gab ihr die Freiheit zu entscheiden.

Damit hatte sie nicht gerechnet.

Fasziniert blickte sie auf sein Gesicht hinab, das sich zu einer verzückten Grimasse verzog. Elisa lächelte, als er über ihre Brüste streichelte. Für ihn war dieser Anblick vermutlich auch noch … erregend.

Mit einem leisen Aufschrei warf sie den Kopf in den Nacken und lachte glücklich.

Danach lagen sie lange nebeneinander und sahen sich wortlos an. Elisa konnte im Nachhinein nicht fassen, warum sie solche Angst gehabt hatte. Chiara hatte die Wahrheit gesagt. Es machte Spaß. Damit war auch klar, warum es Sünde war. So vieles, was Spaß machte, sollte Sünde sein.

Damit konnte sie leben. Etwas anderes beschäftigte sie jedoch, und nach einer Zeit fand sie den Mut, Vito danach zu fragen.

»War es für dich das erste Mal?«

Er strich ihr eine Haarsträhne aus dem Gesicht. »Ja. Wieso?«

»Weil«, sie stockte und wurde rot, »du so viel darüber weißt. Man hört so viel, was unter den Soldaten alles geschieht und … Ich bin vielleicht unerfahren, aber ich bin nicht blind.«

»Na ja, was immer du gehört und gesehen hast, auf mich trifft es nicht zu. Ich war fast ein Jahr in italienischer Gefangenschaft. In der gesamten Zeit habe ich weniger als ein Dutzend Frauen auch nur zu Gesicht bekommen. Danach monatelang in einem Stützpunkt nahe des Lagació. Wir waren lange eingeschneit, und danach gab es schwere Gefechte. Habt ihr meine Briefe nicht bekommen?«

»Nur einen, der kam letztes Jahr ungefähr Mitte Juli aus Cortina.«

Vito nickte erfreut. »Das ist gut zu hören. Ich habe noch zwei geschrieben, nachdem ich zurück auf dieser Seite der Front war, aber es hätte mich gewundert, wenn die durchgekommen wären.«

»Wie bist du entkommen? Haben sie dich freigelassen?«

»Nein. Ich hatte einen Schutzengel.« Vito verstummte, schien nicht mehr sagen zu wollen.

Elisa streichelte mit den Fingerspitzen über das knotige Narbengewebe an seiner Schulter. Er ließ sie gewähren, doch es schien ihm unangenehm zu sein, also fragte sie nicht weiter danach. Nicht heute.

»Und woher hast du nun deine Erfahrungen?«, fragte sie und grinste unwillkürlich, denn jetzt wurde er doch kleinlaut.

»Du lässt nicht locker, hm? Muss ich wirklich davon erzählen?«

»Ich finde, das bist du mir schuldig.«

»Also, es gibt … Magazine mit kleinen gezeichneten Geschichten, Postkarten, gestellte Photographien und dergleichen. Ich habe mir … das ein oder andere davon … angesehen.«

»Großer Gott.« Sie kicherte. »Du musst mich für bodenlos dumm halten. Ich weiß, wie Kühe oder Ziegen es machen. Aber bei den Menschen dachte ich immer, dass die Frau einfach nur daliegt und alles geschehen lässt.«

»Du würdest dich wundern, was alles möglich ist.« Er sagte das todernst, doch um seine Mundwinkel zuckte es.

»Ich habe noch die ganze Nacht, es herauszufinden.«

»Eine Nacht wird dafür nicht reichen.«

Später erwachte Elisa, weil ihr kalt wurde. Es war dunkel, sie lag nur halb unter der Decke, das Laken neben ihr warm, aber leer. Sofort kam die Erinnerung an den Abend zurück.

Mit einem Anflug von Panik setzte sie sich auf. »Vito?«

»Ich bin hier, am Fenster«, raunte er.

Sie lief zu ihm. »Was hast du?«

Er hatte die Vorhänge zurückgezogen, doch draußen lag alles noch in tiefer Finsternis. Die graue Wand der Fanesgruppe war von tiefhängenden weißen Wolken umhüllt wie ein Märchenland. Beinahe erwartete Elisa, Dolasílas Volk herabsteigen zu sehen. Es war so eine Nacht, in der so etwas allzu leicht vorstellbar wurde.

Vito seufzte leise. »Ich kann nicht schlafen.« Er kratzte sich am Arm.

»Vito.«

»Ja?«

»Heirate mich. Gleich morgen früh.« Die Worte rutschten ihr einfach so heraus. Ihr wurde eiskalt. Das war verrückt. Und er würde nein sagen, völlig zu Recht. Ein Gedanke an eine mächtige Kriegerin, eine Frau, die für ihr Volk kämpfte, und schon preschte sie vor und übernahm die Aufgabe des Mannes und hielt um *seine* Hand an?

Vito lachte leise. Sie hatte es gewusst, er lachte sie aus. Er zog sie an sich, und sie spürte sein Lachen, das Beben in seinem Körper mehr, als sie es hörte.

Er beugte sich über ihr Ohr. »Soll ich? Würdest du ja sagen, wenn ich deinen Vater frage?«

»Aber natürlich, selbstverständlich: Ja!« Ihr Herz klopfte bei jeder Silbe schneller.

»Also gut. Warum nicht?«

»Wirklich?« Warum nicht, das fragte er noch? Vermutlich gab es tausend Gründe, die dagegen sprachen. Seit Kriegsbeginn hatte es keine Hochzeit mehr im Dorf gegeben. Und vermutlich würde es eine nüchterne Angelegenheit werden. Kein Glockengeläut, keine *sarades*, kein Festmahl, ja, sie hatte nicht einmal ein Hochzeitskleid. Aber das war alles nicht wichtig. Vito würde zu ihr gehören, offiziell, vor Gott und für alle deutlich sichtbar. Elisa drückte sich an ihn, zu gerührt, um etwas zu sagen.

»Komm zurück ins Bett«, brachte sie schließlich hervor.

»Warum konntest du nicht schlafen?«, fragte sie, als sie engumschlungen unter der Decke lagen. Vito lag hinter ihr und umspielte gedankenverloren ihre weichen Brüste.

Er lachte verlegen.

»Was ist denn, nun sag schon.«

»Nein, das kann ich nicht. Es ist ein wenig … unangenehm.«

»Vito Costa, wir werden vor Gott alles miteinander teilen. Sag mir, was los ist.«

»Wirklich nicht, Elisa. Du wirst dich schütteln.« Sie spürte sein Grinsen gegen ihre Schulter.

»Vito!«

»Ich konnte nicht schlafen, weil mir etwas fehlt. Erst dachte ich, dass es die Ruhe ist. In einer Baracke mit Dutzenden Männern ist es nie leise.«

»Aber das war es nicht.«

»Nein. Es ist … das Kribbeln.«

»Das Kribbeln?«

»Elisa, ich lebe seit gut eineinhalb Jahren mit Läusen und Flöhen am Körper. Weißt du, wie sich das anfühlt, wenn es auf einmal nicht mehr kribbelt?«

»Das ist ekelhaft.« Sie musste wider Willen lachen, während sie sich zugleich bei dieser Vorstellung schüttelte.

»Du wolltest es wissen. Ich habe dich gewarnt.«

Sie drehte sich in seiner Umarmung und kitzelte mit den Fingerspitzen über seine nackte Brust. »Dann werde ich wohl oder übel versuchen, Abhilfe zu schaffen.«

Er küsste ihre Fingerspitzen. »Sei einfach bei mir.«

Es klang eher beiläufig, Vito schien ganz normal und gefasst. Aber Elisa entging der hauchfeine Unterton nicht, und sie ahnte, dass sich viel mehr hinter den flapsigen Äußerungen über Ungeziefer verbarg. Es waren nicht nur ein paar fehlende Läuse, die ihn aus dem Bett getrieben hatten.

Sie kuschelte sich in seine Armbeuge und schloss die Augen. Irgendwann würden sie vielleicht darüber reden. Bis dahin würde sie warten und das tun, worum er sie bat: einfach für ihn da sein.

Josef Kastlunger runzelte mit finsterem Blick die Stirn und sog lange an seiner Pfeife. Sie saßen in der kleinen Stube, und Elisa hatte ihm ausnahmsweise erlaubt, im Zimmer zu rauchen. Es konnte nicht schaden, ihm diese kleine Annehmlichkeit zuzugestehen.

Vito saß ihm gegenüber, kerzengerade auf dem Stuhl, frisch rasiert und in einem sauberen weißen Hemd – seinem eigenem, das er am Morgen aus der Ciasa Costa geholt hatte.

Elisa schmerzte dieser Anblick, denn das Hemd, eines von denen, die ihm immer so gut gestanden hatten, war jetzt viel zu groß und schlotterte um den Körper. Antons Kleidung stand ihm besser.

»Junge, das ist keine gute Zeit zum Heiraten.« Kastlunger blies den Rauch durch die Nase aus.

»Ich weiß.«

»Hast du dir das gründlich überlegt?«

»Selbstverständlich.«

Elisa konnte ihrem Vater ansehen, dass er im Grunde mit so etwas gerechnet hatte. Es konnte ihm nicht entgangen sein, dass Vito in ihrem Zimmer übernachtet hatte, doch er war nicht aufgetaucht, weder am Abend, nachdem er nach Hause zurückgekehrt war, noch am Morgen, obwohl Elisa und Vito sogar verschlafen hatten.

»Nein, ich meine nicht, ob du in der Lage bist, meine Tochter und eine Familie zu versorgen, noch dazu so jung, wie du bist.« Er senkte dramatisch die Stimme. »Ich meine, ob du dir das auch gründlich überlegt hast, worauf du dich da einlässt?«

Vito runzelte verwirrt die Stirn. »Ich verstehe nicht.«

»Jetzt aber mal ehrlich!« Kastlunger schlug mit der flachen Hand auf den Tisch und grinste so breit, dass es fast bedrohlich wirkte. »Elisa ist vielleicht meine Tochter und theoretisch nicht einmal großjährig, aber glaubst du ernsthaft, ich hätte in dieser Angelegenheit ein Mitspracherecht?«

Vito schwieg, und es war ihm anzumerken, dass er immer noch nicht begriff. Elisa dagegen senkte geschmeichelt den Kopf.

»Dieses resolute Fräulein hat hier längst das Regiment übernommen. Sie herrscht über die gesamte *vila* und hat zudem den Hauptmann der Soldaten, Ploner und Willeit im Griff, kurz, alle

Männer, die etwas zu sagen haben.« Kastlunger lachte und warf ihr einen liebevollen Blick zu. »Mich natürlich auch. Wenn da nun also ein dahergelaufener Strolch um die Hand meiner Tochter anhalten würde, der ihrer nicht würdig ist, müsste ich mir gründlich überlegen, in welchen verzauberten Turm ich sie einsperre, damit sie ihren Kopf nicht durchsetzt. Aber du, Veit Costa, Sohn meines ältesten Freundes und lieben Nachbarn – Gott hab ihn selig –, wie könnte ich dir das absprechen, wo Elisa dir seit Jahr und Tag schöne Augen macht? Sie muss das selbst entscheiden. Meinen Segen habt ihr, Kinder, und holt euch Gottes Segen noch dazu.« Er klopfte die Pfeife in dem bereitstehenden Aschenbecher aus. »Lange Verlobungszeiten sind ohnehin nicht üblich, das macht ihr schon richtig. Dann los, wir haben nur ein paar Stunden. Ich werde alles mit dem Kurat besprechen, ihr bereitet euch vor.« Er hob drohend den Finger. »Aber eines sage ich dir noch einmal, Veit Costa: Elisa weiß, was sie will. Das wird nicht immer einfach für dich, das wirst du eines Tages feststellen. Und dann komm nicht zu mir und beschwere dich, ich hätte dich nicht gewarnt.«

Vito war aufgesprungen und nickte eifrig. Er machte nicht den Eindruck, als hätte er den Sinn der letzten Worte seines zukünftigen Schwiegervaters verstanden.

Elisa dagegen schüttelte lachend den Kopf und wusste nicht, ob sie nun empört oder noch geschmeichelter sein sollte. Aber was sollte es, es entsprach ja der Wahrheit.

Sie ging auf Vito zu und nahm ihn an die Hand. Er lächelte, wie er seit seiner Ankunft nicht gelächelt hatte, entspannt und glücklich, ohne einen Gedanken an den nächsten Morgen. Elisa wurde bei diesem Anblick warm ums Herz. Allein dafür hatte sich ihr Antrag gelohnt.

Kastlunger erhob sich. »Ich werde zusehen, dass wir die Sache mit dem fehlenden Aufgebot regeln. Da habt ihr es: Normalerweise ist Kurat Ploner streng mit seinen Kirchengesetzen. Aber es sollte mich wundern, wenn er für Elisa keine Lösung findet.«

Mit diesen Worten verließ er den Raum. Elisa und Vito wollten ihm folgen, doch schon an der Tür liefen sie Lene und Chiara in die Arme, die bis über beide Ohren grinsten.

»Was ist, habt ihr gelauscht?«, wollte Elisa wissen.

Chiara warf ihrem Bruder einen verschwörerischen Blick zu. »Es gibt Dinge, die bleiben nicht lange geheim.«

Vito verdrehte mit übertrieben unschuldiger Miene die Augen, doch Elisa bekam keine Gelegenheit, der Sache nachzugehen, denn Chiara zog sie mit sich in Richtung Treppe. »Lass uns keine Zeit verlieren, wir haben nur zwei Stunden.«

»Zwei Stunden, wofür?«

»Euch vorzubereiten, was denkst du denn? Lene hat deine Neffen zu ihrer Mutter verfrachtet. Sie wird sich um Vito kümmern. Jetzt komm schon.«

Ehe Elisa sich's versah, stand sie in Unterwäsche in Chiaras Zimmer und breitete die Arme aus. Und dann hielt die Italienerin ihr einen Bausch aus raschelnder weißer Seide vor den Leib. Sprachlos starrte sie darauf.

Chiara lächelte. »Das alte Brautkleid meiner Mutter. Allerdings war sie früher noch zierlicher. Bevor *ich* da hineingepasst hätte, wäre ich wahrscheinlich verhungert, und dir wäre es normalerweise auch viel zu klein gewesen. Aber inzwischen bin ich mir nicht mehr so sicher. Probier es an.«

»Grundgütiger«, stammelte Elisa und ließ sich in das Kleid helfen. Es war wunderschön, natürlich altmodisch, mit einem weiten bodenlangen Rock, enganliegendem Mieder und einem gerüschten Dekolleté. »Also … wenn ich … während der Messe … nicht atme, könnte … es gehen.«

»Du siehst aus wie eine Presswurst.« Chiara kicherte. »Meinst du, das bekommen wir noch hin, wenn wir die Nähte hier und an den Hüften etwas auslassen?«

»Danke.« Elisa atmete tief durch, als die Haken des Mieders endlich wieder offen waren. Sie zupfte an den spitzenbesetzten Ärmeln. »Nur … das ist gar nicht nötig. Sollten wir uns nicht besser um wichtigere Dinge kümmern?«

Chiara hatte sich auf den Boden gekniet und hielt nachdenklich eine Wolke aus Stoff im Schoß. Verwundert sah sie auf. »Was könnte wichtiger sein, als dass du an deiner Hochzeit aussiehst wie eine Göttin?«

»Aber …«

»Keine Widerrede.« Chiara schüttelte entschieden den Kopf. »Du und Vito, ihr lasst uns ein paar lumpige Stunden, wo sonst Wochen sind. Da wollen wir das Beste draus machen.«

Sie sprang auf und legte die flache Hand auf Elisas Bauch. »Es geht schließlich nicht nur um dich. Wer weiß, was daraus erwächst.«

»Du … ich …« Elisa wurde feuerrot.

Chiara gab ihr einen übermütigen Kuss auf die Wange. »Du musst nichts sagen. Ich möchte nur wissen, ob ich richtiggelegen habe. War es so schlimm, wie du es dir ausgemalt hast?«

»Im Gegenteil.«

Zu Elisas Erleichterung fragte Chiara nichts mehr, sondern zwinkerte vertraulich und wandte sich zum Bett, auf dem der Nähkorb bereitstand.

Mehrmals in den kommenden Stunden kam Elisa nahe daran, die Fassung zu verlieren. Chiara schien es sich zur Aufgabe gemacht zu haben, ihre Nerven bis zur Zerreißprobe zu strapazieren. Elisa jammerte, erinnerte an das Vieh und die Arbeit, an das Mittagessen und die amtlichen Papiere, die sie von Willeit vorbereiten lassen musste, ohne Erfolg. Chiara befahl ihr, dabei zu helfen, das Kleid umzunähen, fluchte wie ein Bierkutscher über ihre schlampige Arbeit und war am Ende immer noch nicht zufrieden.

»Es sieht grauenhaft aus, aber es muss genügen«, brummte sie ungnädig.

Elisa begutachtete die Nähte. Ihr bereitete eher Sorgen, ob sie halten würden. Nicht, dass sie nach einer falschen Bewegung halbnackt dastand. Sie hätte lieber ein gutes Sonntagskleid angezogen, doch Chiara ließ sich auf keine Diskussion ein. Und eigentlich gefiel ihr das Kleid, wenn es nur nicht so höllisch eng wäre!

»Jetzt noch die Haare. Was hältst du davon, wenn wir sie aufstecken, so wie damals beim Maitanz?«

»Chiara, warum nicht einen Zopf flechten und es gut sein lassen?«

»Weil du jeden Tag so herumläufst! Man heiratet nur einmal im Leben, und dann muss es etwas Besonderes sein. Du sollst nicht aussehen wie ein Bauerntrampel.« Sie lächelte diabolisch. »Auch wenn du tief in deinem Herzen einer bist!«

»Und du bist eine garstige Hexe!«

»So?« Chiara hob die Augenbrauen. »Wer hat denn meinen Bruder verhext? Der ist völlig liebestoll.«

Elisa verstummte. Das stimmte schon, musste sie zugeben. Vito hatte sich verändert. Natürlich hatten sie vor dem Krieg viel Zeit miteinander verbracht, aber es war anders gewesen. Seit seiner Rückkehr wirkte er getrieben, schien eine unstillbare Sehnsucht nach Nähe zu haben. Ganz anders als Mischi, der sich zurückgezogen und niemanden an sich herangelassen hatte.

Was hatte Vito durchgemacht?

»Elisa.« Chiara riss sie aus ihren Gedanken. Sie stand vor ihr, hielt die hölzernen Haarnadeln hoch, die Mischi angefertigt hatte.

Elisa nickte ergeben. Sie hatte keine Zeit für Grübeleien, und das war auch gut so.

Sie heiratete!

Elisa stockte der Atem, als sie in Begleitung ihres Vaters vor der Kirche eintraf. Das halbe Dorf war versammelt, die Menschen in ungewohnt gelöster Stimmung, als wollten sie allen Widrigkeiten zum Trotz heute feiern und fröhlich sein. Selbst das Wetter spielte mit, es war bewölkt und trüb, aber nicht kalt, und es schien trocken zu bleiben.

»Und ich dachte, wir heiraten in aller Stille«, murmelte Elisa beeindruckt.

Ihr Vater lachte. »Ist das dein Ernst?«

Vito stand mit Kurat Ploner vor dem Kirchenportal und hielt einen kleinen Strauß Maiglöckchen. Auch Lene hatte ganze Arbeit geleistet, Mischis Zweituniform, die er nach seinem Aufbruch nach Graz zurückgelassen hatte, an Vitos schlanke Figur angepasst. Er sah großartig aus, doch Elisa gab der Anblick einen kleinen Stich. Ihr zukünftiger Ehemann würde diese Uniform gleich nach der Zeremonie anbehalten, als Ersatz für die Lumpen, die er bei seiner Rückkehr getragen hatte. Dann konnte sie nur noch beten, dass er wiederkam.

Und als wollte das Schicksal sie daran erinnern, was außerhalb dieser kleinen Blase voller Glück vor sich ging, krachte es plötzlich gewaltig, dass es von den Bergwänden widerhallte. Die Menschen auf dem Platz hielten inne und sahen sich um, konnten jedoch keine Ursache ausmachen, und so taten sie es ab. Nur eine Explosion, ein Artillerie-Einschlag irgendwo in der Ferne, der durch das Echo näher klang.

Wehmütig schaute Elisa hinauf zum Kirchturm. Wo einst die Glocken hingen, waren jetzt nur noch ein paar Vogelnester. Sie würde sich niemals an dieses Schweigen gewöhnen.

»Elisa, darf ich bitten?« Vito war an sie herangetreten und schüttelte kaum merklich den Kopf. Sie wusste, dass er etwas von ihren Gedanken ahnte, dazu kannte er sie zu gut. Sie lächelte tapfer, wollte ihm das Glück und die Zuversicht nicht nehmen, die in seinem Blick geschrieben standen.

Sie nahm mit einem kleinen Knicks den Strauß entgegen und hakte sich bei ihm unter.

Gemeinsam betraten sie die Kirche. Elisa versuchte, einmal tief durchzuatmen, doch als sie spürte, dass sich die Nähte gefährlich dehnten, verzichtete sie darauf. Zu ihrer Überraschung wartete neben Kurt Willeit, Maria Gutholzer und ihrem Vater Hauptmann Berger als Trauzeuge. Sie senkte verlegen den Kopf, doch er lächelte sie warm an und schien es ihr nicht übelzunehmen.

Sie versuchte, sich auf die Zeremonie zu konzentrieren, doch Kurat Ploners Worte rauschten an ihr vorbei. Sie hatte nur Augen für Vito, der sich kerzengerade neben ihr hielt. Die ganze Zeit ließ er ihre Hand nicht los und drückte sie ab und zu beruhigend.

Schon hatte er die nächste Überraschung parat, als Kurat Ploner ihn dazu aufforderte, zog er einen kleinen Samtbeutel aus der Tasche und nahm zwei Ringe daraus.

»Vito, woher?«, flüsterte Elisa ehrfürchtig, während er ihr einen davon an den Finger steckte. Er passte wie angegossen.

»Chiaras Idee. Die Ringe unserer Eltern«, raunte er zurück, und ein Anflug von Wehmut streifte seine Züge. Sein Ring war zu groß. Aber das machte nichts. Sie hatte ein Kleid, sie hatte einen Ring, sie war jetzt eine verheiratete Frau!

Nach der Messe sammelten sich die Menschen wieder auf dem Kirchplatz. Elisa und Vito gelang es noch gerade so, die Papiere, die Willeit ihnen unter die Nase hielt, zu unterschreiben und das Familienbuch entgegenzunehmen, als sie auch schon aufgefordert wurden, einen Hochzeitstanz zu tanzen. Die Militärkapelle spielte zu einem langsamen Walzer auf. Kaum war das Lied zu Ende, stand Hauptmann Berger vor Elisa und bat um ihre Hand, während Chiara lachend ihren Bruder aufforderte.

»So also waren all meine Hoffnungen vergebens, war doch Ihr Herz längst vergeben, gnä' Fräulein«, meinte Berger augenzwinkernd, während er sie gekonnt über den Platz wirbelte.

»Verzeihen Sie, dass ich Ihnen davon nichts gesagt habe«, entgegnete Elisa kleinlaut.

Er lachte gutmütig. »Ich bin ein Ehrenmann, und als solcher weiß ich so einen Verlust mit Würde zu tragen. Ich kann schwerlich behaupten, dass Sie auf meine Avancen eingegangen wären.«

Ein paar Männer begannen abwechselnd Schnaderhüpfel zu singen, Spottverse, die sie spontan dichteten und in denen sie versuchten, sich mit den gewagtesten Reimen zu überbieten. Dieser Brauch war erst mit den Soldaten ins Tal gekommen, und Elisa blieb verwundert stehen und lauschte, beobachtete dabei, dass *fortaies* herumgereicht und gegessen wurden. Sie konnte es kaum fassen, jetzt wurde es doch eine richtige Hochzeit.

Hauptmann Berger verbeugte sich vor ihr. »Ich danke Ihnen für den Tanz. Mein Geschenk an Sie ist die Erlaubnis für Ihren Mann, erst heute Abend wieder anzutreten. Mehr kann ich leider nicht tun. Nutzen Sie die gemeinsame Zeit, die Ihnen bleibt, ich bitt Sie herzlich. Meine Empfehlung!«

Bevor Elisa sich bedanken konnte, war er in der Menschenmenge verschwunden, und ihr Vater tauchte auf, um sie um den nächsten Tanz zu bitten. »Alles Gute von mir, mein Kind. Wenn nur deine Mutter hier wäre«, sagte er gerührt.

»Wir werden ihr gleich heute Abend schreiben.«

Elisa wurde weitergereicht und herumgewirbelt, bis ihr ganz schwindelig war. Und als eine Naht ihres Hochzeitskleides verdächtig krachte, wollte sie die Gelegenheit wahrnehmen und sich kurz davonstehlen.

Vito entdeckte sie jedoch und folgte ihr. »Warte, wo willst du hin?«

»Nur kurz nach Hause, ein anderes Kleid anziehen.«

»Ich komme mit. Hast du Chiara gesehen? Sie ist verschwunden.«

»Nein.« Natürlich war Elisa aufgefallen, dass Vitos Schwester sich davongemacht hatte. Als sie das entdeckt hatte, nahm sie sich vor, heute Abend mit ihr und François noch eine Flasche Wein zu öffnen und in aller Stille anzustoßen. Sie fand es traurig, dass der Franzose nicht dabei sein konnte. Nach allem, was sie gemeinsam erlebt hatten und mit seinem Verhältnis zu Chiara stand er ihr inzwischen so nah wie ein Familienmitglied, aber ihn mit ins Dorf zu nehmen wäre nach wie vor zu gefährlich.

Während Vito sich in der *vila* nach seiner Schwester umschaute, zog Elisa sich ein schlichtes helles Leinenkleid an. Sie war Chiara dankbar für die Idee mit dem Brautkleid ihrer Mutter, aber so fühlte sie sich doch wohler.

Sie fand Vito unter den Obstbäumen, wo er das Panorama der Fanesgruppe betrachtete.

Er war nicht mehr nur einfach Vito. Er war ihr Ehemann.

Elisa lief ein wohliger Schauder über den Rücken, als sie an ihn herantrat, sich beinahe wieder schüchtern und unbeholfen fühlte, obwohl sie jetzt jedes Recht der Welt hatte, sich ihm zu nähern.

»Was ist?«, fragte sie.

Er drehte den Ring, den er auf seinen Mittelfinger gestreift hatte, damit er ihn nicht verlor. »Alles gut. Ich dachte nur daran, dass ich immer am Meer heiraten wollte. Es macht nichts, wirklich. Ich liebe diese Berge.« Er trat an sie heran und nahm sie ganz selbstverständlich in die Arme. »Und dich würde ich auch am Nordpol, in der Wüste oder auf dem Mond heiraten.«

Elisa küsste ihn lächelnd auf die Lippen. »Dann komm mit.«

»Wohin?«

»Komm einfach.«

»Sollten wir nicht zurück zum Kirchplatz?«

»Die feiern auch ohne uns weiter, keine Sorge.« Sie zog ihn hinter sich her den steilen Abhang hinunter zum Gaderbach, der zu dieser Jahreszeit ein munteres Flüsschen war. Elisa setzte sich auf einen großen weißen Felsen und schaute auf die schäumenden Wellen, bis ihr ein wenig schwindelig wurde. Vito hatte sich hinter sie gestellt und ihr die Hände auf die Schultern gelegt, als glaubte er, sie daran hindern zu müssen, sich einfach ins Wasser zu stürzen.

»Du sagst, dass du nicht mehr an Gott glaubst«, sagte Elisa irgendwann und legte ihre Hände auf die seinen.

»Es fällt mir schwer, ja.«

»Erinnerst du die an die weisen Wasserfrauen aus den Sagen?«

»Die *ganes*. Sie erschienen den Menschen und sagen ihnen manchmal ihr Schicksal voraus oder warnen sie vor einem Unglück.«

Elisa erhob sich und sah ihn ernst an. »Du hattest immer schon zwei Seelen in deiner Brust, zwei Orte, an denen du verwurzelt bist, der eine das Meer, der andere die Berge. Dieser Fluss fließt irgendwo ins Meer, er schafft die Verbindung zwischen beidem. Ich werde hier sitzen und warten. Die Geister der *ganes* sind an diesem Ort noch lebendig. Sie werden mir Trost spenden und mir helfen, die Hoffnung nicht aufzugeben. Wenn dir etwas geschieht, werde ich das spüren. Aber das wird nicht passieren.«

Sie nahm Vitos Hand und kniete sich mit ihm ans Ufer. Der Saum ihres Rocks wurde nass, doch das war ihr gleichgültig. Gemeinsam tauchten sie die Hände in den klaren Fluss und beobachteten stumm, wie die Goldringe sich von den hellen Flusskieseln abhoben und unter der Wasseroberfläche glitzerten.

»Dieser Fluss also verbindet uns«, murmelte Vito.

Elisa nickte.

Und für den Bruchteil eines Augenblicks glaubte sie im wirbelnden Wasser das runzelige Gesicht einer alten Frau zu sehen, die ihnen ihre Hand segnend entgegenstreckte. Doch bevor sie sicher war, was sie gesehen hatte, war das Trugbild verschwunden.

War es wirklich ein Trugbild? Elisa wurde auf einmal von einer Zuversicht erfüllt, das Gefühl, das sie vermisst hatte, ohne sich dessen bewusst zu sein, als sie in der Kirche ihr Gelöbnis gab. Es gab ihr die Kraft, weiterzumachen, zu warten und die Hoffnung nicht aufzugeben, solange sie atmete.

43. KAPITEL

Am gleichen Abend – Passstraße zum Ju de Valparola

Noch am gleichen Abend saß Vito zwischen anderen Männern auf der offenen Pritsche eines Lastwagens und wurde in langsamem Tempo den Ju de Valparola hinaufgefahren. Sie hatten gerade erst San Ciascian passiert, und der Wagen röchelte bereits, als würde der Motor gleich seinen Geist aufgeben.

Ihm war es gleichgültig, dann würden sie eben laufen. Sie würden schon ankommen, darum machte er sich die geringsten Sorgen.

Er war nun offiziell Teil der Landesschützen. Nicht, dass es irgendeinen Unterschied machte. Er trug Mischis alte Uniform und war mit einem erbeuteten italienischen Gewehr bewaffnet, ein Carcano-Modell, nach seinem Baujahr *Einundneunziger* genannt.

Es blieb Ironie, er, der Italiener, schoss mit einer italienischen Waffe auf Italiener. Nur dass sich seit heute eines verändert hatte. Seit heute war er offiziell auf dieser Seite der Front verankert, und er durfte nie wieder daran zweifeln, wofür er das tat.

Besser gesagt, für wen.

Für seine Frau.

Elisa Costa.

Er ließ ihren Namen lautlos über die Zunge rollen, lächelte und spielte dabei mit dem Ring an seinem Mittelfinger.

Jetzt hatte er zwei Gründe zu überleben. Zwei junge Frauen, Elisa und Chiara, die ihm mehr als alles auf der Welt bedeuteten.

Der Lastwagen schaffte eine weitere Kehre und gab den Blick auf den Taleinschnitt von Armentarola frei. Die Landschaft lag still und friedlich im spätabendlichen Sonnenlicht, das junge Frühlingsgrün auf den Weiden leuchtete, kündete allen Geschehnissen zum Trotz vom Neubeginn des Lebens.

Vito spürte einen Stich im Nacken und schlug mit der flachen Hand zu. Es war nur eine frühe Mücke oder ein anderes kleines Insekt. Keine Laus. Er schüttelte sich, wünschte sich, er könnte sich die Plagegeister irgendwie vom Hals halten. Seine Gedanken wanderten zurück in die vergangene Nacht.

Natürlich hatte er Elisa nur die halbe Wahrheit gesagt. Es war zwar dieses ungewohnte Körpergefühl gewesen, das ihn geweckt hatte, aber es waren die Bilder, die ihn danach wach gehalten und aus dem Bett getrieben hatten. Er wäre froh, wenn Flöhe oder Läuse das Schlimmste wären, das er ertragen müsste. Aber er hatte ihr nicht von den anderen Dingen erzählen wollen. Von den tagelangen Wachen in den Schützengräben, während sie im Wasser von geschmolzenem Schnee standen, bis die Füße so aufgequollen waren, dass manche die Stiefel aufschneiden mussten, um sie auszuziehen. Von den Ratten, die darin herumgeplanscht waren und sich immer wieder an dösende Männer oder Verwundete heranzumachen versuchten. Von den Angriffen, nach denen man noch Stunden später das Dröhnen der Artillerie in den Ohren hatte. Und von den Einschlägen der Granaten, bei denen gestandene Männer sich duckten und zitterten wie kleine Kinder, die man in einen dunklen Keller gesperrt hatte.

Jedes Mal versuchte Vito, diese Erlebnisse von seinem Bewusstsein fernzuhalten, Gesehenes zu rationalisieren, in kleine Einheiten aufzuspalten, die keinen Sinn mehr ergaben – er sah Steine, Bäume, Lebende und Tote. Den Lebenden half er, wenn er konnte, von den Toten wandte er sich so schnell wie möglich ab. Manchmal überkam ihn tiefe Hoffnungslosigkeit, aber viel häufiger empfand er Wut auf die Politiker und Offiziere, die ihnen das antaten. Das war gut, denn dann brannte es in ihm, gab ihm Antrieb, hielt ihn am Leben.

Einmal, es konnte erst wenige Wochen her sein, schlug eine Granate unmittelbar an seiner Seite ein. Der Mann neben ihm, er hatte seinen Namen vergessen – oder verdrängt –, schrie auf. Ein Bein war unterhalb des Knies abgetrennt, das andere vollkommen zerfetzt. Vito band ihm mit Stofffetzen die Wunden ab, um die Blutungen zu stillen. Danach blieb er bei dem Mann und hielt seine Hand. Wundersamerweise hatte der Verletzte keine Schmerzen. Er erzählte Vito von seinem Heimatdorf, von seiner Arbeit als Schuster und wie sehr er den Geruch von frisch bearbeitetem Leder liebte. Wie gut das Bier schmeckte, das er in seiner Freizeit braute und wie sehr er es seinem Nachbarn krummnahm, dass der beim Kartenspielen betrog. Irgendwann verstummte der Mann. Vito blieb bei ihm, hielt weiter seine Hand.

Als Nächstes erinnerte er sich daran, dass Ullrich Ganter angehumpelt kam und ihn sachte wegzog, ihn behutsam fragte, warum er seit Stunden die Hand eines Toten umklammert hielt.

Das waren die Erinnerungen, die nachts zu ihm zurückkehrten. Davon durfte Elisa niemals etwas erfahren.

Elisa Costa, die nun seine Frau war, bis der Tod sie voneinander schied.

»Du grinst schon wieder«, sagte plötzlich jemand. Der Soldat, ein grauhaariger Mann in seinen Dreißigern, musterte ihn neugierig. »So verrückt danach, da oben in der Scheiße zu liegen?«

»Ich habe heute geheiratet.«

»Wirklich?« Der Mann zog die Augenbrauen hoch.

Die anderen um sie herum merkten auf.

Vito wurde unwohl dabei, im Mittelpunkt zu sein. Die Blicke der Männer juckten beinahe so wie Läuse.

»Ich warte noch. Wenn der Krieg vorbei ist, ist die Auswahl größer«, feixte einer.

»Hast du das freiwillig getan?«, rief ein anderer. »Oder hast du ihr einen Braten in die Röhre geschoben?«

»Ach, irgendwann werden sie alle fett und hässlich.«

Einige lachten.

»Nun raubt dem Burschen nicht alle Illusionen«, wies der Grauhaarige sie zurecht.

Vito winkte ab, solche Sprüche kannte er bis zum Überdruss. Keine noch so derbe Bemerkung konnte dieses tiefe Glücksgefühl trüben.

Jemand klopfte ihm von der anderen Seite auf die Schulter. »Ich wünsche dir jedenfalls alles Gute.«

»Ich auch.« Der Grauhaarige und ein paar andere nickten. »Ist immer ganz gut, zu wissen, wofür man diese Hölle überhaupt durchhält. Ich jedenfalls tue das für meine Familie, meine Frau und meine beiden Töchter, nicht für den Kaiser.«

»Wohl wahr.«

Einer zog eine Zigarettenschachtel aus der Uniformtasche und reichte sie herum. Sie rauchten und schwiegen.

Vito spielte weiter mit seinem Ring und war froh, dass er nicht weiter beachtet wurde.

Ein paar Tage später stand Vito allein draußen vor der Unterkunft, eine einfach gezimmerte Baracke, die über die Zeit ausgebaut worden war und ungefähr dreißig Männern Platz bot. Es war der Abend des 22. Mai 1917, fast auf den Tag genau zwei Jahre nach Kriegsbeginn mit Italien. Vito musste gleich den Schützen im Gefechtsposten ablösen. Sie alle wussten, was diese Nacht bevorstand, doch niemand sprach darüber. Sie hatten Stollen gegraben und tonnenweise Sprengstoff plaziert. Heute Nacht sollte der Berg in die Luft fliegen.

Vito rauchte, es war, obwohl er es nicht mochte, zu einer dummen Angewohnheit geworden, die er Elisa verschwiegen hatte. Ezio hatte damals behauptet, dass es Hunger und Gestank vertrieb. Was Letzteren anbelangte, so war Vitos Geruchssinn offenbar für alle Zeit verloren, aber dass es den Hunger dämpfte, stimmte. Sonderbarerweise wurden die Lebensmittelvorräte knapper und knapper, doch an Tabak fehlte es nie.

Allmählich ging die Sonne unter. Vito blies den Qualm in die Luft und betrachtete die rotglühenden Bergwände. Auch wenn er an keinen Gott oder Vorsehung mehr glaubte, so konnte er nicht dagegen an, dass es ihm wie ein schlechtes Omen vorkam.

»Costa? Kommst du?« Ein Soldat trat an ihn heran und winkte. Dann blickte er in die Richtung, in die auch Vito gestarrt hatte, und schlug unwillkürlich ein Kreuz.

»Das Licht der Toten«, sagte er heiser.

»Ladiner?«, fragte Vito, obwohl es ihn kaum interessierte. Er bemühte sich, keine Freundschaften mehr zu schließen. Der Tod der Kameraden war leichter zu ertragen, je weniger er über sie wusste.

Der Mann nickte. »Du kennst die Sage also auch. Das Feuer, das die Verbündeten herbeirufen sollte, die jedoch nur noch den Schein der Flammen und die Toten erblickten, als sie eintrafen.«

Vito zuckte mit den Schultern und warf die Zigarette fort. Wieder überkam ihn diese schlechte Vorahnung, sosehr er sich auch dagegen wehrte. »Dann sollten wir uns vielleicht mit der Wachablösung beeilen.«

Das gezwungene Lachen des Mannes brach ein wenig die seltsame Stimmung. »Wohl wahr.«

Vito kauerte im Geschützposten, ein schmaler, knapp einen Meter breiter und zwei Meter hoher Gang mit Schießscharten, und starrte angespannt hinaus in die Dunkelheit. Nur ein gelegentliches Atmen oder Fußscharren unterbrach die Stille.

Wohin hatten sich eigentlich die Murmeltiere verkrochen? Obwohl die Zeit ihres Winterschlafes längst vorbei sein sollte, hatte Vito noch keines zu Gesicht bekommen. Vielleicht hatten sie sich wirklich endgültig in die Eingeweide der Berge zu den *salvans* zurückgezogen und warteten auf den Tag, an dem wieder Ruhe über den Gipfeln einkehrte.

Wenn es so war, wünschte sich Vito, dass sie bis dahin nicht verhungert waren oder einfach den Weg an die Erdoberfläche nicht mehr fanden.

In früheren Zeiten, so hatte Mischi ihm erzählt, konnte man an manchen Tagen ein tiefes unterirdisches Dröhnen aus dem Innersten der Berge hören, das so gewaltig war, dass sogar der Boden bebte. Es rührte vom *Morin dal Salvan,* dem Mühlwerk der Zwerge, her, das diese über viele Stockwerke an einem unterirdischen Wasserfall errichtet hatten, um die Wasserkraft für ihre Schmieden zu nutzen. An dem Tag, an dem Dolasílas Schwester nach deren Fall auf dem Schlachtfeld die Überlebenden des Fanesvolkes rettete und in die Tiefe der Berge führte, stauten die *salvans* den Wasserfall, um ihn, als alle in Sicherheit waren, auf die Feinde niederprasseln zu lassen.

Gleich würde der Berg erbeben, und dann waren es keine *salvans,* sondern die eigenen Leute, die den Feind damit vernichten wollten.

Vito hasste den Gedanken daran. Es würde wieder nichts bringen, wie bei allen Sprengungen zuvor würde sich am Frontverlauf nichts ändern. Stattdessen verwundeten sie die Berge, ließen an den jahrtausendealten Steinriesen aus, dass es ihnen nicht gelang, den menschlichen Gegner niederzuzwingen. Und keine Seite war besser als die andere. Wie konnten sie der Natur das nur antun? Warum? Warum all das? Warum überhaupt noch kämpfen? Keiner von denen um ihn herum wollte weitermachen. Aber das interessierte da oben in den Offiziersrängen niemanden. Sie lagen ja nicht hier und froren sich die Eier ab, die feinen Herren.

Vito spuckte verächtlich aus und ruckte, um eine bequemere Position zu finden. Sein rechter Arm war beinahe eingeschlafen.

Obwohl er jeden Moment mit der Sprengung gerechnet hatte, erschrak er bis ins Mark, als plötzlich der gesamte Berg in Bewegung geriet. Dumpfes Grollen erhob sich, die Erde erzitterte. Ein paar lose Steine klackerten von irgendwoher in die Schützenstellung.

Vito war, als würde die Sage lebendig.

Er drehte sich um und sah hinauf zum Gipfel, der sich als dunkler Schatten gegen den Nachthimmel abhob.

Und dann sah er sie wahrhaftig.

Dolasíla, die Kriegerin von Fanes, stand dort an der Flanke des Berges, hoch aufgerichtet, die Füße locker gegen den rutschenden Kalkschotter gestemmt. Ihre gesamte Gestalt erstrahlte in glänzendem Silberweiß, der undurchdringliche Panzer schmiegte sich an den Körper und betonte seine weiblichen Rundungen.

Sie richtete den Blick in die Ferne, legte einen Pfeil auf die Bogensehne und hob die Waffe mit einer geschmeidigen Bewegung. Das helle Haar flatterte sanft im Wind, umgab ihren Kopf mit einer weißleuchtenden Aura.

Gerade, als sie die Sehne spannte, zerriss das Geknatter eines Maschinengewehrs die Luft. Endlos krachte Schuss um Schuss im vertrauten Stakkato aufeinander.

Dolasíla krümmte sich. Der Pfeil rutschte ihr aus kraftloser Hand und klackerte nutzlos zu Boden. Blut spritzte empor, befleckte das weiße Fell des Panzers, der sie unverwundbar machen sollte. Mit schmerzgepeinigtem Gesicht ließ sie den Bogen fallen und presste die Hände gegen die Wunden auf ihrer Brust. Dunkelrotes Blut quoll zwischen den Fingern hervor. Die stolze Kriegerin von Fanes taumelte, dann sackte sich lautlos nach vorne und rührte sich nicht mehr.

Vito blinzelte.

Der Boden hatte aufgehört zu beben. In der Ferne waren kleinere Detonationen zu hören, vereinzelt krachten Maschinengewehrsalven. Irgendwo wurden Befehle gebrüllt.

Hier oben rührte sich nichts. Der Gipfel lag dunkel und tot.

Die Erscheinung war verschwunden.

Da lehnte Vito die Stirn gegen den kalten Stein und weinte lautlos.

44. KAPITEL

Mitte Juni 1917 – Vila Kastlunger, Val Badia

Ohnmächtig vor Wut ballte Elisa die Fäuste in ihrer Schürzentasche, während sie mit weit ausgreifenden Schritten nach Hause lief. Noch vor dem Frühstück hatte man sie zum Gefangenenlager rufen lassen, weil dort angeblich ein heftiger Ausbruch von Typhus jede helfende Hand benötigt hätte. Was war? Als sie dort ankam, voller böser Vorahnungen, wusste niemand, wer nach ihr geschickt hatte oder warum. Die Lage war ruhig, die Gefangenen waren, von bereits bekannten Erkrankungen abgesehen, wohlauf.

Dieser unfreiwillige Ausflug hatte sie einige Stunden gekostet, und das für nichts. Wenn sie den erwischte, der ihr diesen üblen Streich gespielt hatte, der konnte etwas erleben!

Noch bevor sie den Hang zur *vila* vollständig erklommen hatte, kamen ihr Lene und Maria Menardi wie zwei aufgescheuchte Hühner entgegen.

Elisa beschattete ihre Augen und schaute zu ihnen hinauf. »Was ist los?«

»Das Militär hat alle Kühe abholen lassen. Hauptmann Berger hat den Befehl persönlich unterschrieben.« Lene wedelte zornig mit einem Stück Papier.

»Alle?« Elisa brachte kein weiteres Wort hervor, während ihr zugleich der fürchterliche Verdacht kam, man habe sie zum Lager rufen lassen, um sie aus dem Weg zu haben.

»Alle«, zischte Lene. »Alle acht, die noch übrig waren.«

Elisa schnappte sich das Papier und kehrte auf dem Absatz um. Tatsächlich, das Dokument war von Hauptmann Berger unterschrieben und ordnete an, dass das gesamte Milchvieh der Kastlungers und der Costas beschlagnahmt werden sollte.

Das war doch reine Schikane, und noch dazu dumm! Es gab insgesamt nur noch ein paar Dutzend Kühe im Dorf, wo sollte denn zukünftig Milch herkommen? Diese Diskussion hatte sie bereits bis zur Unendlichkeit geführt. Berger hatte sich immer vernünftig gezeigt. Und jetzt das! So viel also dazu, dass er ein guter Verlierer war.

Der sollte sie kennenlernen …

Ohne anzuklopfen, stürmte sie in die Amtsstube und fand den Hauptmann an seinem angestammten Schreibtisch. Er blickte verwundert auf, und sein Lächeln gefror, als er Elisas Miene sah.

Sie knallte ihm das Dokument auf den Tisch. »Sie haben alle meine Kühe beschlagnahmen lassen? Was soll das werden? Ein Festmahl für Sie und ihre Männer, bevor dann Milch, Butter oder Käse endgültig ausgehen? Und das nur, weil ich einen anderen Mann geheiratet habe? Ich habe Sie für einen Ehrenmann gehalten!«

Bergers Miene verschloss sich bei jedem ihrer Worte mehr und wandelte sich zur Maske des Soldaten, der nicht bereit war, sich mit aufsässigen Zivilisten herumzuschlagen. Elisa kannte durchaus seine harte und unnachgiebige Seite, auch wenn sie diese nie persönlich kennengelernt hatte. Er gab sich so umgänglich wie möglich, doch die Belange seiner Einheit hatten Vorrang, und er setzte sie mit aller Konsequenz durch.

»Es geht um meine Existenz«, schob Elisa daher etwas eingeschüchtert nach, weil ihr bewusst wurde, welche Macht Berger besaß und im Zweifelsfall ausüben würde.

»Ich wüsst' nicht, wie Sie dazu kommen, Ihre Meinung über meine Auffassung von Ehre zu revidieren, Fräulein El– Frau Costa«, erklärte er kalt und griff nach dem Dokument. Er las es und runzelte die Stirn, als sähe er es zum ersten Mal.

»Das habe ich sicherlich nicht unterschrieben«, murmelte er schließlich.

»Wer dann?«

Berger stand auf und streifte sich den Uniformrock über, der über der Stuhllehne gehangen hatte. »Das sollten wir geschwind herausfinden. Wo wird normalerweise geschlachtet?«

»Beim Pichler auf dem Hof. Das wissen Sie nicht?«

Er hielt Elisa die Tür auf und folgte ihr nach draußen.

»Warum sollt' ich?«, knurrte er kurz angebunden.

Sie liefen gemeinsam zum Anwesen der Pichlers, das mit vier anderen Höfen eine *vila* an einem Hang jenseits des Dorfes bildete. Schon von weitem hörten sie Schüsse und das panische Muhen von Kühen in höchster Not. Der metallische Geruch von Blut lag in der Luft.

Besorgt beobachtete Elisa, wie Berger seine Pistole vom Gürtel löste und entsicherte. Sollte sie noch Zweifel daran gehabt haben, dass hier irgendetwas nicht stimmte, so waren diese spätestens jetzt ausgeräumt.

Kaum waren sie um die Gebäude herum an den Hof gelangt, blieb Elisa vor Schreck der Mund offen stehen. Wo die Männer normalerweise besonnen ihr Handwerk ausübten, den Tieren so wenig Leid wie möglich antaten und auf Hygiene achteten, so bot sich ihr ein Bild des Grauens. Überall lagen Teile von Rindskadavern, standen Kühe in Blutlachen und zerrten hysterisch an ihren Stricken, mit denen sie an Ringen in der Mauer befestigt waren. Man hatte ihnen die Vorderbeine zusammengebunden. Ein Tier lag mit eingeknickten Vorderbeinen, eines davon in einem unmöglichen Winkel abgespreizt, und schrie jämmerlich.

Zu dem Blutgeruch mischte sich der Gestank von Kot und Verwesung.

Von den Bauern, die normalerweise schlachteten, allen voran der Hausherr Anton Pichler, war nichts zu sehen, stattdessen tummelten sich sechs Soldaten zwischen den Tieren. Sie alle hielten Messer in den Händen und waren blutbesudelt. Einer lud gerade ein Gewehr und machte dabei angeberische Gesten. Zwei andere versuchten, eine Kuh auszunehmen, wobei sie den Kadaver eher zerstückelten und die Innereien einfach auf den Boden fallen ließen.

Elisa würgte und widerstand dem Impuls, sich an Berger festzuhalten. Sie erkannte ihre Kühe in diesem Chaos, doch ihr Verstand weigerte sich, eine Entscheidung zu treffen, was jetzt zu tun war.

Die schlachteten nicht. Die richteten ein Massaker an.

Berger schien es ebenfalls nicht recht zu begreifen, was hier vor sich ging, doch er fasste sich schneller. Er trat zwei Schritte vor und gab einen Schuss in die Luft ab. »Sofort aufhören! Was wird das, wenn's fertig is'?«, brüllte er.

Er ging auf den nächstbesten Soldaten zu und packte ihn am Kragen. Der Mann schien völlig überrascht, sank unter dem Griff in sich zusammen und stammelte etwas, das Elisa auf die Entfernung nicht verstehen konnte.

Berger schüttelte ihn wie eine nasse Katze. »Bericht!«

»Jawohl, Herr Hauptmann, Verzeihung«, presste der Mann eilig hervor. »Uns wurde befohlen, das Vieh zu holen und zu schlachten, weil die Bauern sich um einen Hangrutsch auf einer Hochalm kümmern müssten. Das ist alles.«

»Befohlen von wem?«

»Leutnant Oberhuber, Herr Hauptmann.«

Berger schaute sich suchend um. »Und wo is' der?«

»Ich weiß es nicht, Herr Hauptmann.«

Berger ließ den Mann mit einem angewiderten Gesichtsausdruck los und befahl den anderen, anzutreten. Die Männer gehorchten sofort und sammelten sich vor dem Hauptmann.

Elisa faszinierte es immer wieder, wie allein die Anwesenheit ihres Vorgesetzten genügte, um Soldaten in ihre Schranken zu verweisen, dabei wäre der Hauptmann allein mit einer Pistole ihnen völlig unterlegen. Aber so funktionierte das Militär – und als sich herausstellte, dass der Anstifter der ganzen Sache unbemerkt das Weite gesucht hatte, wurden die einfachen Gefreiten noch kleinlauter.

»Warum?«, fragte Elisa endlich fassungslos.

»Dazu später.« Berger winkte unwirsch ab. Seine Miene war ausdruckslos, doch sein Kiefer völlig verkrampft. Es schien ihm schwerzufallen, angesichts dieses Blutbads und der Verschwendung von wertvollem Fleisch nicht die Beherrschung zu verlieren. »Ihr zwei«, befahl er den Männern, »bringts die noch lebenden Kühe mit Fräulein Elisa zurück zur *vila*. Wird's bald!«

Elisa korrigierte seine Anrede nicht. Sie wollte am liebsten schreien, angesichts des ganzen Schadens einfach nur die Augen schließen und ihr Entsetzen hinausbrüllen. Wer tat so etwas? Warum? Fünf von acht Tieren lebten noch, davon gaben nur drei Milch. Die anderen beiden waren ein junger Ochse, der schlachtreif gemästet werden sollte, und ein zukünftiger Zuchtbulle, da der alte im letzten Herbst das Zeitliche gesegnet hatte. Aber wenn das so weiterging, brauchte man keinen Stier mehr.

Der Kuh mit den eingeknickten Vorderbeinen gaben sie den Gnadenschuss.

Elisa ließ sich mit den Kühen zurück nach Hause begleiten. Lene und Maria Menardi empfingen sie und schlugen entsetzt die Hände vor den Mund, als sie hörten, was passiert war. Die beiden Soldaten halfen, die Tiere zurück in den Stall zu bringen und verabschiedeten sich, so als wäre gar nichts Besonderes vorgefallen. Und von ihrem Standpunkt aus mochte das sogar stimmen. Sie hatten einen Befehl erhalten und ausgeführt. Die Aussicht auf ein fettes Stück Fleisch zum Abendessen hatte sich vermutlich erst recht davon abgehalten, dumme Fragen zu stellen.

Elisa blickte ihnen stumm hinterher, als sie den Hang hinuntergingen und sich unterwegs eine Zigarette teilten. Sie wusste, dass die Welt verrückt geworden war. Doch an keinem Tag war ihr die Bestätigung so brutal erschienen wie heute.

Erst am Abend erschien Hauptmann Berger persönlich und bat darum, Elisa und ihren Vater zu sprechen. Er trug ein Päckchen bei sich.

Am liebsten hätte Elisa ihm die Tür vor der Nase zugeschlagen. Was war das für ein Anführer, der seine Leute nicht im Griff hatte? Doch die Höflichkeit gebot es, ihn in die Stube zu bitten. »Mein Vater ist auf der Alm und frühestens morgen Mittag zurück. Was kann ich für Sie tun? Möchten Sie etwas trinken? Wasser, Tee? Einen Schnaps? Mehr kann ich Ihnen leider nicht anbieten«, meinte sie.

Er ließ sich mit einem Ächzen auf einen Stuhl fallen und legte das Päckchen auf dem Tisch ab. »Etwas Wasser gern, Fräul– Frau Costa. Wenn's keine Umständ' macht.«

»Der Krieg macht Umstände, Ihr Besuch natürlich nicht«, stellte Elisa ungnädig richtig. Sie hoffte, dass er ihr kein Geschenk brachte. Drei Milchkühe, wo einmal das Zehnfache an Vieh die gesamte *vila* bevölkert hatte. Sie waren ruiniert, nicht mehr und nicht weniger. Da half auch keine hübsche Halskette und dergleichen Tand. Sie hatte keine Idee, wie sie das ihrem Vater beibringen sollte.

Kaum hatte sie sich Berger gegenübergesetzt, schob er ihr das Päckchen zu. »Das hat mir der Herr Willeit für Sie mitgegeben. Ist heut' Nachmittag angekommen.«

Elisa stutzte, und dann entdeckte sie den Absender, und ihr Herz machte einen freudigen Hüpfer. Sechs Wochen waren seit der letzten Nachricht ihrer Mutter vergangen, es wurde Zeit, dass sie wieder von sich hören ließ.

»Ich kann Ihnen gar nicht sagen, wie aufrichtig ich diesen ganzen Vorfall bedauere«, fuhr Berger fort. Seine Stimme war leise, aber fest, und es kam Elisa beinahe vor, als wäre er es leid, weil er diese Worte schon viel zu oft gesagt hatte. Ihre Bitterkeit ließ nach. Der Mann machte auch nur seine Arbeit, und zwar bisher immer bestmöglich.

»Inzwischen ist der Rädelsführer identifiziert und festgesetzt«, fuhr Berger fort. »Er hat zu fliehen versucht und wird deswegen wie ein Deserteur verurteilt. Die anderen sechs Beteiligten werden des Diebstahls angeklagt.«

Desertieren bedeutete Tod durch Erschießen. Elisa versuchte Mitleid aufzubringen, doch dieses Mal fiel es ihr schwer. Der Mann hatte sie ruiniert. Und in einem Abenteuerroman, den sie als Kind von einem ihrer Brüder bekommen und gelesen hatte, wurden Viehdiebe auch aufgeknüpft. Es waren nicht einfach nur ein paar Kühe. Man hatte ihnen endgültig die Existenzgrundlage vernichtet.

Andererseits brachte der Tod des Mannes ihre Kühe auch nicht zurück.

Sie atmete durch und sammelte sich. »Warum?«

»Wir sind noch dabei, die Hintergründe zu untersuchen. Man hat meine Unterschrift gefälscht. Fest steht, dass Sie, gnä' Frau, dem Leutnant, der die Idee hatte, schon einmal begegnet sind, und zwar an einem Abend, an dem Sie illegal ein Schwein geschlachtet haben.«

Elisa starrte ihn sprachlos an. Das Ferkel, das die Menardis auf ihrer Flucht aus Buchenstein mitgebracht und hier heimlich gemästet hatten? Sie erinnerte sich kaum an den Soldaten, der am Abend aufgetaucht und vergeblich die Abgabe ans Militär gefordert hatte, doch seine bärbeißige Miene und die Genugtuung, die sie dabei empfunden hatte, waren ihr gut im Gedächtnis geblieben.

Es war so lange her, nun holte es sie ein und rächte sich.

Demütig senkte sie den Kopf. Sie hatte ihren Kleinmut, diese Schadenfreude, nicht einmal gebeichtet.

»Die Männer hatten keine Ahnung vom Schlachten, das habe sogar ich gesehen. Aber sie hatten ihren … Spaß, haben sich gegenseitig aufgeputscht. Man könnt' fast sagen, sie sind in eine Art Blutrausch verfallen.« Berger wirkte einen winzigen Moment lang verunsichert, als fragte er sich im Nachhinein, ob er sich und Elisa in Gefahr gebracht hatte.

Er fasste sich. »Wem gehörten genau wie viele Tiere? Und welche Summe verlangen Sie als Entschädigung?«

»Meinen Sie das ernst?«

»Sicher doch, wieso?«

Elisa lachte bitter auf. »Weil wir noch nie auch nur einen Heller für unsere Kühe bekommen haben.«

»Frau Costa!« Berger wurde streng. »Auch wenn Sie das anders sehen: Da gibt's einen Unterschied zwischen der Beschlagnahme notwendiger Güter für das Militär und Diebstahl. Das eine ist erlaubt und Ihre Bürgerpflicht, auch wenn gerade *Ihnen* das noch nie gepasst hat. Das andere ist verboten und eine Straftat, die sanktioniert und entschädigt wird.«

Elisa öffnete den Mund, um zu widersprechen, doch dann ging ihr auf, dass sie diese Diskussion zu häufig geführt hatte.

Berger schien dankbar zu sein und nickte freundlicher. »Was also darf ich Ihnen zahlen und wem gehörten wie viele Kühe?«

»Das kann ich beides nicht beantworten.« Elisa schüttelte traurig den Kopf. »Ich hätte lieber neue Kühe, aber wer in diesen Zeiten verkauft, muss verrückt sein. Vielleicht weiß Herr Willeit, was wir verlangen könnten. Und wem sie gehörten? Mein Vater hatte einundzwanzig Milchkühe und einige Mastkälber. Als mein ältester Bruder geheiratet hat, sind sechs davon in seinen Besitz übergegangen. Aber wir haben die Herde nie getrennt, jeder hat sich um alle gekümmert. Dazu gab es sieben Kühe von Vitos Mutter Lucia Costa, von denen nach ihrem Tod noch fünf übrig waren, die wir ebenfalls in die Herde aufgenommen haben. Immer wenn Ihre Männer nach Schlachtvieh verlangt haben, haben wir einfach die Kühe gewählt, die am wenigsten Milch gaben. Wie soll ich das nun ausrechnen?«

Berger zuckte ratlos mit den Schultern und schwieg. Dann lächelte er leicht. »Ihnen wird eine gerechte Lösung einfallen, wie Sie das Geld verteilen.«

Elisa brummte unzufrieden. »Muss ich wohl.«

Der Hauptmann zögerte, schien auf etwas zu warten, und als sie schwieg, erhob er sich und strich seine Uniform glatt. »Nun denn, das wäre meinerseits alles. Sofern Sie noch Fragen haben, wissen Sie ja, wo Sie mich finden. Meine Empfehlung.«

Erst als er fast an der Tür war, begriff Elisa, worauf er gewartet hatte. Sie war immer noch aufgewühlt, doch sie musste Berger zugestehen, dass er getan hatte, was er konnte.

»Herr Hauptmann Berger, ich bitte Sie aufrichtig um Entschuldigung.«

Er wandte sich ihr zu. »Wofür?«

»Dafür, dass ich dachte, Sie wären für diese Sache verantwortlich, und dafür, dass ich an Ihrer Ehrauffassung gezweifelt habe. Ich hätte gleich erkennen müssen, dass Sie damit nichts zu tun hatten.«

Das war genau das, worauf er gewartet hatte. »Nun, dann nehme ich diese Entschuldigung an. Passt, gnä' Frau.«

Elisa erkannte erleichtert, dass er ihr nichts nachtrug. Der Riss, der in ihrer Beziehung durch die Heirat entstanden war, hatte sich heute vergrößert, und vermutlich würde er sie zukünftig weniger oft darum bitten, ihm behilflich zu sein. Das war schade, denn insgeheim musste sie sich eingestehen, dass sie ihre Aufgaben als Vermittlerin oder Dolmetscherin gerne wahrgenommen hatte. Auch das Geld, das sie manchmal dafür bekommen hatte, wäre jetzt willkommener denn je. Immerhin konnte sie darauf zählen, dass er sie weiterhin so fair wie möglich behandeln würde.

Kaum war sie allein, nahm sie das Päckchen. Doch anstatt es aufzureißen, wanderte sie ein paar Minuten im Raum hin und her, lief hinüber in die große Stube, zog die Standuhr auf und prüfte, ob sich auf den Laken über den Möbeln viel Staub angesammelt hatte. Dann erst fühlte sie sich ruhig genug, sich dem Inhalt des Päckchens aus Graz zu widmen.

Sie öffnete es und stutzte sofort. Sie hatte Lebensmittel erwartet, ein Schmuckstück, ein kleines nachträgliches Geschenk zur Hochzeit. Doch dem Brief lagen zwei Holzfiguren bei, ein blaues Pferd und eine weitere. Sofort dachte sie an Mischi. War das möglich? Mit vor Aufregung zitternden Fingern begann sie zu lesen.

Elisa,
all meine Liebe ist bei Dir, mein Kind. Ich bin mir sicher, Du erkennst, dass Dein Bruder seine Zuneigung für Dich und seinen besten Freund in dieser Schnitzerei ausgedrückt hat, so wie er es nicht mit Worten zu tun vermag. Ist es nicht wunderschön? Mir kamen jedes Mal die Tränen, wenn ich es angeschaut habe.

Elisa hob die Statuette und betrachtete sie ehrfürchtig. Sie war so klein, dass sie in ihre Handfläche passte. Zwei Figuren, eher angedeutet und doch als Mann und Frau erkennbar, die einander schützend umarmten. Obwohl es nichts glich, was Mischi je zuvor geschnitzt hatte, war es unverkennbar sein Werk. Sein Hochzeitsgeschenk.

Noch viel schwerer wog die Tatsache, dass er überhaupt zu seinem Werkzeug gegriffen hatte, das erste Mal, seit er nach Hause zurückgekehrt war.

Elisa schluckte gerührt. Könnte sie doch ihren Bruder jetzt sehen, ihm danken und die Freude ihrer Mutter teilen!

Ehrfürchtig nahm sie das blaue Holzpferd aus dem Paket und betrachtete es. Ein Frauchenpferd für Rosa: Jetzt konnte sie eine Pferdefamilie gründen.

Sie las weiter.

Ich bin so dankbar, dass Gott ein Einsehen mit meinem Mischi gehabt und uns diese Frau geschickt hat. Du musst sie eines Tages kennenlernen. Rein äußerlich ist sie Dir nicht im mindesten ähnlich, ganz klein und zierlich mit kurzen dunklen Locken, wie das in manchen Kreisen Mode zu werden scheint. Aber in ihrem Wesen erinnert sie mich sehr an Dich, sie weiß, was sie will. Rebecca heißt sie, eine Witwe aus gutem Hause, die ihren Mann, einen hohen Offizier bei den Reitern, schon

in den ersten Kriegstagen verloren hat und kurz darauf ihr einziges Kind. Sie steckt alle Energie in soziale Tätigkeiten und scheint nie darin zu ermüden, anderen Gutes zu tun.
Sie hatte von Anfang an hinter Mischis gleichgültige Fassade geblickt und sich nicht von seiner schroffen Art abweisen lassen, doch auch sie konnte nicht zu ihm dringen. Und dann, nachdem Euer Brief kam und sie erfuhr, dass Du geheiratet hattest, verlor sie die Geduld. Sie griff Mischis Werkzeug und eines von den Hölzern, die seit Jahr und Tag bereitlagen, und begann zu schnitzen.
Ich war dabei und konnte Deinem Bruder ansehen, wie er litt. Nicht nur, weil es ihn zutiefst beschämte, dass diese Frau Dir, obwohl Ihr Euch nie begegnet seid, solch ein persönliches Geschenk machen wollte. Nein, Mischi sagte später, es wäre ihm beinahe gewesen, als könne er das Holz schreien hören, so sehr habe sie es malträtiert. Es entbrannte ein grausiger Streit zwischen den beiden, wobei mein Herz vor Freude sang! Meinen Sohn wegen so etwas wütend zu sehen, nachdem er monatelang teilnahmslos geblieben war!
So ging es weiter. Rebecca hatte seinen Schutzwall endlich eingerissen. Sie streiten viel seitdem, aber mir scheint es, dass sie beide stolz darauf sind. Es ist laut und leidenschaftlich, doch es erscheint mir nicht verletzend. Ich bin nicht sicher, ob Du mich verstehst, ich kann es nicht besser ausdrücken. Jedenfalls ist Dein Bruder endlich von den Toten zurückgekehrt.

Elisa ließ das Papier sinken, weil die Worte vor ihren Augen verschwammen. War das wirklich wahr? Wie oft hatte sie in den Briefen ihrer Mutter auf diese Botschaft gehofft.

Es stimmte doch: Irgendwann wurde es besser. Es konnte nicht immer alles noch schlimmer kommen. Man musste sich dem Hoffnungsschimmer zuwenden, und manchmal musste man das Glück eben zwingen. Ja, sie wusste ganz genau, was in dieser Rebecca vorgegangen war, sofern ihr etwas an Mischi lag. Sie hätte es vermutlich irgendwann genauso gemacht. Jetzt hatte sie die Gewissheit, dass es dort in der Ferne noch andere gab, die diese Aufgabe übernehmen konnten.

Elisa seufzte zufrieden und überflog die letzten Zeilen. Es wurde trotz der späten Stunde Zeit, die Arbeit wieder aufzunehmen. Die erste Ernte stand bald bevor, und das Wetter war in den letzten Tagen gnädig gewesen. Sie hatten die Anbaufläche des Gemüsegartens vervierfacht, doch am Ende war es nur ein Tropfen auf den heißen Stein. Der Nachschub an Lebensmitteln für das Militär war mehr oder weniger zum Stillstand gekommen. Mehr als das, was sie produzierten, gab es nicht. Wenn nicht ein Wunder geschah, stand ihnen der nächste harte Winter bevor.

Spätestens seit heute war sie jenseits aller Gefühle, was den Krieg und das Weltgeschehen anbelangte. Die Zeitungen schrieben von einer neuen Russlandoffensive, doch sie hatte längst den Überblick verloren. Die Front hier in den Bergen hatte sich seit Italiens Kriegseintritt kaum verändert. Und das ging jetzt bis in alle Ewigkeit so weiter.

Warum sollte sie das interessieren? Die eigenen Sorgen wurden dadurch immer größer, das war die eigentliche Botschaft.

Aber natürlich würde sie weitermachen. Sie musste die Familie zusammenhalten, dieses letzte bisschen Heimat bewahren, damit Vito etwas hatte, zu dem er eines Tages zurückkehren konnte.

Es konnte nicht immer alles noch schlimmer kommen.

War nicht Mutters Päckchen der beste Beweis dafür?

SIEBTER TEIL

Chi che va do semenes fates ne lascia degunes fusties.
Wer geebnete Wege betritt, hinterlässt keine Spuren.
(Ladinisches Sprichwort)

45. KAPITEL

7. November 1918 – Vila Kastlunger, Val Badia

Vito hatte Glück. Er war mit Dutzenden anderen über die Passstraße vom Ju de Valparola abgestiegen und machte gerade in San Ciascian eine Pause. Dort traf er auf einen Bauern aus Corvara, der behauptete, ihn zu kennen, doch er konnte sich nicht an das Gesicht erinnern. Es war ein einfacher alter Mann mit dichtem weißen Bart und verrunzelten Augen unter einem breitkrempigen Hut. So sahen viele aus.

Vito war es gleichgültig, er war nur froh, sich ein paar Kilometer Fußmarsch zu sparen. Mit einem Dank setzte er sich neben den Alten auf den Kutschbock seines Ochsengespanns.

»Zigarette?« Der Mann hielt ihm eine dünne selbstgedrehte Stange hin. Er selbst rauchte eine langstielige Pfeife, wie Vito sie von Elisas Vater kannte.

Er wollte eigentlich mit dem Rauchen aufhören, sobald er auf dem Weg nach Hause war, zumal ihm in letzter Zeit häufiger schlecht davon wurde. Aber er sehnte sich danach, diesen schalen Geschmack im Mund loszuwerden, und sein Magen knurrte.

»Danke schön.« Er rauchte schweigend, während die vertraute Landschaft an ihnen vorbeizog. Schnee und Rauhreif bedeckten die Wiesen, und der Himmel hing voller schwerer Wolken, die weiteren Schnee versprachen.

Vito wollte froh und hoffnungsvoll sein.

Es war vorbei.

Er hatte es überlebt.

Doch das trübe Licht des Nachmittags, die niedergedrückte Stimmung unter den Soldaten, die Kälte und der Hunger zehrten an ihm und dämpften die Aussicht darauf, heimzukehren.

Wie stand es zu Hause? Wie ging es Elisa? Hatte ihre gemeinsame Nacht Folgen gehabt? Er hatte sich bemüht, doch er bezweifelte, dass Elisas Verhütungsmethode so zuverlässig war, wie sie glaubte. Immerhin hatte sie es von ihren Brüdern gehört, und Franz' Sohn Andreas war vor der Heirat gezeugt worden. Das wusste jeder, auch wenn niemand darüber sprach. Immerhin, diese Schande würde Elisa nicht ertragen müssen.

Und letzten Endes hätte er, musste er sich eingestehen, allen Bedenken zum Trotz nicht die Kraft gehabt, Elisa und ihrer Weiblichkeit zu widerstehen. Er bereute es keine Sekunde – hatte in den vergangenen Monaten jedoch immer wieder darum gebangt, ob auch Elisa nichts bereuen musste.

Vito zog gierig an der Zigarette, doch das konnte seinen Hunger nicht stillen.

Was wünschte er sich? Allein bei dem Gedanken an ein Kind, von ihm und Elisa, wurde ihm so warm ums Herz, dass er unwillkürlich lächelte. Doch ein Kind bedeutete noch mehr Verantwortung, noch ein Maul, das es zu stopfen galt, eine weitere Sorge. Was sollte aus ihnen werden? Er musste sich darum kümmern, ein Auskommen zu schaffen, und Chiara versorgen. Und das, wo er wusste, dass das Militär der *vila* einiges an Lebensgrundlage entzogen hatte und wo ihm Alltag und Abläufe, Sorgen und Nöte des Bauernlebens fremd geworden waren. Drei Jahre und fünf Monate war er fort gewesen.

Der alte Bauer riss ihn aus seinen Gedanken. »Kommst du von der Front?« Er musterte ihn von der Seite.

»Ja.«

»Schlimm?«

»Wie eine Totenwache.« Bis zum Ende des Jahres 1917 hatten die Italiener immer wieder versucht, die Gebirgsfront zu brechen, und gekämpft, bis sie sich, vor fast genau einem Jahr, zurückgezogen hatten. Die österreichische Front wurde gen Süden verlegt. Vito sah Cortina d'Ampezzo wieder, ein erniedrigtes und ausgelaugtes Dorf mit gebrochenen Menschen und zerstörten Häusern. Er hielt Ausschau nach Spuren von Ezio oder Flavio, doch natürlich fand er keine. Die Italiener waren fort, und wer mit ihnen sympathisierte, war mit ihnen gegangen.

Danach endete es, wie es begonnen hatte, mit endlosen Wachen, Appellen und gelegentlichen Manövern, vor allem aber gähnender Langeweile und ständigem Hunger. In seiner Erinnerung konnte Vito kaum einen Tag vom anderen unterscheiden. Es hatte einfach so lange weitergemacht, bis einer der Unteroffiziere ihm gesagt hatte, er solle sein Gewehr abgeben und nach Hause gehen. Der Krieg war vorüber. Österreich und seine Verbündeten hatten verloren. Und Vito, der früher jedes Wort in den Zeitungen gelesen, stets nach Informationen aus der großen weiten Welt gehungert hatte, hatte es nicht mitbekommen – weil es ihm gleichgültig geworden war.

»Gut, dass es endlich vorbei ist, so oder so«, murmelte der Alte bei sich und paffte Pfeifenrauch in die kalte Luft. »War klar, dass das nicht gut ausgeht. Hast du Familie?«

Vito stöhnte innerlich. Ladiner standen in dem Ruf, ein zurückhaltendes Volk zu sein, doch hier hatte er es mit einem geschwätzigen Exemplar zu tun.

»Ich bin verheiratet«, sagte er dennoch, wohl wissend, dass der Alte jetzt erst recht fragen würde. Aber nichts zu sagen wäre unhöflich, und Elisa zu verschweigen war schlicht undenkbar.

Prompt starrte der Bauer ihn verdutzt an. »Musstest du sie heiraten? Wie alt bist du denn?«

Vito stutzte, weil er darüber lange nachdenken musste. Natürlich war er älter geworden. Aber das Altern und die Zeit hatten für ihn eine andere Dimension bekommen. Beides fand irgendwo außerhalb des Kriegsgeschehens ohne ihn statt.

»Zweiundzwanzig.« Die Antwort auf die erste Frage sparte er sich.

»Herr im Himmel! Ich habe dich für gut fünf Jahre jünger gehalten.«

Vito wurde unwohl unter dem eindringlichen Blick des Alten. Er überlegte, ob er abspringen und zu Fuß laufen sollte. Er wäre vermutlich sogar schneller. Wenn es nur nicht so anstrengend wäre … Er hatte keine Ahnung, wie viele Kilometer er seit seinem Aufbruch gelaufen war.

Wie selbstverständlich hielt der Bauer ihm einen Leinenbeutel hin. »Da drin ist ein Apfel, etwas Brot und ein Stück Käse. Iss das.«

»Aber das ist doch Ihre Jause?« Vito protestierte nur halbherzig. Allein beim Gedanken an Brot lief ihm das Wasser im Mund zusammen.

Der Bauer legte ihm mit einer bestimmten Geste den Beutel in den Schoß. »Nimm schon. Hast es bitter nötig, scheint mir.«

Den Rest der Fahrt erzählte der Alte von Corvara, den Massen an Soldaten und Kriegsgefangenen, die in allen Richtungen auf den Straßen unterwegs waren, den Kriegsgewinnlern, die begonnen hatten, mit Lebensmitteln, Metall, Überresten von Munition oder Granaten oder sogar mit Knochen von Gefallenen Geschäfte zu machen.

Vito hörte kaum zu, genoss den Geschmack des sauren Apfels und des würzigen Käses.

Der Bauer ließ ihn an der Kreuzung Richtung Corvara absteigen und schwenkte zum Abschied seinen Hut.

Vito ging es besser. Er war von den paar Bissen nicht satt geworden, doch sein Magen knurrte nicht mehr so gnadenlos, und vor allem die geruhsame Fahrt und die Freundlichkeit des Mannes hatten ihm gutgetan. Vielleicht war doch alles nicht so schlimm. Er und Elisa würden neu beginnen müssen, gemeinsam würden sie das schaffen.

Seine Schritte wurden erst wieder zögerlicher, als er ein gutes Stück auf der Gadertaler Straße gegangen war. Er hatte Angst. Die Aussicht darauf, im Geschützposten zu liegen und auf seine Feinde zu schießen, hatte irgendwann ihren Schrecken verloren und war zur grausigen Gewohnheit geworden. Nie wieder waren ihm Zweifel gekommen, auf welche Seite er gehörte. Auf Elisas Seite, das war einfach und eindeutig.

Doch ihm graute vor den schlechten Nachrichten, die vielleicht auf ihn warteten. Und vor dem Alltag. Wie sollte er damit zurechtkommen?

Er blieb unterhalb des Hangs zur *vila* stehen und betrachtete die Gebäude, die umgeben von Wiesen eng zusammenstanden wie eine Herde Gamsen, die beieinander Schutz und Geborgenheit suchten.

Was hatte er hier zu suchen?

Am liebsten würde er fortgehen, aber wohin? Wovon sollte er Elisa und später einmal eine Familie ernähren? Was sollte aus Chiara werden? Sein großer Traum, Ingenieur zu werden, war allerspätestens mit der Minensprengung am Lagació zerplatzt, in der Nacht, in der er Dolasíla hatte sterben sehen. Technik und Fortschritt hatten all dieses Grauen erst möglich gemacht.

Grübelnd blickte Vito auf seine Hände. Er konnte nichts, hatte nichts gelernt, außer der Landwirtschaft. Diese Arbeit schreckte ihn nicht mehr, im Gegenteil, sie war verlockend in ihrer Schlichtheit. Doch welche Position würde er auf dem Hof einnehmen? Die Frauen wirtschafteten seit Jahren allein, Elisa hatte das Heft in der *vila* zweifelsohne fest in der Hand. Sie kamen ohne ihn zurecht.

Er hatte keine Ziele mehr, keine Träume, keine Perspektive. Für ihn gab es schlicht und einfach nichts mehr.

Ein Schrei riss ihn aus seiner Versunkenheit, als Elisa aus der *ciasa* auf ihn zustürmte. Unwillkürlich lächelte er und ging ihr entgegen. Nein, dass es für ihn überhaupt nichts mehr gab, war falsch. Er hatte eine wunderbare Frau an seiner Seite.

Kurz bevor sie ihn erreichte, breitete er die Arme aus. Elisas Ansturm ließ sie beide taumeln.

»Mein Gott, Vito, ich dachte schon, du kommst gar nicht mehr.«

Er lachte. »Der Krieg ist erst seit ein paar Tagen offiziell vorbei.«

»Ja, aber, es geht das Gerücht, dass die Italiener noch Hunderttausende Kriegsgefangene gemacht haben.« Sie bedeckte sein Gesicht mit Küssen, wobei er ihr den Schrecken ansehen konnte, als sie über seine hervorstehenden Wangenknochen strich. Dann erstarrte sie und hielt seine rechte Hand hoch. »Wo ist dein Ring?«

»Hier.« Er zog eine goldene Uhr aus der Uniformtasche und zeigte auf die Kette, an der der Ring baumelte. »Er passt mir nicht einmal mehr am Mittelfinger. Aber vielleicht bekomme ich ihn bald über den Daumen.« Der Scherz misslang gründlich, doch zum Glück wurde Elisa von der Taschenuhr abgelenkt, die trotz des trüben Wetters wie frisch poliert funkelte.

»Woher hast du die?«

Er ließ den Deckel aufschnappen und legte ihr das Schmuckstück auf den Handteller, ignorierte den Knoten, den er in der Brust verspürte. »Ich habe sie geschenkt bekommen. Sie gehörte einem Mann namens Ullrich Ganter, der einmal davon träumte, Tierarzt zu werden. Er hat mir das Leben gerettet, und ich habe dafür seines in Würde beendet.« Er versuchte das Bild zu vertreiben, wie Ullrich ihn sterbend angefleht hatte, ihm den Gnadenschuss zu verpassen, weil er es selbst nicht mehr tun konnte. *Wie einem alten Klepper, den man sehr geliebt hat, Vito,* hatte er gesagt und dabei vergeblich versucht zu lächeln.

»Vito!«

Er schreckte zusammen.

Elisa presste hilflos die Lippen aufeinander und reichte ihm die Uhr.

»Vielleicht ist sie unsere Lebensversicherung«, erklärte Vito eilig und legte ihr den Arm um die Schultern, um sie zur *ciasa* zu führen. »Sie ist aus echtem Gold und wertvoll. Wenn wir in Not kommen sollten, werden wir sie verkaufen.«

»Das werde ich nicht zulassen. Sie ist mehr wert als nur das Gold.«

Vito widersprach ihr nicht.

»Es ist still geworden«, murmelte er bei sich, nachdem sie die *ciasa* betreten hatten. Er suchte nach Anzeichen, ob Elisa ein Kind geboren hatte. Es sah nicht danach aus, und für den Moment überwog seine Erleichterung.

»Ja, hier ist niemand. Chiara besucht das Grab eurer Eltern, ich erwarte sie jeden Augenblick zurück. Setzen wir uns in die Küche, und du bekommst etwas zu essen. Tata hat eine Gams geschossen, ich habe das Fett ausgekocht und eine Suppe gemacht.«

»Sogar dein Vater ist unter die Wilderer gegangen? Es müssen wirklich harte Zeiten sein«, murmelte Vito so leise, dass Elisa es nicht hören konnte.

Stumm vor Staunen beobachtete er, wie sie auftischte. Brot und Eier, Butter, frischen Ziegenkäse, die Suppe und frisch gebackene *fortaies*. Nichts von alledem hatte er in den letzten Monaten zu Gesicht bekommen. Er wusste, dass er nicht zu viel essen sollte, doch es würde ihm schwerfallen, sich zurückzunehmen.

»Es beruhigt mich, dass es euch gutgeht. Das hast du großartig gemacht«, meinte er anerkennend. Es war tatsächlich so, wie er geahnt hatte, Elisa, seine wunderbare Frau, hatte klug und vorausschauend gewirtschaftet.

Allerdings schien sie das anders zu sehen, denn sie zuckte bei seinem Lob nur traurig mit den Schultern. »Du hast eben gesagt, hier wäre es still. Es ist keine Kunst, Mäuler zu stopfen, wenn es kaum noch welche gibt. Maria Gutholzer wird nicht in die *vila* zurückkehren, sie heiratet nach Gröden und will verkaufen. Wir hatten Flüchtlinge dort aufgenommen, aber die Menardis haben sich gleich nach Kriegsende zurück nach Buchenstein aufgemacht, um zu sehen, was sie von ihrem Hof noch retten können.« Sie verstummte.

Vito zwang sich, nicht noch einen Teller Suppe zu nehmen, sondern ganz langsam auf einem Stück Brot herumzukauen, bevor ihm noch schlecht wurde. Und dann wurde ihm eiskalt, weil sie nicht weitersprach. Was war mit ihren Eltern? Und Mischi?

Elisa stand auf und begann, herumzulaufen und dabei Schüsseln und Lebensmittel von hier nach da zu räumen, ohne dass Vito eine Logik darin erkannte.

»Es ist … schwierig«, gab sie schließlich zu. »Es wird große Veränderungen geben. Lene will auch fort, ihre *ciasa* steht leer, seit Pacher letztes Frühjahr gestorben ist. Sie hat nach unserer Hochzeit ein wenig mit Hauptmann Berger angebändelt, erinnerst du dich an ihn? Er war immer schon vernarrt in Franzl, und vielleicht wird das was. Er wäre natürlich eine gute Partie, und Lene würde ihn sofort heiraten. Sie glaubt, dass sie keinen Mann mehr findet.«

»Und deine Eltern?«, wagte Vito jetzt doch zu fragen. Er mochte Helene, doch was sie aus ihrem Leben machte, interessierte ihn nur am Rande.

Elisa blieb stehen und reckte gedankenverloren den Kopf. »Mama war über den Sommer hier, doch inzwischen ist sie zurück nach Graz. Sie behauptet, dass Mischi sie braucht, aber ich glaube, dass sie ihn nur vorschiebt, denn nach dem, was sie erzählt, geht es ihm sehr gut. Sie lebt gern in der Stadt und bei ihrer Familie.«

»Und sie möchte dort bleiben«, vermutete Vito laut.

»Es sieht so aus. Tata denkt darüber nach, den Hof zu verkaufen und dort eine kleine Stadtwohnung zu beziehen. Er sagt, dass es im Grunde nur gerecht ist. Mama habe seinetwegen fast dreißig Jahre hier gelebt, da könne er auch ein paar Jahre in der Stadt verbringen. Hauptsache, sie könnten wieder beieinander sein, und in der Stadt ist vieles leichter.« Elisa verstummte und sah ihn an.

Vito wusste, was sie dachte. Da waren nur noch sie beide und das kleine Anwesen der Costas. Sie wären allein, oder, sobald die Verkäufe getätigt wären, mit Fremden in der *vila.*

Obwohl er sich immer für offen und anpassungsfähig gehalten hatte, behagte ihm die Vorstellung kein bisschen.

»Wo ist dein Vater?«, fragte er. Dabei langte er nach einer *fortaia* und tunkte sie zusätzlich in die weiche Butter, was ihm einen tadelnden Blick einbrachte.

»Er ist nach Bruneck, um Rudl abzuholen. Sie bleiben über Nacht bei Tante Teresa. Gottlob ist Wenzel Lanz aus dem Krieg zurückgekehrt, sein Sohn ist noch in Gefangenschaft.« Sie stockte. »Tante Teresa hat ihm angeboten, seinen Lebensabend bei ihnen auf dem Hof zu verbringen.«

»Ich verstehe.« Josef Kastlunger würde auf jeden Fall fortgehen.

Elisas Blick schweifte zum Fenster. »Chiara müsste gleich kommen. Du möchtest sicherlich ein Bad nehmen und dich umziehen. Ich werde gleich melken und füttern und danach das Abendessen zubereiten.«

Vito erhob sich. »Brauchst du meine Hilfe?« Er hätte es gerne mit ihr zusammen gemacht, so könnte er wieder ein Stück in diesem ungewohnten Alltag ankommen.

Doch Elisa lächelte traurig. »Eine Kuh und zwei Ziegen, sechs Hühner und ein Hahn, das ist der traurige Rest von einem Milchbetrieb, der zwar klein war, aber ein gutes Auskommen garantiert hat. Dazu brauche ich nicht einmal eine halbe Stunde.

Vito nickte wortlos. Er hatte es geahnt.

Er hatte sich kaum gründlich gewaschen, rasiert und umgezogen, als Chiara, ohne anzuklopfen, in Elisas Zimmer gestürmt kam und ihm überschwenglich um den Hals fiel.

»Vito, endlich! Ich bin so froh, dass du wieder da bist. Jetzt wird alles gut.«

Er drückte sie herzlich an sich und gab ihr einen Kuss auf die Stirn. »Ich bin auch froh.«

Als er aufblickte, sah er einen Mann in der Tür stehen. Er schien unschlüssig zu sein, ob er das Zimmer betreten sollte. Vito konnte sich vage daran erinnern, ihn bei seinem letzten Besuch in der *vila* gesehen zu haben, doch niemand hatte ihm den Fremden vorgestellt, und auf der Hochzeit war er nicht gewesen. Daher hatte er angenommen, dass es ein Besucher dieser Menardis oder ein Tagelöhner war.

»Vito.« Chiara sah ihn ernst an. »Ich möchte dir jemanden vorstellen. Das ist François.«

Sie winkte, und der Fremde machte zwei Schritte in den Raum.

Vito lächelte höflich und gab ihm die Hand. »Sie sind Franzose?«

»Ja. Aus dem Süden, aus den Seealpen.«

Chiara biss sich unsicher auf die Unterlippe und gab sich einen Ruck. »François hat mir einen Antrag gemacht. Wir heiraten, und dann gehe ich mit ihm nach Frankreich.«

Vito erstarrte. Sein Blick wanderte hektisch zwischen den beiden hin und her. Das konnte nicht sein. Er musste sich verhört haben. Gerade erst war er zurück, und da sagte seine Schwester ihm, dass sie fortgehen wollte? Fort von ihm mit einem … Franzosen?

Er fletschte die Zähne. »Das erlaube ich nicht. Niemals.«

»Wie bitte?« Chiara war völlig verunsichert. Damit schien sie nicht gerechnet zu haben, und das brachte Vito erst richtig auf.

»Bist du denn völlig übergeschnappt?«, brüllte er. »Wie kommst du auf den Gedanken, dass ich meine Erlaubnis gebe?«

»Erlaubnis? Du kannst mir überhaupt nichts vorschreiben! Du bist weder mein Vater noch meine Mutter!«

»Ich trage die Verantwortung für dich, bis du großjährig bist.«

Chiara runzelte verwirrt die Stirn. »Vito, ich bin im August einundzwanzig geworden«, sagte sie plötzlich ganz ruhig, aber bestimmt.

Vito fuhr herum, machte drei Schritte ans Fenster, drehte sich den beiden zu und starrte sie an. Er begriff nicht, was das sollte, seine Schwester mit diesem dahergelaufenen Kerl?

Dann traf ihn ein anderer Gedanke wie ein Schwall eiskaltes Wasser. Er fixierte Chiaras schlanke Taille, suchte nach Anzeichen einer Schwangerschaft, konnte jedoch nichts erkennen.

Was nichts bedeuten musste.

Er ballte drohend die Fäuste. »Ich glaube das nicht! All die Jahre habe ich dir vertraut, dich sogar vor Mutter in Schutz genommen. Kaum bin ich weg, wirfst du dich so einem an den Hals und machst die Beine breit wie eine billige Dirne! Glaubst du, ich weiß nicht, was hier läuft?«

Er wollte auf diesen widerlichen Franzosen zuspringen, doch Chiara trat ihm in den Weg und hängte sich mit aller Kraft an seinen Arm.

»Du bleibst, wo du bist«, fauchte sie und trat in François' Richtung, als der auf sie zukommen wollte.

Vito maß seinen Gegner mit finsterem Blick. Der würde ihm nichts schenken, aber es ging um seine Schwester. Das hatte nichts mit Ehre und diesem ganzen Schwachsinn zu tun. Chiara war die Einzige seiner Familie, die ihm noch geblieben war.

Er musste Fakten schaffen!

Er packte Chiara am Handgelenk und riss so hart daran, dass sie mit einem Aufschrei losließ.

Vito machte einen Schritt auf seinen Kontrahenten zu und hielt inne, denn wie aus dem Nichts stand Elisa da, die Fäuste in die Hüften gestemmt und den Kopf geneigt wie eine angriffslustige Geiß, die gleich mit den Hörnern voran auf ihn zurasen würde.

»Auseinander und raus hier, alle! Wenn ihr euch prügeln wollt, macht es unten im Hof, aber nicht in meinem Schlafzimmer!«

46. KAPITEL

Elisa verstand nicht ganz, worum es ging, aber das spielte auch keine Rolle. Musste das wirklich sein? Vito war kaum ein paar Stunden zu Hause und schon stritten sich die Geschwister wie zu ihren besten Zeiten?

François schlich an ihr vorbei und murmelte etwas von »Hühner füttern«. Elisa widersprach ihm nicht, dass die Tiere bereits versorgt waren. Er würde schon etwas zu tun finden, das war seine Art, vor solchen Auseinandersetzungen zu flüchten.

Vito blieb mitten im Raum stehen und rang unschlüssig die Hände, als wisse er nicht, was er tun sollte.

Elisa neigte den Kopf. »Geh rüber zur eurer *ciasa* und schau dir an, welche Kleidung du noch tragen kannst, was geändert werden muss und was wir dem Lumpensammler mitgeben. Chiara hat alles gut verstaut, so dass die Motten nicht herankommen, aber sortieren musst du schon selbst. In einer halben Stunde gibt es Abendessen.«

Vito setzte an, etwas zu sagen, überlegte es sich anders, nickte und verließ den Raum.

Chiara stieß erleichtert den Atem aus.

»Komm mit und hilf mir in der Küche.« Elisa winkte. »Und dann erklärst du mir, was passiert ist.«

»Ach Elisa, ich habe alles falsch gemacht.« Chiara ließ die Schultern hängen und war auf einmal das reinste Häufchen Elend, so dass Elisa sie spontan in den Arm nahm, bevor sie hinuntergingen.

»Ich habe Vito gesagt, dass François mich heiraten will. In seinen Augen war das alles falsch! François als Ehemann für mich und dass ich fort möchte. Er war der Meinung, dass ich ihn zuvor fragen müsste! Was erlaubt er sich?« Chiara schnaubte empört.

Elisa konnte sich nur schwer ein Lächeln verkneifen. *»Wes das Herz voll ist, des geht der Mund über«,* zitierte sie das alte Bibelzitat, mit dem ihr Vater sie früher oft gerügt hatte, sie solle erst nachdenken, bevor sie sprach.

»Wie meinst du das?«

»Ich meine, dass es nicht sehr klug war, Vito direkt am ersten Abend damit zu überfallen. Vielleicht hättest du ihm Gelegenheit geben sollen, François näher kennenzulernen. Und ihm erst von deinen Heiratsplänen erzählt, wenn er begriffen hat, was für einen liebenswürdigen, freundlichen und klugen Menschen du dir ausgesucht hast.«

»Wenn François das nicht wäre, müssten wir die beiden vermutlich jetzt zusammenflicken«, brummte Chiara. »Er wäre niemals selbst auf Vito losgegangen, ich bezweifle jedoch, dass er sich nicht gewehrt hätte.« Sie runzelte die Stirn. »Aber

Vito kenne ich so auch nicht. Elisa, ist das der Krieg, der ihn verändert hat?«

»Nein.« Jetzt lachte Elisa laut auf. »Er will dich nicht verlieren, begreifst du nicht? Er kommt nach Hause, weiß, dass seine Mutter und sein kleiner Bruder tot sind, und da erklärt seine Schwester, dass sie ihn verlässt. Wie würdest du an seiner Stelle reagieren?«

»Ich verlasse ihn doch nicht.« Chiara wurde unsicher. »Ach, das ist schrecklich, ich habe wirklich alles falsch gemacht. Weißt du, ich dachte, wenn ich ihm das erst später sage, dann hätte er mir vorgeworfen, dass ich ihm Wichtiges vorenthalte. Aber so war es auch falsch.«

»Lass uns jetzt erst essen. Danach redest du in Ruhe mit ihm.

Chiara nickte, und gemeinsam tischten sie in der kleinen Stube auf. Lene würde nicht zum Essen kommen, so dass sie nur zu viert waren.

Elisa bemühte sich, die Stimmung aufzulockern, und erzählte Neuigkeiten aus dem Dorfleben, doch es gelang ihr nicht, die finsteren Wolken zu vertreiben. Wenn Blicke töten könnten, wäre François bereits mehrfach ermordet worden. Schließlich schwieg sie ebenfalls.

Mehrmals schien Chiara zum Sprechen anzusetzen, doch jedes Mal verließ sie der Mut. Erst nach dem Essen bat sie ihren Bruder ungewöhnlich zurückhaltend, noch einmal mit ihm reden zu dürfen. Elisa bedeutete François mit einem Kopfnicken, ihr in die Küche zu folgen. Ganz selbstverständlich half er ihr, die Reste zu verstauen und abzuspülen.

»Ich mag ihn«, sagte er nach einer Weile. »Er und Chiara sind sehr gleich.«

»Findest du?«

»Ja.« François grinste breit. Elisa wusste, dass er gerade Chiaras aufbrausende, manchmal harsche Art mochte, und da konnte es gut sein, dass Vito ihm imponierte. Dessen überraschende Sturheit kannte sie tatsächlich eher bei seiner Schwester.

»Kaffee?«, fragte Elisa. Sie nannte es immer noch so, wobei es längst ein undefinierbares Gebräu aus Malz und anderen Ersatzstoffen war und mit echtem Kaffee einzig noch die dunkle Farbe gemein hatte. Kein Wunder, dass François entschieden den Kopf schüttelte.

Gerade als sie sich an den Tisch setzten, hörten sie, wie die Stimmen in der Stube lauter wurden. Elisa überlegte, ob sie einschreiten musste. Würden die beiden aufeinander losgehen?

Bevor sie sich entschieden hatte, hörten sie Vitos zorniges Brüllen gefolgt von einem Türknall.

Chiara rauschte in die Küche, auf den Wangen hektische rote Flecken.

Elisa sprang auf und ging ihr entgegen. So aufgelöst hatte sie die Italienerin selten erlebt.

»François, wir gehen, heute Abend noch. Pack deine Sachen!«

François' einzige Reaktion bestand darin, dass er eine Augenbraue hob und einen Schluck Milch aus seinem Becher trank.

Chiara warf wutentbrannt die Arme in die Luft und fauchte ihm etwas auf Französisch zu.

»Nein. Wir bleiben«, antwortete er auf Ladinisch.

Elisa nickte beifällig. Sie wollte sich nicht einmischen, doch die Tatsache, dass François die Sprache wählte, die sie verstand, signalisierte ihr, dass er ihre Unterstützung erwartete. Die sollte er bekommen.

Chiara stemmte die Arme auf den Tisch und beugte sich zu ihm. »Mein Bruder wird in hundert Jahren nicht zur Einsicht kommen«, erklärte sie mühsam beherrscht. »Ich möchte meine Zeit nicht mit solchen Streitereien vergeuden.«

François lächelte leicht und legte eine Hand auf ihre. Chiara zog sie weg, machte einen Satz zurück und verschränkte die Arme.

Sein Lächeln erstarb. »Ich 'abe gelernt, dass du 'aben musst Geduld. Du bist sein' Schwester, der letzte Teil von der Familie. Er kämpft immer um dich. Das ist richtig, oder?«

Wieder nickte Elisa unwillkürlich, was Chiara nur noch mehr aufbrachte.

Sie kreischte wütend und zeigte anklagend auf François. »Ich glaube nicht, dass es ein Problem für ihn wäre, wenn ich einen Bauerntrampel aus dem Dorf heiraten möchte! Es geht auch darum, dass du Franzose bist.«

François brummte gleichmütig. »Vielleicht. Dann geh fort. Ich 'abe entschieden, dass ich kehre nach 'ause im Frühling. Ich verstecke nicht zwei Jahre, um zu verhungern oder erfrieren auf dem Weg.«

»Vito kann dir nichts verbieten, Chiara«, stimmte Elisa zu. »Aber auf den Straßen ist die reinste Völkerwanderung unterwegs. Warte, bis ihr sicher reisen könnt.«

Chiara presste die Lippen aufeinander und starrte von einem zum anderen. François warf Elisa dagegen einen dankbaren Blick zu.

Elisa griff nach einem Stapel bereitstehender Teller und Besteck und drückte es Vitos Schwester in die Hände. »Jetzt geh und deck noch einmal ein. Ich habe einen Apfelstrudel gebacken. Den essen wir. Selbst schuld, wenn Vito einfach davonrennt.«

Sie hatten sich gerade hingesetzt und die Stücke verteilt, als die Hintertür wieder schlug und Vito mit einem Armvoll Bücher an der Stube vorbeigehen wollte.

»Vito, komm rein und setz dich!«, rief Elisa in einem Ton, der keine Widerrede erlaubte. Es wirkte. Vito legte die Bücher am Ende des Tisches ab und setzte sich.

Kaum hatte er den ersten Bissen genommen, hielt er inne. »Was ist da drin?«

»Na, was wohl? Äpfel, allerdings keine Rosinen. Und ich habe statt der Walnüsse Pinienkerne genommen«, sagte Elisa.

Vito starrte sie an, als hätte sie gerade ein neues Evangelium verkündet. »Pinienkerne?«

»Du hast mir nach der Hochzeit ein kleines Säckchen mit Pinienkernen gegeben. Die sind es. Sie sind ein wenig trocken geworden und haben sicherlich Geschmack verloren, aber besser als nichts.« Sie lächelte verlegen. »Wenn uns der Krieg eines gelehrt hat, dann zu improvisieren.«

Vito nahm einen Bissen, dann legte er die Gabel zur Seite.

Elisa wurde mulmig. »Was ist los?«

Vitos schaute ihnen allen der Reihe nach ins Gesicht, dann verweilte er bei François, bis der verlegen zur Seite blickte.

»Vito? Sag doch etwas.« Elisa begriff nicht, was vor sich ging. Vito wirkte auf einmal schuldbewusst, als hätte er eingesehen, dass er einen Fehler gemacht hatte. Lange Zeit sagte er nichts.

Dann endlich nahm er die Gabel. »Ich habe sie geschenkt bekommen. Weihnachten 1916. Von einem Italiener. Es schmeckt köstlich, Elisa.«

47. KAPITEL

Chiara und François verließen nach dem Essen das Haus, weil sie, wie sie sagten, in Ruhe über alles sprechen wollten. Vito warf ihnen einen finsteren Blick nach, war aber immerhin so klug, keinen weiteren Streit mit seiner Schwester vom Zaun zu brechen. Elisa trug die Reste des Strudels in die Küche und verpackte ihn sorgsam in ein frisches Leintuch.

Sie war unzufrieden, wie diese Angelegenheit lief. Natürlich war sie ebenfalls alles andere als begeistert, dass Chiara die *vila* gen Frankreich verlassen wollte. Außerdem würden die Zeiten noch eine Weile hart bleiben. Doch in jedem Anfang steckte eine neue Chance. Nicht einmal ihr Vater blickte so pessimistisch in die Zukunft wie Vito, und dabei war er ein unverbesserlicher Schwarzseher.

Als sie sich umdrehte, stand Vito zwei Schritte hinter ihr. Er betrachtete sie beinahe verträumt, und seine Augen glitzerten.

Elisa hielt inne. Was war los mit ihm?

Er kam auf sie zu, blieb beinahe ehrfürchtig auf Armlänge entfernt vor ihr stehen, als müsste er ihren Anblick genießen. Elisa spürte ein erwartungsvolles Kribbeln, das von den Fingerspitzen angefangen den gesamten Körper erfasste. Und bevor sie es sich versah, streifte Vitos Atem ihre Wangen. Mit einem Lächeln öffnete sie die Lippen und hieß ihn willkommen.

Dieses Mal beherrschte er sich nicht, sondern fiel geradezu über sie her, doch sie vertraute ihm, wusste, was folgen würde. Und es war nicht so, dass sie es nicht wollte, im Gegenteil. Jede Berührung war für sie der Beweis, dass er lebte und zu ihr zurückgekehrt war.

Sie lachte überrascht auf, als er sie packte und auf die Anrichte hochschob. Erst als er ihren Rock hob und seine fahrigen Hände zwischen ihre Beine glitten, wurde sie für einen Moment lang unsicher. Doch dann trafen sich ihre Blicke, Sehnsucht und Leidenschaft in seinem, und alles war gut.

Im entscheidenden Moment hielt er sie fest umfangen. Elisa schloss die Augen, konzentrierte sich ganz auf seinen vertrauten Geruch, seine kurzen Atemzüge, seine Bewegungen.

Es schien nur ein paar Herzschläge anzudauern, bis er sich von ihr löste. Danach sah er sie mit schlechtem Gewissen an, als könnte er nicht glauben, was sie gerade getan hatten. Verlegen legte er die Hand in den Nacken und wandte sich ab.

»Verzeih mir«, wisperte er fast unhörbar.

»Was soll ich dir verzeihen?« Elisa hüpfte von der Anrichte und strich ihre Kleidung glatt.

»Ich wollte nicht … ich meine …« Er sah sich flüchtig um. »Ich wollte nicht so … ruppig über dich herfallen. Es hätte jemand hereinkommen können. Gut, da sind nur meine Schwester und dieser …« Er senkte den Kopf und biss sich auf die Lippen. Diese Geste erinnerte Elisa an Chiara.

»Na und? Wir dürfen das tun, oder nicht?« Sie grinste.

Vito war immer noch verlegen, beinahe niedergeschlagen.

Elisa packte ihn an den Oberarmen und schüttelte ihn sanft. »Vito. Hast du irgendetwas getan, mit dem ich nicht einverstanden war?«

»Das weiß ich nicht.«

»Nein, hast du nicht. Was ist denn los mit dir?«

Er setzte sich an den Tisch und spielte mit dem Becher, den François zuvor stehengelassen hatte.

Dann blickte er auf, in seinen Augen ein gehetzter Ausdruck und so unendlich tiefer Schmerz, dass es Elisa das Herz brach. Rasch setzte sie sich ihm gegenüber und ergriff seine Hände. Das beruhigte ihn etwas.

»Ich glaube«, setzte er nach einer Weile an, »ich musste vor allem spüren, dass ich noch lebe. Verstehst du das?«

Elisa schlug kokett die Augen nieder. »Ich jedenfalls habe deutlich gespürt, dass du noch lebst.«

Er stutzte und lachte wider Willen. »Ich kann nicht glauben, dass ausgerechnet du so etwas sagen würdest. Ist das Chiaras schlechter Einfluss?« Kaum hatte er ihren Namen ausgesprochen, wurde er sofort wieder ernst.

Elisa drückte seine Hände. »François ist ein guter Mann. Du wirst es selbst sehen, sobald du ihn näher kennenlernst. Er lag halbtot vor unserer Tür, nachdem er aus der Gefangenschaft geflohen ist. Und das zu einer Zeit, in der wir darum beteten, dass die Italiener dich am Leben lassen. Ich wollte etwas Gutes tun und habe darauf gehofft, dass es dir vergolten wird.«

Vito nickte langsam.

»Außerdem hat François in der Zeit, in der er hier gelebt hat, alles doppelt und dreifach abgearbeitet«, fuhr Elisa entschlossener fort. »Einen Knecht, der so schuftet, hätten wir in diesen Zeiten niemals finden können. So ist es auch sein Verdienst, dass wir so gut über die Runden kommen. Ich kann viel, und weder Chiara noch Lene haben sich je gedrückt, aber keine von uns kann anpacken wie ein Mann.«

»Schon gut«, unterbrach Vito ihren Vortrag. »Es stört mich gar nicht so sehr, wo er herkommt oder welcher Nationalität er angehört. Aber warum muss er meine Schwester mitnehmen?«

»Weil sie es möchte und glaubt, dass sie mit ihm in seiner Heimat glücklich wird? Ist es nicht das, was ihr beiden zeit eures Lebens euren Eltern vorgeworfen habt? Dass sie euch gezwungen haben hierherzukommen, obwohl ihr das nicht wolltet? Willst du Chiara noch einmal das Gleiche antun? Oder ihr bittere Worte nachrufen und im Streit auseinandergehen?«

Vito blickte auf die Tischplatte und zuckte mit den Schultern.

»Ich begreife es trotzdem nicht«, beharrte er nach einer Weile. »Sie sagt, er ist ein Weinbauer. Vielleicht hätte ich es verstanden, wenn sie sich für einen Offizier entschieden hätte, der sie nach Wien oder Innsbruck bringt. Niemand im Dorf hat ihren Ansprüchen genügt. Warum ausgerechnet er?«

Elisa seufzte leise. Sie hätte ihm jetzt von Chiara und Mischi erzählen können, vom Sinneswandel seiner Schwester, was die Arbeit auf dem Hof anbelangte, seitdem ihre Mutter verstorben war. Aber das war im Grunde alles überflüssig.

»Sie liebt ihn, ist das so schwer zu verstehen?«, erklärte sie stattdessen nur.

Müde schüttelte Vito den Kopf.

Elisa musterte ihn gründlich, sein eingefallenes Gesicht, seine tiefliegenden Augen, die schmalen Falten um den Mund, die schiefe Nase mit der Narbe, die zwar blasser geworden, aber immer noch gut zu erkennen war.

»Was ist mit uns, Vito?«, fragte sie leise. »Wovon träumst du?«

Sein Blick wurde leer.

»Wir könnten in eine Stadt ziehen«, versuchte Elisa es noch einmal. »Du könntest versuchen, einen Studienplatz zu bekommen und lernen, wie man Flugzeuge oder Schiffe baut. Die Dinge haben sich geändert.«

Das brachte immerhin ein wehmütiges Lächeln auf seine Züge. »Du weißt doch, dass ich das nicht bezahlen kann. Wovon sollen wir leben?«

»Berger hat mir erzählt, dass besonders begabte Studenten eine Förderung bekommen können, du müsstest nichts bezahlen. Ich könnte für die Miete arbeiten. Es findet sich sicher eine Anstellung als Dienstmagd. Oder ich versuche, Arbeit in einer Verwaltung zu finden. Willeit würde mir eine Empfehlung schreiben.«

Bei jedem Wort wurden Vitos Augen größer, aber was Elisa zunächst für erwartungsvolle Freude gehalten hatte, entpuppte sich als tiefste Entrüstung. »*Du* würdest für uns arbeiten, damit *ich* studieren kann? Glaubst du ernsthaft, das lasse ich zu?« Er ließ ihre Hände los und schnitt mit der Handkante durch die Luft. »Niemals, Elisa, nein! Wie soll das gehen, du willst doch Kinder. Und ich auch.«

»Es muss doch nicht sofort sein. Ich werde gerade einmal neunzehn. Mama war siebenundzwanzig, als Franz auf die Welt kam.« Elisa widersprach nur halbherzig. Sie hätte das alles wirklich getan, und die Arbeit in einem Amt hätte ihr vermutlich sogar Spaß gemacht. Trotz allem wäre es für sie ein Opfer gewesen. Sie hatte keine Ahnung vom Leben in der

Stadt, doch allein beim Gedanken an die vielen Menschen, große Häuser und Straßen voller Automobile und Lärm wurde ihr schummrig.

Aber da war noch etwas anderes, das schwerer wog. Vitos Traum war tot. Zerstört von dem, was er gesehen und erlebt hatte, von einem Granateneinschlag pulverisiert. Da war kein Funkeln in seinen Augen gewesen, als sie vom Studium gesprochen hatte.

Er lehnte sich zurück und starrte blicklos auf einen Punkt hinter ihr. »Ich würde lieber bleiben und versuchen, uns etwas aufzubauen. Ich habe viel Zeit gehabt, über all das nachzudenken, und inzwischen glaube ich, dass ich Papà verstanden habe. Im Grunde war er sehr mutig, hat versucht, etwas Neues zu beginnen. Es ist nicht allein seine Schuld gewesen, dass aus den Ideen nichts geworden ist. Aber was haben wir hier für Perspektiven?«

Da war es heraus, sie hatte es gewusst. Elisa wurde sich bewusst, dass sie zu jedem seiner Worte zustimmend genickt hatte. Er hatte Angst vor der Zukunft, Angst davor, an seinen eigenen Ansprüchen zu scheitern. Und dann war da seine Schwester, die ihn im Stich ließ.

»Vielleicht ist es wirklich falsch, François und Chiara so einfach ziehen zu lassen«, hörte sie sich selbst sagen. Und dann sah sie ihren Weg klar und deutlich vor sich. Es war so einfach. »Wir könnten mit ihnen gehen. Wir beginnen von vorne, zu viert. Wir kaufen ein kleines Stück Land und bauen Wein an.« Sie lächelte über Vitos verblüffte Miene. »Sicher hast du von deinem Nonno viel gelernt. Sonst bringt François es dir bei. Ich führe die Bücher und sehe zu, dass der Wein ordentlich verkauft wird.«

Vito öffnete den Mund und schloss ihn wieder.

»Du bist doch verrückt geworden«, stieß er schließlich hervor.

»François' Hof liegt in der Provence, in der Nähe eines Ortes namens Frejus. Er hat einmal gesagt, man könne von dort aus das Meer sehen. Ich habe in deinem Atlas nachgesehen und glaube, dass er die Wahrheit sagt.«

Elisa lächelte, während Vito nur den Kopf schüttelte, allerdings mit viel weniger Widerstreben, als sie erwartet hätte. Sie stand auf und reichte ihm die Hand. »Komm und lass uns die beiden suchen. Es ist noch eine letzte Flasche Wein da, die sollte reichen, um unser Wiedersehen angemessen zu feiern. Wir müssen es ja nicht heute Abend entscheiden. Jetzt kommt erst einmal der Winter. Und wir haben viel Zeit, über alles nachzudenken.«

Vito nickte und erhob sich. Bevor sie die Küche verließen, riss er sie auf einmal herum, zog sie an sich und legte ihr die Hände auf die Wangen. »Es tut mir leid, dass ich so bin. Du siehst die Dinge, wie sie sind, gibst niemals auf, und dafür liebe ich dich so. Luce mia, es wird sich alles finden.«

Elisa schluckte gerührt. Dieser Schuft, jetzt hatte er es schlussendlich doch geschafft, dass ihr die Tränen aufstiegen. Er war noch nicht ganz und gar aus dem Krieg zurückgekehrt, vielleicht würde ihm das nicht gelingen. Aber nein, sie würde niemals aufgeben, darauf zu hoffen.

»Gib dir Zeit, Vito!«, sagte sie, bevor ihr die Stimme versagte. »Gib uns Zeit.«

Fin

»Aber tief im Schoße des Felsengebirges,
wo nur die Murmeltiere den Pfad kennen,
wohnen die Letzten unseres Volkes
und warten und dulden,
bis einst die *verheißene Zeit* kommt,
die Zeit des Friedens und der Gerechtigkeit.
Dann werden alle auferstehen und erlöst sein,
die gelitten haben in den Bergen.«

(Der Untergang und die Verheißung.
Karl Felix Wolff, Dolomitensagen)

ENDE

14. März 1919
Graz

EPILOG

Josefs Blick glitt an der schmucklosen Fassade des Mietshauses empor. Ein modernes Gebäude in einer ruhigen Seitenstraße der Innenstadt mit großen Fenstern und elektrischen Lampen neben der Haustür. Es war eine der besseren Gegenden von Graz.

Zögernd betrachtete er das Messingschild mit den Namen der Mieter. Rebecca Steiner lebte im ersten Stock links. Josef nahm den Hut ab, ließ die Krempe unschlüssig zwischen den Händen wandern. Er scheute sich vor dem Wiedersehen. Er hatte es viel zu lange hinausgezögert, immer wieder Ausreden gefunden. Jetzt hatte Mischi ihn ausdrücklich darum gebeten. Seinem einzigen Sohn konnte er solch einen Wunsch kaum abschlagen.

Schließlich drückte er die Tür auf und betrat den Flur. Eine breite Treppe führte gegenüber der Haustür in die oberen Stockwerke, linker Hand gab es eine Tür zu einer Wohnung, vermutlich die des Hausmeisters. Rechts der Treppe, so dass der Durchgang zum hinteren Teil des Hauses frei blieb, stand ein Rollstuhl.

Josef presste bei diesem Anblick die Lippen aufeinander und schlug mechanisch ein Kreuz. Er fürchtete sich, doch er wurde erwartet, und jetzt war er hier. Es gab keinen Weg zurück.

Im ersten Stock zog er an einer Klingelschnur und lauschte einem melodischen Glockenton hinter der Tür. Eine ältere grauhaarige Frau öffnete ihm. »Ja bitte?«

»Josef Kastlunger, werte Dame.« Er räusperte sich. »Mein Sohn Michael erwartet mich.«

»Natürlich. Herzlich willkommen. Bitte hier entlang.« Die Frau führte ihn durch einen breiten Flur zu einem der hinteren Räume.

Josef blieb unter dem Türrahmen stehen und drehte wieder den Hut zwischen den Fingern. Es war ein sonniges, helles Zimmer mit großen Fenstern, die auf einen Balkon führten. In früheren Tagen mochte es ein Rauchsalon oder Musikzimmer gewesen sein.

Jetzt war es eine Werkstatt. Hüfthohe Regale, die meisten mit Holzplatten und Klötzen gefüllt. Mischi saß mit dem Rücken zum Raum in einem kleinen Rollstuhl vor einem riesigen Tisch, der als Werkbank diente und so stand, dass er das natürliche Licht am besten ausnutzte. Darauf stapelten sich weitere Holzstücke in verschiedenen Farben und Qualitäten. Auf einer Seite unter dem Tisch befand sich ein Schrank, aus dem eine flache Schublade hervorgezogen war, in der allerlei Werkzeug nach Funktion und Größe sortiert war.

Der vertraute Geruch von Holz und Leim gab Josef Mut. Er räusperte sich wieder. »Bun dé, Mischi.«

Sein Sohn fuhr zusammen und wandte sich um. Ein scheues Lächeln leuchtete auf seiner Miene auf.

Er konnte es also doch noch. Sein Sohn konnte noch lächeln. Der Anblick brachte Josef beinahe aus der Fassung.

»Darf ich Ihnen den Mantel abnehmen, Herr Kastlunger?«, sagte die Frau hinter ihm.

»Ja. Ja, sicher, vielen Dank.« Eilig gab er ihr den Hut und streifte den abgetragenen Mantel ab.

Mischi gab dem Rollstuhl einen Stoß und kam auf sie zu. »Machst du uns Kaffee und servierst die Kuchenstücke, Stine? Danke.« Über seinen Beinen lag eine karierte Decke, die über und über mit Holzspänen bedeckt war. Vergeblich versuchte er, sie von dem rauhen Stoff abzuzupfen. Dann sah er auf. »Schön, dass Sie gekommen sind.«

Josef nickte verlegen. »Ich weiß. Endlich. Es tut mir leid.« Er blickte unbeholfen auf seinen Sohn hinab, wusste nicht, ob er ihn umarmen oder ihm die Hand geben sollte. Nichts erschien angemessen.

Plötzlich fiel ihm der kleine Gegenstand auf, an dem Mischi gearbeitet hatte. Er ging zur Werkbank, nahm ihn hoch und hielt ihn sich nahe vor die Augen.

Hinter ihm rollte sein Sohn heran. »Ich arbeite an einer Krippe. Sie ist noch nicht fertig, aber bis Weihnachten ist noch viel Zeit.«

»Das ist großartig!« Ehrfürchtig streifte Josef mit der Fingerspitze über die fein herausgearbeiteten Konturen der Figur, die bereits deutlich als kniende Jungfrau Maria erkennbar war. »Seit ich das letzte Mal eine Arbeit von dir in den Händen gehalten habe, hast du dein Können perfektioniert. Mischi, du bist nicht so gut wie die Schnitzer aus Gröden.« Er lächelte. »Du bist besser.« Vorsichtig legte er die halbfertige Figur nieder. Er hatte Angst, sie mit seinen krummen, steifen Fingern zu beschädigen.

Mischi lächelte noch einmal kurz. Seine Augen leuchteten freudig, um seinen Mund malte sich jedoch ein bitterer Zug. Er hob die Hände und drehte sie in der Luft. »Ich hatte viel Zeit zu üben.«

Josef senkte den Kopf, und sofort war die Verlegenheit wieder da. Er wusste nicht, wie es seinem Sohn damit erging, doch er würde noch lange brauchen, sich an dessen verkrüppelten Anblick zu gewöhnen – wenn es ihm überhaupt jemals gelang.

Sein Blick fiel auf das riesige Gemälde gegenüber der Tür. Es zeigte einen Gebirgszug, unverkennbar der Rosengarten bei Bozen. Der Maler hatte versucht, das berühmte Alpenglühen einzufangen. Josef schien es sehr gut gemacht zu sein, aber an den wahren Anblick des rotglühenden Gebirges kam es natürlich nicht heran. Es musste ein lausiger Ersatz für seinen Sohn sein, der die Berge mehr geliebt hatte als der gesamte Rest der Familie zusammen. Josef schluckte betroffen und versuchte, sich nichts anmerken zu lassen.

Mischi wies auf einen kleinen Tisch und einen Sessel. Es war die einzige Ecke des Raumes, die wohnlich aussah. »Wir können den Kaffee auch hier trinken.«

Die Werkstatt daheim in der hinteren Ecke der *majun* und das Holz. Das hatte ihn und Mischi immer verbunden. Ohne ein weiteres Wort setzte Josef sich in den bequemen Sessel.

Sein Sohn rief nach der Dienstmagd, und bald darauf brachte Stine ein Tablett voller Kuchen, Tassen und eine Kaffeekanne.

Mischi lenkte seinen Rollstuhl mit einer lässigen Handbewegung an den Tisch und bediente sich. »Dort sitzt Rebecca häufiger und leistet mir Gesellschaft, wenn ich arbeite.«

»So wie deine Schwester früher.«

Mischi blickte überrascht auf, als wundere ihn, dass Josef sich noch daran erinnerte. »Ja, genau. Wie geht es ihr? Wie geht es Mutter?«

»Elisa geht es gut. Chiara und François haben zu Weihnachten geheiratet. Er und Veit werden bald nach Frankreich reisen und sehen, wie es dort steht. François hat seit Kriegsbeginn nichts mehr von seiner Familie gehört. Wenn die beiden Auskommen und Arbeit sichern können, werden sie die Mädchen nachholen.«

»Und Vito will wirklich in die Fußstapfen seines Vaters treten und Weinbauer werden?«

Josef lächelte. »So sieht es aus. Elisa wird Val Badia verlassen. Aber die beiden werden neue Wege gehen und alles gemeinsam meistern. Sie sind beide klug, und Elisa ist ein tapferes Mädchen.« Er hielt inne und seufzte tief. »Deiner Mutter geht es besser. Sie hat die Nachricht von Rudls Tod sehr schwergenommen. Aber ich bin sicher, dass sie dich und Rebecca bald wieder besuchen wird.«

Jetzt war es an Mischi, verlegen zu sein. »Es ging schnell, nicht wahr?«

»Rudl kehrte heim und war ganze drei Tage bei uns. Er fieberte bereits, als er nach Hause kam. Elisa glaubt, dass es diese Grippe war, die so schwer in ganz Europa gewütet hat.«

Josef stockte bei dieser bitteren Erinnerung. Auf einmal hatte er das Bedürfnis, aufzuspringen und den letzten Sohn, der ihm noch geblieben war, in die Arme zu schließen. Doch da war der Tisch im Weg, dieser verdammte Rollstuhl. Und so blieb er sitzen, hilflos gefangen in diesem ungewohnten Strudel aus Gefühlen und der Sehnsucht, alles wiedergutmachen zu können.

Stattdessen schwiegen sie beide, aßen und tranken.

»Pere.« Endlich blickte Mischi auf, seine Augen wie die eines ängstlichen verwundeten Tieres. »Rebecca hat mich gefragt, ob ich sie heiraten möchte. Ich frage um Ihre Erlaubnis.«

»Wieso?« Josef runzelte die Stirn. »Du bist großjährig. Du musst mich nicht um Erlaubnis fragen.«

Mischi schüttelte energisch den Kopf. »Ich habe bis Ostern um Bedenkzeit gebeten. Ich will es nicht ohne Ihren Segen tun.«

Josef starrte ihn verwirrt an.

»Sie wissen, dass Sie Jüdin ist? Ich muss ihren Glauben annehmen.«

»Du musst *was?*« Er traute seinen Ohren nicht. »Du willst deinen eigenen Gott verraten?«

»So ist es nicht.« Mischi beugte sich nicht vor dem harschen Ton, saß aufrecht und sah Josef gerade in die Augen. »Pere, ich liebe Rebecca. Sie hat sich dafür eingesetzt, dass der Rabbi der Gemeinde mir alles beibringt, was ich wissen muss. Er lehrt mich richtig lesen und schreiben und die Thora.« Unbebewusst senkte er die Hände in den Schoß und zupfte wieder an den Holzspänen auf der Decke herum. »Ich möchte das tun, aber nur mit Ihrem Einverständnis. Ich werde meine Familie nicht aufgeben.« Er sprach leiser. »Und da habe ich Sie gebeten, mich zu besuchen, damit ich Sie persönlich um Erlaubnis fragen kann.«

Josef starrte ihn an. Die Luft in Mischis kleiner Werkstatt schien ihm plötzlich stickig, der Kragen seines besten Hemdes eng. »Könnten wir … an die frische Luft? Vielleicht einen Spaziergang?« Noch bevor er die Worte zu Ende gesprochen hatte, wurde ihm bewusst, wie sehr er seinen Sohn damit verletzte. Er schalt sich einen Depp.

Mischis Miene blieb ausdruckslos. »Rebecca bezahlt einen Mann dafür, dass er mich die Treppen hinunterträgt, wenn ich in die Stadt muss.«

Josef nickte unsicher. »Könnte ich das tun?«

»Ich denke schon. Sie haben mich als Kind auch huckepack getragen.«

»Versuchen wir es.«

Mischi rief seine Dienstmagd und gab ihr Bescheid, dass sie den übrig gebliebenen Kuchen mitnehmen und nach Hause gehen könne. Dann begab er sich in den Flur und zog eine Jacke über, die an einem Haken auf Augenhöhe hing. Erst jetzt fiel Josef auf, dass auch andere Dinge – Schlüsselhaken, Spiegel, der Knauf eines Dielenschrankes und sogar ein Regal mit einem Telefon – so angebracht waren, dass Mischi sie ohne Hilfe erreichte.

Josef zog Mantel und Hut an und wartete, bis sein Sohn ihm wortlos die Arme entgegenstreckte. Für einen Moment glaubte er sich wieder jung und sah Mischi vor sich, wie er als Kind darum bettelte, auf dem Rücken seines Vaters oder seiner älteren Brüder zu reiten. Die Erinnerung versursachte ihm einen Kloß im Hals.

Hastig drehte er sich um und spürte, wie sich kräftige Arme um seinen Oberkörper schlangen. Fast von allein zog sich Mischi auf seinen Rücken.

»Mein Gott, bist du leicht«, entfuhr es Josef, als er sich erhob.

»Muskeln in den Beinen wären schwer, Pere. Ich bringe etwa hundertdreißig Pfund auf die Waage.«

Josef verließ die Wohnung und trug ihn über die Treppe hinunter zum Rollstuhl, der im Hausflur stand. Mischi ließ sich hineinplumpsen, zog eine andere, saubere Decke über die Beine, streifte sich dünne Lederhandschuhe über und rollte das massive Gefährt mühelos bis zur Tür und hinaus in den Tag. Josef wollte ihn anschieben, weil er glaubte, dass man das so machte, aber Mischi winkte ihn an seine Seite. »Bitte gehen Sie nicht hinter mir, das ertrage ich nicht.« Er schlug ein schnelles Tempo an, so dass Josef sogar Mühe hatte, Schritt zu halten. Aber es wunderte ihn nicht. Er hatte bemerkt, dass Mischis Oberkörper eher noch muskulöser geworden war als in seinen besten Zeiten auf dem Hof. Er und Anton waren immer die beiden gewesen, die am härtesten zupackten.

Erst als die Straße leicht bergauf führte, wurde Mischi ein wenig langsamer, wofür Josef dankbar war. Auch als der Rollstuhl an einem Bordstein hängen blieb, hielt er sich zurück und wartete geduldig, bis sie weiterkonnten, was ihm einen anerkennenden Blick eintrug.

»Es hat mich fast ein Jahr gekostet, Rebecca beizubringen, mich nicht zu bemuttern«, erklärte er. »Ich möchte ihr ein gleichwertiger Partner sein. Auf Augenhöhe.«

»Sie muss eine starke Frau sein.«

»Das ist sie. Wobei alles seine Grenzen hat.« Mischi zog ein Gesicht, als wollte er ausspucken. »Formell lebe ich nicht bei ihr in dieser Wohnung. Ich bin ein Gast. Es gibt nur deshalb kein Gerede, weil die Leute nur den Krüppel sehen. In ihren Augen bin ich kein Mann.«

Josef zuckte bei den harten Worten zusammen. »Ihr baut ein Haus am Stadtrand?«, fragte er hastig, um das Thema nicht vertiefen zu müssen.

»Nein, wir bauen es nur um, es steht schon. Rebecca wird ein Asyl für Waisen daraus machen.« Mischi tippte auf seine Oberschenkel. »Ich werde eine Werkstatt leiten. Es gibt Kinder, die man nicht zu Krüppeln geschossen hat, sondern die von Geburt an nicht laufen können. Und andere. Der Bedarf ist ausreichend groß.« Er stockte. »Es ist das Elternhaus ihres Mannes. Sie hat es von ihm geerbt. Ihr Mann war auf der Militärakademie. Ein hoher Offizier in der kaiserlichen Armee. Es hat ihn auch nicht vor dem Tod bewahrt. Er fiel in den ersten Kriegstagen, genau wie Anton und Franz.«

Sie gelangten an die Randbezirke der Innenstadt. An einer Hausecke hockte ein Mann, völlig in sich zusammengesunken und nur notdürftig in eine fadenscheinige Decke gehüllt. Als sie näher kamen, erkannte Josef zwei Holzkrücken und einen Hut vor der Gestalt. Dem Mann fehlte ein Bein.

Josef tat das, was all die anderen Passanten taten. Er verkrampfte, schaute stur geradeaus und ging weiter. Dann erst fiel ihm auf, dass sein Sohn angehalten hatte.

Mischi sprach den Mann an. Als der aufschaute, zog er eine Geldbörse aus der Innentasche seiner Jacke und nahm einen Schein heraus. Josef konnte den Wert nicht erkennen, aber der Miene des Bettlers nach musste es eine beträchtliche Summe sein.

Mischi beugte sich zu ihm, gab ihm den Schein und bedeutete ihm, ihn sofort wegzustecken. Einen langen Moment sahen die beiden sich an, tauschten sich stumm über das aus, was sie verband.

Josef schämte sich.

»Verzeih deinem alten Vater«, bat er leise, sobald Mischi wieder neben ihm war.

»Ich mache Ihnen keine Vorwürfe. Es ist viel einfacher, nicht hinzusehen. Es sind so viele. Die Stadt ist voll von heimgekehrten Veteranen, die für den Kaiser ihr Leben aufs Spiel gesetzt haben und zum Dank dafür betteln müssen.« Mischi schüttelte traurig den Kopf. »Ich kann auch nicht mehr tun, als ein paar Scheine zu verteilen. Es hilft ihnen vielleicht über zwei, drei Tage, mehr nicht.«

Während sie weitergingen, betrachtete Josef verstohlen das Antlitz seines Sohnes. Er hatte sich einen Bart wachsen lassen, der ihn reifer machte. Auch der Blick seiner tiefliegenden Augen ließ ihn alt erscheinen, dabei war er letzten Monat gerade einmal vierundzwanzig Jahre alt geworden. Was für ein Leben hatte er vor sich? Würde man sagen, dass er trotz allem noch Glück gehabt hätte?

Sie hielten vor dem Schaufenster eines Kolonialwarengeschäftes. »Pere? Könnten Sie zwei Tafeln Schokolade kaufen? Ich möchte sie Rebecca mitbringen.« Mischi deutete auf die in Stanniol verpackten Schweizer Schokoladentafeln in der bunten Auslage.

»Natürlich.« Josef wunderte sich, doch als er den Laden betrat, sah er die Stufe, die für Mischi ein unüberwindliches Hindernis darstellte. Er kaufte drei Tafeln, um auch seiner Anna eine zu schenken.

Er verließ das Geschäft und fand Mischi ein Stück abseits des Bürgersteiges warten. Die Menschen, die an ihm vorübergingen, bemühten sich, in ähnlicher Weise über ihn hinwegzusehen wie über den Bettler. Der einzige Unterschied war, dass ihre Abscheu nicht so deutlich von ihren Mienen abzulesen war. Der moderne Rollstuhl und die feine Kleidung, Rebeccas Geld umgaben Mischi mit einem kleinen Schutzschild. Trotzdem war er ein Außenseiter, fern von seinen über alles geliebten Bergen. Verwundet in einem Krieg, den er nie gewollt hatte.

Josef trat heran und reichte ihm die Schokolade. »Wie hast du sie eigentlich kennengelernt, deine Rebecca?«

Wieder ein kleines kostbares Lächeln. »Das kann sie Ihnen viel besser selbst erzählen. Sie sollten uns besuchen kommen. Zusammen mit Mutter.«

Plötzlich sah Josef in die Vergangenheit. Franz, sein Erstgeborener, war äußerlich nach seiner Mutter gekommen, und Elisa auch – zum Glück für das Mädchen. Aber Anton und Mischi hätte er niemals verleugnen können. Und jetzt war ihm, als schaute er in einen Spiegel, in dem sein vierzig Jahre jüngeres Ich ihm gegenübersaß und voller Hoffnung in die Zukunft blickte.

Josef sammelte sich und holte Luft. »Von mir aus heiratest du sie«, stieß er hastig hervor, ehe er es sich wieder anders überlegte.

Mischis Augen wurden groß. »Wirklich? Sie sind einverstanden?«

»Nein!«, rief Josef hilflos und warf die Arme in die Höhe. »Ich bin überhaupt nicht einverstanden. Muss es denn ausgerechnet unter allen Frauen eine reiche Jüdin sein?«

Mischi neigte fragend den Kopf.

Josef legte ihm eine Hand auf die Schulter und drückte sie kurz. »Nein, Mischi, ich finde diese Vorstellung schrecklich und verstörend. Aber lieber höre ich mir jüdische Tischgebete an, als dich aufzugeben. Und was könnte ich gegen eine Frau einzuwenden haben, die dich wieder daran erinnert hat, wie man lächelt? Du lächelst, wenn du nur ihren Namen erwähnst.«

Josef lachte auf, denn völlig unerwartet wurde Mischi nicht nur rot, sondern grinste sogar breit, erwiderte jedoch nichts.

»Was nutzt es?« Josef wurde ernst. »Was bringt es, dir diese Ehe zu verbieten? Ich würde dich nur verlieren, und du bist der letzte Sohn, der mir geblieben ist. Ich habe aus der Vergangenheit gelernt.« Seine Stimme drohte plötzlich zu brechen. Seine Hand krampfte sich um Mischis Schulter. Er spürte dessen Kraft, als er sich ungewollt aufstützte. Sein Sohn hielt ihn, gab ihm Mut, sich endlich einzugestehen, was er viel zu spät erkannt hatte.

»Mein Verbot hat Anton nicht vor seinem Unglück bewahrt, im Gegenteil. Ich habe durch meine eigene Sturheit schon einmal einen Sohn verloren.«

Eine Passantin ging an ihnen vorbei und musterte sie neugierig, doch es war ihm gleichgültig.

Mischi schaute auf und tätschelte sanft seine Hand. »Sie können die Vergangenheit nicht ungeschehen machen. Und keinesfalls hätten Sie Anton dieses Schicksal ersparen können. Es war Gottes Wille.«

»Ich weiß, mein Junge, ich weiß. Gehen wir nach Hause.«

NACHWORT

Seit meiner ersten Begegnung im Sommer 2006 haben mich die »bleichen Berge« mit ihrem Zauber gefangen genommen und nie wieder ganz losgelassen. Diese Faszination ist mit Worten kaum zu beschreiben, doch wer dort einmal frühmorgens einen Sonnenaufgang erlebt hat oder auf der Abfahrt vom Campolongo-Pass nach Arraba in so dichten Nebel taucht, dass das Auftauchen eines Zwergenheeres oder anderer Sagengestalten plötzlich sehr leicht vorstellbar wird, weiß, wovon ich spreche.

Schon in meinem Debütroman »Hüter der Worte« (unter meinem Realnamen Diana Menschig erschienen) habe ich den Dolomiten als »Nordgebirge« meiner fantastischen Welt ein literarisches Denkmal gesetzt. Auch ist es ein paar Lesern aus Österreich und der Schweiz nicht entgangen, dass meine Fantasysprache auf dem Ladinischen beruht. Tatsächlich habe ich mich damals hemmungslos im Online-Wörterbuch des *Istitut Micurà de Rü* bedient und das Gadertalische meinen Bedürfnissen angepasst.

So ist der Weg zum Institut in San Martin nicht weit, als ich »richtig« angefangen habe, über die Ladiner und ihre Heimat zu recherchieren. Ein Riesendankeschön gilt daher der Bibliothekarin Veronica Craffonara, die mich vom Beginn meiner Suche an und im Laufe der Monate mit zuverlässiger Begeisterung unterstützt hat.

Die Berge sind mit den Bewohnern der Dolomitentäler, ihrer besonderen Sprache und Kultur untrennbar verbunden. Natürlich ist auch in diesen Regionen das 21. Jahrhundert längst eingezogen – aber sobald ich mich ein wenig abseits der »Autobahn-Wanderwege« bewege und an den verfallenen Stellungen des Ersten Weltkrieges vorbeikomme, begreife ich wieder sehr schnell, dass der Mensch sich diesen Bergen immer noch unterordnen muss. Und wenn ich das an einem lauen Sommertag im Jahr 2015 so empfinde, wie viel Irrsinn gehört dazu, hier eine Front in den – ironischerweise auch noch extrem schneereichen und harten – Wintern 1915/16 und 1916/17 zu befestigen? Die menschlichen und materiellen Verluste auf beiden Seiten sprechen da für sich.

Als ich dieses Projekt begonnen habe, hatte ich Bedenken. Wie könnte ich, eine Deutsche mit ein bisschen touristischem Bezug, über dieses Ereignis und seine Folgen für die Menschen in dieser Region schreiben? *Indem du es nicht in den Mittelpunkt rückst, sondern von den Menschen erzählst,* hat meine Lektorin Martina Wielenberg geantwortet. Ich habe versucht, genau das zu beherzigen.

Dabei habe ich bewusst darauf verzichtet, Elisas Heimatdorf explizit zu benennen – wobei dem ortskundigen Leser wenige Möglichkeiten bleiben und eine *vila* zwischen La Val (Wengen/ La Valle) und La Ila (Stern/La Villa) Handlungsort sein müsste. Keine der handlungstragenden Personen dieses Buches hat es wirklich gegeben – lediglich auf die Erwähnung von Major Franz Kostner und seine legendäre Aussage, nichts gegen die Italiener zu haben, wollte ich nicht verzichten.

Die ursprüngliche Idee ist eine fantastische Umsetzung gewesen. Was, wenn sich Zwergenkönig Laurín, tief schlummernd unter dem Rosengarten, mit seinem Heer erhebt und den Menschen im Ersten Weltkrieg bei der Zerstörung seiner Heimat Einhalt gebietet?

Im Laufe erster oberflächlicher Recherchen habe ich dann festgestellt, dass die Wirklichkeit mehr Grausamkeiten bietet, als ich mir je ausdenken könnte. Das Erhängen von Zivilisten ohne Prozess, grundlose Erschießungen eigener Soldaten, Folter oder Verstöße gegen Abkommen zur Behandlung von Kriegsgefangenen gab es auf allen Seiten. Die Bergsprengungen am Lagació und anderswo entsprechen den Tatsachen, und die Spuren der Ereignisse sind auch nach über einhundert Jahren deutlich sichtbar. Der sich zurückziehende Marmolata-Gletscher offenbart Jahr für Jahr neue grausige Funde.

Aber auch kleine Ereignisse wie Verbrüderungen feindlicher Soldaten in der Weihnachtszeit oder der Schmuggel der Glocke der Kirche *Unserer Lieben Frau* aus La Ila nach Bruneck sind tatsächlich geschehen. Die Glocke wurde erst viele Jahre später wiederentdeckt. Der genaue Ablauf entspringt wiederum meiner Fantasie.

Die beiden französischen Kriegsgefangenen François und Nicolas sind reine Erfindung. Der größte Teil der Kriegsgefangenen in Val Badia stammte aus Osteuropa (Russen, Ukrainer etc.), die zum Straßen- und Bahntrassenbau herangezogen wurden.

Für die Recherche zum k.u.k. Militärwesen möchte ich mich bei Dr. Isabelle Brandauer vom Kaiserjägermuseum in Innsbruck bedanken, die mich mit vielen wertvollen Unterlagen versorgt hat. Weiteren militärischen »Schliff« hat mein Kollege Gregor Weber dem Text verpasst. Ich habe mich um größtmögliche Authentizität bemüht – sämtliche fehlerhaften Darstellungen sind allein mir anzulasten.

Des Weiteren danke ich dem Archiv des Deutschen Alpenvereins für entsprechende Informationen zur Bergführung.

Die Sage der Dolasíla und dem Reich der Fanes ist frei nach Karl Felix Wolff: *»Dolomitensagen«* erzählt.

Die Zeilen des Kaisermanifests *»An meine Völker«* sind aus dem Original zitiert, das dank der Österreichischen Nationalbibliothek online zugänglich ist.

Wer mehr über die Lebensweise und Kultur der ladinischen Täler erfahren möchte, dem lege ich *»Ladinische Einblicke«* von Marco Forni und *»Die Geschichte der Dolomitenladiner«* von Werner Pescosta ans Herz, beide vom Istitut Micurà de Rü herausgegeben. Weitere Quellen finden sich im Projektarchiv auf meiner Webseite www.seitenrauschen.de.

Was bleibt?

Ich wollte im Nachwort nicht politisch werden. Im Herbst 2015 kommt jedoch die Rückmeldung meiner Testleserin Prisca Lo Cascio, die neben vielen anderen wertvollen Hinweisen darauf besteht, ein paar Worte zu den Konsequenzen des Ersten Weltkrieges für Südtirol zu sagen:

Südtirol wird nach dem Großen Krieg Italien zugesprochen, eine der Zusagen der Entente, mit der sie unter anderem das Königreich Italien zum Kriegseintritt bewegt haben. Nachdem also die Südtiroler drei Jahre lang ihr Land erfolgreich verteidigen, verlieren sie es am Verhandlungstisch. Die Folge sind Unterdrückung und Repressalien der deutschsprachigen Minderheit durch den aufkommenden italienischen Faschismus. Auch Hitler und seine »Option«, mit der Südtiroler ins Deutsche Reich übersiedeln könnten, erweist sich als schlechte Wahl. Südtirol verbleibt bei Italien, was mit einem legendären Handschlag zwischen Mussolini und Hitler auf dem Brenner symbolisch besiegelt wird.

Den Ladinern, die eine Minderheit in der Minderheit darstellen, ist das Vorgehen übrigens bekannt: Schon unter der Habsburger Kaiserin Maria Theresia wurden sie gezwungen, die deutsche Kultur anzunehmen. Aus Costa oder San Ciascian wurden Kostner und Sankt Kassian und im Faschismus wieder Costa und San Cassiano – Geschichte wiederholt sich.

Aber aus jedem Unheil kann auch Gutes entstehen. Tirol–Trentino–Südtirol ist die älteste Europaregion der Europäischen Union.

Es liegt mir fern, aus heutiger Sicht und rund 700 Kilometer weiter nordwestlich geboren, einen Standpunkt bezüglich der Südtirol-Frage einzunehmen, also der Frage, ob Südtirol statt zu Italien zu Österreich gehören sollte.

Mir ging es darum, die Geschichte von zwei Dolomitenladinern, der eine mit italienischen Wurzeln, die andere mit österreichischen, zu erzählen und wie sie zueinanderfinden – mehr nicht.

Für mich sind die Dolomiten einer der schönsten Flecken Erde mitten in Europa. Und ich hoffe, dass ihre Bewohner wie auch diese einzigartige Landschaft nie wieder solches Leid und solche Zerstörung erfahren müssen.

M.B.

GLOSSAR UND WÖRTERBUCH

A s'odëi: Auf Wiedersehen

Bambóna: An Neujahr gehen die Kinder in der Nachbarschaft von Haus zu Haus und überbringen gute Wünsche für das neue Jahr. Im Gegenzug erhalten sie eine Gegengabe, bambóna (abgeleitet von bona man = wörtlich: gute Hand) genannt.

Bun dé: Guten Morgen/Guten Tag. Wird wie das italienische buon giorno auch morgens verwendet.

Buna sëra: Guten Abend

Cajincel (Mz. cajincí): Schlutzkrapfen, süß oder herzhaft gefüllte Teigtaschen, ähnlich wie Ravioli oder Maultaschen

Charpie: Wundverbandmaterial; bei der Herstellung wurden alte Baumwoll- oder Leintücher in Fasern gezupft und diese in kleine Säckchen verpackt, damit sie wie Mull verwendet werden konnten. Wegen des hohen Bedarfs wurde die Zivilbevölkerung aufgefordert, alte Kirchen-, Tisch- und Bettwäsche zu zerzupfen und an das Rote Kreuz zu spenden.

Dewargefäß: Vorläufer der Thermoskanne, die in Laboren eingesetzt wurde, zumeist ein Doppelwandglas in einer Edelstahl- oder Korkummantelung

Fortaia (Mz. fortaies): Straube, in Fett gebackene süße Mehlspeise

Franzosenkrankheit: Syphilis, unter den Frontsoldaten weit verbreitet

Fratéd: toskanischer Dialekt, wörtlich Bruder, vertrauliche Anrede unter Freunden

Gana (Mz. ganes): sagenhafte weibliche (weise) Wassergeister, die den Menschen die Zukunft vorhersagen

Heroin: Markenname eines von der Bayer AG vertriebenen und zur damaligen Zeit legal erhältlichen morphinhaltigen Schmerz- und Hustenmittels

Heumahd: Heuernte; das Heu wird zwei bis vier Mal im Jahr geschnitten; die erste Ernte im Frühsommer, die zweite im Hochsommer und die dritte im Frühherbst; in Val Badia gab es witterungsbedingt meistens nur zwei Schnitte im Sommer und Herbst.

Kaiserjäger: Offiziell: *Tiroler Jägerregiment Kaiser Franz Joseph (T. K. J. R.)*; vier Regimenter, die sich aus den Bezirken Tirol und Vorarlberg mit überwiegend deutschen und italienischsprachigen Soldaten rekrutierten; Eliteschützen-Einheit

Kurat: Hilfspriester, in der Regel einem Pfarrer gleichgestellt

Landesschützen: ursprünglich Landwehr, später Gebirgsinfanterieregimenter, die sich aus Tirolern und Vorarlbergern rekrutierte; ab 1917 als Kaiserschützen bezeichnet

Luce mia: italienischer Kosename, wörtlich: mein Licht

Marciadënt: Hausierer, der Waren aller Art in die abgelegenen Dörfer brachte. Schnitzer aus Gröden zogen mit voller Holzspielzeug beladenen Kraxen durch die Nachbartäler; zu Beginn des 20. Jahrhunderts fuhren Lebensmittelhändler die Dörfer an.

Marod: kranker oder verwundeter, nicht einsatzfähiger Soldat

Nonno/nonna (ital.): Großvater/Großmutter

Pere: förmlichere Anrede für den Vater

Poscignara: Die »hässliche Alte«, vergleichbar mit dem süddeutschen Percht. Ein als altes Weib verkleideter Mann ging am Vorabend des Dreikönigstages von Haus zu Haus, um das alte Jahr auszukehren.

Risorgimento: Einigungskriege, aus denen die Republik Italien hervorging. 1866 fiel nach der Schlacht von Custozza das bis zu diesem Zeitpunkt der Habsburgermonarchie zugehörige Veneto an Italien.

Salvan (Mz. salvans): sagenhafte Bergbewohner, auch Zwergenvolk wie das von König Laurín

Sarada (Mz. sarades): wörtlich Sperre; Hochzeitsbrauch, bei dem das Brautpaar auf dem Weg zur Kirche Hindernisse mit verschiedenen Aufgaben überwinden muss

Signor, sì!: militärische Antwort auf einen Befehl, vergleichbar mit dem englischen »Yes, Sir!«; Signor/Signore ist die allgemeine Anrede eines Offiziers

Standschützen: Landsturm, der nicht dem Militär zugerechnet wird; für den regulären Wehrdienst nicht taugliche Männer, Veteranen, Invalide, außerhalb der Altersgrenzen (jünger als 21 und älter als 42 Jahre); zunächst keine einheitliche Uniform und Bewaffnung; das letzte Aufgebot

Stellungspflicht: Wehrpflicht; alle Tiroler mussten im Jahr ihres 21. Geburtstages zur Musterung. Über die Zuteilung zu Landesschützen, Kaiserjägern oder den Reserven einer der beiden Verbände, sobald die Truppenstärke erreicht war, entschied das Los.

Tablé (Mz. tablá): einfache Hütte, kleines Heulager auf einer Alm

Taschenflasche: Flachmann, meist aus Metall mit einer Füllmenge von ca. 200 Millilitern

Tata: Papa, vertraulichere Anrede für den Vater

Terra irredenta: Gebiet außerhalb Italiens mit mehrheitlich italienischsprachiger Bevölkerung; hier: die Provinz Trient; siehe Welschtirol

Vila (Mz. viles): Weiler; kompakte Siedlungsform üblicherweise an sonnigen Steilhängen, bestehend aus Wohnhäusern *(ciasa/ciases)* und Wirtschaftsgebäuden *(majun/ma-*

juns); drei bis zehn Familien wohnen und arbeiten so in enger Gemeinschaft; typisch in Val Badia

Welsche: zu Beginn des 20. Jahrhunderts gebräuchliche, zum Teil auch abwertend gemeinte Bezeichnung für Italienischsprachige; hier insbesondere für die Bewohner der Provinz Trient (= Welschtirol)

Welschtirol: frühere Bezeichnung für das heutige Gebiet der autonomen Provinz Trient (Trentino). Neben der ladinischen gab (und gibt) es weitere lokale Sprachinseln; die überwiegende Bevölkerung spricht jedoch italienisch. Seitens Italiens auch als *terra irredenta* (»unerlöstes Gebiet«) bezeichnet, da es trotz mehrheitlich italienischsprachiger Bevölkerung nicht zur Republik Italien gehörte. Zur Verwunderung und Enttäuschung der italienischen Truppen gab es im Großen Krieg kaum Fahnenfluchten der italienischsprachigen Tiroler Soldaten (= *irredenti* oder Irredentisten), die der Habsburgermonarchie die Treue hielten.

Was geschah wirklich im Knusperhäuschen?

DIANA MENSCHIG

So finster, so kalt

ROMAN

Als Merle Hänssler nach dem Tod ihrer Großmutter in deren einsam gelegenes Haus im Schwarzwald zurückkehrt, findet sie im Nachlass ein altes Dokument. Darin berichtet ein gewisser Johannes, der Ende des 16. Jahrhunderts im Haus lebte, über merkwürdige Geschehnisse rund um seine Schwester Greta. Merle tut diese Geschichte zunächst als Aberglaube ab. Doch dann passieren im Dorf immer mehr unerklärliche Dinge: Kinder verschwinden, und auch das alte Haus selbst scheint ein seltsames Eigenleben zu entwickeln. Langsam, aber sicher beginnt Merle sich zu fragen, ob an Johannes' Erzählung mehr dran ist, als sie wahrhaben wollte.

Eine lebensgefährliche Liebe
in einer harten, bäuerlichen Welt

DANIELA OHMS

Winterhonig

ROMAN

Als jüngstes von zehn Geschwistern kennt Mathilda die Härten des Lebens nur zu gut. Einziger Lichtblick seit ihrer Kindheit: Karl, der Stallknecht des benachbarten Gutshofes. Schon als Junge tröstete er die kleine Mathilda mit einer ganz besonderen Leckerei: seinem wunderbaren Winterhonig. Nun, im Erwachsenenalter, ist aus der kindlichen Zuneigung eine tiefe Liebe geworden. Doch als in ihrem abgelegenen westfälischen Dorf Misstrauen und Hass um sich greifen, während Flugzeuglärm und Bombenexplosionen selbst hier zum Alltag werden und der Terror der Nazis auch vor ihrem Dorf nicht haltmacht, wird die Lage für Karl aussichtslos. Denn er hütet ein Geheimnis, das ihn das Leben kosten könnte.

KNAUR